Deiner Seele Grab

Das Buch

Die Lektorin Clara Lenz umsorgt ihren alten Vater liebevoll. Sie ahnt nicht, dass sie in das Visier eines Mörders geraten sind, der sich selbst als Samariter bezeichnet und alte Menschen von ihren Leiden erlöst. Kriminalhauptkommissar Konstantin Dühnfort leitet die Ermittlungen. Er zweifelt schnell am Motiv. Was verbirgt sich in Wahrheit hinter diesen Morden? Auf der Suche nach dem Täter gerät Dühnfort auf die Spur der geheimnisvollen Elena, die nur ein Ziel kennt: Rache. Ist sie der Samariter? Oder sind die beiden ein Team?

Ein Katz-und-Maus-Spiel beginnt. Und als hätte er mit den Ermittlungen nicht genug zu tun, wird Dühnfort auch noch Opfer der Intrige eines Kollegen und muss sich einem internen Ermittlungsverfahren stellen. Erst mit Ginas unorthodoxer Unterstützung gelingt es ihm, nicht nur den Mörder zu finden, sondern sich auch gegen das Komplott zur Wehr zu setzen.

Die Autorin

Inge Löhnig studierte an der renommierten Münchner Akademie U5 Graphik-Design. Nach einer Karriere als Art-Directorin in verschiedenen Werbeagenturen machte sie sich mit einem Designstudio selbständig. Heute lebt sie als Autorin mit ihrer Familie und einem betagten Kater in der Nähe von München. *Deiner Seele Grab* ist der sechste Fall von Kommissar Dühnfort und seinem Team.
Besuchen Sie Inge Löhnig auf ihrer Homepage www.inge-loehnig.de

In der Kommissar-Dühnfort-Serie von Inge Löhnig sind in unserem Hause bereits erschienen:

Der Sünde Sold · *In weißer Stille* · *So unselig schön*
Schuld währt ewig · *Verflucht seist du* · *Deiner Seele Grab*
Nun ruhet sanft · *Sieh nichts Böses* · *Ich bin dein Tod*

Außerdem:

Mörderkind · *Gedanke mein* · *Unbarmherzig*

Inge Löhnig

DEINER SEELE GRAB

Kriminalroman

List Taschenbuch

Besuchen Sie uns im Internet:
www.ullstein.de

Wir verpflichten uns zu Nachhaltigkeit

- Papiere aus nachhaltiger Waldwirtschaft und anderen kontrollierten Quellen
- Druckfarben auf pflanzlicher Basis
- ullstein.de/nachhaltigkeit

MIX
Papier | Fördert gute Waldnutzung
FSC® C083411

Originalausgabe im List Taschenbuch
List ist ein Verlag der Ullstein Buchverlage GmbH, Berlin.
1. Auflage März 2014
5. Auflage 2023

Umschlaggestaltung: bürosüd° GmbH, München
Titelabbildung: Landschaft: Evelena Kremsdorf/Arcangel Images; Gestrüpp: fStop/plainpicture
Satz: Pinkuin Satz und Datentechnik, Berlin
Gesetzt aus der Sabon
Druck und Bindearbeiten: CPI books GmbH, Leck
ISBN 978-3-548-61124-2

Du spürst sie tief in dir, diese Unruhe. Ein unaufhörlich anschwellendes Kratzen, Scheuern, Schleifen, Schaben. Wundmachende Gedanken. Wie raspelnde Feilen. Sie zerfetzen und zerreißen dich, weiden dich aus, häuten dich. Du bist bereit zu kapitulieren, dich in seine Arme zu werfen. Der Dämon in dir wird siegen. Deine dunkle Seite. Das Böse. Das Teuflische.

Alle Demütigungen und Ungerechtigkeiten, die du erleiden musstest, formen dich zu dem, was du sein wirst.

Es ist nicht deine Entscheidung.

Sie machen dich dazu.

Du wirst nur die Antwort sein, das Echo. Mehr nicht. Nur der Widerhall ihrer Bosheit und Gleichgültigkeit. Der Spiegel ihrer Ablehnung, ihres Hochmuts. Ein Spiegel, in dem sie sich erkennen können. Wenn sie hineinblicken, werden sie ihr Werk sehen. Deine Fratze, in der sich deine gemarterte Seele zeigt, die nach Erlösung schreit, nach innerem Frieden, nach Gerechtigkeit und nach Liebe. All das möchtest du erlangen. Um jeden Preis. Wenn du ans Licht willst, musst du durch Dunkelheit gehen.

Der Dämon in dir tobt. Du akzeptierst, was unausweichlich ist, sein muss und sein wird. Du besänftigst ihn, raunst ihm zustimmende Worte zu.

Es ist, was es ist, sagt die Liebe.

Du wirst, was du wirst, sagt der Hass.

1

Vor den Fenstern des Vernehmungsraums senkte sich Dämmerung herab. Die Luft im Zimmer war stickig und abgestanden und von der Heizung völlig ausgedörrt. Dühnforts Augen brannten, als sei er in einen Mistral geraten. Sein Mund war trocken. Langsam und stetig stieg in ihm eine kaum zu unterdrückende Gereiztheit auf.

Kirsten, die neben ihm saß, streckte sich. »Ich mach mal Licht.« Die Stuhlbeine scharrten übers Linoleum. Flackernd ging die Neonröhre über dem Tisch an.

Mehr als drei Stunden dauerte die Befragung von Katja Behringer nun schon, in deren Verlauf sie von der Zeugin zur Beschuldigten geworden war. Dühnfort hatte sie über ihre Rechte belehrt. Dennoch hatte sie auf die Anwesenheit eines Anwalts verzichtet und schien sich sehr sicher zu fühlen. Das Gespräch drehte sich seit einer Stunde mehr oder weniger im Kreis. Sie gab nur zu, was sich nicht länger abstreiten ließ. Es gelang ihnen nicht, sie in Widersprüche zu verwickeln. Gebetsmühlenartig wiederholte sie die immer gleichen Phrasen, klammerte sich an Worte wie an Vorsprünge einer Steilwand, an der sie krampfhaft Halt suchte, während tief unter ihr der Abgrund lauerte. Doch sie kletterte ohne Seil. Sie würde abstürzen. Es war nur eine Frage der Zeit.

»Frau Behringer, ich weiß, dass Sie Manuel Ruge getötet haben. Jetzt ist der richtige Zeitpunkt, reinen Tisch zu machen. Erleichtern Sie Ihr Gewissen. Es wird Ihnen guttun und wirkt sich strafmildernd aus.«

Sie senkte die Augen, betrachtete wieder einmal ihre

Hände. Schmale, lange Finger. Mauvefarbener Nagellack. Ein Platinreif mit einem Diamanten steckte am linken Ringfinger. »Ich hätte Manuel nie etwas antun können.« Sie blickte auf und neigte den Kopf ein wenig. Mit großen Augen sah sie ihn an. Es machte ihn wütend, dass sie glaubte, er fiele auf dieses unschuldige Kindergetue herein, das sie immer wieder einsetzte. Sie war Anfang dreißig, und er erwartete, dass sie sich entsprechend benahm. Schließlich war sie Wettermoderatorin bei einem privaten Fernsehsender. Einen solchen Job bekam man nur, wenn man sich durchsetzen konnte. Für wie dumm hielt sie ihn?

»Wir haben uns in aller Freundschaft getrennt. Warum hätte ich das tun sollen?« Ihre Mundwinkel zuckten, als würde sie jeden Moment in Tränen ausbrechen. »Ich habe ihn doch geliebt.«

Wie er diesen Satz hasste! In der Regel wurde er von Männern bemüht, die ihre Frauen erschlagen, erdrosselt, erstochen oder auf andere Art getötet hatten, weil sie das Unfassbare gewagt hatten: ihn zu verlassen. *Wenn ich sie nicht haben kann, dann soll sie auch kein anderer haben.* Doch es gab sie, die seltenen Fälle, in denen Frauen aus diesem Grund mordeten. Katja Behringer gehörte zu ihnen. Davon war er überzeugt.

»In aller Freundschaft getrennt? Manuel Ruge hat seiner Frau von Ihrem Auftritt in seinem Büro erzählt. Sie haben gesagt, er würde das büßen und bitter …«

»Mein Gott, was erwarten Sie denn? Sie ist eifersüchtig. Sie hasst mich und wird das Blaue vom Himmel lügen, um mich verdächtig zu machen. In ihren Augen bin schließlich ich die Böse, die ihre ach so tolle Ehe zerstört hat. Dabei hat sie Manuel nicht mehr geliebt als den nächsten Geldautomaten an der Ecke. Sein Einkommen war alles, was sie von ihm wollte. Und dann hängt sie ihm noch ein zweites

Kind an. Es ist unglaublich.« In ihrer Stimme lag alle Verachtung, die sie der Frau ihres toten Exgeliebten entgegenbrachte.

»Kehren wir doch noch einmal zu dem Medikament zurück, das Sie sich wegen einer angeblichen Bronchitis ...«

»Wieso angeblich? Ich habe mir die Seele aus dem Leib gehustet. Das wird Ihnen mein Arzt bestätigen. Grundlos hat er mir das Antibiotikum sicher nicht verschrieben.«

»Er wollte Ihnen kein Rezept dafür ausstellen. Sie haben darauf gedrängt.«

»Warum sagt er das? Das ist nicht wahr.«

»Und Sie haben das Medikament auch nicht eingenommen. Es fehlen nur zwei Tabletten aus dem Blister.«

»Weil es mir schnell besserging. Deshalb habe ich es abgesetzt.«

»In Ihrem Bad gibt es zahlreiche angebrochene Medikamentenpackungen. Sie werfen sie also nicht leichtfertig weg. Weshalb haben wir das Antibiotikum dann im Müll gefunden?«

»Ich habe es nicht weggeworfen. Nicht absichtlich. Die Schachtel lag auf dem Couchtisch bei den Illustrierten. Sie muss dazwischengeraten sein, als ich sie entsorgt habe.«

Endlosschleife, dachte Dühnfort. So kommen wir nicht weiter. Er brauchte eine Idee und eine Pause. Während er sich reckte und mit einer Hand den verspannten Nacken massierte, fing er Kirstens Blick auf. Sie schien genauso genervt wie er. Die Hoffnung auf ein Geständnis löste sich in Luft auf. Dühnfort war sich sicher, dass Katja Behringer ihren Geliebten hinterhältig getötet hatte, und zwar mit einem Antibiotikum, auf das er allergisch reagierte. Zweimal in seinem Leben hatte er es eingenommen und beide Male einen anaphylaktischen Schock erlitten, den er nur knapp überlebt hatte. Wissentlich hätte Manuel Ruge das

Medikament kein drittes Mal geschluckt. Und das hatte er auch nicht. Es war im Dessert gewesen, einer Pannacotta. Doch bisher konnten sie Katja Behringer weder nachweisen, dass sie von der Allergie wusste, noch dass sie am fraglichen Abend in Ruges Wohnung gewesen war und ihm seine Lieblingsnachspeise mitgebracht hatte. Denn sie war häufig dort gewesen. Ihre Spuren am Tatort waren so erklärbar.

Kirsten unterdrückte ein Gähnen. Auch sie schien eine Pause zu brauchen. Dühnfort sah auf die Uhr. »Unterbrechung der Vernehmung Behringer um achtzehn Uhr zehn.« Er stellte das Aufnahmegerät ab. »Wir machen jetzt fünfzehn Minuten Pause. Möchten Sie etwas trinken oder essen?«

»Danke. Ich möchte jetzt gehen. Wir sind ja wohl fertig.«

Dühnfort öffnete das Fenster und ließ frische Luft herein. »Noch nicht ganz.«

»Wie lange wollen Sie diese Schikane noch fortführen?«

»Ich hole mir einen Kaffee. Magst du auch einen?«, fragte Kirsten.

Dühnfort nickte. »Gerne. Die Pavoni ist eingeschaltet.« Die Espressomaschine in seinem Büro war seine Antwort auf die Automaten, die in jedem Stockwerk des Münchener Polizeipräsidiums auf den Fluren standen und untrinkbare Plörre von sich gaben.

Er sah Kirsten nach, wie sie den Vernehmungsraum verließ. Seit vier Monaten gehörte sie jetzt zu seinem Team und machte ihre Arbeit gut, doch so richtig warm geworden war er mit ihr bisher nicht. Eine kühle Blonde, stets akkurat, überlegt und zielstrebig und dabei abweisend und unnahbar. Lediglich Staatsanwalt Christoph Leyenfels schien einen der Schutzwälle überwunden zu haben, die sie, nicht grundlos, umgaben. Was sie erlebt hatte, steckte man nicht einfach weg. Der Mordfall Manuel Ruge musste Kirsten erschüttern, doch sie hatte sich im Griff. Wie immer.

»Ich habe Sie etwas gefragt.« Katja Behringer schob den Stuhl zurück und stand auf. »Wie lange wollen Sie mich hier noch festhalten?«

»Nicht länger als nötig.«

»Soll heißen, bis ich einen Mord gestehe, den ich nicht begangen habe.«

Er spürte die Wut, die sie zu unterdrücken versuchte, eine latente Aggressivität, die dicht unter der makellosen Oberfläche dieser attraktiven Frau vibrierte. »Würden Sie sich bitte wieder setzen.«

»Das sind Polizeistaatmethoden«, fuhr sie ihn an. »Ich werde es öffentlich machen, wie ich hier behandelt und unter Druck gesetzt werde.« Zorn funkelte in ihren Augen. Eine Ader am Hals trat hervor. Er sah den Pulsschlag darin pochen.

Derartige Drohungen waren nicht neu für ihn. Häufig kamen sie, wenn ein Beschuldigter sich in die Enge getrieben fühlte, wenn das Unausweichliche absehbar wurde, wenn man sich langsam der Wahrheit näherte. »Es steht Ihnen frei, sich an meinen Vorgesetzten zu wenden. Sie sollten Ihre Vorwürfe allerdings beweisen können. Aus diesem Grund zeichnen wir Vernehmungen auf.« Er ging auf sie zu und wollte ihr die Hand beschwichtigend auf die Schulter legen. »Bitte setzen Sie sich.«

Sie schlug sie weg. »Fassen Sie mich nicht an. Sie Scheißkerl!«, schrie sie und schlug um sich. Plötzlich flogen ihre Hände und Arme. »Pfoten weg!« Ihr Unterarm traf seine Brust. »Scheißkerl!«

Das ging zu weit. Er wehrte den folgenden Schlag ab und versuchte, sie in Polizeigriff zu nehmen. »Au! Sie tun mir weh!« Mit der freien Hand hieb sie weiter auf ihn ein. »Hilfe!«

Herrgott, was für ein Theater! »Beruhigen Sie sich!« Hatte ihre Attacke ihn für den Bruchteil einer Sekunde amüsiert, schlugen seine Gefühle nun in Zorn um. Was war er doch für ein verdammter Idiot! Sie wollte Tatsachen schaffen und schlug weiter auf ihn ein. Bulle verprügelt Beschuldigte. »Jetzt ist es aber gut!« Er drehte ihr den Arm auf den Rücken, sah einen Uniformierten in den Raum stürzen, während er versuchte, sie im Polizeigriff zu halten, doch sie stellte ihm ein Bein. Krachend landeten sie beide auf dem Boden. Ihre Schreie gingen in ein Wimmern über. Der Kollege ging neben ihr in die Hocke und beugte sich über sie. »Sie sind ja verletzt!«

Dühnfort rappelte sich auf. Der Schutzpolizist sah zu ihm hoch. Sie kannten sich. Polizeiobermeister Arnold Gerstner. »Wir brauchen einen Arzt«, stammelte er. Abscheu lag in seinem Blick.

Wieso einen Arzt? Zornige Röte war einer Leichenblässe gewichen. Behringers Unterkiefer zitterte. Noch immer saß sie auf dem Boden und starrte auf den Ärmel ihres cremefarbenen Kaschmirpullovers. Ein Stück Unterarmknochen hatte das feine, inzwischen blutgetränkte Gewebe durchstoßen und ragte daraus hervor. Ein offener Bruch. Merde! Verdammter Mist! Sie war unglücklich gestürzt. Das hatte er nicht gewollt. Doch hätte sie nicht dafür gesorgt, dass sie beide zu Fall kamen, wäre das nicht passiert.

Plötzlich stand Kirsten neben ihm, zwei Tassen Espresso in den Händen. »Was ist denn hier los?«

»Er hat mich geschlagen«, stammelte Katja Behringer.

»Was?« Obwohl er es hatte kommen sehen, überraschte ihn diese Lüge doch.

»Ich habe doch nur gesagt, dass ich es nicht war. Ich

kann doch nicht einen Mord gestehen …« Ihre Augen verdrehten sich, sie sackte nach hinten weg. Gerstner, der neben ihr kniete, erwischte sie gerade noch, bevor ihr Kopf auf den Boden knallen konnte.

Fragend suchte Kirsten Dühnforts Blick. Er schüttelte den Kopf, zuckte die Schultern und forderte einen Notarzt an, während Gerstner die Frau in stabile Seitenlage brachte. Zu guter Letzt zog er noch seine Uniformjacke aus und schob sie ihr unter den Kopf. Im Raum hatten sich inzwischen etliche Kollegen versammelt. Fragen wurden laut.

Gerstner stellte sich vor Dühnfort. Nur ein paar Zentimeter trennten sie. Bewusst verletzte er die Distanzgrenze, provozierte. »Das hätten Sie nicht tun sollen. Sie sind echt zu weit gegangen. Einfach drauflosprügeln, nur weil sie nicht gesagt hat, was Sie hören wollten. In Ihrer Position sollten Sie sich besser im Griff haben.«

2

»Das ist eine absurde Behauptung.« Wenn Dühnfort richtig wütend war, wurde er ganz ruhig. Eine Eigenschaft, von der er nicht wusste, woher sie kam. Von seinem Vater, der jeden Angriff messerscharf parierte, sicher nicht. Ebenso wenig konnte diese Facette seiner Persönlichkeit von seiner Mutter stammen, denn sie war eine Frau mit überbordenden Emotionen. Wie auch immer er diese Fähigkeit erworben hatte, er war in diesem Augenblick dankbar dafür. In ihm kochte zwar die Wut über Gerstners hanebüchene Beschuldigung, doch ein Deckel lag auf diesem Topf, schloss ihn hermetisch ab. Er würde sich nicht provozieren lassen. Diese Attacke trug eine Überschrift: Rache. Allerdings würde Gerstner mit dieser billigen Nummer Schiffbruch erleiden.

Der Notarzt drängte mit zwei Rettungssanitätern herein. Die Ansammlung der Kollegen löste sich auf, während Gerstner das große Wort zu führen begann. Hier wurde er nicht länger gebraucht. Dühnfort verließ das Zimmer, gefolgt von Kirsten. Vor dem Kaffeeautomaten wartete Moritz Russo. Er war ein sehniger Triathlet mit Stoppelhaarschnitt und silbernem Knopf im Ohr. Kein Gramm Fett zu viel am Körper. »Niemand wird das glauben.« Mit dem Kinn wies er Richtung Vernehmungsraum. »Also mach dir keinen Kopf. Vermutlich seine Revanche für die Sache mit der Schäfer.«

»Was für eine Sache?« Kirsten lehnte sich an den Automaten.

»Marlis Schäfer. Der Selbstmord.«

»Ach, er war das.«

»Ich habe das kommen sehen und trotzdem falsch reagiert. Sie ist auf mich losgegangen. Statt sie in den Polizeigriff zu nehmen, hätte ich besser die Kollegen dazugerufen. Sie hat mir ein Bein gestellt, so dass wir beide gestürzt sind. Das hat Gerstner gesehen. Und nichts anderes.«

Der Plastikbecher war gefüllt. Russo nahm ihn aus der Halterung. Dühnfort schauderte bei der Vorstellung, dieses Gebräu trinken zu müssen.

»Ich glaube nicht, dass er diese Geschichte aufrechterhalten kann.« Russo klopfte ihm auf die Schulter.

Doch Dühnfort befürchtete das Gegenteil. Die Behringer würde das durchziehen. Falls Gerstner sich auf ihre Seite schlug, gab es nur einen Weg. Agieren war immer noch besser als zu reagieren. Er ging in sein Büro, braute sich einen Espresso doppio, rührte zwei Löffel Dark Muscovado Sugar hinein und setzte sich an den PC. Eine halbe Stunde brauchte er für den Bericht. Er las ihn in aller Ruhe durch, schärfte Formulierungen und beseitigte Unklarheiten. Erst als er sicher war, den Sachverhalt präzise und frei von Emotionen dargelegt zu haben, schickte er ihn per Mail an seinen Vorgesetzten, Kriminaloberrat Leonhard Heigl, und an Matthias Potthoff, Leiter des KFD 11, der Abteilung für Amtsdelikte. Behringers Anzeige würde von diesem Dezernat bearbeitet werden. Seine Anzeigen gegen sie und Gerstner wegen falscher Beschuldigung schickte er gleich hinterher. Danach fühlte er sich besser.

Kurz nach sieben verließ er das Präsidium. Die Abenddämmerung senkte sich über die Stadt. Doch das Gefühl, die Situation zu beherrschen, hielt nicht lange an. Mit jedem Schritt wuchs der Ärger. Am meisten über sich selbst. Er hatte die Falle erkannt und war dennoch hineingelaufen. Herrgott! Wie dämlich konnte man sein!

Am Stephansplatz nahm er die Abkürzung über den Alten Südfriedhof. Das Handy in seiner Manteltasche begann zu vibrieren, als er das Grab des Musikers passierte. Der Marmorengel, der dort seit über hundert Jahren wachte, blickte heute missmutig über sein Reich. Eine Taube flog im Tiefflug vorbei und landete auf dem bunten Laubteppich, der den Kiesweg bedeckte. Gurrend tippelte sie vor Dühnfort her.

Heigl meldete sich. Er hatte den Bericht gelesen, und auch der Buschfunk war schon bis zu ihm vorgedrungen. Die Nachricht verbreitete sich bereits im Präsidium: Dühnfort prügelt eine Beschuldigte krankenhausreif. Heigl räusperte sich. »Überflüssig, zu sagen, dass ich dir glaube. Ein derartiger Übergriff passt nicht zu dir. Dennoch gibt es Gesprächsbedarf. Wir müssen das aus den Medien raushalten.«

»Das wird sich nicht verhindern lassen. Die Behringer arbeitet bei einem Privatsender. Vermutlich sitzen bereits etliche Kollegen an ihrem Krankenbett.« Bei dieser Vorstellung sträubten sich sicher Heigls Nackenhaare, ebenso wie seine. Man würde ihn als prügelnden Bullen durchs mediale Dorf treiben. Tolle Aussichten!

»Hm. Nicht schön. Wenn sie in die Offensive geht, kommen wir um eine Pressekonferenz nicht herum. Wir besprechen das morgen früh. Um acht in meinem Büro. Passt dir das?«

Es passte ihm nicht. Er hatte einen Termin bei Ruges Bank. Doch Heigls Frage war rhetorisch. Er erwartete kein *Nein* und würde es auch nicht akzeptieren. »Kein Problem.«

Als Dühnfort das Handy einstecken wollte, entdeckte er eine SMS von Gina. *Bin noch in Lohwies. Ein alter Fall läuft heiß. Bei mir wird es spät. :-x*

Er antwortete ihr. *Dann bis spät, Schatz. :-x*

Enttäuscht kickte er einen Stein weg und traf die Taube, die davonflatterte. Heute war nicht sein Tag. Definitiv nicht.

Seit Gina in der Abteilung für Altfälle arbeitete, sahen sie sich seltener, obwohl sie nun zusammenwohnten. Es war paradox. Sie trafen sich nur noch abends und an den Wochenenden, und auch oft dann nicht, wenn viel zu tun war. Ein Gefühl des Bedauerns machte sich in ihm breit.

Am Ausgang Pestalozzistraße verließ er den Friedhof und stieg kurz darauf durch das düstere Treppenhaus hoch zur Wohnung. Die Beleuchtung in der zweiten Etage war ausgefallen. Vorsichtig tastete er sich durchs Halbdunkel, stolperte über ein Bobby Car und fing sich gerade noch. Dabei knallte er mit der Schulter gegen die Wand. Ein scharfer Schmerz. Er biss die Zähne aufeinander, um nicht laut zu fluchen.

In der Wohnung war es dunkel und kalt. Er hatte sich darauf gefreut, mit Gina zu Abend zu essen, ihr von Gerstner und der Behringer zu erzählen, von seiner eigenen Dummheit und von der latenten Angst, die Sache könnte eine zerstörerische Dynamik entwickeln, die ihm am Ende eine Anklage wegen schwerer Körperverletzung im Amt einbrachte. Was, wenn man ihm nicht glaubte?

Ach, Tino. Wenn du schwarzsiehst, dann immer gleich rabenschwarz. Du machst dich verrückt. Völlig grundlos, würde Gina sagen. *Warum sollte man dir nicht glauben?*

Weil ich keinen Zeugen habe und die Behringer schon. Wenn auch einen falschen.

Er wird sich in Widersprüche verwickeln und sich darin verheddern. Oder? Kein Grund zur Panik.

Sie hatte ja recht. Er sah die Post durch. Eine Karte seiner Mutter war darunter. Im November kam sie mit

Georges nach München. Sie, um eine Ausstellung vorzubereiten, er, um sich durchchecken zu lassen. Gesundheitlich ging es ihm nicht so gut. Probleme mit der Prostata. Rita schrieb, dass sie bereits eine Unterkunft bei Freunden im Glockenbachviertel gefunden hatten. *Du musst dich also um nichts kümmern. Ich freue mich, dich endlich mal wieder zu sehen, mein Lieber. Es ist viel zu lange her.*

Es stimmte. Wie lange hatten sie sich nicht gesehen? Bei der Taufe von Lizzy vor anderthalb Jahren zum letzten Mal. Er hängte die Karte mit einem Magneten an den Kühlschrank und nahm den vorbereiteten Auflauf heraus. Der Rand der Form war feucht. Sie glitt ihm aus den Händen, knallte auf die Fliesen und zerbarst. Scherben, Fleisch, Nudeln und Gemüse spritzten über Boden und Schrankfronten. Tomatensoße durchweichte seine Schuhe und Socken und lief am Geschirrspüler hinab. Die Küche sah aus wie nach einem Massaker.

»Merde! Mist! Verdammte Scheiße!« Wütend knallte er den Kühlschrank zu, donnerte die Küchentür ins Schloss und ging ins Bad. Was für ein beschissener Tag! So konnte das nicht weitergehen. Entweder ließ er sich jetzt in einer Kneipe volllaufen, was sicherlich keine gute Lösung war und genauso wenig zu ihm passte, wie Frauen krankenhausreif zu prügeln, oder ... Ja, was?

Die Joggingsachen fielen ihm ein, die im Schrank Staub ansetzten. Eigentlich war er kein Sportler, doch jetzt verspürte er unbändigen Bewegungsdrang.

3

Mit Staubsauger und Putzzeug bewaffnet, betrat Elena das Schlafzimmer. Der muffige und saure Geruch nach alter Frau hing darin wie ein ranziges Stück Schwarte. Sie unterdrückte den Brechreiz, um nicht auf den Läufer zu kotzen, und riss das Fenster auf. Vor etlichen ihrer Kunden ekelte sie sich. Manche wuschen sich nicht und trugen wochenlang dieselben Klamotten. Einige warfen nichts weg, auch dann nicht, wenn die Sachen in Kühlschränken und Vorratsregalen zu leben begannen. Und manche lüfteten nie. So gesehen war die Kommandantin erträglich. Sie hatte nur etwas gegen frische Luft.

Elena lehnte sich hinaus und atmete tief durch. Die saubere Luft war schon alles, was sie an diesem Land mochte. Sie war klar und frisch, wie das Wasser des Jalpuch an seiner Quelle. Weiter flussabwärts wurde auch er zur Dreckbrühe. Nichts blieb sauber, unberührt und unverdorben. Wer das leugnete, war ein weltfremder Phantast und würde schneller untergehen, als er denken konnte. Die Spielregeln akzeptieren und sich anpassen, oder verrecken. Eine andere Wahl hatte man nicht. Natürlich hatte sie sich fürs Anpassen entschieden.

Sie lechzte nach einer Zigarette, zog eine aus der Packung und schob sie sich zwischen die Lippen. Das Zippo flammte auf, der Tabak knisterte. Eine Sekunde später sog sie mit dem Rauch Nikotin in ihre Lunge. Tat das gut! Sie hatte erst ein paar Züge gemacht, als auf dem Flur das gleichmäßige Klopfen des Stocks erklang. Rahat! Scheiße! Sie inhalierte noch einmal tief.

Als die Alte in der geöffneten Tür stehen blieb, blies Elena den Rauch ins Zimmer. Mit Habichtblick wurde dieses Vergehen registriert. Der Stock knallte auf den Boden. Eine knappe militärische Geste. Die Geste einer Frau, die es gewohnt war, dass man ihr gehorchte. Die Attitüde einer Kommandantin. Auf den Stock gestützt sah sie sich um. Eine ausgemergelte und verbitterte Gestalt. Eine Mumie, an der ein dunkelblauer Hosenanzug schlotterte und deren knochige Hände mit goldenen Ringen geschmückt waren, als könnte sie so den Unausweichlichen bestechen. Den Tod.

Auch du entkommst ihm nicht, dachte Elena. Er ist die einzige Gewissheit, die du hast. Und das weißt du. Deswegen bist du so verbittert und feindselig. Jetzt, wo er vor der Tür steht. Soll er dich doch holen!

»Bei mir wird nicht geraucht, Eva! Habe ich das gesagt oder nicht?«

War es so schwer, sich ihren Namen zu merken? Auch wenn es nicht ihrer war. »Elena.«

»Eva? Elena? Wo ist der Unterschied? Wenn du dich bitte an das Rauchverbot halten würdest.«

Sie mimte Zerknirschung. »Entschuldigung. Ich haben vergessen.« Wie um Nachsicht mit dieser dummen Ausländerin bittend, breitete sie die Hände aus, nahm noch einen Zug, dass die Glut rot aufleuchtete, und entließ den Rauch, scheinbar gedankenverloren aus ihrer Lunge. Erst dann drückte sie die Kippe auf dem Fensterbrett aus.

Die Alte hustete demonstrativ. »Nun fang schon an. Falls du mit deiner Trödelei länger als die vereinbarte Zeit brauchst, bezahle ich trotzdem nicht mehr. Und schließ das Fenster. Ich hole mir sonst noch den Tod.«

»Nichts Sorge. Ich putzen drei Stunden, ist fertig.« Gehorsam führte sie den Befehl aus. Die Kommandantin machte kehrt und dachte laut darüber nach, ob es von ihrer Tochter Elisabeth wirklich eine gute Idee gewesen war, eine Putzfrau zu engagieren. Noch dazu eine, die elend langsam war und mit der man sich nur schwer verständigen konnte, weil sie kaum Deutsch sprach. Auch das war ein Irrtum. Doch das konnte die Alte nicht wissen.

Im Wohnzimmer wurde der Fernseher lauter gedreht. Dröhnende Stimmen und scheppernde Musik drangen in den Flur. Elena öffnete das Fenster wieder und streifte Latexhandschuhe über, wie stets beim Putzen. Sie zog das Bett ab, trug die Schmutzwäsche ins Bad, wischte Staub, schüttelte die bunten Läufer aus, die rund ums Ehebett lagen, dessen eine Hälfte verwaist war, und saugte schließlich den Teppichboden. Im Spalt zwischen Bett und Nachttisch fand sie einen Zehneuroschein. Lächelnd hob sie ihn auf. Als sie vor einer Woche zum ersten Mal hier geputzt hatte, waren es drei Euro gewesen, die im Bad auf der Waschmaschine lagen. Wie vergessen. Mit der Hand strich sie den Schein glatt und wollte ihn schon auf dem Nachtkästchen mit der Flasche Eau de Cologne beschweren, als sie eine bessere Idee hatte.

Sie ging ins Wohnzimmer. Eine Talkshow lief. Die Kommandantin sah hoch, als Elena eintrat. »Ich gefunden. Unter Bett.« Sie gab der Alten das Geld, die sich in schlecht gespielter Verwunderung fragte, wie es wohl dahin geraten war. Natürlich bedankte sie sich nicht. Prüfung offiziell bestanden. Eins. Setzen. Die neue Putze war ehrlich. Ein weiterer Irrtum.

Frische Bettwäsche lag in der Kommode. Elena nahm eine Garnitur heraus und durchsuchte bei dieser Gelegenheit die Schubladen. In der Schachtel mit der Heizdecke entdeckte sie ein Kuvert, das nicht dorthin gehörte. Das Logo der Sparkasse war aufgedruckt. Ein Bündel Scheine steckte darin. Achthundert Euro. Wow! Nicht schlecht. Sie legte das Geld zurück und stellte den Karton an seinen Platz. Alles zu seiner Zeit.

Die Schmuckschatulle entdeckte sie im Nachtkästchen. Kein Bargeld darin. Auf rotem Samt lagen die Schätze der Kommandantin. Goldarmbänder, eine Perlenkette mit einem wunderschönen Verschluss, eine Brosche mit rotem Stein, Saphirohrringe, einige Ringe, eine Armbanduhr. Elena ließ die Schmuckstücke durch ihre latexbehandschuhten Finger gleiten, steckte einen Ring an, hob die Hand und begutachtete ihn. Wie das glitzerte und funkelte. Doch sie war keine Idiotin. Einen Moment betrachtete sie diesen Schatz noch, dann legte sie alles zurück und schloss die Schublade.

Im Schlafzimmer fand sie keine weiteren Geldverstecke. Allerdings konnte sie auch nicht intensiv danach suchen. Es würde auffallen, wenn sie so viel länger brauchte als beim ersten Mal. Mit dem Staubsauger ging sie ins Esszimmer und schaffte Ordnung.

Nach drei Stunden war die Wohnung aufgeräumt und sauber. Sie roch nach Möbelpolitur und frisch gewaschener Wäsche. Elena brachte noch den Müll runter und entdeckte dabei in der Tüte mit dem Altpapier Tolstois *Anna Karenina*, in einer deutschen Übersetzung. *Liebe Mutter, alles Gute zum Geburtstag. In Liebe, Elisabeth*. Die Kommandantin warf das Geschenk ihrer Tochter in den Müll. Kalt wie der sibirische Winter. Elena schlug das Buch zu und steckte es in den Rucksack.

Um halb sieben verabschiedete sie sich von der Alten, die ihr den Lohn überreichte, als gewähre sie eine Gunst. »Nächste Woche, um dieselbe Zeit?«

Elena nickte. »Ich punktlich. Wenn Problem, ich telefonieren.«

Sie steckte das Geld ein. Es war lächerlich wenig, im Vergleich zu ihrem früheren Job. Allerdings hatte sie davon so gut wie nichts gehabt. Unter dem Strich machte es also keinen Unterschied. Wer sich illegal in diesem gelobten Land aufhielt, musste für jeden Cent dankbar sein und wurde oft auch noch um den beschissen. Nicht selten von den eigenen Leuten. Die Illegalen waren machtlos. Man konnte sie ausbeuten und betrügen, man konnte sie demütigen und quälen, misshandeln, vergewaltigen und verkaufen. Sie waren Schattenwesen. Sie waren nichts.

Doch Elena hatte die Regeln geändert.

4

Es wurde bereits dunkel, als Clara Lenz den Eingang des Klinikums rechts der Isar ansteuerte. Seit gestern lag ihr Vater hier. Nachts war er gestürzt und hatte Glück gehabt, dass keiner seiner morschen Knochen gebrochen war. Die Mitarbeiterin des Pflegediensts hatte ihn gefunden. Morgens um acht im Bad, auf dem Fliesenboden, nur mit der Unterhose bekleidet und völlig unterkühlt. Mindestens zehn Stunden musste er dort gelegen haben.

Seit dem Tod ihrer Mutter vor drei Jahren baute er ab. Weniger körperlich als mental. Als sich im Frühling die Merkwürdigkeiten zu häufen begannen, war es ihr gelungen, ihn zu einer neurologischen Untersuchung zu überreden. Mit vernichtendem Ergebnis. Ihr Vater litt an Alzheimer. Die Erkrankung befand sich bereits im Übergang zum zweiten Stadium. Die Anzeichen des ersten hatten sie und Franziska falsch interpretiert und angenommen, dass es an der Trauer um Mutter lag, dass er sich derart zurückzog, und die zunehmende Vergesslichkeit seinem Alter zugeschrieben. Und dann diese vernichtende Diagnose!

Die Glastüren öffneten sich. Der Geruch nach Desinfektionsmitteln, Kaffee, Blumen und feuchten Mänteln schlug ihr entgegen. Am Kiosk kaufte sie eine Tafel Schokolade, Rum-Trauben-Nuss, Paps' Lieblingssorte. Mit dem Lift fuhr sie nach oben zur Krankenstation.

Erst wollte sie mit dem Arzt sprechen. Im Schwesternzimmer war niemand. Im Arztzimmer auch nicht. Weiter hinten entdeckte sie einen Pfleger. Doch er war für die Station nicht zuständig und riet Clara, es später noch einmal zu versuchen.

Ihr Vater lag mit drei alten Männern in einem völlig überheizten Zimmer und schlief. Der Schnabelbecher mit Orangensaft wies noch denselben Pegelstand auf wie gestern Nachmittag, als sie ihn gefüllt und dort abgestellt hatte. Die Saftflasche ebenfalls. Auch vom Wasser hatte er keinen Schluck getrunken. Ärger machte sich in Clara breit. Die Haut an seiner Hand fühlte sich trocken an und brüchig wie Papier. Er öffnete die Augen. »Clara. Du bist spät.«

»Tut mir leid. Ich musste erst wegarbeiten, was gestern liegen geblieben ist.« Natürlich war sie im Krankenwagen mitgefahren und war dabei gewesen, als er untersucht und schließlich auf die Station verlegt worden war. Ein halber Arbeitstag war dabei flöten gegangen. Sie schlüpfte aus dem Mantel und warf ihn über einen Besucherstuhl.

»Immer hast du Ausreden.«

Nette Begrüßung. Sie atmete durch. Sie war es nicht anders gewohnt und hatte daher jahrelange Übung im Durchatmen. »Ich habe dir deine Lieblingsschokolade mitgebracht.« Sie reichte ihm die Tafel. Er musterte sie und gab sie zurück. »Rum-Trauben-Nuss? Habe ich ja noch nie gemocht.«

Clara sandte ein lautloses *Omm* zur Zimmerdecke. »Wie geht es dir? Weißt du schon, wann du entlassen wirst?«

»Mir geht es blendend. Du hättest mich nicht hierher schaffen müssen.« Ratlos sah er sich um. »Warum bin ich überhaupt hier?«

»Du bist im Bad gestürzt.«

»Das wüsste ich aber.«

Die Tür wurde geöffnet. Der Pfleger sah herein. »Frau Lenz, Sie wollten doch den Arzt sprechen. Er ist jetzt da.«

Clara drückte die Hand ihres Vaters. »Bin gleich zurück. Trink inzwischen etwas. Du trinkst viel zu wenig.«

Das Arztzimmer war eine fensterlose und mit zwei überquellenden Schreibtischen zugestellte Zelle, auf denen die PCs kaum Platz hatten. Dr. Wolfram Wernicke – so stand es auf dem Schildchen am Revers – wies auf einen Stuhl. »Bitte.«

Clara setzte sich. Er sah nicht aus wie ein Arzt. Eher wie ein demotivierter Finanzbeamter kurz vor der Pensionierung. Der weiße Kittel war zerknautscht. In der Brusttasche steckte ein Kugelschreiber, der auslief und einen blauen Fleck hinterließ. Die Brillengläser waren verschmiert. Clara fragte, wann ihr Vater entlassen wurde.

Wernicke sah auf den Monitor. »Ernst Kubisch. Da haben wir ihn ja.« Mit flinken Augen überflog er die Datei. »Ich würde ihn gerne noch ein paar Tage dabehalten. Die Nierenwerte gefallen mir nicht. Trinkt er denn ausreichend?«

Clara versuchte den aufsteigenden Ärger zu unterdrücken. »Mein Vater hat Alzheimer. Er vergisst alles Mögliche. Unter anderem auch zu trinken. Darauf habe ich gestern hingewiesen, als er eingeliefert wurde. Und ich habe auch die Schwester gebeten, darauf zu achten, dass er trinkt. Doch als ich vor fünf Minuten gekommen bin, standen die beiden Becher mit Saft und Wasser, die ich ihm gestern hingestellt habe, völlig unberührt vor ihm. Wenn er heute also überhaupt etwas getrunken hat, dann vermutlich nur den Kaffee zum Frühstück. Kein Wunder, dass Ihnen die Nierenwerte nicht gefallen.«

Über den Rand der verschmierten Brille hinweg sah Wernicke sie an. »In meinen Unterlagen steht nichts davon. Und die Schwestern haben keine Zeit dafür. Wir werden Ihren Vater an den Tropf hängen. Das wird das Beste sein.«

»Das Einfachste vielleicht. Nicht das Beste.«

Der Arzt nahm die Brille ab und rieb sich die Nasenwurzel. »Glauben Sie mir, Frau Lenz, wenn ich genügend Personal hätte, würde ich diese Station ganz anders führen. Im Moment ist es das Beste, wenn wir Ihren Vater mit Infusionen versorgen, um den Flüssigkeitshaushalt auszugleichen. Danach sehen wir weiter. Von der Unterkühlung hat er sich gut erholt. In der Lunge gibt es ein Geräusch. Hoffentlich wird das keine Lungenentzündung. Die Blutwerte sind in Ordnung. Derzeit sind keine Entzündungswerte nachweisbar. Wenn alles gutgeht, ist er in zwei oder drei Tagen wieder daheim.«

Clara war froh, das zu hören. Gleichzeitig legte sich die Last der Verantwortung wie ein Sandsack auf ihre Schultern. Heute hatte sie einen ganzen Tag ohne Unterbrechung arbeiten können und beinahe achtzig Seiten Lektorat geschafft. Das war seit Monaten nicht mehr der Fall gewesen, denn der Pflegedienst kam nur morgens und abends. Alle zwei bis drei Stunden unterbrach sie ihre Arbeit und sah nach ihrem Vater.

Dr. Wernicke setzte die Brille wieder auf. »Haben Sie sich denn schon Gedanken gemacht, wie Sie die Pflege künftig organisieren wollen? Sie werden das nicht mehr alleine schaffen. Die Stürze werden sich häufen und auch die Tendenz wegzulaufen. Er läuft doch weg?«

Clara nickte. Zweimal war Paps schon ausgebüxt, obwohl sie ihn gebeten hatte, nicht alleine aus dem Haus zu gehen. Er fand nicht mehr zurück. Einmal hatte ihn eine Nachbarin heimgebracht, das andere Mal hatte sie ihn gefunden. Am Pariser Platz. Keine zweihundert Meter von seiner Wohnung entfernt. Er hatte keine Ahnung gehabt, wo er war.

Wernicke legte seine Hände aneinander. »Sie können

nicht den ganzen Tag an seiner Seite sein. Sie haben schließlich auch ein Leben. Sie sollten entweder eine Pflegekraft ins Haus holen oder für Ihren Vater einen Platz im Heim suchen. Er braucht professionelle Hilfe, und das bald rund um die Uhr. Das können Sie nicht leisten.«

Clara war sich seit Monaten im Klaren darüber, dass diese Entscheidung früher oder später anstand. Nun also früher.

»Ich werde es mit ihm besprechen.«

»Sehr schön.« Dr. Wernicke begleitete sie zur Tür.

In ein Heim wollte Paps auf keinen Fall. Das hatte er immer gesagt. Seit einigen Jahren gab es die Möglichkeit, über Agenturen Pflegekräfte zu engagieren, die mit in der Wohnung lebten. Es war Zeit, sich schlauzumachen, wie das genau funktionierte und was es kostete. Paps' Wohnung war groß. Das Gästezimmer stand seit Jahren leer. Als ehemaliger Oberstudienrat verfügte er auch über eine gute Pension. Eigentlich sollte es problemlos klappen, ihn auf diese Weise betreuen zu lassen.

Als Clara das Krankenzimmer wieder betrat, saß Franzi an Paps' Bett. Er war munter und aufgedreht. »Hallo Clara, schön, dass du mich auch besuchst. Sieh mal, Franziska hat mir meine Lieblingsschokolade mitgebracht. Rum-Trauben-Nuss.«

5

Clara sah auf, als Franzi das Tablett mit zwei Latte macchiato auf dem Tisch in der Krankenhaus-Cafeteria abstellte. Ihre kleine Schwester sah phantastisch aus. Wie immer. Niemand würde glauben, dass sie Mitte vierzig war, sondern sie für wenigstens fünf Jahre jünger halten. Wie machte sie das? Mit zwei pubertierenden Kindern, einem Vier-Personen-Haushalt und ihrem Café, das sie mit ihrer Freundin Beate betrieb. Sie trug Hüftjeans und einen pflaumenfarbenen Pullover. Sandelholzfarbener Lippenstift, dezentes Make-up. Die braunen Locken glänzten, die dunklen Augen strahlten, jede ihrer Gesten steckte voller Energie. Franzi glückte einfach alles. Für einen Moment spürte Clara Neid.

Der Latte war heiß. Clara legte die kalten Hände ums Glas. Ihr selbst ging es ja nicht wirklich schlecht. Gut, die Ehe mit Hannes war vor zwei Jahren gescheitert. Wenn irgendjemand ihr das vor drei Jahren prophezeit hätte, wäre sie in Gelächter ausgebrochen. Toller Witz. Sie und Hannes gehörten zusammen wie Birne und Helene, wie Struwwel und Peter, wie Topf und Deckel. Doch dann war die banalste aller Banalitäten passiert. Ein Plot, den sie keinem Autor durchgehen lassen würde. Pures Klischee. Hannes war mit Ende vierzig in eine Midlife-Crisis geraten. Als Therapie hatte er sich das Übliche verordnet, eine junge Geliebte, und die hatte er dann auch noch geschwängert. An ihm lag es also nicht, dass ihre Ehe kinderlos geblieben war. Als hätte er je Kinder gewollt. Dieser Schwarze Peter war in ihrem Feld gelandet. Und so manch anderer war gefolgt.

Franzi trank einen Schluck. »Nicht gerade preisverdächtig. Bei mir gibt es Besseren.« Sie stellte das Kaffeeglas ab. Ihr Handy begann eine Melodie zu spielen. Sie sah aufs Display. Ein verträumtes Lächeln erschien. Ihre Lippen formten sich zu einem Kussmund, während ihre Finger über die Tasten flogen und eine SMS schrieben.

Als sie fertig war, sah sie auf, direkt in Claras überraschtes Gesicht. Ein entschuldigendes Lächeln erschien. Sie zuckte mit den Schultern. »Mein Lover.«

Clara verschlug es vor Verblüffung die Sprache.

»Na ja. Seit ich das Café habe, geht meine Ehe langsam über den Jordan. Klaus war ja immer dagegen, dass ich mich selbständig mache. Wir streiten nur noch. Da tut es einfach gut, mal wieder auf Händen getragen zu werden.«

»Weiß Klaus davon?«

»Gott bewahre.« Mit einem Mal sah Franzi besorgt aus. »Du darfst ihm das nicht verraten. Nie. Wenn er das erfährt, flippt er aus. Er schlägt mich tot.«

Diese Sorge war übertrieben, aber nicht ganz unbegründet. Klaus gehörte zu den Männern, die handgreiflich wurden, wenn sie sich hilflos oder in die Enge getrieben fühlten. Warum Franzi sich das bieten ließ? Vielleicht wegen der Kinder und des Bildes der intakten Familie? Clara hatte keine Ahnung. »Natürlich werde ich nichts sagen. Wo denkst du hin?«

»Ich weiß, das ist total wahnsinnig. Aber es tut so gut.« Sie lächelte, rührte im Kaffee und wechselte das Thema. »Ich bin froh, dass es Paps schon wieder bessergeht. Und es überrascht mich, dass er deinem Vorschlag mit der Pflegekraft zugestimmt hat. Zu mir hat er immer gesagt, Mama soll ihn pflegen, wenn es mal so weit kommen sollte.«

»Mutter ist tot. Und ich kann keine Vollzeitpflege übernehmen.« Der Tonfall war schärfer als beabsichtigt.

»Das erwartet doch auch niemand von dir«, lenkte Franzi sofort ein. »Mich wundert nur, dass er sofort einverstanden war. Vermutlich hat er es schon wieder vergessen. Ich kann dir ja helfen, eine Agentur auszusuchen.«

Natürlich ging Franzi davon aus, dass sie, Clara, das übernahm, und bot wie immer Hilfe an, die nicht kommen würde. Große Sprüche, denen selten Taten folgten. Das war so gewesen, als Clara eine Putzfrau für Paps gesucht hatte, und ebenso beim Pflegedienst. Sie hatte versprochen, sich schlauzumachen, doch wie immer war ihr etwas dazwischengekommen: »Sorry. Ich habe es nicht geschafft. Das Café und die Kids ... Manchmal wünschte ich, ich hätte so ein ruhiges Leben wie du.«

Wie kam sie auf die Idee, dass Clara mit ihrem *ruhigen Leben* glücklich war? Als ob sie nur davon geträumt hätte, dass Hannes sie betrog und verließ und ihr als Sahnehäubchen obendrauf auch noch seine Schulden aufhalste. Doch wie immer hatte Clara nichts gesagt und die verletzenden Worte geschluckt. Sie hasste seit jeher Streit. »Danke. Das ist nett von dir.«

»Wie sieht es eigentlich mit den Finanzen aus? Paps' Pension allein wird nicht reichen.«

»Er hat genügend auf den Sparbüchern.«

»Gut. Wir haben nämlich echt nichts übrig. Leonie will unbedingt Reitunterricht, und Justins Mathenachhilfe kostet ein Vermögen. Und eigentlich wäre es schon schön, wenn wir irgendwann auch noch was erben würden.«

Was sollte das jetzt? Paps hatte nie einen Zweifel daran gelassen, dass sein *Eingemachtes*, wie er seine Ersparnisse nannte, in erster Linie zur Absicherung einer eventuellen Pflege gedacht war.

Clara war froh, dass er beizeiten vorgesorgt hatte. Auch sie wäre nicht in der Lage, ihn zu unterstützen. Was sie über den Pfändungsfreibetrag hinaus verdiente, landete bei der Bank.

Als sie auf das Stichwort *Erbe* nicht reagierte, fragte Franzi, ob Achim darüber informiert sei, dass Paps im Krankenhaus lag.

»Ich habe ihm eine Nachricht auf der Mailbox hinterlassen.«

»Weißt du eigentlich, dass er die Betreuung übernehmen will? Die Verfahrenspflegerin hat es mir erzählt.«

Das war in der Tat eine Neuigkeit. Da ihr Vater nicht mehr in der Lage war, seine Dinge selbst zu regeln, hatte der Arzt zu einer Betreuung geraten. Clara hatte sie beim Amtsgericht beantragt. Vor ein paar Tagen war der Gutachter da gewesen und hatte Paps unter anderem auch gefragt, wer sich denn um alles kümmern sollte. »Die Clara soll das machen«, war seine Antwort gewesen.

Die Clara. Wie immer. Die Clara, die sich stets in die ihr zugedachte Rolle fügte. Allerdings erledigte sie ohnehin schon alles für ihn. Es machte keinen großen Unterschied mehr. Franziska war mehr als beschäftigt, und Achim lebte in Augsburg. So blieb nur sie übrig. Geschieden. Kinderlos. Und sie wohnte nur einen Steinwurf von Paps entfernt im Hinterhaus.

»Paps will, dass ich das übernehme. Doch letztlich entscheidet das Gericht darüber. Von mir aus kann Achim sich gerne kümmern. Wäre mir eigentlich ganz recht.«

»Wie soll das denn funktionieren? Von Augsburg aus. Außerdem kümmert er sich doch sonst nicht um ihn. Vermutlich will er nur die Kontrolle über das Geld.«

Natürlich musste Franzi wieder auf Achim herumhacken. Die alte Rivalität. Wobei seit jeher sie, als das Nesthäkchen, die Siegerin gewesen war. Und natürlich hatte Clara sofort wieder das Bedürfnis, Achim zu verteidigen. »Du irrst dich. Er besucht Paps, wenn er in München Termine hat. Neulich war er mit ihm am Starnberger See essen. Das tut ihm gut. Danach ist er präsenter und vergnügt. Und ich hab auch mal ein paar Stunden für mich.«

Erstaunt zog Franzi die Brauen hoch. »Es geschehen noch Zeichen und Wunder.«

Clara sorgte sich eher, wie schnell die Krankheit voranschritt. Im Frühling hatten sich die Auffälligkeiten plötzlich zu häufen begonnen. Paps erinnerte sich nicht mehr an ein fünf Minuten zuvor geführtes Gespräch und erzählte von merkwürdigen Anrufen. Als Clara die Anruferliste des Telefons durchsah, war darin jedoch seit Tagen kein neuer Eintrag verzeichnet. Und eines Morgens hatte er von einem nächtlichen Besucher berichtet. Ein Mitarbeiter der Stadtverwaltung sei zur Volkszählung gekommen. Gegen die Volkszählung hatte Paps damals in den Achtzigern demonstriert. Als er nun schilderte, wie er dem Beamten nachts willig Auskunft gegeben hatte, waren bei Clara die Alarmanlagen losgegangen. Ihr Vater schien keinen Zweifel an der Existenz des Besuchers zu haben und es obendrein völlig normal zu finden, dass Umfragen nachts durchgeführt wurden.

Sie hatte Franzi und Achim informiert und gefragt, was sie tun sollte. Achim war skeptisch gewesen, als Clara eine neurologische Untersuchung vorschlug, da sie eine Demenz befürchtete. »Er ist über achtzig und wird senil. Das ist doch fast normal. Und falls er wirklich Alzheimer bekommt, kann man das sowieso nicht stoppen. Wozu also der Stress?«, hatte er gemeint. Doch seither kam er regelmäßig vorbei und sah nach dem Rechten. Auch er machte sich Sorgen um ihren Vater, selbst wenn Franzi das nicht wahrhaben wollte.

Franzi leerte das Glas Latte macchiato und sah auf die Uhr. »Wie gesagt, wenn du Unterstützung brauchst, ruf an. Jetzt muss ich aber langsam los.«

6

Als Clara zwanzig Minuten später den Durchgang zum Hinterhaus in der Sedanstraße passierte, war es dunkel geworden. Nur eine Lampe spendete spärlich Licht. Vom Ahorn in der Hofmitte riss der Wind die ersten rot gefärbten Blätter und fegte sie in einer Ecke zusammen. Für ein paar Minuten setzte sie sich auf die Bank und genoss den Wind, der mit den Haaren spielte. Schon als Kind hatte sie das gemocht.

Die Drachen fielen ihr ein, die Paps mit ihnen gebastelt hatte. Sonntags waren sie damit aufs Land gefahren. Eine Thermoskanne mit Kakao und Mutters Marmorkuchen im Gepäck. Auf den Stoppelfeldern hatten sie die Drachen steigen lassen. Der Wind zauste die Haare. Paps erzählte Geschichten. Wie lange war das her?

Über vierzig Jahre. Wo war die Zeit geblieben? Zu schnell vergangen. Zu viel versäumt. Wer würde sich einmal um sie kümmern?

Einst war sie das Kind gewesen, um das er sich gesorgt, das er erzogen und das er beschützt hatte. Und nun, da seine Fähigkeiten, sich im Leben zurechtzufinden, erodierten wie abgeerntete Felder im Wind, verkehrten sich diese Rollen ins Gegenteil. Sie musste jetzt die Verantwortung für ihn übernehmen. Würde sie alles richtig machen, in seinem Sinn handeln? Würde es ihr gelingen, die Jahre, die ihm noch blieben, für ihn lebenswert zu machen, trotz dieser schrecklichen Erkrankung?

Sie würde es versuchen. Das war sie ihm nicht nur schuldig, sie tat es gerne. Das Bild von Waagschalen im

Gleichgewicht stand ihr plötzlich vor Augen. Lächelnd stand sie auf. Harmoniesüchtig, wie sie nun einmal war, war es sicher passend.

Die Sprossenfenster der ehemaligen Schusterwerkstatt, die nun ihre Wohnung und ihren Arbeitsplatz beherbergte, schimmerten weiß im Zwielicht. Clara zog den Schlüssel aus der Manteltasche und schob ihn ins Schloss. Dabei sprang die Tür auf. Wieso war sie nur angelehnt? Sie hatte doch abgesperrt. Oder etwa nicht? Ihr Herz begann schneller zu schlagen, die feinen Härchen im Nacken richteten sich auf. Ihre Hand tastete nach dem Schalter.

Der Orleansplatz mit seinen Junkies, Pennern und Säufern war nicht weit entfernt. Sie machte sich darauf gefasst, gleich in ein Chaos zu blicken. Durchwühlte Schrankfächer, herausgerissene Schubladen, umgestürzte Stühle. Flammend ging die Deckenlampe an.

Ihr kleines Reich schien unberührt. Es bestand aus einem großen Raum mit Kochnische und einer Schlafecke hinter einem Paravent. Der Schreibtisch mit PC hatte seinen Platz vor dem Sprossenfenster. Daneben, in der Ecke, waren Sessel und Couch untergebracht und der alte Röhrenfernseher, der auf dem einzigen wertvollen Stück stand, das sie besaß, einer Kirschholzkommode. Vor der Wand befand sich der Kachelofen mit dem Korb voll Briketts und Holz. Alles war an seinem Platz. Eine Welle von Erleichterung spülte die Anspannung fort. Vermutlich hatte sie vergessen abzusperren. Sie schloss die Tür, hängte den Mantel auf den Bügel und setzte sich an den Schreibtisch, um am Lektorat eines historischen Romans weiterzuarbeiten. Dabei bemerkte sie, dass eine Schublade nicht richtig zu war. Sie zog sie auf. Stifte, Radiergummi und Lineale lagen wild durcheinandergewirbelt.

Es war doch jemand hier gewesen!

Plötzlich drang das leise Brausen des Straßenverkehrs lauter herein. Ein kalter Luftzug streifte sie. Die Tür fiel ins Schloss. Clara rannte nach vorne und riss sie auf. Ein Schatten verschwand im Durchgang zur Straße. Weg war er. Ihr Herz raste. Nach Luft ringend starrte sie in den Hof. Wo war der Kerl so plötzlich hergekommen?

Die Tür zum Bad stand offen. Als sie die Wohnung betreten hatte, war sie zu gewesen. Sie musste ihn überrascht haben, und er hatte sich im Bad versteckt! Clara sah sich um. Was sollte man hier schon klauen? Der PC stand an seinem Platz. Fernseher und Radio ebenfalls. Uralte Geräte, für die man auf dem Flohmarkt keine fünf Euro bekommen würde. Ihre Füße wurden kalt. Sie zog die Schublade der Kommode auf, um Socken herauszuholen, und fuhr zusammen. Ihre Wäsche war durchwühlt worden. Auch die anderen Schubladen hatte der Einbrecher durchsucht. Wonach denn, um Himmels willen? Nach ausgeleierten Socken? Nach Schmuck und Geld natürlich!

Mit bebenden Fingern schob Clara die Schiebetür des Kleiderschranks auf. Der Stapel mit Pullis und T-Shirts war verrutscht. Die kleine Schmuckschatulle, die sie dahinter versteckt hatte, lag obenauf.

Mutters Ring, die schmale Goldkette, die Paps ihr zum achtzehnten Geburtstag geschenkt hatte, und die Uhr von Hannes zum zehnten Hochzeitstag. Die Erinnerungsstücke ihres Lebens. Sie wollte es nicht wissen und zögerte den Moment hinaus, bis sie den Deckel öffnete, darauf gefasst, dass alles weg war. Doch es fehlte nichts.

7

»Er erwartet dich.« Marion Höffken wies auf die Tür zu Heigls Büro. »Seine Laune ist nicht die beste, wie du dir denken kannst.«

»Die Medien sind also schon im Bilde.« Obwohl Dühnfort nichts anderes erwartet hatte, wunderte ihn der frühe Zeitpunkt. Katja Behringer musste gestern tatsächlich noch Hof gehalten haben.

»Bei der Pressestelle laufen die Telefone heiß. Also Kopf hoch. Da musst du jetzt durch.« Sie schenkte ihm ein aufmunterndes Lächeln. Er klopfte an und trat ein. Heigl saß hinter seinem Schreibtisch, auf dem sich Akten, Zeitungen und zahllose Fachbücher türmten. Die Ärmel des weißen Hemds waren aufgekrempelt, die dezent gemusterte Krawatte gelockert. Es sah aus, als arbeite sich sein Vorgesetzter bereits seit Stunden für Recht und Ordnung auf.

»Guten Morgen, Tino. Setz dich.« Sein Gesicht wirkte heute kantiger und sein Blick klarer und entschlossener als sonst. Ärger spiegelte sich darin und der Wille, den Ruf der Polizei zu verteidigen. »Die Presse hat sich schon darauf gestürzt. Wir gehen also in die Offensive. Für vierzehn Uhr habe ich eine Pressekonferenz angesetzt.« Er zog den Krawattenknoten noch ein Stück weiter auf. »Wir nehmen dich aus der Schusslinie. Du wirst nicht dabei sein.«

»Ist mir recht.« Dühnfort mochte diese Veranstaltungen im Allgemeinen nicht. Heute im Besonderen. Die Aussicht, sich vor Journalisten, die sich ihre Meinung ohnehin schon gebildet hatten, gegen eine haltlose Anschuldigung zu verteidigen, war absurd. Wobei sich die Medien vermutlich in zwei Lager spalten würden. Katja Behringers Hofmacht, die Boulevardzeitungen und einige private Fernsehsender, sahen in der Wettermoderatorin, die gerne mal ein bisschen mehr zeigte und für das eine oder andere Auflage bringende Skandälchen gut war, eine unschuldig Verfolgte. Für sie passte der prügelnde Ermittler perfekt ins Bild. Eine Steilvorlage, die man besser nicht groß hinterfragte. Daneben gab es einige seriöse Blätter, die grundsätzlich ihre Themen kritisch beleuchteten und das hoffentlich auch in diesem Fall tun würden.

»Wie willst du der Presse den Vorfall verkaufen?«, fragte er. »Ich meine, sie lügt zwar wie gedruckt, aber es steht Aussage gegen Aussage. Wenn wir die Behringer öffentlich als Lügnerin brandmarken, gießen wir ziemlich sicher Öl ins Feuer.«

Heigl zupfte sich am Ohrläppchen. »Sie hat einen Zeugen. Gerstner hat sich schon wichtiggemacht und dem Münchner Blick ein Interview gegeben, in dem er ihre Darstellung des Vorfalls stützt.«

Gerstner wollte das also tatsächlich durchziehen.

»Daher werden wir den Ball heute schön flach halten. Ich werde eine interne Ermittlung gegen dich ankündigen. So wird gleich deutlich, dass bei uns nichts unter den Teppich gekehrt wird. Dabei werde ich nicht unerwähnt lassen, dass du diese Ermittlung selbst angestoßen hast. Und dann lenke ich die Aufmerksamkeit auf das Kriminalfachdezernat 11. Diese Abteilung ist ja noch relativ neu. Bisher haben die Medien sie links liegen lassen. Potthoff ist bei der PK dabei, und schon haben wir dich aus dem Blickfeld und die Aufmerksamkeit bei der Arbeit der internen Ermittler.«

Dühnfort gefiel die Strategie. Dennoch ärgerte ihn die Situation. »Gerstner hat wirklich ein Interview gegeben? Ihm muss doch klar sein, dass er seine Lügen nicht aufrechterhalten kann. Wenn er auffliegt, wird die Presse ihn grillen. Spätestens bei seiner Aussage wird er sich in Widersprüche zu Behringers Einlassungen verwickeln. Es sei denn, er würde sich mit der Behringer ...« Mist! Natürlich würde er das tun. Die beiden verfolgten schließlich dasselbe Ziel.

»Absprechen, meinst du.« Heigl blickte über den Tisch. »Er hat dienstliche Order, sich von ihrem Krankenzimmer fernzuhalten. Außerdem wollte ich dich als leitenden Ermittler fragen, ob du nicht auch der Ansicht bist, dass die Behringer Personenschutz benötigt. Gab es im Fall Ruge nicht einen anonymen Hinweis, dass es der Täter auf Ehebrecher abgesehen hat? Das sollten wir nicht unbeachtet lassen. Dann wäre die Behringer nach Ruge ein potentielles Opfer und im Krankenhaus nicht sicher.«

Nun musste Dühnfort grinsen. Anonyme Hinweise gab es in jedem Mordfall. In der Regel nicht ernst zu nehmen. An einen derartigen Tipp konnte er sich allerdings nicht erinnern. Schmunzelnd nickte er. »Gut möglich. Ich werde mich um den Personenschutz kümmern.«

»Ist bereits veranlasst. Alle Besucher werden registriert.«

»Danke.«

»Keine Ursache. Ich lasse doch nicht einen meiner besten Männer ins Messer laufen.«

Als Dühnfort in sein Büro zurückkehrte, war die morgendliche Teambesprechung überfällig. Er rief Kirsten und Alois in den Besprechungsraum.

Kirsten sah angespannt aus und übernächtigt. Der verbitterte Zug um ihren Mund hatte sich ein Stück tiefer eingegraben. Offenbar private Probleme. Die Weihnachtsferien wollte sie mit ihrer Tochter auf Lanzarote verbringen. Diesen Urlaub hatte sie dringend nötig. »Geht es dir gut?«

Sie nickte. »Habe nur schlecht geschlafen. Und du?«

Alois kam herein und setzte sich zu ihnen, einen Pappbecher von Tea2Go in der Hand. Er trug einen neuen Anzug. Boss vermutlich oder Armani. Einen Großteil seines Einkommens investierte Alois in sein Aussehen. Teure Klamotten, passende Accessoires. Seinen Körper stählte er in einem exklusiven Fitnessclub. Alois war der Typ Schwiegermutters Liebling. Doch er hatte kein Glück mit den Frauen. Mit der Mutter seines Sohnes verband ihn eine Beziehung, die Stoff für einen Herzschmerzroman liefern könnte. Und alle anderen liefen unter der Rubrik Shortstorys. Er stellte den Becher mit grünem Tee ab. »Sag mal, was ist dran an dem Gerücht, du hättest die Behringer krankenhausreif geprügelt?«

Dühnfort setzte sich. »Nichts.«

»Hätte mich auch überrascht.«

Er hatte keine Lust, das Thema zu vertiefen. Sich gegen Lügen verteidigen zu müssen, war entwürdigend. Immer blieb etwas hängen, ein leiser Zweifel, ein getuschelter Verdacht, ob nicht vielleicht doch ein Funke Wahrheit an all dem war. »Machen wir uns an die Arbeit. Ich habe in einer Stunde einen Termin bei der Bank und hoffe, dass ich endlich Ruges Kreditkartenabrechnung an Bord bekomme. Und dann wäre es schön, wenn wir jemanden finden könnten, der bezeugt, dass Katja Behringer sehr wohl von der Medikamentenallergie wusste. Wir sollten ihren Freundeskreis ebenso befragen wie seinen. Gut möglich, dass jemand in die Affäre eingeweiht war. Vielleicht gab es gemeinsame Unternehmungen. Kino- oder Restaurantbesuche, Runden, in denen man sich unterhält und wo solche Dinge zur Sprache kommen können.«

»Wozu brauchst du die Kreditkartenabrechnung?«, fragte Alois.

»In der Rekonstruktion von Ruges Tagesablauf fehlen

uns anderthalb Stunden. Zwischen siebzehn Uhr, als er das Büro verließ, und achtzehn Uhr dreißig, als er heimkam, wissen wir nicht, wo er war. Das würde ich gerne ändern.«

»Ist das wichtig? Der Mord geschah erst gegen einundzwanzig Uhr.«

Wieder einmal wollte Alois es sich einfach machen. Zu den Gründlichen gehörte er wahrlich nicht. Trotzdem war auf ihn Verlass. »Wir werden nichts übersehen.« Dühnforts Handy klingelte. Er warf einen Blick darauf. Eine Nummer des KFD 11 erschien im Display.

8

Kurz vor halb zwölf steuerte Dühnfort auf den Eingang der zentralen Ermittlungsstelle für Amtsdelikte zu und schnappte dabei Gesprächsfetzen in mindestens fünf Sprachen auf. Das KFD 11 befand sich in einem heruntergekommenen Bürokomplex direkt am Hauptbahnhof. In der Ladenzeile im Erdgeschoss entfaltete sich Münchens Multikultiseite in voller Pracht. Asia-Lebensmittel, Döner-Kebap-Imbiss, bayerisches Trachtenoutlet, ein Bistro, ein Leihhaus, eine Schnitzel- und Hendelhütte und ein türkisches Internetcafé hatten sich in mal mehr, mal weniger freundlicher Nachbarschaft versammelt. Erst vor drei Wochen hatte es hier einen Toten bei einer Messerstecherei unter Ukrainern gegeben. Vom Hauptbahnhof hallten Lautsprecherdurchsagen herüber, das Quietschen einer Tram überlagerte kurz den Verkehrslärm. Ein Duftgemisch aus Kreuzkümmel und Leberkäs lag in der Luft.

Die Vorspeisen in der Auslage von Kelims Imbiss sahen vielversprechend aus. Dühnfort entschloss sich, nach dem Gespräch mit Potthoff hier zu Mittag zu essen. Vielleicht hatte Gina auch Lust auf Türkisch. Heute Morgen hatten sie sich nur kurz gesehen. Keine Zeit, ihr von Gerstners und Behringers Teamarbeit zu erzählen. Vermutlich erfuhr sie gerade durch den Buschfunk davon. Er zog sein neues Smartphone hervor, schickte ihr eine SMS und schlug ihr ein gemeinsames Essen vor.

Mit dem Lift fuhr er nach oben, betrat die Räume des Dezernats und meldete sich an. Eine Beamtin in Zivil brachte ihn zu Potthoffs Büro.

Der Leiter dieses noch jungen Dezernats war ein im Dienst ergrauter Beamter. Stoppelhaarschnitt, randlose Brille, schlaffe Wangen. Schlecht rasiert. Das Sakko war an den Schultern zu eng. Er reichte Dühnfort über den Tisch hinweg die Hand und bat ihn, Platz zu nehmen. Die Fenster waren schmutzig. Aus dem Teppichboden stieg ein muffiger Geruch. In der Ecke reckte eine Zimmerpflanze ihre vergilbten Blätter zum Licht. Das Büro wirkte, als würden darin seit zwanzig Jahren Akten und Mitarbeiter verstauben.

Potthoff kam ohne lange Vorrede zur Sache. »Eines vorab: Wir arbeiten hier unparteiisch und unvoreingenommen. Wir machen uns weder mit den Medien gemein, noch lassen wir uns von Vorgesetzten beeinflussen. Für uns zählen allein Fakten.«

»Schön zu hören.« Dühnfort entspannte sich. »Mein Bericht liegt Ihnen vor.« Musste er dennoch eine Aussage machen? In eine derartige Situation war er noch nie geraten. Vielleicht sollte er sich einen Anwalt nehmen.

»Ich habe ihn gelesen. Ungewöhnlich, sich quasi selbst anzuzeigen.«

»Ich hab das Heft gern in der Hand.«

»Der Anwalt von Frau Behringer ist auch keine Schnarchnase. Er war schon hier. Die Anzeige liegt vor. Schwere Körperverletzung im Amt.«

Das hatte er nicht anders erwartet.

»Als Zeuge wurde ein Arnold Gerstner benannt.« Potthoff stützte einen Ellenbogen auf und musterte Dühnfort nachdenklich, dabei zwirbelte er eine seiner buschigen Augenbrauen. »Ich habe Frau Behringer einen Besuch abgestattet. Ein offener Bruch, der operiert werden musste. Etliche Hämatome. Ein Schock. Der behandelnde Arzt meint, die Patientin wäre traumatisiert. Er will psychische Folgen nicht ausschließen. Das ist nicht ohne.«

Die Behringer stilisierte sich jetzt also auch noch zum traumatisierten Opfer! Es war nicht zu glauben! »Aber nicht meine Schuld. Ich habe ihren Angriff abgewehrt. Ein übliches Vorgehen in einer solchen Situation. Gerstner kam dazu, als ich sie in den Polizeigriff genommen hatte und wir stürzten.«

»Hm. Was mir nicht ganz klar ist: Sie werfen ihm wissentliche Falschbeschuldigung vor. Und verweisen bei dem Grund dafür auf ein Aktenzeichen. Ich habe mir die Unterlagen noch nicht rausgesucht. Können Sie es mir kurz erklären?«

»Natürlich.« Dühnfort berichtete vom Selbstmord einer Beschuldigten im Sommer. Sie hatte einen Mord begangen, ihr Mann war dahintergekommen und wollte die Tat auf sich nehmen. Er hatte sich mit der Tatwaffe erschossen. Der letzte Satz seines Abschiedsbriefs lautete: *Ich habe alles falsch gemacht.* Mit eben diesen Worten hatte die Beschuldigte ihr Geständnis beendet und gebeten, in die Zelle zurückgebracht zu werden. Gerstner war einer der beiden Kollegen gewesen, die sie abholten. Dühnfort hatte auf die bestehende Suizidgefahr hingewiesen. Man sollte die Frau nicht eine Sekunde aus den Augen lassen. Keine drei Minuten später war sie tot gewesen, aus einem Fenster gesprungen, das in dieser heißen Sommernacht offen gestanden hatte. Was nicht passiert wäre, wenn man ihr Handschellen angelegt oder sie wenigstens in die Mitte genommen hätte. Doch Gerstner hatte einen privaten Anruf erhalten und war zurückgeblieben, da sein Handy schlechten Empfang hatte und er befürchtete, das Gespräch zu verlieren. Erst in der folgenden Untersuchung des Vorfalls war die volle Wahrheit ans Licht gekommen. Denn das Telefonat hatte Gerstner zunächst wohlweislich verschwiegen. Die Folgen für ihn waren die Aussetzung einer anstehenden Beförderung und der damit verbundenen höheren Besoldungsstufe. »Er war wütend auf mich, denn ich konnte seinen Partner überzeugen, mit der Wahrheit über den Anruf herauszurücken.«

Mit einem bedächtigen Nicken legte Potthoff die verschränkten Hände auf den Tisch. Eine abwehrende Geste. »Ich verstehe. Wir werden eine sorgfältige Ermittlung durchführen. Zunächst werden wir weitere Zeugen suchen. Können Sie jemanden benennen?«

Dühnfort überlegte. Am Ende waren zwar ein halbes Dutzend Kollegen oder mehr im Raum gewesen, doch ob einer von ihnen beobachtet hatte, wie die Auseinandersetzung begonnen hatte, wusste er nicht. Man musste sie befragen. Er nannte Potthoff die Namen.

»Wäre gut, wenn wir jemanden finden, der Ihre Angaben bestätigen kann.«

»Natürlich wäre das gut. Aber mir fällt niemand ein. Am Ende steht möglicherweise Aussage gegen Aussage.«

»Das nicht. Katja Behringer hat Gerstner. Mit ihm habe ich schon gesprochen.«

Eine ungute Ahnung stieg in Dühnfort auf. »Und? Er hat sich doch sicher in Widersprüche verwickelt.«

»Er klang sehr überzeugend. Seine Angaben decken sich mit denen von Frau Behringer.«

»Das gibt es nicht. Er kam erst dazu, als wir zu Boden gingen. Was behauptet er denn?«

Potthoffs buschige Brauen stiegen in die Höhe. »Die Tür zum Vernehmungsraum stand offen. Richtig?«

Dühnfort bestätigte das.

»Gerstner war auf dem Weg zum Lift, als er vorbeikam. Er sah Sie mit Frau Behringer in der Nähe des Fensters stehen. Sie bedrängten die Frau, endlich ihr Gewissen zu erleichtern und den Mord zu gestehen. Dabei wurden Sie laut und schlugen Frau Behringer schließlich gegen die linke Schulter. Sie wehrte sich. Daraufhin verpassten Sie ihr eine Ohrfeige ...«

»Was?«

»... und warfen sie brutal zu Boden.«

»Das ist von hinten bis vorne gelogen.«

»Wir haben nur das Problem, dass Frau Behringer dasselbe aussagt.«

Wann hatten die beiden sich abgesprochen? Es konnte nur gestern Nacht passiert sein. Nach der Operation. Gerstner musste sich als tief bestürzter Freund oder Verwandter ausgegeben haben, um zu dieser Zeit zu einer frisch operierten Patientin vorgelassen zu werden. Dieser Mistkerl. »Fragen Sie im Krankenhaus nach, wann Gerstner gestern Nacht Frau Behringer besucht hat. Dann wissen Sie, wann die beiden sich abgesprochen haben.«

»Unvoreingenommen. Unparteiisch«, wiederholte Potthoff sein Credo. »Wie wir vorgehen, überlassen Sie mal besser uns. Außerdem werden wir die Möglichkeit nicht ausschließen, dass die beiden sich nicht absprechen mussten.«

»Sie denken, dass ich lüge?« Dühnfort erkannte im selben Moment, welch lächerliche Figur er machte. Doch die Frage war raus. Wie oft hatte er sie schon gehört? Und wie oft hatte sie sich bewahrheitet?

Ein wissendes Lächeln war Potthoffs Antwort. »Vertrauen Sie einfach darauf, dass wir unsere Arbeit richtig machen. Eines noch, bevor Sie gehen. Es wird das Beste sein, wenn Sie den Fall Ruge abgeben.«

Nicht so kurz vorm Ziel. »Vergessen Sie's.« Dühnfort stand auf.

»Das war eigentlich kein Vorschlag.«

»Ich denke nicht, dass Sie die Kompetenz haben, mir einen Fall zu entziehen.«

Als Dühnfort im Aufzug nach unten fuhr, kochte er vor

Zorn. Den Fall abgeben. Träum weiter. Er stieg aus und betrat die Ladenstraße. Das Handy vibrierte. Eine SMS von Gina. *Bin da. Wo bist du?*

Hier, simste er zurück und betrat den türkischen Imbiss. Gina saß auf einer Holzbank, das Handy in der Hand. Er gab ihr einen Kuss.

»Ach, hier ist *hier*«, meinte sie mit dem schelmischen Grinsen, das er so an ihr liebte. Ein guter Teil seines Ärgers verflog.

»Natürlich ist *hier* hier, sonst wäre es ja *dort*.«

»Aha. Verstehe ... Ne, eigentlich nicht.« Sie schob eine dunkle Haarsträhne hinters Ohr und lachte. »Das war jetzt fast valentinesk.«

Während sie auf das Essen warteten, fragte Gina, ob der Buschfunk denn richtig funkte.

Dühnfort erklärte ihr die vermaledeite Situation, einschließlich des unerfreulichen Gesprächs mit Potthoff.

»Hört sich eigentlich nicht so neutral an, wie er sagt«, meinte sie. »Offenbar hat er gar nicht die Absicht, sich im Krankenhaus umzuhören, ob Gerstner die Behringer nach deinem angeblichen Übergriff ausgefragt hat. Denn so dämlich wird er ja nicht gewesen sein, sich offen mit ihr abzusprechen. Er wird sie zu dem Vorfall befragt haben, ganz besorgter Retter und Polizist, und hat sich ihre Version zu eigen gemacht.«

»Vermutlich. Doch wie soll ich das beweisen? Mir gegenüber wird sich die Behringer dazu nicht äußern.«

Gina schob einen Bissen in den Mund. »Dir gegenüber vielleicht nicht. Aber einer einfühlsamen Polizistin wird sie ihr Herz schon ausschütten.«

»Vor allem, wenn diese Altfälle bearbeitet«, entgegnete Dühnfort schmunzelnd.

»Woher soll sie das denn wissen?«

9

Als Clara am nächsten Tag das Krankenhaus betrat, lag eine unruhige Nacht hinter ihr. Sie hatte kaum geschlafen. Ihre Wohnung erschien ihr besudelt, und das Bedürfnis, gründlich zu putzen, ihre gesamte Wäsche zu waschen und so die Anwesenheit des Einbrechers zu tilgen, wurde beinahe übermächtig. Vielleicht hätte sie doch die Polizei rufen sollen? Aber es fehlte ja nichts. Und nun war es dafür zu spät.

Mit dem Lift fuhr sie zur Station. Ihr Vater hatte leichtes Fieber und bekam ein Antibiotikum. Vermutlich doch eine Lungenentzündung. Er würde noch ein paar Tage bleiben müssen, erklärte Dr. Wernicke.

Beim Sozialdienst holte Clara sich Informationsmaterial über Agenturen, die Pflegekräfte vermittelten, und sah dann nach Paps. Als sie die Sprache auf die Pflegerin brachte, die sie für ihn engagieren wollte, reagierte er verwirrt. »Wieso? Wir sind ja nicht alt und hilflos. Wir kommen noch gut alleine zurecht. Also vergiss diese dumme Idee. Elli wird das auch nicht gefallen. Wo ist sie überhaupt? Warum kommt sie mich nicht besuchen? Wir müssen über die Kreuzfahrt sprechen. Wenn wir nicht bald buchen, gibt es nur noch Innenkabinen.«

Drei Jahre war Mutter nun schon tot. Clara brachte es nicht übers Herz, ihn daran zu erinnern. »Sie kommt später.«

Sie legte ihm seine Zeitungen hin, die er noch immer jeden Tag las, obwohl er nichts mehr behielt und vieles auch nicht mehr verstand. Es war sein Ritual. Gemeinsam lösten sie das Kreuzworträtsel. Bis sie ging, hatte Paps Mutter und die Kreuzfahrt schon wieder vergessen.

Auf dem Heimweg besuchte Clara Franzi in ihrem Café in der Kirchenstraße. Beinahe alle Tische waren besetzt. Es duftete nach Kaffee und Gebäck. Leise Musik lief im Hintergrund. Ihre Schwester stand an der dampfenden Espressomaschine und hob die Hand zum Gruß. Clara fand einen Platz am Fenster. Fünf Minuten später erschien Franzi. Mit dem Handrücken wischte sie sich eine widerspenstige Locke aus der Stirn. Ein Bluterguss über der Stirn wurde sichtbar. »Magst du einen Cappuccino?«

»War das Klaus?«, fragte Clara erschrocken.

»Soll ich sagen, ich wäre die Treppe hinuntergefallen? Natürlich war er das. Aber ich schwöre dir: zum letzten Mal. Ich ziehe aus und nehme die Kinder mit. Das erfährt er allerdings erst, wenn ich weg bin. Also sag bloß nichts zu ihm.«

»Natürlich nicht. Wie käme ich dazu? Außerdem sehe ich ihn eh so gut wie nie.«

»Wie wäre es nun mit einem Cappuccino?« Es klang genervt. Vermutlich hatte Franzi weder Zeit noch Lust, sich mit der Suche nach einer Pflegekraft zu befassen.

»Lieber ein Glas Wasser.«

Franzi holte zwei und setzte sich zu ihr an den Tisch. »Gibt es Neuigkeiten?«

»Ich habe mich beim Sozialdienst im Krankenhaus informiert. Wenn wir eine Pflegerin für Paps engagieren, kostet das weniger als ein Heim, in das er ja ohnehin nicht will. Außerdem läuft alles nach seinen Wünschen. Nur Medikamente darf sie nicht geben. Das müsste in der Hand des Pflegediensts bleiben. Bei mir nimmt er sie nicht.«

»Und wo willst du eine solche Perle finden?«

»Ich habe hier die Broschüre einer polnischen Agentur, die sie vermittelt.«

»Du willst eine Polin bei Paps einquartieren?«

»Warum nicht? Diese Frauen sprechen gut Deutsch und sind ausgebildete Fachkräfte, und sie arbeiten ganz legal hier. Sie sind versichert und angemeldet.«

»Hm. Klingt eigentlich nicht schlecht. Sie könnte das Gästezimmer bekommen. Das wird eh so gut wie nie benutzt«, schlug Franzi vor. »Und wenn es billiger ist als ein Heim, dann bleibt am Ende vielleicht noch was vom Eingemachten für uns übrig.«

Offenbar war ihr das Erbe wichtiger als Paps. Clara ging nicht darauf ein. »Ich mache das also so und halte dich auf dem Laufenden.«

»Du solltest auch Achim informieren. Nicht dass er sich wieder übergangen fühlt.« Typisch Franzi. Immer eine Spitze gegen Achim.

Wieder daheim, nahm Clara Kontakt zur Agentur auf. Sie füllte die Formulare aus und bekam am nächsten Tag die Profile von drei Pflegerinnen per Mail. Sie musste nur noch auswählen. Eine schied aus, da ihre Deutschkenntnisse nicht gut genug waren. Mit den beiden anderen telefonierte Clara. Beide waren ihr sympathisch, sprachen sehr gut Deutsch und hatten ausreichend Erfahrung.

Die Entscheidung, wer nun kommen sollte, Elizabeta oder Krystyna, überließ Clara Paps. Bei ihrem nächsten Besuch nahm sie die Unterlagen mit. Er entschied sich für Krystyna.

Noch am selben Tag unterzeichnete Clara den Vertrag mit der Agentur und brachte ihn zur Post. Beschwingt kehrte sie an ihren Schreibtisch zurück.

Die Sonne schien zum Sprossenfenster der ehemaligen Schusterwerkstatt herein und überzog Claras Reich mit einem goldenen Schimmer. Nach der Trennung von Hannes und der Zwangsversteigerung der Wohnung hatte sie nicht gewusst, wohin. Von Paps stammte der Vorschlag, sie sollte die Werkstatt mieten, die seit Jahren leerstand. Ehe sie sich's versah, hatte er eine günstige Miete ausgehandelt, falls sie sich mit dem zufriedengab, was sie vorfand, und selbst die nötigen Renovierungsarbeiten vornahm. Im Klartext hieß das: ein Raum, keine Zentralheizung, schlecht isolierte Fenster, ein winziges Bad, das nur WC und Waschbecken enthielt. Keine Küche. Ein wunderbarer Dielenboden, der beim Abschleifen seine volle Schönheit entfaltet hatte, ein alter Kachelofen, der zwar mühsam zu beheizen war, dafür aber im Winter gemütlich summte, ein großer hoher Raum, der ihre Gedanken zum Schweben brachte – ihr erstes eigenes Reich seit zwanzig Jahren, das plötzliche Gefühl von Freiheit.

Sie startete den Computer. Das Exposé zum neuen Roman von Thore Derr lag vor. Diesmal ging es nicht nur ums Textlektorat. Sie durfte den Autor von den ersten Ideen bis zum Wort *Ende* begleiten. Ein schöner Auftrag. Normalerweise war dafür seine Lektorin im Verlag zuständig. Doch Sandra Stock, die Derrs Projekte ansonsten betreute, befand sich im Mutterschutz und würde anschließend in Elternzeit gehen.

Clara kannte die beiden bisher erschienenen Romane des Autors. *Chopins Eisballett* und *Die Entherrlichung des Max Reinbold*, in denen er sich mit der Beziehung zwischen Männern und Frauen auseinandersetzte. Ein Themenkomplex so alt wie die Menschheit und doch immer aktuell.

Obwohl sie sich auf die Arbeit freute, fehlte Clara die Ruhe, sich das Exposé gleich anzusehen. Seit sie den Pflegevertrag unterzeichnet und abgeschickt hatte, war sie nervös. Wie jedes Mal, seit sie damals den Kreditvertrag für

Hannes mit unterschrieben hatte. Sollte Paps wider Erwarten pleite sein, müsste sie zahlen. Clara lachte. Paps hatte üppig Eingemachtes. Kein Grund zur Sorge. Trotzdem war es besser, sich die Finanzen mal genau anzusehen. Thore Derr musste ein wenig warten.

Clara steckte den Schlüsselbund ein, stieg im Vorderhaus die drei Etagen zu Paps' Wohnung hinauf und ging ins Arbeitszimmer. Ein wuchtiger Schreibtisch beherrschte den Raum. In den Regalen standen sorgfältig beschriftete Ordner. Sie zog den mit den Kontoauszügen hervor und machte eine Aufstellung der Einnahmen und Ausgaben. Die Pension allein reichte natürlich nicht, um die Pflege zu bezahlen. Es fehlten knapp zweitausend Euro monatlich. Doch das war kein Problem.

Sie nahm die Sparbücher aus der Schreibtischschublade, schlug das erste auf und erschrak. Das konnte nicht sein. 726,78 Euro. Das war ja lachhaft! Ein Kommafehler! Der Bank war ein Irrtum unterlaufen. Doch dann sah sie den Kontoübertrag. Paps hatte am 12. Mai 70 000 Euro auf ein anderes Konto übertragen lassen. Auf welches Konto denn? Jedenfalls nicht aufs Girokonto, denn die Auszüge hatte sie gerade durchgesehen.

Mit kalten Fingern blätterte sie die Seiten des zweiten Sparbuchs um und stieß ein Keuchen aus. 337,33 Euro. Auch hier ein Kontoübertrag von 35 000 Euro. Beide Umbuchungen waren am selben Tag erfolgt. Clara nahm sich die Auszüge des Girokontos noch einmal vor und suchte den vom 12. Mai heraus. Es gab keine Gutschrift. Ihr wurde übel.

Es war zwanzig vor sechs. Die Sparkasse hatte donnerstags bis sechs auf. Sie steckte Sparbücher und Kontoauszüge ein. Die Filiale lag um die Ecke.

Sieben Minuten später öffnete sich die Glastür automatisch vor ihr. Ein Schalter war frei. Dahinter stand ein Kind, das sich mit Anzug und Schlips verkleidet hatte. Jedenfalls kam Clara das so vor. Früher hatte sie Bankberater in ihrem Alter gehabt. Doch sie alterte offenbar allein. Die Berater wurden immer jünger. Blonder Flaum auf den Wangen. Haar akkurat gescheitelt. Höchstens zwanzig.

»Guten Tag. Was kann ich für Sie tun?«

»Sie können mir das hier erklären.« Clara legte die Sparbücher und die Kontoauszüge auf den Tisch. »Mein Vater hat Geld von den Sparbüchern transferiert. Doch auf seinem Girokonto ist es nicht angekommen.«

»Haben Sie eine Vollmacht für die Konten?«

»Natürlich.« Clara legte ihren Ausweis vor. Der Junge sah im Computer nach, prüfte den Personalausweis und nickte. Dann blätterte er durch die Sparbücher, tippte wieder etwas in den PC und sah zufrieden hoch. »Die beiden Beträge wurden am 12. Mai gutgeschrieben. Es hat alles seine Richtigkeit.«

»Das Geld ist aber nicht auf dem Konto eingegangen.«

»Nicht auf diesem«, meinte das Kind.

»Sondern auf welchem? Mein Vater hat nur dieses.«

»Er hat noch ein anderes.«

Clara war verblüfft. Davon hatte Paps nie etwas gesagt. »Sind Sie so nett und drucken mir die Auszüge aus?«

»Das darf ich nicht. Für dieses Konto haben Sie keine Vollmacht.«

Clara zwang sich, die Ruhe zu bewahren. »Müssen Sie das so eng sehen? Der Wille meines Vaters ist aus der Vollmacht ersichtlich.«

»Die ist aber nur für die Sparbücher, das alte Girokonto und das Schließfach gültig. Tut mir leid.«

»Hören Sie, ich werde demnächst ohnehin als seine Betreuerin eingesetzt …«

»Es läuft ein Betreuungsverfahren für Ihren Vater?«

So wie das Kind reagierte, wäre es vermutlich besser gewesen, das nicht zu erwähnen. »Also gut. Ich lass mir eine weitere Vollmacht geben und stehe morgen wieder hier.«

Das Kind schüttelte bedauernd den Kopf und erklärte, dass die Bank die neue Vollmacht wegen des laufenden Betreuungsverfahrens nicht anerkennen würde. Clara musste warten, bis sie vom Amtsgericht als Betreuerin bestellt war. Erst dann konnte sie sich dieses ominöse Konto ansehen. Das Geld war jedenfalls da. Das war die Hauptsache. Einigermaßen beruhigt verließ Clara die Filiale.

Als sie den Durchgang zum Hinterhaus passierte, machte sie kehrt und ging hoch in die Wohnung. Sie legte die Sparbücher zurück und heftete den Kontoauszug ab. Paps hatte immer Ordnung in seinen Unterlagen gehalten und würde sich ärgern, wenn sie das nicht auch tat.

Genau! Paps hatte Ordnung in seinen Papieren. Es musste Unterlagen zu diesem Konto geben. Clara nahm den Bankordner wieder aus dem Regal. Doch sie fand nichts. Auch nicht in den anderen Ordnern. Die aktuellen Telefon- und Gasrechnungen hatte er jedoch abgeheftet. Wenn auch am falschen Platz. Sie hatte sie im Versicherungsordner gefunden. Der Wunsch war also noch vorhanden, Ordnung zu halten, auch wenn Paps das nicht mehr richtig auf die Reihe bekam. Doch es war kein Dokument zu finden, das die Existenz dieses Kontos belegte.

Beunruhigt kehrte Clara in ihre Werkstatt zurück. Das Betreuungsverfahren durfte sich jetzt nicht mehr ewig hinziehen. Am Ende blieb sie sonst auf den Pflegekosten sitzen. Es war schon nach sechs. In der Betreuungsstelle erreichte sie um diese Zeit weder die Verfahrenspflegerin noch die zuständige Richterin. Fürs Untätigherumsitzen fehlte ihr die Ruhe. Clara schrieb den beiden Damen eine Mail, in der sie das Problem schilderte und bat, das Betreuungsverfahren zu beschleunigen.

10

Sie kämpfte die aufsteigende Nervosität nieder und druckte endlich das Exposé zu Thore Derrs neuem Roman aus.

Mit einer Handvoll Blätter machte sie es sich auf der Couch gemütlich. Sie mochte Derrs Stil, der gelegentlich ein wenig langatmig wirkte, dabei aber in die Tiefe ging und die Gefühle und Motive seiner Protagonisten behutsam auslotete. Sie bewunderte ihn für seine Art, in ihre Seelen zu blicken, meist einfühlsam und vorsichtig sezierend, manchmal allerdings auch mit einer schockierenden Offenheit, die an Brutalität grenzte. Clara war auf das neue Projekt gespannt und fühlte sich beinahe geehrt, dass sie den Autor auf dem Weg begleiten durfte, der zurückgelegt werden musste, bis aus einer Idee ein Roman geworden war.

Vom Schweigen der Fische. So lautete der Arbeitstitel.

Unwillkürlich sah Clara Hannes vor sich. Still war er von jeher gewesen, doch in den letzten Monaten, als alles den Bach hinunterging und sie nichts davon mitbekommen hatte, war er völlig verstummt. Floskeln hatten sie getauscht, sich kaum noch gesehen. Er immer im Labor. So viel Arbeit, hatte sie gedacht. Doch es war die Angst vor dem drohenden Konkurs gewesen, die ihn dort festhielt. Zunächst die Angst. Dann Tanja, seine einzige verbliebene Angestellte. Mitte zwanzig, voller Leidenschaft, Zuversicht und Hoffnung. Sie himmelte ihn an, während sie, Clara, nur noch meckerte, weil sie sich kaum noch sahen, sich über Mahnungen wunderte, Fragen stellte, sein Gebäude aus Schweigen schließlich zum Einsturz brachte und ihre Ehe in einen Abgrund katapultierte.

Vom Schweigen der Fische. Wie sollte man auch unter Wasser eine Unterhaltung führen? Und wie unter Wasser hatte sie sich damals gefühlt. Schöner Titel, dachte Clara. Ohne auch nur ein Wort gelesen zu haben, konnte sie spüren, worum die Handlung sich drehen würde. Thore Derr blieb seinem Thema treu. Scheiternde Beziehungen.

Sie vertiefte sich ins Exposé. Der Bildhauer Adrian Strehl und die Malerin Clarissa Opp sind seit fünfzehn Jahren ein Paar. Das Fundament ihrer Ehe besteht aus Freundschaft, Liebe und Vertrauen. Als Künstler schlagen sie sich mehr schlecht als recht durchs Leben. Beide haben Brotberufe. Er fährt Taxi. Sie arbeitet Teilzeit in einer Fabrik. Er ist ein sensibler und in sich gekehrter Mensch, der sich schwertut, Gefühle in Worte zu fassen. Sein Ausdrucksmittel ist die Form. Clarissa hingegen ist von explosiver Extrovertiertheit, die auch ihre Malerei kennzeichnet. Mit einer Ausstellung in einer Düsseldorfer Galerie beginnt ihr künstlerischer Erfolg. Ein Kunstmagazin widmet ihr eine Reportage, ein Preis wird ihr verliehen, die Bilder beginnen sich gut zu verkaufen. Clarissa gibt den Job in der Fabrik auf, malt wie besessen.

Adrian verkraftet Clarissas Erfolg nicht. Er steht in der Mitte seines Lebens und noch immer am selben Fleck wie vor zwanzig Jahren. Das heraufziehende Alter, seine künstlerische Erfolglosigkeit, der Konkurrenzkampf mit Clarissa, in den er sich plötzlich verstrickt sieht, all das verändert seine Gefühle zu ihr. Aus Liebe wird Neid. Er beginnt, sie zu bestrafen. Während sich bei ihr Erfolg auf Erfolg häuft, jagt Adrian von einer Affäre zur nächsten. Clarissa leidet, bis sie Adrian die Waffe aus der Hand nimmt, mit der er sie quält: Sie legt sich einen Liebhaber zu, vergilt es ihm mit gleicher Münze. Längst sind die beiden in einem destruktiven Prozess gefangen, aus dem es kein Entrinnen gibt.

Starker Stoff. Clara legte das Exposé beiseite. Das Ende hatte Derr offengelassen. Worauf er wohl hinauswollte? Wie würde er diese Beziehung enden lassen? Vielleicht in einem Mord oder Selbstmord? Oder erweitertem Suizid? Jedenfalls in Gewalt. Das glaubte Clara herauszulesen. Möglich war auch, dass Derr sich selbst noch nicht bewusst war, wohin ihn diese Reise führen würde. Welcher Prämisse er wohl folgte? Neid zerfrisst alles. Freundschaft, Liebe, Vertrauen und am Ende den Neider selbst. War es das, was er beweisen wollte? Im Exposé schwang ein Grundton von Unausweichlichkeit mit, also kein versöhnliches Ende. Vermutlich nicht.

Clara reckte sich und stand auf. Zeit, sich Derr vorzustellen. Anrufen oder eine Mail? Doch ein Anruf wäre zu überfallartig.

Sie setzte sich an den PC und suchte aus den Kontaktdaten, die sie vom Verlag bekommen hatte, Derrs Mailadresse heraus.

Lieber Herr Derr,
wie Sie schon von Sandra Stock erfahren haben, werde ich Ihr Projekt »Vom Schweigen der Fische« von Verlagsseite her betreuen.
Mit großem Vergnügen habe ich eben das Exposé gelesen. Die angerissene Geschichte ist faszinierend, das Thema Neid und seine zerstörerische Kraft, um die es Ihnen offenbar geht, ebenfalls. Ich bin schon gespannt, wie das Ganze enden wird. Da ich natürlich Ihre beiden bisher erschienenen Romane kenne und schätze, gehe ich von einem düsteren Finale aus.
Wie wollen wir weiter verfahren? Schicken Sie mir einen Kapitelplan, damit wir diesen durchsprechen können, bevor Sie mit dem Schreiben beginnen? Oder ist

es Ihnen lieber, wenn ich erst bei der Manuskriptarbeit einsteige?
Wir können gerne telefonieren, um das Prozedere zu besprechen.
Mit herzlichen Grüßen an den Chiemsee,
Clara Lenz

Clara schickte die Mail los und setzte sich dann an das Lektorat des sechshundertseitigen historischen Romans, mit dem sie in Verzug war. In einer Woche sollte das Manuskript zurück an die Autorin gehen. Clara hatte die Datei gerade geöffnet, als ihr PC eine eingegangene Mail anzeigte. Sie kam von Thore Derr.

Was zum Teufel ist hier los? Wie kommen Sie an das Exposé?

Bitte? Was sollte das? Hatte niemand im Verlag Derr informiert? Offenbar nicht. Anders war seine Mail nicht zu erklären. Also Wogen glätten. Clara atmete durch.

Lieber Herr Derr,
es tut mir leid, falls der Verlag Sie über diese Änderung nicht informiert hat. Sandra Stock befindet sich bereits im Mutterschutz und wird erst nach der Elternzeit an ihren Arbeitsplatz zurückkehren. Solange vertrete ich sie und hoffe auf eine gute und konstruktive Zusammenarbeit.

Das klang zu förmlich, zu distanziert, als ob sie ihn zurechtweisen wollte und seine Irritation und Verärgerung nicht ernst nahm. Andererseits war seine Antwort ziemlich unverschämt. Derr hatte sich eindeutig im Tonfall vergriffen. Es war nun wirklich nicht ihre Schuld, wenn der Verlag ihn über die Veränderung nicht in Kenntnis gesetzt hatte. Ärger stieg in Clara auf. Wie kam er dazu, sie derart anzublaffen! Als hätte sie das Exposé geklaut. Sie löschte den Text ihrer Mail und schrieb sie neu.

Lieber Herr Derr,
lesen Sie meine erste Mail. Ich denke, aus ihr geht klipp und klar hervor, wer ich bin und wie ich an das Exposé Ihres neuen Romans gelangt bin.

Einen Moment spielte sie mit dem Gedanken, auf die Grußformel zu verzichten, so wie Derr, der sich sogar die Anrede geschenkt hatte. Noch immer verärgert, setzte sie schließlich grußlos ihren Namen unter die Mail und schickte sie los. Ein Kompromiss. Dann beendete sie das Mailprogramm. Keine Lust auf weitere Frechheiten. Was bildete dieser Kerl sich ein? Nicht ein Funken von Benimm. Aufgrund seiner Romane hatte sie sich ein anderes Bild von ihm gemacht. Ein ruhiger, sensibler Feingeist und kein cholerisches Alphatier.

Das Telefon klingelte. Hoffentlich nicht Derr. Doch im Display stand Achims Nummer. »Hallo Clara. Alles gut bei dir?«

»Danke. Ich kann nicht klagen. Und bei dir?«

»Ich bin momentan leider ein bisschen im Stress und schaffe es nicht, Paps zu besuchen. Grüß ihn von mir und sag ihm, wenn er wieder daheim ist, hole ich ihn zu einem Ausflug ab. Wie geht es ihm denn?«

»Er hat den Sturz gut überstanden. Jetzt kämpft er allerdings mit einer beginnenden Lungenentzündung und bekommt ein Antibiotikum. Es wird vermutlich noch eine Woche dauern, bis ich ihn nach Hause holen kann. Der

Arzt hat dringend zu einer professionellen Pflege geraten. Jemand muss künftig rund um die Uhr bei ihm sein. Das kann ich nicht, und Paps will nicht ins Heim, aber ich habe eine andere Lösung gefunden.«

»Welche denn?«, fragte Achim.

»Ich habe über eine Agentur eine Pflegekraft engagiert. Krystyna. Sie kommt aus der Nähe von Warschau.«

»Eine private Pflegerin? Das ist ja ein ziemlicher Luxus.«

»Es ist billiger als ein Heim.«

»Was kostet der Spaß denn?«

»Na ja, von seiner Pension allein kann er das nicht bezahlen. Es fehlen knapp zweitausend Euro monatlich. Er muss ans Eingemachte.«

»Das ist ja ein ganz schöner Batzen.« In Windeseile rechnete Achim ihr vor, dass ein Heim doch billiger wäre. Man musste die entfallende Wohnungsmiete berücksichtigen und das Pflegegeld, das Paps zustand und das im Heim deutlich höher ausfiel als bei einer Pflege zu Hause. »Seine Pension und das Pflegegeld wären also ausreichend«, erklärte er ihr. »Ich gehe übrigens davon aus, dass das Amtsgericht mich als Betreuer bestimmt. Paps' Vermögen sollte man dir besser nicht anvertrauen.«

Hoppla. Was sollte dieser Angriff? Doch sie verstand, dass er so dachte. Schließlich war er Anlageberater, ein Geldmensch. »Und dann steckst du Paps in ein Heim?« Diese Spitze konnte sie sich nicht verkneifen. »Das will er nicht. Und ihm gefällt Krystyna. Er hat sie sich selbst ausgesucht.«

»Wenn er noch ein paar Jahre lebt, dann geht alles für die Pflege drauf, und wir erben mal nichts. Hast du daran gedacht?«

Erst Franzi und nun Achim! »Es ist sein Geld. Und er will nun mal Krystyna.«

»Im Gegensatz zu dir möchte ich aber auf mein Erbe nicht verzichten.«

Es war zu viel. Das *Omm* gelang ihr nicht. »*Dein Erbe* wird es erst in dem Moment, in dem Paps stirbt. Bis dahin ist es *sein Vermögen*, mit dem er machen kann, was er will. Er braucht es für seine Pflege.« Ihre Erwiderung kam schärfer als beabsichtigt. Sie wollte keinen Streit, und doch eskalierte das Gespräch nun.

»Oh, ganz vergessen. Die fabelhafte Clara. Keine Kohle und so blöd, dass sie auch noch die Schulden für ihren Mann übernimmt, der eine andere fickt. Kein Wunder übrigens.«

»Also das geht zu weit. Dafür erwarte ich eine Entschuldigung!«

Achim legte einfach auf.

Claras Puls war bei geschätzten zweihundert. Selbst mit einer Tasse Seelenharmonie-Tee wich der Zorn nicht. Sie bebte noch immer. Weshalb hatte sie sich auf den Streit mit Achim eingelassen? Warum ärgerte Derrs Mail sie derart? Es passte nicht zu ihr. Sie hasste Ärger und Streit, sie verabscheute laute Worte und Gehässigkeiten. Normalerweise gelang es ihr, all das von sich zu weisen, durchzuatmen, innerlich einen Schritt zurückzutreten, Distanz zu schaffen und die Gefühle zu bändigen und Wogen zu glätten. Vermutlich war sie krankhaft harmoniesüchtig.

Möglich war aber auch, dass sie die Kräfte, die in ihrer Familie walteten wie eine Naturerscheinung, als ganzheitlich betrachtete, als universelles Prinzip, das nicht zu ändern war. So gesehen war es konsequent, dass sie den Platz, den sie in dieser Ordnung seit Jahrzehnten innehatte, auch weiterhin ausfüllte.

Clara stellte sich ans Fenster und beobachtete das schaukelnde Fallen der Blätter im Wind. Vielleicht wirkte das ja beruhigend.

11

Dühnfort saß in seinem Büro und erledigte liegen gebliebenen Schreibkram. Offiziell. Denn mit dem Fall Ruge hatte er nichts mehr zu tun. Es zog ihm in den Nacken. Er stand auf und schloss das Fenster. Auf dem Weg zum Schreibtisch schaltete er die Pavoni an und machte sich doch noch einen Espresso. Schon der zweite an diesem Nachmittag. Seine Art der Frustbewältigung. Espresso und Schokolade. Aus der Schublade nahm er die angebrochene Tafel Zartbitter und brach eine Rippe ab. Noch immer ärgerte er sich, wenn er an das Gespräch mit Heigl vor einigen Tagen dachte.

Potthoff war in der Pressekonferenz einfach vorgeprescht. *Selbstverständlich wird Kriminalhauptkommissar Dühnfort vom Fall Ruge entbunden.* »Das war nicht abgesprochen«, hatte Heigl zu Dühnfort gesagt, als er ihn nach der PK in sein Büro rief. »Schafft der Kerl einfach Tatsachen. Ich habe ihm natürlich den Kopf gewaschen.«

Herrgott! Das hatte Potthoff sich schlau ausgedacht, und Heigl hatte selbstverständlich keinen Streit auf offener Bühne riskiert. Dühnfort konnte sich nicht zurückhalten. »Hinterher.«

»Wie?«

»Hinterher hast du ihm den Kopf gewaschen.« Er lehnte sich ans Fenstersims. »Ich dachte, du wolltest mich nicht ins offene Messer laufen lassen, und nun leistest du einer Vorverurteilung Vorschub. Denn anders werden die Pressefuzzis diese Entscheidung nicht verstehen.«

»Jetzt dramatisier das nicht. Was hätte ich tun sollen?«

In einer beinahe entschuldigenden Geste breitete Heigl die Hände aus. »Mir blieb keine andere Wahl. Heute Abend kommt es in der *Rundschau*. Morgen steht es in allen Zeitungen. Und damit ist es wahr. Wenn ich gegen Potthoff in den Ring steige und dich nicht abziehe, stehen wir als ein Haufen zerstrittener Abteilungen da, die sich gegenseitig bekriegen, anstatt sich mit vereinten Kräften für Recht und Ordnung einzusetzen. Außerdem bist du nun weiß Gott nicht mehr unparteiisch. Jeder nur einigermaßen geschickte Anwalt wird das bei einem Prozess gegen die Behringer als Steilvorlage nutzen und anzweifeln, dass die Ermittlungen offen und mit der nötigen Sorgfalt in alle Richtungen geführt wurden. Und die Behringer hat nicht irgendeinen, sie hat Tolksdorff engagiert.«

Eine heiße Welle Zorn breitete sich in Dühnfort aus. Wenn er für eines bekannt war, dann für die Sorgfalt, mit der er und sein Team Ermittlungen führten. »Das ist jetzt nicht dein Ernst.«

»Natürlich nicht. Ich gebe nur den Advocatus Diaboli. Und dann sollten wir auch nicht außer Acht lassen, dass wir der Behringer nicht zumuten können, von dir vernommen zu werden. Jedenfalls solange der Vorwurf gegen dich nicht ausgeräumt und die interne Ermittlung abgeschlossen ist.«

»Nicht zuzumuten! Du tust so, als hätte ich sie wirklich krankenhausreif geprügelt.«

Nun warf Heigl ihm einen verärgerten Blick zu. »Ich zweifle nicht an dir. Sie hat dich gelinkt. So viel ist klar. Und im Übrigen gilt das auch umgekehrt. Besser, du hältst dich nicht mit der Behringer im selben Zimmer auf. Jedenfalls nicht allein, was nicht immer sicherzustellen ist. Also ist es entschieden: Den Fall Manuel Ruge wird ab sofort Kirsten Tessmann übernehmen. Du wirkst nicht im Hintergrund mit. Du hältst dich raus. Komplett. Ganz und gar. Restlos. Ich hoffe, ich habe mich klar ausgedrückt.«

Dühnfort war nichts anderes übriggeblieben, als die Entscheidung seines Vorgesetzten zähneknirschend zur Kenntnis zu nehmen. Akzeptiert hatte er sie nicht.

Wie erwartet, hatte die Boulevardpresse sich auf Behringers Seite geschlagen. Sie war das Opfer eines übergriffigen Ermittlers, den man vom Dienst suspendiert hatte. Melissa Wittock vom *Münchner Blick* hatte ihn zum *Prügelbullen* gemacht. Die Rollen waren verteilt. Nicht zuletzt hatte Heigl auch dem Druck der Presse nachgegeben, als er den Fall Kirsten und nicht Alois zuteilte. Dadurch, dass er eine Frau mit den Ermittlungen beauftragte, ließ er wie nebenbei ordentlich Druck aus dem Kessel.

Kirsten und Alois gefiel Heigls taktisches Spielchen ebenso wenig wie Dühnfort. Ihr war es unangenehm, plötzlich das Heft in der Hand zu haben, während er Alois angesehen hatte, dass er darüber nachdachte, weshalb Kirsten, die noch immer die Neue im Team war, die Lorbeeren ernten sollte. Dühnfort stank die gesamte Situation. So kurz vorm Ziel hatte er nicht vor, Däumchen zu drehen.

Er rührte zwei Löffel Dark Muscovado Sugar in den Espresso und trank ihn in bedächtigen Schlucken. Es war Zeit, sich die Unterlagen anzusehen, die er endlich von Ruges Bank bekommen hatte. Er zog den dünnen Stapel Papier aus dem Kuvert, entfernte die Heftklammer und vertiefte sich in die Kreditkartenabrechnung. Sie umfasste die letzten drei Monate. Beim Überfliegen der Seiten entdeckte er nichts Ungewöhnliches. Dann sah er sich den Tattag an. Unwillkürlich stieß er einen leisen Pfiff aus, als er eine Position entdeckte. Das sah doch vielversprechend aus. Zufrieden verschränkte er die Hände im Nacken und schaute an die Decke. Einige Spinnweben schaukelten in der aufsteigenden Heizungsluft. Feine Risse zogen sich durch den Verputz, zeichneten Landkarten eines imaginären Reichs. Wie sollte er vorgehen?

Kirsten war unterwegs. Sie befragte die Gäste einer Party, die Ruge gemeinsam mit Katja Behringer besucht hatte. Vielleicht kam dabei ja etwas heraus. Alois ging dem Hinweis eines Taxifahrers nach, der meinte, die Behringer am fraglichen Abend gesehen zu haben. Im Taxi eines Kollegen.

Die Ausdrucke landeten wieder im Kuvert. Ebenso ein Foto von Manuel Ruge, das er der Akte entnahm. Dühnfort faltete den Umschlag und schob ihn in die Manteltasche.

Als er das Präsidium verließ, begann es zu nieseln. Aus dem Nieselregen wurde ein Schauer. Der Wind zog kalt um die Häuserecken. Von wegen goldener Oktober. Dühnfort schlug den Mantelkragen hoch und ging im Schutz von Häusern und Arkaden Richtung Theatinerstraße. Es war nicht weit.

Fünf Minuten später erreichte er ein exklusives Juweliergeschäft in der Innenstadt. Den musternden Blick des Wachmanns ließ er über sich ergehen und wurde offenbar für vertrauenswürdig befunden. Der Mann öffnete die Tür und ließ ihn ein. Das Geschäft war erstaunlich klein, doch teuer ausgestattet. Vitrinen aus Edelhölzern und funkelndem Glas. Ein dicker Teppich schluckte den Klang der Schritte. Dezente Musik lief im Hintergrund, und sogar die Luft roch elegant. Das war etwas, das Dühnfort schon häufig aufgefallen war. Die Luft in diesen teuren Läden. Wie machte man das? Gab es eine Klimaanlage oder Luftbefeuchter, in die man einige Tropfen einer edel riechenden Substanz gab, die den Kunden suggerierten, zum ausgewählten Kreis derjenigen zu gehören, die sich alles leisten konnten?

Außer ihm war nur ein älterer Herr anwesend, der sich

von einem Verkäufer Armbanduhren zeigen ließ. Auf der anderen Seite des Raums stand hinter einer Theke aus Kirschholz eine perfekt frisierte ältere Dame und lächelte Dühnfort freundlich an. Nicht zu unverbindlich, um herablassend zu wirken, nicht zu strahlend, um aufdringlich zu sein. Sie fragte ihn nach seinen Wünschen. Er wies sich aus und zog Ruges Foto aus dem Kuvert. »Können Sie sich an diesen Mann erinnern?«

Sie betrachtete das Bild. Wieder lächelte sie. »Ja. Natürlich.«

12

Am späten Nachmittag kehrte Kirsten Tessmann ins Präsidium zurück. Ein seltenes Lächeln deutete sich in ihren Mundwinkeln an. Sie marschierte am Lift vorbei. Die Absätze der hochhackigen Stiefel klackerten auf dem Steinboden. Zügig nahm sie die Treppen in die dritte Etage und betrat das Büro, das sie mit ihrem Kollegen Alois Fünfanger teilte. Er war nicht da, obwohl das Gespräch mit dem Taxifahrer eigentlich längst erledigt sein musste. Vermutlich verband er wieder einmal Berufliches mit Privatem und traf sich rasch auf einen Latte mit einer seiner zahlreichen Bekanntschaften. Vielleicht erweiterte er auch den Fanclub und baggerte irgendwo eine Schönheit an. Kirsten verstand nicht, was sie an ihm fanden. Er sah zwar gut aus, aber er hatte Machoallüren und war nur fürs Unverbindliche zu haben. Merkten diese Frauen nicht, dass er lediglich auf ein schnelles Abenteuer, bestenfalls auf eine oberflächliche Beziehung aus war? Doch das war nicht ihr Problem. Sollte er ruhig weiter Kerben in seine Bettpfosten schnitzen. So hatte Tinos Freundin Gina die Jäger- und Sammlerleidenschaft von Alois einmal bezeichnet. Sehr treffend.

Kirsten schlüpfte aus dem Mantel und setzte sich an den Schreibtisch. Gut, dass sie heute diesem Hinweis auf die Party nachgegangen war. Es hatte sich gelohnt. Sie rief Oliver Tolksdorff an und vergewisserte sich, dass seine Mandantin, die sie bereits zu einem Gespräch einbestellt hatte, nicht alleine hier erscheinen würde. Auch wenn Kirsten ein Gespräch ohne Anwalt lieber gewesen wäre. Ihre Strategie stand. Sie würde sich langsam an den wesentlichen Punkt vorarbeiten, so weit, dass die Behringer nicht mehr zurück konnte und keinen blassen Schimmer hatte, was eigentlich los war, und dann würde sie ihre Trumpfkarte ziehen.

Tolksdorff war bereits im Bilde, fragte allerdings, worum es bei dem Gespräch gehen sollte. »Peanuts. Es sind nur noch einige Kleinigkeiten zu klären. Alles muss eben seine Ordnung haben. Sie kennen das ja.«

Kirsten verabschiedete sich. Die Behringer war ein berechnendes Miststück. Sie würde keine Möglichkeit zu einer weiteren Showeinlage bekommen. Sagenhaft, wie sie Tino in die Falle hatte laufen lassen. Das war von instinktiver Kaltblütigkeit gewesen. Sie hatte nur diese eine Chance gehabt, als sie fünf Minuten mit ihm allein war, und die hatte sie genutzt. Wobei Tino nicht ganz schuldlos war. Er hatte völlig falsch reagiert.

Etliche Mails waren eingegangen. Die meisten waren dienstlich. Als Kirsten eine Nachricht ihrer Tochter entdeckte, legte sich ein kalter Klumpen in ihren Magen. Eine Mischung aus Ärger und Angst stieg in ihr auf, obwohl sie noch gar nicht wusste, was Kathrin wollte. Sie vermied jeden Kontakt und meldete sich nur, wenn es gar nicht anders ging. Daher musste Kirsten wahrlich nicht über hellseherische Fähigkeiten verfügen, um zu wissen, dass Streit bevorstand. Eine Kraftprobe. Wieder einmal. Diesmal musste sie den Sieg davontragen. Den Sieg über eine Dreizehnjährige. Ein bitteres Lachen wollte aufsteigen. Doch es blieb ihr im Hals stecken.

Mit beiden Händen strich sie die Haare straff aus dem Gesicht. Immer nur Streit, immer nur Kampf. Jeder Besuch, jedes Telefonat, jede Mail. Eine Zeitlang hatte sie es mit Briefen versucht, doch Kathi schickte sie ungeöffnet zurück. Als Hannelore ihr dann in ihrer steilen Handschrift, die all ihre Arroganz ausdrückte, mitgeteilt hatte, dass Kathi sich durch Kirstens Briefe belästigt fühlte, hatte sie fürs Erste aufgegeben. Nur nicht weiter Öl ins Feuer kippen. Abwarten, bis die Wogen sich geglättet hatten. *Sie wünscht keinen Kontakt zu dir. Akzeptiere das, und belästige sie nicht weiter, sonst werden wir ein Kontaktverbot gegen dich erwirken.* Ein Kontaktverbot. Unglaublich. Doch ihre Schwiegermutter hatte das wirklich geschrieben. *Ich kann mir nicht vorstellen, dass du aus purem Egoismus den endgültigen Bruch zwischen euch herbeiführen willst.*

Von einem Punkt der Halswirbelsäule ausgehend, begann der Schmerz sich auszubreiten. Wieder einmal. Rasend schnell stieg er über den Nacken hoch und setzte sich in der linken Schädelhälfte fest. Kirsten holte das Plastikröhrchen mit den Tabletten aus der Handtasche und spülte eine mit dem Rest Kaffee hinunter, der noch vom Vormittag auf ihrem Schreibtisch stand. Dann klickte sie auf die Mail.

Lanzarote kannst du knicken. Ich bin nicht deine Leibeigene, die du nach Belieben verschleppen kannst. ICH WILL MIT DIR NICHTS ZU TUN HABEN!!! Kapier das endlich!!!

Kirstens Hände wurden kalt. Sie presste die Kiefer aufeinander, bis die Zähne knirschten. Okay, Lady! Kein Bitten, kein Betteln mehr. Dann Krieg!

Ganz wie du willst. Ab sofort gelten neue Spielregeln: Du hast die Wahl zwischen Ferien auf Lanzarote mit mir und einem Schulwechsel. Wenn du nicht mitkommst, melde ich dich im Internat ab und an einer Münchener Schule an. Dann wirst du ab Dezember bei mir wohnen.

Kirsten schickte die Mail los und versuchte den pochenden Schmerz in ihrem Kopf zu ignorieren. Doch es gelang ihr nicht. Sie schluckte eine weitere Tablette und schloss die Augen. Ihr Puls jagte. Vor Wut und Ärger. Nein, vor Angst. Entspann dich, ermahnte sie sich. Du musst um sie kämpfen, sonst wirst du sie ganz verlieren, und Kampf ist immer mit Angst vor einer Niederlage verbunden. Doch du wirst siegen. Du musst.

Plötzlich spürte sie wieder seinen Arm, mit dem er sie im Klammergriff hielt, die Wärme seines Körpers, der sich an ihren presste, die Mündung der Heckler & Koch, die sich in ihre Schläfe bohrte, das leises Klicken des Abzugs, nasse Wärme, die sich zwischen ihren Beinen ausbreitete.

Keuchend riss sie die Augen auf. Alles war gut! Alles war gut!

»Kirsten? Fühlst du dich nicht wohl?«

Sie fuhr herum. Tino war unbemerkt eingetreten. Vermutlich hatte er geklopft wie meistens, und sie hatte es nicht gehört. »Ja, klar. Nur Kopfschmerzen.« Mit einem Handgriff schob sie die Tabletten zurück in die Handtasche und sammelte sich. »Einen Punkt auf der Liste mit offenen Fragen können wir abhaken.«

Obwohl sie diese Ermittlung nun leitete, erstattete sie ihrem Vorgesetzten Bericht und erzählte, was sie in Erfahrung gebracht hatte. Manuel Ruge war im Sommer, wie bekannt, aus der ehelichen Wohnung ausgezogen und hatte sich in Sendling in einer Anlage mit zehn Parteien ein Apartment gemietet. Man hatte ihn zum kurz darauf stattfindenden jährlichen Sommerfest der Mieter eingeladen. »Er ist in Begleitung von Katja Behringer gekommen. Irgendwann gab es Trubel. Ein Kind war von einer Biene gestochen worden. Die Eltern machten einen riesigen Wirbel darum. Als alle sich beruhigt hatten, drehte sich das

Gespräch plötzlich um Allergien, und Ruge hat seine Geschichte beigesteuert.« Ein zufriedenes Lächeln erschien. »Und rate mal, wer neben ihm stand? Katja Behringer. Dafür habe ich zwei Zeugen, die das schon zu Protokoll gegeben haben und ihre Aussage auch beschwören würden. Behringers Behauptung, von der Allergie nichts gewusst zu haben, kann sie also vergessen. Jetzt kriegen wir sie.«

»Sehr schön. Ich weiß nämlich, was Ruge in der Stunde zwischen fünf und sechs getan hat. Wir ...« Er unterbrach und korrigierte sich. »Du solltest sie zur Vernehmung vorladen.« Einen Moment wirkte er verärgert. Doch dann glättete sich seine Miene wieder. Er musste sich seiner Sache sicher sein.

Sie mochte seine Art, an einen Fall heranzugehen, auch wenn sie mit ihm nicht warm wurde. Er war meist sachlich, kühl und distanziert. Vermutlich lag das an seiner hanseatischen Erziehung. Kirsten sah auf die Uhr. »Habe ich bereits. Sie kommt in einer halben Stunde in Begleitung ihres Anwalts. Du hast also noch genügend Zeit, mich auf den aktuellen Stand zu bringen.«

13

Kirsten betrat den Vernehmungsraum um zehn vor vier. Zuerst testete sie das Mikro, bevor sie es auf die andere Tischseite schob, wo in zehn Minuten Katja Behringer Platz nehmen würde. Es funktionierte einwandfrei. Im Raum hinter dem Venezianischen Spiegel saß Tino.

»Lulle sie ein«, hatte er ihr empfohlen. »Wiege sie in Sicherheit, und dann schlag zu, wenn sie sich mit ihrer Aussage festgelegt hat.«

»Was mache ich, wenn sie ihn nicht trägt?«

»Sie trägt ihn. Ganz sicher. Er ist das Symbol ihres Triumphs über die verhasste Nebenbuhlerin.«

Kirsten war sich nicht so sicher, ob Katja Behringer so leichtsinnig war. Notfalls musste sie sich etwas einfallen lassen.

In Gedanken ging sie die Fakten noch einmal durch, schlüpfte in ihre Rolle und sammelte sich. Als pünktlich um vier Oliver Tolksdorff die Tür für Katja Behringer aufhielt, erschien auf Kirstens Gesicht ein freundlicher, beinahe mitfühlender Gesichtsausdruck, den sie noch ein wenig herunterdimmte. Nur nicht übertreiben. Sie begrüßte den Anwalt mit einem Kopfnicken. Katja Behringer reichte ihr die linke Hand. Der rechte Arm war geschient, sie trug ihn in einer Schlinge. »Schön, dass Sie kommen konnten. Wie geht es Ihnen?«

»Danke. Nicht besonders.« Mit ängstlichem Blick sah Katja Behringer sich um, als ob sie befürchtete, Dühnfort könnte jeden Moment wie Kai aus der Kiste springen.

»Ihr Anwalt hat Ihnen sicher mitgeteilt, dass mein Vorgesetzter von dem Fall entbunden wurde. Ich bin jetzt zuständig.« Es gelang Kirsten, eine leichte Verunsicherung in ihre Stimme zu legen, als ob sie sich mit dieser Aufgabe überfordert fühlte. »Ich würde das jetzt gerne zu einem vernünftigen Ende bringen.«

Tolksdorff beobachtete sie wie ein Insekt unter dem Mikroskop. Er war ein erfahrener Anwalt, mit grauen Schläfen und wachem Blick, und wusste offenbar noch nicht so recht, was er von ihr halten sollte. »Sie haben von Peanuts gesprochen. Worum geht es denn genau?«

»Setzen wir uns doch.« Sie wies auf die Stühle. »Es geht um zwei oder drei noch offene Punkte. Die letzte Befragung von Frau Behringer konnte ja leider nicht zu Ende geführt werden.«

»Das haben Sie jetzt nett umschrieben.« Tolksdorff griff den Ball, den sie ihm zugespielt hatte, in sarkastischem Tonfall auf.

Bevor Kirsten das Mikro einschaltete, zögerte sie, als ob sie verhindern wollte, dass das, was sie nun gleich sagen würde, auf Band kam. Sie straffte die Schultern. »Unter uns: Ich bin ein Fan der offenen Worte. Und ich bin kein Fan von falsch verstandenem Corpsgeist. Also ganz ehrlich: Frau Behringer, was mein Vorgesetzter sich in Ihrem Fall geleistet hat, finde ich absolut daneben. Es tut mir leid, was geschehen ist.« Sie atmete durch. »Können wir?« Mit diesen Worten startete sie das Aufnahmegerät und beobachtete, wie die Behringer sich sichtlich entspannte. Die Schultern sanken herab. Doch ihr Anwalt ließ sich nicht so leicht einlullen. Mit glattem Pokerface schlug er die Beine übereinander und zog eine Bügelfalte glatt.

Kirsten fing dort an, wo sie das letzte Mal aufgehört hatten. Es ging um die Allergie. Sie wollte sich nur vergewissern, dass Katja Behringer wirklich nie davon gehört hatte. Immerhin war sie mehr als zwei Jahre Ruges Geliebte gewesen. Eine lange Zeit, in der man sich eine Menge erzählte, auch sehr persönliche Dinge. Katja Behringer blieb dabei: Manuel hatte nie darüber gesprochen. Kirsten hakte nach, ob nicht jemand aus Manuels Bekannten- oder Freundeskreis die allergische Reaktion einmal erwähnt habe, bei einem gemeinsamen Essen oder einem Kinobesuch oder einem Fest.

»Daran würde ich mich wohl erinnern«, meinte sie und strich die blonde Mähne über die Schulter.

»Da klingelt wirklich nichts bei Ihnen?«

Ein Kopfschütteln war die Antwort.

»In Ordnung. Ich nehme das so ins Protokoll. Dann wäre das geklärt.« Kirsten malte Sternchen auf ihren Block. »Jetzt würde ich gern noch einmal den Tag durchgehen, an dem Manuel Ruge starb.« Bereitwillig gab Katja Behringer Auskunft und betete den Ablauf des Tages herunter, wie auswendig gelernt. Sie war ab neun im Sender gewesen und wegen starker Kopfschmerzen gegen fünfzehn Uhr nach Hause gegangen. Auf dem Heimweg hatte sie in einer Apotheke Schmerztabletten gekauft. Der Kassenzettel mit Datum und Uhrzeit lag vor. Kurz vor sechzehn Uhr war sie nach Hause gekommen. Eine Nachbarin war ihr begegnet und bestätigte das. »Danach hat mich natürlich niemand gesehen, denn ich habe zwei Tabletten genommen und mich ins Bett gelegt.«

Kirsten fragte nach, ob jemand angerufen hatte oder an der Tür geklingelt. Die Behringer verneinte das. Den ganzen Abend war es ruhig gewesen. Sie sei bald eingeschlafen und erst am nächsten Morgen gegen sieben aufgewacht.

Kirsten streckte sich und fragte nach, ob Katja Behringer an diesem Tag wirklich nicht in der Wohnung von Manuel Ruge gewesen sei. Man könnte ja mal zwei Tage miteinander verwechseln. Natürlich bestritt die Behringer das. Kirsten kehrte zu der Beziehung der beiden zurück und kaute sie von Anfang bis Ende durch, ohne auf Konfrontationskurs zu gehen. Tolksdorff begann sich zu langweilen und checkte seine SMS. Die Haltung der Behringer wurde zusehends lockerer. Irgendwann reckte Kirsten sich, als ob sie die Befragung nun gleich beenden würde, und trank einen Schluck Wasser. Dabei fiel ihr Blick wie zufällig auf den Ring. Tino hatte das richtig eingeschätzt. »Hübscher Ring.«

Ein Lächeln erschien auf Katja Behringers Gesicht, als sie auf den schmalen Platinreif mit dem Diamanten an ihrer Hand blickte. »Manuel hat ihn mir geschenkt.«

»Wirklich schön und sicher ganz schön teuer. Gab es einen besonderen Anlass?«

»Meinen Geburtstag.«

»Im Mai, oder?«

Tolksdorff reagierte. Das Blackberry verschwand in der Sakkotasche, der Blick wurde wach.

»Manuel hat Ihnen diesen Ring im Mai geschenkt, also vor beinahe sechs Monaten?«, präzisierte Kirsten ihre Frage.

»Ja. Klar.«

»Ganz sicher?«

»Natürlich«, entgegnete die Behringer und warf ihrem Anwalt einen unsicheren Seitenblick zu.

»Ist das irgendwie relevant?«, fragte Tolksdorff.

Kirsten ließ die Behringer nicht aus den Augen. »Hm. Jetzt haben wir ein Problem. Diesen Ring hat Manuel Ruge am Tag seines Todes kurz vor achtzehn Uhr bei einem Juwelier in der Fußgängerzone gekauft. Er war als Versöhnungsgeschenk für seine Frau gedacht. Zu dieser Zeit lagen Sie daheim in Ihrem Bett und schliefen. Kurz nach neunzehn Uhr betrat Ruge seine Wohnung, mit diesem Ring in der Tasche. Zu dieser Zeit lagen Sie daheim in Ihrem Bett und schliefen. Zwei Stunden später war Ruge tot und der Ring aus seiner Wohnung verschwunden. Können Sie mir erklären, wie er in Ihren Besitz kommt?«

Tolksdorff schnellte vor. »Dazu müssen Sie sich nicht äußern«, belehrte er seine Mandantin.

»Sie waren zwischen neunzehn und einundzwanzig Uhr bei Manuel«, fuhr Kirsten fort. »Sie haben ihn besucht und ihm sein Lieblingsdessert mitgebracht. Eine kleine Entschuldigung für die Szene, die Sie ihm in seinem Büro gemacht hatten. Sie haben ihm vorgegaukelt, sich mit ihm aussöhnen zu wollen, bevor er zurück zu seiner Frau ging, und dann haben ...«

»Nun ist es aber gut«, fuhr Tolksdorff Kirsten an.

»Sie haben seelenruhig zugesehen, wie er die Pannacotta aß und die allergische Reaktion einsetzte. Sie haben zugesehen, wie er um Luft rang, weil seine Atemwege zuschwollen, wie er verzweifelt versuchte ans Handy zu gelangen, als er endlich kapierte, dass von Ihnen keine Hilfe zu erwarten war, als er erkannte, dass Sie ihn töten wollten. Aus Rache. Aus Hass. Aus Eifersucht. Doch das Handy war nicht da, wo es sonst lag. Er konnte keinen Notruf absetzen, weil Sie es unters Sofa gekickt hatten. Er versuchte zur Wohnungstür zu gelangen, er wollte raus, zu den Nachbarn, dort klingeln, damit sie Hilfe holten, bevor es zu spät war. Kostbare Zeit war bereits verstrichen ...«

»Sie haben ja eine blühende Phantasie«, bellte Tolksdorff. Die Behringer starrte sie an wie eine Erscheinung.

»... doch Sie haben sich vor die Tür gestellt. Sie haben ihn nicht gehen lassen. Wenn Sie ihn nicht haben konnten, sollte ihn auch keine andere haben. So war es. Geben Sie es zu.« Der Pulsschlag in Kirstens Hals vibrierte, ihr Herz raste. Ihr wurde übel. *Ich lasse dich nicht gehen. Du gehörst zu mir. Kein anderer soll dich haben.*

»Aber ich wusste doch gar nichts von der Allergie.«

Kirsten riss sich zusammen. »Beim Sommerfest der Hausbewohner hat Manuel Ruge davon erzählt. Sie standen neben ihm. Dafür haben wir zwei Zeugen. Die Eltern des Jungen, der an diesem Tag von einer Biene gestochen wurde.«

Unruhig sah die Behringer sich um, als suche sie einen Fluchtweg. Einen Ausweg. Etwas, das sie noch retten konnte.

Tolksdorff befahl ihr zu schweigen. »Ich möchte mit meiner Mandantin unter vier Augen sprechen. Ist das möglich?«

Durch diese Frage war Kirsten für eine Sekunde abgelenkt. »Sicher. Ich lass Sie allein.« Im Augenwinkel nahm sie die Bewegung wahr. Katja Behringer zerrte den Ring vom Finger, hob ihn zum Mund. Den Bruchteil einer Sekunde jagte Kirsten der Gedanke durch den Kopf, sie das Beweisstück schlucken zu lassen. Abführmittel auf der Krankenstation. Kontrolle beim Toilettengang. Beides nicht sehr angenehm. Doch ihre Hand schoss bereits vor und umklammerte Behringers Faust. »Der Ring ist beschlagnahmt.«

14

Ein paar Tage, nachdem Clara die Mail ans Amtsgericht geschrieben hatte, erhielt Paps im Krankenhaus Besuch von der zuständigen Richterin. Das vorliegende Gutachten sprach für eine Betreuung. Er verstand, dass er seine Dinge nicht mehr alleine regeln konnte. An guten Tagen war ihm das durchaus bewusst. Daher stimmte er der Betreuung zu. Ihm war alles recht. Hauptsache, er kam wieder nach Hause und nicht ins Pflegeheim. Allerdings wollte er nicht, dass Achim sich einmischte. Clara sollte sich um alles kümmern.

Der offizielle Beschluss lag kurze Zeit später im Briefkasten. Clara fand ihn, als sie von einem Termin im Verlag nach Hause kam. Sie legte das Schreiben neben die Tastatur und setzte sich an die Arbeit. Als sie die Datei des historischen Romans öffnete, trieb das Problem wieder an die Oberfläche, das sie seit Tagen vor sich herschob. Thore Derr hatte sich nicht gemeldet, seit sie seine unverschämte Mail so harsch beantwortet hatte. Sollte sie warten, bis er sich rührte und ihr mitzuteilen gedachte, wie er sich die Zusammenarbeit vorstellte? Oder sollte sie nachhaken?

Während sie darüber nachdachte, bemerkte sie, dass der Anrufbeantworter blinkte. Ein Anruf von Achim. »Hallo Clara, wenn du daheim bist, dann geh doch bitte ans Telefon. Keine Sorge. Ich will mich entschuldigen.« Es folgte eine Pause. »Du bist also wirklich nicht da. Schade. Es tut mir leid, dass ich dich neulich so angefahren habe.« Er klang zerknirscht. »Natürlich soll Paps bestmöglich versorgt werden, und wenn es nun mal eine Privatpflegerin sein muss, warum auch nicht? Ich bin dir dankbar, dass du dich so rührend um ihn kümmerst. Wenn ich wieder in München bin, schaue ich bei euch vorbei.« Es folgte ein Räuspern. »Sag mal, diese Betreuungsgeschichte ... Kennst du den aktuellen Stand? Da sollte langsam eine Entscheidung fallen. Wie gesagt, ich würde das gerne machen. Du auch, wie ich gehört habe. Wir könnten uns die einzelnen Bereiche teilen. Du die Sachen, die nur vor Ort zu erledigen sind, und ich den Rest. Was hältst du davon? Sag Bescheid, ja? Mach's gut und bitte nicht mehr böse sein.«

Clara war über die Entschuldigung erleichtert. Dieser Streit hatte ihr im Magen gelegen. Trotzdem wunderte sie sich, dass Achim die Betreuung übernehmen wollte. Er und Paps hatten nie ein enges Verhältnis gehabt.

Übermorgen wurde ihr Vater entlassen. Es war Zeit, die Agentur zu informieren. Krystynas Einsatz konnte beginnen. Sie musste sich auf den Weg machen. Kurz vor zwei beendete sie das Telefonat. Um zwei öffnete die Bank.

Ein paar Minuten später betrat Clara die Geschäftsräume. Wie neulich stand das Kind lächelnd hinter dem Schalter. Am Anzugrevers steckte ein Namensschild. Benjamin Meyer.

Clara legte das Schreiben des Gerichts vor und ließ sich die Auszüge des ominösen Kontos ausdrucken, zu dem Paps keine Unterlagen hatte. »Bitte.« Benjamin Meyer reichte ihr den Ausdruck über den Schalter. Am 12. Mai waren beide Zahlungseingänge verbucht worden. Insgesamt 105 000 Euro. Doch am selben Tag gab es eine Überweisung in Höhe von 104 900 Euro. Paps hatte sich das Geld selbst überwiesen, und zwar auf ein weiteres Konto. Er hatte also noch ein drittes eingerichtet. An diesem Tag musste er total neben der Spur gewesen sein. Hatte das denn niemand bemerkt! Clara zwang sich zur Ruhe und schob das Blatt über die Theke. »Können Sie mir von diesem Konto Ausdrucke machen?«

»Tut mir leid. Das wird nicht bei uns geführt.«

»Sondern wo?«

»Die IBAN sieht nach Großbritannien aus.« Ein paar Klicks später lächelte Benjamin wieder. Das lernten sie sicher während der Ausbildung. Montag, erste Stunde: unverbindlich lächeln. »Eine Online-Bank in England. Smile.«

»Wie bitte?« Clara hätte beinahe gelacht.

»So heißt die Bank. Wie gesagt, Online-Banking.«

Panik wollte in Clara aufsteigen. Sie musste das Geld aufstöbern. »Können Sie mir die Kontaktdaten dieser Bank geben?«

»Gehen Sie einfach ins Internet. Smile.co.uk. Ich schreibe es Ihnen auf.«

Der Pflegevertrag war unterzeichnet. Bald musste sie die erste Rechnung bezahlen. Wie sollte das gehen, wenn sie bis dahin das Geld nicht aus England zurückgeholt hatte? Dann musste sie eben ein paar von den Münzen verkaufen. Ein heißer Schreck durchfuhr sie. Hoffentlich hatte Paps damit nicht auch Unfug gemacht.

Benjamin reichte ihr den Zettel mit der Webadresse. »Bitte.«

»Ich würde noch gerne zu den Schließfächern.«

Clara wurde von ihm die Treppe hinunter zu den Schließfächern begleitet und allein gelassen. Der Schlüssel für das Fach befand sich seit einem halben Jahr an ihrem Schlüsselbund. Paps hatte ihn ihr aufgedrängt, aus Sorge, er könnte ihn verlieren oder jemand könnte ihn stehlen. Von der Existenz dieses Fachs wusste sie seit ihrer Kindheit. Ihr Vater hatte vor über vierzig Jahren eine kleine Erbschaft in Krügerrandmünzen angelegt und bewahrte sie hier auf.

Viele konnten es nicht sein. Vielleicht fünfzig oder sechzig Stück. Clara zog die Kassette hervor und ließ sie beinahe fallen, so unerwartet schwer war sie. Sie trug sie zu einem der Tische, hob den Deckel ab und fühlte sich wie ein Kind, das einen Schatz gefunden hat. Funkelnd lagen die Goldmünzen in ihren durchsichtigen Hüllen. Es waren viele. Sie zählte nach. Zweihundertachtzig. Kurz entschlossen nahm sie eine heraus, verstaute den Rest im Schließfach und ging nach oben. Benjamin Meyer zauberte sein Kundenberaterlächeln aufs Gesicht.

»Was bekomme ich, wenn ich diese Münze verkaufe?«

»Ich muss nachsehen.« Wieder tippte er etwas in den Computer. »Der aktuelle Kurs kann sich sehen lassen. Wollen Sie die wirklich verkaufen? Der Goldpreis steigt gerade wieder. Da ist noch mehr drin.«

»Ich wollte nur den Preis wissen.« Clara brachte die Münze zurück und überschlug auf dem Heimweg den aktuellen Wert der Krügerrand. Fast dreihunderttausend. Mit Paps' Schatz ließ sich die Pflege finanzieren, bis er hundert war. Doch bevor sie etwas davon verkaufte, musste sie das Geld in England aufspüren. Wie war er nur auf die verrückte Idee gekommen, ein Online-Konto zu eröffnen?

Zurück in seiner Wohnung, startete sie den PC. Doch sie fand weder einen Ordner noch eine Datei oder Mail, die auf ein Konto in England hinwiesen. Schließlich ging sie auf die Webseite der Bank. Leider gab es keinen deutschsprachigen Kundenservice, und ihr Englisch war zu eingerostet, um diesen komplexen Sachverhalt zu schildern. Achim musste ihr helfen. Schließlich war er Anlageberater und Vermögensverwalter. Er kannte sich in der Welt des Geldes aus.

Sie kehrte in ihre Werkstatt zurück und rief ihn an.

»Hallo Clara, schön, dass du dich meldest. Hoffentlich bist du nicht noch wütend auf mich.«

»Das war ich nie, und nun hast du dich entschuldigt. Alles ist in Ordnung.«

»Ich hatte Stress mit einem Kunden und habe das an dir ausgelassen. Es tut mir wirklich leid.«

Er fragte, wie es um die Betreuung stand. Der Brief vom Amtsgericht war also noch nicht bei ihm eingetroffen. Sie erzählte ihm, wie die Entscheidung ausgefallen war. Für einen Augenblick herrschte Schweigen am Telefon. Achim war enttäuscht und vermutlich auch sauer. Das merkte sie an seiner knappen Art, mit der er diese Nachricht schließlich kommentierte. »Na gut. Wenn Paps meine Hilfe nicht will. Muss mir recht sein.«

»Ich könnte sie allerdings brauchen.« Clara schilderte ihm das Problem mit dem Online-Konto. »Kannst du das Geld zurückholen? Mein Englisch ist dafür nicht ausreichend.«

»Natürlich. Ich brauche die Kontodaten und eine Vollmacht von dir. Telefonisch werde ich nämlich nichts erfahren.«

15

Um halb elf kam Clara mit ihrem Vater nach Hause. Für die Strecke, die man normalerweise zu Fuß gemütlich in zwanzig Minuten gehen konnte, hatte sie ein Taxi genommen. Paps war für einen Spaziergang zu wacklig auf den Beinen. Er war nur zehn Tage im Krankenhaus gewesen. Doch in dieser Zeit hatte er sich sehr verändert. Mit einem Mal wirkte er wie ein Greis. Mit unsicheren Schritten ging er durch den Flur. Abgenommen hatte er auch. Die Hose schlackerte um die dünnen Beine. Das Hemd war am Kragen zu weit geworden. »Ist das schön, wieder daheim zu sein.« Er stieß einen tiefen Seufzer aus und sah sich um. »Wo ist Elli denn? Warum hat sie mich nicht abgeholt?«

Es war besser, ihn nicht daran zu erinnern, dass sie tot war. Er regte sich sonst nur auf und würde es ohnehin gleich wieder vergessen. »Sie wird einkaufen sein.«

»Dann lese ich Zeitung, bis sie kommt.« Paps tappte ins Wohnzimmer. Sie half ihm in den Sessel.

Franzi holte Krystyna vom Zentralen Omnibusbahnhof ab. In einer halben Stunde würden die beiden hier sein. Im Gästezimmer bezog Clara rasch noch das Bett. Nach einer Nacht im Bus war Krystyna sicher gerädert und hundemüde. Sie sollte sich erst einmal ausruhen, bevor sie ihren Job antrat.

Schließlich saugte sie noch kurz durch und holte im Bad die Wäsche aus dem Trockner, die sie gestern hineingesteckt hatte. Paps kam in den Flur und fragte, was der Wirbel sollte, ob Weihnachten sei oder Geburtstag und warum Mutter nicht putzte, sondern Clara, was hier los wäre, verdammt noch mal. Die Unruhe verwirrte ihn. Clara setzte ihn mit seinen Patiencekarten an den Tisch, wo sie ihn weinend antraf, als sie das nächste Mal nach ihm sah. »Ich werde so dumm. Mein Verstand lässt mich im Stich. Sieh dir das an!« Mit einem Wisch fegte er die Karten vom Tisch.

»Ach, Paps.« Sie nahm ihn in den Arm und spürte seine knochigen Schultern. Krystyna musste ihn aufpäppeln und ihm seine Leibgerichte kochen. »Es tut mir so leid. Aber ich bin bei dir, und die Franzi auch und Achim.«

»Ja, die Franzi.« Jetzt lächelte er. »Wenn ich sie nicht hätte.«

Immer Franzi. Für eine Sekunde schloss Clara die Augen. Es war, wie es war. »Siehst du. Dann ist ja alles gut.«

Kurz nach elf klingelte es. Franzi stand mit Krystyna und einem großen Rollkoffer vor der Tür. Paps' Pflegerin war so alt wie Clara, beinahe fünfzig. Doch das sah man ihr nicht an. Eine sportliche Frau mit zierlicher Figur, pfiffigem Kurzhaarschnitt und nussbraunen Augen, die eine Herzlichkeit ausstrahlten, die Clara sofort in Bann zog.

»Bin ich da«, sagte sie und schüttelte Clara die Hand mit festem Druck. Franzi schob den Koffer in die Wohnung. Paps erschien auf der Bildfläche. Clara stellte ihm Krystyna vor.

»Besuch. Wie schön. Hatten wir schon lange nicht mehr. Elli wird sich freuen.«

»Ich freue mich auch«, sagte Krystyna.

Nach einem Rundgang durch die Wohnung legte sie sich erst einmal hin, um zwei Stunden auszuruhen. Im Bus hatte sie kaum geschlafen. Clara ging mit Paps und Franzi in die Küche. Zur Feier des Tages wollte sie Schweinebraten machen, sein Lieblingsessen. »Isst du mit uns?«

Franzi schüttelte den Kopf. »Das wird mir zu spät. Beate

ist allein im Café. Ab eins ist immer die Hölle los. Krystyna scheint nett zu sein und unkompliziert.«

»Wer ist Krystyna?« Fragend sah Paps in die Runde.

»Dein Besuch, der vorhin gekommen ist.«

»Ach ja. Nette Frau. Sie bleibt jetzt bei mir und versorgt den Haushalt. Damit ich nicht ins Heim muss.«

»Richtig.« Clara strich ihrem Vater über die Hand. Sie war froh, dass er die Situation akzeptierte. Insgeheim hatte sie Angst gehabt, dass er sich gegen eine Fremde in seinen vier Wänden am Ende doch sträuben würde. Offenbar war er gerade präsent. Clara wollte das nutzen. »Sag mal, Paps, darf ich dich was fragen?«

»Nur zu.«

»Weshalb hast du ein Konto bei einer englischen Onlinebank?«

Er sah sie ratlos an. »In England? Habe ich wirklich ein Konto dort?«

Franzi warf Clara einen besorgten Blick zu. *Gibt es etwa ein Problem?*

»Du hast das Geld von deinen Sparbüchern dorthin transferiert.«

»Meine Sparbücher? Sind sie denn weg?«

»Sie sind leer. Du hast dein Eingemachtes auf ein Konto in England überwiesen. Ich brauche die Unterlagen und kann sie nicht finden.«

»Mein Geld ist weg?« Panik lag in seiner Stimme. »Wovon soll ich jetzt die Miete bezahlen und das Essen und die Reise? Ich will mit Elli doch die Kreuzfahrt machen. Bin ich jetzt arm? Clara! Sag!« Er sah so verängstigt und verwirrt aus, dass sie sich schämte, dieses Thema angeschnitten zu haben.

»Nein, Paps. Du bist nicht arm. Du hast eine fette Pension. Schon vergessen? Du kannst ein Dutzend Kreuzfahrten machen. Ich wollte nur wissen, warum du dein Geld bei einer Bank in England angelegt hast.«

»Das habe ich doch nicht. ... Oder doch?« Ratlos blickte er sich um. »Doch. Jetzt weiß ich es wieder. Ich bekomme da eine viel bessere Rendite. Und überhaupt geht dich das nichts an. Wie kommst du eigentlich dazu, in meinen Sachen zu schnüffeln?«

Clara stöhnte lautlos *Omm*. Keine Widerworte. Kein sinnloser Streit. »Dann ist ja alles gut. Magst du Knödel zum Schweinsbraten oder lieber Kartoffeln?«

»Knödel. Alles ist gut«, wiederholte er. »Ich lege jetzt eine Patience, während ihr Hübschen kocht.« Er stand auf und ging ins Wohnzimmer.

»Was ist mit seinen Ersparnissen?«, fragte Franzi, kaum dass Paps die Tür hinter sich geschlossen hatte.

Clara erklärte es ihr und auch, dass Achim ihr half, das Geld aus England zurückzuholen

»Weißt du, was ich glaube?«, fragte Franzi. »Ich denke, diese bescheuerte Idee ist auf seinem Mist gewachsen. Er hat Paps geholfen, das Geld nach England zu verschieben.«

Langsam war Clara diese ewige Rivalität zwischen Franzi und Achim leid. Warum konnte sie nie ein gutes Haar an ihm lassen, warum musste sie ständig gegen ihn stänkern? »Er wusste von dem Konto nichts.«

»Und das glaubst du?«

»Es kann ihm doch egal sein, wo Paps sein Geld anlegt.«

Nachdenklich sah Franzi zum Fenster hinaus. Plötzlich schnellte sie herum. »Ich hab's. Ich weiß, was er damit gemacht hat. Online-Banking, hast du gesagt. Davon hat Paps doch gar keine Ahnung. Achim hat sich die vierzigtausend geholt.« Es klang beinahe triumphierend. »Dieser Mistkerl.«

Jetzt reichte es aber! »Das ist pure Unterstellung. Es gibt nichts, das deine …«, am liebsten hätte sie *krude Verschwörungstheorie* gesagt, »das deine Vermutung stützt. Du reimst dir das einfach so zusammen.«

»Das liegt doch auf der Hand. Paps hat mir vierzigtausend fürs Café geschenkt. Achim wollte dieselbe Summe und hat sie nicht bekommen. Er war sauer und hat sich beklagt, dass Paps ungerecht sei. Wie ein Fünfjähriger, der auch ein Eis will.«

Paps war seit eh und je ungerecht. Das war nun wirklich keine Neuigkeit, und sie alle hatten damit umzugehen gelernt.

»Und jetzt hat er sich geholt, was ihm seiner Meinung nach zusteht«, fuhr Franzi unbeirrt fort.

Achim hatte das nicht nötig. Mit seiner Firma verdiente er gutes Geld. Judith und ihm ging es blendend. Sie besaßen ein wunderschönes Haus, machten tolle Reisen, fuhren schicke Autos. Achim ging es am besten von ihnen dreien. Doch all das sagte sie nicht. Sie hatte keine Lust, Franzi Raum für weitere Gemeinheiten zu geben. »Paps hat sich bestimmt von einem Bankberater beschwatzen lassen«, entgegnete sie kühl. »Ich werde dort mal nachhaken.«

»Sprich vorher mit Achim.« Franzi sah auf die Uhr. »Ich muss los. Mach's gut, und halte mich auf dem Laufenden.«

Kaum war sie weg, klingelte das Telefon. Achim meldete sich. »Ich habe grad im Krankenhaus angerufen. Paps ist schon daheim?«

»Ach, entschuldige. Ich habe ganz vergessen, dir das zu sagen.«

»Ist nicht so wild. Jetzt weiß ich es ja. Wie geht es ihm?«

»Er hat abgenommen und ist ein wenig klapprig auf den Beinen. Kein Wunder nach zehn Tagen im Bett. Ich hoffe, dass Krystyna ihn ordentlich bekocht. Falls es mit dem

Laufen nicht besser wird, werde ich wohl einen Rollator besorgen müssen.«

»Sein Arzt soll ein Rezept für eine Ergotherapie ausstellen. Dann kommt jemand ins Haus, der ihn wieder mobilisiert.«

Das war eine gute Idee. Sie erzählte von Krystyna und sprach ihn schließlich auf das Konto an. »Hast du bei Smile schon etwas erreicht?«

»Ich habe mit dem Kundenservice telefoniert. Bevor ich Auskunft erhalte, muss ich alle Unterlagen übersetzen lassen. Dafür muss ich erst mal jemanden finden. Es wird also dauern. Wie finanzierst du die Pflege bis dahin? Hat Paps ein Polster auf dem Girokonto? Wenn nicht, könntest du ein paar Münzen verkaufen oder ich leihe ihm etwas. Das ist kein Problem.«

»Danke. Das ist nett von dir. Notfalls komme ich darauf zurück.«

Das war wirklich entgegenkommend und auch wieder typisch für ihn. Achim dachte praktisch, während Franzi nicht mal gefragt hatte, ob sie im Moment die Pflegekosten überhaupt bezahlen konnte.

16

Die Kommandantin öffnete die Tür und ließ Elena ein. Offenbar hatte sie heute keinen guten Tag, denn sie saß im Rollstuhl und beschwerte sich prompt, weil sie fünf Minuten zu früh war. Zu früh! Nicht zu spät. »Auch das ist eine Form von Unpünktlichkeit. Wenn ich halb vier sage, meine ich halb vier und nicht fünf Minuten vor halb vier.« Offenbar waren die Schmerzen in ihren Gelenken schlimm und die Laune entsprechend. »Wenn du schon da bist, kannst du mir eine Kanne Tee machen. Earl Grey. Vier Minuten ziehen lassen. Keine Sekunde länger. Bekommst du das hin?«

Elena versicherte, dass sie das schaffen würde, und verschwand in der Küche. Als der Kurzzeitwecker nach vier Minuten klingelte, nahm sie den Beutel aus der Kanne, spuckte hinein und rührte um. Den Tee servierte sie mit Gebäck im Wohnzimmer. Die Kommandantin hatte sich aus dem Rollstuhl in den Fernsehsessel gehievt und sah eine Talkshow.

Elena begann zu putzen, gründlich wie bei ihren beiden bisherigen Besuchen. Der Trick bestand darin, dass niemand glaubte, sie könnte eine Diebin sein. Stets war sie freundlich, zuverlässig und scheinbar ehrlich. Misstrauisch wurden ihre Kunden vermutlich erst, wenn sie nicht zum vereinbarten nächsten Termin kam. Auch da beugte sie mittlerweile vor, rief an und sagte, dass sie überraschend nach Hause fahren musste und sich melden würde, wenn sie wieder zurück war. Natürlich wusste sie nicht, wann die alten Leute überhaupt entdeckten, dass ihr Geld aus den

Verstecken verschwunden war. Vielleicht kontrollierten sie diese jeden Tag. Möglicherweise aber auch nie, weil sie bereits vergessen hatten, dass es sie gab. Elena baute darauf, dass der Verlust erst Tage oder Wochen später auffiel und sie gar nicht erst verdächtigt wurde. *Elena doch nicht. Sie hat sogar das Geld abgegeben, das sie hinter der Kommode gefunden hat.*

Sie bezog das Bett frisch, stopfte die Schmutzwäsche in die Maschine und schaltete sie ein. Dann holte sie das Kuvert aus der Schachtel mit der Heizdecke. Es lag noch genau so darin, wie sie es bei ihrem letzten Besuch platziert hatte: mit dem Aufdruck nach unten und ein wenig unter das Kabel geschoben. Die Kommandantin kontrollierte ihre Geldverstecke nicht. Jedenfalls nicht in kurzen Abständen. Sehr schön. Sie steckte die Scheine ein und warf das leere Kuvert in die Tüte mit dem Altpapier.

In der Abstellkammer befand sich ein weiteres Versteck. Fünfhundert Euro in einer Schachtel mit Christbaumschmuck. Elena schob das Geld ein und saugte den Flur. Im Wohnzimmer lief der Fernseher viel zu laut.

Ihr Handy klingelte. Es war Galina, die fragte, ob sie nun einen Platz in Ions Bus für Elena reservieren sollte. In dem Bus, der keiner war, sondern ein Geländewagen, der auf Routen fuhr, die abenteuerlich waren und vermutlich auf keiner Karte verzeichnet. Zumindest auf den letzten Kilometern über die Grenze nach Moldawien. Abfahrt war morgen in aller Herrgottsfrühe. Vorher traf sie noch Alexej, der vermutlich ebenso wenig Alexej hieß wie sie Elena. Mit ihm hatte sie einen Deal. Einen Deal um Sergejs Leben. Dreitausend Euro. Das war der Preis. Wenn Sergej ihn bezahlte, wollte Elena über der Grenze sein und nie wieder in dieses Land zurückkehren. Auf Ion war Verlass. Zumindest wenn man Galina glaubte. Er verlangte zwar eine unverschämte Summe, aber keine, die sie nicht aufbringen konnte. Jedenfalls nicht, seit sie ihr Business aufgezogen hatte. »Ich fahr mit. Sag ihm das. Heute Abend bekommt er sein Geld. ... Bis acht. ... Ja, habe ich verstanden ... ich bin bis acht da.« Ion wollte das Geld vorab. Nicht, dass im letzten Moment jemand absprang oder nicht erschien und er das Nachsehen hatte.

Ein verzweifelter Laut drang aus dem Wohnzimmer, gefolgt von einem dumpfen Schlag. Was war das gewesen?

»Eva!« Es klang kläglich.

War die Alte gestürzt und hatte sich alle Gräten gebrochen? Mist! Notarzt und besorgte Tochter gehörten nicht zu Elenas Plan. Sie warf das Handy auf die Kommode im Flur und eilte der Kommandantin zu Hilfe. Sie lag auf dem Boden und versuchte bereits alleine hochzukommen. Allzu schlimm konnte es also nicht sein. Ein Stück hinter ihr stand der Rollstuhl. Die Bremse war nicht festgestellt! Das sah Elena aus drei Metern Entfernung. Er musste unter ihr weggerollt sein, als sie sich hineinsetzen wollte.

»Dieser verdammte Rollstuhl. Ich will auf die Toilette. Hilf mir auf.«

Kommandieren ging noch. Verletzt war sie offenbar nicht. Elena trat hinter die Alte, umfing ihre magere Brust mit dem Erste-Hilfe-Griff und zog sie auf die Beine. Dabei bemerkte sie den nassen Fleck auf der Hose. Der Geruch nach warmer Pisse verbreitete sich im Raum. Beschämt sah die Alte zu Boden. In ihren Augen standen plötzlich Tränen.

Es musste schrecklich sein, wenn man alt wurde und einem der Körper nicht mehr gehorchte, wenn man die Kontrolle verlor. Beinahe tat ihr Emily leid.

»Bring mich ins Bad und lass die Wanne ein.« Innerhalb einer Sekunde hatte die Alte sich gefangen. Elena hakte sie unter, führte sie ins Bad und tat wie ihr geheißen. Ins warme Wasser gab sie reichlich vom Lavendelbadeöl, so wurde der Geruch erträglich. Inzwischen kämpfte die Kommandantin mit den nassen Klamotten und verhedderte sich in Hose und Schlüpfer. Eine Weile sah Elena sich das an, dann half sie ihr beim Auskleiden. Emily brauchte keine Putzfrau, sondern eine Pflegerin. Sie gehörte in ein Heim.

Sie half ihr in die Wanne und putzte weiter. Dabei leerte sie ein weiteres Depot im Wohnzimmer. Das Kuvert lag unter dem Teppich. Zwanzig Minuten später benötigte die Kommandantin Hilfe beim Aussteigen. Elena reichte ihr das Badetuch und holte frische Wäsche und Kleidung aus dem Schlafzimmer.

Die Badeaktion hatte Zeit gekostet. Es war schon kurz vor sieben, als sie endlich fertig war. Beinahe eine halbe Stunde später als geplant. Sie musste sich sputen, damit Ion sein Geld pünktlich bekam, sonst würde er den Platz an jemand anderen vergeben. Hastig räumte sie die Putzsachen auf, nahm den Zettel mit ihrer Handynummer vom Kühlschrank und steckte ihn ein.

Heute wurde ihr Lohn großzügig aufgerundet. Vier Stunden wurden bezahlt. »Danke für deine Hilfe, Eva. Elisabeth darf das nicht erfahren. Verstanden? Du erzählst ihr das nicht«, beschwor die Kommandantin sie.

»Nix Sorge. Ist Geheimnis von uns.« Elena drückte die Hand der Alten. Außerdem werde ich gar keine Gelegenheit haben, deiner Tochter irgendwas zu erzählen. Sie schnappte sich den Rucksack und verabschiedete sich.

»Nächste Woche um dieselbe Zeit?«

»Halb vier. Punktlich. Nix funf Minuten fruher.« Die Tür schloss sich hinter Elena. Sie spurtete die Treppe hinunter. Es war dunkel geworden. Auf dem Weg zur U-Bahn zündete sie sich eine Zigarette an und inhalierte tief. Tat das gut!

Erst das Ticket bei Ion bezahlen. Dann das Treffen um zehn mit Alexej am Stachusbrunnen. Danach ein paar Stunden schlafen. Gepackt hatte sie schon, die Reisetasche stand in ihrem Schrank, und dann nichts wie weg aus diesem gelobten Land.

Die U-Bahn-Türen schlossen sich. Sie fand einen Sitzplatz. Beinahe zweitausend Euro steckten in ihren Taschen. Etwas mehr als die doppelte Summe wartete in dem Loch, in dem sie wohnte. Ein gerechter Lohn für alles, was sie hier erlebt hatte. Zum Abschied vielleicht ein schönes Essen? Elena liebte die indische Küche und überlegte, ob sie Galina einladen sollte. Zu zweit machte es mehr Spaß. Sie wollte das Handy aus der Tasche ziehen. Doch da war es nicht. Sie durchwühlte den Rucksack. Rahat! Ein Bild stieg in ihr auf. Sie hatte es vergessen! Auf der Ablage im Flur. An der nächsten Haltestelle stieg sie aus. Sie war schon fast am Ziel gewesen und musste nun unzählige Stationen zurückfahren. Zu allem Überfluss gab es aufgrund eines Notarzteinsatzes eine Störung. Die nächste Bahn kam erst eine halbe Stunde später und war brechend voll. Elena quetschte sich dennoch hinein.

Hoffentlich hatte die Alte noch nichts gemerkt. Hoffentlich wartete Ion auf sie und vergab den Platz nicht an jemand anderen. Sie musste ihn anrufen, sobald sie ihr Handy hatte.

Es war kurz vor acht, als sie wieder vor Emilys Wohnungstür stand. Drinnen lief der Fernseher. Sicher hatte die Alte noch nicht bemerkt, dass sie beklaut worden war. Falls aber doch? Die Kommandantin würde nicht lange fackeln und das ganze Haus zusammenschreien, sobald sie Elena sah.

Der Fernseher dröhnte bis ins Treppenhaus. Elena hatte eine Idee. Die Alte würde es gar nicht mitbekommen. Diese Miles-&-More-Karte, die sie neulich in der S-Bahn gefunden hatte. Sie hatte geahnt, dass die mal nützlich sein könnte. Von Sergej wusste sie, wie es ging. Er hatte es ihr und Olia gezeigt. Sie lauschte, ob auch niemand kam. Im Treppenhaus war es ruhig. Hinter den Türen aßen die Familien zu Abend, saßen Paare gemeinsam bei Tisch. Mit feinem Porzellan und funkelnden Gläsern. Dafür gaben sie Geld aus. Für die Putze nicht. Ihre Arbeit war gerade mal einen Hungerlohn wert.

Elena zog die Plastikkarte hervor und schob sie auf der Höhe des Türschlosses in den Spalt zwischen Türblatt und Rahmen. Plötzlich klopfte ihr Herz wie wild, das Blut rauschte in ihren Ohren. Klauen war eine Sache, einbrechen eine andere. Doch sie wollte ja nur schnell ihr Handy holen. Mit einem leisen Klick sprang die Tür auf. Elena schlüpfte lautlos hinein.

17

Gina legte den Löffel beiseite und wischte sich mit der Papierserviette über den Mund. »Du solltest mit Leyenfels reden und einen Herausgabebeschluss für Gerstners Handydaten beantragen. Wenn er nicht in der Klinik war, dann hat er die Behringer angerufen.«

»Das kann nur der Leiter der Ermittlungen.«

»Dann bring Potthoff dazu, das endlich zu tun.«

Es war ein goldener Oktobertag. Die Sonne schien warm vom Mittagshimmel. Nur der Wind war empfindlich kühl. Dühnfort saß mit Gina bei Fisch Witte am Viktualienmarkt an einem der Bistrotische unter den Kastanien und aß Fischsuppe. Die Blätter der Bäume leuchteten in einem tiefen Ockergelb, der Himmel strahlte blau. Ein geschenkter Tag, der den Leuten ein Lächeln aufs Gesicht zauberte. Nur Dühnfort war schlecht gelaunt. Die interne Ermittlung zog sich hin. Der Verdacht gegen ihn war noch immer nicht ausgeräumt und Gerstner die Absprache nicht nachzuweisen. Sein Name stand nicht auf der Liste der Leute, die Katja Behringer im Krankenhaus besucht hatten. Die beiden mussten sich telefonisch abgesprochen haben. Und dann war Gerstner ihm auch noch vor einer Viertelstunde im Präsidium im Lift begegnet. Plötzlich hatten sie sich gegenübergestanden. Ein dünnes Lächeln war auf Gerstners Gesicht erschienen. Fies. Schäbig. Schadenfroh. Sein Blick hatte nur einen Augenblick standgehalten, bis er weggewitscht war wie ein Stück Seife.

Abwartend sah Gina ihn an. Ihre Stirn warf Falten. Etliche Sommersprossen verschwanden darin.

»Als Gerstner mir vorhin über den Weg gelaufen ist, hätte ich ihm am liebsten eins in die Fresse geschlagen.«

»Echt?« Sie klang ehrlich überrascht.

»Eine blöde Bemerkung von ihm und es wäre passiert.«

In Ginas dunklen Augen erschien ein besorgter Funke. »Du fühlst dich ohnmächtig, und Ohnmacht erzeugt Aggression. Es ist Zeit, dass du Zeugen oder Beweise an Bord bekommst, die dich entlasten.«

»Das ist Potthoffs Aufgabe.« Auf ihn und die Kollegen des KFD 11 war Dühnfort wahrlich nicht gut zu sprechen. Sie folgten nicht dem Grundsatz jeder Ermittlung: der Unschuldsvermutung. Potthoff schien sich vom ersten Tag an auf ihn eingeschossen zu haben. Von wegen objektiv! Diese Geschichte lief in die falsche Richtung. Von Anfang an. Falls sich das nicht änderte, würde er am Ende wegen Körperverletzung im Amt verurteilt und seinen Job los sein. Herrgott! Wegen einer verdammten Intrige.

»Potthoff hat dich von vornherein auf seine Abschussliste gesetzt. Er wird sich für dich nicht den Arsch aufreißen und nach Entlastendem wühlen. Das musst du selbst tun. Der lehnt sich gemütlich in seinem bandscheibenschonenden Bürostuhl zurück und heftet ab, was ihm von allein auf den Tisch flattert. Nimm dir endlich einen Anwalt. Soll der sich um den Herausgabebeschluss für Gerstners Handydaten kümmern.«

Einen Anwalt zu engagieren, wäre sicher das Vernünftigste. Er wusste selbst nicht, was ihn daran hinderte. Alleine bei dem Gedanken sträubte sich alles in ihm. Vielleicht die irrige Annahme, dass nur Schuldige einen Anwalt benötigten. Es war geradezu lächerlich, wie er sich benahm. Warum fühlte er sich wie gelähmt, hilflos und ausgeliefert? Er sollte wirklich langsam in die Gänge kommen.

Die Bedienung räumte die leeren Teller ab und fragte, ob

es noch etwas sein dürfte. Er bestellte für Gina einen Cappuccino und für sich einen Espresso. Der einzige Lichtblick war der Mordfall Ruge. Er war so gut wie abgeschlossen. Kirsten hatte das gut gemacht. Und auch Alois, dem es tatsächlich gelungen war, den Taxifahrer aufzutreiben, der die Behringer in der Mordnacht in der Nähe des Tatorts aufgegabelt und nach Hause gefahren hatte. Die Indizienkette war lückenlos. Nur ihr Geständnis fehlte noch. Doch das würden sie nicht bekommen. Es setzte voraus, dass sie sich ihrer Tat stellte. Viele schafften das nicht. Sie leugneten, was nicht zu leugnen war, vor sich selbst, um kein Mörder zu sein, kein Monster, um noch irgendwie in den Spiegel blicken zu können.

Gina hatte recht. Er brauchte einen Anwalt und würde sich endlich einen nehmen. Sie schlürfte den Rest Cappuccino aus der Tasse. An ihrer Lippe haftete Milchschaum, den sie mit der Zunge wegwischte. Plötzlich erschien ein widerwilliges Lächeln. Es stieg unwillkürlich auf, obwohl er sah, dass sie es zu unterdrücken versuchte, und mündete in ein Grinsen. Offenbar hatte sie mal wieder eine ihrer Ideen.

»Was?«, fragte er.

»Nichts.«

»Habe ich einen Krümel an der Nase?« Er fuhr sich mit der Hand übers Gesicht. »Oder eine Nudel wie Loriot?«

Sie schüttelte den Kopf.

»Was dann?«

»Ich hatte nur eine Idee.« Mit dem Löffel kratzte sie den letzten Rest Milchschaum aus der Tasse und setzte ihr Unschuldsgesicht auf.

»Darf ich mehr dazu erfahren?«

»Nö. Sie würde dir nicht gefallen. Das heißt: Sie würde dir schon gefallen. Aber du würdest sie nicht gutheißen. Also ist es besser, wenn du sie nicht kennst.«

»Du sprichst in Rätseln.«

»Außerdem ist sie noch nicht ausgereift. Ich muss noch daran feilen. Bei passender Gelegenheit werde ich das Geheimnis lüften. Okay?«

»Gerstner. Oder? Du willst ihn doch nicht irgendwie linken?«

Gina stützte das Kinn in die Hand und sah ihn mit großen Augen an. *Ich? Jemanden linken? Wie kommst du denn auf die Idee?* Das Smartphone in seiner Jackentasche begann zu vibrieren. Einen Augenblick wartete er noch auf eine Antwort. Sie kam nicht. Er zog das Handy hervor. »Mach keinen Quatsch, ja?«, sagte er, bevor er das Gespräch annahm.

Heigl höchstpersönlich meldete sich. »Hallo Tino. Es gibt Arbeit für dich.« Es klang, als verkünde er eine frohe Botschaft. »Eine Tote in Schwabing. Scheint ein etwas seltsamer Anblick zu sein. Na, du wirst schon sehen.« Heigl nannte ihm die Adresse. »Buchholz weiß Bescheid, und die Weidenbach ist auf dem Weg.«

Dühnfort informierte Alois und bat ihn, Kirsten Bescheid zu sagen. Gina zahlte inzwischen. Gemeinsam eilten sie zum Präsidium zurück. Vor dem Portal gab Dühnfort ihr rasch einen Kuss. »Bis heute Abend.«

»Ja. Bis heute Abend.« Sie wandte sich ab, stieg die Stufen hoch und sah sich noch einmal nach ihm um. »Quatsch mache ich eigentlich nie.« Wieder erschien das umwerfende Lächeln. Er liebte sie. In diesem Augenblick wurde ihm bewusst wie sehr. Sie war so ganz anders als er. Während er gerne erdenschwere Gedanken wälzte und eine gewisse Melancholie pflegte, wie Gina das mal formuliert hatte, nahm sie das Leben mit Leichtigkeit und Humor. Wo er stets korrekt war, legte sie Grenzen gerne großzügig aus. Er neigte dazu, nachtragend zu sein, sie verzieh schnell. Sie war das pure Gegenteil von ihm, vielleicht passten sie deshalb so gut zusammen.

Dühnfort ging zu seinem Wagen und fuhr nach Schwabing. Die Nikolaistraße zweigte von der Leopoldstraße ab. Nur etwa zweihundert Meter Luftlinie von der Stelle entfernt, an der im Sommer eine Fliegerbombe aus dem Zweiten Weltkrieg gesprengt worden war. Tausende Menschen waren evakuiert worden, etliche Häuser in Brand geraten und unzählige Scheiben zu Bruch gegangen. Seither klaffte ein Krater mitten in Schwabing, und die Erinnerungen an den Krieg waren bei den Alten zurückgekehrt. Aber auch er hatte plötzlich eine Ahnung gehabt, wie das damals gewesen war.

Er sah sofort, wohin er musste. Streifenwagen und Notarztwagen standen vor einem Gründerzeithaus mit aufwendig restaurierter Fassade. Edles Grau, die Simse farblich abgesetzt, die Fenstereinfassungen in einem zarten Cremeton. Wer hier wohnte, hatte Geld. Der ganze Straßenzug atmete Wohlstand. Einer der Busse der KTU parkte in der Einfahrt. Buchholz war also schon da. Alois ebenfalls, sein Mini stand dahinter. Ein Taxi stoppte auf der anderen Straßenseite. Dr. Ursula Weidenbach stieg aus. Weit und breit kein Parkplatz in Sicht. Dühnfort hielt auf dem Gehweg und begrüßte die Rechtsmedizinerin, als er mit ihr vor dem Eingang zusammentraf. Er wies sich aus und fragte den Streifenpolizisten, der neben der Haustür postiert war, wohin sie mussten.

»Dritte Etage.«

Es gab einen Lift, den Dühnfort gerne genommen hätte. Doch die Ärztin steuerte bereits auf die Treppe zu. Vermutlich war Treppensteigen ein Teil des täglichen Fitnessprogramms zahlreicher Frauen. Eigentlich keine schlechte Idee. Das Laufen neulich hatte ihm gutgetan. Wieder einmal fasste er den Vorsatz, mehr für seine Gesundheit zu tun, und nahm die knarrenden Stufen. Im zweiten Stock kamen ihnen der Notarzt und zwei Rettungssanitäter entgegen. »Sind Sie der zuständige Ermittler?«

Dühnfort bestätigte das.

»Die Frau wurde erstickt, wenn Sie mich fragen. Wir müssen weiter. Neuer Einsatz. Falls Sie mich brauchen, fragen Sie nach Andreas Mücke.«

Das Funkgerät krächzte. Gefolgt von seinen Leuten spurtete der Arzt die Stufen hinab. Polternde Schritte hallten durchs Treppenhaus.

Ein wenig außer Atem kam Dühnfort oben an. Die Wohnungstür stand offen. Auf dem Messingschild stand der Name der Bewohnerin. Emily Dreher.

18

Noch vor der Tür schlüpfte Dühnfort in den Einwegoverall und zog Überschuhe und Latexhandschuhe an. Genau wie die Rechtsmedizinerin, die ihm in die Wohnung folgte.

Die Tür zum Wohnzimmer linker Hand stand offen. Ein Rollstuhl lag umgekippt auf dem Boden. Der Teppich war verrutscht und warf Falten. Buchholz erschien im Blickfeld und wies den Flur hinunter. »Sie ist im Schlafzimmer.«

Rechter Hand befanden sich Bad und Küche. Eine ältere Frau saß weinend am Tisch. Ihr gegenüber eine Streifenpolizistin, die beruhigend auf sie einredete.

Am Ende des Flurs lag das Schlafzimmer. Dühnfort trat ein. Weiße Schleiflackmöbel mit zahllosen Zierleisten. Der Schrank nahm eine ganze Wand ein. Über der Kommode glänzte ein Spiegel im vergoldeten Rahmen. Das Fenster lag hinter einem dunkelblauen Vorhang verborgen. Der flirrende Oktobertag war ausgesperrt. Alle Lichter brannten. Sowohl die Deckenlampe mit ihren funkelnden Kristallen als auch beide Nachttischlämpchen. Eine beinahe feierliche Atmosphäre. Die linke Betthälfte war unberührt. In der rechten lag eine alte Frau, sie wirkte klein und zerbrechlich wie ein Vogel. Ihre Augen waren geschlossen. Ein friedliches Bild. Wäre nicht der Unterkiefer heruntergeklappt und die Haut bläulich wächsern verfärbt, könnte man denken, sie schliefe. Die Bettdecke war bis zur Brust hochgezogen. Darauf lagen die geöffneten Hände, deren Fingerspitzen sich berührten. In der rechten befand sich ein roter Apfel. In der linken ein Büschel Trauben. Das also hatte Heigl mit *seltsam* gemeint.

Alois lehnte in einem weißen Overall an der Wand und ließ dieses Bild auf sich wirken. So kannte Dühnfort ihn nicht. Nachdenklich. Nun sah er hoch. »Hallo Tino.«

Er nickte Alois zu. »Hat Buchholz schon fotografiert?«

»Ja.«

»Wissen wir schon, wer sie ist?«

»Die Wohnungseigentümerin. Emily Dreher, achtundachtzig Jahre alt. Ihre Tochter Elisabeth hat sie gefunden. Kurz nach zwölf. Ihre Mutter ging nicht ans Telefon, also hat sie nach ihr gesehen und sie so aufgefunden.« Alois wies aufs Bett. »Der Notarzt hat nichts am Tatort verändert. Ihm kam die Sache sofort komisch vor. Er hat den Tod festgestellt, den Totenschein ausgefüllt und uns gerufen.«

»Darf ich mal?« Dr. Ursula Weidenbach trat ans Bett. Mit den latexbehandschuhten Fingern zog sie Ober- und Unterlider auseinander. Die Schleimhäute wurden sichtbar. Dühnfort entdeckte einige punktförmige Einblutungen. Zu wenige für Erwürgen oder Erdrosseln.

»Einige Petechien. Das Gesicht weist eine leichte Zyanose auf.« Weidenbach klappte den Kiefer weiter hinunter und leuchtete mit einer Taschenlampe in die Mundhöhle. »Ebenso die Mundschleimhäute.« Mit flinken Bewegungen streckte sie den Kopf und untersuchte den Hals. »Keine Strangmarken, keine Würgemale. Nur hier zwei kleine Hämatome. Sehen Sie? Bekommen alte Leute leicht, wenn sie blutverdünnende Mittel nehmen. Ich werde mir mal den Medikamentenschrank ansehen.« Sie wies erst auf das eine, das sich auf der rechten Halsseite befand, etwa so groß wie ein Eineurostück, dann auf das andere an der rechten Schläfe, das ein wenig größer war, und setzte die Untersuchung an den Armen der Toten fort. »Keine Hautabschürfungen oder äußere Verletzungen. Auf den ersten Blick nichts, was auf Abwehr oder Kampf hindeutet. Der

Kollege scheint mit seiner Einschätzung richtigzuliegen. Es sieht so aus, als wurde sie erstickt. Vermutlich durch eine weiche Bedeckung der Atemöffnungen. Alte und gebrechliche Menschen und kleine Kinder können sich dagegen kaum wehren. Ich hatte schon einige derartige Fälle auf dem Tisch. Und vermutlich wesentlich mehr nicht. Denn diese Art des gewaltsamen Todes wird oft übersehen.«

»Sie wurde mit einem Kissen erstickt?«

»Wenn ich sie mir genau angesehen habe, kann ich mehr dazu sagen. Aufgrund der besonderen Situation«, Weidenbach wies auf die Hände der Toten, die Apfel und Trauben hielten, »und der Einblutungen gehe ich nicht von einem natürlichen Todesfall aus. Ich schenke mir also die Leichenschau hier und mache das im Institut. Wenn Sie einverstanden sind, lasse ich die Tote abholen.«

Dühnfort hatte nichts dagegen, allerdings noch eine Frage. »Können Sie zum ungefähren Todeszeitpunkt schon etwas sagen?«

Sie verstaute die Taschenlampe im Koffer. »Wenn Sie mir helfen, sie zu drehen, dann sehen wir uns die Leichenflecke an.«

Er wollte nicht, dass dieses Bild schon zerstört wurde. Es erinnerte ihn an alte Gemälde, an eine morbide Inszenierung. »Es eilt nicht.«

Während Ursula Weidenbach den Leichenwagen anforderte, betrachtete er noch eine Weile dieses Tableau. Feierlich, festlich. Erhaben. Ein schöner Tod. Der Tod einer Herrscherin, einer Königin, einer machtvollen Frau. Apfel und Trauben wie Insignien. Es fehlten nur getragene Musik, der Duft von Weihrauch und Kerzen, gedämpfte Stimmen, das leise Rascheln von Kleidung, das unterdrückte Schluchzen der Trauernden.

Alois trat neben ihn. »Beim Mord an alten Leuten geht

es meistens ums Erbe oder um Überforderung der pflegenden Angehörigen. Manchmal auch um Mitleid mit Todkranken. Wir sollten die Familie unter die Lupe nehmen.«

»Ja, natürlich. Die Familie ist immer die erste Wahl. Wo bleibt eigentlich Kirsten?«

»Als ich mit ihr telefoniert habe, stand sie am Irschenberg im Stau.«

»Was macht sie denn dort?«

»Ihre Tochter ist in Neubeuern im Internat. Die Schulleiterin hat angerufen. Da war wohl Feuer am Dach, und Kirsten ist schnell hingefahren.«

»Und weshalb sagt sie mir nicht Bescheid?«

»Ich dachte, sie hätte das.«

Irrtum. So ging das nicht. Dühnfort schob den Ärger beiseite. Es war Zeit, mit Buchholz zu reden.

Wie immer war der Leiter der Abteilung Kriminaltechnische Untersuchung mürrisch. »Vorsicht! Latsch mir nur nicht auf die Falten im Teppich. Am besten gehst du außen herum.« Buchholz deutete einen Bogen um den Sessel an. Dühnfort folgte der Anweisung. Der umgestürzte Rollstuhl, der verrutschte Teppich. Eine Illustrierte war zu Boden gefallen. Daneben lag ein Kuli. Emily war nicht im Bett gestorben. Das hier war der Tatort. »Gibt es Kampfspuren?«

»Woher denn? Die Frau war alt und hatte die Statur eines Kindes. Wie hätte sie sich wehren sollen? Das hier werden wir uns genau ansehen.« Buchholz wies auf ein orangefarbenes Samtkissen. »Ich denke, damit wurde sie erstickt.«

19

»Dühnfort. Ich werde die Ermittlung leiten.« Er reichte Elisabeth Dreher die Hand und setzte sich zu ihr an den Küchentisch, während sich die Kollegin verabschiedete.

Das Alter der Frau war schwer zu schätzen. Vielleicht Anfang sechzig. Das Make-up war sorgfältig und dezent. Nur die Wimperntusche war ein wenig verschmiert und die Augen gerötet. Kastanienbraun gefärbtes Haar, kinnlang und glatt geföhnt, die Kleidung sicher kostspieliger, als es auf den ersten Blick aussah. Eine Dame, würde sein Vater sagen.

»Ich möchte Ihnen ein paar Fragen stellen. Geht das?«

Ein zerknülltes Taschentuch verschwand in der Tasche des Blazers. Sie gab sich einen Ruck. »Es muss wohl. Als ich meine Mutter gefunden habe … Es war ein Schock … Ich meine, natürlich war mir bewusst, dass sie nicht unsterblich ist. Immer wenn sie nicht ans Telefon ging und ich nach ihr gesehen habe, war ich darauf vorbereitet, sie hilflos, verletzt oder schlimmstenfalls tot aufzufinden. Und ich war jedes Mal erleichtert, wenn sie wohlauf war. Doch das hier«, sie wies mit einer fahrigen Handbewegung Richtung Schlafzimmer, »darauf war ich nicht gefasst. Ein gewaltsamer Tod. Das erwartet man nicht.«

»Sie haben das sofort erkannt?«

»Nein. Nicht sofort. Erst als ich auf den Notarzt wartete. Zuerst dachte ich, meine Mutter wäre im Schlaf gestorben. Doch der Apfel und die Trauben … Und wie sie da lag. Wie aufgebahrt. Sie war ein durch und durch pragmatischer Mensch. Wenn es ihr schlechtgegangen wäre, hätte sie ihre

Kraft darauf verwendet, ans Telefon zu gelangen und den Notruf zu wählen, und nicht, um Obst aus der Küche zu holen. Außerdem mochte sie Trauben nicht besonders.«

»Wann haben Sie Ihre Mutter angerufen?«

»Gegen Viertel vor zwölf. Als sie sich nicht gemeldet hat, bin ich rübergegangen. Ich wohne nur zwei Straßen weiter.«

»War die Wohnungstür verschlossen?«

»Sie war zu, aber nicht abgesperrt.«

»Wer hat einen Schlüssel?«

»Es gibt nur zwei. Einen hat meine Mutter, den anderen habe ich.«

»Entschuldigen Sie mich einen Augenblick.« Dühnfort sah nach. Der Schlüsselbund von Emily Dreher hing am Schlüsselbrett über der Kommode im Flur. Es gab keine Einbruchsspuren. Die alte Frau hatte ihren Mörder also selbst hereingelassen.

Der Lift kam nach oben. Die Türen öffneten sich. Zwei Mitarbeiter des städtischen Bestattungsinstituts stiegen aus. Der Zinksarg lehnte hochkant an der Kabinenwand. Sie nahmen ihn zwischen sich. »Wohin müssen wir?«

Er zeigte ihnen den Weg und bat Elisabeth Dreher, in der Küche zu warten.

Das Bild im Schlafzimmer war bereits in Zerstörung begriffen, die Bettdecke zurückgeschlagen. Alois legte Apfel und Trauben in Spurenbeutel.

Die beiden Männer in ihren dunklen Anzügen stellten den Sarg ab und öffneten ihn. »Einen Augenblick noch.« Dühnfort suchte Ursula Weidenbachs Blick und trat mit ihr ans Bett. Gemeinsam drehten sie den Leichnam auf die Seite. Er war mit einer dunkelblauen Hose und einem cremefarbenen Pullover aus einem feinen Wollgemisch bekleidet. Die Totenstarre war vollständig ausgebildet. Weidenbach schob den Pulli hoch und die Hose herunter. Auf Rücken und Gesäß zeigten sich ausgeprägte Leichenflecken, die sich noch gut wegdrücken ließen.

»Mindestens acht, maximal zwanzig Stunden. Also zwischen …« Sie rechnete nach. »Zwischen siebzehn Uhr gestern Nachmittag und fünf Uhr heute Morgen. Ich denke, ich bekomme das noch genauer hin.«

Die Wohnung war nicht durchwühlt worden. Nichts deutete auf einen Raubmord hin, dennoch wollte Dühnfort sichergehen. Er wartete, bis der Sarg mit der Leiche abtransportiert war, und kehrte in die Küche zu Elisabeth Dreher zurück. »Könnten Sie nachsehen, ob etwas fehlt? Geld, Schmuck oder sonstige Wertsachen? Schaffen Sie das?«

»Ja, natürlich.« Sie steckte das Taschentuch ein, mit dem sie sich die Tränen weggetupft hatte, und stand auf. Nach einem kurzen Rundgang war das geklärt. Nichts fehlte. Raubmord konnten sie ausschließen.

»Wann haben Sie Ihre Mutter das letzte Mal gesehen?«

Mit der Hand fuhr sich Elisabeth Dreher über die Stirn. »Vorgestern Mittag. Wir waren in der Stadt einkaufen und haben im Café Luitpold einen Tee getrunken. Danach habe ich sie heimgebracht. Gestern Abend habe ich kurz mit ihr telefoniert, gegen halb acht. Mutter wollte eine Fernsehserie sehen, deshalb hat das Gespräch nicht lange gedauert. Sie war gut gelaunt, was bei ihr eher selten vorkam. Sie hat sogar Elena gelobt.«

»Wer ist Elena?«

»Ihre Putzfrau. Mutter kann man eigentlich so gut wie nie etwas recht machen. Doch Elena hat es geschafft.«

»Sie war gestern hier zum Putzen? Wann genau?«

»Von halb vier bis halb sieben. Das ist die vereinbarte Zeit. Sie war pünktlich, hat Mutter gesagt.«

»Ich brauche den vollständigen Namen und ihre Adresse.«

Ihr Blick wich aus. Eine Hand verfing sich im Seidenschal und drehte ihn zusammen. »Es tut mir leid. Ich kenne nur den Vornamen, und ich habe auch keine Anschrift von Elena.« Es klang schuldbewusst. »Ich weiß, das ist nicht korrekt. Aber Elena wollte nur schwarzarbeiten. Meine Mutter hat alle Putzfrauen rausgeekelt. Keine hat es lange bei ihr ausgehalten. Elena war schon die siebte oder achte. Ich war froh, dass sie das machen wollte, und habe nicht nachgefragt.«

Dühnfort gefiel das ganz und gar nicht. »Ihre Mutter muss doch eine Kontaktmöglichkeit gehabt haben.«

»Ja, natürlich. Die Handynummer.« Erleichtert atmete sie durch. »Ich habe sie für Mutter notiert. Der Zettel hängt am Kühlschrank.«

In der Küche stand Alois telefonierend am Fenster. Dühnfort sah sich nach der Handynummer um, doch an der Kühlschranktür war sie nicht zu finden. Einige Notizen und Visitenkarten hingen daran, sonst nichts. Elisabeth Dreher nahm einen Magneten in Form einer Tomate ab. »Ich habe den Zettel hierhin gehängt. Mit diesem Magneten. Vorgestern war er noch da.«

»Vielleicht hat Ihre Mutter die Nummer ins Adressbuch geschrieben.«

Sie gingen in den Flur. Dort lag ein Adressbüchlein auf der Kommode. Elenas Name und Telefonnummer standen nicht darin. Dühnfort legte es zurück. »Wie haben Sie Elena gefunden?«

»Über eine Anzeige im Wochenblatt. Sie war anders abgefasst als die meisten, netter und ansprechender. Deshalb habe ich angerufen. Die Handynummer stand in der Anzeige.«

»Wie lange ist das her?«

»Vier Wochen. Vielleicht auch fünf. Die Zeitung habe ich längst weggeworfen. Aber ich würde die Anzeige wiedererkennen.«

Dühnfort wandte sich an Alois. »Fährst du zur Redaktion und besorgst die Ausgaben der letzten Wochen? Und organisiere die Nachbarschaftsbefragung.«

»Geht klar.«

Ihm wäre es lieber gewesen, wenn Kirsten das übernommen hätte. Sie hatte eine erstaunliche Fähigkeit, das Erinnerungsvermögen der Leute zu aktivieren. Doch sie war noch immer nicht da.

»Wie ging es Ihrer Mutter gesundheitlich? War sie krank oder pflegebedürftig?«, fragte er Elisabeth.

»Für ihr Alter war sie erstaunlich fit. Zu hoher Blutdruck. Eine leichte Herzinsuffizienz und Rheuma. Das machte ihr zu schaffen. Damit ging es ihr mal besser, mal schlechter.«

»Deshalb der Rollstuhl?«

»An den schlechten Tagen ging es nicht ohne.«

Gestern war also einer der schlechteren Tage gewesen. »Sie hat sich noch alleine versorgt und war nicht auf Hilfe angewiesen?«

»Was heißt schon Hilfe? Sie war kein Pflegefall. Pflegestufe eins wurde abgelehnt. Aber natürlich habe ich mich um sie gekümmert und den Haushalt organisiert.« Mit einer müden Geste strich Elisabeth eine Haarsträhne aus dem Gesicht. »Ich glaube, mir wird das langsam zu viel. Wenn Sie mich nicht mehr brauchen, würde ich gerne gehen. Ich muss die Familie informieren.«

»Natürlich. Ich melde mich, wenn ich noch Fragen habe.« Als die Wohnungstür hinter ihr ins Schloss fiel, drehte er sich um und blickte aus dem Küchenfenster. Der

Himmel war noch immer föhnblau, das Licht von einem flirrenden Leuchten. *Außerdem mochte sie Trauben nicht besonders.*

Weshalb hatte der Täter seine Tat derart in Szene gesetzt? Ohne dieses dramatisch gestaltete Bild wäre der Mord mit hoher Wahrscheinlichkeit gar nicht erkannt worden. Bei alten und gebrechlichen Menschen mit entsprechenden Vorerkrankungen waren Ärzte erschreckend schnell bereit, eine natürliche Todesursache anzunehmen. Herzschwäche, ein Tod im Schlaf, und schon wurde auf dem Totenschein das Kreuzchen an der falschen Stelle gemacht.

20

Kurz nachdem die Kollegen für die Befragung der Nachbarschaft gekommen waren, tauchte Kirsten auf. Sie wirkte abgehetzt. Dühnfort fragte, weshalb sie sich nicht abgemeldet hatte, was sie überraschte. »Ich habe dir eine Mail geschrieben, dass ich mich für zwei Stunden ausklinke. Es war ja nur Papierkram zu erledigen. Hast du sie nicht bekommen?«

»Ich war unterwegs. Ein Anruf hätte genügt.«

»Ich wusste nicht, dass du nicht im Präsidium bist.«

»Ist mit Kathi alles in Ordnung?«

Sie schob die Sonnenbrille ins Haar. »Der übliche Pubertätsstress.«

Offenbar wollte sie nicht darüber reden. Da er selbst keine Kinder hatte, fehlte ihm jegliche Erfahrung auf diesem Gebiet. Erfahrungen, die er gerne machen würde. Langsam wurde es Zeit.

»Wenn du es genau wissen willst, sie hat geklaut und eine Mitschülerin geschlagen, einzig und allein, um Hausarrest zu bekommen.«

»Warum will sie denn Hausarrest?«

»Um nicht mit mir in Urlaub zu müssen. Sie macht mich für den Tod ihres Vaters verantwortlich. Anscheinend glaubt sie …« Kirsten winkte ab und sah sich um. »Lassen wir das. Womit haben wir es hier zu tun?«

»Sie denkt, du hättest ihn erschossen?«

»Meine Schwiegereltern haben ihr diesen Floh ins Ohr gesetzt. Ich komme gar nicht mehr an sie heran. Den Urlaub habe ich einfach gebucht und sie vor vollendete Tatsachen gestellt. Doch sie will nicht mit. Sie will nicht mit mir reden. Sie will die Wahrheit nicht kennen. Ich bin das böse Weib, das ihren geliebten Papa erschossen hat. Und dann habe ich sie auch noch erpresst. Urlaub oder Internat. Wenn sie nicht mitkommt, muss sie zu mir ziehen. Pädagogisch nicht sehr wertvoll, ich weiß. Kein Wunder, dass sie ausgeflippt ist.«

Dühnfort war schockiert. Kirsten hatte von ihrem Mann die Scheidung verlangt, woraufhin er sie mit ihrer Dienstwaffe als Geisel genommen und gedroht hatte, sie zu erschießen. Das SEK war angerückt und mit ihm ein Psychologe, anscheinend keine Koryphäe auf seinem Gebiet. Denn am Ende einer langen Nacht glaubte Martin sich in eine ausweglose Lage manövriert zu haben und zog die Konsequenz. Er erschoss sich. »Soll ich mal mit Kathi reden?«

Kirsten umfasste ihre Oberarme. »Danke fürs Angebot. Aber sie wird nicht auf dich hören. Du gehörst ja auch zu den *Bullenschweinen.*« Sie seufzte. »Es war ein verdammter, riesengroßer Fehler, ihrem Wunsch nachzugeben und sie ins Internat zu stecken. Und ich werde ihn korrigieren. Wenn sie nicht mitkommt, melde ich sie ab. Dann wird sie in Zukunft bei mir wohnen und hier zur Schule gehen. Jedenfalls habe ich die Schulleiterin davon überzeugen können, wie wichtig diese Reise ist. Kathi darf das Internat in den Ferien verlassen.« Für einen Augenblick erschien die Andeutung eines Lächelns, das sich sofort wieder verlor. »Also, was soll ich übernehmen und worum geht es überhaupt?«

Er brachte sie auf den aktuellen Stand und bat sie, dic Befragung der Hausbewohner und der Nachbarschaft zu leiten. Wem war etwas aufgefallen? Eine fremde Person im Haus, ungewöhnliche Geräusche, hatte jemand die Putzfrau Elena kommen oder gehen sehen? Wer hatte Emily

Dreher an diesem Tag getroffen und wann? Kirsten machte sich an die Arbeit.

Dühnfort kehrte ins Schlafzimmer zurück. Weshalb hatten Apfel und Trauben in Emilys Händen gelegen, wie Insignien einer Herrscherin? Die Vorhänge waren noch immer zugezogen. Alle Lampen brannten. Wie aufgebahrt hatte die Leiche im Bett ausgesehen. Feierlich, erhaben, die Erbärmlichkeit und Absolutheit des Todes überdeckend. Der Tod einer Königin, einer machtvollen Frau, das hatte er gedacht, als er den Apfel in ihrer Hand sah, wie einen Reichsapfel, Kleinod der Kaiser und Könige.

Ein Fall vor zwei Jahren kam ihm in Erinnerung. Eine enthauptete Leiche in einer Brauerei, daneben ein Schmetterling, der nicht zufällig dort lag, wie er vermutete. Eine Spur führte damals in die Kunstszene. Deshalb hatte er sich ein Fachbuch über die Symbolik der Natur in der Kunst gekauft und herausgefunden, dass Schmetterlinge als Symbol für die Seelen der Toten galten. Eine Art Entschuldigung, die der Täter damals hinterlassen hatte.

Er rief Kirsten an. »Ich will etwas überprüfen und bin für eine halbe Stunde weg. Wenn es Neuigkeiten gibt: Ich bin auf dem Handy erreichbar.«

Wie nicht anders zu erwarten, fand er auch in der Pestalozzistraße keinen Parkplatz. Er stellte den Wagen auf dem breiten Gehweg ab und legte seine Visitenkarte mit Handynummer hinter die Windschutzscheibe.

In der Wohnung angekommen, schaltete er die Pavoni an und suchte nach dem Buch. Mit Espresso und Lektüre setzte er sich auf den kleinen Balkon vor seiner Küche. Unten auf dem Friedhof war was los. Zwei Penner stritten sich um eine Bank, eine Gruppe Kleinkinder ging, von ihren Erzieherinnen begleitet, Richtung Ausgang, zwei Jogger liefen vorbei und wurden von einer Radlerin überholt. Auf dem Kopf des bröselnden Marmorengels, der am Grab des Musikers stand, landete eine Taube und sah mit schiefem Blick zu Dühnfort hoch. Beinahe vorwurfsvoll. War es dieselbe, die er neulich mit dem Stein getroffen hatte?

Er blätterte durch die Seiten, bis er die Abhandlung über die Bedeutung des Apfels fand, und vertiefte sich in den Artikel. Als er damit fertig war, suchte er nach der Symbolik von Trauben und war anschließend elektrisiert. Er schlug das Buch zu, die Taube flatterte auf. War es das?

Sein Handy vibrierte. Dr. Ursula Weidenbach meldete sich. »Es wird Sie freuen. Ich kann Ihre Tote vorziehen. Ein Leichentransport aus Passau hatte einen Unfall auf der Autobahn. Es wird noch Stunden dauern, bis er hier ist. Kommen Sie selbst?«

»Wann fangen Sie an?«

»In einer Viertelstunde.«

»Bin schon unterwegs.«

Mit dem Buch in der Hand trat er vors Haus und zog den Wagenschlüssel hervor. Doch sein Auto war weg. Er sah den Abschleppwagen gerade noch um die Ecke verschwinden. Verdammter Mist! Er sah sich um. In der offenen Tür des neuen Ladens, in dem Hutkreationen aus Filz und großkalibrige Ketten aus Holz-, Glas- und Keramikperlen angeboten wurden, stand eine stämmige Frau. Sie war in farbenprächtige Gewänder gehüllt, neigte den Kopf mit der schneeweißen Pagenfrisur ein wenig zur Seite und musterte ihn mit einem amüsierten Lächeln.

»Waren Sie das?« Er wies die Straße hinunter.

»Habe ich diese Dreckschleuder hier geparkt? Sie ernten nur die Früchte Ihres asozialen Verhaltens.«

Seines asozialen Verhaltens! »Können Sie lesen? Meine Telefonnummer lag gut sichtbar auf dem Armaturenbrett.

Sie hätten mich einfach anrufen können, wenn Sie sich durch mein Fahrzeug behindert gefühlt haben.«

»Nicht ich. Die Kinder aus der Kinderkrippe mussten auf die Straße ausweichen, weil Sie den Gehweg blockiert haben. Nicht auszudenken, was da hätte passieren können. Wenn Sie deswegen jetzt Streit anfangen wollen, dann rufe ich die Polizei.«

Zwischen seinem Fahrzeug und der Hauswand war ein Durchgang von einem Meter Breite gewesen, oder wenigstens achtzig Zentimetern. Gut, das war nicht üppig, aber Platz genug, um vorbeigehen zu können. »Nicht nötig. Mit Leuten Ihres Schlags streite ich mich nicht.«

Zum Institut für Rechtsmedizin in der Nußbaumstraße war es nicht weit. Zehn Minuten zu Fuß. Er wandte sich zum Gehen.

»Was soll das bedeuten? Leute *meines Schlags*?«, rief sie ihm nach.

Herrgott! Die Frau suchte Streit. »Besserwisser. Weltverbesserer. Selbsternannte Gutmenschen von selbstgefälliger Intoleranz. Das soll es heißen. Und jetzt lassen Sie mich in Ruhe!«

21

Über Nacht zog von Westen eine Regenfront heran und bereitete der Sommerverlängerung ein Ende. Als Dühnfort aufstand, hing die Wolkendecke wie ein ausgewrungener Putzlappen über der Stadt, graues Licht sickerte in die Küche. Gina hatte Frühstück gemacht. In der Mikrowelle tauten Croissants auf. Sie stand mit einer Schale Milchkaffee am Fenster. Als sie ihn hörte, drehte sie sich um und gab ihm einen Kuss, der nach Kaffee schmeckte. »Ich muss in fünf Minuten los. Habe ein Date in Lohwies.«

»Ein Date?«

»Mit einem Siebzigjährigen. Der Kollege, der den Fall damals bearbeitet hat, hilft mir bei der Rekonstruktion des vermutlichen Tatablaufs. Da es keine Leiche gab, haben sie das damals nicht gemacht. Ich will sehen, ob es Unklarheiten gibt.«

In der für sie typischen Weise nahm Gina sich eines über zwanzig Jahre alten Falls an, mit dem unbedingten Willen, ihn zu klären und den Eltern nach so vielen Jahren endlich Gewissheit über das Schicksal ihrer Tochter zu geben. Bis heute war die Leiche von Annamaria Buchberger verschollen. Eine junge Frau aus einfachen Verhältnissen, heimliche Geliebte eines vermögenden und verheirateten Unternehmers. Jeder im Dorf glaubte zu wissen, dass er sie getötet hatte, weil sie von ihm schwanger war und er nicht zahlen wollte, geschweige denn sich scheiden lassen. Doch bewiesen wurde das nie. Bis heute gab es nur Indizien für einen Mord oder Totschlag.

Die Mikrowelle schaltete sich aus. Die Croissants waren

aufgetaut. Dühnfort machte sich einen Cappuccino. Ginas Bemerkung gestern bei Fisch Witte ging ihm wieder durch den Kopf.

»Ich werde mir einen Anwalt nehmen.«

»Gute Idee.«

Abwartend sah er sie an.

»Sag ich doch: eine gute Entscheidung.«

»Und dabei belassen wir es. Ja?«

»Hm? Weiß nicht. Ein guter Anwalt ist eine Sache. Gar nicht erst angeklagt werden, eine andere.«

»Soll heißen?«

»Gerstners Mama hat es wohl versäumt, ihm beizubringen, dass man nicht lügt.«

»Und das willst du jetzt nachholen?« Dühnfort war entsetzt. »Wie denn? Willst du einen Schläger auf ihn ansetzen? Ihm drohen und ihn nötigen? Mach keinen Mist. Am Ende hast du auch ein Verfahren am Hals.«

Sie grinste. »Ne, wenn ich das mache, dann auf die sanfte Tour und ganz legal. Na ja, fast. Er wird gar nicht mitkriegen, was da läuft. Erst wenn es zu spät ist.«

»Du lässt das bleiben. Versprich mir das.«

Sie zog eine Schnute. »Ich werde nichts unternehmen, was gegen Gesetze verstößt, okay. Aber ich werde nicht zusehen, wie diese Dramaqueen und dieses intrigante Arschloch dich fertigmachen. Das verspreche ich dir. Und jetzt muss ich wirklich los.«

Wieso dachte sie, er käme damit nicht alleine zurecht? »Was genau hast du vor?«

Sie gab ihm einen Kuss. Aus ihrer Halsbeuge stieg Apfelduft. An manchen Tagen war das so. Bisher hatte er noch nicht herausgefunden, woran das lag. Jedenfalls nicht am Shampoo oder Duschgel. Er liebte diesen Geruch, der so etwas Sehnsüchtiges hatte, und sog ihn ein.

»Was du nicht weißt, macht dich nicht heiß.« Mit diesen Worten löste sie sich von ihm. »Vertraue mir einfach.«

Es war nicht in Ordnung. Doch Gina konnte stur sein wie der sprichwörtliche Maulesel. Offenbar hatte sie sich in den Kopf gesetzt, ihn zu retten. Er fand das kurios und eigentlich verletzend, weil sie ihm nicht zutraute, dass er das selbst regeln konnte. Doch gleichzeitig rührte es ihn. Was sie plante, schien die Gesetze in ihrer Auslegung zu strapazieren. Da sie wusste, dass er korrekt war und sie drängen würde, den Plan fallen zu lassen, wenn er ihn kannte, war es also besser zu schweigen. Eine typische Gina-Logik. Widerwillig lächelnd sah er ihr nach, als sie die Küche verließ.

Warum glaubte sie nicht, dass er alleine mit dieser Situation fertig wurde, und zwar mit den Mitteln, die ihm zur Verfügung standen? Mit der Wahrheit und einem Anwalt. Den er sich allerdings erst noch suchen musste. In Gedanken schrieb er diese Position an die erste Stelle seiner To-do-Liste für den Tag und machte sich auf den Weg ins Präsidium.

Es war richtig kalt geworden. Ein frischer Wind zog durch die Sendlinger Straße, pfiff um die Ecken, fuhr in Mäntel und Haare der wenigen Passanten, die um diese Zeit in der Innenstadt unterwegs waren. Als Dühnfort durch die Fußgängerzone ging, begann es zu regnen. Bis er das Präsidium erreichte, war der Mantel nass geworden. Im Flur vor dem Kaffeeautomaten traf er Moritz Russo, der sich die kalten Hände rieb. »Sag mal, Tino, stimmt es, was man so hört?«

»Was hört man denn?«

»Dass die Sache mit der Behringer schlecht für dich auszugehen droht. Potthoff will sich auf deine Kosten profilieren. Gerstners und Behringers Aussagen wären nicht zu erschüttern.«

»Sagen wir mal so: Sie weisen erstaunliche Ähnlichkeiten auf. Stellenweise sind sie sogar völlig identisch in ihren Formulierungen. Absolut unglaubwürdig. Kein Staatsanwalt, der lesen kann, wird aufgrund dieser Aussagen Anklage erheben.«

Russos Stirn glättete sich. »Gut. Du hast dir also endlich einen Anwalt geholt und Akteneinsicht bekommen.«

Von wegen. Er hatte zu lange gezögert. Das war ihm gestern klargeworden, als Heigl ihn spätabends zu sich gerufen und ihm unter dem Siegel der Verschwiegenheit diese Akteneinsicht verschafft hatte. Potthoff und seine Leute hatten sich längst festgelegt. Auch deswegen war es nötig, die Sache mit dem Anwalt heute über die Bühne zu bringen.

Russo nahm den dünnwandigen Plastikbecher mit heißem Kaffee aus dem Automaten. Vorsichtig hielt er ihn zwischen zwei Fingern. »Trotzdem. Man hat schon Pferde vor der Apotheke kotzen sehen.« Er pustete in die Plörre, schlürfte bedächtig einen Schluck und sah auf. »Wenn ich mich recht erinnere, habe ich doch etwas mitbekommen. Die Tür zum Vernehmungsraum stand ja wohl offen.«

Noch ein Retter. Dühnfort war gerührt. Gina, Heigl, Russo. Alle drei setzten sich für Recht und Gesetz ein, und alle drei glaubten nicht, dass die Wahrheit am Ende bestehen würde. Vielleicht sahen sie das ja realistischer als er. »Danke, Moritz. Doch diese Geschichte wird sich auch so klären lassen.«

Im Büro angekommen, schaltete er erst den PC an und dann die Pavoni, damit sie für den Espresso nach der Teambesprechung aufgeheizt war. Bis dahin schrieb er eine Mail an Thorsten Brüggemann, den er als Anwalt schätzen gelernt hatte. Brüggemann vertrat seine Mandanten ruhig und kompetent und griff selten in die Trickkiste. Er schilderte kurz, worum es ging, und fragte, ob er das Mandat übernehmen wollte.

Dann sah er die Ablage durch und schließlich die Tageszeitungen. Dem Mord an Emily Dreher wurde kaum Beachtung geschenkt. Eine kurze Notiz. Das war alles. Unwillkürlich fragte er sich, ob es so etwas wie Altersdiskriminierung gab. Verbrechen, deren Opfer junge, attraktive Menschen waren oder gar Kinder, wurden von den Medien regelrecht zelebriert. Seitenlange Artikel, großformatige Bilder, emotionale Stellungnahmen von Freunden und Nachbarn. Das Privatleben wurde ausgeleuchtet und nichts unbeachtet gelassen, um die Grausamkeit des Verbrechens zu zeigen und die Ungeheuerlichkeit einer Tat, mit der ein junges Leben jäh beendet worden war. Es war nicht weniger ungeheuerlich, das Leben eines alten Menschen auszulöschen, doch es interessierte keinen. Fünf Zeilen. Mehr Aufmerksamkeit wurde Emily Dreher nicht zuteil.

Vielleicht war das schon vorher so gewesen. Wenn sie ein Lokal betreten hatte oder einen Laden, drehte sich niemand nach ihr um, hob sich kein Kopf, traf sie kein interessierter Blick. Es war ihm schon häufig aufgefallen, wie wenig Beachtung die Alten fanden. Man sah durch sie hindurch, nahm sie nicht wahr, als ob es sie nicht gäbe.

22

Kirsten und Alois waren schon da und unterhielten sich. Buchholz saß an seinem Platz und blätterte in Unterlagen. Sophie Dreher, die Hauptsachbearbeiterin, kam in den Besprechungsraum. Ihr auf dem Fuß folgte Dr. Ursula Weidenbach. Suchend sah sie sich um und steckte den tropfenden Schirm kurzerhand in einen Papierkorb, als sie keinen Schirmständer entdeckte. »Guten Morgen.« Den Mantel legte sie über die Lehne eines freien Stuhls und setzte sich.

Dühnfort wünschte ihr ebenfalls einen guten Morgen und begrüßte das Team. Das Raunen verebbte. Stühle wurden gerutscht. »Gut, fangen wir an. Warum musste Emily Dreher sterben? Was ist das Motiv für diese Tat gewesen? Raubmord scheidet aus. Nichts wurde gestohlen. Keine Pflegekraft in Sicht, die derart überfordert gewesen wäre, dass sie zu diesem radikalen Mittel gegriffen hätte. Emily war zwar krank, doch kein Pflegefall. An guten Tagen kam sie alleine zurecht, an den schlechteren wurde sie von ihrer Tochter unterstützt. Und es gibt keine Hinweise auf ein Sexualdelikt. Daher bleiben nur persönliche Motive, wie Rache und Hass oder Gier. Wissen wir schon, wer sie beerbt?«

Alois steckte das Handy weg, auf dem er eben noch eine SMS geschrieben hatte. »Als Erben sind Sohn und Tochter eingesetzt. Auf den ersten Blick scheinen beide in gesicherten wirtschaftlichen Verhältnissen zu leben. Soll ich mir das genauer ansehen?«

»Ja, mach das.« Dühnfort stand auf und stellte sich an die Wand mit den Tatortfotos. Mit dem Laserpointer umkreiste er auf einer Aufnahme die Hände der Toten. »Ich habe eine Vermutung, was das zu bedeuten hat. In der Kunst gilt der Apfel als Chiffre für den Fall des Menschen, aber auch seiner Erlösung. Aus Trauben wird Wein gekeltert, deshalb sind sie Symbol für die Eucharistie und damit ebenfalls der Erlösung.« Dühnfort sah in die Runde. Alle schwiegen. »Jemand hat Emily erlöst. Allerdings ist mir schleierhaft wovon, denn sie war nicht schwerkrank. Jedenfalls sagt das die Tochter, und die Obduktion hat das bestätigt.« Dühnfort suchte Ursula Weidenbachs Blick. »Oder haben Sie doch noch etwas entdeckt?«

»Die alte Dame war für ihr hohes Alter in guter Verfassung. Außer Rheuma und einer leichten Herzinsuffizienz keine chronischen Erkrankungen. Das Herz war entsprechend vergrößert. Todesursache ist, wie wir schon vermutet haben, Ersticken mit einer weichen Bedeckung. In Mund- und Nasenhöhle haben wir orangefarbene Stofffasern gefunden, ebenso in der Lunge. Sie sind durch das Ringen nach Luft dorthin gelangt und stammen vom Samtkissen, das im Wohnzimmer lag. Es ist meiner Meinung nach die Tatwaffe.« Sie wandte sich an Buchholz. »Die Fasern schicke ich Ihnen zum Abgleich. Ein blutverdünnendes Medikament wie Marcumar hat Emily nicht genommen. Die beiden Hämatome haben andere Ursachen. Das an der Schläfe stammt von einem Schlag. Das am Hals vermutlich von einem Daumen. Emily wurde niedergeschlagen, wahrscheinlich mit einem Totschläger, kurz gewürgt und schließlich mit dem Kissen erstickt.«

»Also ein Überraschungsangriff«, sagte Dühnfort. »Der Täter klingelt. Emily lässt ihn ein und führt ihn ins Wohnzimmer. Er schlägt sie nieder, sie stürzt und reißt dabei den Rollstuhl um. Er nimmt das Kissen vom Sofa und drückt es ihr aufs Gesicht.«

Weidenbach nickte zustimmend. »So könnte es abgelaufen sein. Es ist mir gelungen, den Todeszeitpunkt weiter einzugrenzen. Der Exitus trat frühestens um neunzehn Uhr ein, spätestens um zweiundzwanzig Uhr.«

Dühnfort legte den Laserpointer beiseite. »Um halb acht hat Elisabeth Dreher mit ihrer Mutter telefoniert. Da war sie wohlauf und allein. Ich nehme jedenfalls an, dass sie ihrer Tochter gegenüber Besuch erwähnt hätte. Hat irgendjemand bemerkt, ob die alte Dame Besuch bekam?«

Kirsten schlug ihre Notizen auf. »Dagmar Gödde, die Mieterin der Wohnung über Emily, hat eine Beobachtung gemacht. Sie kam gegen Viertel vor acht von der Nachbarin. Während sie den Schlüssel hervorkramte, fuhr der Lift nach oben. Er hielt in der dritten Etage, direkt unter ihr. Sie hörte Schritte, die vor Emilys Wohnung stoppten. Frau Gödde hat zunächst angenommen, es wäre die Tochter, die ja häufig kommt. Doch der Besuch klingelte. Das muss die Tochter nicht. Sie hat einen Schlüssel.«

»Und weiter?«

»Nichts weiter. Frau Gödde hatte inzwischen ihren Schlüsselbund gefunden und nur noch gehört, wie unten die Tür geöffnet wurde.«

»Emily hat ihren Mörder also selbst hereingelassen. Entweder wirkte er vertrauenswürdig, oder sie kannte ihn. Wir nehmen uns das persönliche Umfeld vor.«

»Einer Studentin aus der WG im ersten Stock ist die Putzfrau etwa zehn vor sieben im Treppenhaus begegnet«, fuhr Kirsten fort. »Der Mieter im Erdgeschoss links hat sie ebenfalls gesehen, als sie das Haus verließ. Er sagt, es war kurz vor sieben. Dem Gemüsehändler auf der anderen Straßenseite ist eine ältere Frau aufgefallen, als er seinen Laden dichtmachte. Sie stand eine Weile vorm Haus. Irgendwann war sie weg. Vielleicht hat sie eine Beobachtung gemacht. Wir könnten mit einem Zeugenaufruf nach ihr suchen. Das war es schon.«

»Den Besucher kurz vor acht hat niemand sonst gesehen?«

Kirsten verneinte. »Nur Dagmar Gödde. Und gesehen hat sie ihn nicht. Nur gehört.«

»Wie sieht es mit der Putzfrau aus? Haben wir schon Kontakt zu ihr?«

Alois stellte seinen Becher mit grünem Tee ab. »Ihre Anzeige im Wochenblatt habe ich gefunden. Darin ist nur eine Handynummer angegeben. Bisher habe ich Elena nicht erreicht. Wenn ich ihr eine Nachricht hinterlasse, dass sie sich bei der Polizei melden soll, wird sie das garantiert nicht tun. Sie arbeitet schwarz und hält sich vermutlich illegal hier auf.«

»Wie kommst du darauf?«

»Der Mieter unten links, mit dem Kirsten auch gesprochen hat, meint das. Herrmann Maruhn, Frührentner. Er hat viel Zeit, zu beobachten, was sich im Haus tut. Vor einer Woche kam ihm Elena im Flur entgegen, telefonierend. Sie sprach Ukrainisch oder Russisch, meinte er. Ich werde es weiter probieren. Vielleicht sage ich ihr, ich hätte die Anzeige gelesen und einen Job für sie. Oder wir lassen das Handy orten.«

»Wir müssen mit ihr sprechen.« Kurz überlegte Dühnfort, ob sie involviert sein könnte, doch Zeugen hatten gesehen, wie sie kurz vor sieben ging. Zu diesem Zeitpunkt hatte Emily noch gelebt. »Probier weiter, Kontakt aufzunehmen. Wenn das bis heute Abend nicht gelingt, beantragen wir den Ortungsbeschluss.« Dühnfort wandte sich an Buchholz. »Frank, wie sieht es mit Spuren aus?«

Der Leiter der KTU erhob sich und ging zur Magnetwand. Mit der Hand strich er sich über die graumelierten

Stoppeln, die seinen Schädel bedeckten. »Ein sehr spurenarmer Tatort. Keine Hinweise auf Einbruch. Der Mord geschah definitiv im Wohnzimmer. Fingerabdrücke werden derzeit ausgewertet. An der Kleidung konnten wir tatrelevante DNA-Spuren sichern. Bis heute Mittag kann ich mehr dazu sagen. Das war es fürs Erste.«

Dühnfort stand auf. »Ich frage mich, weshalb die Tat inszeniert wurde. Ohne Apfel und Trauben war die Chance hoch, dass der Mord unentdeckt geblieben wäre. Eine hochbetagte, herzkranke Frau wird tot in ihrem Bett aufgefunden. Auf den ersten Blick sieht das so aus, als wäre sie friedlich eingeschlafen. Bei der Leichenschau hätte ein Arzt die beiden kleinen Hämatome leicht übersehen können oder ihnen keine Bedeutung beigemessen.« Dühnfort wandte sich an Ursula Weidenbach. »Was meinen Sie?«

Sie nickte. »Ich dachte ja auch erst an blutverdünnende Mittel. Und diese Art des Erstickens ist schwer zu erkennen. Sie funktioniert allerdings nur bei wehrlosen Personen.«

»Unser Täter wollte also, dass wir den Mord als solchen wahrnehmen. Normalerweise ist es umgekehrt. Taten werden vertuscht. Weshalb tut er das?«

Einen Moment war es still. »Ein Spinner, der seine fünfzehn Minuten Berühmtheit erlangen will«, meinte Alois.

Kirsten zog die Stirn in Falten. »Wenn er ins Fernsehen will, hätte er sich vermutlich gestellt. Außerdem wäre ein Kind als Opfer die Garantie schlechthin für ein gigantisches Medienbohei. Ein Mord an einer alten Frau ... danach kräht doch kein Hahn.« Sie zog die Schultern hoch. »Entschuldigung. Ist doch so.«

23

Clara reckte sich. Noch fünfzig Seiten, dann war sie mit dem historischen Roman fertig. Ihre Schultern waren nach zwei Stunden Arbeit verspannt. Zeit für eine Pause.

Im Augenwinkel nahm sie eine Bewegung im Hof wahr. Jemand steuerte die Werkstatt an. Hannes! Freudiger Schreck und unwillkürlicher Ärger traten in ihrem Innersten gegeneinander an. Der Ärger siegte. Sie hatte lange nichts von ihrem Exmann gehört, bis er vor vier Wochen angerufen hatte und fragte, ob sie ihm nicht die Uhr zurückgeben wollte, die er ihr zum zehnten Hochzeitstag geschenkt hatte. Sie war teuer gewesen, und er brauchte das Geld. Beleidigt hatte er das Gespräch beendet, als sie sich weigerte. Kam er deswegen? Wegen der Uhr, die der Einbrecher neulich verschmäht hatte? Beunruhigung stieg bei dieser Erinnerung in ihr auf. Dieser merkwürdige Einbruch.

Hannes entdeckte sie. Ihre Blicke trafen sich. Ein Lächeln erschien auf seinem Gesicht. Wie kam er dazu, sie einfach so zu überfallen? Ohne Vorankündigung, als würde sie immer hier sitzen und Ausschau nach ihm halten, nach dem Mann, den sie geliebt und der sie belogen, betrogen hatte.

In einer Hand trug Hannes eine Zeitung. In der anderen hielt er eine Papiertüte. Damit winkte er ihr zu. Offenbar brachte er, in Erinnerung an alte Zeiten, Semmeln für ein zweites Frühstück mit. Verärgert verzog sie das Gesicht, stand jedoch auf, um ihn hereinzulassen. Unwillkürlich warf sie auf dem Weg zur Tür einen Blick in den Spiegel.

Die grauen Strähnen im braunen Haar schienen mehr geworden zu sein. Natürlich war sie ungeschminkt und steckte in einer uralten Levis 501, die ihre schlanke Figur allerdings vorteilhaft betonte. Die weiße Bluse, die sie offen über einem ausgewaschenen Shirt trug, hatte auch schon bessere Zeiten gesehen. Die Manschetten wurden fadenscheinig. Doch das war egal. Es war nur Hannes, der da kam, voller Selbstsicherheit, dass sie nur auf ihn gewartet hatte, wie Aschenputtel auf den Prinzen. Für ihn musste sie sich weiß Gott nicht in Schale werfen.

»Grüß dich, Clara.« Er trat einen Schritt zurück und betrachtete sie von Kopf bis Fuß. »Gut siehst du aus.«

»Glaubhaft zu lügen hat noch nie zu deinen Stärken gehört. Was willst du?«

Es war einfach ungerecht. Während sie mit zunehmendem Alter an Schönheit verlor, sah Hannes mit jedem Jahr besser aus. Er gehörte eindeutig zu den Männern, die um die fünfzig am attraktivsten waren. Volles dunkles Haar mit ersten Silbersträhnen. Lebhafte graue Augen. Der Dreitagebart war ungewohnt, doch er stand ihm gut. Er gab ihm etwas Verwegenes, das durchaus seinem Wesen entsprach. Noch immer war er schlank und durchtrainiert. Sicher lief er weiterhin jeden zweiten Tag seine Zehn-Kilometer-Runde.

»Kaffee borgen. Meiner ist alle.« Er sagte das mit diesem frechen Lächeln, mit dem er immer durchkam. Und dennoch spürte sie, dass sich etwas anderes dahinter verbarg. Angst und Unsicherheit. »Borgen?«

»Nun ja. Ich dachte eher an ein Tauschgeschäft. Semmeln gegen Kaffee und ein nettes Gespräch.«

»Hat Tanja dich verlassen? Am Ende wegen eines Jüngeren?« Damit brachte sie das Lächeln zum Verschwinden. Volltreffer also. Eine Sekunde Schadenfreude.

»Uns geht es gut. Wir erwarten unser zweites Kind. Darüber will ich mit dir reden.«

Eine schale Leere breitete sich in Clara aus. Frau, Kinder, Familie. Er stand mitten in einem pulsierenden neuen Leben, während sie in ihrem Hinterhof so langsam und allmählich vor sich hin vereinsamte und ihre einzigen Ansprechpartner ihr dementer Vater waren und seine polnische Pflegerin. »Über dein Familienglück? Glaubst du wirklich, dass ich dafür die Richtige bin?« Doch sie trat zurück und ließ ihn ein.

Während sie Kaffee kochte, deckte er den Tisch. Der Kragen seines Hemds war abgestoßen, und die schwarze Jeans hatte auch schon bessere Zeiten gesehen. Ihm ging es wie ihr. Er hatte zwar eine Anstellung in einem Zahnlabor gefunden, doch von seinem Verdienst durfte er nur den Pfändungsfreibetrag behalten. Tanja blieb gezwungenermaßen zu Hause. Teilzeitstellen waren ebenso rar wie Krippenplätze. Einen zu ergattern war so wahrscheinlich wie ein Lottogewinn, und Tagesmütter kosteten ein Vermögen. Also blieb Tanja daheim und kümmerte sich um den einjährigen Jonathan und den Haushalt.

Hannes füllte die Semmeln in den Korb. Nachdem er die Höflichkeiten hinter sich gebracht und gefragt hatte, wie es ihr und ihrem Vater ginge und wie er mit der Pflegerin zurechtkam – Franzi hielt ihn offenbar auf dem Laufenden –, wurde es Clara zu viel des Smalltalks. »Das interessiert dich doch nicht wirklich. Du wolltest mit mir über Tanjas Schwangerschaft sprechen. Wenn ich auch nicht verstehe, warum du damit ausgerechnet zu mir kommst.«

Er trank den letzten Schluck Kaffee, stellte die Tasse ab und setzte sein gewinnendes Lächeln auf. »Hauptsächlich wollte ich sehen, wie es dir geht.« Die Hand wanderte zum Ohr. Er zupfte daran. »Was ich dir alles zugemutet habe, tut mir leid. Das wollte ich dir sagen. Auch deine finanzielle Situation. Wenn ich damals geahnt hätte, dass du am Ende für meine Schulden mit aufkommen musst, dann hätte ich darauf bestanden, den Kreditvertrag allein zu unterschreiben.«

Was sollte das jetzt? »Die Zahlen stimmten und die Marktsituation war eine andere.« Sie hatte den Vertrag damals mit unterzeichnet, als Hannes sich mit seinem Zahnlabor selbständig machte. Sonst hätte er das Geld nicht bekommen. Wie hätte sie auch ahnen können, dass die Konkurrenz aus dem Osten begonnen hatte, den deutschen Laboren den Garaus zu machen? Sie hatte auf Hannes und seinen Businessplan vertraut. Und nun waren das Einzige, das sie noch mit ihm verband, seine Schulden. Er zupfte weiter am Ohrläppchen herum. Es machte sie ganz nervös.

»Dieser verfluchte Kredit wird uns noch lange belasten«, sagte er schließlich.

Clara lachte. Es ging um über hunderttausend Euro. Plus Zinsen. »Lebenslang, meinst du wohl?« Denn Privatinsolvenz, mit der sie nach sieben Jahren schuldenfrei wäre, konnte sie als Selbständige im Gegensatz zu ihm nicht anmelden. Und eine Festanstellung bekam sie in ihrem Alter nicht mehr. Es war nicht zu ändern. Sie hatte keine Lust, darüber nachzudenken, geschweige denn zu sprechen. Ihren Kopf hatte sie sich weiß Gott mehr als genug zermartert und nach Auswegen gesucht. Am Ende war der Deal mit der Bank herausgekommen. Sie stotterten die Schulden ab.

Abwartend sah Hannes sie an. »Wir stecken beide finanziell in der Klemme. Allerdings habe ich eine Idee, wie wir das ändern können.« Wieder blitzte dieses verwegene Lächeln auf.

»Planst du einen Banküberfall?«

Plötzlich wirkte er verlegen, dabei hatte sie doch nur

einen Scherz gemacht. »Dein Vater hat mir mal von den Münzen erzählt. Er sagte, es wären beinahe dreihundert, und dass keiner von euch das weiß. Franzi hat jedenfalls keine Ahnung davon. Du hast doch sicher inzwischen ins Schließfach geguckt.«

Es stimmte. Sie hatte lediglich fünfzig oder sechzig Stück erwartet, nicht zweihundertachtzig. Doch das ging Hannes nichts an. Also schwieg sie, gespannt darauf, was nun kommen würde.

»Der Goldpreis ist in den letzten Jahren in die Höhe geschossen. Die Krügerrand sind ein Vermögen wert.«

Wollte er etwa die Münzen? »Ja, und?«

»Weißt du, was passiert, wenn Ernst stirbt?«

Darauf würde sie jetzt nicht antworten. Langsam stieg Zorn in ihr auf.

»Du erbst ein Drittel seines Vermögens. Doch du wirst nichts davon haben, denn dein Erbe wird für die Schulden draufgehen. Was bei mir nicht zu holen ist, holt die Bank bei dir. Hast du darüber mal nachgedacht?«

Clara begann zu ahnen, worauf dieses Gespräch hinauslaufen sollte.

»Natürlich nicht. Bis vor ein paar Tagen wusste ich nicht, wie viele Münzen es sind und welchen Wert sie haben. Außerdem rechne ich nicht damit, mal viel zu erben.«

»Du hast die Bankvollmachten, du hast den Schlüssel fürs Schließfach, und niemand außer dir und mir weiß, was darin ist.« Abwartend sah Hannes sie an.

Woher war er so gut informiert? Sicher durch Franzi. Und dann fiel der Groschen. Ach! So dachte er sich das! Tatsächlich eine Art von Banküberfall. »Du vergisst Paps.«

»Er hat Alzheimer und hat die Münzen längst vergessen.«

»Ich soll also meinen Vater bestehlen?« Wo war der

Hannes geblieben, in den sie sich vor über zwanzig Jahren verliebt hatte? Er hatte sich völlig verändert. Vielleicht lag es an der wirtschaftlichen Not. Brachte sie die schlechten Seiten in einem zum Vorschein und ließ sie am Ende die Oberhand gewinnen?

»Ach, Clara. Immer diese harschen Worte. Nicht bestehlen. Nennen wir es einen kleinen Vorschuss auf dein Erbe nehmen.«

»Von dem am besten niemand weiß. Oder?« Wie konnte er nur mit einem derartigen Ansinnen hier auftauchen! Er kannte sie nicht. Und das nach so vielen gemeinsamen Jahren.

»Das habe ich nicht gesagt.« Sein Tonfall wurde beinahe flehentlich. »Clara, du musst mir helfen. Uns. Weißt du, was es kostet, zwei kleine Kinder zu haben? Wir kommen kaum über die Runden. Unsere Wohnung ist schon jetzt zu klein. Sechzig Quadratmeter unterm Dach für drei. Zu viert geht das nicht. Wir werden umziehen müssen. Doch das können wir uns nicht leisten. Genauso wenig wie eine Tagesmutter, einen neuen Kinderwagen, geschweige denn ein Auto oder Urlaub. Es ist doch nur eine Art Leihgabe, ein Vorschuss. Wenn die Schulden getilgt sind, bleibt mir mein volles Einkommen. Das ist genug, um meinen Kindern und meiner ... Also, dann reicht es für ein anständiges Leben. Und auch dir würde es bessergehen.«

Clara war fassungslos. »Du meinst das wirklich ernst. Du denkst, ich nutze Paps' Krankheit aus, um ihn zu betrügen, damit du mit Tanja und den Kindern Urlaub machen und dir ein Auto kaufen kannst. Paps ist krank. Er ist ein Pflegefall. Er braucht sein Geld selbst. Du wirst also warten müssen, bis er stirbt. Erst dann wird die Bank mein Erbe für deine Schulden bekommen. Wenn dann noch etwas da ist. Gut möglich, dass er hundert wird.« Der Zorn, der sie eben noch erfüllt hatte, brach in sich zusammen. Mit einem Mal fühlte sie sich müde und alt. Sie stand auf. »Du solltest jetzt gehen.«

Hannes schob den Stuhl zurück und schlüpfte in die alte Lederjacke. »Das ist dein letztes Wort?«

Sie ersparte sich die Antwort.

Das charmante Lächeln, mit dem er sie eben noch für seinen Plan zu gewinnen versucht hatte, war verschwunden. Im Grau seiner Augen lag ein böses Funkeln. »Eigentlich hätte ich mir denken können, dass von dir keine Hilfe zu erwarten ist. Auch wenn darunter zwei unschuldige Kinder zu leiden haben.« Eine Sekunde musterte er sie kalt. »Was ist nur aus dir geworden? Eine verbitterte alte Frau, die mir mein Glück nicht gönnt. Du kannst einfach nicht ertragen, dass ich habe, was dir fehlt: Menschen, die mich lieben. Das ist ziemlich erbärmlich.« Mit diesen Worten ließ er sie stehen und knallte die Tür hinter sich ins Schloss.

24

Seine Worte hatten sie getroffen. Fassungslos sah sie ihm nach, bis er im Durchgang zur Straße verschwand. Gehässig und beleidigend war Hannes nie gewesen. Ein völlig neuer Zug an ihm. Sogar die Trennung und Scheidung hatten sie einigermaßen zivilisiert hinter sich gebracht. Natürlich war der finanzielle Druck bei ihm höher. Doch was er sich da überlegt hatte ... Es war geradezu aberwitzig, dass er geglaubt hatte, sie würde sich darauf einlassen. Für ihn und Tanja und die Kinder. Ausgerechnet. Für sein Glück! Für seine Zukunft!

Auf ihre Arbeit konnte sie sich nicht konzentrieren. Sie brauchte Bewegung und frische Luft und schlüpfte in den Mantel. Die Tür schloss sie sorgfältig hinter sich ab und kontrollierte, ob sie auch wirklich zu war.

Der Wind war kalt und trug den Geruch nach Regen in sich. Mit ausholenden Schritten marschierte Clara durch Haidhausen, am Gasteig und dem Müller'schen Volksbad vorbei, bis hinunter an die Isar. Der Fluss rauschte grau gen Norden. Linker Hand plätscherte der Auer Mühlbach. Wolken jagten über den Himmel, zwei Männer mit Hunden kamen ihr entgegen, auf einer Bank schlief ein Penner.

Langsam wurde sie ruhiger, verrauchte der Zorn, der Schmerz ließ nach. Sie war nicht verbittert. Nur einsam. Ja. Das war sie. Zu viel allein. Nach der Trennung hatte sie sich zurückgezogen, abgeschottet, die wenigen Freunde vergrault. Das war eine bittere Erkenntnis. Doch das ließ sich ändern. Vielleicht konnte sie Charlotte anrufen und sich mit ihr zum Essen oder ins Kino verabreden. Wenn sie jemals so etwas Ähnliches wie eine beste Freundin gehabt hatte, dann Charlie, mit der sie studiert hatte.

Nach fünfzehn Minuten Marsch durch die Grünanlage erreichte Clara das Rondell am Friedensengel und ging nach Hause. Das Geschirr stand noch auf dem Tisch, die Zeitung, die Hannes mitgebracht hatte, lag daneben. Offenbar hatte er in der Tram darin gelesen. Der Innenteil war nach außen umgeschlagen. Claras Blick blieb an einer Überschrift hängen. *Münchner Seniorin tot aufgefunden. Es war Mord.* Sie überflog den kurzen Artikel. Emily D. hatte ihren Mörder offenbar selbst eingelassen. Sie war erstickt worden. Clara erschauerte bei dieser Vorstellung, faltete die Zeitung zusammen und legte sie in die Altpapierkiste.

Der Spaziergang hatte gutgetan. Bis um drei arbeitete sie und sah dann nach Paps und Krystyna. Sie fand die beiden in der Küche. Paps spülte Geschirr, Krystyna trocknete es ab. »Hallo Clara. Kommst du gerade richtig. Haben wir gebacken Kuchen, deine Paps und ich.«

»Mit selbst gepflückten Äpfeln«, sagte er und trocknete sich die Hände am Geschirrtuch ab.

Clara gab ihm einen Kuss auf die stoppelige Wange. »Wo habt ihr denn Äpfel gepflückt?«

»Nix gepflückt. Selbst gekauft. Auf Markt. Haben wir gemacht Spaziergang und Einkauf. Zwei Fliegen mit einer Klatsche.« Krystyna schob den Kuchen auf die Tortenplatte. »Muss ich noch prügeln Schlagsahne und dann fertig.«

»Und ich mache Kaffee.« Paps holte das Sieb aus dem Schrank und stellte es auf den Herd. »Was wollte ich?«

»Kaffee kochen. Ich helfe dir.« Clara reichte ihm die Dose mit Kaffeepulver. Wenig später breitete sich der Duft nach frischem Kaffee aus. Zu dritt machten sie sich über den Kuchen her.

Es war schön zu sehen, wie gut Krystyna und Paps

miteinander zurechtkamen. Inzwischen hatten sie ihren Rhythmus gefunden.

»Magst du noch Kuchen?« Das Stück landete bereits auf dem Teller, die Antwort erübrigte sich. Krystyna fragte wegen der beiden freien Nachmittage nach, die ihr pro Woche zustanden. Es gab einen Stammtisch polnischer Pflegerinnen in München, den sie besuchen wollte. »Treffen wir uns immer samstags in Café von Kaufhaus.« Clara war das recht. Den zweiten Termin wollten sie flexibel handhaben. Paps schob den Stuhl zurück. »Ich muss jetzt ins Reisebüro, sonst sind die Prospekte für die Kreuzfahrten vergriffen. Das wird Elli nicht gefallen.«

»Ja, dann wir gehen flugs und holen«, meinte Krystyna und machte sich mit Paps zu einem Spaziergang auf.

Clara kehrte in ihre Werkstatt zurück. Mit ihrem Vater lief alles bestens, nur bei ihr lief alles schief. Sie war nicht verbittert oder neidisch.

Das Telefon klingelte. Es war Achim. Sie hatte ihn am Morgen angerufen, um zu erfahren, was sich mit dem Online-Konto tat. Wenn das Geld nicht bald zurück war, musste sie ein paar Münzen verkaufen. Vermutlich brauchte sie dafür eine Genehmigung des Amtsgerichts. Es würde also nicht so schnell gehen.

Achim erkundigte sich nach Paps. Clara erzählte, wie gut Krystyna und er miteinander klarkamen. »Er blüht richtig auf. Heute haben sie Kuchen gebacken. Und er spült sogar Geschirr.«

»Das hört sich ja wunderbar an. Viel besser als ein Heim. Du hast das schon richtig gemacht.«

Dieses unerwartete Lob freute Clara. »Sag mal, Achim, gibt es etwas Neues zu dem Online-Konto?«

»Deswegen rufe ich an. Das ist eine Bürokratie, ich kann dir sagen.« Ein Seufzer klang durchs Telefon. »Ich brauche beglaubigte Kopien von deinem Personalausweis und auch vom Betreuungsbeschluss. Sobald ich die habe, schicke ich die Unterlagen los.«

»Ich erledige das morgen. Und danke für deine Unterstützung.«

»Ist doch selbstverständlich.«

Sie verabschiedeten sich. Es war höchste Zeit, sich wieder an die Arbeit zu setzen. Die Autorin wartete auf das Manuskript. Um halb acht war Clara fertig und verschickte es per Mail.

Mittlerweile war es dämmrig geworden und kalt. Das Feuer im Kachelofen wollte nicht richtig anbrennen. Sie holte eine Zeitung aus der Kiste mit dem Altpapier und hielt die in der Hand, die Hannes mitgebracht hatte. Wieder fiel ihr der Artikel über den Mord an der alten Frau auf. Früher hatte er derartige Meldungen nie gelesen. Der Bogen ging in Flammen auf. Bis sie das Feuer endlich in Gang gebracht hatte, waren die Werkstatt voll Rauch und ihre Hände so rabenschwarz wie dieser Tag. Sie riss das Fenster auf. Die Attacke ihres Exmannes hatte sie tiefer getroffen, als sie sich eingestehen wollte.

Im Regal lag eine Flasche Bordeaux, ein Sonderangebot aus dem Supermarkt, das sie sich in einem Anfall von Luxus gegönnt hatte. Jetzt hatte sie Lust darauf. Mit einem Glas Wein und einem Butterbrot setzte sie sich vor den Fernseher. Nach den Nachrichten schaltete sie ihn wieder aus. Mit dem zweiten Glas zog sie in den Sessel vor dem Ofen um und streckte die Füße aus.

Thore Derr fiel ihr wieder ein. Auf ihre Mail hatte er noch immer nicht geantwortet. Eigentlich eine Unverschämtheit. War er auch so einer, der Probleme aussaß und hoffte, dass sie sich auf diese Weise von alleine erledigten?

Der Wein war ihr zu Kopf gestiegen. Sie nahm das Glas mit zum Schreibtisch und öffnete das Mailprogramm.

Betreff: Vom Schweigen der Männer

Glauben Sie mir, es funktioniert nicht.

Ehe sie es sich anders überlegen konnte, klickte sie auf *senden*. Den schönen Auftrag war sie nun ganz sicher los.

25

»Ich würde mich an Ihrer Stelle entspannt zurücklehnen. Selbst wenn die Staatsanwaltschaft bei dieser dünnen Beweislage und den offensichtlich abgesprochenen Aussagen Anklage erheben sollte, wird es Frau Behringer und ihren Zeugen spätestens vor Gericht zerbröseln. Haben Sie mal versucht, den angeblichen Tatablauf nachzustellen?« Thorsten Brüggemann legte die Fingerspitzen aneinander. Abwartend sah er Dühnfort über den Acrylglastisch hinweg an, der im Erker des Besprechungszimmers stand. Brüggemann war in Dühnforts Alter, das Haar allerdings schon licht. Hohe Stirn, randlose Brille. Gepflegte Hände. Ein ruhiger und bedacht handelnder Mann.

»Nein.«

»Ich habe es probiert. Mit meiner Sekretärin. Klappt nicht. In diesem Fall hätten die Geschädigte und Sie in dem Dreieck zwischen Fenster, Tisch und Tür zu Boden gehen müssen und nicht auf der gegenüberliegenden Seite des Vernehmungszimmers.«

Nicht grundlos hatte Brüggemann einen ausgezeichneten Ruf. Dühnfort rieb sich die Stirn. »Darauf hätte ich selbst kommen können.«

»Eher nicht. Fehlende Distanz. Ist oft so. Also warten Sie in Ruhe ab. Ich gehe nicht davon aus, dass es eine Anklage geben wird.«

Erleichtert verabschiedete Dühnfort sich von seinem Anwalt. Auf dem Weg zurück ins Präsidium beschäftigte ihn der Fall Emily Dreher. Die Suche nach dem Besucher war bisher im Sand verlaufen. Er musste das Haus unbemerkt durch die Tiefgarage betreten haben oder durch den Hinterhof.

Im Büro angekommen, nahm Dühnfort sich den Spurenbericht vor. Die DNA-Analyse war abgeschlossen. Kein Treffer in der Datenbank. Vermutlich war es wie so oft. Der Täter kam aus dem Umfeld des Opfers, selten waren sie einschlägig vorbestraft. Ein leiser Signalton zeigte den Eingang einer Mail an. Dühnfort öffnete sie.

Betreff: Lukas 10,25-37

Emily Dreher ist friedlich und in Würde entschlafen. Friede ihrer Seele.

Friedlich und in Würde? Sie war grausam erstickt worden. Verzweifelt hatte sie nach Luft gerungen und ihre spärlichen Kräfte zu mobilisieren versucht, um sich zu wehren. Acht bis zehn Minuten Todeskampf. So lange dauerte es. Manchmal sogar länger. Von wegen friedlich! Und in Würde!

Von wem kam das? Der Mailabsender lautete: der_mann_aus_samaria@web.de.

Ein religiöser Fanatiker? Ein Eiferer? Das hatte ihm gerade noch gefehlt. Dühnfort sandte ein stummes Gebet an den Gott, an den er nicht glaubte, mit der Bitte, diesen Kelch an ihm vorübergehen zu lassen.

Erst jetzt bemerkte er die Links, die am Ende der Nachricht aufgelistet waren. Er klickte den ersten an, der zur Online-Ausgabe der Münchner Zeitung führte.

Münchnerin lag wochenlang tot in ihrer Wohnung.

Mindestens vier Wochen lag eine 73 Jahre alte Münchnerin tot in ihrer Wohnung, ohne dass jemand es bemerkte oder die alte Dame vermisste. Entdeckt wurde ihre Leiche erst, als sich ein Nachbar beim Hausmeister über den zunehmenden Gestank beschwerte. Zu diesem

Zeitpunkt krochen bereits Maden unter der Wohnungstür hervor bis in den Hausflur. Als die Polizei die Wohnung öffnen ließ, wurde die bereits stark verweste Leiche von Maria K. in der Küche entdeckt. Die rechtsmedizinische Untersuchung ergab, dass sich die Seniorin bei einem Sturz eine Beckenfraktur zugezogen hatte. »Sie war nicht in der Lage, ans Telefon zu gelangen, das auf dem Sideboard im Wohnzimmer stand.« So der zuständige Rechtsmediziner Dr. Walther Herbst, der von einem qualvollen Tod durch Verdursten ausgeht. »Mir ist vollkommen unverständlich, weshalb niemand auf die verzweifelte Situation der alten Frau aufmerksam geworden ist. Ich kann mir nicht vorstellen, dass sie nicht um Hilfe gerufen hat«, meinte der Arzt in seiner Stellungnahme. Nachbarn räumten ein, im fraglichen Zeitraum gelegentlich Rufe gehört zu haben, denen sie keine Beachtung schenkten. Sie dachten, es wäre der Fernseher.

Dühnfort lehnte sich zurück. Schrecklich. Derartige Fälle häuften sich in letzter Zeit und würden in einer alternden Gesellschaft, deren Leistungsträger nicht bereit waren, die Ausgaben für Alte, Kranke und Schwache zu erhöhen, in erschreckendem Maße zunehmen. Um das zu prophezeien, musste man nicht schwarzsehen. Es reichte, Realist zu sein. Banken zu retten war wichtiger geworden als Menschenleben.

Was wollte *der Mann aus Samaria* ihm mit dieser Mail sagen? Hatte er etwas mit dem Mord zu tun? Oder war er nur ein Wichtigtuer, der die Gunst der Stunde nutzte, um auf einen Missstand aufmerksam zu machen? Allerdings kannte er Emilys vollständigen Namen, und der war in der Zeitung nicht genannt worden. Niemand hatte bisher wirklich Notiz von diesem Mord genommen. Mediale Aufmerksamkeit würde der Mann aus Samaria so nicht bekommen, falls es das war, was er wollte.

Dühnfort sah die restlichen Links an. Sie führten zu ähnlichen Nachrichten über alte Menschen, die hilflos in ihren Wohnungen gestorben und deren Leichen über Wochen oder Monate unentdeckt geblieben waren, sowie zu Artikeln, die sich mit Missständen in Pflegeheimen befassten.

Da hatte jemand ein Anliegen. Deshalb Apfel und Trauben. Nicht als Zeichen der Erlösung, sondern vor allem als Zeichen der Aufmerksamkeit für die Tat. Ebenso gut hätte er Emily ein Schild um den Hals hängen können. *Mordopfer.*

Dühnfort stand auf. Etwas gefiel ihm an diesen Überlegungen nicht. Er stellte sich ans Fenster. Der Wind jagte graue Wolkenfetzen über den Himmel. Womit hatten sie es hier zu tun? Bis eben war er von einem Mord aus persönlichen Motiven ausgegangen, dem logischerweise eine Täter-Opfer-Beziehung zugrunde lag. Doch in dieser Mail zeichnete sich etwas anderes ab. Wenn Emily einzig und allein getötet worden war, um ein Schlaglicht drauf zu werfen, wie die Gesellschaft mit den Alten umging, konnte sie ein völlig willkürliches Opfer sein, dann hätte es jeden alten und gebrechlichen Menschen treffen können, dann stimmte ihre Theorie nicht.

Wie ernst mussten sie den Mann aus Samaria nehmen? Wie tickte so jemand? Was war von ihm zu erwarten? Dühnfort rief Beatrice Mével an.

Die Polizei-Psychologin residierte zwei Etagen tiefer und hatte tatsächlich sofort Zeit für ihn. »Zwanzig Minuten, dann muss ich zu einem Gerichtstermin. Reicht Ihnen das?«

»Ich bin in zwei Minuten bei Ihnen.«

Er druckte die Mail aus und betrat kurz darauf das

Büro von Beatrice Mével. Sie saß an ihrem Schreibtisch und empfing ihn mit einem Lächeln. Wie meistens trug sie ein moosgrünes Kleidungsstück, das ihre Augenfarbe unterstrich: Heute war es ein Seidenschal. Der Ansatz der kupferrot gefärbten Haare war ein paar Millimeter grau nachgewachsen, um die Augen strahlte ein Kranz feiner Fältchen. »Herr Dühnfort. Wir haben uns ja lange nicht gesehen. Wo brennt es denn?«

Er nahm Platz, schilderte den Fall und reichte ihr den Ausdruck. »Ich bin mir nicht sicher, was ich davon halten soll.«

Sie las den Text. »Was ist mit den Links?«

»Ein Teil führt zu Zeitungsartikeln über alte Menschen, die wochenlang tot in ihren Wohnungen lagen. Die anderen beziehen sich auf Artikel über Pflegemissstände.«

»Wie bibelfest sind Sie?«

»Geht so. Ich denke, der Absender sieht sich als barmherzigen Samariter. Lukas 10 bezieht sich wohl darauf.«

Sie nickte. »In der Geschichte vom barmherzigen Samariter geht es um Mitleid und Barmherzigkeit. Ein Mann wird von Räubern überfallen und halb totgeprügelt. Ein Priester und ein Levit gehen einfach vorüber, ohne zu helfen. Erst der Mann aus Samaria nimmt sich des Opfers an.«

Ja. So war das. Ganz aktuell. Im 21. Jahrhundert. Man sah weg. Selten aus Feigheit, meist aus Gleichgültigkeit. »Was meinen Sie? Stammt die Mail vom Täter oder von einem Wichtigtuer?«

»Er nennt den Namen des Opfers, der nicht veröffentlicht wurde. Sie sagten, der Mord wurde so inszeniert, dass er erkannt werden musste.«

Dühnfort nickte.

»Das ist wirklich ungewöhnlich.« Mit einem Finger fuhr sie sich über den Nasenrücken. »Gehen wir mal davon aus, er ist es. Was will er erreichen? Er will aufrütteln und greift zum drastischsten aller Mittel, zu Mord. Ein Opfer im Namen der guten Sache. Doch in den Medien wird seine Tat kaum beachtet. Sein Ruf verhallt ungehört. Man hat ihn nicht verstanden. Er will Schlagzeilen, doch niemand nimmt Notiz. Es würde mich nicht wundern, wenn er diese Mail auch an die Medien geschickt hat.«

Dühnfort stöhnte bei dieser Vorstellung. »Wir müssen ihn also ernst nehmen?«

Beatrice Mével zog die Schultern hoch und breitete die Hände aus. »Schwer zu sagen. Es sind nur ein paar Zeilen und ein paar Links. Doch sie erwecken den Eindruck, als ob sich jemand zum Anwalt hilfloser, alleingelassener und häufig ihrer Würde und Selbstbestimmung beraubter Menschen gemacht hat. Da hat jemand eine Mission. Aber ob er auch der Mörder ist …« Sie zog die Schultern hoch und ließ sie wieder fallen.

»Setzen wir voraus, er ist unser Mann. Weshalb tötet er eine alte Frau? Sie gehört doch zu der Gruppe, die er beschützen will«, sagte Dühnfort.

»Vielleicht glaubt er, zu radikalen Methoden greifen zu müssen. Zur Erreichung eines höheren Ziels sind Opfer nötig.«

»Logischer wäre es, sie unter denen zu suchen, die er als Verursacher des Übels ansieht.«

»Sie können nicht ausschließen, dass doch der Erlösungsgedanke im Vordergrund steht. Nach welcher verqueren Logik auch immer. Oder vielleicht ist es auch viel profaner. Die Verursacher des Missstands sind nicht hilflos und schwach. Sie können sich wehren. Vielleicht hat er Angst, mit ihnen nicht fertigzuwerden. Oder das alles ist nur vorgeschoben, um seine Mordlust zu bemänteln. Wurde sie misshandelt oder missbraucht?«

»Nein. Auch nicht beraubt. Emily Dreher war nicht schwerkrank. Sie musste nicht erlöst werden. Womit haben wir es hier zu tun?«

Beatrice Mével seufzte. »Herr Dühnfort, Sie legen mir ein paar Zeilen vor und erwarten eine umfassende Analyse innerhalb von ein paar Minuten. Das funktioniert nicht. Was ich sagen kann: Wenn dieser Mann der Täter ist, dann ist anzunehmen, dass er es vorher anders versucht hat. Suchen Sie nach jemandem, der Beschwerde- und Leserbriefe schreibt, der Eingaben bei den Aufsichtsbehörden macht und Anzeigen bei der Polizei. Suchen Sie nach einem Querulanten, der mit zulässigen Mitteln gescheitert ist und nun andere Wege geht.« Sie warf einen Blick auf ihr Handy, das auf dem Schreibtisch lag, und erhob sich. »Mein Termin. Ich muss mich auf den Weg machen.«

Ein Querulant, ein Missionar, einer, der sich auf der Seite des Guten sah und dem dafür jedes Mittel recht war. Ein beunruhigender Gedanke stieg in Dühnfort auf. »Ist mit weiteren Taten zu rechnen?«

»Das aus dieser Mail herauszulesen wäre wirklich Kaffeesatzleserei.«

26

Dühnfort rief Kirsten, Alois und ihren IT-Spezialisten Meo in den Besprechungsraum und präsentierte die Mail sowie die Einschätzung von Beatrice Mével.

»Ich finde es zu riskant, diese Nachricht unbeachtet zu lassen. Immerhin kennt er Emilys Namen, der nirgendwo stand.«

Alois sah auf. »Den kann er aufgeschnappt haben. Die Leute im Haus und in der Nachbarschaft sprechen über den Mord.«

Dühnfort war es allerdings auch zu heikel, sich auf den Samariter festzulegen. »Wir werden jetzt zweigleisig fahren. Wir sondieren das persönliche Umfeld und versuchen den Samariter aufzustöbern. Vermutlich ging es ihm nicht um Emily. Es hätte auch jemand anderen treffen können. Hauptsache, alt und gebrechlich. Er will auf eine Misere aufmerksam machen.«

»Verstehe ich nicht«, sagte Kirsten. »Das ist unlogisch. Wenn er sich als Robin Hood der Alten und Hilflosen sieht, dann wäre es folgerichtig, ein Opfer auszuwählen, das aus seiner Sicht zu den Schuldigen zählt. Einen Pflegedienstleiter, eine Altenpflegerin oder Behördenmitarbeiter. Einen Politiker.«

Genau sein Einwand. »Das passt vielleicht nicht in sein verdrehtes Weltbild. Er sieht sich als barmherzigen Samariter und nicht als eiskalten Killer.«

»Und deshalb *erlöst* er eine alte Frau von ihren Leiden, bevor sie in einem Pflegeheim verrottet oder daheim allein und unbemerkt stirbt? Das macht keinen Sinn. Emily sollte weder in ein Heim, noch war sie allein. Ihre Tochter hat sich rührend um sie gekümmert.«

»Wissen wir das?« Fragend sah Dühnfort in die Runde. »Ich werde mit der Tochter und dem Sohn sprechen.«

Alois reckte sich. »Fragt sich, wie der Samariter auf Emily gekommen ist. Wir müssen alle ihre Kontakte checken.«

»Apropos Kontakte. Was ist mit der Putzfrau? Hast du Elena inzwischen aufgestöbert?«

»Keine Chance. Das Handy ist aus. Ich kann ihr nicht mal eine Nachricht auf der Mailbox hinterlassen.«

Dühnfort gefiel das nicht. Elena war kurz vor sieben gegangen. Doch sie konnte zurückgekommen sein. Sie wussten so gut wie nichts von dieser Frau. Er wandte sich an Meo, ihren IT-Spezialisten und mit Mitte zwanzig der Jüngste in der Runde. »Wir brauchen ein paar Beschlüsse. Erstens die Ortung von Elenas Handy. Zweitens die Nutzerdaten der web.de-Adresse, unter der sich der Samariter angemeldet hat, und die IP des Rechners, von dem die Mail geschickt wurde.«

Meo legte sein iPad beiseite. »Ich besorge auch gleich alle Anmeldedaten des Handys, falls die noch gespeichert sind.«

Elena ohne Nachnamen war die letzte Person, die Emily lebend gesehen hatte. Es war ein Fehler gewesen, nicht sofort intensiv nach ihr zu suchen. »Ich werde mich um ein Phantombild kümmern und die Fahndung nach ihr rausgeben. Auch wenn ich nicht glaube, dass sie Emily erstickt hat. Welches Motiv sollte sie haben? Um halb acht hat Emily mit ihrer Tochter telefoniert und Elena gelobt. Es gab also keine Unstimmigkeiten, keinen Streit. Weshalb hätte sie zurückkommen und ihre Kundin töten sollen?«

Mit dem Ärmel des Hoodys putzte Meo Fingertapser vom Display. »Wenn ich die Anmeldedaten für die Funkzellen bekomme, kann ich ein Bewegungsprofil erstellen. Dann wissen wir, ob Elena zur Tatzeit am Tatort war.«

Wieder einmal fragte Dühnfort sich, wann endlich das EU-Gesetz zur Vorratsdatenspeicherung für Fahndungszwecke umgesetzt wurde. Doch der politische Wille dafür fehlte. Lieber ließ man Mörder frei herumlaufen, als die Bürger mit Big-Brother-Visionen aufzuschrecken. Dieselben Bürger, die überall im Internet ihre Daten freiwillig und ausgiebig verbreiteten. Er schob den Ärger darüber beiseite. »Beatrice Mével meint, wir sollen nach einem Querulanten suchen. Nach jemandem, der Anzeigen erstattet und Eingaben und Briefe schreibt. Kirsten, kannst du dich darum kümmern?«

»Natürlich.«

»Können wir sicher sein, dass niemand von der Familie ein Motiv hat? Jemand im Freundeskreis? Geld? Rache?«

Alois hatte das übernommen. Er schüttelte den Kopf. »Sieht nicht so aus. Elisabeth und ihr Bruder haben keine finanziellen Sorgen. Sie hatte eine Führungsposition bei den Stadtwerken inne und ist seit zwei Jahren mit einer guten Pension im Ruhestand. Ihr Bruder arbeitet als Chefarzt an einer Klinik in Hannover. Er ist verheiratet und hat zwei erwachsene Kinder, die derzeit beide im Ausland leben. Die Tochter studiert in Boston, der Sohn arbeitet als Arzt in Schweden. Sie verstehen sich alle gut und treffen sich einmal im Jahr zu einem Familienwochenende in Tirol. Keine Geldsorgen, kein Zoff. Emilys Freundeskreis ist in den letzten Jahren geschrumpft, altersbedingt. Sie sterben weg. Auch da gab es keinen Streit. Kein Motiv in Sicht. So gesehen spricht alles für den Samariter.«

»Wenn er unser Mann ist, können wir weitere Taten nicht ausschließen. Es sei denn, er bekommt, wonach er offenbar lechzt. Aufmerksamkeit für sein Thema.«

Kirsten sah überrascht hoch. »Du willst mit den Medien kooperieren?«

»Von *wollen* kann keine Rede sein. Wir werden nicht die Einzigen sein, die Post von ihm erhalten haben. Vermutlich laufen bei der Pressestelle die Telefone heiß. Wenn die Medien auf seinen Zug aufspringen, wird er hoffentlich Ruhe geben. Außerdem sollten wir berücksichtigen, dass er die Missstände, die er anprangert, selbst erlebt haben dürfte. Entweder als Angehöriger oder als Mitarbeiter im Pflegebereich. In dieser Richtung sollten wir suchen.«

Dühnfort hatte das Meeting gerade beendet, als sein Handy klingelte. Heigl meldete sich. »Sag mal, bei unserer Pressestelle hat heute Vormittag deine Freundin Melissa Wittock angerufen und etwas von einem Bekennerschreiben gesagt. Ein barmherziger Samariter bezichtigt sich des Mordes an der alten Frau. Wissen wir davon?«

Dühnfort erklärte es ihm, während er in sein Büro ging. »Hat sie auch Links zu Zeitungsartikeln erwähnt?«

»Nicht, dass ich wüsste. Welche Artikel?«

»Es geht um Missstände in Pflegeheimen und alte Menschen, deren Tod wochenlang unbemerkt geblieben ist. Davon hat sie nichts gesagt? Der Samariter will das Thema in der Öffentlichkeit sehen.«

»Sie wollte nur wissen, ob wir mit weiteren Morden rechnen und wie kompetent du wohl bist, wenn es noch keine heiße Spur gibt.«

Verdammter Mist! Er brauchte nicht viel Phantasie, um sich auszumalen, wie die nächste Headline lauten würde.

27

Vom Büro aus rief er in der Pressestelle an. Außer Melissa Wittock hatte niemand nachgefragt. Kaum vorstellbar, dass der Samariter seine Mail nur an eine Zeitung geschickt hatte. Die schwache Resonanz der Presse beunruhigte Dühnfort. Hoffentlich kam da noch mehr.

Der nächste Anruf galt Elisabeth Dreher. Er fragte, ob sie Zeit für ihn hätte.

»Gibt es Neuigkeiten?«

»Leider noch nichts Konkretes. Ich habe ein paar Fragen. Kann ich kommen?«

»Ja, natürlich. Ich bin zu Hause und warte auf Sie.«

Als er vors Präsidium trat, bemerkte er Melissa Wittock, die auf den Eingang zusteuerte. Sie war eine pummelige Frau mit einem sicheren Händchen dafür, sich unmöglich zu kleiden. Heute steckte sie in einer weiten pinkfarbenen Hose, über der sie ein schwarz-weiß geringeltes Kleid in Ballonform und eine zipfelige Jacke trug, deren Rot sich mit dem Brombeerrot ihrer Haare biss. Ihr Gesicht war unter reichlich Make-up verborgen. Ausweichen war nicht mehr möglich. Sie hatte ihn schon entdeckt.

»Hallo, Herr Dühnfort. Haben Sie eine Minute für mich?«

Sein Adrenalinspiegel stieg. So viel Unverfrorenheit musste man erst einmal besitzen. Erst bewarf sie ihn mit Dreck, und jetzt, wo sie sich Informationen von ihm erhoffte, bleckte sie lächelnd ihre weißen Zähne, an denen Lippenstift haftete. Brombeerrot. »Keine Angst vorm Prügelbullen?«

»In meinem Beruf darf man nicht feig sein. Und Sie sind doch nicht nachtragend. Oder etwa doch?« Ihr Mund verzog sich zu einem breiten Lächeln, das so falsch war wie ihre Haarfarbe.

»Ich äußere mich nicht zu laufenden Ermittlungen.« Er ging weiter. Sie folgte ihm.

»Was ist von dem Samariter zu halten? Wird es weitere Morde geben?«

»Offenbar haben Sie nicht zugehört.«

»Also bestätigen Sie, dass Emilie Derler Opfer eines Serienmörders ist?«

»Dreher. Emily Dreher.« Seine Kiefer mahlten. So langsam verstand er den Samariter. Die Alten galten nichts. Nicht mal ihren Namen musste man sich merken. »Denken Sie einfach mal über die Bedeutung des Begriffs *Serie* nach, dann können Sie sich die Antwort selbst geben.« Er erreichte sein Auto und knallte die Tür zu. Als er vom Hof fuhr, sah er, dass sie mit ihrem Handy ein Foto von ihm machte. Er biss die Zähne aufeinander, bis sie knirschten.

Während der Fahrt nach Schwabing schaltete er das Radio ein. Irgendwie musste er von seinem Zorn herunterkommen. Am besten half Musik. Es gab Nachrichten und den Wetterbericht. Die Föhnwetterlage würde zurückkehren und München Ende Oktober ein weiteres Sommerwochenende bescheren. Vielleicht sollte er mit Gina an den See fahren, zu seinem Boot. Eine letzte Runde auf dem Starnberger See, bevor sie die *Sissi* ins Winterquartier brachten. Danach ein Glas Wein mit dem Schorsch, der die Segelschule betrieb, während sie auf der morschen Bank saßen, vor der Feuerschale, und ihre Blicke über den See schweifen ließen, zum anderen Ufer, und Abstand fanden zu ihrer Arbeit.

Und dann fiel ihm ein, dass übernächstes Wochenende

seine Mutter und Georges für ein paar Wochen aus dem Elsass nach München zogen. Eine Wohnung im Glockenbachviertel hatten sie bereits von Freunden gemietet, die für einige Monate in New York waren. Dühnfort war erleichtert, dass er sich um nichts kümmern musste. Die beiden waren Anfang siebzig und rüstig. Sie kamen alleine zurecht. Noch. Plötzlich war die Frage da, was er tun würde, falls sich das ändern sollte und seine Mutter irgendwann auf Hilfe angewiesen wäre. Oder sein Vater, der in Hamburg lebte. Würde Georges das schaffen? Und in Hamburg sein Bruder Julius? Was, wenn er selbst sich plötzlich um die Pflege kümmern musste? Wie sollte er das bewältigen? Weder seine Mutter noch sein Vater würden je in ein Altenheim ziehen. Allein die Vorstellung war grotesk.

Er drehte die Musik lauter. Müßig, sich jetzt darüber den Kopf zu zerbrechen. Alles war möglich, nichts vorhersehbar. Er musste das auf sich zukommen lassen und darauf vertrauen, dass er das Richtige tat, wenn es so weit war.

Als Dühnfort an der Wohnung von Elisabeth Dreher klingelte, sammelte er sich und schob den Rest dieser Gedanken beiseite.

Sie bat ihn herein. Er folgte ihr in ein helles Wohnzimmer. Dass sie Mitte sechzig war, sah man ihr wirklich nicht an. Eine Frau, die auf sich achtete, dezent geschminkt und gut gekleidet. Getränke und Kekse standen auf dem Couchtisch bereit, als wäre er ein willkommener Gast. Sie bot ihm Platz an, schenkte Kaffee ein, fragte, ob er Zucker wollte, und reichte ihm den Teller mit den Keksen. »Wie kann ich Ihnen nun weiterhelfen?«, fragte sie schließlich.

»Die Frage mag Ihnen seltsam vorkommen. Mich interessiert, ob es unter den Menschen, mit denen Ihre Mutter zu tun hatte, jemanden gibt, der sich besonders für die Belange von Alten und Kranken einsetzt.«

Sie dachte nach. »Ihr Hausarzt natürlich. Es ist sein Beruf. Aber sonst ... Was meinen Sie mit *besonders*?«

»Sehr engagiert und nachdrücklich. Jemand, der sich bei diesem Thema ereifern kann, vielleicht sogar in Rage redet. Möglich ist auch, dass er Briefe schreibt und Anzeigen erstattet.«

»Ein Fanatiker?«

»Oder Querulant. Fällt Ihnen dazu etwas ein?«

Sie strich sich das Haar aus der Stirn. »Nein. Weshalb fragen Sie danach?«

Auch wenn er das eigentlich nicht wollte: Er musste es ihr sagen. Morgen würde es in den Zeitungen stehen. »Wir haben eine Bekennermail bekommen. Noch sind wir uns nicht sicher, wie ernst wir sie nehmen sollen. Der Schreiber, der sich als Samariter bezeichnet, bleibt jeden Beweis schuldig. Vielleicht sucht er auch nur Aufmerksamkeit.«

Wider Erwarten lachte Elisabeth Dreher. »Ein Samariter? Lächerlich. Der biblische Samariter war ein Retter und kein Mörder. Wie kommen Sie auf diese abstruse Idee?«

Dühnfort erklärte ihr die Sache mit den Trauben und Äpfeln. »Beide sind Sinnbilder für Erlösung.«

»Behauptet Ihr Samariter etwa, meine Mutter von einem schweren Leid erlöst zu haben? Das wird ja immer kurioser.«

»Er deutet es an. War Ihre Mutter in letzter Zeit im Krankenhaus oder in Kurzzeitpflege, oder sollte sie in ein Pflegeheim umziehen?«

»In ein Heim? Niemals. Das hätte ich nicht zugelassen. Als meine Tante zum Pflegefall wurde, habe ich gesehen, wie man dort behandelt wird. Da gilt man nichts. Man ist kein menschliches Wesen mehr, nur Ballast, der Ärger macht und Arbeit und Zeit und Geld kostet. Bevor ich in ein Pflegeheim muss, bringe ich mich um. Das ist mein Ernst.«

Dieser Ausbruch erschreckte ihn. Sie kokettierte nicht, sie wusste, wovon sie sprach, sie meinte das so. Er sah es in ihren Augen.

»Meine Mutter hätte ich nie in ein Heim gegeben. Es stand auch nie zur Diskussion. Es ging ihr gut. Sie hat das Leben geliebt. Auf ihre Art, trotz des Rheumas, trotz ihrer eingeschränkten Mobilität. Sie hatte sich so auf das Tirol-Wochenende mit der Familie gefreut.« Plötzlich schlug sie die Hand vor den Mund. Tränen stiegen ihr in die Augen. »Das ist doch nicht wahr. Jemand hat sie erstickt, um sie zu erlösen?«

»Wir wissen es nicht.« Er wartete, bis sie sich wieder gefangen hatte. »Wir gehen noch einer anderen Spur nach. Elena ist der letzte Mensch, der Ihre Mutter lebend gesehen hat. Wir können sie nicht erreichen. Und mehr als ihren Vornamen und die Handynummer haben wir nicht.«

»Ich weiß. Es war ein Fehler ... Ich war so dumm.« Elisabeth Dreher stellte den Teller mit Keksen ab, den sie die ganze Zeit in den Händen gehalten hatte. »Elena ist ehrlich, nett und zuverlässig. Sie hat meine Mutter nicht umgebracht.« Einen Moment zögerte sie. »Ich habe einen Test mit ihr gemacht. Ich konnte ja nicht irgendjemanden in die Wohnung lassen. Also habe ich einen Zehneuroschein unters Bett gelegt und ein paar Münzen im Bad liegen lassen. Sie hat das Geld nicht eingesteckt, sondern meiner Mutter gegeben. Ich kann mir nicht vorstellen, dass Elena etwas damit zu tun hat.«

»Wir brauchen sie als Zeugin. Vielleicht hat sie eine Beobachtung gemacht, die uns weiterhilft. Hat sie mal erwähnt, wo sie wohnt? Oder wo sie sich gerne aufhält?«

Bedauernd schüttelte Elisabeth den Kopf. »Nein. Nichts. Ich weiß, ich hätte mich nicht darauf einlassen sollen. Doch Elena wollte nur schwarz putzen. Ich hätte auf einem Minijob bestehen sollen, dann hätten Sie jetzt diese Probleme nicht. Aber glauben Sie mir, so viel Menschenkenntnis besitze ich: Elena war das nicht.«

Wir werden sehen, dachte Dühnfort. Wie schnell legte man die Hand für einen anderen ins Feuer und verbrannte sie sich postwendend. »Wir müssen sie finden. Könnten Sie noch heute ins Präsidium kommen? Wir brauchen ein Phantombild.«

»Ja. Natürlich.«

Er gab ihr die Kontaktdaten des Zeichners und bat sie, sich bei ihm zu melden.

Anschließend suchte er den Hausarzt auf und rief den Sohn in Hannover an. Von beiden erhielt er dieselben Auskünfte. Emily war in letzter Zeit weder stationär im Krankenhaus gewesen, noch war jemals über den Umzug in eine Seniorenresidenz gesprochen worden. Ihre gesundheitlichen Beeinträchtigungen hielten sich im Rahmen. Emily war Mittelpunkt ihrer kleinen Familie, deren Mitglieder sich regelmäßig trafen. Weder war sie todkrank, noch vereinsamt und alleingelassen. Sie passte einfach nicht als Opfer einer Erlösungstat.

28

Während der Rückfahrt ins Präsidium ging Dühnfort das Gespräch mit Melissa Wittock wieder durch den Kopf. Kein Wort über die Misere in Pflegeheimen. War das Thema nicht sexy? Er rief in der Pressestelle an und erreichte Enno Weber. Lediglich zwei weitere Journalisten hatten sich gemeldet und ziemlich unenthusiastisch nachgefragt, ob an der Samariter-Story etwas dran sei. »Ich glaube nicht, dass sie sich darauf stürzen. Maximal ein Fünfzeiler in den Zeitungen von morgen«, meinte Enno. »Mehr wird das nicht.«

Wie würde der Samariter reagieren, wenn die Presse sich nicht für sein Anliegen interessierte?

Dühnfort war sich noch immer nicht sicher, wie ernst man ihn nehmen sollte, doch das konnte er nicht riskieren. Er brauchte einen anklagenden Artikel über die Situation in Pflegeheimen und darüber, warum immer wieder alte Menschen durch die Maschen des sozialen Netzes rutschten und hilflos sich selbst überlassen blieben. Vor allem brauchte er Zeit, bis Meo die Daten des Samariters ausgewertet hatte. Wenn die Medien auf das Thema aufsprangen, würde er sie bekommen. Schon kurz vor drei. Er musste sich beeilen.

Kein Journalist ließ sich in die Wahl seiner Themen hineinreden. Schon gar nicht von der Polizei. Und erst recht nicht, wenn es keine Auflage brachte. Dennoch überlegte Dühnfort, an wen er sich wenden konnte. Moni Weiss fiel ihm ein. Sie arbeitete in der Lokalredaktion bei der MZ und war für ein paar Wochen mit Alois liiert gewesen. Daher kannte Dühnfort sie. Er fuhr rechts ran und nahm das

Handy aus der Freisprechanlage. Moni Weiss meldete sich mit einem gedehnten »Ja?«.

»Frau Weiss? Dühnfort hier.«

»Ach, der Prügelbulle.« Ein Lachen klang durchs Telefon. »Das Etikett werden Sie so schnell nicht wieder los.«

»Mal abwarten.«

»Ist die interne Ermittlung denn schon abgeschlossen?«

Am liebsten hätte er gesagt, was Sache war. Doch man schwärzte die Kollegen nicht bei der Presse an. Er umschiffte diese Klippe mit ein paar Floskeln.

»Wird die Staatsanwaltschaft gegen Katja Behringer Anklage wegen Mordes erheben, oder klagen sie Totschlag an?«, fragte Moni Weiss.

Er wollte etwas von ihr, also musste er ihr etwas bieten. »Wenn es vorläufig unter uns bleibt: Es wird eine Mordanklage geben. Wesentliche Mordmerkmale sind erfüllt.«

»Das wird der Prozess des Jahrzehnts. Prominent, schön und vermögend. Sowohl Täter als auch Opfer. Und dazu ein hinterhältiger und feiger Mord.«

»Ja, so etwas bringt Auflage und Quote …« Er sagte das mit einem leisen Bedauern und ließ den Satz bewusst offen.

Moni Weiss fing den Ball auf. »Sie spielen auf den Samariter an. Wir haben diese Mail auch bekommen. Zu wenig Substanz, um sich aus dem Fenster zu lehnen. Kann ein Spinner sein. Was halten Sie davon?«

»Schwer zu sagen. Wir arbeiten mit Hochdruck daran, ihn ausfindig zu machen.«

»Sie nehmen ihn also ernst?«

»Es wäre ein Fehler, das nicht zu tun.«

»Heißt: Sie haben sonst nichts. Keine heiße Spur. Keiner der üblichen Verdächtigen.«

»So ist es.«

Einen Moment war es still. Er hörte nur den Atem durchs Telefon. »Rechnen Sie mit weiteren Morden?«

Wenn er den Artikel haben wollte, musste er ein wenig dramatisieren. »Der Samariter hat ein Anliegen und ist offenbar bereit, Grenzen zu überschreiten und zu drastischen Mitteln zu greifen, um Öffentlichkeit für seine Botschaft zu bekommen.«

»Wie unsere Gesellschaft mit den Alten umgeht? Das ist ja wohl sein Thema.«

»Irgendwie verständlich, wenn man sich die Artikel ansieht, die er verlinkt hat.«

Moni Weiss schwieg eine Sekunde. »Sie brauchen Zeit, oder? Deswegen rufen Sie an.«

Erwischt. Er gab sich geschlagen und spielte mit offenen Karten. »Er wird sich morgen alle Zeitungen kaufen und jede Nachrichtensendung ansehen. Doch da wird nicht viel zu finden sein. Jedenfalls war die Resonanz bei unserer Pressestelle dürftig. Wenn Ihre Kollegen von den Boulevardblättern das Thema überhaupt aufgreifen, dann werden sie sich auf einen potentiellen Serienmörder stürzen und die Situation der Alten in unserer Gesellschaft bestenfalls nur nebenbei erwähnen. Das ist nicht das, was er will.«

»Dann sinkt seine Frustrationstoleranz und er verleiht seinem Ansinnen mörderischen Nachdruck. Befürchten Sie das wirklich?«

»Ich kann es nicht ausschließen und will es nicht riskieren.«

»Okay. Ich schreibe einen passenden Artikel. Man könnte auch eine kleine Reihe zu diesem Themenkomplex ankündigen. Ist ja sehr facettenreich. Das bespreche ich mit meinem Chefredakteur. Man muss nur den richtigen Dreh finden, wie man es aufhängt. Ich lass mir was einfallen.«

Nachdem er sich von Moni Weiss verabschiedet hatte, blieb er noch eine Weile am Straßenrand stehen und blickte dem vorbeirauschenden Verkehr nach. Vielleicht nahm er den Samariter zu ernst. Vielleicht war er einfach nur ein Wichtigtuer. Vielleicht war Emilys Leiche nicht in Szene gesetzt worden, um auf den Mord hinzuweisen, sondern um vom eigentlichen Motiv abzulenken. War das eine Möglichkeit?

29

»Ein reichlich verquerer Gedanke«, meinte Gina, als er ihr von dieser Überlegung berichtete. Sie standen in der Küche. Er rührte das Risotto, sie war gerade noch im Supermarkt gewesen und packte die Tüten aus. »Warum vom Mordmotiv ablenken, wenn die Gefahr, dass der Mord überhaupt erkannt wird, äußerst gering ist?«

»Du hast ja recht. Mich stört etwas an dieser Geschichte. Wie man es dreht und wendet, irgendwo passt immer etwas nicht. Wir übersehen etwas.«

Gina räumte eine Flasche Olivenöl ins Regal. »Das *Etwas* heißt Elena. Auf die hätte ich mich sofort konzentriert. Nur ein Name und eine Handynummer. Aber hallo. Da hat jemand was zu verbergen.«

»Schwarzarbeit. Schau mal in diese Wochenblätter. Darin findest du diese Art von Anzeigen dutzendweise. *Zuverlässige Frau sucht Putzstelle.* Dazu eine Handynummer. Meistens mit einer typischen Prepaid-Vorwahl. Warum hätte Elena Emily ersticken sollen?«

»Im Streit. Oder zur Vertuschung einer Straftat.«

»Im Streit. Gut, das wäre theoretisch möglich. Doch warum setzt sie die Tote so in Szene? Das erfordert Kaltblütigkeit und Nervenstärke.«

»Darüber sollen Frauen durchaus verfügen.« Das schelmische Grinsen erschien.

»Elisabeth hat mit ihrer Mutter telefoniert, kurz nachdem Elena gegangen war. Da hat sie also noch gelebt und sich außerdem lobend über die Putzfrau geäußert. Kein Streit.« Er zog die Schultern hoch. »Zur Verdeckung einer

Straftat ... Auch das wäre möglich. Doch welche Tat sollte das sein? Mir fällt nur Diebstahl ein. Es fehlt aber nichts. Alle Wertsachen sind an ihrem Platz.« Er griff nach der Brühe, goss etwas davon zum Reis und wandte sich zu Gina um, die weitere Einkäufe auspackte. »Wir fahnden bereits mit einem Phantombild nach ihr.«

Das Lächeln auf Ginas Gesicht verschwand. Es machte einem Ausdruck Platz, der sich am ehesten mit Resignation beschreiben ließ. Er sah den Grund dafür sofort. Sie zog eine Packung Tampons aus der Einkaufstüte.

Enttäuschung breitete sich in ihm aus. Wieder nicht. Er ließ den Kochlöffel sinken und nahm Gina in den Arm. »Ist doch nicht schlimm. Beim nächsten Mal klappt es bestimmt.«

Sie lehnte ihren Kopf an seine Schulter und schlang ihre Arme um seine Taille. »Wie lange versuchen wir das jetzt schon?«

»Lass mich mal nachrechnen. Ich glaube, es sind jetzt tatsächlich schon unglaubliche vier Monate.«

Das entlockte ihr ein kleines Lächeln. »Vielleicht bin ich ja zu ungeduldig. Manchmal habe ich einfach Angst, dass es nie was wird.«

»Wir kriegen das schon hin.«

»Versprochen?«

Wie konnte man so etwas versprechen? Woher die Gewissheit nehmen? Gina war siebenunddreißig und er dreiundvierzig. Doch Zuversicht konnte man haben. »Ich glaube fest daran.«

»Wäre doch schön gewesen, deine Mutter am Bahnsteig als werdende Oma zu begrüßen.« Das Grinsen war wieder da, wenn auch nicht so strahlend wie sonst.

Im Topf hinter ihm begann es zu knistern. Dühnfort gab Gina einen Kuss auf die Nasenspitze und hechtete dann an den Herd. Gerade noch rechtzeitig, um das Risotto vor dem Anbrennen zu retten.

Beim Essen erzählte sie von ihrem Fall. Ihre Vermutung war richtig. Bei der Rekonstruktion des möglichen Tatablaufs hatte sie festgestellt, dass der Täter einen Helfer gehabt haben musste, um die Leiche vom Tatort wegzubringen. »Den werde ich jetzt suchen. Er hat nichts mehr zu befürchten, wenn er nur geholfen hat, die Leiche zu beseitigen. Das ist längst verjährt.«

»Er hat über zwanzig Jahre geschwiegen. Weshalb sollte er jetzt plötzlich reden?«

»Weil ich an sein Gewissen appellieren werde. Annamarias Eltern leben noch im Dorf. Zwanzig Jahre Ungewissheit und noch immer kein Grab, kein Ort, an dem sie trauern können. Das ist unmenschlich. Man will doch das eigene Kind zur letzten Ruhe gebettet wissen. In Lohwies kennt einer den anderen. Der soziale Druck ist hoch. Ich werde noch ein paar Atü in den Kessel geben und habe mir schon den Pfarrer als Verbündeten geholt. Am Sonntag wird er seinen Schäfchen ins Gewissen reden.«

»Zum Gottesdienst gehen doch nur alte Frauen.«

»Und die tragen das weiter in ihre Familien. Du wirst sehen: Innerhalb von zwei Tagen diskutiert das ganze Dorf darüber. Wetten, dass ich die Leiche so bekomme? Mir reicht ja ein anonymer Hinweis, wo ich buddeln muss. Und wenn ich sie erst habe, gibt es hoffentlich Spuren, und dann gute Nacht, Beppo Moser.«

Dühnfort liebte ihren Eifer und Elan, ihren unbedingten Glauben daran, nie zu scheitern. Deshalb passte es auch nicht zu ihr, dass ihr Optimismus sie in Bezug auf eine Schwangerschaft so schnell verließ. Mit jedem Monat, an dem die *rote Piratin* diese Hoffnung blutig versenkte, wurde Gina niedergeschlagener und pessimistischer. Wahrscheinlich hörte sie die Uhr ticken und setzte sich selbst unter Druck. Und das war bestimmt kontraproduktiv. Ihm wäre es lieber, wenn sie das Thema entspannter angehen würde.

Vor zwei Wochen, als er müde auf dem Sofa gesessen und zunächst keine Lust gehabt hatte, hatte sie ihn regelrecht verführt, und einen Moment war der Verdacht da gewesen: Heute ist einer der fruchtbaren Tage, deshalb lässt sie nicht locker, und für einen Moment hatte ihn das Gefühl irritiert, nicht gemeint zu sein, benutzt zu werden.

30

Im Untergeschoss des U-Bahnhofs am Sendlinger-Tor-Platz kaufte Dühnfort am nächsten Morgen die Tageszeitungen. Auf die Titelseite hatte es der Samariter nicht geschafft.

An einem Stehtisch blätterte er den Münchner Blick durch. Es kam heftiger als erwartet:

> ***Tanzt ein Serienkiller der Münchener Polizei auf der Nase herum?***
> *Der im Mordfall Manuel Ruge als gewalttätig bekannt gewordene Kriminalhauptkommissar Dühnfort ermittelt nun auch im Fall Emily Dreher. Die 88-jährige Münchnerin wurde vor einigen Tagen in ihrer Wohnung erstickt. Der Täter, der sich als Samariter bezeichnet, hat weitere Morde angekündigt. Auf die Frage, ob in München ein Serienmörder sein Unwesen treibt, weiß Dühnfort keine bessere Antwort, als auf die Bedeutung des Wortes »Serie« hinzuweisen. Laut Auskunft von Alexander Boos, Leiter der für Serientäter zuständigen Abteilung Operative Fallanalyse (OFA) beim LKA Bayern, spricht man ab drei Morden von einer Serie. Will die Polizei abwarten, bis mindestens zwei weitere Senioren zum Opfer des Killers geworden sind, bevor sie Ermittlungen wegen Serienmordes aufnimmt?*

Herrgott! Was für eine Scheiße hatte die Wittock sich da ausgedacht! Das Handy vibrierte in der Manteltasche. Sicher Heigl, der gerade Zeitung gelesen hatte. Dühnfort ließ es vibrieren und schlug die MZ auf.

Moni Weiss hatte zwei Artikel im Münchner Teil der Zeitung untergebracht. Einen kurzen über den Mord an Emily Dreher. Die Ermittlungen liefen. Es gab verschiedene Spuren und Hinweise. *Unter anderem geht die Polizei dem Schreiben eines Mannes nach, der sich der Tat bezichtigt, allerdings jeden Beweis schuldig bleibt.*

Dühnfort unterdrückte einen lauten Fluch. Weshalb griff Moni Weiss den Samariter an, indem sie seine Täterschaft anzweifelte? Das war nicht gut. Gar nicht gut! Wenn er sich nun aufgefordert fühlte, den Beweis zu erbringen?

Das Handy rührte sich wieder. Dühnfort ignorierte es weiter. Der Besitzer des Kiosks stellte sich neben ihn und sah ihn mit erhobenem Kinn an. Dem Kinn einer Bulldogge. »Was darf's sein?«

»Nichts. Danke.«

»Ja, dann schleichst dich jetzt. Die san nämlich für den Verzehr gedacht. Die Tische. Verstehst?«

Dühnfort sammelte die Zeitungen ein. Er konnte es nicht lassen und wünschte dem Mann einen guten Appetit.

»A Siebengscheiter«, rief ihm der Kioskbesitzer hinterher. »Du hältst dich wohl für superschlau!«

Im Gehen überflog Dühnfort den zweiten Artikel. Er stellte tatsächlich den Auftakt zu einer Serie dar.

Milliarden für die Pflege. Was geschieht mit dem Geld? Gehört die Pflegeversicherung unter das Dach der Krankenkassen? Wo hört Solidarität auf und fängt Eigenverantwortung an? Wie gehen wir in einer alternden Gesellschaft mit unseren Alten um? All diese Fragen sollten in loser Folge behandelt und mit Reportagen, Interviews und Analysen angereichert werden. Los ging es mit dem von Dühnfort erhofften aufrüttelnden Artikel über Menschen, die allein und hilflos daheim gestorben waren und deren

Tod lange Zeit niemand bemerkt hatte. Woran lag das? Was lief falsch?

Einigermaßen zufrieden faltete er die Zeitung zusammen. Das Handy gab keine Ruhe. Er nahm das Gespräch endlich an und ließ Heigl sich auskotzen. Anschließend war sein Vorgesetzter allerdings nicht wesentlich ruhiger. »Damit machen wir uns in der Staatskanzlei keine Freunde. Wo sich doch der Dings ... der ... na, du weißt schon wer, fürs Einfrieren der Arbeitgeberanteile und mehr Eigenvorsorge starkmacht. Was die rote Moni plant, ist CSU-Bashing übelster Art. Wieso sprichst du überhaupt mit den Medien? Und dann mit diesem Sozi-Blatt!«

Das war also der Dreh, den Moni Weiss gefunden hatte. »Wir brauchen Zeit, also haben wir dem Samariter etwas Aufmerksamkeit gegeben.«

»Ist es denn sicher, dass er kein Spinner ist? Ist das unser Mann?«

Wenn er jetzt einräumte, dass er sich keineswegs sicher war, sie aber keine andere Spur hatten, würde Heigl den Kotau von ihm einfordern. Stilisierte er hingegen den Samariter zum möglichen Serientäter, hatte er postwendend einen Mitarbeiter der OFA im Team. Darauf war er nun wirklich nicht scharf. Nicht seit seiner letzten Erfahrung mit einem Profiler, der sie in eine Sackgasse geführt hätte, wenn sie denn auf ihn gehört hätten. »Was heißt schon sicher? Sicher bin ich erst, wenn ich Beweise und sein Geständnis habe. Ich nehme ihn ernst. Wir sind ihm auf den Fersen. Meo dürfte inzwischen die Provider-Daten haben. Heute Abend sind wir schlauer.«

»Gut, dann reden wir weiter. Wenn Boos mit seinen Leuten nicht grad mit den Tankstellenmorden in Bayreuth vollauf zu tun hätte, würde ich dir ja einen von den Profilern ins Team setzen ... Schau'n wir mal.«

Ja, schau'n wir mal, dachte Dühnfort, als er sein Büro betrat. Die Luft war stickig. Er riss das Fenster auf und rief Meo an.

Die Beschlüsse lagen vor und waren auch schon an den Provider von Elenas Handy und an web.de gegangen. »Zu den Weblern habe ich einen guten Draht«, meinte Meo. »Die Daten des Samariters werden jeden Augenblick bei mir eintrudeln. Der Handyprovider ziert sich noch. Ich melde mich, sobald ich was habe.«

Im Ablagekorb lag das Phantombild von Elena. Die Fahndung nach ihr lief. Dühnfort betrachtete die Zeichnung. Eine aparte Frau, etwa Mitte zwanzig, dunkles schulterlanges Haar, große Augen, hohe Stirn, schräge Wangenknochen, ein breiter Kiefer und ein dafür zu kleiner Mund. Beinahe verloren saß er in diesem Gesicht mit den Picasso-Proportionen.

Mit dem Bild ging er über den Flur zum Büro, das Kirsten und Alois sich teilten. Er saß an seinem Platz. Kirsten war noch nicht da. »Wie hat Elena eigentlich die Rechnung für die Anzeige im Wochenblatt bezahlt?«

Alois sah von der Zeitung hoch, die vor ihm auf dem Schreibtisch lag. Es war der Münchner Blick. »Die Anzeige wurde persönlich aufgegeben. Mitte September und cash bezahlt.«

»Wie funktioniert das? Muss man ein Formular ausfüllen?«

Ein Schulterzucken war die Antwort. »Ich frage nach.«

»Falls es ein Formular ist, stelle es sicher und gib es Buchholz. Vielleicht bekommen wir so Fingerabdrücke oder DNA.« Er reichte Alois das Phantombild. »Und frage, ob sie selbst da war. Es könnte auch eine Freundin oder ein Freund gewesen sein.«

Alois steckte die Zeichnung ein. »Hast du wirklich gesagt, sie soll die Bedeutung des Worts *Serie* nachschlagen?«, fragte er grinsend und wies auf die Zeitung.

»Sie wollte aus dem Samariter einen Serienkiller machen, und das hat sie getan. Bedeutung hin oder her. Wer das ernst nimmt, ist selbst schuld. Wo ist eigentlich Kirsten?«

»Auf Querulantensuche. Sie trifft sich mit einem Pflegeexperten. Anschließend will sie die Vorgangsverwaltung nach entsprechenden Anzeigen durchforsten.«

»Gut. Hoffen wir, dass wir bald von Meo hören. Dann kann sie sich die Arbeit hoffentlich sparen.«

Es wurde Mittag, bis er sich meldete. Mit dem iPad, ohne das er neuerdings offenbar nicht lebensfähig war, kam er in Dühnforts Büro. »Eine gute und eine schlechte Nachricht. Welche zuerst?«

»Die schlechte, dann habe ich was, worauf ich mich freuen kann.«

Meo ließ sich auf den Stuhl am kleinen Besprechungstisch fallen. »Der Mann aus Samaria hat sich unter dem Namen Nikolaus von Myra bei web.de angemeldet …«

»Als heiliger Sankt Nikolaus?«

»Ich habe das mal gegoogelt. Nikolaus von Myra ist auch der Schutzpatron der Alten. Jedenfalls hat er sich so angemeldet, und zwar mit der Adresse des Frankfurter Südfriedhofs. Der Account ist zwei Tage alt. Die IP des Rechners, von dem die Mail verschickt wurde, habe ich, und ich habe ihn auch schon aufgestöbert. Er steht im Atrium Airporthotel am Münchner Flughafen in der Lobby. Freier Zugang für jedermann. Keine Überwachungskamera. Der Samariter ist nicht dumm. Auf diesem Weg finden wir ihn nicht.«

Mist. Dühnfort holte die Tafel Zartbitterschokolade aus der Schreibtischschublade. »Und die gute Nachricht?«, fragte er mit vollem Mund.

Mit dem Ärmel polierte Meo das Display des iPad blank. »Die gute Nachricht lautet: Elena war zur Tatzeit am Tatort. Ihr Handy war zwischen 15.21 Uhr und 20.27 Uhr in der Funkzelle angemeldet, in der Emily wohnt. Sie ist also nicht kurz vor sieben gegangen.«

»Zeugen haben gesehen, wie sie das Haus verlassen hat.«

»Das Haus vielleicht, aber nicht die Funkzelle.«

»Lässt sich das Handy orten?«

»Njet.« Bedauernd zog Meo die Lippen kraus. »Kann man nichts machen. Es gibt keinen Mucks von sich, absolut tot. Vermutlich hat sie es zerstört. Aber ich weiß, wo sie wohnt.« Mit Daumen und Zeigefinger zog er auf dem iPad ein Videofenster auf. »Der Provider hat rausgerückt, was er an Daten noch hatte. Damit konnte ich ein Bewegungsprofil über achtundzwanzig Stunden erstellen. Ich habe das mal in einer interaktiven Graphik zusammengefasst.«

Meo startete das Video. Ein Handysymbol blinkte im Stadtteil Harthof auf, bewegte sich aber nicht vom Fleck. Am Rand waren Datum und Uhrzeit eingeblendet. Kurz nach sieben Uhr morgens am 18. Oktober, dem Tattag, setzte sich das Handy in Bewegung und fuhr nach Grünwald. Bis Mittag verharrte das Symbol unbewegt auf der Karte. Um halb eins ging es weiter nach Obermenzing und von dort um drei Uhr nachmittags Richtung Schwabing, wo sich Elenas Handy um 15.21 Uhr in der Funkzelle angemeldet hatte, in der Emilys Wohnung lag. Um 20.27 Uhr verschwand das Symbol plötzlich.

Dühnfort war beeindruckt. Die Wunder der modernen Informationstechnologie. Elena musste zurückgekommen sein. Weshalb? Was war mit dem unbekannten Besucher? War er noch da gewesen? Hatten die beiden etwa gemeinsame Sache gemacht, oder hatte Elena ihn überrascht? Wo war sie in der Zwischenzeit gewesen? Und wie war sie in die Wohnung gekommen? Hatte Emily noch gelebt und sie hereingelassen, oder der Unbekannte? Denn Elena besaß keinen eigenen Schlüssel.

»Wie genau kannst du die Wohnung in Harthof eingrenzen?«

»Sie liegt in dem Gebiet zwischen Weyprecht-, Hugo-Wolf- und Rathenaustraße und Lieberweg. Ich habe mich mit Google Street View dort mal ein wenig umgesehen. Das ist eine etwas heruntergekommene Sozialsiedlung aus den fünfziger Jahren mit ein paar hundert Wohnungen.«

31

Clara starrte in den Hof. Kein neuer Auftrag in Sicht. Wenigstens lag das Lektorat von Thore Derrs Roman noch bei ihr. Noch. Er würde das den Verlag regeln lassen. Heute oder morgen würde ein Anruf kommen oder eine Mail, in der man ihr mitteilte, dass der Autor mit ihr als Lektorin nicht einverstanden war und man ihr den Auftrag entzog.

Der Lebensmittel-Discounter am Ostbahnhof suchte Aushilfskräfte. Notfalls würde sie sich dort bewerben. Auf diese Weise käme sie wenigstens mehr unter Leute. Vielleicht war es ja abwechslungsreich, Regale einzuräumen oder an der Kasse zu sitzen, Menschen zu beobachten und mit ihnen ins Gespräch zu kommen.

Ein leises *Bing* signalisierte den Eingang einer Mail. Vermutlich Werbung. Doch sie war von Thore Derr. Er beendete das also doch selbst. Gut. Dann war das eben so.

Betreff: Re: Vom Schweigen der Männer
Was funktioniert nicht?
TD

Er machte Fortschritte. Winzige, aber immerhin. Es gab zwar weiterhin keine Anrede und keine Grußformel in seiner Mail, aber schon seine Initialen.

Betreff: Re: Re: Vom Schweigen der Männer
Sie fragen das ernsthaft?
Also gut: Sie halten sich die Augen zu wie ein kleiner

Junge, der denkt, wenn ich nichts sehe, werde auch ich nicht gesehen, und was ich nicht sehe, existiert nicht. Beispielsweise die freche Mail dieser Lektorin, die sich mein Exposé unter den Nagel gerissen hat.
Sie liegt aber in Ihrem Mailordner, und die freche Lektorin wartet auf Antwort.
CL

Clara schickte die Mail los. Sie hatte nichts zu verlieren und es tat gut, ihrem Ärger Luft zu machen. Im Hof rührte sich etwas. Krystyna und Paps kamen von ihrem Spaziergang zurück und winkten ihr vom Durchgang aus zu. Sie hob die Hand zum Gruß. Paps ging es gut. Unter Krystynas Fürsorge blühte er richtig auf.

Betreff: Re: Re: Re: Vom Schweigen der Männer
Ich ringe noch um Worte der Entschuldigung. Das ist das Problem.
TD

Ein Lächeln stahl sich auf Claras Gesicht.

Betreff: Sprachlos?
Eigentlich ein Armutszeugnis für einen wortgewandten Autor. Wie wäre es ganz schlicht mit: Es tut mir leid?
CL

Betreff: Re: Sprachlos?
Es tut mir leid!
TD

Clara musste lachen und wurde übermütig.

Betreff: Re: Re: Sprachlos?
Erwischt! Das ist mir nun zu schlicht.
CL

Betreff: Vom Anspruch der Frauen
Dachte ich mir. Frauen erwarten immer mehr, als sie vorgeben. Sie hätten meine Entschuldigung gerne ein wenig verziert. Stimmt's? Eine kunstvolle Torte aus Worten. Doch bisher kam nur ein Baiser heraus. Ich ringe weiter.
Thore Derr

Betreff: Re: Vom Anspruch der Frauen
Ich erlöse Sie und nehme das Baiser.
Clara Lenz

Betreff: Baiser excusé
Liebe Frau Lenz,
es tut mir schrecklich leid. Sie haben mich an jenem Abend ziemlich linksbeinig erwischt. Die Ursache dafür tut nichts zur Sache. Am Ende denken Sie noch, ich wollte mich herausreden. Wollen wir meine peinliche Mail einfach einer Amnesie anheimfallen lassen?
Thore Derr
PS: Ich sagte ja, es handelt sich um Schaumgebäck.

Betreff: Re: Baiser excusé
Lieber Herr Derr,
abgemacht. Obwohl Sie nun natürlich meine Neugier geweckt haben.
Clara Lenz

Betreff: Dachte ich mir
*Thore Derr *schmunzelnd*

Betreff: Re: Dachte ich mir
Das mit der Neugier dachten Sie sich? Typisch Frau. Gleich wird sie alles ganz genau wissen wollen, das Problem und mich auf die Couch legen und analysieren. Wissen Sie was: Ich schlage jetzt einfach einen Bogen zu Clarissa Opp und Adrian Strehl. Ich fürchte, es gibt keine Couch in der Wohnung Ihrer Protagonisten.
*Clara Lenz *neugierig*

Betreff: Die Leiden des Dichters
Liebe Frau Lenz,
ich sehe nach, sobald sich eine Gelegenheit ergibt. Jetzt muss ich leider los. Mein Zahnarzt wartet darauf, mich quälen zu dürfen. So viel noch: Ich freue mich auf unsere Zusammenarbeit, weiß allerdings nicht, ob es Adrian ebenso geht.
Beste Grüße vom Chiemsee,
Thore Derr

Clara schloss das Mailprogramm. Ihre schlechte Laune war wie weggeblasen. Alles war gut.

Der Kühlschrank war leer, außerdem musste sie noch zur Post, um die beglaubigten Kopien an Achim zu schicken. Sie suchte ihre Sachen zusammen und machte sich auf den Weg. Was für ein schöner Tag!

Am Pariser Platz lief ihr Annette Gerber über den Weg. Paps' ehemalige Kundenberaterin bei der Bank. Im Sommer war sie in den Ruhestand gegangen. Als sie Clara entdeckte, kam sie auf sie zu. »Schön, Sie zu sehen, Frau Lenz. Wie geht es denn Ihrem Vater?«

»So weit ganz gut.« Clara deutete an, dass sein Gedächtnis nicht mehr das beste war und er alleine nicht mehr zurechtkam. »Seit kurzem hat er eine Pflegekraft, die auch bei ihm wohnt.«

»Davon hört man ja immer häufiger. Funktioniert das wirklich? Man kann schließlich nicht irgendjemanden zu sich in die Wohnung holen.«

Clara schilderte die guten Erfahrungen, die sie bisher gemacht hatte.

»Das klingt nach der idealen Lösung«, meinte Annette Gerber. »Und er kann es sich leisten. Spare in der Zeit, dann hast du in der Not. Das hat Ihr Vater zeitlebens beherzigt. Und das zahlt sich jetzt aus.«

Clara wusste nicht, woher die Idee kam. »Frau Gerber, darf ich Sie etwas fragen?«

»Ja, natürlich.«

»Mein Vater hat Anfang Mai das Geld von seinen Sparbüchern nach England transferiert. Zu einer Online-Bank. Bekommt er dort wirklich so viel bessere Zinsen? Man muss doch auch das Kursrisiko berücksichtigen. Die Briten haben ja noch das Pfund.«

Annette Gerber guckte mit einem Mal ein wenig spitz. »Aus diesem Grund habe ich ihm davon abgeraten. Aber auf mich hat er nicht gehört. Er war in Begleitung Ihres Bruders, der sich mit Geldanlagen offenbar besser auskennt als ich. Ich habe das ja nur über dreißig Jahre gemacht.«

Achim war mit Paps bei der Bank gewesen? Völlig überrascht vergewisserte Clara sich, dass sie das nicht falsch verstanden hatte. »Mein Bruder war dabei?«

»Wenn ich es sage. Er wusste alles besser. Also habe ich mich nicht weiter eingemischt.« Annette Gerber sah auf die Uhr. Sie hatte einen Termin und verabschiedete sich.

Clara konnte es nicht glauben. Zu Hause angekommen, räumte sie die Einkäufe in den Kühlschrank und rief Achim an.

»Die beglaubigten Kopien habe ich zur Post gebracht. Sie sollten morgen bei dir sein.« Ein aufgebrachter Unterton lag in ihrer Stimme. Kein Wunder!

»Alles in Ordnung bei dir? Du klingst so gestresst.«

Sie war auf Achims Hilfe angewiesen. Es war also besser, keinen Streit vom Zaun zu brechen. Clara sandte ein stummes *Omm* Richtung Decke und hoffte, dass ihr das gelingen würde. »Warum hast du so getan, als ob du von dem Konto in England nichts wüsstest, obwohl du dabei warst, als Paps sein Eingemachtes dorthin überwiesen hat?«

Eine verblüffte Sekunde herrschte Schweigen. »Sagt wer?«

»Frau Gerber. Seine ehemalige Kundenberaterin. Ich habe sie vorhin getroffen.«

»Holla. Frau Gerber scheint von der Vertraulichkeit eines Kundengesprächs nicht viel zu halten.«

»Es stimmt also. Weshalb hast du so getan, als wüsstest du nichts davon?«

Ein Seufzen klang an ihr Ohr. »Eigentlich sollte ich dir das nicht sagen. Aber gut. Jetzt weißt du es ja eh schon. Paps fühlt sich von dir kontrolliert und gegängelt und wollte nicht, dass du von dem Konto weißt. Ich musste Stillschweigen geloben.«

»Was?« Clara schnappte nach Luft. Sie kümmerte sich um ihn, sorgte dafür, dass er nicht verhungerte, dass seine Wohnung sauber war und seine Wäsche gewaschen, dass er zum Arzt ging und unter Leute kam, und er fühlte sich von ihr gegängelt und kontrolliert! »Das hat er gesagt?«

»Ja. Es tut mir leid. Ich wollte nicht, dass du das erfährst. Du tust so viel für ihn und er weiß es nicht zu schätzen.«

Es war nicht zu glauben! »Die Unterlagen zu diesem Konto sind also auch bei dir, weil Paps nicht wollte, dass ich sie zu Gesicht bekomme.«

»Jetzt ärgere dich nicht länger. Er hat es sicher nicht so gemeint.«

32

Am späten Nachmittag meldete sich Michael Steiger, Dienststellenleiter der PI 43, bei Dühnfort. Seine Leute hatten das Phantombild in der Siedlung am Harthof herumgezeigt.

»Wir haben einen Hinweis auf eine Wohnung, in der die Gesuchte zusammen mit fünf oder sechs Frauen hausen soll. Offenbar lauter Illegale. Hauptmieterin ist eine Rumänin, ordentlich gemeldet. Wie es aussieht, wohnt sie nicht dort, sondern verdient sich ihren Lebensunterhalt, indem sie die Bude bettenweise untervermietet. Zu gesalzenen Preisen. Jedenfalls wenn man dem Inhaber der Imbissbude am U-Bahnhof glaubt.«

Dühnfort ließ sich die Adresse geben und dankte für die Arbeit. Endlich ging etwas voran. »Es wäre gut, wenn Sie Ihre Leute abziehen würden. Zu viele Uniformierte sind jetzt kontraproduktiv.«

»Ist bereits geschehen. Ich habe das KFD 6 informiert und zwei Teams der Zivilen Einsatzgruppe vorm Haus postiert. Sechs auf einen Streich. Da kommt Freude auf.«

Dühnfort gefiel das nicht. Er wollte Elena. Sonst keine. Auch wenn er nicht sicher war, ob sie überhaupt an ihrer Schlafstelle auftauchen würde. Wenn sie Täterin war, war sie sicher längst abgetaucht, und als Zeugin hielt sie sich möglicherweise versteckt.

Ihm taten diese Menschen leid, die sich unsichtbar machen mussten, die in ständiger Angst vor Krankheit, Entdeckung und Abschiebung lebten, die ihre Würde verloren und rechtlos waren, weil sie sich illegal in München aufhielten. Die wenigsten von ihnen wurden kriminell. Aber die meisten waren Freiwild für Ausbeutung jeglicher Art. Leider hatte Steiger die zuständige Abteilung schon informiert. Da ließ sich nichts mehr machen.

Alois war unterwegs. Also fuhr Dühnfort mit Kirsten in die Siedlung Harthof. In die Jahre gekommene Sozialbauten. Löchriger Asphalt, wellige Gehwegplatten, pastellfarben gestrichene Gebäuderiegel. Dazwischen Grünflächen mit Teppichstangen und Müllcontainern. Weiter hinten schimmerte das U-Bahn-Logo durch die kahl werdenden Bäume.

Unter einer Buche parkte ein silbergrauer Golf mit getönten Scheiben. Ein Stück weiter vorne ein schwarzer BMW. Kirsten wies darauf. »Sicher die ZEGler.«

Dühnfort meldete sich über Funk bei den Kollegen der Zivilen Einsatzgruppe. »Dühnfort und Tessmann, Mordkommission. Wir sind die im grauen Kombi.«

»Haben euch schon gesehen. Mittermeyer von der ZEG. Die betreffende Wohnung ist über den Eingang 16 A zu erreichen. Erste Etage links. Vier Frauen sind inzwischen eingetrudelt. Die Zielperson bisher noch nicht.«

»Gut, dann warten wir.«

Knisternd ging der Funk in Betrieb. »PHK Maike Fischer und PK Niklas Wilms vom KFD 6. Wollte nur sagen, dass wir auch da sind. Der blaue Audi, hinter euch.«

Dühnfort sah in den Rückspiegel. Zehn Meter hinter dem Kombi stand das Fahrzeug. Er erkannte blonde Locken und knallrote Lippen und hob die Hand zum Gruß auf Spiegelhöhe. Auf dem Beifahrersitz saß ein Mann mit Sonnenbrille.

»Bevor es Unklarheiten über Zuständigkeiten gibt«, meldete Maike Fischer sich. »Den Einsatz leiten wir.«

Kirsten schnaubte. »Sagt wer?«

»So lange wir Elena bekommen und vor allem behalten dürfen, ist mir egal, wer hier den Häuptling spielt«, entgegnete Dühnfort. »Ich will eine Zusage, dass sie und ihre Mitbewohnerinnen nicht abgeschoben werden, bis wir den Fall abgeschlossen haben. Ich brauche sie möglicherweise alle als Zeuginnen.«

»Sollte kein Problem sein. Vorausgesetzt, sie erscheint überhaupt. Wie lange sollen wir warten?«

»Bis sie kommt.«

»Was nicht der Fall sein muss. Ich schlage vor: Eine halbe Stunde, dann statten wir den Damen einen Besuch ab.«

Dühnfort ging das zu schnell. »Die Frau ist zumindest Zeugin, wenn nicht gar Mittäterin in einem Mordfall.«

»Wenn sie Täterin ist, ist sie längst zurück in ihre Heimat. Und als Zeugin wäre ich an ihrer Stelle untergetaucht. Glaube kaum, dass wir sie hier zu Gesicht bekommen.«

»Wir werden sehen.« Dühnfort teilte zwar Maike Fischers Bedenken, war aber nicht bereit, so schnell aufzugeben.

Während sie warteten, wurde es dunkel. Er sah auf die spitzgieblige Gebäudezeile mit den vier Eingängen, über denen Lampen mit den Hausnummern angebracht waren. 16A bis 16D. Der ockerfarbene Rauputz bröckelte. An den Fenstern blätterte die Farbe. Vor den Müllcontainern stapelte sich Sperrmüll. Anwohner kamen nach Hause. Die Parkplätze entlang der Straße füllten sich. In den Wohnungen gingen die Lichter an. Auch in der ersten Etage links.

Kirsten stupste ihn an. »Das könnte sie sein.« Im Licht der Straßenlaternen näherte sich eine Frau. Sie kam von der U-Bahn-Station und steuerte auf das Haus zu. Groß, schlank, dunkle Haare lugten unter einer Strickmütze hervor. Ihr Gesicht war im Zwielicht zwischen den Laternen kaum zu erkennen.

»Ist sie das?« Die Frage kam aus dem hinteren Wagen.

Die Frau erreichte die nächste Laterne. Für einen Augenblick erschien ihr Gesicht im Licht. »Nein.«

Kirsten sah auf ihr Handy. »Zehn nach acht. Falls Elena nicht abgetaucht ist, sollte sie langsam mal nach Hause kommen. Ich glaube nicht, dass sie um diese Zeit noch irgendwo putzt.«

»Warum nicht? Büros, Praxen, Läden ... Es gibt genügend Arbeit, wenn die meisten längst Feierabend gemacht haben.«

Maike Fischer meldete sich. »Wir warten jetzt noch die nächste U-Bahn um zwanzig Uhr fünfzehn ab. Fünf Minuten später gehen wir rein.«

Dühnfort wollte widersprechen. Doch seine innere Stimme sagte ihm, dass Maike Fischer recht behalten würde. Elena hatte sich abgesetzt oder versteckte sich. Zeit, mit ihren Mitbewohnerinnen zu sprechen.

Um Viertel nach acht erreichte eine Handvoll Personen mit der Rolltreppe die Oberfläche des U-Bahnhofs. Sie verteilten sich in die umliegenden Straßen. Niemand sah Elena auch nur entfernt ähnlich.

Pünktlich fünf Minuten später meldete Maike Fischer sich. »Los geht's. Mein Kollege und ich führen jetzt die Personenkontrollen durch. Mittermeyer, ich brauche zwei von Ihren Leuten. Der Rest passt auf, dass uns keine entwischt. Dühnfort und Tessmann können uns begleiten.«

Kopfschüttelnd verzog Kirsten den Mund. »Wie gnädig.«

Wagentüren schlugen zu. Alle steuerten den Eingang 16 A an. Maike Fischer mit weit ausholenden Schritten, im Vorübergehen nickte sie Dühnfort zu. Eine große, überschlanke Frau, gefolgt von ihrem Partner Niklas Wilms, der im Gehen ein Basecap mit dem Logo eines Installateurs aus der Tasche zog und aufsetzte. Mittermeyer war ein bulliger Kerl mit Piercing in der Augenbraue, sein Kollege ein drahtiger Glatzkopf mit der Figur eines Fliegengewichtsboxers. Alle schwiegen, grüßten sich lediglich mit einem Kopfnicken.

Die Haustür war offen. Maike Fischer ging voran. Im Treppenhaus roch es nach Sauerkraut und Bratwürsten. An der Wohnungstür oben links hing ein Namensschild. Popescu. In den Räumen dahinter lief der Fernseher. Wilms gab allen ein Zeichen, zur Seite zu gehen. »Ich habe keine Lust, die Tür einzutreten. Wir machen das mit dem Handwerkertrick.« Die Klingel war schrill. Nach dem zweiten Läuten näherten sich zögernd Schritte. Wilms klingelte erneut. Der Spion verdunkelte sich. »Was wollen?«

»Hausverwaltung. Es gibt ein Problem mit dem Gas. Ich muss nur schnell was nachsehen. Dauert eine Minute.«

»Frau Popescu nix da. Kommen morgen.«

»Ne, das muss heute sein. Sonst fliegt Ihnen die Bude um die Ohren.«

»Nix verstehen. Kommen morgen.«

»Richtig. Du nix verstehen. Macht sonst bumm. Lassen Sie mich rein. Ich muss sonst die Polizei holen.«

Das wirkte. Der Schlüssel knirschte im Schloss, die Tür wurde geöffnet. Ehe die Frau sich's versah, war die Wohnung voller Polizei. Wilms zückte seinen Ausweis und hielt ihn ihr unter die Nase. »Kripo München. Personenkontrolle. Können Sie sich ausweisen?«

Unterdessen inspizierte Maike Fischer mit Mittermeyer und dessen Kollegen rasend schnell die Räume und versammelte die völlig überraschten Frauen im Wohnzimmer. Es waren vier im Alter zwischen Anfang zwanzig und Mitte dreißig. Auf Dühnfort wirkten sie verängstigt und überrumpelt, vor allem aber resigniert. Sie wussten, dass ihnen die Abschiebung bevorstand. Nur eine versuchte sich herauszuwinden und behauptete, ihr sei der Ausweis gestohlen worden. Sie käme aus Polen und hielte sich somit legal in München auf. Zwei zeigten moldawische Pässe vor. Ohne Visum und Einreisestempel. Die vierte kam aus der Ukraine. Ebenfalls ohne gültiges Einreisedokument.

Maike Fischer wandte sich an Dühnfort. »So, nun sind Sie dran. Mein Kollege hat ein paar Fragen zu Ihrer Freundin Elena.« Das galt den Frauen.

Keine reagierte auf den Namen. Dühnfort zog das Phantombild aus der Manteltasche. »Wir suchen nach Elena. Wo ist sie?«

Alle betrachteten die Zeichnung. Schultern wurden gezuckt. Zwei Augenpaare wanderten zu einer schmalen Frau mit dunklen Koboldaugen, die in der Ecke kauerte. Offenbar war sie die richtige Gesprächspartnerin. Dühnfort reichte ihr das Bild. Sie betrachtete es. »Ist Name nicht Elena. Ist Anjela.«

»Anjela. Und wie noch?«

»Anjela Livitchi.«

»Wo finde ich sie?«

»Ist nix hier. Ist zurück in Chişinău. Zusammen mit Freundin Galina.«

»Seit wann?«

»Zwei Tage oder drei.«

Maike Fischer reichte ihm den Pass der Frau. Oana Ciobanu. Geboren in Chişinău, Moldawien. Elena hieß also Anjela und kam aus Moldawien. »Können Sie mir zeigen, wo sie geschlafen hat?«

Oana stand auf. Er folgte ihr in ein winziges Zimmer, nicht mehr als zehn Quadratmeter groß. Ein Stockbett. Ein Einzelbett am Fenster, das bezogen war. Ein Kleiderschrank mit drei Türen. Das war alles.

»Hier geschlafen.« Oana wies auf die obere Etage des Stockbetts. Keine Decke, kein Kissen. Nur die nackte Matratze. Dühnfort hob sie an. Ein Tempotaschentuch klemmte zwischen Rahmen und Matratze. Er zog sich Latexhandschuhe über, holte es hervor und schob es in einen Spurenbeutel. »Wann ist Anjela zurück nach Moldawien? Vor zwei Tagen oder drei?«

»Ist sie gefahren Donnerstag früh. Mit Galina.«

Zeitlich passte das. Nur Stunden nach dem Mord an Emily.

»Kam die Reise plötzlich?«

Oana verstand die Frage nicht.

»Musste Anjela schnell nach Hause? Oder hat sie die Reise schon länger geplant?«

»Sie gewusst seit zwei Woche.«

Er ließ sich den Schrank zeigen, den die drei Frauen sich geteilt hatten. Anjelas und Galinas Fächer waren leer. Nur in Oanas Bereich lagen Wäsche und Kleidungsstücke. Eine gepackte Reisetasche lugte auf dem Schrankboden unter einer Decke und einem Kissen hervor. »Sie wollen verreisen?«

»Jetzt muss wohl. Werden abgeschoben.« Sie zuckte mit den Schultern, als wäre es ihr beinahe gleichgültig.

»Haben Sie die Adresse von Anjela in Chişinău?«

Oana schüttelte den Kopf. »Ich nicht kennen.«

33

Das Telefon klingelte. Clara nahm ab. »Lenz.«

»Sie haben recht. Keine Couch.«

Das konnte nur Thore Derr sein. Er knüpfte dort an, wo sie ihre Mailkonversation abgebrochen hatten. Clara wurde übermütig. »Aber nicht, wenn es nach Clarissa ginge. Sie würde eine aus knallrotem Leder mitten ins Wohnzimmer stellen.«

»Eher ins Schlafzimmer. Sex ist ihr wichtig. Sie leitet daraus viel über den Zustand ihrer Beziehung ab.« Derrs Stimme war angenehm. Ein wenig spröde, wie rissiges Holz.

»Die Arme.«

»Sie müssen sie nicht bedauern. Adrian ist ein guter Liebhaber.«

Unwillkürlich beging Clara den Fehler und fragte sich, wie viel vom Autor wohl in der Romanfigur steckte. War Derr ein guter Liebhaber? »Wenn das die einzige Sprache ist, in der die beiden sich verständigen, tut sie mir leid.«

»Er nicht?«

»Er will schließlich keine Couch. Für ihn ist alles in Ordnung, wenn der Sex stimmt. Wenn nicht, liegt es nicht an ihm. Oder sehe ich das falsch? Weshalb sollte ich ihn also bedauern? Einen schweigenden Fisch.«

»Sie mögen Fische nicht?«

»Möglich.«

»Unter Wasser Probleme auszudiskutieren, ist nun mal ein Ding der Unmöglichkeit.«

»Weswegen Adrian es vorzieht, ein Fisch zu sein.«

»Sie sagen das, als hätte er die Wahl.« Es klang ein wenig amüsiert.

»Schon mal etwas von Evolution gehört? Er muss nur an Land krabbeln, wie unzählige Männer vor ihm.«

Thore Derr lachte. »Was Frauen immer nur mit dem Reden haben. Meinen Sie wirklich, ich könnte die Beziehung der beiden retten, wenn ich ihn über sein Problem sprechen lasse?«

»Sie sind Autor und glauben nicht an die Macht der Worte? Aber ich gebe zu, es wäre langweilig. Jedenfalls, wenn die beiden das gut machen. Sie würden Adrians Neid auf Clarissas Erfolg herausseziieren und sein Bedürfnis, sich dafür an ihr zu rächen, auch stellvertretend für diesen ganzen versnobten Kunstmarkt, der ihre bunte Krakelei für genial hält und sein Genie verkennt. Wenn den beiden das gelingt, dann würde es auf ein versöhnliches Ende hinauslaufen.« Plötzlich hatte Clara das Gefühl, sich zu sehr einzumischen. »Aber es ist natürlich Ihre Geschichte und es sind Ihre Figuren. Ich will Ihnen da keinesfalls hineinreden.«

»Nein. Nein. Sie haben das alles ganz richtig aus dem Exposé herausgelesen. Neid ist das zentrale Thema. Ich will eine destruktive Geschichte erzählen und zeigen, wie Eifersucht, Neid und Missgunst alles zerstören. Das geht besser, wenn Adrian ein Fisch bleibt und auch Clarissa langsam verstummt.«

»Und wie sehen Sie Clarissa in diesem Zusammenhang? Sie kann ja nicht nur Opfer sein. Ist sie sich ihrer Macht bewusst? Spielt sie mit Adrian und lässt ihn auch mal an ihren Fäden tanzen?«

»Sie besitzen eine erstaunliche Menschenkenntnis.«

»In meinem Alter hat man einiges erlebt.« Es rutschte ihr einfach so raus. Am liebsten hätte sie diesen Satz sofort zurückgenommen.

»Wie alt sind Sie denn?« Natürlich kam diese Frage ganz ungeniert, wenn auch verblüfft. Sie hatte ihm die Tür dafür ja sperrangelweit aufgerissen. Sollte sie schummeln? Doch wozu? »Fünf Minuten vor fünfzig.«

»Ihre Stimme klingt viel jünger. Und Ihre Mails auch. Ich hätte Sie auf höchstens Mitte dreißig geschätzt.«

»Danke für die Blumen.« Wenigstens ihre Stimme war also jung geblieben. Sie kehrten zum Plot des Romans zurück. Die Anfangssequenz sollte in einer Galerie spielen. Diese Szene sowie das erste Drittel der Handlung hatte Derr bereits geplant und wollte nun, auf der Suche nach dem richtigen Tonfall, zu schreiben beginnen. Sie verabschiedeten sich ein wenig kühl voneinander.

Was hatte diese Abkühlung verursacht? Das Erwähnen ihres Alters. Bis zu diesem Punkt hatten in dem Gespräch ein paar Champagnerbläschen geperlt. Na ja, eher Frizzante als Champagner. Dennoch hatte dieser kleine Flirt ihr gutgetan. Wieder einmal wurde ihr bewusst, dass sie zu viel alleine war. Sie versauerte regelrecht in ihrem Hinterhof. Wo waren ihre Freunde geblieben? Sie hatten sich in zwei Lager geteilt. In ein großes, das Hannes mit in die Beziehung gebracht hatte und nach wie vor an seiner Seite war, und in eine kleine versprengte Truppe, die Clara beistand und die sie in letzter Zeit sträflich vernachlässigt hatte. Sie verspürte einfach keine Lust, unter Menschen zu gehen.

Bei Wikipedia fand sie einen Eintrag zu Thore Derr. Er war fünf Jahre jünger als sie. Natürlich hatte er sich eine Dreißigjährige erhofft. Und selbst wenn er sechzig wäre, wäre das nicht anders.

Die Autorin des historischen Romans hatte die lektorierte Fassung durchgearbeitet und gemailt. Es gab noch ein paar Punkte zu klären. Während Clara das Dokument öffnete, sah sie in den Hof. Eine Frau mit Kinderwagen tauchte im Durchgang auf. Tanja.

Natürlich kannte Clara sie. Sie war schließlich Hannes' Angestellte gewesen. Hübsch, um nicht zu sagen sexy, allerdings ein wenig einfach gestrickt. Zielstrebig durchquerte sie den Hinterhof.

Clara schaltete auf dem Weg zur Tür den Wasserkocher ein, ganz sicher würde sie gleich einen Becher Grüne Harmonie nötig haben. Sie ließ Tanja ein.

Das zu einem Pferdeschwanz zusammengefasste Haar ließ sie noch jünger wirken, als sie ohnehin war. Der kalte Wind fuhr unter die dünne Jeansjacke. Fröstelnd rieb sie die Hände aneinander. »Hi, Clara.« Ein graues Sweatshirt spannte über dem Babybauch. Unter dem Make-up schimmerte Blässe. »Ich war in der Nähe und dachte, ich schau mal bei dir vorbei.«

»Ich muss arbeiten. Also sagst du am besten gleich, was du willst.« Vermutlich dasselbe wie Hannes neulich, dachte Clara. Ein Wort in dieser Richtung und ich werfe sie hochkant hinaus.

»Es ist wegen Hannes.« Jonathan begann zu quengeln. Tanja holte ihn aus dem Wagen und nahm ihn auf den Arm. Ein hübscher Junge. Mit großen Hannes-Augen sah er sich um. »Er hat mir von seinem Besuch neulich bei dir erzählt. Das war ja total daneben. Ich will nicht, dass du denkst, diese bescheuerte Idee wäre auf meinem Mist gewachsen. Kann ich mich setzen? Der Kleine ist schwer.«

Konnte sie ablehnen? Clara bot Tanja Platz auf dem Sofa an und setzte sich in den Sessel. »Das habe ich auch nicht angenommen.« Der Wasserkocher schaltete sich aus. Nein, sie würde jetzt nicht fragen, wie es Tanja ging, und sie würde ihr auch keinen Tee anbieten.

»Es war wirklich eine doofe Idee von ihm. Wobei ich

schon verstehen kann, wie er darauf gekommen ist. Uns geht es echt nicht so gut. Also materiell meine ich. Sonst schon.« Ein Lächeln huschte über ihr Gesicht. »Das Geld reicht einfach vorne und hinten nicht. Ich würde ja arbeiten. Aber schwanger nimmt mich jetzt sowieso niemand. Und wenn die Kleine erst mal da ist, wird es auch nicht besser. Du kriegst ja schon für ein Kind keinen Krippenplatz.«

Es wurde also ein Mädchen. Clara verstand nicht, was Tanja sich von diesem Gespräch erhoffte. »Hannes hatte in den letzten Jahren einige doofe Ideen.« Diese bissige Bemerkung konnte sie sich nicht verkneifen.

Tanja zuckte nicht mal mit der Wimper, als wollte sie sich nicht aus dem Konzept bringen lassen. »Ich wollte nur sagen, dass es Hannes auch leidtut. Er hat es nicht so gemeint.«

Was war denn an seinem Vorschlag missverständlich gewesen? Natürlich hatte er es so gemeint. »Schickt er dich etwa?«

»Nein. Er weiß gar nicht, dass ich hier bin. Ich will einfach nur, dass du ein wenig Verständnis für ihn hast. Er fühlt sich als Versager. Die Schulden machen ihm mehr zu schaffen als mir, und dann weiß er, dass es da einen regelrechten Schatz gibt, der all unsere Probleme lösen könnte und von dem niemand weiß, außer dir und ihm. Ist doch kein Wunder, dass er ein wenig träumt.«

Also doch! Sie hatte es sich ja gleich gedacht. Clara stand auf. »Ich verstehe schon, was du meinst. Daraus wird nichts. Sag das Hannes. Und jetzt muss ich arbeiten.«

Tanjas Mund verzog sich zu einer dünnen pinken Linie. »Okay. Du wirfst mich raus. Habe ich eigentlich nicht anders erwartet. Kann ich den Kleinen schnell noch wickeln?«

Am liebsten hätte Clara nein gesagt. Doch Jonathan

konnte für all das nichts. »Natürlich. Hast du alles, was du brauchst?«

»Wenn du eine Unterlage hättest.«

Sie gab ihr ein Duschtuch und setzte sich an den PC. Tanja verzog sich mit dem Kind ins Bad. Zwei Mails von Verlagen waren eingegangen. Eine Anfrage für die Redaktion eines Thrillers und eine Einladung zu einem Autorenabend. Beide beantwortete sie. Ein leises Klimpern ließ sie aufhorchen. Es kam von der Garderobe, die sie vom Schreibtisch aus nicht einsehen konnte. Was machte Tanja dort? Ein Verdacht stieg in ihr auf. Leise schob sie den Stuhl zurück und ging in den Flur. Jonathan saß im Kinderwagen. Dahinter stand Tanja, Claras Tasche in den Händen. Das war ja wohl das Letzte!

»Was tust du da?«

Tanja fuhr herum. Etwas fiel klirrend zu Boden. Claras Schlüsselbund. Plötzlich sah sie rot. Unbändige Wut überrollte sie. »Raus mit dir!«, schrie sie und riss die Tür auf.

Tanja schien dieser Ausbruch kaum zu beeindrucken, während Clara vor Zorn bebte. Sie suchte ihre Sachen zusammen und blieb provozierend ruhig. »Hannes hat recht. Du bist neidisch auf unsere Liebe und total verbittert. Aber du kannst nicht verhindern, dass dein Erbe uns retten wird. Früher oder später«, fügte sie triumphierend hinzu. »Vermutlich früher. Dein Vater ist ja schon steinalt.« Mit einem Ruck wendete sie den Kinderwagen und stolzierte davon.

Clara sah ihr einen Moment nach und hob die Schlüssel auf. Der fürs Schließfach hing noch am Bund. Jetzt brauchte sie wirklich einen Becher Tee.

Irgendwie musste sie ihren Erbteil in Sicherheit bringen. Doch wie? Jeder Cent, den Paps ihr vielleicht irgendwann einmal hinterließ, würde für Hannes' Schulden draufgehen. Das hatte Tanja treffend auf den Punkt gebracht.

Vermutlich ging sie jetzt in die Kirche und zündete eine Kerze an und betete, dass *der Alte* bald starb.

Eine Stunde später hatte Clara sich so weit beruhigt, dass sie sich wieder an die Arbeit setzen konnte. Doch sie wurde erneut gestört. Krystyna kam mit Paps vom Spaziergang zurück und sah bei ihr herein. »Kann ich dich fragen etwas?«

»Natürlich.« Es war kurz vor drei. Kaffeezeit für Paps. »Wollt ihr einen Kaffee?«

Paps fand, das sei eine gute Idee. Gemeinsam deckten sie den Tisch. Im Schrank war noch eine Packung Kekse. Doch Paps wollte Kuchen. »Elli hat bestimmt einen gebacken. Wo ist sie überhaupt?« Suchend sah er sich um. »Und wer sind Sie?«, fragte er Krystyna. »Kenne ich Sie?«

Clara bugsierte ihn an seinen Platz. »Das ist doch Krystyna.«

»Hübscher Name. Woher kommen Sie?«

»Von Polen«, sagte Krystyna.

»Aus Polen. Ach so.« Paps sah auf die Uhr und stand auf. »Ich bin spät dran. Der Unterricht beginnt ja gleich. Wo ist meine Mappe?«

»Heute musst du nicht unterrichten. Es sind Ferien.« Clara griff nach seiner Hand. »Wir trinken jetzt Kaffee.« Er setzte sich wieder. Wie schaffte Krystyna das nur den ganzen Tag? Ich würde durchdrehen, dachte sie. »Was wolltest du fragen?«

Krystyna stellte die Tasse ab. »Ist sich wegen nächsten Samstag. Polnische Kollegin hat Geburtstag. Wir machen große Feier. Kann ich wegbleiben bis neun oder zehn?«

»Kein Problem. Ich hole Paps zu mir. Wir kochen uns was Schönes und sehen fern, gell, Paps?«

Er nickte und schob einen Keks in den Mund. Elli und den Kuchen hatte er längst wieder vergessen. Ein großes, hilfloses Kind.

»Hatten wir vorhin Besuch von Schwägerin«, sagte Krystyna.

»Von Judith?«

»Nicht Judith. Tanja mit Baby Jonathan.«

Clara atmete durch und sandte ein stilles *Omm* zum Fenster hinaus. »Was wollte sie?« Es kam schärfer heraus als beabsichtigt.

Krystyna merkte das. »Du nicht gut sprechen auf Tanja?«

»Kann man so sagen.«

»Ich auch nicht.«

»Warum?« Doch sie ahnte die Antwort. »Sag nicht, dass sie in Paps' Sachen geschnüffelt hat.«

Krystyna zuckte die Schultern. »Sie gesucht in Büro und in Schlafzimmer. Ich sie gebeten gehen. War in Ordnung, oder?«

»Sicher. Wenn sie wieder hier auftaucht, lässt du sie nicht herein und rufst mich.« Dieses Miststück würde keinen Fuß mehr über Paps' Schwelle setzen. Ebenso wenig wie Hannes. Nur über meine Leiche, dachte Clara.

34

Merde! Mist! Was für eine Scheiße! Was hatte Melissa Wittock sich dabei gedacht? Hauptsache, ein geiles Bild auf der Titelseite, damit dieses Drecksblatt sich besser verkaufte. Gier fraß alles. Hirn und Moral!

Dühnfort knallte die Zeitung auf den Schreibtisch, riss den Bügel vom Haken und hängte den Mantel auf. Er wählte die Nummer der Journalistin, noch bevor der PC hochgefahren war, und schaltete mit der anderen Hand die Pavoni an. Am liebsten würde er die Redaktion von einer Hundertschaft auf den Kopf stellen lassen. Es klingelte fünf oder sechs Mal, bis sie sich mit verschlafener Stimme meldete. »Wittock.«

»Dühnfort. Woher haben Sie das Foto?«

Ein Stöhnen klang durchs Telefon. »Wissen Sie, wie spät es ist?«

»Sieben Uhr, zwei Minuten. Woher haben Sie das Bild?«

»Das hat unser Mann aus Samaria mir gemailt. Offenbar zweifeln Sie an seiner Täterschaft. Das gefällt ihm nicht.«

»In die Redaktion oder an Sie persönlich?«

»Geht Sie das etwas an?«

Tat sie so naiv, oder war sie tatsächlich so dämlich? »Behinderung einer polizeilichen Ermittlung. Unterschlagung von Beweismaterial. Ich gebe Ihnen fünf Minuten zum Anziehen. Ansonsten werden die Kollegen Sie im Schlafanzug vorführen.« Er legte auf, wählte die Nummer der Einsatzabteilung. Gleichzeitig klingelte sein Handy. Melissa Wittock. Er nahm das Gespräch an.

»In die Redaktion.«

»Kooperieren Sie, oder müssen wir mit einem Beschluss anrücken?«

»Von mir aus können Sie unsere IT durchforsten. Mir ist das egal. Ich sag meinem Chefredakteur Bescheid. Treffen wir uns in einer halben Stunde in der Redaktion?«

Dühnfort schickte Meo los. »Hol dir bei Leyenfels für alle Fälle einen Beschluss. Falls Wittocks Chef nicht mitmacht, beschlagnahmst du, was du brauchst. Und nimm ein paar Uniformierte mit. Das macht Eindruck.«

Auf den Espresso verzichtete er und schaltete die Maschine aus. Wach war er jetzt weiß Gott. Weshalb ärgerte ihn die Veröffentlichung dieses Fotos derart? Mehr als nötig.

Die Wittock hatte Emily ihrer letzten Würde beraubt, sie zur Schau gestellt und wehrlos den sensationslüsternen Blicken einer geilen Öffentlichkeit ausgeliefert. Sie hatte sie zum Objekt degradiert, das Umsatz generierte. Das war es, was ihn so aufbrachte.

Wütend war er aus einem anderen Grund. Die Inszenierung des Mords mit Apfel und Trauben hatten sie bisher für sich behalten. Das war Täterwissen und gehörte nicht an die Öffentlichkeit. So verhinderten sie Nachahmungstaten und hatten etwas in der Hand, um den Täter von Wichtigtuern zu unterscheiden. Es geschah häufiger, als man annahm, dass ein Unschuldiger sich eines Mordes bezichtigte. Meist um den Täter zu schützen. Manchmal, um einmal im Mittelpunkt des Interesses zu stehen. Gelegentlich aufgrund einer psychischen Erkrankung.

Er nahm die Zeitung zur Hand. Das Foto der toten Emily auf ihrem Bett, mit Apfel und Trauben in den gefalteten Händen, prangte in Farbe auf der Titelseite. Ihr Gesicht war lediglich mit einem schwarzen Balken vor den Augen unkenntlich gemacht worden.

Wird der Samariter weitere Morde begehen? Kripo hat noch immer keine Spur im Fall Emily Dreher.

Wieder empfand er das Szenario als feierlich, wieder erinnerte es ihn an ein altes Gemälde. Er überflog den Artikel. Melissa Wittock ging kurz auf den Mordfall Dreher ein, stellte die Mordkommission als einen Haufen unfähiger Deppen dar und erwähnte am Ende, dass der Samariter so die Öffentlichkeit aufrütteln wollte, um ein Schlaglicht auf die Vernachlässigung der Alten in unserer Gesellschaft zu werfen. Das schrieb er in seiner Mail an die Redaktion. Es forderte mehr Geld für die Pflege sowie ein Netz von Sozialarbeitern, das sich gezielt um alleingelassene Senioren kümmerte. Zu erreichen sei das durch die Zusammenführung von Pflegekasse und Krankenkasse und die Erhöhung der Beiträge.

Die Teambesprechung verschob Dühnfort auf zehn. Bis dahin würde auch Meo zurück sein. Kaum hatte er das geregelt, rief Heigl ihn zu sich ins Büro. »Was ist das denn für ein Bockmist?« Er wies auf die Titelseite des Münchner Blicks. »Er erpresst uns und wir wissen nichts davon, die Wittock aber schon!«

»Der Münchner Blick kooperiert. Meo ist bereits unterwegs und stellt die Daten sicher.«

»Der ist doch nicht richtig im Kopf. Was glaubt er denn? Dass Mutti über Nacht ein paar Gesetze umstrickt?« Mit einer Hand lockerte Heigl die Krawatte. »Müssen wir ihn ernst nehmen?«

Dühnfort war sich nicht sicher. »Ich glaube ihm die Samariter-Nummer nicht. Die ist vorgeschoben. Die Wahl des Opfers passt nicht zur angeblichen Motivation. Konsequenterweise hätte er jemanden auswählen müssen, der ursächlich an Pflegemissständen beteiligt ist. Und selbst wenn wir ihm das Erlösungsmotiv abnehmen, hätte es jemanden treffen müssen, für den der Tod tatsächlich eine Erlösung darstellt. Und das ist bei Emily nicht der Fall. Da steckt etwas anderes dahinter. Vermutlich eines der klassischen Motive. Wir verfolgen derzeit eine Spur, die nach Moldawien führt. Anjela Livitchi, die unter falschem Namen bei Emily putzte. Sie war zur Tatzeit am Tatort. Es gibt DNA-Spuren an der Leiche, die wir bisher nicht zuordnen konnten. Die KTU analysiert gerade eine Probe, die von der Putzfrau stammt. Ich hoffe auf einen Treffer.«

35

Kurz vor zehn betrat Buchholz mit erhobenem Daumen Dühnforts Büro. »Die DNA, die wir an Emilys Bluse gesichert haben, stammt von Anjela alias Elena.«

Dühnfort war erleichtert, wenn auch irritiert. Wie passte das alles zusammen? »Gut. Dann wissen wir endlich, wo es langgeht.« Gemeinsam betraten sie das Besprechungszimmer.

Bis auf Meo waren schon alle da. Gemurmel hing im Raum und der schwache Geruch nach Zigaretten. Vermutlich Sophie, die schnell noch am offenen Fenster geraucht hatte. Sie schloss es und setzte sich. Alois unterhielt sich mit Kirsten. Der Münchner Blick lag vor ihr auf dem Tisch. Neben ihr saß Christoph Leyenfels. Seit Kirsten zum Team gehörte, nahm der Staatsanwalt häufiger an den Besprechungen teil. Vermutlich war auch sie der Grund für sein verändertes Aussehen. Im Laufe der letzten Monate war aus dem biederen Beamten ein gestylter Mittdreißiger geworden. Moderne Brille mit dunklem Rand. Neuer Haarschnitt, sportlicher Anzug.

Dühnfort trat an die Magnetwand mit Elenas Phantombild und begrüßte das Team. »Die Zeitung habt ihr alle gesehen. Das ist mehr als ärgerlich. Meo stellt die Daten bereits sicher. Wir kommen später darauf zurück. Es gibt endlich eine heiße Spur. An Emilys Bluse wurde DNA sichergestellt. Die Referenzprobe von Emilys Putzfrau ist ein Treffer. Ihr richtiger Name ist Anjela Livitchi, vierundzwanzig Jahre alt, geboren in Chişinău, Moldawien. Sie hat sich illegal in Deutschland aufgehalten. Laut Aussage ihrer

Mitbewohnerinnen hat sie nur Stunden nach dem Mord das Land verlassen. Wir sollten die Kollegen in Moldawien bitten, den Aufenthaltsort von Anjela festzustellen.«

Leyenfels rückte die neue Brille zurecht. »Ich kümmere mich um das Rechtshilfeersuchen.«

Die Tür öffnete sich. Meo kam herein. Er setzte sich an seinen gewohnten Platz neben dem Fenster und zog aus einer Papiertüte eine Breze, während alle Blicke sich auf ihn richteten. »Hatte noch kein Frühstück«, meinte er und biss hinein.

»Hast du die Mail und die Bilddatei?«, fragte Dühnfort.

»War ganz easy«, nuschelte er mit vollem Mund. »Musste mit dem Wisch gar nicht groß rumwedeln. Ich sehe mir das gleich an. Und ich bräuchte wieder einen Beschluss. Diesmal für die IP des Rechners, von dem die Mail kam.«

Leyenfels nickte ergeben. »Hast du bis Mittag.«

Dieser ganze Papierkrieg ging Dühnfort zunehmend auf die Nerven. Sie standen vor dem Durchbruch und schlugen sich mit Formalitäten herum.

»Wir setzen also auf Anjela alias Elena als Täterin«, meinte Kirsten. »Warum soll sie das getan haben?«

Alois legte sein Handy beiseite. »Ich habe gestern noch ein paar von Emilys Kontakten gecheckt. Darunter ihre Freundin Maria Weber. Die Damen frönen einem Spleen, der unter alten Leuten offenbar verbreitet ist. Sie haben die Inflation nach dem Krieg erlebt und trauen angesichts der Finanzkrise den Banken nicht. Deswegen bewahren sie einen Notgroschen zu Hause auf. Gut versteckt und natürlich topsecret. So kann das niemand ausplaudern und die Information nicht über Umwege an die Falschen geraten. Emily hatte einen Teil ihrer Ersparnisse daheim gebunkert. Wir haben ihren Notgroschen aber nicht gefunden. Anjela schon. Das nehme ich jedenfalls an. Sie war eine gründliche Putzfrau und wird die Verstecke entdeckt haben.«

Es ging also doch um Geld und Gier. »Wie viel?«, fragte Dühnfort.

»Mindestens zweitausend Euro, eher drei, meinte Frau Weber.«

Es war schon für weniger gemordet worden. Für jemanden, der aus einem Land mit einem Durchschnittseinkommen von wenigen hundert Euro im Monat kam, war das ein Vermögen. »Gute Arbeit, Alois. Langsam wird die Sache rund. Möglichkeit. Motiv. Mittel. Alles passt.« Doch etwas störte Dühnfort. »Gehen wir es mal durch: Anjela war zur Tatzeit am Tatort …«

»Zwei Zeugen haben sie kurz vor sieben gesehen, als sie das Haus verließ und Richtung U-Bahn ging«, wandte Kirsten ein.

»Ihr Handy hat sich aus der Funkzelle nicht abgemeldet. Sie muss zurückgekommen sein«, hielt Dühnfort dagegen.

»Warum sollte sie? Um ihre Arbeitgeberin zu beklauen? Das wird sie vorher getan haben.«

Damit hatte Kirsten recht. Sie hatte ein Talent dafür, die richtigen Fragen zu stellen. »Vielleicht hat sie etwas vergessen.«

»Möglich …«

»Das Handy«, warf Meo kauend ein. »Vielleicht war es deshalb die ganze Zeit in der Funkzelle angemeldet.«

Richtig! »Das wäre eine Erklärung.« Dühnfort setzte sich zu den anderen an den Tisch. »Zehn vor sieben verlässt Anjela das Haus und geht zur U-Bahn. Um halb acht ruft Elisabeth ihre Mutter an. Emily äußert sich lobend über ihre Putzfrau. Zu diesem Zeitpunkt ist Anjela also nicht in der Wohnung. Das hätte Emily sonst erwähnt. Irgendwann zwischen 19.30 Uhr und 20.27 Uhr, als Anjela ihr Handy ausschaltet, muss sie zurückgekehrt sein, um es zu holen. In ihrer Tasche befinden sich mindestens zweitausend Euro, die sie Emily gestohlen hat.«

»Vielleicht hat Emily den Diebstahl zwischenzeitlich bemerkt?«, fuhr Kirsten fort. »Sie lässt Anjela in die Wohnung, als sie klingelt, und stellt sie zur Rede. Es kommt zum Streit und einem Gerangel.«

»Emily stürzt und ruft um Hilfe. Anjela schnappt sich das Kissen, vielleicht nur, um die Schreie zu ersticken.« So passte das. Dühnfort wandte sich an Alois. »Wie zuverlässig sind die Angaben der Freundin? Können wir uns mit dem Notgroschen sicher sein?«

»Sie ist zwar in Emilys Alter, aber geistig fit. Ich habe keine Zweifel.«

»Mord zur Verdeckung einer Straftat. Gut. Das wäre möglich. Es erfordert allerdings Nervenstärke und Kaltblütigkeit, ihn derart zu inszenieren, um vom Motiv abzulenken.« Dühnfort versuchte sich vorzustellen, wie es abgelaufen war. »Emily wog nur fünfundvierzig Kilo. Kein Problem für Anjela, die Leiche ins Schlafzimmer zu tragen.«

Kirsten meldete Zweifel an. »Anjela wird als zierlich beschrieben. Fünfundvierzig Kilo sind nicht ohne. Eine solche Last vom Wohnzimmer über den langen Flur zu schleppen … Ich weiß nicht.«

»Eines haben wir bisher übersehen. Wie passt der Besucher ins Bild? Um Viertel vor acht hat er geklingelt. Wenn unsere Theorie stimmt, war Emily zu diesem Zeitpunkt bereits tot. Anjela muss ihn also eingelassen haben. Hat sie ihn gerufen, damit er ihr half, dieses Ablenkungsmanöver für uns zu inszenieren?«

»Das passt doch«, meinte Alois. »Anjela ist kurz nach dem Mord zurück nach Moldawien. Das ist glaubhaft. Sie wird nicht hier untergetaucht sein, wo wir sie viel leichter schnappen können. Die erste Samariter-Mail kam an Tag zwei nach dem Leichenfund aus einem Hotel am Flughafen, die zweite gestern an die Redaktion des Münchner Blicks. Ihr Helfer wird sie geschickt haben, und er wird auch das Foto von Emily gemacht haben.«

Doch Dühnfort war sich nicht sicher. »Wir übersehen bei diesen Überlegungen eines: Der Mord wäre ziemlich sicher unentdeckt geblieben, wenn Anjela und ihr Helfer Emily einfach ins Bett gelegt hätten. So haben sie uns mit der Nase daraufgestoßen.«

Sophie sah auf. »Im Gegensatz zu uns sind die beiden kriminalistische Laien. Vielleicht wussten sie einfach nicht, dass sie ganz leicht damit durchgekommen wären.«

Dühnfort nickte. Guter Einwand. »Wir konzentrieren uns jetzt auf Anjela Livitchi. Hat jemand eine Idee, wie wir die Suche nach dem Besucher voranbringen können?«

Meo spülte den letzten Bissen Breze hinunter. »Anjela hat im fraglichen Zeitraum nicht telefoniert. Wir sollten die Verbindungsdaten von Emilys Telefon prüfen. Vielleicht hat sie das benutzt, um ihn anzurufen. Und dann könnte ich noch die Verkehrsüberwachungsbänder checken und vielleicht auch die Videoaufzeichnungen des U-Bahnhofs.«

»Prima. Mach das.« Ihre Theorie war schlüssig. Dühnfort beendete erleichtert das Meeting. Die Ermittlung nahm endlich Fahrt auf. Die Kooperation mit den Behörden in Moldawien würde schwierig und vor allem langwierig werden. Da mussten sie nun durch. Was sie schneller weiterbringen würde, war Anjelas Helfer. Er hatte Spuren im Netz hinterlassen. Meo würde ihn aufstöbern.

An einem Flurfenster blieb Dühnfort stehen und sah hinaus. Die schlanken Türme der Frauenkirche reckten sich in den grauen Himmel. Es regnete wieder.

Woher kannten Anjela und der Samariter sich? War er ein Landsmann? Vermutlich nicht. Er musste gut Deutsch sprechen. Alle Artikel, die er verlinkt hatte, waren in Deutsch verfasst, und sie betrafen deutsche Pflegeheime. Würde ein Ausländer sich derart dafür interessieren? Nein. Anjelas Helfer war Deutscher. Vermutlich im Pflegebereich tätig. Möglich, dass sie ihn beim Putzen kennengelernt hatte. Im Reinigungsgewerbe gab es genügend Firmen, die es nicht so genau nahmen und Illegale für ein paar Euro beschäftigten.

36

Meo fand heraus, woher die Mail mit Emilys Foto gekommen war. Aus einem Internetcafé am Stachus. Ohne Videoüberwachung. Niemand konnte sich erinnern, wer zum fraglichen Zeitpunkt an dem PC gesessen hatte. Sackgasse also. Sie rannten sich die Hacken wund, redeten sich den Mund fusslig im Gespräch mit Verwandten und Bekannten und Freunden, sie sahen sich jedes Stück Papier in Emilys Wohnung an und waren zwei Tage später keinen Schritt weitergekommen. Sophie Dreher hatte eine Aufstellung der Bargeldabhebungen und der Ausgaben von Emily gemacht. So wie es aussah, hatte sie mehr abgehoben als belegbar ausgegeben. Wenn sie das Geld nicht verschenkt hatte, stimmte der Hinweis mit dem Notgroschen. Und der war weg.

Dühnfort ging diese Liste gerade durch, als sein Handy klingelte. Berentz von der Einsatzabteilung meldete sich. »Todesfall in der Kössener Straße. Ein Messie liegt tot zwischen all seinem Gerümpel.«

»Kann das nicht Russo mit seinen Leuten übernehmen?« Sie hatten mit dem Fall Emily Dreher weiß Gott genug zu tun.

»Ich glaube, das ist eher was für euch. Sieht ganz nach einem Werk des Samariters aus.«

Die Kössener Straße befand sich zwischen Harras und dem Westpark in Untersendling. Eine gemischte Wohngegend mit Doppelhäusern, Siedlungshäuschen und mehrgeschossigen Wohngebäuden. Summend lag der Verkehrslärm des Mittleren Rings über dem Viertel. Dühnfort parkte vor einem spitzgiebligen Haus mit Rauputz und Rosenspalier, neben dem Efeu an der Wand hochkletterte. In die Jahre gekommener bürgerlicher Wohlstand. Alois und Kirsten stoppten hinter ihm. Ein Dutzend Schaulustige drängten sich vor dem Gartenzaun. In den Häusern gegenüber standen sie an den Fenstern.

Der Eigentümer dieser Immobilie, Heinrich Brettschneider, pensionierter Lehrer, 77 Jahre alt, lag tot auf dem Sofa, zwischen all seinem Gerümpel, wie Berentz gesagt hatte. Eine Nachbarin hatte ihn gefunden. Dühnfort wappnete sich für diesen Anblick, während er die Haustür ansteuerte.

Vor der Garage und unter dem Vordach standen Paletten und Holzkisten voller Unrat. Verwitterte Holzbretter, leere Farbeimer, morsche Kabel, bemooste Eternitplatten, angeschlagene Waschbecken, verrostete Heizkörper, sogar eine rosa Badewanne. Eine Art Ouvertüre auf das, was sie drinnen erwartete. »Ein Jäger und Sammler«, meinte Alois.

Kirsten sah sich um. »Einer, der nicht loslassen kann.«

Die Kollegen von der Streife, die vor der Tür warteten, traten zur Seite. »Im Wohnzimmer«, sagte der eine. »Ich würde da nur mit Atemschutz rein«, der andere.

Der beißende Gestank nach Schimmel und Fäulnis schlug ihnen entgegen. Dühnfort hielt sich die Hand vor Mund und Nase. Kirsten kämpfte hörbar mit einem Würgreiz. Nur Alois schien der Geruch nichts auszumachen. Im Flur türmten sich Kartons und Plastiktüten, deren Inhalt Dühnfort sicher nicht näher untersuchen wollte. Ein zwei Fuß breiter Pfad war frei. Sie folgten ihm zur Küche. Halb geleerte Gläser und Flaschen, in denen grüne Inseln schwammen. Aus offenen Dosen und Lebensmittelpackungen quollen feine Schimmelgespinste. Eingetrocknete Essensreste in Töpfen, Pfannen, Schüsseln und Tellern.

Irgendwo raschelte es. Mäuse. Vielleicht auch Kakerlaken. Warum war hier niemand eingeschritten?

Rechts stand die Tür zum Wohnzimmer offen. Auch hier gehortete Schätze. Aus Tüten, Beuteln und Kartons quollen Kleidungsstücke, Handtücher und Bettwäsche, Bücher und Zeitungen, Medikamentenpackungen und Hausrat. Eine Hügellandschaft, die ihren höchsten Punkt in einer Zimmerecke erreichte, wo der Müll sich mannshoch auftürmte. Schmale Wege führten zur Couch, zum Sideboard mit dem Fernseher und zum Fenster. Auf dem Couchtisch lagen Zeitung, Brille, Stift und das Mobilteil des Telefons. Dahinter auf dem Sofa ein alter Mann ausgestreckt auf dem Rücken, als ob er schliefe. Er trug eine speckig gewordene Anzughose, dazu eine dunkelblaue Strickjacke über einem fleckigen Unterhemd. Stoppeliges Kinn, schüttere graue Haare. Wächserner Teint. Die Hände mit den Handflächen nach oben auf dem Bauch. Die Fingerspitzen berührten sich. In der Linken ein Apfel, in der Rechten ein Büschel Trauben. Als Dühnfort sich näherte, stoben Fruchtfliegen auf.

Alois trat neben Dühnfort. »Sieht nicht so aus, als hätte Anjela das Land verlassen.«

»Wasser auf Wittocks Mühlen.« Kirsten arbeitete sich Richtung Fenster vor. Dühnfort ließ das Bild auf sich wirken. Kein altmeisterliches Gemälde. Keine feierliche Inszenierung. Ein Bild des Elends, dem lediglich die Inszenierung mit Apfel und Trauben einen Hauch von Andacht und Würde verliehen.

»Ich lass mal frische Luft herein.« Ratschend zog Kirsten die Vorhänge beiseite und riss die Fensterflügel auf. Kühle Luft strömte ins Zimmer. Den gaffenden Nachbarn bot sich ein sensationeller Einblick. »Zieh die Gardine vor. Und sorge für eine Absperrung. Ich will nirgends Fotos davon sehen. Außer in unseren Akten.«

Während Kirsten die Absperrung veranlasste, sah Alois sich im Haus um. Dühnfort zog Latexhandschuhe über und drehte die Zeitung so, dass er sie lesen konnte. Es war die aktuelle Ausgabe eines kostenlosen Wochenblatts. Die Seite mit Kleinanzeigen war aufgeschlagen. Handwerker und Putzfrauen boten ihre Dienste an. Keine der Anzeigen war markiert. Hatte der Mann etwa eine Putzfrau gesucht? Kaum vorstellbar.

Dühnfort nahm das Telefon und sah die Liste der Anrufe durch. Gestern Nachmittag hatte Brettschneider ein Telefonat geführt. Davor wochenlang kein einziges. Ein einsamer alter Mann. Dühnfort drückte die Wahlwiederholungstaste. Eine Frau meldete sich. »Juwelier Schwarz, guten Tag.«

»Dühnfort, Kripo München. Es geht um einen Anruf, den Sie gestern kurz nach sechzehn Uhr erhalten haben. Heinrich Brettschneider. Erinnern Sie sich?«

»Nein. Vielleicht hat er mit dem Chef gesprochen. Ich gebe Sie mal weiter.«

Kurz darauf meldete sich ein Mann mit kräftiger Stimme. Dühnfort wiederholte seine Frage.

»Ja, der Heinrich hat angerufen. Was ist mit ihm?«

Todesnachrichten am Telefon zu übermitteln, war Dühnfort ein Gräuel. Doch es ging nicht anders. »Er wurde heute tot in seinem Haus aufgefunden.«

»Tot sagen Sie? Das ist ja furchtbar. Was ist denn passiert?«

»Ist er ein Freund von Ihnen?«

»Freund? Nun ja. Eher ein guter Bekannter. Wobei … Seit seine Frau gestorben ist, ist der Kontakt eingeschlafen.«

»Aber gestern hat er Sie angerufen. Was wollte er?«

»Seine Taschenuhren verkaufen.«

Schwarz berichtete, dass Brettschneider eine Sammlung von fünf antiken Taschenuhren besaß, die er im Laufe seines Berufslebens zusammengetragen hatte. Kleine Kostbarkeiten, jede einige tausend Euro wert. Schon vor langem hatten die beiden vereinbart, falls Heinrich sie jemals verkaufen sollte, dann würde er sie zuerst Schwarz anbieten. »Gestern hatte er wieder einmal angerufen. Das macht er wenigstens einmal im Jahr. Er führt mich an der Nase herum und verkauft nie.«

»Waren Sie bei ihm?«

»Wir wollten uns morgen zum Mittagessen treffen. Das gehört gewissermaßen zum Ritual. Er sagt, er will verkaufen, wir treffen uns zum Essen. Ich mache ihm ein Angebot. Er sagt, er überlegt es sich, und ein paar Tage später ruft er an und sagt, er verkauft nicht.«

»Sie wissen also nicht, ob die Uhren tatsächlich noch in seinem Besitz sind.«

»Wissen? Nein, wissen tue ich das nicht. Aber es würde mich wundern, wenn nicht. Wenn er sie verkauft hätte, dann an mich. Aber der Heinrich kann sich nicht von ihnen trennen. Der kann sich überhaupt von nichts trennen. Was ist denn passiert?«

»Das wissen wir noch nicht. Wenn ich noch Fragen habe …«

»Dann rufen Sie einfach an. Weiß denn der Michael schon Bescheid? Sein Sohn.«

»Wir werden ihn informieren. Wissen Sie, wo die Uhren aufbewahrt werden?«

»Ich war lange nicht mehr bei ihm. Früher lagen sie in einer Schatulle aus Kirschholz. Ein hübsches altes Stück.«

Dühnfort verabschiedete sich und forderte von Berentz Leute für die Suche nach den Uhren an. Sie sollten anrücken, sobald die Spurensicherung fertig war.

Buchholz traf gleichzeitig mit Dr. Ursula Weidenbach ein. Er schob seinen mächtigen Leib erstaunlich gewandt durch die engen Gassen. »Ich habe ja schon einiges gesehen, auch schon so manches Messiedomizil, aber das hier schlägt alles.«

Ursula Weidenbach streifte sich Latexhandschuhe über. Sie drehte den Kopf des Toten, besah sich den Hals und die Schleimhäute der Augen und nickte. »Ein Déjà-vu. Ich denke, er benutzt einen Totschläger. Das Würgen hat er sich diesmal geschenkt.« Sie sah sich um und hob ein graues Polster vom Boden auf. »Vielleicht damit.«

»Können Sie schon etwas zum Todeszeitpunkt sagen?«

»Ach, Herr Dühnfort.« Ein langer Seufzer, in dem die unausgesprochene Frage mitschwang, wann die Ermittler es endlich lernen würden, dass diese Frage nicht mit einem Blick auf die Leiche zu beantworten war.

Gemeinsam entkleideten sie den Toten. Die Leichenflecke waren an den abhängenden Partien voll ausgebildet, ließen sich aber vollständig wegdrücken. »Mindestens sechzehn, maximal zwanzig Stunden.« Ursula Weidenbach sah auf die Uhr. »Sagen wir frühestens sechzehn Uhr, spätestens zwanzig Uhr gestern Nachmittag beziehungsweise Abend.«

Dühnfort sah aus dem Fenster. Noch immer standen die Nachbarn gaffend auf dem Gehweg. Was sich abzuzeichnen begann, gefiel ihm nicht. Ein Serienmörderpärchen. Ein selbsternannter Samariter und eine moldawische Putzfrau beklauten und töteten alte Menschen.

37

Marie Uhland wohnte mit ihrer Familie in der gegenüberliegenden Doppelhaushälfte. Klettergerüst im Garten, neben der Haustür Kinderfahrrad, Inlineskater und ein Kinderwagen. Sie öffnete, bevor Dühnfort klingeln konnte. Eine aparte Frau Ende dreißig, mit einem Baby auf dem Arm, dessen Kopf von blondem Flaum bedeckt war. Ein Schnuller wackelte im Mund. Mit großen blauen Augen musterte es Dühnfort unverwandt. Ein ruhiger, nachdenklicher Blick, als könnte es auf den Grund seiner Seele blicken. Für eine Sekunde sah er wieder die Tamponpackung vor sich, die Gina aus der Tüte holte, und sein Herz wurde schwer. Was, wenn es nicht klappte?

»Unser Nachzügler, der Jonas«, sagte Frau Uhland. »Wollen Sie nicht reinkommen?« Sie bat ihn in die Küche. »Ich bereite gerade das Mittagessen für die Kinder vor. Auch wenn mir der Appetit vergangen ist.« Mit der freien Hand rührte sie in einem Topf und warf dabei einen Blick aus dem Fenster auf die gaffende Menge. »Jetzt interessieren sie sich für ihn.«

»Vorher nicht?«

»Der alte Brettschneider ist denen allen am Arsch vorbeigegangen.« Sie legte das Baby in die Wippe auf dem Küchentisch. »Entschuldigen Sie. Normalerweise drücke ich mich nicht so aus. Aber es ärgert mich derart. Wobei er selbst schuld ist. Sie haben sich an ihm die Zähne ausgebissen. Und irgendwann haben sie aufgegeben. Es ist ja nicht so, dass sie nicht versucht hätten, etwas gegen diesen …« Sie suchte nach Worten. »Gegen diesen Zustand zu unternehmen. Immer wieder hat er versprochen, aufzuräumen und auszumisten, sich wenigstens von einem Teil seiner Schätze im Garten zu trennen. Manchmal hat er tatsächlich rumgewerkt, aber nachher sah es nicht besser aus. Kein Stück weniger, eher eines mehr. Hilfe hat er nicht angenommen. Vielleicht hätte ich ja auch irgendwann aufgegeben.« Es klang beinahe resigniert. Sie rührte die Spaghettisoße um, die im Topf langsam vor sich hin köchelte und deren Duft Dühnfort das Wasser im Mund zusammenlaufen ließ. »Sie wohnen wohl noch nicht so lange hier.«

»Erst seit einem Jahr.«

»Gab es einen besonderen Grund, weshalb Sie heute zu ihm hinüber sind?«

»Ich wollte ihn zum Mittagessen einladen. Das Angebot hat er schon einige Male angenommen. Es tut ihm gut, ein wenig unter Leute zu kommen. Und die Kinder mögen ihn. Er erzählt ihnen Geschichten. Genauer gesagt Sagen. Oliver – also mein Sohn – ist völlig begeistert. Neuerdings liest er alles, was er über Odysseus und Achill in die Finger bekommen kann und natürlich über Troja. Der alte Brettschneider war früher Lehrer an einem Gymnasium.« Sie unterbrach sich. »Aber deswegen sind Sie ja nicht da. Also, ich bin so um halb zehn rüber, um ihn einzuladen. Voraussetzung für sein Kommen ist nämlich, dass er duscht oder sich wenigstens wäscht und ordentlich anzieht. Er braucht deshalb entsprechend Vorlauf. Normalerweise steht er hinter der Gardine, wenn jemand klingelt, und guckt, wer es ist. Er lässt eigentlich niemanden rein. Aber heute hat er auf mein Klingeln nicht reagiert, deshalb habe ich durch die Fenster gesehen und ihn dann auf dem Sofa entdeckt. Er sah irgendwie tot aus. Ich weiß auch nicht, weshalb ich das sofort vermutet habe. Ja, und dann habe ich die Notrufnummer gewählt.«

»Und sonst ist Ihnen nichts aufgefallen?«

Einen Augenblick überlegte sie und schüttelte den Kopf.

»Es muss nicht heute gewesen sein. Hatte er gestern Nachmittag oder Abend Besuch? Vielleicht von einer kleinen dunkelhaarigen Frau Mitte bis Ende zwanzig?«

»Abends hat ein Mann geklingelt. Das muss gegen acht gewesen sein. Ich habe gerade den Spüler eingeräumt. Dabei ist er mir aufgefallen.«

»Wie sah er aus?«

»Es war schon fast dunkel. Ich habe ihn kaum gesehen.«

»Groß? Klein? Dick? Dünn?«

Sie holte Teller aus dem Hängeschrank und begann den Tisch zu decken. »Groß. Er trug einen dunklen Mantel. Ich dachte, er kommt von einer Behörde und dass der Brettschneider ihn sicher nicht reinlassen würde. Doch es war ja schon kurz vor acht. Um diese Zeit macht kein Beamter Hausbesuche.«

»Weshalb dachten Sie, er käme von einer Behörde?«

Mit einem Schulterzucken sah sie auf. »Er hatte so etwas an sich. Wie soll ich es beschreiben? Er ging zielstrebig zum Haus. Als hätte er dort etwas zu erledigen. Vielleicht lag es auch am Aktendeckel, es kann auch ein Klemmbrett gewesen sein. Er hielt es in der Hand, als er klingelte.«

»Und Brettschneider hat ihn eingelassen?«

»Er hat die Tür erst nur einen Spaltbreit geöffnet. Sie haben kurz geredet, dann durfte der Besucher rein. Das hat mich schon gewundert.«

»Hatten Sie den Eindruck, dass die beiden sich kannten?«

»Schwer zu sagen. Vielleicht schon. Normalerweise hat der Brettschneider niemanden reingelassen.«

Dühnfort zog das Phantombild aus der Manteltasche. »Haben Sie diese Frau schon mal gesehen?«

Marie Uhland betrachtete das Bild und reichte es ihm zurück. »Nein.«

»Kam der Besucher mit dem Auto?«

»Ich habe ihn erst bemerkt, als er das Grundstück betrat und zur Haustür ging. Woher er kam ... keine Ahnung.«

»Und er war allein? Es war sonst niemand in der Nähe?«

Einen Moment überlegte sie. »Mir ist niemand aufgefallen. Es ist ja nicht so, dass ich den ganzen Abend am Fenster stehe und die Straße beobachte. Es war Zufall, dass ich den Mann bemerkt habe. Wäre er eine Minute früher oder später aufgetaucht, hätte ich ihn nicht gesehen.«

»Haben Sie mitbekommen, wann er gegangen ist?«

»Nein. Tut mir leid. Sie fragen das alles, weil der alte Brettschneider nicht einfach friedlich eingeschlafen ist. Oder?«

»Wir gehen von einem Tötungsdelikt aus. Wenn Ihnen noch etwas einfällt, rufen Sie mich bitte an.« Er reichte ihr seine Visitenkarte. Sie begleitete ihn zur Tür. Dühnfort verabschiedete sich und überquerte die Straße.

Vielleicht war das ja der Trick des Samariters. Er gab sich als Mitarbeiter eines Amts aus und fand so Einlass in die Wohnungen seiner Opfer. Doch Brettschneider war misstrauisch gewesen. Mit Ämtern lag er sicher im Clinch und hätte keinen Behördenvertreter ins Haus gelassen. Wie hatte der Samariter es geschafft, hineinzukommen?

Das Handy begann zu vibrieren. Wie erwartet Heigl. Dass die Wittock mit ihrem Orakel vom Serienmörder recht behielt, gefiel ihm sicher nicht.

»Wie ist deine Einschätzung? Trittbrettfahrer oder nicht?«, fragte Heigl prompt.

»Vermutlich ein Pärchen. Das ist unsere Theorie.« Auch wenn er das Gefühl hatte, dass der Mord an Brettschneider sie bereits zerbröseln ließ. »Ich schlage vor, wir behalten das vorerst für uns.«

»Und wie begründen wir das, wenn es herauskommt?«

»Wir wollten keine Nachahmungstaten provozieren.«

»Gute Idee. Läuft das nun auf eine Serie hinaus?«

»Ich kann das nicht ausschließen. Sieht nach Raubmorden aus. Bei Emily Dreher fehlt Geld, und Brettschneider besaß eine Sammlung wertvoller Taschenuhren. Ich glaube nicht, dass wir sie noch finden.«

»Um eine Soko kommen wir nicht herum. Russo und Stahl werden dich mit ihren Teams unterstützen. Die von der Pressestelle sollen eine unverfängliche Meldung rausgeben. Messie tot in Wohnung aufgefunden. Darum kümmere ich mich. Ach, ehe ich es vergesse: Ich habe mit Boos gesprochen. Ihr bekommt einen Profiler an Bord. Julian Heinen. Du hast schon mal mit ihm zusammengearbeitet.«

Dühnfort stöhnte lautlos. Ausgerechnet Heinen, dieser wortkarge Tweedjackenträger.

38

»Wie lange wird es dauern, bis das Haus freigegeben ist und ich darüber verfügen kann?« Michael Brettschneider stellte diese Frage, während er Kirsten zum Lift begleitete. Silbergrauer Anzug, weißes Hemd, Krawatte. Kalt wie ein Fisch. Sie hatte ihn an seinem Arbeitsplatz bei einer Versicherung aufgesucht, um ihm die Todesnachricht zu überbringen. Brettschneider junior hatte die Neuigkeit gelassen aufgenommen. Der Tod seines Vaters berührte ihn nicht. Im Gegenteil: Es gelang ihm nicht, seine Erleichterung zu verbergen. Endlich hatte dieses Problem sich in Wohlgefallen aufgelöst. Das Grundstück war ein Vermögen wert. Es gab bereits Pläne einer Immobiliengesellschaft, einen Dreispänner darauf zu errichten. Das hatte er tatsächlich erzählt. Kaum eine Frage nach dem Vater. Ob er gelitten hatte, wann die Leiche freigegeben wurde, für wann er Trauerfeier und Beisetzung planen konnte. Als Alibi gab er an, bis siebzehn Uhr im Büro und anschließend im Fitnessstudio gewesen zu sein. Ein Dutzend Zeugen könne das bestätigen. Kirsten würde das natürlich überprüfen.

»Kann ich noch nicht sagen. Es hängt von verschiedenen Faktoren ab. Rufen Sie mich in ein paar Tagen an.« Sie reichte ihm ihre Karte, nicht aber die Hand, und war erleichtert, als die Lifttüren sich schlossen.

Würde Kathi irgendwann einmal ebenfalls erfreut reagieren, wenn es sie erwischte? Bei einem Einsatz, oder durch Krankheit oder Unfall. Würde ein erleichtertes Grinsen über ihr Gesicht huschen. *Endlich hat die Alte bekommen, was ihr zusteht. Ausgleichende Gerechtigkeit.*

Kirsten vertrieb dieses hässliche Bild. Kathi war dreizehn. Sie konnte nichts dafür. Irgendwie musste es ihr gelingen, sie dem Einfluss ihrer Schwiegereltern zu entziehen. Vielleicht war die Idee gar nicht dumm, Kathi zu sich zu holen. Wenn im Urlaub alles gutging, konnte sie dieses Thema ansprechen. Behutsam mussten sie aufeinander zugehen und diese Lüge aus der Welt schaffen, die Hannelore und Rüdiger ihr eingeimpft hatten. Nur wie? Sie konnte Kathi nicht sagen, dass Martin sie als Geisel genommen hatte und erschießen wollte, weil er ein narzisstisches, prügelndes Arschloch gewesen war und es nicht ertrug, verlassen zu werden. Kathi hatte ein völlig anderes Bild von ihm, und das wollte Kirsten nicht zerstören. Ein unlösbares Problem. Und dabei fielen ihr nun wieder die beiden Briefe ein, die sie seit heute Morgen in ihrer Handtasche rumschleppte. Einer von Hannelore, einer von der Schule.

Vor sechs Wochen hatte Kirsten das Apartment am Mangfallplatz aufgegeben, in dem sie sich einsam gefühlt hatte, und war in Ginas Zimmer in der WG gezogen, die ihre Eltern fortführten. Seit Gina und Tino zusammenwohnten, stand es leer.

Kirstens neue Adresse kannten weder ihre Schwiegereltern noch die Schulleitung. Die Briefe waren per Nachsendeauftrag gekommen. Ginas Mutter Dorothee hatte sie ihr beim Frühstück gegeben. Seither lagen sie wie Blei in ihrer Tasche.

Die Lifttüren öffneten sich. Kirsten steuerte auf die Drehtür zu und fuhr ins Präsidium. Noch zwei Stunden bis zum ersten Meeting der Soko Samariter. Bis dahin wollte sie einem Hinweis nachgehen, den sie gestern von einem Sozialarbeiter beim Verein *Alter, Inklusion und Pflege e. V.* erhalten hatte.

Er hatte einen Blog erwähnt, über den er mal gestolpert war. Den Titel hatte er vergessen. Ein Wortspiel mit Pflege.

Seit Tagen suchte sie nun nach Querulanten und Fanatikern und hatte bisher niemanden gefunden, der Behörden mit Briefen, Eingaben und Anzeigen zum Thema Pflegemisere überschüttete. Vermutlich gab es nichts zutage zu fördern. Diesem Hinweis würde sie jetzt noch nachgehen, und dann war es gut.

Ein Wortspiel. Sie versuchte es mit verschiedenen Begriffen und Wortkombinationen. Nichts. Warum so kompliziert, wenn es auch einfach ging? Sie gab *Blog +Altenpflege* in die Suchmaske ein. Etliche Treffer. Sie klickte sich durch die Seiten. Die meisten befassten sich mit der Ausbildung zum Altenpfleger. Schließlich fand sie Blogs von Altenpflegern, die aus ihrem Alltag berichteten. Die meisten taten das mit Humor und Einfühlungsvermögen. Nach einer Stunde war sie nicht einen Schritt weitergekommen. Kirsten wollte gerade den Blog einer Altenpflegerin schließen, als ihr Blick an einem Link hängen blieb. *Pflegmatisch.* War das der Blog, nach dem sie suchte? Ein Klick, die Seite öffnete sich. Kirsten zuckte zurück. Das Foto der toten Emily Dreher prangte im aktuellen Eintrag.

Art. 1 GG. Die Würde des Menschen ist unantastbar. Sie zu achten und zu schützen ist Verpflichtung aller staatlicher Gewalt.

Sie suchte nach dem Datum. Bingo! Neunzehnter Oktober. Das Foto war einen Tag nach dem Mord online gestellt worden, also bevor die Aufnahme beim Münchner Blick eingegangen war. Yeah! Sie hatte den Samariter gefunden. Kein Impressum. Auch keine Kontaktmöglichkeit. Sie fand nur einen Hinweis, dass in diesem Blog Missstände im Umgang mit Alten und Kranken öffentlich gemacht wurden.

> *Da ich mit diesem Blog gegen Gesetze wie Datenschutz, Geheimhaltungsverpflichtung, Persönlichkeitsrechte u.v.m. verstoße, habe ich mich entschlossen, ihn anonym zu führen. Seht es mir nach!*

Vielleicht fand sich in den Beiträgen ein Hinweis, wo der Samariter arbeitete. Sie vertiefte sich in die Artikel. Als sie schließlich die Seite schloss, fühlte sie sich elend. Wenn stimmte, was dort beschrieben wurde, sollte man nicht alt werden in diesem Land. Beinahe alle Artikel waren mit heimlich aufgenommenen Fotos bebildert. Sie hatte bis aufs Steißbein wundgelegene Hintern gesehen, blutig gekratzte Arme, eitrige Geschwüre. Eine alte Frau mit kotigen Fingern am Frühstückstisch. Einen ans Bett gefesselten nackten Mann, nur noch Haut und Knochen. *Der stirbt doch sowieso*. Das war die Überschrift und gleichzeitig ein Zitat. Sie las von Demenzkranken, die nachmittags ins Bett gesteckt wurden, bei abgedunkelten Zimmern. Ihre Nacht betrug sechzehn Stunden. Sie sah großflächige Hämatome, blutige Nasen und verschorfte Wunden. Sie las von agilen Senioren, die gezielt mit Medikamenten zu bettlägrigen gemacht wurden, damit das Heim die höhere Pflegestufe für sie bekam und damit mehr Geld. Sie las von Notärzten, die unter Druck gesetzt wurden, bei unklaren Todesfällen von alten Menschen eine natürliche Todesursache zu bescheinigen. Das sparte Arbeit und Geld, und der Alte hätte es doch ohnehin nicht mehr lange gemacht. Der Samariter beschrieb auch das Elend von Menschen, die daheim lebten, hilflos, krank, alleingelassen, die stürzten, sich die Knochen brachen und oft stundenlang auf dem kalten Boden lagen, bis endlich jemand ihre verzweifelte Lage bemerkte. Kirsten stand auf und öffnete das Fenster. Sie brauchte frische Luft.

Der Samariter musste im Pflegebereich arbeiten. Anders kam er nicht an die Fotos. *Pflegmatisch*. Was für ein Titel. Phlegmatisch, automatisch. Irgendwo dazwischen lief offenbar in manchen Heimen die Pflege ab. Sie griff zum Telefon und rief Meo an. »Kannst du herausfinden, wer den Blog Pflegmatisch.tumblr.com betreibt?«

»Tumblr? Könnte schwierig werden.«

»Versuche es. Ich schicke dir den Link.«

Sie sandte Meo die Mail und sah auf die Uhr. Noch zwanzig Minuten bis zum Meeting. Aus der Handtasche holte sie Puder, Lipgloss und den Taschenspiegel. Kleine Retusche. Als sie die Sachen zurücktat, fiel ihr Blick auf die Briefe. Blei legte sich in ihren Magen. Was hatten ihre Schwiegereltern sich jetzt wieder ausgedacht, um den Keil tiefer zwischen sie und Kathi zu treiben? Was hatte Kathi im Internat wieder angestellt, dass die Direktorin nicht anrief, wie sonst, sondern einen Brief schickte? Sie musste diesen Kampf führen, der ihr aufgezwungen wurde und der nun offenbar in eine neue Runde ging.

Entschlossen öffnete sie das Schreiben der Schule, überflog die Zeilen und rang nach Luft, als sie verstand, was das zu bedeuten hatte. Ein Hausverbot. Man verbot ihr, Schulgelände und Schule zu betreten. Angeblich lag das im Interesse ihrer Tochter! Weshalb? Das schrieb die Christina Rudeloff nicht. Kirsten sollte Kathi nur noch in den Ferien sehen können. Da war sie meist bei Hannelore und Rüdiger. Die beiden wollten die volle Kontrolle.

Und dann wusste sie es. Es stand glasklar vor ihr. Sie musste das Schreiben ihrer Schwiegereltern gar nicht erst öffnen. Es war klar, was es enthielt. Ein Hausverbot. Dennoch riss sie mit fliegenden Fingern den Umschlag auf.

Liebe Kirsten,
nach deinem Auftritt in Kathrins Schule sehen wir uns leider von dir genötigt, ein Hausverbot auszusprechen. Wir bedauern das sehr. Denn einen guten Kontakt zwischen Mutter und Tochter erachten wir als selbstverständlich. Doch offenbar ist dir nicht daran gelegen. Im Gegenteil. Du tust alles, um unsere Enkeltochter weiter zu destabilisieren. Der Kontakt mit dir tut ihr nicht gut. Deshalb werden wir ihn künftig einschränken und so weit unterbinden, wie es uns möglich ist. Daher untersagen wir dir, unser Haus und Grundstück zu betreten. Solltest du dich nicht daran halten, werden wir die Polizei rufen.

Ihre Hände zitterten, als sie sich an den PC setzte, den entsprechenden Paragraphen googelte und die Ausführungen las. Es war unglaublich. Ihre Schwiegereltern kamen damit durch. Sie hatten das Hausrecht und durften unbegründet davon Gebrauch machen. Mit der Schule war das allerdings anders. In öffentlichen Einrichtungen setzte ein Hausverbot einen Verstoß gegen die Hausordnung voraus. In diesem Sinn konnte man ihr nichts vorwerfen. Doch war ein privates Internat eine öffentliche Einrichtung? Kirsten griff zum Telefon und rief in der Schule an. Es dauerte, bis sie zu Christina Rudeloff durchgestellt wurde. Sie zwang sich, die Ruhe zu bewahren. »Dieses Hausverbot ... Wie ist es dazu gekommen? Ich schätze, Sie hatten Besuch von meinen Schwiegereltern.«

»Frau Tessmann, glauben Sie mir, diese Entscheidung ist mir nicht leichtgefallen. Aber es ist momentan im Interesse Ihrer Tochter, wenn Sie beide Abstand halten. Jedenfalls für einige Zeit.«

»Sagt wer?«

»Das geht aus dem psychologischen Gutachten hervor, das Ihre Schwiegereltern vorgelegt haben.«

»Sie haben was vorgelegt?« Kirsten rang nach Luft.

»Ein Gutachten. Kennen Sie es denn nicht?«

»Wer hat das veranlasst?«

»Sie. Dachte ich.« Die bis eben noch feste Stimme der Schulleiterin klang plötzlich unsicher. »Also davon bin ich ausgegangen. Wissen Sie etwa nichts davon?«

Hannelore und Rüdiger mit ihren tausend Bekannten und Freunden. Ärzte, Richter und Anwälte. Einen von ihnen hatten sie also dazu gebracht, ein Gutachten zu erstellen. Hinter ihrem Rücken, ihr elterliches Sorgerecht missachtend. Das würden sie büßen! »Dieses Gutachten hat keine Gültigkeit. Es wurde ohne meine Zustimmung in Auftrag gegeben. Ich werde Kathi am Wochenende besuchen. Und Sie werden mich zu ihr lassen. Damit das klar ist.«

39

Um achtzehn Uhr traf sich die Soko Samariter zum ersten Meeting im eigens dafür eingerichteten Raum. Ein Dutzend Mitarbeiter aus drei Mordkommissionen, die von einem Trupp Sachbearbeiter unter der Leitung von Sophie Dreher unterstützt wurden. Als Dühnfort eintrat, standen sie in Gruppen zusammen und unterhielten sich. Am offenen Fenster rauchten Sophie und Nicolas Stahl noch rasch eine Zigarette. An der Magnetwand hingen bereits Fotos der beiden Opfer und der Tatorte. Buchholz fehlte noch. Er und seine Leute arbeiteten mit Hochdruck an der DNA-Analyse.

Dühnfort trat vor die Magnetwand. Das Stimmengewirr ebbte ab, Kippen wurden in den Hof geschnippt. Alle nahmen Platz. Julian Heinen betrat den Raum als Letzter. Ein großer Mann Mitte dreißig. Er trug Jeans und ein Tweedsakko mit Lederflecken an den Ellenbogen und setzte sich in die erste Reihe neben Moritz Russo.

Dühnfort begrüßte das Team. »Wir haben einen zweiten Senioren-Mord. Heinrich Brettschneider, siebenundsiebzig, wurde heute tot aufgefunden.« Mit dem Laserpointer wies er auf die Tatortfotos. »Apfel und Trauben in den Händen, wie bei Emily Dreher. Auch er wurde mit einem Kissen erstickt. Vielleicht der Beginn einer Serie. Deshalb haben wir Verstärkung von der OFA bekommen. Julian Heinen wird uns unterstützen.« Ein leises Murren machte sich breit. Heinen schien es nicht zu bemerken. Er nickte in die Runde.

»Wir gehen von einem Pärchen aus. Endgültig werden wir das aber erst nach Auswertung der DNA-Spuren am

Tatort Brettschneider wissen. Der Mann bezeichnet sich als Samariter, ist vermutlich Deutscher und arbeitet mit hoher Wahrscheinlichkeit im Pflegebereich.« Dühnfort wies auf das Phantombild. »Anjela Livitchi stammt aus Moldawien. Sie hält sich illegal in Deutschland auf und späht offenbar die potentiellen Opfer in ihrer Rolle als Putzfrau aus. Warum er uns Mails schreibt und so auf sich aufmerksam macht, wissen die Götter. Vielleicht Eitelkeit. Vielleicht ein Tarnmäntelchen. Jedenfalls verbrämt er die Taten als Erlösung. Vermutlich geht es ums Geld.«

Kirsten meldete sich. »Ist das im Fall Brettschneider schon sicher?«

»Die Kollegen haben bei Brettschneider nur das leere Kirschholzkästchen gefunden. Fünf wertvolle Taschenuhren sind verschwunden. Wir sollten die Beschreibungen rausgeben. Der Sohn hat sicher Fotos davon. Wer übernimmt das?«

Alois erklärte sich dazu bereit.

»Weitere Taten sind nicht auszuschließen. Wir haben keine Zeit zu verlieren.« Er legte dem Team die Fälle dar und kam am Ende auf die Obduktion zu sprechen. »Ich war gerade in der Rechtsmedizin. Heinrich Brettschneider wurde mit einem Kissen erstickt, genau wie Emily Dreher. Doktor Weidenbach hat sich beim Todeszeitpunkt festgelegt. Spätestens einundzwanzig Uhr dreißig. Frühestens achtzehn Uhr. Im Fall Brettschneider wurde ein stattlicher Mann beobachtet, der an der Haustür klingelte. Er trug einen Aktendeckel oder ein Klemmbrett. Vermutlich gibt unser Samariter vor, in amtlichem Auftrag zu kommen, und erhält so Zugang.« Dühnforts Blick fiel auf Heinen, der sich Notizen machte. »Ich rechne damit, dass er auch ein Foto von Brettschneiders Leiche an die Medien schickt.«

Mit einem Handzeichen machte Kirsten sich bemerkbar. »Emilys Foto wurde in einem Blog mit dem Titel *Pflegmatisch* online gestellt, und zwar bevor die Datei an die Medien ging. Der Betreiber muss unser Samariter sein. Meo versucht bereits die Nutzerdaten zu bekommen. Aufgrund der Fotos, die der Samariter postet, gehe ich davon aus, dass er im Bereich Gesundheit, Pflege, Rettungswesen arbeitet. Die allermeisten Beiträge beziehen sich zwar auf Ereignisse in Pflegeheimen, doch es gibt auch einige aus Krankenhäusern und immer wieder Hinweise auf alte Menschen, die in ihren eigenen vier Wänden verunglückt sind oder zu Tode kamen, ohne dass jemand das bemerkt hat. Dieses Thema scheint ihn besonders zu beschäftigen. Vielleicht hat er in seinem familiären Umfeld dergleichen erlebt.«

Dühnfort war beeindruckt. »Geht aus den Beiträgen hervor, wo sich die Vorfälle ereignet haben?«

»Leider nicht.«

»Dennoch wird er in München oder Umgebung arbeiten. Wir sollten mit den Personalabteilungen aller Kliniken, Altenheime, Rettungs- und Pflegedienste sprechen, ob es einen Mitarbeiter oder ehemaligen Mitarbeiter gibt, der dadurch aufgefallen ist, dass er sich für die Belange seiner Klienten übermäßig engagiert. Vielleicht hat er Akten kopiert, ganz sicher hat er heimlich fotografiert, er wird auch Angehörige informiert haben. Wir suchen jemand, der sich an seinem Arbeitsplatz Ärger einhandelt.«

»Legen Sie sich tatsächlich auf einen männlichen Täter fest?« Dieser Einwand kam von Julian Heinen. »Pflege ist eine weiblich geprägte Domäne.«

»Wir gehen derzeit von einem Team aus. Anjela und der Samariter. Es gibt eine Zeugin, die einen Mann gesehen hat. Also wer übernimmt die Personalabteilungen? Moritz, Nicolas? Könnt ihr das mit euren Teams bewältigen?«

»Ist zwar Fieselarbeit ...«, Moritz Russo zuckte mit den Schultern, »gehört aber zum Geschäft.« Nicolas Stahl nickte.

»Gut. Wie machen wir weiter?«

In diesem Moment ging die Tür auf. Buchholz kam herein. Er steuerte auf die Stellwand zu und klatschte zwei Ausdrucke mit Magneten an die Metalltafel. »Ein Treffer und ein Nichttreffer. Was zuerst?«

»Den Treffer natürlich.«

Buchholz griff zum Laserpointer und deutete auf die obere von zwei DNA-Sequenzen, die sich in Form von schwarz-grauen Strichcodes auf dem linken Ausdruck befanden. »Tatort Emily Dreher. DNA, die wir auf der Hose und der Bluse gesichert haben. Keine Zuordnung in der Datenbank.« Der Laserpointer wanderte weiter zum rechten Blatt, auf dem nur eine Sequenz dargestellt war. »Und hier der Tatort Brettschneider. Dieselbe DNA am Kissen, mit dem der alte Mann erstickt wurde. Ein Haar.«

»Und der Nichttreffer?«

»Anjela alias Elena.« Der Pointer kehrte auf das linke Blatt zur unteren Sequenz zurück. »Von ihr gibt es nur Spuren am Tatort Dreher, nicht bei Brettschneider.«

»Bist du sicher?«

»Was ist schon sicher im Leben? Aber ja. Ich bin sicher.«

Was hatte das zu bedeuten? »Gut. Dann ist das so. Anjela ist raus. Der Samariter zieht das alleine durch. Unsere ursprüngliche Überlegung ist wohl richtig: Anjela hatte ihr Handy vergessen und kam zurück, um es zu holen. Möglichkeit eins: Der Samariter war bereits weg. Anjela entdeckt die Leiche, schnappt sich ihr Handy und haut ab. Die zweite: Er ist noch da. Sie sieht ihn, ohne dass er sie bemerkt. Sie nimmt das Handy und verschwindet. Und dann bleibt noch die dritte: Sie überrascht den Täter und wird selbst Opfer.«

»Ne, ne.« Buchholz schüttelte den Kopf, dass sein Doppelkinn wackelte. »Eins und zwei kannst du knicken. Ihre DNA haben wir an der Bluse der Toten gefunden. Anjela war an der Leiche.«

»Spricht nicht gegen eins. Der Samariter hat die Wohnung bereits verlassen. Anjela findet Emily und will helfen.«

»Reicht dafür die Zeit?«, warf Kirsten ein. »Bei diesem Szenario dürfte der Samariter sich maximal fünfundzwanzig Minuten in der Wohnung aufgehalten haben.«

Alois rührte sich. »Wie ist Anjela hineingekommen? Sie hat keinen Schlüssel und musste klingeln. Also war der Täter noch da und hat sie hereingelassen.«

»Weshalb sollte er das tun?« Und dann hatte Dühnfort eine Idee. »Wir nehmen doch an, dass Anjela Emilys Geldverstecke beim Putzen gefunden und ihre Arbeitgeberin bestohlen hat. Sie ist bereits auf dem Heimweg, als sie entdeckt, dass ihr Handy noch in der Wohnung liegt. Sie fährt zurück und überlegt, was passiert, falls Emily den Diebstahl inzwischen bemerkt hat. Wäre es nicht besser, sich heimlich in die Wohnung zu schleichen?«

»Sie ist Putzfrau«, sagte Alois. »Woher soll sie wissen, wie man einbricht?«

»Vielleicht war die Tür nicht richtig geschlossen. Vielleicht kennt sie den Trick mit den Plastikkarten. Fakt ist: Anjela war zur Tatzeit am Tatort. Wo ist sie? Das ist jetzt die Frage. Laut Aussage ihrer Zimmergenossinnen hat sie am Morgen nach dem Mord das Land verlassen. Wenn sie uns nicht angelogen haben, kommt nur Möglichkeit eins als Erklärung für ihre DNA-Spur an der Bluse in Frage.

Der Samariter war schon weg. Sie versuchte zu helfen und verschwand, als klar war, dass Emily nicht mehr zu helfen war. Wir brauchen sie als Zeugin. Das Rechtshilfeersuchen läuft.« Dühnfort wandte sich an Leyenfels. »Kannst du ein bisschen Druck machen?«

»Ich versuche es.«

»Wie sieht also unsere Theorie aus? Ist der Mann, den Frau Uhland gesehen hat, auch der Samariter?«

Ein Raunen ging durch den Raum. Nicolas Stahl fuhr sich über den Schädel. »Ich dachte, das ist es, was du uns die ganze Zeit sagen willst. Der Mann verschafft sich mit einem Trick Zugang, lässt sich von den alten Leutchen Geld und Wertsachen aushändigen und erstickt sie dann, damit sie ihn nicht identifizieren können. Dann setzt er das Ganze in Szene, um uns auf eine falsche Fährte zu locken.«

»Bei Emily fehlt nur Geld. Der Schmuck ist da, und das Geld hat Anjela gestohlen. Das nehmen wir jedenfalls an.« Etwas stimmte nicht.

Heinen schlug ein Bein über das andere. »Ich sehe da eine Diskrepanz. Dem Samariter scheint ja daran gelegen zu sein, öffentliche Aufmerksamkeit für Pflegemissstände zu bekommen. Er hat eine Mission. Er steht auf der Seite der Alten und Kranken, die Opfer eines inhumanen Systems sind. Diese Menschen würde er nicht bestehlen. Das Opfer noch einmal zum Opfer zu machen, das passt nicht.«

»Ach, und wenn er sie erstickt, dann sind sie keine Opfer?« Kirsten schüttelte den Kopf.

»Nicht, wenn er daraus eine Erlösungstat macht«, entgegnete Heinen. »Das hat KHK Dühnfort eingangs ja bereits sehr schön herausgearbeitet. Er verbrämt das als gute Tat. Was mich stört, sind die Diebstähle. Warum sollte er die Menschen, die er erlöst hat, bestehlen? Und offenbar hat er Emily auch nicht bestohlen.«

»Wir wissen es nicht mit Sicherheit.« Dühnfort nahm dem Täter Erlösung als Motiv einfach nicht ab. Je mehr er darüber nachdachte, umso mehr hatte er das Gefühl, auf Sand zu gehen. »Wie findet er seine Opfer? Es muss im Leben von Emily und Heinrich Überschneidungen geben. Danach suchen wir jetzt. Familie. Freunde. Ärzte. Seniorentreffs. Lokale. Hoffentlich findet Meo eine Spur, die vom Blog zum Samariter führt.«

Heinen wandte sich an Kirsten und bat sie um den Link für den Blog. Dühnfort beendete das Meeting. Es war schon spät. Er räumte den Schreibtisch auf, beantwortete zwei Mails und fuhr den Rechner herunter. Während er durch die Fußgängerzone ging, in die Sendlinger Straße einbog, beim Türken in der Thalkirchner Straße noch rasch fürs Abendessen Börek, gefüllte Pide und Cacik einkaufte, verstärkte sich das Gefühl, sich auf schwankendem Grund zu bewegen.

40

Etwas drang in ihr Bewusstsein, tiefer und tiefer, und weckte sie. Ein sich regelmäßig wiederholender hoher, leiser Ton. Biep. Biep. Biep. Die Lider waren schwer wie Blei. Sie stemmte sie auf. Mit tausend Messern stechend fuhr grelles Licht in ihre Augen. Stöhnend schloss sie sie wieder. Dunkelheit umfing sie. Biep. Biep. Biep.

Als sie das nächste Mal zu sich kam, nahm sie einen seltsamen Geruch wahr. Chemisch. Sauber. Dann wieder das Fiepen. Biep. Biep. Biep. Wo war sie? Blinzelnd öffnete sie die Augen. Ein Zimmer. Beinahe dunkel. Ein schwacher Schein zu ihrer Linken. Ihr Kopf war viel zu groß und schwer und fühlte sich an wie mit Sand gefüllt. Es gelang ihr kaum, ihn zu drehen. Millimeter um Millimeter zwang sie ihn weiter, bis sie sah, woher der Schimmer und das Fiepen kamen. Farbige Lichter blinkten an Geräten und Monitoren, Kurven bauten sich auf und ab. Biep. Biep. Biep.

Adrenalin schoss durch ihren Körper, brachte den Puls zum Jagen. Das Biepen wandelte sich zu einem rasenden Stakkato. Sie setzte sich auf. Ihr wurde speiübel. Ein Krankenhaus! Wieso? Was war passiert? Sie musste hier weg! Doch Schläuche und Kanülen hingen an ihr, umklammerten sie, fesselten sie. Panik stieg in ihr auf. Kalter Schweiß strömte ihr aus allen Poren. Ihr Herz trommelte in rasenden Schlägen. Ein uralter Instinkt erwachte. Gefahr! Raus! Sie musste weg! Der Fluchtimpuls entfaltete die archaische Kraft eines wilden Tiers. Sie schwang die Beine aus dem Bett, riss dabei die Nadel aus dem Handrücken und die Kanülen ab. Blut tropfte aufs Laken, auf die nackten Füße, die den Boden berührten, der unter ihr schwankend nachgab, sie in ein schwarzes Loch riss, in tiefe Dunkelheit.

Stimmen summten. Hände tasteten nach ihr. Stöhnend warf sie sich auf die Seite. Glühender, flüssiger Stahl schwappte durch ihren Schädel. »Alles ist gut.« Eine Männerstimme.

»Sie machen mir Spaß. Wir sollten sie fixieren. Damit sie das nicht noch einmal versucht.« Eine Frau.

»Können Sie mich hören?« Die Männerstimme war ein dunkler murmelnder Bach. »Sind Sie wach?«

»Hm.« Der flüssige Stahl hinterließ einen dröhnenden, tobenden Schmerz in ihrem Kopf. Etwas stimmte nicht mit ihm. Sie wollte nach ihm tasten, doch ihr Arm wurde eingefangen. »Halten Sie still. Wir müssen die Infusion neu legen.« Die Frau.

Es gelang ihr, die Augen zu öffnen. Das Zimmer war jetzt neonhell erleuchtet. Am Bettrand saß ein Arzt. Jedenfalls sah er so aus, denn er trug einen weißen Kittel. Auf der anderen Seite stand eine Schwester und verkabelte sie neu. Was war passiert? Hatte Ion einen Unfall gebaut?

»Wie fühlen Sie sich?«

»Nicht gut«, brachte sie hervor. Ihr Mund war trocken, die Lippen rissig. »Wieso ich hier ... Was ist mit Kopf?«

Seine Haare waren dunkel und lockig. Zu lang für einen Arzt. Doch er war Arzt. Sie entdecke das Schildchen an seinem Kittel. Dr. Christoph Borchert. »Mit Ihrem Kopf ist bald wieder alles in Ordnung. Wir mussten operieren. Schweres Schädel-Hirn-Trauma infolge eines Sturzes. Außerdem haben Sie sich etliche Knochen gebrochen. Erinnern Sie sich an den Sturz?«

Ihr fiel nichts dazu ein. Langsam schüttelte sie den Kopf. Keine gute Idee. Der Schmerz schwappte hin und her und Übelkeit in ihr hoch.

»Kein Grund zur Sorge. Eine Amnesie ist ganz normal nach einem derartigen Ereignis.«

Sie würgte den Brechreiz runter. »Wo ich bin gesturzt?«

Er musterte sie. »Sie sprechen gut Deutsch. Woher kommen Sie denn?«

»Mo...« Beinahe wäre ihr die Wahrheit herausgerutscht. Sie besann sich gerade noch. »Polen. Aus Warschau«, log sie mühsam. Sergej hatte ihnen eingeimpft, notfalls zu sagen, sie kämen aus Polen.

»Haben Sie hier jemanden, der sich um Sie kümmert? Einen Mann, einen Freund? Familie? Jemanden, den wir benachrichtigen können?«

Was sollte sie sagen?

»Als man Sie gefunden hat, hatten Sie keine Papiere bei sich.«

Deshalb also all die Fragen. Etwas Schreckliches war geschehen. Krampfhaft versuchte sie sich zu erinnern. Wo war sie gewesen? Bei der Kommandantin. Natürlich. Sie hatte ihr beim Baden geholfen und war dann gegangen. Später als sonst. Um sich mit Ion zu treffen und später mit Alexej. Doch hatte sie die beiden getroffen? Sie wusste es nicht.

Die Schwester war mit ihrem Werk fertig und ging. Die Hand des Arztes legte sich auf ihre. »Jemand wird sich doch um Sie sorgen. Seit beinahe einer Woche schon. Wir sollten den armen Kerl erlösen.«

Sie fuhr hoch. »Was! So lange ich schlafen?«

»Wir machen das jetzt so. Sie erzählen mir, wer Sie sind, und ich sage Ihnen, was geschehen ist. Einverstanden?«

Ihr malträtiertes Hirn arbeitete, so fieberhaft es unter diesen Umständen ging. Also langsam. Es schien wie in einen Schraubstock gespannt. Sie musste hier weg. Schnellstens. Doch das war nicht möglich. Knochenbrüche und

Schädel-OP. Ein paar Tage musste sie aushalten. Und dafür war es besser, wenn niemand wusste, wer sie war und woher sie stammte. Erst wieder auf die Beine kommen und dann abhauen.

Sie nickte. »Ich Olia … Olia …« Tränen traten ihr in die Augen. Sie borgte sich ihren Namen. Den Namen ihrer besten Freundin, deren Knochen irgendwo verrotteten. Ohne Grab, ohne Blumen, ohne Gebet.

»Olia. Und wie weiter?«

Sie ließ den Tränen freien Lauf.

»Machen Sie sich keine Sorgen, Olia. Morgen wird es schon besser gehen. Jetzt denken Sie aber bitte mal scharf darüber nach, wen wir informieren sollen.« Er reichte ihr ein Taschentuch.

Sie trocknete sich die Augen. »Ich allein in Deutschland für Arbeit.«

»Na, dann rufen wir Ihren Chef an.«

Innerlich verdrehte sie die Augen, spielte aber weiter die Verzweifelte und tat so, als ob sie sich weder an die Firma erinnerte, für die sie angeblich arbeitete, noch wo sie wohnte. Dr. Borchert nahm ihr das ab und verwies noch einmal darauf, dass eine kurzzeitige Amnesie in ihrem Fall kein Grund zur Beunruhigung war. Doch in ihr wütete die Angst. Etwas Entsetzliches war geschehen. Auch wenn sie nicht sagen konnte, was es war und woher dieses Wissen kam. In ihrem Hirn rauschte ein buntes Flimmern, das die Bilder überlagerte, die in ihr lauerten. »Wo ich bin gesturzt?«

Der Arzt nahm wieder ihre Hand in seine. »Nicht erschrecken. Ja?«

Sie nickte.

»Von einer Brücke. Sie haben versucht, sich umzubringen.«

41

Nach Tanjas schamlosem Versuch, den Schlüssel fürs Schließfach zu stehlen, beschloss Clara, ihn zu verstecken. Ihre Arbeit kam ihr bei der Suche nach einem sicheren Aufbewahrungsort zugute. Vor einiger Zeit hatte sie einen Krimi lektoriert, in dem eine Journalistin einen USB-Stick mit hochbrisanten Daten in einer Büchse mit Pflaumenmus aufbewahrte. Keine schlechte Idee.

Sie wickelte den Schlüssel in Klarsichtfolie, versenkte ihn in einem Glas Mango-Chutney und schraubte den Deckel wieder auf. Dabei kam sie sich lächerlich vor. Glaubte sie wirklich, Tanja oder Hannes würden bei ihr einbrechen, um nach dem Schlüssel zu suchen?

Doch. Ja. Seit Tanja ihre Handtasche durchwühlt hatte, war alles vorstellbar. Auch ein Einbruch. Einen Moment hielt sie inne. Hatte Hannes es etwa zuerst so versucht? War er der Einbrecher gewesen? Das wäre eine Erklärung, warum nichts fehlte. So ergab dieser Einbruch Sinn. Dieser verdammte Mistkerl! Würde er es ein zweites Mal wagen? Auszuschließen war das nicht. Clara stellte das Glas zurück in den Kühlschrank. Auf die Idee, hier zu suchen, würde Hannes nicht kommen.

Woher wusste er überhaupt, dass der Schlüssel bei ihr war? Das wussten nur Paps, Achim und Franzi. Franzi, natürlich. Um diese Zeit war ihre Schwester noch zu Hause. Sie rief an.

»Hallo Clara. Alles okay bei Paps?«, meldete sie sich atemlos.

»Ihm geht es gut.« Clara fiel gleich mit der Tür ins Haus.

»Ich hatte gestern Besuch von Tanja. Sie hat versucht, den Schließfachschlüssel zu klauen.«

»Was? Das gibt es doch nicht.«

»Mich interessiert, woher sie überhaupt wusste, dass er bei mir ist. Hast du es Hannes erzählt?«

Einen Moment war es still. »Er war im Sommer mal bei mir im Café und hat erzählt, dass Tanja wieder schwanger ist, und ein bisschen rumgejammert, wie schlecht es ihnen geht. Wir haben auch über Paps gesprochen. Kann schon sein, dass ich dabei erzählt habe, dass du den Schlüssel fürs Schließfach aufbewahrst. Bist du sicher, dass sie ihn stehlen wollte?«

»Sie hat ihn aus meiner Handtasche genommen.«

»Holla, die Waldfee! Ganz schön dreist. Du denkst, Hannes wollte Paps' Münzen klauen?«

»Was sonst! Vor ein paar Tagen war er bei mir und hat versucht mich anzustiften, einen Teil davon zu stehlen.«

Franzi schnappte hörbar nach Luft. »Das ist ja echt das Letzte. Zeigst du die beiden an?«

»Nein. Ich kann es ja nicht beweisen. Sie würden es sicher abstreiten.« Sie erzählte Franzi auch von dem Einbruch und dass sie den Schlüssel nun in Sicherheit gebracht hatte. Wo, sagte sie nicht. Wenn Franzi es nicht wusste, konnte sie sich auch nicht verplappern. Das war nun geklärt. Zeit, sich an die Arbeit zu setzen.

Bevor sie das tat, sah sie wie jeden Morgen nach Paps und Krystyna. Im Treppenhaus begegnete ihr die Mitarbeiterin des Pflegediensts. Heute hatte ihr Vater seine Tabletten ohne Tricks und Theater genommen. Krystyna und er saßen beim Frühstück und lasen Zeitung. Alles war in Ordnung.

Kurz vor zwölf klingelte das Telefon. Es war Thore Derr. »Wie schön, dass Sie da sind. Störe ich?« Seine Stimme hatte einen spröden Klang, der ihr schon beim letzten Telefonat aufgefallen war. Wie trockenes Gras im Wind.

»Kein Problem. Ich wollte gerade Pause machen.«

»Ich bin am Samstag in München. Was meinen Sie, sollten wir uns nicht treffen?«

Ausgerechnet am Samstag. Da musste sie Papasitten.

»Wir könnten besprechen, wie Adrian Clarissa am besten das Leben zur Hölle macht.«

Unwillkürlich musste sie lachen. »Er hat es mit ihr schließlich auch nicht leicht. Zu einem derartigen Spiel gehören zwei.«

»Aber er eröffnet die Partie. An dieser Stelle bin ich gerade im Manuskript angelangt. Dummerweise will Adrian nicht so, wie ich es mir vorstelle.«

Im Exposé hatte das so einfach geklungen. Adrian richtet sein geknicktes Ego im Bett mit einer anderen auf und schlägt so zwei Fliegen mit einer Klappe. Er holt sich Bestätigung und gleichzeitig bestraft er Clarissa für ihren Erfolg. Das klang allerdings ziemlich alltäglich. Beinahe banal.

Clara hatte eine Idee. »Eine größere Wucht würde Adrians Seitensprung entfalten, wenn er mit einer Konkurrentin von Clarissa in die Federn stiege.«

»Darüber habe ich auch schon nachgedacht. Adrian findet das zu klischeehaft.«

»Es kommt darauf an, was Sie daraus machen. Klischees werden ja nur deshalb zu Klischees, weil sie allzu oft Realität sind. Gewinnen Sie dem Ganzen eine neue Facette ab, einen anderen Blickwinkel. Vielleicht benutzt die Rivalin Adrian ebenfalls.«

Er lachte. »Das hat etwas. Die Idee gefällt mir. Nun müssen Sie aber am Samstag mit mir essen. Italienisch, Indisch, Französisch?«

»Am liebsten Vietnamesisch. Aber eigentlich habe ich keine Zeit.« Sollte sie ihm sagen, dass sie ihren Vater hüten musste? Das ging ihn allerdings nichts an. Wie dumm, dass Krystyna ausgerechnet am Samstagabend auf einer Geburtstagsfeier war. Das war so abgesprochen. Clara konnte jetzt keinen Rückzieher machen und sie bitten, daheim zu bleiben.

»Eigentlich? Das heißt, es gibt eine Hintertür.«

Allerdings konnte sie Franzi fragen. »Vielleicht kann ich etwas drehen. Ich melde mich.« Sie verabschiedete sich und wählte die Nummer des Cafés. Beate holte Franzi ans Telefon. Im Hintergrund war Geschirrklappern zu hören und Gesprächsfetzen. Mittagszeit. Der Laden war voll, und Franzi hatte sicher alle Hände voll zu tun.

»Hallo Clara. Was gibt es denn noch?«

»Krystyna hat am Samstag frei. Sie trifft sich mit ein paar Kolleginnen zu einer Geburtstagsfeier. Und nun habe ich eine Einladung zum Essen bekommen und …«

»Aber hallo! Kenne ich ihn?«

Was Franzi immer gleich dachte. »Es ist geschäftlich. Ein Autor, dessen Manuskript ich betreue. Er ist am Samstag in München. Ich wollte fragen, ob du dich um Paps kümmern könntest.«

»Ein Autor also. Wer denn?«

»Thore Derr.«

»Doch nicht *der* Thore Derr?«

»Ich glaube nicht, dass es einen zweiten mit diesem Namen gibt.«

»Wahnsinn. Neulich war ein Interview mit ihm in der Zeitung. Er sieht gut aus.«

Kann schon sein, dachte Clara. Aber ich habe kein Date mit ihm. Es ist ein rein beruflicher Termin. »Kannst du nun auf Paps aufpassen?«

»Puh! Das ist schlecht. Ich wollte mit den Kids ins Kino und danach zum Pizzaessen. Kannst du das Essen nicht verschieben?«

»Mal sehen.«

»Du bist nicht sauer?«

»Nein. Natürlich nicht. Es wäre nur schön gewesen ...« Sie verabschiedeten sich. War ja eigentlich keine Überraschung, dass Franzi keine Zeit hatte.

Wen konnte sie noch fragen? Warum nicht Achim? Seit Paps krank war, hatte er seine Ablehnung ihm gegenüber aufgegeben. So gut wie in den letzten Monaten hatten die beiden sich seit dreißig Jahren nicht verstanden. Clara rief ihn an und schilderte ihr Problem.

»Ich würde sofort einspringen, Clara. Aber es geht nicht.«

»Weshalb?« Die Frage war raus, ehe sie darüber nachgedacht hatte. Erst jetzt wurde ihr bewusst, wie maßlos enttäuscht sie war. Kein schönes Essen, kein unterhaltsamer Abend mit einem interessanten Mann. »Es tut mir leid, Achim. Du bist mir keine Rechenschaft schuldig.«

»Das ist doch in Ordnung. Es ist nur so, dass wir einem Freund, der uns damals beim Hausbau geholfen hat, versprochen haben, beim Renovieren seiner Wohnung mit anzupacken. Wir können ihn nicht hängen lassen, und es geht nur an diesem Wochenende. Das ist ein Geschäftsessen, wenn ich dich richtig verstanden habe. Dafür lässt sich doch sicher ein anderer Termin finden.«

»Natürlich. Kein Problem. Und grüße Judith von mir.« Clara legte das Telefon zurück. Enttäuschung machte sich breit. Einen Augenblick spielte sie mit dem Gedanken, Derr einfach zu sich einzuladen. Sie konnte ein Essen vorbereiten und Paps zu sich holen. Doch er würde sie den ganzen Abend beschäftigen. Ein Gespräch wäre nicht möglich. Weder über Adrian und Clarissa noch ein persönliches oder gar ein kleiner Flirt.

Wenn sie ehrlich war, erhoffte sie sich genau das. Einen kleinen Flirt, ein leises Kribbeln, Champagnerbläschen eben, wobei sie sich auch mit Frizzanteperlen zufriedengeben würde. Doch Paps würde nach Mutter fragen, in die Schule gehen wollen oder ins Reisebüro. Am Ende würde Derr genervt fliehen. Am besten war es wohl, einen anderen Termin vorzuschlagen.

Sie wollte gerade zum Telefon greifen, als Franzi anrief. »Leonie hat soeben verkündet, dass sie Samstagabend bei einer Freundin ist, woraufhin Justin abgewunken hat. Mit der Mama allein ins Kino zu gehen ist offenbar megapeinlich. Kein Kinoabend also. Mein Liebster ist auf Geschäftsreise, und mit Klaus allein will ich nicht auf dem Sofa sitzen und trautes Ehepaar spielen. Wirklich nicht. Ich passe also auf Paps auf.«

»Danke, Franzi.«

»Kein Problem. Wenn du schon mal ein Date hast ...« Sie seufzte. »Mit Klaus wird es immer schlimmer. Er ahnt etwas. Neulich hat er mein Handy gefilzt. Gott sei Dank lösche ich sofort alle SMS und auch die Anruferliste. Aber so geht das nicht. Als ich ihn mit dem Handy erwischt habe, habe ich ihm gesagt, dass ich ausziehen und mich scheiden lassen will.«

Um Gottes willen!, dachte Clara. Sie konnte sich vorstellen, welchen Anblick ihre Schwester bot. »Wie geht es dir?«

»Weißt du, das war komisch. Mir ist das so rausgerutscht mit der Scheidung. Ich wollte es ihm ja erst sagen, wenn ich eine Wohnung habe und weg bin, und dann purzelte mir die Wahrheit einfach so aus dem Mund und ich dachte, jetzt schlägt er mich grün und blau.«

Sie hörte die Angst in Franzis Stimme. »Was ist passiert? Was hat er getan?«

»Nichts. Das war so was von unheimlich. Er hat nichts gemacht. Nicht geschrien oder getobt. Er hat mich nur angesehen, mit einem Blick ... Ich kann das nicht beschreiben. So kalt, dass mir ganz schlecht geworden ist.« Franzi atmete durch. »Nur noch ein paar Wochen, dann bin ich weg. Und wie gesagt, wenn ich Samstagabend nicht allein mit ihm daheim sein muss, ist mir das nur recht.«

42

Der ICE mit Rita und Georges hatte eine halbe Stunde Verspätung. Gina wollte die Zeit nutzen und in der Bahnhofsbuchhandlung nach einem neuen Schmöker suchen. Dühnfort begleitete sie. Was ihm im Magen lag und was er ihr bisher verschwiegen hatte, war der Anruf von Thorsten Brüggemann. Katja Behringer hatte nun auch noch ein Gutachten vorgelegt, demzufolge der offene Bruch nicht das Ergebnis eines eigentlich harmlosen Sturzes sein konnte. Da musste jemand kräftiger hingelangt haben.

»Wir lassen ein eigenes Gutachten erstellen«, hatte Brüggemann vorgeschlagen. »Von einem fähigen Rechtsmediziner. Besser, wir nehmen keinen aus Ihrem Biotop. Ich habe guten Kontakt zu Professor Hejen in Frankfurt.«

Dühnfort hatte zugestimmt. Herrgott! Potthoff war drauf und dran, die Staatsanwaltschaft von einer Anklage zu überzeugen. Falls es tatsächlich dazu kam, konnte er nur hoffen, dass der Richter die offensichtlich abgesprochenen Aussagen erkannte und es Brüggemann gelang, das Gutachten zu entkräften. Auf hoher See und vor Gericht war man in Gottes Hand. Dühnfort wollte nicht in Gottes Hand sein. Er wollte einwandfreie Beweise und unerschütterliche Zeugenaussagen. Doch die gab es nicht. Es gab nur Lügen.

Gina blätterte in einem Krimi und schauderte. »Was für ein Gemetzel.« Sie legte das Buch beiseite und griff gähnend nach einem Liebesroman. Es war nach zwei gewesen, als sie endlich heimgekommen war. Gut gelaunt und leise vor sich hin summend, Kneipendunst im Haar. Wo war sie so lange gewesen? Normalerweise erzählte sie das. Doch seit gestern schwieg sie, und er wagte nicht zu fragen, was das Leuchten in ihren Augen zu bedeuten hatte. Tief in ihm nagte ein böser kleiner Zweifel, der ihn daran hinderte und ihm eigentlich fremd war.

Sie legte das Buch weg. »Was ist? Du guckst so sorgenvoll.«

Er berührte sie am Ellenbogen. »Komm, lass uns irgendwo einen Kaffee trinken.«

Am Bahnhofsvorplatz war eine Espressobar. Am Tresen bestellte Dühnfort einen Doppio und einen Cappuccino. Fragend sah sie ihn an. »Es ist nichts. Der Fall macht mir zu schaffen. Alles passt irgendwie nicht. Ich habe das Gefühl, jemand verarscht uns.« Er erzählte ihr vom aktuellen Stand und von ihrer neuen Theorie, dass der Samariter doch alleine war und nicht im Team mit Anjela alias Elena arbeitete.

»Warum schließt ihr sie aus?«

»Keine DNA am Tatort Brettschneider. Außerdem hat sie Deutschland am Tag nach Emilys Ermordung verlassen. Das sagen jedenfalls ihre Zimmergenossinnen. Und bei dir? Alles klar?«

»Im Dorf mauern alle. Langsam glaube ich, dass ich den Fall auf diese Weise wohl nicht klären werde. Ich muss mir was anderes einfallen lassen.« Wieder gähnte sie. »'tschuldigung. Ist gestern ein bisschen spät geworden.«

»Wo warst du denn?« So, nun war die Frage raus.

»Ich war mit Xenia und zwei Freundinnen im Sacklzement.«

Im Sacklzement? Das war eine üble Spelunke in Giesing. Eine richtige Boazen. »Was habt ihr denn da gemacht?«

»Uns köstlich amüsiert. Und außerdem hatte ich dort etwas zu erledigen.«

»Beruflich? Und da nimmst du Xenia mit?«

»Eher privat.«

Ein Frauenabend in einer Kneipe also. Er entspannte sich. Weshalb sie sich wohl ausgerechnet dieses Lokal ausgesucht hatten? Zwei Tassen wurden über den Tresen gereicht. Dühnfort rührte Zucker in den Espresso. Nun noch den Rest. »Die interne Ermittlung ist abgeschlossen. Potthoff bearbeitet derzeit den Staatsanwalt, Anklage zu erheben.«

Gina schlürfte den Schaum vom Cappuccino. »Am Ende siegt die Wahrheit. Wirst schon sehen.« Da war es wieder, dieses Funkeln in ihren Augen.

»Leider siegt sie nicht immer. Was amüsiert dich so?«

Gina sah auf die Uhr. »Ich habe nur gute Laune. Das ist alles. Wir müssen. Der Zug kommt gleich.«

Er kramte in den Manteltaschen nach Kleingeld und reichte es dem Barista über den Tresen. Als sie den Bahnsteig erreichten, fuhr der Zug gerade ein.

Wie lange hatte er seine Mutter nicht gesehen? Zu lange jedenfalls. Sie lebte mit Georges in einem alten Herrenhaus im Elsass. Er betrieb von dort seinen Weinhandel und Rita ihr Atelier. Mit beinahe zweiundsiebzig malte sie noch immer. Früher waren es Porträts gewesen. Sehr eigenwillige. Denn sie besaß die Fähigkeit, hinter Fassaden zu blicken, zu erspüren, was den Menschen ausmachte, den sie vor sich hatte, und sie hatte die Gabe, das auf Leinwand zu bannen. Es brauchte Mut, sich ihrem Blick zu stellen, denn nicht selten entsprachen sich Selbstbild und Porträt nicht. Im Lauf der Jahre hatte Rita das Interesse an dieser Art von Menschenerkundungen verloren und sich der Natur zugewandt, deren gewalttätige Seite sie faszinierte und die sie in gigantischen Formaten umsetzte.

Das Geschick, mehr zu erspüren, als das Gegenüber von

sich preisgeben wollte, und die Faszination, die von Gewalt ausgehen konnte, hatte er wohl von seiner Mutter mitbekommen. Ein unerwarteter und schöner Gedanke.

Mit leisem Quietschen rollte der ICE vor dem Prellbock aus. Die Türen öffneten sich. Im Handumdrehen füllte sich der Bahnsteig mit Menschen. Es dauerte eine Weile, bis er sie entdeckte. Weißer Pagenkopf. Tiefroter Lippenstift. Sie war einen Kopf kleiner als Georges, der neben ihr ging. Er schien weniger geworden zu sein, dünner, gebeugter. Die gesundheitlichen Probleme waren offenbar größer, als Rita sie dargestellt hatte. Der einst stattliche Mann wirkte wie eingesunken. »Hallo Mutter, hallo Georges.«

»Tino, Junge. Schön, dich zu sehen.«

Sie umarmten sich, tauschten Küsschen rechts und links auf die Wangen. Er stellte Gina vor. Rita musterte sie wohlwollend. »Viel hat er ja von dir noch nicht erzählt. Schön, dass wir uns kennenlernen.« So extrovertiert Rita war, so introvertiert war Georges. Er nickte Gina freundlich zu.

Dühnfort nahm die Griffe der beiden Rollkoffer. Seine Mutter hatte etwas an sich, das Aufmerksamkeit erweckte. Es war nicht nur ihre Kleidung, die wie immer extravagant und schwarz war. Heute eine weite Hose und eine kurze kastenförmige Jacke, dazu ein kunterbunter Seidenschal. Es war ihre Lebendigkeit. Sie sprühte Funken, hatte Charisma. Auch jetzt, während sie lebhaft von der Fahrt berichtete, bemerkte er, wie sie gemustert wurde. Mal verstohlen, mal offen und neugierig. Ein älterer Herr neben ihnen stupste seine Begleiterin an. *Ist das nicht die Künstlerin, die wir neulich in Arte gesehen haben?*

Während sie zum Parkplatz gingen, erzählte Rita von der bevorstehenden Ausstellung, die sie gemeinsam mit ihrem neuen Galeristen plante. Georges war still. Das war er meistens. Wer daraus schloss, dass er unter Ritas Pantoffel stand, irrte. Er war ebenso durchsetzungsstark wie sie, was mit schöner Regelmäßigkeit zu hitzigen Debatten führte, dem Salz in ihrer Lebenssuppe. So nannte seine Mutter das.

Im Wagen bestand sie darauf, dass er und Gina abends zum Essen kamen. »Ich habe es schon organisiert. Um sieben liefert Käfer alles, was wir brauchen.«

Dühnfort stoppte an einer Ampel. Sein Blick fiel auf einen Zeitungskiosk. Die Schlagzeilen galten einem Bankenskandal. Bis jetzt hatte der Samariter sich nicht wieder gemeldet. Keine Mail, kein Foto des toten Heinrich Brettschneider, kein neuer Eintrag in seinem Blog.

43

Um Viertel vor sechs klingelte es an der Wohnungstür. Clara ließ Franzi ein. Sie umarmten sich. »Gut siehst du aus.«

»Findest du? Ist das nicht zu salopp?« Claras Outfit bestand aus Jeans und einem petrolfarbenen Kaschmirpulli, der aus besseren Zeiten stammte. Die Farbe passte gut zu ihren Augen.

»Für ein Essen im Monsoon ist das absolut okay.«

Sie hatte ohnehin keine Zeit mehr, sich noch einmal umzuziehen, und auch keine echte Alternative im Schrank. Um sechs traf sie sich mit Thore Derr zu einem Aperitif im OskarMaria. Es war Zeit, sich auf den Weg zu machen.

»Zwischen halb sieben und sieben kommt jemand vom Pflegedienst und gibt Paps die Medikamente. Abendessen habe ich vorbereitet. Es steht im Kühlschrank. Krystyna ist spätestens um zehn wieder da und löst dich ab.« Sie griff nach dem Trenchcoat, der vor Jahren richtig viel Geld gekostet hatte, eine Investition, die sich langsam auszuzahlen begann, und verabschiedete sich von Franzi und Paps, der fragte, ob Clara zur Tanzstunde wollte. Daran erinnerte er sich. Es war mehr als ihr halbes Leben her.

Der Wind war frostig. Dennoch ging sie zu Fuß. Es würde ihr guttun, den Kopf ein wenig auszulüften. Als sie den Marienplatz erreichte, setzte Schneeregen ein. Clara beschloss, doch die U-Bahn zu nehmen. Auf dem Treppenabsatz zum Zwischengeschoss lag eine aufgeweichte Zeitung mit dem Bild der toten Frau. Es erschien Clara für einen Moment wie ein böses Omen. Sie schob das bedrückende Gefühl beiseite. Heute wollte sie sich amüsieren. In der Waggon-Tür musterte sie ihr Spiegelbild. Es gefiel ihr. Doch, sie sah passabel aus, und der warme Beerenton des neuen Lippenstifts stand ihr gut.

Am Odeonsplatz stieg sie aus und betrat fünf Minuten nach sechs die Brasserie OskarMaria im Literaturhaus am Salvatorplatz. Beinahe alle Plätze waren besetzt. Gesprächsfetzen schwirrten durch den hohen Raum mit den schlanken Säulen, auf denen ein Tonnengewölbe ruhte. Kaffeeduft hing in der Luft. Ein Kellner kam mit vollem Tablett auf sie zu. Sie wich aus und entdeckte Thore Derr. Er saß an einem Tisch vor einem der raumhohen Fenster, die den Blick auf den Platz freigaben. Nun war sie im Vorteil. Sie kannte sein Bild von der Verlagswebseite, er keines von ihr.

Es gibt Günstlinge des Glücks oder Schicksals, oder wie immer man diese Kraft nennen mag, dachte Carla, die gelegentlich federführend in unser Leben eingreift und uns dabei keinerlei Macht einräumt. Thore Derr gehörte zu ihnen. Ein Mann, dem es gelungen war, aus seinem Talent etwas zu machen, und der damit erfolgreich war. Außerdem sah er auch noch faszinierend gut aus. Sein aus der Stirn gekämmtes, schulterlanges Haar ließ sie an angeschwemmtes Treibholz denken. Sein markantes Kinn, die vollen Lippen und dunklen Augen eher an einen antiken Krieger, der mit Schwert und Schild die Welt eroberte, als an einen Feingeist, der das mit Worten tat.

Er sah sich suchend um. Immer wieder schweifte sein Blick zur Tür. Clara genoss es, ihn unerkannt beobachten zu können. Schließlich trafen sich ihre Blicke. Sie wich nicht aus. Seine Augenbrauen stiegen fragend in die Höhe, ein Lächeln erschien, das sie erwiderte, während sie den Tisch ansteuerte und er sich erhob.

»Clara, wie schön. Ich hatte gehofft, dass ich Sie erkenne. Genau so habe ich Sie mir vorgestellt.« Er reichte ihr die Hand. Sie fühlte sich ein wenig rau an. Auch das passte zu ihm.

»Ach? Wie denn?«

»Mit diesem sezierenden Blick. Er passt zu einer Frau, die den Dingen auf den Grund geht, sie auseinandernimmt, die Einzelteile betrachtet und neu zusammensetzt.«

Clara hätte beinahe gelacht. »Mit dieser Einschätzung liegen Sie grandios falsch.« Jedenfalls was ihr Privatleben betraf. Bei allem, was ihr zu nah war, fehlte ihr die klare Sicht. Zu wenig Distanz, zu viel Harmoniestreben. Sie hängte den Mantel auf und setzte sich.

Der Kellner kam. Sie bestellten Prosecco und dazu Crostini. Bald drehte sich das Gespräch um *Das Schweigen der Fische*. Sie verfolgten die Idee weiter, wie Adrian mit einer künstlerischen Rivalin Clarissas ins Bett geht, die ihn ihrerseits benutzt, weil sie annimmt, Adrian habe Einfluss auf den Galeristen, der Clarissa groß herausbrachte. Ein Irrtum. Als sie das bemerkt, lässt sie Adrian fallen. Er ist tief verletzt, seine Eitelkeit maßlos gekränkt.

»Ein Narzisst«, meinte Clara. »Ich kann mir gut vorstellen, dass bisher in der Beziehung zwischen Clarissa und Adrian eine narzisstische Facette seiner Persönlichkeit eine Rolle gespielt hat, die nun an Raum gewinnt und damit an zerstörerischer Kraft.«

Thore Derr stützte das Kinn auf und sah sie an. »Sag ich doch: sezierend und analytisch. Wieso liege ich falsch?«

»Sagen wir so: Sie liegen nur halb richtig.«

Unverwandt sah er sie an. Seine Augen waren schön, dieses dunkle Braun, in dem einige malachitfarbene Einschlüsse zu tanzen schienen. Diese Lippen … Clara rief sich zur Ordnung. *Bilde dir keine Schwachheiten ein.*

Derr wartete, ob sie sich zur anderen Hälfte äußern würde.

»Bei Romanfiguren sehe ich klarer als im richtigen Leben. Es ist nun mal komplizierter als ein Plot, den man anpassen kann und dessen Figuren formbar sind.«

»Wenn Sie es könnten, wen würden Sie gerne nach Ihren Vorstellungen zurechtkneten?«

»Das ist eine Kinderfrage.«

»Ein Gedankenspiel.«

»Was soll es bringen? Wir können es nicht.«

Hannes? Würde sie ihn nach ihren Wünschen formen wollen? Nein. Dieser Zug war abgefahren. Sollte er mit Tanja glücklich werden. Sie trank einen Schluck Prosecco und verkniff sich die Frage, wen denn Derr gerne ändern würde. Die Gefahr war zu groß, auf das Thema Beziehungsstress zu stoßen. Sie wollte noch ein wenig schweben. Also lenkte sie das Gespräch wieder auf Adrian und Clarissa. Sie entwickelten den Plot weiter, loteten die Figuren aus, entwarfen verschiedene Lösungsmöglichkeiten. Es war, wie sie vermutet hatte. Derr wollte auf ein radikales Ende hinaus. Destruktiv. Vernichtend. Keine Katharsis, sondern ein ultimativer Endpunkt. Zwei zerstörte Leben. Alle seine Romane handelten von zerstörten Beziehungen. Das war sein Thema. Sicher nicht grundlos.

Ihr Gespräch drehte sich noch weiter um fiktive Leben, als sie sich zu Fuß auf den Weg zum Monsoon machten. Es war nur eine Viertelstunde zu gehen. Die prickelnde Luft und die Bewegung taten ihr gut. Der Prosecco war ihr ein wenig zu Kopf gestiegen. Sie genoss das Gespräch und Derrs Gegenwart. Einen derart unbeschwerten und gleichzeitig kribbelnden Abend hatte sie seit Jahren nicht erlebt.

Das vietnamesische Lokal entpuppte sich als edel. Im ersten Moment fühlte Clara sich ein wenig underdressed. Das Essen war phantastisch, der Wein auch. Langsam verloren sie das Interesse an Clarissa und Adrian und wandten sich einander zu. Clara erzählte von ihrem Leben als freiberufliche Lektorin, ohne es zu verklären, aber auch ohne zu jammern. Ihr Beruf machte Spaß, das war das Wichtigste. Auch wenn sie sich manchmal mit schwierigen Autoren auseinandersetzen musste. »Mit Ihnen beispielsweise.«

Derr lachte. »Ich bin ganz und gar unkompliziert.«

Clara war sich da nicht so sicher. Beim Dessert gingen sie wie selbstverständlich zum Du über und wussten bereits von ihren gescheiterten Ehen, als sie das Monsoon kurz vor zehn verließen. Der Nieselregen hatte aufgehört. Thore besaß weder Auto noch Führerschein. Sein Zug nach Prien ging in anderthalb Stunden. Zeit genug, Clara nach Hause zu begleiten.

Auf der Maximiliansbrücke kam ihnen auf dem Gehweg ein Radfahrer entgegen. Clara bemerkte ihn beinahe zu spät, Thore zog sie beiseite, danach blieb sein Arm auf ihrer Schulter liegen, wie selbstverständlich. Ein erwartungsvolles Prickeln ließ sie erschauern. Eine mahnende Stimme wollte fragen, wohin das führen sollte. Sie verbannte sie in den Keller der Vernunft. Dieser Abend sollte der Unbeschwertheit gehören. Schweigend gingen sie weiter. Über ihnen spannte sich der Nachthimmel, tief unter ihnen brauste die Isar. Im Rondell am Friedensengel blieb Thore stehen und sah sie mit diesem Malachitblick an, der ihr Herz schneller schlagen ließ. Plötzlich fühlte sie sich wie zuletzt mit siebzehn. Dieses schon fast vergessene Magenflattern vor dem ersten Kuss.

»Weißt du, als du geschrieben hast: *Ich erlöse Sie und nehme das Baiser*, da hat es bei mir klick gemacht. Plötzlich war ich neugierig auf dich. Du bist witzig und klug. Und jetzt würde ich dich gerne küssen. Darf ich?«

Sie lachte. »Spricht irgendwas dagegen? Ich glaube nicht.« Ihre Stirn lag noch in gespielt nachdenklichen

Falten, als er sie an sich zog. Dieser Kuss traf sie trotz Vorankündigung völlig unvorbereitet. Wann war sie zuletzt geküsst worden? Sie hatte ja gar nicht mehr gewusst, wie sich das anfühlte, was es in einem auslöste. Ihre Knie wurden tatsächlich weich. Ein Satz, den sie jedem Autor aus dem Manuskript gestrichen hätte. Doch so war es. Sie bekam weiche Knie. Sie spürte seine Lippen auf ihren, seine Zunge, die sich beinahe fragend näherte, bis sie ihre fand und einen Sturm an Gefühlen in ihr entfachte, der sie mitriss. Sein Haar war weich und kräftig. Seine Hände rau. Sie fühlte die Wärme seines Körpers durch den Mantel dringen. Bilder stiegen in ihr auf, die sie sich jetzt besser nicht ausmalen sollte.

Das Handy in der Manteltasche begann zu klingeln. Ausgerechnet jetzt! Clara ignorierte es. Doch es hörte nicht auf. Thore löste sich von ihr. »Vielleicht solltest du rangehen?«

Es konnte eigentlich nur Franzi sein oder Krystyna. Doch die Nummer im Display kannte sie nicht. »Ja?«

»Frau Lenz?« Die Stimme eines Mannes.

»Ja. Clara Lenz.«

»Dühnfort. Kripo München. Wo sind Sie zurzeit?«

Ein Eisregen verjagte in Sekundenbruchteilen alle erotischen Gefühle. Kalte Angst legte sich in Claras Magen. »Am Friedensengel. Was ist denn passiert?«

»Sie sollten nach Hause kommen.«

44

»Die Polizei. Ich soll nach Hause kommen.« Was war geschehen? Doch hoffentlich nichts mit Paps. Thore winkte bereits ein Taxi heran.

»Vielleicht ist bei dir eingebrochen worden«, meinte er während der Fahrt. »Das ist einem Freund von mir letztes Jahr passiert. Er war in Italien, als die Polizei bei ihm anrief.«

Ärger vertrieb die Angst. Wenn Hannes es gewagt hatte, bei ihr einzubrechen, dann gnade ihm Gott. Sie würde keine Rücksicht nehmen. Sie würde diesen Verdacht nicht für sich behalten. Damit kam er nicht ungeschoren davon.

Blinkende Blaulichter vorm Haus. Polizeifahrzeuge und Notarztwagen. Ihr wurde schlecht. Sie schluckte die Übelkeit runter. Instinktiv spürte sie, dass sie ihre Kraft jetzt brauchte. Thore drückte kurz ihre Hand. Sie stieg aus, während er zahlte.

Die Tür des Notarztwagens stand offen. Krystyna saß darin. Sie zitterte am ganzen Körper. Die Wärmefolie rutschte ihr von den Schultern. Ein Arzt stand bei ihr. Clara fühlte sich plötzlich wie unter Wasser. »Krystyna? Was ist denn passiert?«

Ihre Zähne schlugen aufeinander. »Ist … sich … Franzi …«

Der Arzt wandte sich um. »Die Frau steht unter Schock. Mit ihr können Sie jetzt nicht reden. Wir nehmen sie mit ins Rechts der Isar. Der zuständige Ermittler ist drinnen.«

Sie griff nach Krystynas Hand. »Ich sehe morgen nach dir.« Erst jetzt bemerkte sie die Nachbarn, die sich auf dem

Gehweg und im Durchgang versammelt hatten. Betretene Stille. Franzi! Was war mit ihr? Hatte Klaus sie etwa … Nein. Bitte nicht! Angst saugte jeden klaren Gedanken aus dem Schädel, hinterließ ein pulsierendes Vakuum. Neben dem Hauseingang standen Polizisten. Einer fragte, wohin sie wollten. Thore erklärte es. Sie wurden nach oben begleitet. Die Tür war angelehnt. »Warten Sie hier.« Der Polizist verschwand in der Wohnung. Thore zog Clara an sich. Franzi war tot. Sie wusste es. Zu viele Krimis gesehen, zu viele lektoriert. Doch das hier war keine Fiktion. Kälte breitete sich in ihr aus. Der Polizist kam in Begleitung eines Mannes heraus, der einen weißen Overall trug. »Frau Lenz?«

Sie nickte.

»Dühnfort. Können wir irgendwo ungestört reden?«

Wieder nickte sie. »Bei mir. Drüben.«

»Und Sie sind …?«

»Ein Freund. Thore Derr.«

»Können Sie Frau Lenz hinüberbegleiten? Ich komme gleich nach.«

»Was ist mit Franzi?«

Dühnforts Blick traf sie unvermittelt. Die furchtbare Wahrheit stand darin. »Sie ist tot. Lassen Sie uns das nicht hier besprechen.«

Ein brennender Schmerz vertrieb die Eiseskälte in ihr. Thores Arm umfasste ihre Schultern. »Komm.«

Wie betäubt ließ sie sich von ihm führen. Alle Geräusche schienen von weit her zu kommen, alles von ihr abzurücken. Sie bewegte sich durch einen schwarzen, leeren Raum. Das konnte nicht wahr sein. Erst als sie den Schlüssel für ihre Werkstatt aus der Tasche kramte, fiel ihr Paps ein. »Ich muss zu meinem Vater. Wo ist er überhaupt?« Mit dem Handrücken wischte sie die Tränen weg.

»Vielleicht bei den Nachbarn. Ich kümmere mich gleich darum. Du musst dich jetzt erst einmal setzen.«

Er bugsierte sie in ihr kleines Reich. Sie schaltete das Licht an. Franzi war tot. Das war unmöglich. Vielleicht ein Irrtum. Sie ließ sich aufs Sofa fallen. Ganz sicher ein Irrtum. So etwas passierte. Für eine Sekunde stellte sich Erleichterung ein. Sie versuchte, sich an diesen Gedanken zu klammern. Es gelang ihr nicht.

Plötzlich hielt sie einen Becher Tee in der Hand. Sie wusste nicht, wie er dahin gekommen war. Thore saß neben ihr, Dühnfort gegenüber im Sessel. Er hatte den Overall ausgezogen, Chino und Pullover waren darunter zum Vorschein gekommen. »Wo ist mein Vater? Er hat Alzheimer. Wenn er das Haus verlassen hat, muss ich ihn suchen. Er findet allein nicht heim.«

»Frau Lenz, es tut mir leid.« Er wich ihrem Blick aus. »Es hat zwei Tote gegeben.«

Was? Es dauerte eine Sekunde, bis sie begriff.

»Nein.« Sie schüttelte den Kopf wie ein kleines Kind. Hin und her. »Nein. Als ich gegangen bin, war alles gut.« Der Gasherd. Eine Explosion, schoss es ihr durch den Kopf. Doch dann wäre die Feuerwehr da. »Was ist passiert?«

»Ihr Vater und Ihre Schwester ... Sie wurden mit einem Kissen erstickt. Die Pflegerin Ihres Vaters hat sie gefunden, als sie nach Hause kam.«

Nicht Paps. Nicht Franzi.

»Frau Lenz, ich muss Ihnen einige Fragen stellen. Geht das? Fühlen Sie sich dazu in der Lage?«

Sie wusste es nicht und nickte mechanisch.

»Es gibt Parallelen zu zwei anderen Fällen. Sagen Ihnen die Namen Heinrich Brettschneider und Emily Dreher etwas?«

»Weiß Klaus es schon, Franzis Mann? Und die Kinder …« Wie sollte man ihnen das denn beibringen?

»Meine Kollegin kümmert sich bereits darum.«

Der Becher in ihrer Hand zitterte. Dennoch gelang es Clara, einen Schluck Tee zu trinken. Es war ihre heißgeliebte Grüne Harmonie. Der Tee, der sie ins Lot brachte und die Welt mit gelassenem Blick betrachten ließ. Doch ihr Leben würde nie wieder im Lot sein.

»Frau Lenz?«

Hatte er etwas gefragt?

»Heinrich Brettschneider und Emily Dreher. Haben Sie diese Namen schon einmal gehört?

Sie überlegte. »Nein.«

»Lebt Krystyna bei Ihrem Vater, oder kommt sie nur stundenweise?«

»Sie wohnt bei ihm. Er braucht jemand, der rund um die Uhr bei ihm ist.«

»Er war also nie allein in der Wohnung?«

»Nein. Nie. Wenn Krystyna ihre freien Nachmittage hat, bin ich bei ihm. Heute ist Franzi für mich eingesprungen. Ich hatte eine Einladung.«

»Diese freien Tage sind fix?«

»Nur der Samstag. Normalerweise hat Krystyna nachmittags frei. Doch heute wollte sie zur Geburtstagsfeier einer Kollegin.«

»Hatte Ihr Vater Bargeld zu Hause oder Schmuck?«

»An Bargeld etwa zweihundert Euro. Den Schmuck hat Paps nach dem Tod meiner Mutter Franzi und mir geschenkt.«

»Halten Sie es für möglich, dass Ihr Vater geheime Gelddepots in der Wohnung hatte?«

Wie kam er denn auf diese Idee? Sie wollte schon verneinen. Doch konnte sie wirklich sicher sein, dass Paps'

Eingemachtes noch auf diesem Online-Konto war? Vielleicht hatte er ja alles wieder abgehoben und versteckt. Dann hätte sie das Geld allerdings finden müssen, als sie nach den Bankunterlagen suchte. »Das glaube ich nicht.«

»Sie sind sich aber nicht sicher?«

»Seit er Alzheimer hat, kümmere ich mich um alles. Auch ums Geld. Ich bin seine Betreuerin.« Sie erzählte Dühnfort, wie sie auf das Online-Konto gestoßen war, und dass Achim nun das Geld aus England zurückholte.

Achim, an ihn hatte sie gar nicht gedacht. »Mein Bruder ... weiß er schon Bescheid?«

»Die Kollegen in Augsburg kümmern sich darum. Zwei Fragen habe ich für heute noch. Hatte Ihr Vater oder Ihre Schwester Feinde? Gab es Streit?«

»Nein. Kein Streit.« Sollte sie von Franzis Liebhaber erzählen und dass Klaus sie schlug? Hatte am Ende Klaus ...? Doch das war unvorstellbar.

»Ich nehme an, Ihr Vater ist vermögend, sonst könnte er sich die private Pflegekraft nicht leisten. Mich interessiert, von welcher Summe wir reden und wer ihn beerbt.«

In all die Fassungslosigkeit mischte sich nun doch ein Funke Ärger. »Sie glauben, jemand von uns war das?«

»Das ist eine Routinefrage. Ich muss sie stellen.«

»Wir drei Kinder beerben ihn. Das Vermögen besteht aus dem Konto in England, das sind hunderttausend Euro, und aus Krügerrandmünzen, die etwa dreihunderttausend wert sind.«

»Die Münzen sind aber nicht in der Wohnung?«

»Natürlich nicht. Sie sind in einem Bankschließfach.« Ein hysterisches Kichern wollte in ihr aufsteigen, als sie daran dachte, wo sie den Schlüssel dafür versteckt hatte. Sie schluckte es hinunter.

Dühnfort verabschiedete sich. Thore begleitete ihn hinaus. Drüben in der Wohnung waren die Fenster hell erleuchtet. Dort lagen Franzi und Paps ... Die regendurchweichte Zeitung stand ihr plötzlich vor Augen. Das böse Omen. Clara sprang auf und lief Dühnfort nach. »Meine Schwester und mein Vater ... halten sie Apfel und Trauben in den Händen?«

»Ihr Vater. Franzi nicht.«

Also nicht Klaus! »Dieser Irre hat sie umgebracht?«

»Das wissen wir noch nicht. Sagen Sie, hatte Ihr Vater eine Putzfrau?«

»Nicht mehr. Krystyna kümmert sich auch um den Haushalt.«

»Und davor?«

»Davor hat eine Frau aus dem Viertel einmal die Woche bei ihm geputzt. Sie hat nur eine kleine Rente und muss sich etwas dazuverdienen.«

Die Tür schloss sich hinter dem Kommissar. Thore nahm sie in den Arm. »Soll ich heute Nacht bei dir bleiben?«

Der Schlüssel im Mango-Chutney. Sie musste wissen, ob er noch da war. Das Glas stand an seinem Platz. Sie nahm es heraus. Es rutschte ihr aus den zitternden Händen, knallte auf den Boden und zerbarst. Zwischen Chutney und Scherben suchte sie nach dem Schlüssel. Erleichtert schloss sich ihre Hand darum.

Thore lehnte an der Küchenzeile und beobachtete sie. Er musste sie für eine Verrückte halten. »Das ist der Schlüssel fürs Schließfach.« Als ob das alles erklären würde.

»Ein ungewöhnlicher Aufbewahrungsort.«

Auch Hannes hatte nichts damit zu tun. Erleichtert stand sie auf. Plötzlich sah sie Tanja vor sich. Wütend packte sie den Kinderwagen und drehte sich um. *Dein Erbe wird uns retten. Das kannst du gar nicht verhindern.*

45

Dühnfort öffnete die Tür zum Schlafzimmer einen Spaltbreit und spähte hinein. Gina schlief. Auf leisen Sohlen ging er in die Küche. Die Digitaluhr am Herd zeigte zwanzig nach zwei. Im Kühlschrank fand er ein Stück Tarte Tatin. Seine Mutter war im Begriff gewesen, das Dessert zu reichen, als sein Handy geklingelt hatte und er weg musste. Bis zu diesem Moment ein schöner Abend.

Espresso oder ein Glas Wein? Nach einem Espresso konnte er durchaus schlafen. Allerdings nur, wenn er bald zu Bett ging, was heute nicht der Fall sein würde. Also nahm er die Flasche Pinot Grigio aus dem Kühlschrank, schenkte sich ein und setzte sich an den Küchentisch. Er zog die Frischhaltefolie vom Teller, aß den Kuchen und trank dazu Wein.

Was für ein Drama. Zwei Tote. Eine Mutter von zwei Kindern und ihr kranker Vater. Der Täter musste gewusst haben, dass Ernst Kubisch nie allein war. Weshalb hatte er ausgerechnet ihn ausgewählt? Wieder stellte sich das Gefühl ein, den wahren Hintergrund für diese Mordserie nicht zu erkennen.

Bei den Taten in der Sedanstraße gab es allerdings Unterschiede. Ein Doppelmord. Und es fehlten weder Wertsachen noch Geld. Vielleicht ein Trittbrettfahrer? War das möglich? Er verwarf die Idee wieder. Der Tatablauf war identisch mit den beiden vorangegangenen Morden. Der Sache mit dem Konto in England musste man auf den Grund gehen. Möglich, dass der alte Herr das Geld abgehoben und daheim gebunkert hatte. Wer konnte davon gewusst haben und wer von Brettschneiders Uhren und Emilys Notgroschen?

Sicher Brettschneiders Sohn und sein Freund, der Juwelier Schwarz. Wer noch? Seit Jahren hatte Brettschneider niemanden ins Haus gelassen, sich mehr und mehr abgeschottet. Wer kannte Kubischs finanzielle Verhältnisse und hätte es gewusst, falls er sein Geld zu Hause versteckte? Clara würde nicht in England danach suchen, wenn sie gewusst hätte, dass es in der Wohnung war. Franziska vielleicht. Die Jüngste. Vermutlich Papas Liebling. Hätte er sie eingeweiht? Hunderttausend Euro. Ein Vermögen.

Er erhob sich und ging mit dem Glas Wein hinaus auf den kleinen Balkon vor der Küche. Der Mond stand voll am Himmel. Wolken zogen vorbei. Leise rauschte der Wind in den Bäumen, die Luft roch nach nahendem Winter. Sein Atem kondensierte in der Kühle der Nacht. Fröstelnd zog er die Jacke enger um sich.

War wirklich Gier das Motiv? Jedenfalls nicht völlig falsch verstandene Fürsorge. Dafür suchte sich der Täter einfach die falschen Opfer aus. Auch Ernst Kubisch war nicht todkrank gewesen. Auch er wurde liebevoll versorgt. Wie Emily. Nur bei dem Messie Brettschneider lag der Fall anders. Um den hatte sich niemand gekümmert, außer gelegentlich die Nachbarin.

Was war mit Franziska? War sie eine Art *Kollateralschaden*? Hatte da jemand schlicht und ergreifend einen Hass auf alte Menschen? Wenn das so war, weshalb hatte er sich jemanden ausgesucht, der nie alleine war, der rund um die Uhr betreut wurde? Oder hatte er das am Ende nicht gewusst? Schwer vorstellbar. Er wählte seine Opfer aus, beobachtete sie also. Bei Ernst Kubisch wohnte seit einigen Wochen eine Pflegekraft, und davor hatte seine Tochter sich um ihn gekümmert. Das konnte dem Täter nicht entgangen sein. Weshalb hatte er dieses Risiko auf sich genommen? Er musste gewusst haben, dass er den alten Mann nicht allein antreffen würde.

Wie war er hineingekommen? Nicht mit demselben Trick wie bisher. Es war Samstag. Da machten Mitarbeiter von Behörden keine Hausbesuche. Er hatte sich etwas anderes einfallen lassen müssen. Brach er doch ein? Bei diesen alten Wohnungstüren ging das in Sekunden, wenn man wusste wie. Oder hatte er einfach geklingelt und sich in die Wohnung gedrängt, als Franziska öffnete? Doch sie hätte sicher lautstark protestiert und um Hilfe gerufen. Im Haus hatte niemand etwas gehört. Er musste sie sofort mit dem Totschläger niedergeschlagen haben. Gut möglich, dass ihr Vater gar nicht mitbekommen hatte, was geschah. Im Wohnzimmer war der Fernseher noch gelaufen, als sie gekommen waren. Franziska hatte im Flur gelegen. Es gab keine Abwehrverletzungen. Der Täter hatte sie niedergeschlagen, und dann hatte er sie erstickt. Das dauerte Minuten. Was wäre geschehen, wenn der alte Herr dazugekommen wäre? Weshalb dieses hohe Risiko?

Und plötzlich streifte Dühnfort die Ahnung, dass es in diesem Fall um etwas anderes ging. Um ein bestimmtes Opfer. Hatten sie es doch mit einem Trittbrettfahrer zu tun?

Er sah in die Nacht und leerte das Glas Wein. Wer war das eigentliche Opfer? Ernst oder Franziska? Wer hatte sich im Fokus des Täters befunden? Sie mussten die Familie unter die Lupe nehmen, vor allem Franziskas Ehemann. Weidenbach hatte bei der ersten Untersuchung der Leiche ältere Verletzungen und Hämatome im Brustbereich und an den Armen entdeckt, die auf häusliche Gewalt schließen ließen.

In der Küche quietschte die Tür. Gina kam auf den Balkon. »Du schon da? Wie früh ist es denn?«

Ihre Haare waren vom Schlaf verstrubbelt. Er strich ihr eine Haarsträhne aus dem Gesicht und gab ihr einen Kuss. »Habe ich dich vorhin doch geweckt?«

Sie schüttelte den Kopf. »Das Essen war zwar gut, aber zu schwer. Kommst du ins Bett, oder grübelst du bis zum Morgengrauen?«

»Es ist eher so, dass es mich grübelt. Und das hindert mich am Schlafen. Ich bleib noch ein bisschen hier sitzen.«

»Ich hole mir meine Fleecejacke und leiste dir Gesellschaft.« Sie brachte auch ihm eine Jacke mit und fragte, was ihn denn so grüble. Er erzählte es ihr. Vom neuen Fall, der wie eine Tat des Samariters aussah, aber dennoch nicht zu den beiden vorherigen passte. Wie überhaupt vieles in dieser vermaledeiten Serie nicht zueinander passte.

46

Kirsten hatte kein Auge zugetan und war beinahe froh, als um halb sieben der Wecker klingelte und sie aufstehen konnte. Völlig gerädert. Auf leisen Sohlen schlich sie über den Flur und öffnete die Tür. Kathi lag im Bett und schlief. Gott sei Dank. Insgeheim hatte sie befürchtet, ihre Tochter könnte weg sein, ausgebüxt. Zurück ins Internat oder zu Hannelore und Rüdiger. Ihr dunkler Haarschopf lugte unter der Decke hervor. Die Hände mit den grün lackierten Nägeln umklammerten Ka, die Riesenstoffschlange, ohne die Kathi nicht einschlafen konnte, seit sie drei gewesen war, und die daher völlig zerliebt war. Ein tief verunsichertes Kind, das obendrein mitten in der Pubertät steckte. Kirsten kämpfte den Impuls nieder, ihrer Tochter über den Kopf zu streichen. Sie wollte sie nicht wecken und ging in die Küche. Sonntagmorgen. Alle schliefen noch. Sie machte Kaffee und deckte den Tisch für sechs.

Als sie gestern Mittag ins Internat gefahren war, hatte sie nicht eine Sekunde daran gedacht, Kathi mitzunehmen. Sie wollte mit ihr reden. Über den Urlaub, über ihre Großeltern und deren Schmerz und welche Folgen er hatte, vor allem aber mit der Schulleiterin über das Hausverbot.

Beim Betreten der Aula hatte der Hausmeister sie abgefangen. Ganz offensichtlich hatte er auf sie gewartet, denn er teilte ihr mit, dass Frau Rudeloff sie sprechen wollte. Wie eine Schülerin, die etwas ausgefressen hatte, begleitete er sie zum Direktorat.

Kirsten ahnte, worauf es hinauslaufen würde. Ihr Blutdruck war bereits bei zweihundert, als sie das Zimmer der

Direktorin betrat. Sie saß hinter dem Schreibtisch. Ihr Blick so kühl wie die Farbe des Kostüms. Eisgrau.

»Grüß Sie, Frau Tessmann.« Offenbar wollte Christina Rudeloff das schnell hinter sich bringen, denn sie bot keinen Platz an. »Ich habe nach unserem Telefonat mit dem Arzt gesprochen, der das Gutachten erstellt hat. Er hält es für das Beste, wenn es vorerst keinen Kontakt zwischen Ihnen und Kathi gibt. Daher halten wir das Hausverbot aufrecht. Wenn Sie bitte gehen würden. Herr Gross begleitet Sie hinaus.«

Kirsten bebte innerlich. Ein stechender Schmerz zog über den Nacken nach oben, bohrte sich ins Gehirn. »Dieses Gutachten hat keine Gültigkeit. Das habe ich Ihnen bereits erklärt. Das Sorgerecht für Kathi liegt bei mir. Ich bestimme, welche Ärzte sie untersuchen, und sonst niemand. Meine Schwiegereltern lehnen sich da sehr weit aus dem Fenster, und Sie ebenfalls.«

»Ich schließe mich lediglich der Meinung des Arztes an und nutze mein Hausrecht. Sie gehen jetzt, Frau Tessmann.«

»Nicht, ohne mit Kathi gesprochen zu haben.«

»Soll ich jetzt wirklich die Polizei rufen?«

Einen Moment standen sie sich schweigend gegenüber, maßen sich mit Blicken, wie mit gezogenen Floretten.

»Das mache ich selbst«, erwiderte Kirsten und griff zum Handy, um die Kollegen zu rufen.

Die beiden, die kamen, gaben sich Mühe, die Situation zu klären, die in der Tat schwierig war. Die Schulleitung konnte Kirsten Hausverbot erteilen. Sie musste das Gelände verlassen. Man begleitete sie vor die Tür. Kirsten sah rot. Sie schickte die Kollegen wieder hinein, um Kathi zu holen. »Das Sorgerecht liegt bei mir und damit das Aufenthaltsbestimmungsrecht. Da ich sie nicht holen kann, müsst ihr das tun.« Sie wählte die Nummer und erklärte der verdutzten Direktorin, dass Kathi das Internat nicht eine Stunde länger besuchen würde. »Sollten Sie sich weigern, meine Tochter gehen zu lassen, machen Sie sich strafbar. Freiheitsberaubung und Kindesentziehung. Wahrscheinlich gibt es noch mehr strafrechtlich relevante Tatbestände, das müsste dann der Staatsanwalt klären.«

Zwanzig Minuten später trat Kathi mit Sack und Pack und in Begleitung der zwei Kollegen vor das Schulgebäude. Zornige Röte im Gesicht, wirbelnde Locken, fließende Tränen. Sie schrie und schlug um sich. Kirsten hätte heulen können.

»Du kannst nicht über mich bestimmen! Ich komme nicht mit zu dir! Das kannst du voll vergessen!«

Sie ging auf ihre Tochter zu. Dieses zornige Kind, so voller Wut, das sie nur zu gut verstand. Ihr geliebter Vater war tot. Der Mittelpunkt ihres Lebens. Eigentlich hatte er sie großgezogen, hatte sie gewickelt und gefüttert, mit ihr gelacht und getobt, mit ihr gespielt und ihr vorgelesen. Er hatte sie zu den Reitstunden kutschiert und die Hausaufgaben angesehen. Immer war er für sie da gewesen, während sie Karriere gemacht hatte. Und doch liebte sie ihr Kind, diesen Wildfang, dieses selbstbewusste und starke Mädchen, wie nichts auf der Welt. Sie musste einen Zugang zu ihr finden. Und deshalb musste sie jetzt die Ruhe bewahren.

»Es geht leider nicht anders. Ich lasse nicht zu, dass man einen Keil zwischen uns treibt. Du bist meine Tochter.« Sie nahm Kathi die Reisetasche, den Koffer und den Rucksack ab, in dem die Schulsachen steckten, und öffnete die Heckklappe.

»Du bist aber nicht meine Mutter!«, schrie Kathi mit hochrotem Kopf. »Ich habe dich nie interessiert. Ich bin dir völlig am Arsch vorbeigegangen. Und dann hast du Papa erschossen. Du bist eine Mörderin! Ich hasse dich! Ich hasse dich! Ich hasse dich!« Ihre Augen waren voller Tränen, Wut und Verzweiflung.

Kathis Worte trafen wie Axthiebe. Hilflosigkeit und die Angst, völlig versagt zu haben, dass alles zu spät war und nichts mehr zu retten, wollten sie vom Boden fegen. Sie hatte ihre Tochter längst verloren. »Und ich liebe dich!«, brüllte sie in ihrer Ohnmacht. »Ich liebe dich, und liebe dich, und liebe dich! Und deshalb kommst du jetzt mit!«

Der Kaffee war durchgelaufen. Kirsten setzte sich mit einem Becher an den Tisch. Ein Berg an Problemen türmte sich vor ihr auf. Gut, das erste hatte sie bereits gelöst. Das, wo Kathi wohnen sollte. Es gab ein freies Zimmer in der WG, das Dorothee an Übernachtungsgäste vermietete und das sie nun vorerst Kirsten überlassen hatte. Morgen musste sie sich auf die Suche nach einer Schule für Kathi machen. Am besten eine Ganztagsschule. Und dann brauchte sie noch eine Lösung für die Wochenenden, an denen sie Dienst hatte.

Die Wohnungstür wurde geöffnet. Xenia kam nach Hause. Sie hatte die Nacht mit ihren Freunden von der Filmhochschule durchgemacht und sah kurz in die Küche. »Morgen, Kirsten. Musst du in die Arbeit?«

»Geht nicht anders.« Plötzlich ein Geistesblitz. »Sag mal, Xenia, hättest du Zeit, dich heute um Kathi zu kümmern? Nur für ein paar Stunden und natürlich gegen Bezahlung.«

»Ich denke, sie ist im Internat.«

Kirsten präsentierte Xenia eine Kurzversion des Dramas.

»Würde ich gerne machen. Wir haben heute einen Dreh für einen Studentenfilm in Andechs, aber wenn es für dich okay ist, nehme ich Kathi mit ans Set. Es wird ihr gefallen.«

Kirsten war einverstanden. Allerdings musste sie Kathi

nun doch wecken und fragen. Ein »Supi!« rutschte ihr raus. Für eine Sekunde leuchteten ihre Augen, bis sie sich auf ihre Rolle als entführte Tochter besann und wieder ihren vorwurfsvoll trotzigen Blick aufsetzte.

Ein weiteres Problem war gelöst. Mit sich zufrieden ging Kirsten unter die Dusche und machte sich fertig für den Tag.

Der neue Fall setzte ihr zu. Franziska Wiesbach, so alt wie sie selbst und Mutter von zwei Kindern. Ihnen die Todesnachricht zu überbringen, war furchtbar gewesen. Der Mann hatte sie völlig ungläubig von sich gewiesen, während sich stummes Entsetzen in Justins und Leonies Gesichtern ausgebreitet hatte. Sie mochte sich nicht vorstellen, durch welche Hölle sie jetzt gingen. Der Mensch, den sie am meisten geliebt hatten, war tot, aus dem Leben gerissen, von einer Sekunde auf die andere. Keine letzten Worte, keine liebevolle Geste, kein Abschied. Ein Ende wie ein Film, der riss. Den Ehemann sollte man sich allerdings mal genauer anschauen, überlegte Kirsten. Einer, der seine Frau prügelt.

Ein Blick auf die Uhr. Höchste Zeit. Sie verabschiedete sich von Kathi, die inzwischen mit Dorothee in der Küche beim Frühstück saß und fingerdick Nutella auf eine Semmel strich. Kirsten verkniff sich jeden Kommentar über gesunde Ernährung. Gott sei Dank schien Kathi die Situation zu akzeptieren. Sie wollte ihr über den Kopf streichen, doch ihre Tochter wich aus. Geduld war gefragt. »Bis heute Abend, und viel Spaß mit Xenia. Ich muss los.«

»Leute erschießen.«

Das saß. Kirsten gelang es kaum, die Fassung zu bewahren. »Ich habe Glück gehabt und musste noch nie auf jemanden schießen.«

»Du lügst.«

»Das ist die Wahrheit. Wir können heute Abend darüber sprechen.«

»Ich glaube dir kein Wort!«

Das Handy in der Jackentasche begann zu vibrieren. Hannelore! Zum dreihundertsten Mal! Sie drückte das Gespräch weg. Wie gut, dass sie ihren Schwiegereltern die WG-Adresse nicht mitgeteilt hatte. Vermutlich standen sie vor dem Apartment am Mangfallplatz und klingelten Sturm.

»Wir reden heute Abend!«

Mit einem Mal hatte sie das alles satt. Sie fühlte sich wie ausgekotzt. Der Streit ums Kind war längst nicht beigelegt. Er ging in die nächste Runde. Kurioserweise nicht mit dem ehemaligen Ehepartner, sondern mit den Schwiegereltern. Eigentlich ein Witz!

Bevor sie die Wohnung verließ, steckte sie Kathis Handy ein. Sie hatte es ihr gestern aus dem Rucksack stibitzt, während Kathi glaubte, dass sie es im Internat vergessen hatte. Nicht schön. Aber nicht zu ändern, sonst würden Hannelore und Rüdiger sie ständig anrufen. Falls Kathi allerdings Kontakt zu den beiden aufnehmen wollte, würde sie das tun. Da machte Kirsten sich nichts vor. Und ewig konnte sie das Handy nicht behalten. Sie musste sich etwas einfallen lassen.

Im Wagen zog sie ihres aus der Tasche. Ein Dutzend Nachrichten waren seit gestern auf der Mailbox eingegangen. Sie ignorierte sie und rief den Pflegedienst an der Praterinsel an. Wie erwartet meldete sich ein Band mit einer Nummer, die man in Notfällen anrufen sollte. Kirsten kritzelte sie auf ihren Block und wählte sie. Die Inhaberin des Pflegediensts meldete sich.

»Kirsten Tessmann, Kripo München.«

»Ich hab es schon gehört. Meine Mitarbeiterin, die heute

Morgen zu ihm sollte, hat angerufen. Der alte Kubisch. Ermordet. Von diesem Wahnsinnigen. Schrecklich.«

»Wer war gestern Abend bei ihm?«

»Die Petra Melzner.«

»Wo finde ich sie?«

»Sie hat heute frei. Ich suche Ihnen die Adresse raus.«

Zwanzig Minuten später, es war kurz vor acht, stoppte Kirsten vor einem Wohnblock in Sendling. Sie musste mehrmals klingeln, bis die Gegensprechanlage rauschte. »Brennt es irgendwo?«

»Tessmann, Kripo München. Ich muss Sie sprechen. Es geht um Ernst Kubisch.« Der Summer ertönte. Zweite Etage links. Die Wohnungstür war angelehnt, davor stand eine Frau mittleren Alters im Hausflur. Die Haare vom Schlaf zerdrückt, die Hände in den Taschen eines weinroten Bademantels vergraben. »Frau Melzner? Kann ich kurz reinkommen?«

»Mein Mann schläft noch. Er wird grantig, wenn er sonntags nicht ausschlafen kann. Ich übrigens auch. Was ist denn mit dem Kubisch?«

»Er ist tot. Wann waren Sie gestern bei ihm?«

Diese Nachricht schien sie nicht sonderlich zu berühren. Petra Melzner fragte nicht nach, was geschehen war. »Wie immer. So um Viertel vor sieben. Seine Tochter war da. Die Franziska. Die Pflegerin hatte wohl frei.«

»War etwas anders als sonst? Haben Sie etwas Ungewöhnliches bemerkt?«

»Ne, alles wie immer: Der alte Herr hat seine Tabletten genommen. Ging diesmal ganz ohne Theater. Das war es schon.«

»Ist Ihnen jemand aufgefallen, als Sie gekommen oder gegangen sind?«

»Ne, da war niemand.« Sie zögerte. »Nur ein Mann

vorm Haus. Er stand am Klingelbord und ist reingewitscht, als ich raus bin. Dabei hat er mich angerempelt. Als ich gefragt habe, ob es denn so pressiert, dass er gleich die Leute umrennen muss, ist er einfach weiter. Hat einfach so getan, als hätte er mich nicht gehört.«

»Trug er ein Klemmbrett oder eine Akte?«

»Weiß ich nicht.«

»Wie sah er aus?«

»Mein Gott, normal halt.«

»Dick? Dünn? Groß? Klein? Wie alt?« Kirsten verlor langsam die Geduld.

Petra Melzner legte die Stirn in Falten. »Groß ... hager. So ein Sportlertyp ... Er trug Joggingklamotten und ein Basecap. Mit Känguru drauf.«

Na, ging doch. »Wie alt etwa?«

»Ich habe ihn ja nur kurz gesehen. Vielleicht vierzig oder fünfundvierzig. Ach! Und er trug ein T-Shirt mit Aufdruck. So ein Spruch war da drauf. Warten Sie mal. *Mir ist alles egal.* Oder so ähnlich.«

47

Kurz vor zehn parkte er den Wagen im Münchner Stadtteil Perlach. Am Gartentürchen der Wiesbachs hing ein getöpfertes Schild mit den Namen aller Familienmitglieder. Klaus, Franziska, Leonie und Justin.

Klaus Wiesbach ließ ihn ein. Ein bulliger Typ mit Stiernacken. Aus einem Zimmer in der ersten Etage wummerten Techno-Beats. »Das ist Justins Art, damit umzugehen«, meinte er entschuldigend. Der Mann sah fertig aus. Unrasiert, strähnige Haare. Tiefe Schatten unter den Augen. Dass er als Ingenieur bei einem Technologiekonzern arbeitete, sah man ihm im Moment nicht an. Dass er einer war, der seine Frau schlug, schon eher.

»Gibt es Neuigkeiten? Haben Sie den Kerl?«

»Wir arbeiten daran.«

»Wenn Sie ihn haben, wäre ich gerne mal fünf Minuten mit ihm allein.« Wiesbach schlug eine Faust in die flache Hand.

Na, das passte ja. »Sie wissen, dass das nicht geht.«

Wiesbach ließ die Arme sinken. »Warum sind Sie dann hier?«

»Ich möchte mir ein Bild machen. Das gehört zu unserer Arbeit. Wollen wir uns nicht setzen?«

Franziskas Mann ging voraus ins Wohnzimmer und ließ sich in einen Sessel fallen. »Was möchten Sie denn wissen?«

Anpirschen oder direkte Konfrontation? Dühnfort entschied sich für Angriff. »Gab es Probleme in der Ehe?«

»Was hat das mit dem Mord an meiner Frau zu tun?«

»Ihre Leiche weist unterschiedliche Verletzungen auf.

Wir müssen sie zuordnen.« Das stimmte zwar nicht, Ursula Weidenbach war sehr wohl in der Lage, zwischen prä- und postmortalen Verletzungen zu unterscheiden. Doch er wollte von Klaus Wiesbach das Eingeständnis, dass er seine Frau geschlagen hatte.

Franziskas Mann rang um Fassung. »Was Sie da andeuten ... Das muss ich mir nicht anhören.« Er stand auf.

»Setzen Sie sich wieder. Ihre Frau hat ihrer Schwester erzählt, dass sie von Ihnen geschlagen wurde.«

»Clara. Na klar!«

»Ich wüsste gerne, ob die Verletzung an der rechten Schläfe von Ihnen stammt. Also setzen Sie sich jetzt endlich wieder und beantworten Sie meine Frage.«

Der Mann schien kleiner zu werden. Er sackte in sich zusammen. »Ich ... ich habe sie doch geliebt.« Ein trockenes Schlucken.

Da war er wieder, dieser Satz, den er so verabscheute. Das sollte Liebe sein, wenn man seine Frau windelweich prügelte?

»Und sie? Sie hat mich betrogen. Ja ... gut, es stimmt. Ich hab sie geschlagen. Ich bin nicht stolz darauf.« Er zog ein Taschentuch aus der Hosentasche und schnäuzte sich.

»Die Verletzung an der Schläfe ...«

»Das war ich nicht ... Ich habe sie ... Mir ist halt die Hand ausgerutscht. Aber ich habe sie nicht ins Gesicht geschlagen.«

Auch das war typisch. Niemand sollte das sehen. Immer schön den Schein wahren. »Wohl eher die Faust. Gab es sonst mit jemandem Streit?«

Wiesbach schüttelte den Kopf. »Wir haben uns gut verstanden. Wir waren eine intakte Familie, bis vor ein paar Wochen jedenfalls. Seit Franzi einen anderen hatte.«

»Wissen Sie, wer das ist?«

Wiesbach zuckte die Schultern. »Sie hat nicht darüber gesprochen.«

»Es ist also nur eine Vermutung? Sicher wissen Sie das nicht?«

Wiesbachs Blick bekam etwas Verschlagenes. »Sie wollte ausziehen und die Kinder mitnehmen. Natürlich hatte sie einen anderen. Ich bin ja nicht blöd. Ständig war sie unterwegs und hatte dieses dämliche Grinsen im Gesicht, wenn sie mal daheim war. Und dann die neue Wäsche. Diese Fetzen! Außerdem hat sie anders gerochen. Und ich meine jetzt nicht nach Parfüm.«

»Mich interessiert auch die familiäre Situation. Hat sich Franziska gut mit ihrem Vater verstanden?«

»Mit ihrem Vater schon. Sie war sein Liebling. Das Nesthäkchen eben. Und mit Clara auch. Nur mit Achim gab es gelegentlich Reibereien. Die beiden mochten sich nicht besonders. Er war einfach nicht der Sohn, den Ernst sich gewünscht hat. Zu weich und ein Mutterkind. Elli hat ihn gehätschelt. Vielleicht war das ja auch der Grund, warum Ernst ihn nicht mochte. Eifersucht. Mit Clara ist Ernst nie richtig warm geworden. Er hatte sich einen zweiten Sohn gewünscht, und dann wurde es nur eine Tochter. Eigentlich hat er sie nie richtig wahrgenommen. Sie war da und funktionierte. Mich hat es nicht überrascht, dass Ernst sie als Betreuerin wollte. Achim traute er das nicht zu, und Franzi wollte er damit nicht belasten. Warum fragen Sie das alles?«

»Auch das ist Routine. Wer profitiert von einem Mord? Das ist eine der ersten Fragen, die wir uns stellen. Bei Ernst Kubisch geht es um eine Menge Geld. Da sehen wir genau hin.«

»Ich denke, es war dieser Irre, der sich als Samariter ausgibt, oder etwa nicht?«

»Möglich. Vielleicht auch nicht. Hat jemand in der Familie finanzielle Probleme?«

»Clara. Sie muss die Schulden ihres Exmannes mit abstottern.«

»Und Achim?«

»Dem geht es gut. Er hat zwar vor drei Jahren seinen Job verloren, doch mit goldenem Handschlag. Mit der Abfindung hat er sich selbständig gemacht. Die Firma scheint gut zu laufen. Wobei ...« Zögernd fuhr Wiesbach sich übers Kinn.

»Wobei?«, fragte Dühnfort und hatte im selben Moment den Eindruck, dass Wiesbach genau diese Nachfrage provozieren wollte.

»Es ist eigentlich nichts. Aber an Weihnachten hatte ich die Idee, dass Achim finanziell nicht so gut dasteht. Wir haben uns alle bei Ernst zum Gans-Essen getroffen. Clara organisiert das immer. Einige Wochen zuvor hatte ich eine nette kleine Summe geerbt und hab das beim Essen erzählt. Achim ist sofort darauf angesprungen und hat sich aufgedrängt, mich bei der Anlage zu beraten. Ich habe ihn abgewimmelt. Doch nach dem Dessert hat er mich beiseitegenommen und meinte, ich sollte mir das überlegen. Er hat Zahlen runtergebetet, welche Rendite ich erzielen könnte. Und da hatte ich plötzlich das Gefühl, dass er die Provision gut brauchen könnte.«

»Weshalb hat er seine Stelle verloren?«, fragte Dühnfort.

»Weil er sich verspekuliert hat. Nicht finanziell. Er hat bei einer Bank gearbeitet. Achim wollte den Posten seines Vorgesetzten. Er kannte die Leichen in dessen Keller. Dieses Wissen hat er zu nutzen versucht. Doch der Schuss ging nach hinten los. Am Ende musste er gehen.«

Oben schlug eine Tür. Schritte erklangen auf der Treppe. Ein Mädchen kam ins Wohnzimmer. Schwarz gefärbte

Haare, Schottenminirock über pinker Leggings. Höchstens vierzehn. Das musste Leonie sein. »Hi, Dad. Wer ist das?«

Wiesbach stand auf und nahm seine Tochter in den Arm. »Jemand von der Polizei. Frühstück steht in der Küche.«

»Hab keinen Hunger.« Leonie machte auf dem Absatz kehrt und verschwand wieder nach oben. Wiesbach sah ihr nach. »Sie verkraftet das nicht. Justin nicht, und ich auch nicht. Wie sollen wir jetzt weiterleben? Ohne sie.« Seine Kiefer mahlten. Er schluckte. »Es ist so sinnlos ... Wenn Franzi bei einem Unfall gestorben wäre oder durch Krankheit ... Irgendwie wäre das leichter. Wieso nennt der Kerl sich Samariter? Will er uns verhöhnen? Ich verstehe das nicht.«

Dühnfort hatte das Gefühl, einem schlechten Schauspiel zuzusehen. Oder war Wiesbach tatsächlich nicht in der Lage, seinen Emotionen Ausdruck zu geben? Außer mit der Faust. »Haben Sie jemanden, der sich um Sie und die Kinder kümmert?«

»Meine Schwester kommt morgen. Sie hat sich Urlaub genommen.«

Wiesbach begleitete ihn zur Tür und fuhr sich über die Augen. »Wissen Sie, was mich beinahe wahnsinnig macht? Eigentlich hätte Clara bei Ernst sein sollen und nicht Franzi. Doch sie ist eingesprungen, weil Clara eine Verabredung hatte. Sie wollte ihre Schwester endlich mal wieder glücklich sehen. Deswegen ist meine Frau gestorben. Für Claras Glück.«

48

Lachend hielt Tanja sich den Babybauch. Doch es war kein Baby darin. »Dein Erbe wird uns retten. Das kannst du gar nicht verhindern.« Ihr Gesicht verzog sich, wurde hässlich und alt, der Bauch schrumpelte zusammen. Tanja zog ein Kissen unter dem Kleid hervor und schleuderte es Clara entgegen. Sie wollte schreien, doch es kam kein Ton.

Krächzend und schweißgebadet schreckte sie aus dem Halbschlaf hoch, in den sie schließlich gefallen war. Ein Geräusch hatte sie geweckt. Thore ging ins Bad. Den Zug hatte er gestern nicht mehr erwischt und auf dem Sofa geschlafen. Sie setzte sich auf und kämpfte gegen Bleigewichte an, die sie niederdrücken wollten. Zurück ins Bett, die Decke über den Kopf, die Welt aussperren und diese fürchterliche Wahrheit, die sie noch immer von sich weisen wollte.

Sie musste zu Klaus und den Kindern und ihnen irgendwie beistehen. Etwas für sie tun. Dieser Gedanke verlieh ihr die Kraft, aufzustehen. Hinter dem Paravent schlüpfte sie in Jeans und Pulli und ging in die Küche. Sollte sie Tee kochen? Oder mochte Thore lieber Kaffee? Wie konnte sie über solche Banalitäten nachdenken, während Franzi tot war? Und Paps. Dennoch füllte sie den Wasserkocher, deckte den Tisch, klapperte mit Tellern und Tassen. Etwas zu tun tat gut, auch wenn sie keinen Hunger hatte und keinen Bissen hinunterbekommen würde. Es verlieh ihr das Gefühl, gegen diese Ohnmacht angehen zu können. Es war so banal wie normal, den Tisch zu decken, während das andere in seiner Absolutheit unfassbar war.

Die Badtür quietschte. Thore kam heraus. Was für ein furchtbares Ende eines Abends, der so schön begonnen hatte. Als er sah, dass sie schon auf war, glitt ein Lächeln über sein Gesicht, ein wenig verhalten. Sie wusste es, bevor er es sagte. In zwei Minuten würde sich die Tür hinter ihm schließen.

Er musste nach Hause. Der Zug ging in einer halben Stunde. Er konnte seinen Hund nicht länger allein lassen. Natürlich hatte sie dafür Verständnis. Ein Mann und sein Hund. Das war eine besondere Beziehung. Auch wenn es ein wenig weh tat.

Er rief ein Taxi, nahm den Mantel von der Garderobe, zögerte, als sie ihm nicht entgegenkam, und gab ihr schließlich Küsschen auf die Wangen. Rechts und links. Sie sah ihm noch einen Moment nach, als er über den Hinterhof ging und im Durchgang verschwand. Was hatte sie denn erwartet? Sie kannten sich schließlich kaum.

Sie duschte und brauchte dann doch einen Becher Tee. Damit setzte sie sich an den Tisch und starrte in den Hof. In Paps' Wohnung brannten schon wieder die Lichter. Die Leute von der Spurensicherung hatten sicher noch zu tun.

Das Licht am Anrufbeantworter blinkte. Jemand hatte angerufen, während sie im Bad gewesen war. »Clara? Bist du da? Dann geh doch bitte ran.« Es war Achims Stimme. »Die Polizei war bei mir. Ich kann es gar nicht fassen. Das kann doch nicht wahr sein. Ruf mich zurück, bitte!«

Hoffte er, dass sie ihm bestätigte, es sei nicht so? Wie albern. Sie drückte die Rückruftaste. Achim meldete sich sofort, als habe er neben dem Telefon gesessen. »Clara, mein Gott, wie schrecklich. Es ist so … unfassbar. Wie geht es dir?«

Sie wusste es nicht und sagte daher, was er hören wollte: dass sie damit schon klarkam.

Sie kam ja immer mit allem klar, machte den Rücken gerade und sah nach vorne. Irgendwie gelang es ihr stets, alles zu schultern. Das sagte sie allerdings nicht. Doch angesichts dessen, was Klaus und die Kinder jetzt durchstehen mussten, kam sie sich plötzlich schäbig und klein vor. Sie versank im Selbstmitleid, während er und Leonie und Justin schwankend am Rand eines Abgrunds standen. Sie musste zu ihnen.

Achim fragte, ob sie Unterstützung brauchte. Er würde ihr gerne helfen, Paps' Beisetzung zu organisieren, Papierkram zu erledigen und später die Wohnung aufzulösen. Daran hatte sie noch gar nicht gedacht. Vielleicht war es ja gut, etwas tun zu können. Achim war schon immer praktisch veranlagt gewesen. Er hatte diese schreckliche Wahrheit bereits akzeptiert und wandte sich den Aufgaben zu, die sie mit sich brachte. »Hast du Kontakt zur Polizei? Was tun die eigentlich?«

Dein Erbe wird uns retten. Seit gestern fraß sich dieser furchtbare Verdacht tiefer und tiefer. Das konnte nicht sein.

Sie riss sich zusammen, beantwortete Achims Fragen, nahm sein Angebot an. Sollte er sich um die Beisetzung von Paps kümmern. Sie musste Klaus helfen und den Kindern.

Irgendwie fiel es ihr leichter, Paps' Tod zu akzeptieren als den von Franzi. Er war alt gewesen, am Ende seines Lebens angekommen. Sie hatte sich darauf eingestellt, dass es irgendwann so weit sein würde. Doch nicht jetzt und nicht so. So willkürlich, voller Gewalt. So grauenhaft. Eher ein langsames Sich-Verlieren, Verschwinden, Auflösen. Ein Weg, auf dem sie ihn hatte begleiten wollen.

»Du hältst mich auf dem Laufenden, ja?«

Von einer Minute auf die andere. Einfach aus.

»Clara?«

»Ja. Natürlich. Ich melde mich, wenn es Neuigkeiten gibt.« Sie verabschiedete sich von Achim und legte auf.

Der Klumpen aus Schlüssel, Folie und Mango-Chutney lag noch auf dem Kühlschrank. Clara starrte darauf. Der Verdacht war einfach da. Nicht grundlos. Hannes' Vorschlag, Paps zu bestehlen. Seine bösartige Reaktion, als sie sich weigerte. Tanjas Besuch, ihre Schnüffelei. Sie hatte nach dem Schlüssel gesucht. Und sie hatte ihn eigentlich schon gehabt. Würden Paps und Franzi noch leben, wenn sie das Klimpern nicht gehört und Tanja den Schlüsselbund nicht abgenommen hätte?

Sie stützte die Hände in den Kopf, massierte den Schädel, als könnte sie so den Verdacht vertreiben. Doch er war da.

Beinahe ihr halbes Leben kannte sie Hannes. Er hatte Paps nicht umgebracht, damit der Erbfall eintrat und er seine Schulden loswurde. Und Franzi gleich mit, damit sie ihn nicht verraten konnte. Das konnte nicht sein. Das traute sie ihm einfach nicht zu. Allerdings hatte sie ihm all die Lügen und die Geliebte auch nicht zugetraut. Wollte sie wieder einmal die Wahrheit nicht sehen?

Sie gab sich einen Ruck. Sie hatte den Verdacht. Und sie würde ihn äußern. Sollten Hannes und Tanja sie dafür hassen. Es war ihr egal. Sie nahm die Visitenkarte des Kommissars vom Couchtisch.

49

Es war Sonntagvormittag und wenig Verkehr. Dühnfort bog auf die Bayerstraße ein. Der silberfarbene Mercedes, der ihnen schon geraume Zeit folgte, ebenfalls. Das Handy in Kirstens Tasche summte. Sie hatte es auf Vibrationsalarm umgestellt, dennoch bekam er die Anrufversuche mit, die sie ignorierte.

Das Telefonat mit Clara Lenz hatte seinen Verdacht bestärkt, dass der Samariter mit dem Doppelmord nichts zu tun hatte. Es schien um das Vermögen des alten Herrn zu gehen. Hannes Lenz hatte ein überzeugendes Motiv: erdrückende Schulden, für die seine Exfrau mithaftete. Wenn stimmte, was sie sagte, hatte es zwei vergebliche Versuche gegeben, das Problem zu lösen. War am Ende nur die ultimative Lösung geblieben, die, den Erbfall herbeizuführen? Wenn, dann hatte der Münchner Blick die Vorlage dafür frei Haus geliefert.

Dühnfort fuhr auf den Bavariaring. Ein Blick in den Rückspiegel, der Mercedes war noch da. »Jemand folgt uns.«

Kirsten wandte sich um und stöhnte.

»Wer ist das?«

»Meine Schwiegereltern.«

Überrascht sah er zu ihr hinüber. »Sie observieren dich?«

»Ich habe Kathi aus dem Internat genommen. Sie kennen meine neue Adresse nicht und denken wohl, dass sie die so herausfinden.«

»Das haben wir gleich.« Er griff zum Funkgerät. »KHK Dühnfort, K 11. Ich brauche einen Streifenwagen am Bavariaring, Ecke Gollierstraße. Ist jemand in der Nähe?«

Kurz drauf kam Antwort. »Abele und Reipke, PI 41. Wir sind am Alten Messeplatz. Was steht an?«

»Wir werden verfolgt. Macht eine Personen- und Fahrzeugkontrolle, und macht sie gründlich. Silberfarbener Mercedes Kombi.« Er gab das Kennzeichen durch.

»Danke«, sagte Kirsten. »Aber sie werden nicht aufgeben.«

»Du solltest den beiden untersagen, sich dir oder Kathi zu nähern. Wenn sie sich nicht daran halten, kannst du ein Näherungsverbot bei Gericht erwirken.«

»Ich weiß nicht, ob ich die Situation weiter eskalieren lassen will. Obwohl ... schlimmer geht es vermutlich nicht mehr.«

Dühnfort sah in den Rückspiegel. Die Kollegen waren da. Winkende Kelle aus dem Beifahrerfenster. Sie setzten sich vor den Wagen und stoppten ihn. »Willst du gleich anfangen? Du hättest drei Zeugen.«

Dieser Vorschlag brachte sie zum Lächeln. »Okay.«

Er wendete in einer Einfahrt, fuhr zurück und hielt hinter dem Mercedes. Der Fahrer war ausgestiegen und zeigte seine Papiere. Ein älterer Herr vom Typ Oberarzt. Volles weißes Haar. Herrischer Blick. Jemand, der wusste, was er wollte, und das auch durchsetzte.

Als er Kirsten bemerkte, musterte er sie kalt. »Geht das hier auf deine Initiative zurück?«

Die Beifahrertür flog auf. Eine ältere Frau kam um den Wagen herum. Toupierte Haare, Perlenkette, verkniffener Mund. »Wo ist Kathi?«

»Das geht euch nichts an. Wenn ihr mich oder sie weiter mit Anrufen oder Briefen und Mails belästigt, verfolgt oder klingelnd vor der Tür steht, rufe ich die Kollegen.«

»Typisch. Kein Maß und kein Ziel. Wie immer gehst du zu weit!« Das kam vom Schwiegervater.

»Ach? Die Herrschaften kennen sich.« Fragend sah Polizeiobermeister Abele in die Runde. Dühnfort umriss die Situation und ließ sich vom Kollegen Reipke die Papiere der beiden reichen. Hannelore und Rüdiger Tessmann. Beide Anfang siebzig, wohnhaft in Hohenlinden.

»Ich werde künftig jeden Versuch der Kontaktaufnahme dokumentieren und damit ein gerichtliches Näherungsverbot beantragen. Alles klar?« Kirsten blieb erstaunlich kühl.

»Du bist eine durch und durch unverschämte und verkommene Person. Eine Mörderin, die frei herumläuft«, giftete die Schwiegermutter.

Dühnfort schritt ein. »Jetzt ist es aber gut. Meine Kollegin wünscht keinen Kontakt zu Ihnen und untersagt Ihnen auch, Kontakt zu ihrer Tochter Kathi aufzunehmen. Ich nehme an, Sie haben das verstanden.«

»Dann wäre das ja geklärt«, meinte Abele. »Und wir können hier weitermachen. Wo haben Sie denn das Warndreieck und den Verbandskasten?«

Die Schwiegermutter konnte es nicht lassen, ihnen noch ein paar Unverschämtheiten hinterherzurufen. Als sie Kirsten ein weiteres Mal eine Mörderin nannte, wurde es Dühnfort zu viel. Er kannte den Ermittlungsbericht und wusste, was Kirsten durchgemacht hatte. »Warte im Wagen auf mich.« Er machte auf dem Absatz kehrt.

Sie stoppte ihn. »Lass es gut sein. Sie kann nicht anders.«

Vermutlich hatte sie recht. Wie sollte man mit der Angst umgehen, versagt zu haben? Wie mit dem Wissen, einen Sohn großgezogen zu haben, der Gewalt als einziges Mittel der Auseinandersetzung kannte? Am einfachsten war es, die Schuld anderen zuzuweisen, anstatt sich mit dem eigenen Versagen auseinanderzusetzen. Also stieg er ein und fuhr los.

Kurz nach elf erreichten sie die Ligsalzstraße. Dort wohnte Hannes Lenz mit seiner Lebensgefährtin Tanja Sparenberg in einem etwas heruntergekommenen Hinterhaus. Vierte Etage. In der Wohnung hinter der Tür lief Musik. Kirsten klingelte. Schritte erklangen, die Tür wurde einen Spaltbreit von einer jungen Frau geöffnet. Sie trug einen grauen Jogginganzug, der über dem Babybauch spannte. »Kommen Sie von den Zeugen Jehovas? Dann können Sie gleich wieder verschwinden.«

»Dühnfort. Kripo München. Frau Sparenberg?«

Schlagartig wirkte sie wach. »Ja. Warum?«

»Ist Herr Lenz da?«

»Wieso denn?«

»Können wir reinkommen?«

Sie folgten ihr in den Flur. Die Tür zur Küche stand offen. Dort war der Tisch für ein spätes Frühstück gedeckt. Im Hochstuhl saß der Junge, von dem Clara Lenz erzählt hatte. Hannes Lenz kam aus dem Bad. Ein gutaussehender Mann Anfang fünfzig, mit grauen Schläfen und Dreitagebart. Irritiert sah er seine Freundin an. »Was ist los?«

»Die Kripo will mit dir reden.«

»Mit Ihnen beiden«, erklärte Kirsten.

Lenz streifte erst Dühnfort, dann Kirsten mit einem Blick. »Worum geht es?«

»Wir haben nur ein paar Fragen.«

Der Junge im Hochstuhl begann zu quengeln.

»Ja, dann fragen Sie.« Eine Mischung aus Gereiztheit, Ungeduld und Nervosität schwang in Lenz' Aufforderung mit.

»Wo waren Sie beide gestern Abend zwischen neunzehn Uhr und einundzwanzig Uhr dreißig?«

»Sie wollen Alibis von uns? Was ist denn passiert?«

»Kann ich erst eine Antwort haben?«

Die beiden tauschten einen Blick, den Dühnfort nicht einordnen konnte. Ratlosigkeit oder stilles Übereinkommen?

Tanja überließ es ihrem Freund, zu antworten. »Wir waren zu Hause. Wo sonst, mit einem kleinen Kind?«

»Gibt es jemanden, der das bestätigen kann?«

Der Junge begann zu weinen. Tanja Sparenberg verschwand in der Küche.

»Nein.«

»Hat jemand angerufen oder der Nachbar geklingelt? Denken Sie nach.« Ein Karton mit Altpapier stand auf dem Schuhregal. Obenauf der Münchner Blick von gestern. Dühnfort hob die Zeitung hoch, darunter lag die Ausgabe mit dem Foto von Emily.

»Wir hatten weder Besuch noch Anrufe.«

Mit dem Kind auf dem Arm kehrte Tanja in den Flur zurück. »Um sieben gab es Abendbrot, danach haben wir ferngesehen. Es war ein ruhiger Abend. Der Kleine hat endlich mal durchgeschlafen. Was ist denn los?«

»Franziska Wiesbach und Ernst Kubisch wurden gestern ermordet.«

»Was?« Lenz wich Dühnforts Blick aus und ging in die Küche. Am Spülbecken ließ er Wasser in ein Glas laufen und trank einen Schluck, während Tanjas Blick zwischen ihm und Dühnfort pendelte.

»Scheiße«, sagte sie schließlich. »Sie denken, wir waren das. Das haben Sie von Clara, stimmt's? Aber das ist total daneben. Wir haben damit nichts zu tun.«

Mit einem Signalton schaltete sich die Mikrowelle aus. Kirsten fragte, ob sie mal die Toilette benutzen könnte, und verschwand im Bad, während Tanja anbot, sich zu setzen, und Dühnfort am Küchentisch Platz nahm. »Herr Lenz, wir wissen von dem Vorschlag, den Sie Ihrer Exfrau gemacht haben. Sie wollten, dass sie einen Teil der Münzen ihres Vaters unterschlägt.«

Lenz fuhr sich übers Kinn. »Mein Gott, Unterschlagung ist ein großes Wort. Ich habe eher an einen Vorschuss auf Claras Erbe gedacht. Sie hätte das ja später mit Achim und Franzi verrechnen können. Es war eine verrückte Idee, zugegeben. Aber einen Versuch wert.« Er griff nach einem Becher mit kaltem Kaffee. »Wobei ich es hätte wissen müssen. Clara ist spießig bis in die Knochen. Dabei wäre ihr damit auch geholfen gewesen. Aber nein, sie knapst lieber rum, in ihrem Loch im Hinterhof.«

»Sie fanden ihre Ablehnung also ziemlich egoistisch?«

Die Gesichtszüge von Hannes Lenz verhärteten sich. »Wenn Sie es so formulieren wollen, bitte. Als meine Firma gut lief, hat sie davon profitiert. Schöne Wohnung, schicke Kleider, teure Reisen, großes Auto. All das hat sie gerne genommen. Und als ich sie bitte, etwas zurückzugeben, wird sie zu Mutter Teresa. Dabei ist sie nur eifersüchtig und genießt ihre Macht. Es freut sie, dass wir jeden Cent zweimal umdrehen müssen. Auch wenn Kinder darunter leiden. Das ist ihre schäbige Rache dafür, dass ich sie verlassen habe.«

Meine Güte, was für eine verdrehte Sichtweise. »Sie konnte Ihnen nicht geben, was sie nicht besaß. Jetzt erbt Ihre Exfrau allerdings, und Sie sind alle Sorgen los. Schon praktisch.«

»Clara aber auch. Das sollten Sie nicht übersehen.«

»Ihr Alibi haben wir bereits überprüft.«

»Ach ja? Ihr Date mit diesem Schriftsteller. Vielleicht stecken die beiden unter einer Decke.«

Dühnfort war verblüfft. »Sie wussten von der Verabredung?«

Lenz zuckte mit den Schultern. »Franzi hat es mir erzählt.«

»Wann?«

»Neulich am Telefon. Wir haben uns immer gut verstanden und halten Kontakt.«

Kirsten kam von der Toilette.

»Sie wussten also, dass sie gestern Abend bei ihrem Vater sein würde und nicht Clara?«

Eine Sekunde zögerte Lenz und nickte schließlich.

»Und Sie«, Dühnfort wandte sich an Tanja, »haben bei Clara Lenz nach dem Schlüssel fürs Schließfach gesucht, nachdem Sie bei ihrem Vater keinen Erfolg hatten. Krystyna hat Sie dabei erwischt.«

»Keine meiner besten Ideen.«

Sie sagte das, als wäre es selbstverständlich, in fremden Wohnungen herumzuschnüffeln.

»Uns geht es wirklich nicht so toll. Und der Alte … der alte Mann sitzt auf einem Vermögen. Nicht mal selbst verdient hat er das. Er hat einfach Glück gehabt, dass der Goldpreis so gestiegen ist. Er braucht es nicht. Er hat ja seine Pension. Die zahlen wir mit unseren Steuern. Den Alten schiebt man es vorn und hinten rein, und die jungen Familien gehen leer aus.«

Dühnfort schluckte den aufsteigenden Zorn hinunter. »Sie wollten beide einen Teil der Münzen. Es ist Ihnen trotz mehrerer Versuche nicht gelungen, an sie zu gelangen. Und nun hat sich das Problem über Nacht gelöst. Ernst Kubisch ist tot. Clara beerbt ihn, und Sie sind am Ziel Ihrer Wünsche. Dummerweise gibt es kein überprüfbares Alibi. Wie wäre es mit einer freiwilligen Speichelprobe, damit wir Ihren Angaben Glauben schenken können?«

Erschrocken sah Tanja zu Hannes. Er schob den Stuhl zurück und stand auf. »Freiwillig bekommen Sie von uns gar nichts. Und jetzt gehen Sie.«

Ein schwaches Alibi reichte für die Anordnung einer

Speichelprobe nicht aus. Sie brauchten mehr. Dühnfort stand auf. Also an die Arbeit.

»Originelles T-Shirt, das da im Bad zum Trocknen hängt«, sagte Kirsten im Aufstehen. »*Is mir egal. Ich lass das jetzt so*. Wirklich witzig.«

»Auf dem Flohmarkt gekauft, falls es Sie interessiert.«

»Mich interessiert eher, wann Sie es zuletzt getragen haben. Lassen Sie mich raten. Gestern Abend, kurz vor sieben, als Sie Ernst Kubisch besuchten.«

50

»Die Vier.« Petra Melzner deutete auf eine Reihe von sechs Männern, die im Raum hinter dem Venezianischen Spiegel standen. Fünf Kollegen und Hannes Lenz. Er hielt die Nummer Vier.

»Sie sind sich ganz sicher?«, fragte Dühnfort.

»Wenn ich es sage. Die Nummer Vier. Er hat mich angerempelt. Ich hab ihn gefragt, ob es noch geht, ob er sich nicht entschuldigen kann. Doch ich war Luft für ihn. Er war das.« Wieder wies sie auf Hannes Lenz. »Ich habe ihm nachgesehen. Er trug dieses T-Shirt mit dem Aufdruck am Rücken. *Mir ist alles egal.* Oder so ähnlich. Wie passend, habe ich gedacht. Gute Manieren wohl auch.«

»War er allein?«

»Ich habe sonst niemanden gesehen.«

»Vielleicht eine schwangere Frau?«

Sie schüttelte den Kopf. »Nur er ist mir aufgefallen.«

Dühnfort ließ Lenz vorläufig festnehmen und begleitete Petra Melzner hinaus. Weiter hinten im Flur saß Tanja Sparenberg auf einer Bank. Im Kinderwagen schlief der Junge. Dühnfort überlegte, ob sie an der Tat beteiligt sein könnte. Eine Schwangere. Bis jetzt deutete nichts darauf hin.

Beim Jourdienst der Staatsanwaltschaft beantragte er einen Durchsuchungsbeschluss für die Wohnung und wählte dann Russos Nummer. Er war gerade aus der Rechtsmedizin zurückgekehrt. »Biete Informationen gegen einen deiner viel gerühmten Espressi.«

»Du willst richtigen Kaffee trinken? Was ist passiert?«

»Der Automat ist kaputt.«

»Sehr schön.«

Sie trafen sich in Dühnforts Büro. Während er zwei Espressi zubereitete, berichtete Russo von den Obduktionen. »Keine Überraschungen. Es ist so, wie wir es schon gestern Nacht angenommen haben. Franziska wurde niedergeschlagen. Ziemlich sicher mit einem Totschläger, vermutlich mit einer mit Blei- oder Eisenkugeln gefüllten Socke. In dem Hämatom an der rechten Schläfe zeichnet sich eine Rippenstruktur ab. Todesursache ist Ersticken. Tatwaffe das Kissen, das wir neben Kubischs Leiche gefunden haben. Es gibt mehrere davon in der Wohnung. Keine Abwehrverletzungen. Franziska ist aus der Bewusstlosigkeit nicht mehr aufgewacht. Der Angriff muss für sie völlig unerwartet gekommen sein.«

Dühnfort versuchte, sich das vorzustellen. Es klingelt. Franziska öffnet und ist überrascht, Hannes zu sehen. Natürlich lässt sie ihn ein und geht voran. *Paps, Besuch für dich. Rate mal, wer es ist.* Hannes zieht den Totschläger aus der Hosentasche, holt aus, ein Schlag. Er trifft Franziska an der rechten Schläfe. Sie stürzt zu Boden. Auf der Bank liegen Kissen. Das weiß er. Früher war er häufig in der Wohnung, und auch Tanja kennt sie. Sie war erst vor einigen Tagen dort. Hannes nimmt eines und erstickt seine Schwägerin. Es geht leider nicht anders. Sie würde ihn hindern, das zu tun, was er tun will. Seinen Schwiegervater töten. Im Wohnzimmer läuft noch immer der Fernseher. Ziemlich laut. Der alte Herr bekommt nichts mit. Als Hannes mit Franziska fertig ist, geht er ins Wohnzimmer.

Zwei eiskalt geplante Morde.

Dühnfort reichte Russo die Dose mit dem dunklen Zucker. »Und bei Kubisch? Dasselbe wie bei Brettschneider und Dreher, oder gibt es Abweichungen?«

»Wie bei den anderen.«

Etwas störte ihn. »Eigentlich kann Lenz es nicht gewesen sein. Dass der Samariter einen Totschläger verwendet, haben wir nicht an die Presse gegeben.«

»Wir nicht. Aber die Wittock war in der Rechtsmedizin und hat einen der Sektionsgehilfen ausgehorcht. Er hat das erzählt. Es stand in ihrem Artikel. Hast du den nicht gelesen?«

Er hatte ihn nur überflogen. Aber es stützte die Zwei-Täter-Theorie. Hannes Lenz war ein Trittbrettfahrer. Er hatte den Mord an Emily Dreher zum Vorbild genommen, um seinen Schwiegervater zu töten, damit seine Frau erbt und er endlich schuldenfrei wurde. »Wie sieht es mit den Todeszeitpunkten aus?«

»Zwischen neunzehn und einundzwanzig Uhr.«

Auch das passte. Dühnfort trank seinen Espresso. »Ich konzentriere mich mit meinen Leuten jetzt auf Hannes Lenz und seine Lebensgefährtin. Gibt es Fortschritte bei der Suche nach dem Samariter?«

»Wie gesagt: Fieselarbeit. Ich habe drei meiner Leute dafür abgestellt. Es wird trotzdem noch dauern. Bei den Zeitungen hat er sich nicht wieder gemeldet. Es gibt nichts von ihm zum Fall Brettschneider. Auch im Blog nicht.« Russo leerte die Tasse. »Wirklich fein.«

Dühnfort fragte sich, warum das so war. Weshalb hatte der Samariter sich erst so weit vorgewagt und schwieg jetzt? Vermutlich die Angst, zu viele Spuren zu hinterlassen.

Der Beschluss war ausgestellt. Er holte ihn ab. Alois war in Sachen Emily unterwegs, also würde er Kirsten zur Wohnungsdurchsuchung mitnehmen.

Tanja Sparenberg saß noch auf der Bank im Flur und wippte mit den Beinen. Sie hörte Musik mit ihrem MP3-Player und schien erstaunlich cool. Er zeigte ihr den Beschluss. Sie zog die Stöpsel aus den Ohren und sah fragend hoch.

»Wir haben Herrn Lenz vorläufig festgenommen.«

»Was? Das ist doch ein Witz.« Mit einem Mal stand ihr die Angst ins Gesicht geschrieben.

»Es besteht begründeter Tatverdacht. Wir sehen uns jetzt in Ihrer Wohnung um. Wenn Sie uns begleiten würden.«

»Hannes war das nicht.«

»Wenn das so ist, wird es sich herausstellen.« Der Junge im Kinderwagen schlief noch immer. »Sind Sie mit dem Auto da?«

»Klar. Mit meinem Porsche Cayenne.«

»Sie können bei mir mitfahren.«

»Haben Sie einen Kindersitz?«

Natürlich hatte er keinen. Er forderte ein Taxi mit entsprechender Ausstattung an. Kirsten sollte Lenz' Freundin begleiten. Dühnfort wollte mit seinem Wagen folgen.

Als er eintraf, öffnete Kirsten. Tanja Sparenberg saß mit dem Kind im Wohnzimmer und las den Durchsuchungsbeschluss. »Was für einen Totschläger denn? Bei Ihnen hakt es wohl?«

»Möchten Sie einen Anwalt dabeihaben?«

Sie lachte. »Wie soll ich den bezahlen? Können Sie mir das mal verraten? Außerdem haben wir nichts zu verbergen. Hannes war es wirklich nicht.« Sie presste die Lippen aufeinander und atmete durch. »Echt nicht.« Etwas arbeitete in ihr. Dühnfort setzte sich. »Okay. Er war da. Sie werden es sowieso herausfinden. Er wollte mit Ernst reden, ob er uns Geld vom Sparbuch leiht oder ein paar von den Münzen gibt.«

»Ein an Alzheimer leidender und unter Betreuung stehender Mann, der keine Verfügungsgewalt mehr über sein

Vermögen hat? Das glauben Sie ja wohl selbst nicht«, fuhr Dühnfort sie an. »Für wie dämlich halten Sie mich?«

Sie schreckte zusammen. »Na ja, leihen ist vielleicht ... Also gut«, sagte sie trotzig. »Hannes wollte nach dem Schließfachschlüssel suchen. Erst bei Ernst und, falls er da nicht sein sollte, auch bei Clara. Wir wussten ja nicht, wo er ist. Hannes meinte, er muss in der Schreibtischschublade sein oder am Schlüsselbund. Im Schreibtisch wollte ich neulich nachsehen. Diese Krystyna hat mich erwischt und vor die Tür gesetzt, bevor ich richtig gucken konnte. Also wollte Hannes es mal versuchen. Doch Franzi hat ihn ertappt, als er den Schlüsselbund vom Haken genommen hat. Sie hat gleich geschnallt, was läuft, und hat ihn hochkant rausgeworfen. Zu Clara ist er dann nicht mehr rüber. Wir wussten, dass sie nicht daheim ist, weil sie ein Date hatte. Aber Hannes fehlte einfach der Mumm, auch noch bei Clara zu suchen.«

Eine hanebüchene Geschichte. Dühnfort glaubte ihr kein Wort. »Wir machen jetzt unsere Arbeit.«

»Von mir aus können Sie die Wohnung auf den Kopf stellen«, sagte sie patzig. »Das ist ja echt der Witz.«

Kirsten zog Latexhandschuhe über. Dühnfort ebenfalls. »Können Sie uns die Kleidungsstücke geben, die Herr Lenz gestern Abend trug?«

»Die sind noch im Trockner.«

»Sie haben die Sachen gewaschen?«

»Ja. Klar. Hannes hat sich mit Currysoße bekleckert. Das muss man sofort auswaschen. Sonst bekommt man die Flecken nie raus.«

Herrgott! Fasern vom Tatort oder DNA der Opfer hatte der Weiße Riese geholt. Trotzdem ließ Dühnfort sich die Kleidung aushändigen. Vielleicht konnte Buchholz zaubern.

Sie durchsuchten die Wohnung und fanden nichts. Keinen Totschläger. Keine Eisen- oder Bleikugeln. Allerdings Socken mit Rippenstruktur. Doch das bewies nichts. Solche Socken gab es millionenfach, und diese lagen frisch gewaschen in einer Schublade. »Haben die auch Soße abbekommen?«, fragte Kirsten.

»Die habe ich schon letzte Woche gewaschen.«

In einer Ecke des Schlafzimmers stand ein Schreibtisch. Dühnfort sah die Papiere durch, die darauf lagen. Unbezahlte Rechnungen und Mahnungen. Zuunterst ein Schreiben der Hausverwaltung mit der Androhung einer Räumungsklage. Lenz war mit drei Mieten im Rückstand. Die Kontoauszüge zeigten ein Guthaben von ein paar Euro an. Kein Dispo. Der finanzielle Druck war enorm.

Bevor sie gingen, nahm er die Zeitung mit dem Foto von Emily aus der Altpapierkiste. Ein Kaffeebecher hatte einen braunen Rand neben dem Bild hinterlassen. Lenz hatte den Artikel gelesen und dabei Kaffee getrunken. Dühnfort schob die Ausgabe in einen Spurenbeutel.

Kurz nach fünf kehrten sie ins Präsidium zurück. Bis morgen Mitternacht hatten sie Zeit, den Verdacht gegen Lenz zu erhärten. Was sie bis jetzt gegen ihn in der Hand hatten, waren die Zeugin, die Lenz zur Tatzeit am Tatort gesehen hatte, und ein stichhaltiges Motiv. Was fehlte, um einen Haftbefehl zu bekommen, waren Sachbeweise. Lenz' DNA am Tatort und an den Leichen sowie Spuren der Opfer an seiner Kleidung. Letzteres konnten sie wohl vergessen.

Kirsten verabschiedete sich auf dem Parkplatz. »Ich würde gerne für heute Schluss machen. Oder steht noch etwas an?«

»Kein Problem. Ich lasse jetzt noch die Entnahme einer Speichelprobe von Lenz anordnen, und dann fahre ich auch nach Hause.«

Kirsten steckte die Hände in die Manteltasche. »Ich weiß, dass wir viel zu tun haben. Könnte ich morgen trotzdem freinehmen? Wenigstens einen halben Tag. Ich muss eine Schule für Kathi finden. Geht das?«

Auch wenn er nicht gerne auf sie verzichtete, hatte er wohl keine Wahl. »Natürlich.«

51

Kälte kroch in ihr hoch wie Raureif in der ersten Frostnacht an Gräsern und Halmen. Wie erfroren saß sie in ihrem Sessel und starrte in den Hof, der langsam in Schatten versank. Sie konnte sich nicht aufraffen, den Kachelofen einzuheizen. Graues Zwielicht sickerte in den Raum und brachte alles zum Verschwinden. Den Sessel, den Tisch, vielleicht auch sie selbst.

Clara hatte Krystyna im Krankenhaus besucht. Der Schock war überwunden, doch sie war noch immer entsetzt. »Deine Paps war so freundliche Mann. Und Franzi. Ist sich furchtbar. Ich erst nix verstanden. Denken, Franzi ist krank. Herzinfarkt. Kreislauf gebrochen zusammen. So etwas ich denken. Ich will Telefon, rufen Notarzt. Doch Paps weg. Ist nicht in Wohnzimmer. Ich suchen und telefonieren Arzt gleichzeitig, und ich finden ihn in Bett. Tot! Wer tun so etwas?«

Clara wusste es ja auch nicht. Sie schob den Gedanken beiseite, Hannes könnte ein Mörder sein, ein Doppelmörder, und zog die Strickjacke fester um sich. *Ich muss aufstehen, Feuer machen, etwas trinken.* Doch sie blieb sitzen.

Achims Anruf vorhin war eins zu viel gewesen. Etwas in ihr hatte knacks gemacht, einen Schalter umgelegt. Seither lief sie auf Sparflamme. Angefangen hatte es allerdings bei Klaus und den Kindern.

Den ganzen Vormittag über hatte sie diese Kraft gespürt, die sie zu ihnen trieb. Sie musste einen Teil der Last für sie tragen, ihnen helfen, und sei es nur dadurch, dass sie Mittagessen kochte. Während der Fahrt im Bus war ihr schlecht geworden und ihre Schritte immer langsamer, als sie sich schließlich der Doppelhaushälfte in Perlach näherte. Wieso zitterte ihre Hand, als sie klingelte? Es dauerte, bis Klaus kam und öffnete. »Clara.« Es war keine Frage. Es schwang auch kein Erstaunen über ihr Erscheinen mit. Ihr Name hing einfach so in der Luft, wie ein Fremdkörper.

Ihr wurde kalt. »Klaus ... Ich wollte ...« Sie konnte doch unmöglich sagen: sehen, wie es euch geht. »Kann ich irgendetwas für euch tun?«

Er ging zur Seite, ließ sie ein, schloss die Tür hinter ihr jedoch nicht. Etwas war anders als sonst. Es war still im Haus. Keine Musik, kein Fernsehlärm, keine lautstark geführten Telefonate oder Diskussionen, kein Lachen und kein Gezänk. Clara fühlte sich wie unter Wasser. Jede Bewegung gelang ihr nur mühsam, als ob sie gegen einen unsichtbaren Widerstand ankämpfte. Im Flur blieb Klaus stehen. »Wer ist es?«

Sie verstand nicht, was er meinte.

»Das kannst du für mich tun. Sag mir den Namen von dem Kerl.«

Verwundert sah sie ihn an. Franzi war tot, und er wollte den Namen ihres Liebhabers wissen. Das war doch jetzt völlig egal. »Ich kenne ihn nicht. Franzi hat ihn mir nicht genannt.«

Klaus machte einen Schritt auf sie zu. Blieb unmittelbar vor ihr stehen. Seine Augen waren rot gerändert. Er hatte geweint, und doch war sein Blick so kalt. »Willst du mich verarschen?«

»Nein, natürlich nicht.« Sie legte ihre Hand auf seinen Arm. »Klaus, ich kenne den Namen wirklich nicht.« Und wenn ich ihn wüsste, würde ich ihn dir nicht verraten.

Forschend sah er ihr ins Gesicht, unschlüssig, ob er ihr glauben sollte. »Aber du wusstest Bescheid.«

»Franzi wollte nicht darüber sprechen, aber ich habe es trotzdem mitgekriegt«, sagte sie wahrheitsgemäß. Sie hielt seinem Blick stand. Er schien ihr zu glauben und rückte von ihr ab.

»Wenigstens bekommt er sie jetzt auch nicht.«

Mein Gott, war das seine einzige Sorge, dass der Mann, den Franzi geliebt hatte, sie nicht *bekam*, als wäre sie irgendjemandes Besitz. Doch sie behielt diesen Gedanken für sich. Sie war nicht hier, um zu streiten. »Klaus, sag, kann ich irgendetwas für euch tun?«

Sein Blick kehrte zurück, die Pupillen verengten sich. Er musterte sie wie ein abscheuliches Insekt. »Ich denke nicht, dass es etwas gibt, das du für uns tun kannst. Ausgerechnet du.«

Was hatte er gesagt?

Sie brachte kein Wort heraus. Wie meinte er das? Und plötzlich erkannte sie die Wahrheit: Sie war schuld! Ihre Schuld und die Scham darüber hatten sie hierhergetrieben, in der Hoffnung auf Absolution und Wiedergutmachung. In der Erwartung, sich reinwaschen zu können, indem sie schrubbte, kochte, saugte. Franzi würde noch leben, wenn sie nicht so egoistisch gewesen wäre und selbst auf Paps aufgepasst hätte. Franzi war tot, wegen eines Dates, wegen eines romantischen Abends. Wegen Champagnerbläschen und eines törichten Kusses. Es gab nichts, was sie für Klaus und die Kinder tun konnte. Jeder andere. Nur nicht sie. »Nein. Natürlich nicht. Entschuldige.«

Sie wusste nicht, wie sie nach Hause gekommen war. Weder an eine Busfahrt konnte sie sich erinnern, noch ob sie gelaufen war. Und dann hatte auch noch Tanja angerufen. Clara war nicht rangegangen, hatte aber mitgehört, als sie eine wütende Nachricht auf dem Anrufbeantworter hinterließ. Man hatte Hannes festgenommen, und schuld war natürlich sie, Clara. Nicht er und Tanja. Die Wut über diese verdrehte Sichtweise hatte Clara kurzzeitig aus ihrer Unterwasserwelt auftauchen lassen. Bis zu Achims Anruf. »Tanja sagt, man hat Hannes verhaftet. Du hättest ihn denunziert. Darf ich dazu auch etwas erfahren?«

Unausgesprochener Vorwurf, dass sie ihn nicht informierte und auf dem Laufenden hielt. Wobei es ja stimmte. Also erzählte sie ihm diese ganze vermaledeite Geschichte von Hannes' Vorschlag, einen Teil der Münzen zu unterschlagen, und von Tanjas Versuch, an den Schlüssel fürs Schließfach zu gelangen.

»Der Schlüssel alleine hätte ihnen nichts genutzt. Sie brauchen auch eine Vollmacht, um ans Schließfach zu kommen.« Na klar. Achim war Banker. Er wusste so etwas. Tanja und Hannes ganz offensichtlich nicht. »Aber deswegen werden sie ihn ja nicht festgenommen ... Ach, jetzt verstehe ich«, unterbrach er sich selbst. »Die Polizei denkt, Hannes und Tanja hätten Paps und Franzi umgebracht, damit du erbst und in der Lage bist, seine Schulden zu tilgen. Ganz schön raffiniert.« Es klang beinahe bewundernd. Er fragte, ob sie wusste, was die Polizei gegen Hannes in der Hand hatte, denn wegen seines Vorschlags hielten sie ihn sicher nicht fest.

Clara wusste es nicht und wollte es auch nicht wissen.

»Wie haben Klaus und die Kinder es aufgenommen?«, fragte er.

Sie wich aus, benutzte ein paar Floskeln.

Auch er sprach es nicht aus, deutete es nur an. *Wenn du da gewesen wärst, wie es deine Aufgabe und deine Pflicht als seine Betreuerin war, würde sie noch leben.* Wieder stieg Übelkeit in ihr auf. Ihre Schuld! Sie musste das Gespräch langsam beenden. »Achim, entschuldige, ich fühle mich nicht gut.«

»Ja, natürlich. Ich habe dich schon zu lange aufgehalten. Weißt du, was mir seit gestern nicht aus dem Kopf geht?«

Nein, natürlich wusste sie es nicht. Sie konnte nicht Gedanken lesen.

»Wenn du auf mich gehört und Paps in ein Heim gegeben hättest, dann wäre das nicht passiert. Dann würde er noch leben und auch Franzi. Das lässt mir einfach keine Ruhe. Ich hätte stärker auf dich einwirken sollen. Und das werfe ich mir vor.«

Es hatte einfach knacks gemacht. Etwas in ihr war gesprungen, gebrochen. Sie hatte alles falsch gemacht.

Seither saß sie hier. Die Dunkelheit hatte sich herabgesenkt und verbarg ihre Schuld vor der Welt. *Wenn* und *hätte* sausten wie Pingpongbälle durch ihren Schädel. Wenn sie Paps in ein Heim gegeben hätte, wenn sie Franzi nicht gebeten hätte. Wenn sie das Essen abgesagt hätte, wenn sie bei Paps geblieben wäre …

Wenn ich bei Paps geblieben wäre, dann wäre ich jetzt tot und nicht Franzi.

Diese Wahrheit traf sie mit einem Schlag. Sie gab ihr die Kraft, aufzustehen, ans Fenster zu gehen und den Kopf gegen die Scheibe zu lehnen. Sie war angenehm kühl. Was, wenn sie unter der Last ihrer Schuld einfach barst, in tausend Splitter zersprang, die sich in ihre Augen bohrten, durch Mund und Nase bis in ihr Innerstes vordrangen und sie aufschlitzten, und geschah, was eigentlich ihr zugedacht gewesen war, wenn ihr Schicksal sie ereilte?

Was dachte sie denn da? Mit einem Ruck hob sie den Kopf. Im Vorderhaus brannten in den meisten Wohnungen die Lichter. In der ihres Vaters ging es gerade an.

52

Dühnfort tastete nach dem Lichtschalter. Es wurde hell. Die Altbauwohnung lag ruhig vor ihm. Gestern hatten ein halbes Dutzend Kriminaltechniker hier gearbeitet. Unmöglich, seinen Gedanken Raum zu geben. Das Gefühl für einen Tatort stellte sich erst ein, wenn er ihn für sich hatte. Er schloss die Tür. Die Positionsmarkierung von Franziskas Leiche befand sich nur wenige Schritte entfernt auf dem Sisalläufer, der das Parkett im Flur schützte. Daneben die Spurennummer Eins.

Dühnfort ging ins Wohnzimmer. Einige Kupferstiche mit Münchner Motiven hingen an einer Wand. Darunter das dunkle Ledersofa. Hier hatten Franziska und ihr Vater gesessen, als es klingelte.

Sie trinken Wein und essen Erdnussflips. Er sieht fern, sie blättert in einer Modezeitschrift, die sie mitgebracht hat. Es klingelt. *Ich geh schon.* Sie steht auf, öffnet und lässt Hannes ein.

Dühnfort kehrte in den Flur zurück.

Hallo Hannes. Was willst du denn hier?

Ernst besuchen, ich muss etwas mit ihm besprechen.

Jetzt? Na gut, wenn es sein muss.

Sie geht voran und überlegt, was er will. Clara hat ihr von dem Vorschlag erzählt, den Hannes ihr unterbreitet hat. Will er ihren Vater anpumpen? Von Franziska unbemerkt zieht Hannes den Totschläger aus der Tasche und holt aus. Völlig unerwartet trifft sie ein wuchtiger Schlag an der Schläfe. Sie stürzt zu Boden.

Neben dem Schuhschrank steht die alte Holzbank mit

den geblümten Sitzpolstern und Kissen. Ein hübscher Platz, um Schuhe anzuziehen. Hannes nimmt eines. Franziska ist bewusstlos. Er dreht sie auf den Rücken, drückt ihr das Kissen aufs Gesicht.

Kommt sie zu sich? Versteht sie, was mit ihr geschieht, und wehrt sich? Nein. Keine Hautschuppen unter den Fingernägeln, keine Kampfspuren. Sie wacht nicht mehr auf.

Es geht ganz einfach. Aber es dauert lange. Soll er abbrechen, verschwinden? Doch wenn er die Miete nicht bezahlt, wird er bald mit Frau und Kindern auf der Straße stehen. Ein Versager, durch und durch. Er muss raus aus dieser Falle. Es gibt nur einen Weg. Er zieht das durch. Im Wohnzimmer läuft der Fernseher. Ziemlich laut. Die Minuten vergehen. Eine endlose Zeit, beherrscht von der Angst, Ernst könnte auftauchen. Das wäre ein Problem. Sein Schwiegervater leidet zwar an Alzheimer, doch vielleicht würde er verstehen, was geschah. Endlich ist Hannes sicher, dass Franziska nicht mehr lebt. Er steht auf, zieht den Totschläger wieder aus der Hosentasche.

Dühnfort ging zurück ins Wohnzimmer. Der Couchtisch war verschoben. Die Fernbedienung, die Modezeitschrift, ein Glasschälchen und Erdnussflips lagen auf dem Boden zwischen zwei Weingläsern, deren Inhalt im Teppich versickert war. Schildchen mit Spurennummern standen daneben. Das graue Pulver, mit dem Fingerabdrücke gesichert wurden, haftete an allen Gegenständen.

Auch hier geht es schnell. Ehe Ernst Kubisch versteht, was passiert, trifft ihn der Schlag im Sitzen an der Schläfe. Kubisch kommt zwischen Couchtisch und Sofa zu Fall. Geht es beim zweiten Mal leichter? Wieder dauert es Minuten, bis Hannes sicher sein kann, dass sein Opfer tot ist. Falls er bei Franziska Zweifel gehabt haben sollte und vielleicht mehrfach kurz davor war, das Ganze abzubrechen, gibt es jetzt kein Zurück mehr. Er trägt die Leiche ins Schlafzimmer.

Schafft er das? Ernst Kubisch war kein Fliegengewicht. Doch Hannes ist kräftig, er treibt Sport. Er legt den Toten aufs Bett, breitet dessen Hände aus … Hatte Hannes Apfel und Trauben mitgebracht? Petra Melzner hatte keine Tasche oder Tüte erwähnt. Dühnfort zog sein Handy hervor und rief sie an.

»Eine Tüte oder Tasche? Kann sein. Aber beschwören würde ich das nicht.«

»Als Sie kurz vor sieben kamen, lief da der Fernseher?«

»Der läuft immer um diese Zeit.«

»Können Sie sich erinnern, ob auf dem Couchtisch zwei Weingläser standen und ein Schälchen mit Erdnussflips?«

»Im Wohnzimmer war ich nicht. Der alte Herr kam grad von der Toilette, als Franziska mich hineingelassen hat. Die Medikamente gebe ich ihm immer in seinem Arbeitszimmer. Sie werden dort in einer Box auf dem Schrank aufbewahrt. Dort sind sie außer Reichweite, so dass er keinen Unfug damit machen kann.«

Dühnfort verabschiedete sich. Trank man wirklich abends um sieben schon Rotwein? Doch warum nicht?

Im Flur setzte er sich auf die Bank. Würden Franziska und ihr Vater noch leben, wenn Emilys Foto nicht im Münchner Blick erschienen wäre? Möglich. Vielleicht hatte es den Anstoß gegeben, die Idee geliefert. Wenn Hannes Lenz sich mit Mordgedanken getragen hatte, war ihm klar, dass die Frage, wer von der Tat profitierte, eine der ersten war, die sie sich stellten. Wenn er den Mord allerdings wie die Tat des Samariters aussehen ließ, würde man nicht auf ihn kommen. Eine trügerische Hoffnung und ein niederträchtig eingeplanter *Kollateralschaden*. An den Alten allein kam er nicht ran. Also musste seine Schwägerin oder wer auch immer ihn betreute, ebenfalls dran glauben. Am liebsten wäre es ihm wohl gewesen, wenn es seine Exfrau gewesen wäre. Doch sie hätte ihn vermutlich gar nicht erst hereingelassen. Nicht nach den Erfahrungen, die sie mit ihm und Tanja gemacht hatte.

War das Motiv wirklich ausreichend für einen Doppelmord?

Claras Erbe war alles, worauf Hannes seine Zukunft bauen konnte. Je eher der Schwiegervater starb, umso schneller begann für Lenz ein neues Leben. Über hunderttausend Euro Schulden konnte er mit seinem Gehalt nicht abstottern. Es reichte für die Zinsen und einen kleinen Tilgungsanteil.

Außerdem wurde der Erbteil neuerdings mit jedem Monat kleiner, den der alte Mann lebte. Denn die private Pflege zehrte am Vermögen. Am Ende würde nichts bleiben und Hannes seine Schulden nie los. Auch das war ein Grund, schnellstens zu handeln, damit Clara wirklich noch etwas erbte.

Wie oft hatte er das schon erlebt? Die künftigen Erben betrachteten das Vermögen bereits als ihres. Wie kamen Oma oder Opa dazu, es für sich zu verbrauchen? Am schlimmsten war es, wenn ein Familienangehöriger sich ums Finanzielle kümmerte, Geld zuteilte, verfügte, wofür es ausgegeben wurde. Da wurden plötzlich Brotscheiben gezählt und Wurst rationiert. Eine neue Bluse? Braucht es doch nicht. Ein Ausflug? Geldverschwendung. Ein Pflegeheim? Am besten in Tschechien. Dort ist es günstiger und völlig egal, wenn der Opa kein Tschechisch kann. Er stirbt ohnehin bald. Doch wenn er das nicht tut und älter und älter wird und das Sparbuch, das man bereits als seines betrachtet, dünner und dünner, dann wird die Gier groß, manchmal so groß, dass sie in tödliche Wut umschlägt. Soll er doch endlich verrecken, der Alte.

Der Alte, der ihnen das Leben geschenkt und sie großgezogen hat, der immer für sie da war. Der Alte, der sein Leben lang gespart und sich seine Rente verdient hatte, der nun sein Geld verbrauchte. Sein Geld, das erst in der Minute seines Todes zu ihrem Erbe wurde. Doch so feine Unterschiede machte man nicht. Mein Erbe, mein Geld!

Ein Schlüssel wurde ins Schloss geschoben. Dühnfort fuhr aus seinen Gedanken hoch und stand auf. Vorsichtig wurde die Tür geöffnet. »Ach, Sie sind das!« Clara Lenz kam herein.

»Dachten Sie, es wäre ein Einbrecher?«

»Ich weiß nicht ... Ich habe Licht gesehen und das aufgerissene Siegel ...« Unter ihren Augen lagen tiefe Schatten.

Abrupt blieb sie vor der Lagemarkierung stehen. »Aber es hat ja alles ... seine Ordnung«, vollendete sie den Satz. »Ist das ... Ist es hier ...« Sie wich der Markierung aus und setzte sich auf die Bank.

Dühnfort nickte.

Sie wirkte auf ihn zutiefst verunsichert, wie jemand, dem man den Boden unter den Füßen weggezogen hat.

»Stimmt es, dass Sie Hannes festgenommen haben?«

»Der Verdacht gegen ihn hat sich erhärtet. Mehr kann ich derzeit nicht dazu sagen.«

Sie sah auf ihre Hände. Vermutlich machte sie sich Vorwürfe. »Wir wären auch ohne Ihren Hinweis auf ihn gekommen.« Petra Melzner würde es ohnehin nicht für sich behalten. »Er wurde zur Tatzeit im Haus gesehen.«

Sie nickte. »Wegen des Geldes. Dieses scheiß Geld.«

Er setzte sich neben sie. »Hatte Ihr Vater außer Alzheimer weitere Krankheiten?«

Verwundert sah sie auf. »Das Übliche. Blutdruck erhöht.

Arthrose in den Knien und den Hüftgelenken. Mit dem Gehen hatte er Schwierigkeiten. Und ein wenig schwerhörig war er.«

»Er hätte also noch einige Jahre leben können.«

»Das habe ich ihm gewünscht.«

»Unter Umständen hätte er sein Vermögen für die Pflege gebraucht?«

»Vierhunderttausend? Das hätte ewig gereicht. Fünfzehn oder zwanzig Jahre. Aber so viel Zeit hatte er vermutlich nicht mehr. Im Schnitt leben Alzheimerkranke nach der Diagnose noch sieben Jahre, und Paps war alt. Warum konnte Hannes nicht abwarten? Wenn ich mir vorstelle, wie er ... Eigentlich passt das nicht zu ihm. Gewalttätig war er nie.«

Es klingelte an der Wohnungstür. Dühnfort sah auf. »Wer kann das sein?«

Clara Lenz zog die Schultern hoch. »Vielleicht die Nachbarin. Soll ich nachsehen?«

Das wollte er lieber selbst tun. »Ich mache das schon.« Er stand auf und öffnete. Vor der Tür stand ein Mann. Etwa fünfzig. Breites Gesicht mit klaren Konturen. Schmale, gerade Nase, eine Narbe am Kinn. Jacke aus feinstem Nappaleder, teure Armbanduhr. Verwundert sah er Dühnfort an. »Ich suche meine Schwester. Clara. Ist sie hier?«

»Achim, was machst du denn hier?« Clara Lenz stand auf und kam zur Tür.

Dühnfort ließ Achim Kubisch ein. Er umarmte seine Schwester. »Es tut mir leid. Ich hätte das nicht sagen sollen.«

»Deswegen bist du extra gekommen?«

»Mir ist erst hinterher klargeworden, dass du meine Selbstvorwürfe vermutlich als Vorwürfe nimmst. Du denkst sicher, dass ich dich verantwortlich mache. Das tue ich nicht. Paps wollte schließlich nicht ins Heim. Du hast alles richtig gemacht und in seinem Sinn. Das wollte ich dir sagen, und zwar persönlich. Ich war sowieso in der Nähe. Verzeihst du mir meine Gedankenlosigkeit?«

Sie lächelte. »Natürlich.«

»Dann ist ja alles gut.« Er wandte sich Dühnfort zu. »Und Sie sind sicher von der Polizei?«

»Der zuständige Ermittler. Dühnfort, Kripo München.«

Achim Kubisch reichte ihm die Hand. »Kubisch.«

Was er angedeutet hatte, war interessant. »Sie denken, wenn Ihr Vater in einem Heim gelebt hätte, wäre der Mord nicht passiert?«

»Natürlich nicht. Wie denn? Oder glauben Sie, Hannes wäre kaltblütig genug, in einem Heim, das sicher mit Videokameras überwacht wird, einen Mord zu begehen? Überall ist Personal. In den Zimmern leben die Leute nicht allein. Besucher kommen und gehen. Er hätte das nicht durchziehen können. Er wäre gestört worden, und selbst wenn nicht, man hätte sich an ihn erinnert.«

Kubisch wandte sich wieder an seine Schwester. »Komm, lass uns irgendwo einen Happen essen.«

Die beiden verabschiedeten sich. Die Tür fiel hinter ihnen ins Schloss. Dühnfort beschloss, ebenfalls zu gehen. Er löschte das Licht, zog die Tür hinter sich zu und brachte ein neues Siegel an.

53

Die Putzfrau kam herein. Sie leerte den Beutel für Abfälle, der am Nachttisch hing. Eine Frau mit breitem Gesicht und dunklem Flaum an der Oberlippe. Lächelnd sagte sie etwas, in einer Sprache, die Anjela nicht verstand. In diesem Land räumten sie den Dreck nicht selber weg. »Du nix verstehen?«, fragte die Putzfrau.

Anjela zuckte die Schultern.

»Geht dir gut?, ich gefragt. Kopf besser?«

»Besser«, bestätigte sie, drehte sich auf die Seite und wandte sich wieder der Frage zu, die sie beschäftigte, seit sie aus dem Koma aufgewacht war. Weshalb hatte sie versucht, sich umzubringen? Was war in den Stunden geschehen, an die sie sich nicht erinnerte? Etwas Furchtbares jedenfalls. Denn es hatte sie dazu gebracht, von einer Brücke zu springen. Das passte einfach nicht zu ihr. Sie war keine, die aufgab und von Brücken sprang. Sie war eine Kämpferin. Eine Kriegerin, und ihr Feind war Sergej. Solange er lebte, würde sie keine Sekunde an Selbstmord denken, aus welchem Grund auch immer.

Bei dem Gedanken an ihn wurde ihr kalt vor Hass. Und übel vor Wut. Alles war geplant gewesen. Sie hatte die Abmachung mit Alexej gehabt, und das Geld, um ihn zu bezahlen. Doch sie konnte sich nicht erinnern, ob sie sich mit ihm getroffen hatte. Seit sie aufgewacht war, zermarterte sie sich ihr lädiertes Hirn. Stachusbrunnen. Zweiundzwanzig Uhr. War sie dort gewesen? Das Letzte, an das sie sich erinnerte, war, wie sie an der Station Giselastraße in die U-Bahn gestiegen war.

Lebte dieser Scheißkerl am Ende noch? Sie wollte ihn tot wissen. Gerädert und gevierteilt. An seinen Eingeweiden aufgehängt. Seine Fresse zu Brei geprügelt, seine verführerischen schwarzen Augen den Hunden zum Fraß vorgeworfen. Erstickt an seinem Schwanz. Dafür lebte sie. Für sonst nichts! Sie hatte sich nicht von dieser Brücke gestürzt. Es konnte nicht sein. Es machte keinen Sinn.

Wo waren ihre Sachen? Die Putzfrau war inzwischen gegangen. Anjela schwang die Beine aus dem Bett. Ihr wurde schwindlig. Einen Augenblick blieb sie sitzen, bis sich das Zimmer nicht mehr drehte. Ein Paravent schirmte das Nachbarbett ab. Anjela lugte hinüber. Eine Frau lag darin und schlief. Kurven und Zahlen blinkten auf den Monitoren, die auch ihr Bett umstanden.

An der Wand gegenüber entdeckte sie zwei schmale Spinde. Ein abschätzender Blick, ob die Kabel und Schläuche lang genug waren. Könnte klappen. Sie setzte die nackten Füße auf den Boden. Alles drehte sich. Sie wartete, bis die Karussellfahrt vorüber war, und stemmte sich hoch. Rücken und Po wurden kalt. Das Krankenhaushemd war hinten offen. Egal. Niemand sah sie. Und selbst wenn … Eine Million Augen hatten sie nackt gesehen. Es kam nicht mehr darauf an.

Ihr Brustkorb war in ein Korsett aus Bandagen gezwängt, das die gebrochenen Rippen zusammenhielt. Jeder Atemzug tat weh. Ihren Schädel sägte ein dumpfer Schmerz mittendurch. Anjela fühlte sich wie ein Ritter in einer Rüstung aus Mullbinden. Schritt für Schritt schob sie sich zwischen dem Bett und den Geräten hindurch in Richtung Schrank. Kabel und Schläuche strafften sich, Elektroden spannten auf der Haut. Die Pflaster, mit denen die Nadel am Handrücken fixiert war, ziepten. Mist. Sie kam nicht weiter. Nichts ging mehr. Sie stand da wie gekreuzigt, als sich die Tür öffnete und eine Schwester hereinkam. »Wenn Sie etwas brauchen, dann klingeln Sie doch einfach.«

Anjela zeigte auf den Schrank. »Meine Sachen.«

»Erst hinlegen.« Die Schwester half ihr ins Bett, ging zum Spind und reichte Anjela einen großen weißen Plastikbeutel mit dem Schriftzug des Klinikums Großhadern. Jeans und Shirt lagen obenauf, darunter Slip und BH. Alles feucht, klamm und müffelnd. Sie hatten ihr die nassen Klamotten vom Leib gezogen und in eine Tüte gestopft. Klasse! Anjela tastete sich zum Grund des Beutels vor. Socken, Turnschuhe und ihre Jacke schimmelten dort vor sich hin. Ganz unten lag der Schlüsselbund. Sonst nichts. »Wo ist Rucksack?«

Die Schwester sah von der Kurve auf. »Sie hatten keinen bei sich, als Sie eingeliefert wurden. Keinen Rucksack, keine Tasche, keine Papiere. Nur die Sachen, die Sie trugen.«

Jemand hatte sie beklaut! Alexej oder die Schwestern und Ärzte? Anjela sprang aus dem Bett. »Ich hatten Rucksack. Mit Geld. Alles Geld, was ich verdient! Wo ist?« Den Beutel pfefferte sie der Schwester vor die Füße.

»He, hallo! Beruhigen Sie sich. Im Übergabeprotokoll des Notarztes steht es schwarz auf weiß. Wir haben Sie zusammengeflickt und nicht bestohlen!« Jemand rief nach ihr. Schimpfend verließ sie das Zimmer.

Wieder wurde ihr schwindlig. Sie ließ sich ins Bett zurückfallen. Das Geld war weg! Vielleicht hatte sie sich doch mit Alexej getroffen. Verdammt, warum konnte sie sich nicht erinnern?

Anjela zog die Decke hoch. Ein Notarzt hatte sie hierher gebracht. Sie hatte versucht, sich umzubringen. Dr. Borchert hatte es ihr doch erzählt. *Sie sind von der Leinthalerbrücke in die Isar gesprungen. Ein Jogger, der trotz des Regens unterwegs war, hat Sie rausgezogen.*

Anjela betätigte die Klingel. Die Schwester kam. »Ja?«

»Wann hat Notarzt mich gebracht? Wie viel spät?«

»Ne, oder? Wissen Sie, wie wir hier rotieren? Eine Kollegin ist krank, alle Betten sind belegt, und Sie wollen wissen, wie spät es war, als man Sie eingeliefert hat?«

»Bitte. Ist wichtig für mich.«

»Ich sehe nach, sobald ich Zeit habe.« Mit diesen Worten stellte die Schwester die Klingel ab und verschwand wieder.

Was war geschehen, nachdem sie in die U-Bahn gestiegen war? Sie schloss die Augen. Vielleicht konnte sie sich so besser erinnern. Doch so sehr sie sich auch bemühte, ihre Erinnerungen brachen in der U-Bahn ab. Vielleicht war es besser, mit dem Morgen anzufangen. Mit dem Morgen des Tages, an dem sie sich von diesem gelobten Land hatte verabschieden wollen. Sie war aufgestanden. Frühstück mit Galina, dann nach Grünwald zur ersten Putzstelle. Ein alter Mann, der immer wieder versuchte, sie zu befummeln. Bei ihm war sie nur zwei Mal gewesen. Entschädigung dreihundert Euro, die sie ihm aus einer Schublade geklaut hatte. Und bye-bye. Danach nach Obermenzing, zu dem alten Ehepaar, das noch immer Händchen hielt. Die beiden waren süß und hatten mehr als sie. Ihnen fehlte das Geld nicht, das sie aus dem Versteck im Buffet genommen hatte. Anschließend nach Schwabing zur Kommandantin.

Die Kommandantin. Etwas war geschehen. Dunkle Unruhe begann durch ihre Adern zu fließen. Gleichzeitig fühlte sie sich von einer Sekunde auf die andere kraftlos und müde, als könnte sie hundert Jahre schlafen, wie Dornröschen. Einfach schlafen. Wenn sie aufwachte, war alles wieder gut. Alles wieder gut.

Sie drehte sich zur Seite und sah plötzlich die Kommandantin vor sich. *Das bleibt aber unter uns. Das muss Eli-*

sabeth nicht erfahren. ... Geldscheine ... U-Bahn-Türen ... eine blaue Plastikkarte ... der umgestürzte Rollstuhl ... Sie schreckte hoch. Die Kommandantin!

Die Tür ging auf. Dr. Borchert kam herein, eine Krankenakte in der Hand. Die Haare waren noch immer zu lang und sein Lächeln noch immer nett. Er setzte sich auf die Bettkante. »Hallo Olia, wie fühlen Sie sich heute?«

»Geht langsam besser.«

»Und die Erinnerung kommt auch zurück?«

Sie hatte sich vorbereitet und nickte.

»Sehr schön. Die Damen in unserer Verwaltung sind nämlich inzwischen ziemlich böse auf mich. Ohne Personalien können sie keinen Vorgang anlegen, und ohne Vorgang können sie nicht mit der Krankenkasse abrechnen. Würden Sie das bitte ausfüllen?« Er reichte ihr ein Formular und einen Kuli.

Anjela hatte mal in einer Putzkolonne gearbeitet, zusammen mit einer Polin. Deren Nachnamen lieh sie sich nun und wurde so zu Olia Rebeja, wohnhaft in Warschau. Sie ließ sich einen Straßennamen einfallen. Schwieriger wurde es mit der Krankenkasse. Sie kannte keine, also kreuzte sie an, dass sie privat versichert sei. Bis sie herausfanden, dass das nicht stimmte, war sie hier weg.

Dr. Borchert überflog das Papier und schmunzelte. »Sie kommen nicht aus Polen, stimmt's?«

Rahat! »Natürlich. Ich von Warschau.«

»Weshalb sprechen Sie dann nicht Polnisch?«

Überrascht starrte sie ihn an. Verdammt, woher wusste er das?

»Ein kleiner Test. Die Putzfrau ist Polin. Aber keine Sorge, ich verrate Sie nicht.«

54

Am Montagmorgen versuchte Dühnfort die Titelseiten der Zeitungen zu ignorieren. Doch die Schlagzeilen entpuppten sich als unübersehbar. *Zwei weitere Morde des Samariters? Doppelmord in Haidhausen. Münchner Polizei mit Serienmörder überfordert!* Mit dieser Headline machte der Münchner Blick auf. Die Wittock und ihr Chefredakteur pflegten das Bild des Serientäters.

Dühnfort war kaum im Büro angekommen, als ihn Heigl zu sich rief und sich informieren ließ. Zwei Morde, die dem Samariter zuzuschreiben waren, und ein Trittbrettfahrer beim Doppelmord in Haidhausen. Das war der derzeitige Stand. Heigl gefiel er. Noch konnte man nicht von einer Mordserie sprechen. Dühnfort fragte, ob das Team personell aufgestockt werden könnte. Eine wahre Sisyphusarbeit begann sich abzuzeichnen. Heigl bedauerte. Die Personaldecke war zu dünn. Die erste Grippewelle begann anzurollen.

Beim Morgenmeeting präsentierte Buchholz die Spurenlage. »Am Tatort Sedanstraße wurde DNA von Hannes Lenz gesichert.«

Nichts anderes hatten sie erwartet. Doch Buchholz hatte noch etwas in petto. Dühnfort kannte diesen Blick. Einen Moment sah er in die Runde, bis er die Aufmerksamkeit aller hatte. »Allerdings konnten wir auch die DNA des Samariters in der Wohnung von Ernst Kubisch nachweisen.«

Ein Raunen ging durch den Raum. Dühnfort glaubte es nicht. Ernst Kubisch und Franziska Wiesbach waren Opfer des Samariters? Lenz war kein Trittbrettfahrer? »Wo habt ihr seine DNA gefunden?«

»An den Leichen. Sie ist tatrelevant.«

»Aber Lenz wurde am Tatort gesehen. Wie passt das zusammen?«, fragte Alois.

Es passte eigentlich nur, wenn man Tanja Sparenbergs Angaben ernst nahm. Hannes Lenz hatte seinen Schwiegervater besucht, um den Schließfachschlüssel zu stehlen. Offenbar wussten weder er noch Tanja, dass er allein nicht genügte. Um ans Schließfach zu gelangen, musste sie auch eine Vollmacht des Inhabers vorlegen.

Er sah den Kollegen die Frustration an. Nichts ging voran. Alles auf Anfang. »Dann ist das so. Damit stellen sich im Fall Kubisch und Wiesbach dieselben Fragen wie bei Dreher und Brettschneider. Wie kam der Samariter in die Wohnung? Am Samstagabend sicher nicht mit dem Behördenmitarbeiter-Trick. Er muss Franziska überrumpelt haben und war dabei verdammt schnell. Einen Hilfeschrei hätte man im Haus gehört. Außerdem muss er gewusst haben, dass Kubisch nie alleine ist. Weshalb geht er dieses Risiko ein? Warum weicht er von seinem bisherigen Vorgehen ab und tötet eine Mutter von zwei Kindern?«

Alois rührte sich. »Das macht nur Sinn, wenn es Kubisch treffen sollte und niemand anderen. An ihn allein kam er nicht ran. Deshalb musste Franziska sterben.«

Diese Überlegung war gestern bereits aufgetaucht. Doch warum Kubisch? »Wir sollten endlich das Motiv für diese Taten finden. Worum geht es in Wirklichkeit? Kubisch war Lehrer, genau wie Brettschneider. Beide waren allerdings seit langem im Ruhestand. Gibt es Überschneidungen? Haben sie während ihrer Laufbahn mal an derselben Schule unterrichtet? Wie sieht es mit gemeinsamen Kollegen, Freunden, Schülern aus? Was hat Emily gemacht? War sie immer nur Hausfrau? Oder hat sie jemals irgendwo unterrichtet? Das sollten wir prüfen. Etwas muss diese Opfer verbinden. Es muss Überschneidungen geben. Wir müssen noch einmal mit den Angehörigen, Freunden und Nachbarn reden. Wir müssen jedes Fitzelchen Papier in ihren Wohnungen ansehen.« Vier Tote, und sie standen wieder am Anfang. Es war nicht zu fassen.

Julian Heinen, der wie gewohnt in der ersten Reihe saß, blickte auf. »Der Täter kann seine Opfer auch völlig willkürlich auswählen. Hauptsache schwach und alt. Ihm geht es um Macht und Dominanz. In den vergangenen Jahrzehnten gab es einige Mordserien dieser Art. Alte und gebrechliche Menschen können sich kaum wehren. Für den Täter verringert sich das Risiko, die Kontrolle zu verlieren. In der Regel handelt es sich um Eigentums- oder Sexualdelikte. Anzunehmen, dass das auch hier der Fall ist. Der Samariter hat zwei seiner Opfer bestohlen.«

Dühnfort war anderer Meinung. »Ein solcher Täter sucht sich doch niemanden aus, von dem er weiß, dass er ihn nicht alleine antreffen wird. Außerdem waren Kubisch und Brettschneider noch relativ rüstig. Lediglich Emily Dreher passt in ein derartiges Profil. Franziska musste sterben, weil ihr Vater rund um die Uhr betreut wurde. Es hätte auch seine Tochter Clara treffen können, oder Krystyna, die Pflegekraft.« Alois hatte das richtig erkannt. »Ernst Kubisch war das eigentliche Ziel dieser Tat.«

In der letzten Reihe rührte sich Meo. »Franziska ist vermutlich nicht die Einzige, die dem Täter in die Quere gekommen ist. Ich habe die Bänder vom U-Bahnhof Giselastraße ausgewertet und auch von den Ampeln entlang der Leopoldstraße auf der Strecke zu Emilys Wohnung. Anjela ist zurückgekehrt. Um 19.02 Uhr erscheint sie im Zwischengeschoss des U-Bahnhofs und fährt mit der Rolltreppe zum Bahnsteig hinunter. Um 19.48 Uhr kommt sie mit der U3 aus Richtung Moosach zurück. Vier Minuten später hat die Verkehrsüberwachungskamera Leopold-, Ecke Martiusstraße sie erfasst. Für mich ist klar: Anjela hat ihr Handy bei Emily vergessen und wollte es holen.«

»Sehr schön. Wann taucht sie wieder auf?«

»Gar nicht. Danach hat sie sich in Luft aufgelöst.«

Mist. »Sie nutzt den MVV. Wenn sie auf den Bändern nicht wieder zu sehen ist, heißt das, sie hat den Samariter überrascht …«

»… und hätte das besser nicht getan«, vollendete Meo den Satz.

Vielleicht redeten sie schon von fünf Toten. Der Samariter war skrupellos, und sie kamen nicht voran. Kein Anhaltspunkt. Kein Hinweis. Gar nichts. »Auch wenn sein Motiv nur vorgeschoben ist, etwas verbindet ihn mit Alten, Kranken und Pflegebedürftigen. Nicht grundlos schreibt er diesen Blog.« Dühnfort hielt inne. Das Gefühl, hinters Licht geführt zu werden, überrollte ihn geradezu. Abwartend sahen ihn die Mitglieder des Teams an. Alois, Meo und Sophie, Heinen, Russo, Stahl und Leyenfels. Er atmete durch. »Serienmörder zeichnen sich durch fehlende Empathie aus. Mitgefühl ist ihnen so fremd wie einem Atheisten Gott. Warum betreibt er diesen Blog und spielt sich als Robin Hood der Wehrlosen auf? Ich verstehe es nicht. Er führt uns an der Nase herum. Das ist alles nur vorgeschoben. Auch dieser Blog. Wie machen wir weiter?«

»Empathie hin oder her. Er wird in diesem Umfeld arbeiten. Irgendwo muss er ja das Material für seinen Blog herbekommen«, meinte Alois. »Wir sollten weiter dort nach ihm suchen.«

»Wir haben uns die Hacken wund gelaufen und den Mund fransig telefoniert. Es gab ein halbes Dutzend Hinweise, denen wir nachgegangen sind«, meldete Nicolas Stahl sich zu Wort. »In allen Fällen war nichts dran. Wir sind aber noch nicht fertig. Wenn wir ein paar Leute mehr hätten, ginge das schneller.«

»Eine personelle Aufstockung ist derzeit nicht drin. Wir müssen das so schaffen.«

Alle sahen überarbeitet aus. Sie waren müde und frustriert. Genau wie er.

»Hast du etwas über Pflegmatisch herausgefunden?«

Meo sah vom iPad hoch. »Der Blog ist bei tumblr.com gehostet. Ich habe dort einen guten Kontakt. Den habe ich genutzt. Sonst hätten die uns bis Weihnachten auf die Daten warten lassen. Die IP-Adressen führen wieder zu öffentlich zugänglichen Netzen. Aber es beginnt sich ein Muster abzuzeichnen. Der Samariter nutzt hauptsächlich öffentliche WLAN-Netze in Coffeeshops, Fastfoodrestaurants und Internetcafés, um seine Beiträge zu posten. Dabei bevorzugt er fünf Standorte. Davon vier in Haidhausen und einen in der Innenstadt. Dreiundachtzig Prozent seiner Postings erfolgten von einem dieser Standorte. Außerdem gibt es ein Zeitfenster. Zu achtundsechzig Prozent postete er zwischen achtzehn und zweiundzwanzig Uhr. Außer am Wochenende, da kann es auch schon mal vormittags sein.«

»Tolle Arbeit.«

Meo nahm das Lob gleichmütig zur Kenntnis. Immer schön cool bleiben, nur keine Regung zeigen. In seinem Alter war das wohl normal. »Der Samariter hat sich bei tumblr.com mit der Mailadresse h.dunant@inbox.lv angemeldet«, fuhr er fort. »Henry Dunant hieß der Gründer des Roten Kreuzes. Inbox.lv ist ein kostenloser Dienst und sitzt in Litauen. Die prüfen keine Daten, da kann sich jeder anonym anmelden. Er kennt sich im Netz aus. Auf diesem Weg kriegen wir ihn nicht.«

55

Dühnfort ließ Lenz in sein Büro bringen. Die Nacht in der Haftzelle sah man ihm an. Bartschatten, Ringe unter den Augen. Er wirkte angespannt, als man ihm die Handschellen abnahm und er sich schließlich setzte. »Hoffentlich hat dieser Alptraum bald ein Ende.«

»Sagen Ihnen die Namen Heinrich Brettschneider und Emily Dreher etwas?«

Lenz rieb sich die Handgelenke. »Nein. Kenne ich nicht.«

»Gut, dann können Sie jetzt gehen.«

Verdutzt sah er auf. »Das heißt, ich bin nicht länger verdächtig? Ich kann nach Hause?« Die Frage wirkte beinahe fassungslos, als glaubte er unversehens in die Rolle des Josef K. aus Kafkas *Prozess* geraten zu sein.

»Laden Sie Ihre Freundin zum Essen ein oder stoßen Sie mit Champagner an. Ja, Sie können gehen.«

»Mit Champagner?« Lenz lachte. »Super Idee.«

»Ihre finanziellen Sorgen sind Sie jetzt doch los.«

Ein überraschtes Lächeln erschien, als sei ihm das eben erst klargeworden. »Stimmt. Dann stoßen wir auf die Kompetenz der Kripo an. Gut gemacht.«

Dühnfort hätte ihm eine reinhauen können. An dem Geld, das Lenz aller Sorgen enthob, klebte Blut. Als sich die Tür hinter ihm schloss, wählte er die Nummer von Maike Fischer.

»Tag, Herr Dühnfort«, begrüßte sie ihn. »Haben Sie Anjela gefunden?«

»Noch nicht. Ich muss mit Oana Ciobanu sprechen. Wo ist sie mit ihren Mitbewohnerinnen untergebracht?«

»Das ist jetzt Pech. Wir haben sie am Freitag abgeschoben.« Es lag kein Bedauern in ihrer Stimme, eher Genugtuung. Wieder ein paar weniger.

»Wir hatten eine Vereinbarung. Schon vergessen? Sie sollte uns als Zeugin zur Verfügung stehen.«

»Tut mir leid. Mein Boss hat anders entschieden. Sie hatten doch ausreichend Zeit, sie zu vernehmen.«

Merde! »Es sind aber noch Fragen aufgetaucht. Haben Sie eine Adresse von ihr in Moldawien?«

»Die ihres Exmannes. Ich maile sie Ihnen.«

Na, danke. Zu Exmännern pflegte man nicht unbedingt zurückzukehren.

Die Reisetasche ließ ihm keine Ruhe. Fertig gepackt hatte sie im Schrank gestanden, von einer Decke beinahe verborgen. Gut möglich, dass sich darin Anjelas Sachen befunden hatten. Ihr letzter Tag in Deutschland. Morgens hatte sie gepackt, war zu ihren Kunden gefahren, hatte geputzt und die Gelddepots geplündert. Zumindest bei Emily. Und ab nach Hause. Doch dummerweise hatte sie ihr Handy liegen lassen.

Er atmete durch. Vielleicht war sie in Moldawien, vielleicht würde man aber auch irgendwann ihre Leiche finden. »Danke.« Er legte auf, ging online und suchte den Blog Pflegmatisch. Der aktuellste Eintrag stammte nach wie vor vom neunzehnten Oktober und zeigte das Bild der toten Emily.

In der folgenden Stunde arbeitete Dühnfort sich durch die Beiträge. Erschütternde Berichte, aufrüttelnde Bilder, die zeigten, was er nicht für möglich gehalten hätte. Diesen Blog betrieb jemand, der einen ausgeprägten Willen hatte, sich an die Seite der Wehrlosen zu stellen und zu helfen. Wenn er dafür tatsächlich tötete, war er krank. Er war eher Pfleger als Arzt, eher Helfer als in leitender Position. Die meisten Fälle, die er beschrieb, bezogen sich auf Pflegeheime. Arbeitete er als Altenpfleger? Und wie passte seine Mission zur Empathielosigkeit eines Psychopathen?

Dühnfort schob den Stuhl zurück und stand auf. Was er brauchte, war Ruhe zum Nachdenken. Er zog den Mantel an und verließ das Präsidium.

Wolken ballten sich über der Stadt, dicke graue Kissen. Der Wind zog beißend kalt durch die Löwengrube und wirbelte die längst vertrockneten Blätter der Kastanien auf. Alles war trostlos grau. Der Himmel, die Straßen, die Häuser, die meisten Menschen. Nur ab und zu ein bunter Farbklecks, ein fröhliches Gesicht.

Henry Dunant. Der Mann aus Samaria. War der Samariter einfach nur durchgeknallt? Ein Mensch, der wirklich glaubte, seinen Opfern etwas Gutes zu tun, und dem jedes Mittel recht war, dieses Ziel zu erreichen? Hatten sie sich bisher die falschen Fragen gestellt? Was, wenn der Samariter nur ein Wichtigtuer war, der die Gunst der Stunde nutzte, um auf sein Anliegen aufmerksam zu machen? Wenn er gar nicht der war, den sie suchten? Blödsinn. Natürlich war er es. Schließlich hatte er Emilys Leiche fotografiert, und seine DNA hatten sie an allen drei Tatorten gefunden.

Er erreichte die Feldherrnhalle, überquerte den Odeonsplatz und betrat durch einen Torbogen den Hofgarten. Der Verkehrslärm verebbte Schritt für Schritt. Ein paar Tauben tippelten über den gekiesten Weg. Vor ihm erstreckte sich der in strenger Geometrie errichtete Renaissancegarten. Die Bäume, die ihn einfassten, reckten ihre kahlen Äste in den Himmel. An den Hainbuchenhecken entlang der Wege hing verschrumpeltes braunes Laub. Dühnfort ging auf den Arkadengang zu, der sich nördlich von ihm befand. Kies knirschte unter seinen Schritten. Der Wind fuhr ihm kalt unter den Mantel. Von den Boule-Spielern, die bei schönem

Wetter hier anzutreffen waren, fehlte heute jede Spur. Die Kuppel des Diana-Tempels, der das Zentrum des Gartens bildete, leuchtete grün vor dem trüben Himmel. Vereinzelte Schneeflocken lösten sich aus den Wolken.

Dühnfort schritt weit aus. Ein Gedankenspiel: Der Samariter ist kein Mörder. Wie kommt er dann an das Foto? Nur drei Möglichkeiten waren denkbar. Der Mörder hat es ihm zugespielt. Doch warum sollte er das tun? Dühnfort fiel kein Grund ein. Möglichkeit zwei: Jemand anderes hat das Foto gemacht und es weitergegeben. In diesem Fall kannten die beiden sich. Oder, drei, er hat es selbst gemacht. Bei den beiden letzten Varianten konnte das Bild erst nach Auffinden der Leiche entstanden sein. Wer kam dafür in Frage? Elisabeth Dreher. Warum sollte sie ihre tote Mutter fotografieren und obendrein das Foto aus der Hand geben? Der Notarzt und die beiden Rettungsassistenten. Das war schon eher eine Möglichkeit. Die Kollegen von der Streifenpolizei? Theoretisch möglich, doch eher unwahrscheinlich. Die beiden Mitarbeiter des Städtischen Bestattungsdienstes. Sie wurden täglich mit Tod und Leid konfrontiert. Auch sie sollte man sich genauer ansehen. Gut, es könnte so gelaufen sein. In diesem Fall stammte die DNA vom Mörder und nicht vom Fotografen. Der Fotograf hatte keine hinterlassen. Das war nun ganz und gar nicht vorstellbar.

Dühnfort erreichte den Diana-Tempel und setzte sich auf eine der Marmorbänke, die sich in dem offenen Rondell befanden. An jedem Tatort gab es unzählige DNA-Spuren. Die Arbeit der KTU bestand auch darin, die herauszufiltern, die tatrelevant waren. Den Spurenbericht kannte er fast auswendig. An allen drei Tatorten hatten sich die DNA-Spuren, die sie dem Samariter zuordneten, an den Leichen befunden. Eine Speichelspur bei Emily und Haare in den anderen Fällen. Mörder und Fotograf waren ein und dieselbe Person. Der Samariter war der Täter. Es sei denn … Nein, keine weiteren Gedankenspiele. Der Samariter war der Mann, den sie suchten. Dühnfort machte kehrt. Dennoch konnte es nicht schaden, mit Dr. Andreas Mücke zu reden.

Kurz bevor er das Präsidium erreichte, summte sein Handy. Im Display erschien der Name Verena Böltsch. Eine Kollegin der Polizeiinspektion Au. Im Sommer hatte er während einer Ermittlung mit ihr zu tun gehabt.

»Hallo Tino. Wie geht's?«

»Alles im Lot. Und bei dir?«

»Ich hab grad richtig gute Laune. Ein paar junge Frauen waren heute bei mir. Sie haben eine Anzeige gemacht, die dich vielleicht interessiert.«

»Worum geht es?«

»Um eine uneidliche Falschaussage.«

»Hat das mit unseren aktuellen Fällen zu tun?«

»Mit einem alten. Mit dem Mordfall Ruge.«

Dühnfort passierte das Portal und ging durchs Treppenhaus nach oben. Der Fall Ruge war gerichtsfest abgeschlossen. Er hatte keine Lust, ihn noch einmal aufzudröseln. »Na wunderbar. Ich dachte, wir hätten das in trockenen Tüchern. Wer beschuldigt wen?«

Ein Lachen klang durchs Telefon. »Du klingst nicht sehr begeistert. Das wird sich gleich ändern. Die drei Frauen sind Studentinnen. Sie haben Freitagnacht in einer Kneipe einen Mann kennengelernt und mit ihm gefeiert. Ein feuchtfröhlicher Abend. Der Kerl hat ordentlich getankt und dann vor den Mädels das volle Imponiergehabe aufgefahren. Irgendwann hat er sich damit gebrüstet, einen ordentlich reingetunkt zu haben, der ihm schon lange stinkt. So ein arrogantes Arschloch, das ihm die Beförderung versaut hat und dafür nun zahlen wird. Die Mädels waren neugierig und wollten wissen, wie er das gemacht hat, und er hat ihnen die Details erzählt. Rate mal, wer das arrogante Arschloch ist?«

»Keine Ahnung.«

»Du.«

Es dauerte eine Sekunde. »Gerstner?«

»Genau.«

»Er hat wirklich vor drei Frauen damit angegeben, wie er mich in die Pfanne haut?« Dühnfort konnte es erst nicht glauben und fühlte sich im nächsten Moment erleichtert.

»Ich habe eine sehr ausführliche Anzeige aufgenommen. Da fehlt kein Wort. Drei Zeuginnen. Damit ist die Interne für dich erledigt.«

Auf einmal wusste er es. »Sag mal das Lokal ...«

»Eine richtige Boazen, Gerstners Stammkneipe. Das Sacklzement.«

Dühnfort unterdrückte das Lachen. »Danke, Verena.«

»Bitte, gern geschehen. Sehr gern sogar.«

Inzwischen hatte er die zweite Etage erreicht. Auf dem Absatz machte er kehrt und suchte Gina in ihrem Büro im ersten Stockwerk auf. Sie stand am Fenster und telefonierte. Als er eintrat, drehte sie sich um. »Du, Xenia, ich glaube, ich muss jetzt Schluss machen.« Sie legte auf und steckte das Handy ein.

Er nahm sie in den Arm. »Du bist einfach unglaublich.«

»Findest du?«

»Unglaublich schön, unglaublich liebenswert, unglaublich unkonventionell, unglaublich eben. Danke, dass du meinen Arsch gerettet hast, wenn ich das mal so salopp formulieren darf.«

»Ich habe doch gesagt, dass ich nicht zusehe, wie dieser Mistkerl dich fertigmacht. Da bin ich einfach nicht der Typ für.«

Er hätte sich das nicht getraut. »Warst du auch dabei?«

»Bin ich doof? Natürlich nicht. Ich bin im Auto gesessen und habe das Gespräch sicherheitshalber aufgezeichnet.«

»Xenia war verkabelt?«

»Na klar.«

»Das ist illegal, wie die ganze Nummer eigentlich.« Da waren sie schon wieder, seine Bedenken.

Sie grinste. Ein paar Sommersprossen verschwanden in der Falte an der Nasenwurzel. »Nur für alle Fälle. Aber wir werden das nicht verwenden müssen. Xenia hat zwei Schauspielschülerinnen mitgebracht. Die waren klasse. Improvisationstheater.« Sie umarmte ihn und ließ die Hände hinunter zu seinem Po gleiten. »Es hat echt einen Heidenspaß gemacht, deinen süßen Arsch zu retten.«

Er liebte dieses Funkeln in ihren Schokoladenaugen, das freche Grinsen, die Zufriedenheit, die sie nun ausstrahlte, und gab ihr einen Kuss. Die Wärme ihres Körpers, der Duft ihrer Haut und ihr Lachen weckten sein Begehren. Heute Abend würden sie feiern. Erst ein gutes Essen, danach eine Flasche Champagner, Bob Dylan und Norah Jones, ihre Haut an seiner. Er liebte sie. Sie war einfach die Frau fürs Leben.

56

»Sie wollten meine Einschätzung. Hier ist sie: Der Samariter ist ein unsicherer Mensch und versucht das zu verbergen.«

Beatrice Mével hatte sich den Blog angesehen und analysiert. Dühnfort saß ihr am Schreibtisch in ihrem Büro gegenüber. Heute trug sie einen moosgrünen Rolli. Der Haaransatz war nachgefärbt. Er schimmerte wieder kupferrot. »Er selbst hat ein anderes Bild von sich«, fuhr sie fort. »Er ist der good guy in diesem Spiel. Er sieht hin, wo andere wegsehen. Doch wer nicht für ihn ist, ist gegen ihn. Das Überschreiten von Grenzen ist legitim, es dient der guten Sache. Er ist ein Ritter der Schwachen und Hilflosen. Doch es geht nicht um sie. In erster Linie geht es um sein schwaches Selbstbild, das er so stärkt. Er könnte ebenso gut ein militanter Tierschützer sein oder ein fanatischer Gegner eines Großbauprojekts. Daran sollten Sie denken. Sein Selbstwertgefühl steht im Zentrum dieser Aktionen, nicht die Sache, für die er sich einsetzt. Die Sprache seiner Blogbeiträge ist rastlos, beinahe getrieben und gelegentlich großmäulig. Er ist der Typ, der früher auf dem Schulhof gerne das große Wort führte, wenn es aber ernst wurde, als Erster kniff und die Drecksarbeit geschickt an andere delegierte. Eigentlich nicht unbedingt der Typ, der gewalttätig wird.«

Dühnfort war beeindruckt, was sie aus diesen Texten herausgelesen hatte. Was ihn störte, war allerdings ihr letztes Statement. »Sie denken, er ist nicht der Täter?«

»Das wollte ich damit nicht sagen.« Beatrice Mével zupfte den Rollkragen zurecht. »Im Großen und Ganzen neigen solche Menschen nicht zur Gewalt. Es gibt natürlich Ausnahmen. Seine öffentliche Sprache, die er im Blog verwendet, steht übrigens in einem starken Gegensatz zum Tonfall der Mail an Sie. Da ist er wortkarg, beinahe schüchtern. Er gibt sich bedeckt, benützt Floskeln, und das hat einen Grund. Er wendet sich nicht an die anonyme Öffentlichkeit, sondern an einen Mann, der ihm gefährlich werden kann. Die Großmäuligkeit verschwindet. Er hat Angst, sich zu verraten.«

Das würde erklären, weshalb er sich neuerdings so bedeckt hält und keine Mails und Blogbeiträge schreibt, überlegte Dühnfort.

»Er kneift gewissermaßen, wie damals auf dem Schulhof«, fuhr Beatrice Mével fort. »Dasselbe bei der Mail an die Zeitung. Er fordert sehr zurückhaltend und bedacht in beinahe stereotypen Sätzen, die Sie immer wieder in den Medien finden können, eine Veränderung der Situation. Seine Vorschläge einer Pflegereform sind nicht neu. Sie werden regelmäßig diskutiert. Sobald er sich also aus der Deckung wagt, wird er unsicher. Deshalb sollten Sie vorsichtig sein. Unsicherheit schlägt schnell in Aggression um.«

»Was mir nicht einleuchtet, ist nach wie vor die Tatsache, dass er seine Opfer unter seinen Schützlingen auswählt.«

»Nachdem ich diesen Blog gelesen habe, würde ich sogar sagen, es passt mehr denn je. Denn es geht ihm erst in zweiter Linie um die Sache. Sein Ego steht im Zentrum dieser Beiträge. Da macht sich ein Kleiner groß und stilisiert sich als Gutmensch. Daran richtet er sein angeschlagenes Selbstbild auf. Ein Mord an einem seiner Schützlinge liefert ihm Stoff, dieses seiner Meinung nach kranke und marode System anzuprangern, Änderungen zu fordern und sich so selbst gut dastehen zu lassen. Das Schlimmste, das ihm passieren könnte, wäre die Erfüllung all seiner Forderungen über Nacht.«

Wenn das so war, dann war es geradezu pervers, die zu benutzen, die ihm dienten, um vor sich und der Welt zu bestehen. »Halten Sie ihn für psychisch krank?«

Beatrice Mével breitete die Hände aus. »Nur aufgrund seiner Einträge kann ich das nicht sagen. Ich glaube es allerdings nicht. Jedenfalls ist er nicht wahnhaft. Was er schreibt und fordert, kreist nicht um etwas völlig Absurdes und Abwegiges.«

»Er sucht also Bestätigung und Anerkennung. Weshalb hat er die Kommentarfunktion des Blogs deaktiviert? Er muss doch auf positives Feedback geradezu versessen sein.«

»Das ist mir auch aufgefallen. Allerdings sind die ersten Einträge kommentiert worden. Er hat diese Möglichkeit erst später gesperrt. Ich denke, das hat damit zu tun, dass er angegriffen wurde. Nachdem er das Foto einer todkranken Frau veröffentlicht hatte, brach ein regelrechter Shitstorm über ihn herein. Mit Kritik kann er nicht umgehen. Sie macht ihn hilflos und klein. Deshalb hat er den Kritikern den Mund verboten.«

Langsam gewann der Samariter an Kontur. Dühnfort verabschiedete sich von Beatrice Mével und rief beim BRK an, um in Erfahrung zu bringen, wo Andreas Mücke sich derzeit aufhielt. Seine Schicht beim Bayerischen Roten Kreuz begann in einer Stunde in der Rettungswache Lehel. Er erhielt die Handynummer und rief an. Es meldete sich nur die Mailbox. »Dühnfort, Kripo München. Vielleicht erinnern Sie sich. Wir sind uns am achtzehnten Oktober in einem Treppenhaus begegnet. Der Mord an der alten Dame. Sie hatten recht. Sie wurde erstickt. Es gibt noch ein paar Fragen. Wann und wo kann ich Sie treffen?«

Zeit für einen Espresso. Er machte einen Doppio, aß dazu eine Rippe Schokolade und überlegte, was er abends kochen könnte. Als Vorspeise vielleicht gebackene Feigen mit Ziegenfrischkäse, danach ein Lachsfilet in Champagnersoße auf einer Wildreismischung. Beides erforderte nicht viel Zeit. Das Dessert würde er fertig bei Dallmayr kaufen. Ein Glas Champagner als Aperitif und zum Essen einen leichten Muscadet von der Loire oder einen Sauvignon Blanc von Uitkyk aus Südafrika. Den Fisch besorgte er am besten bei Witte, den Rest im Kaufhof und bei Dallmayr. Heute würde er pünktlich Feierabend machen. Bei der Vorstellung, wie Xenia und ihre Freundinnen Gerstner aushorchten, musste er grinsen. Gina war wirklich unglaublich.

Sein Handy klingelte. Andreas Mücke. Er schlug vor, sich auf der Rettungswache zu treffen.

Zwanzig Minuten später holperte Dühnforts Kombi über das Kopfsteinpflaster der Seitzstraße. Hier befand sich nicht nur eine Rettungswache, sondern auch die Zentrale des BRK. Dühnfort fuhr auf einen der Besucherparkplätze und betrat das Haus durch den rückwärtigen Eingang. Am Empfangstresen saß ein pickliger junger Mann in weißer Jeans und weißem Sweatshirt, daran ein Namensschild. Lennard Skiba. Dühnfort zeigte seinen Ausweis vor und fragte nach Dr. Andreas Mücke.

»Ich hole ihn sofort.« Skiba kam um den Tresen herum und verschwand in einem der Räume entlang des Flurs. Zwei Minuten später erschien er wieder mit dem Notarzt im Schlepptau. Mücke trug eine orangerote Rettungsdiensthose und darüber ein weißes T-Shirt mit dem Logo des BRK. Der Flur war eng. Es gab keine Besprechungsecke. »Wenn es länger dauert, gehen wir am besten in die Teeküche.«

Dühnfort folgte ihm in ein helles Zimmer mit Kochnische und einem großen Tisch in der Mitte. Sie waren allein und setzten sich. »Worum geht es?«, fragte Mücke.

»Kennen Sie den Blog Pflegmatisch?«

»Nein. Ich treib mich wenig im Netz herum.«

»Aber Sie lesen Zeitung. Die Mordserie unter alten Menschen ist Ihnen nicht entgangen. Emily Dreher war das erste Opfer.«

Mücke nickte. »Ja. Das ist mir klar. Über ihr Foto in der Zeitung habe ich mich gewundert. Dass sie das wirklich veröffentlicht haben.« Er schüttelte den Kopf.

»Wir vermuten, dass der Täter beruflich mit Alten und Kranken zu tun hat …«

Mückes Brauen stiegen in die Höhe. »Sie wollen jetzt aber nicht sagen, dass Sie ihn in unseren Reihen suchen? So wie den Feuerwehrmann, der Brände legt, um sich dann beim Einsatz zu profilieren.«

»Wir suchen jemanden, der sich in besonderer Form für Alte und Pflegebedürftige engagiert. Jemanden, der Briefe schreibt und Anzeigen erstattet, jemanden, der sich an seinem Arbeitsplatz Ärger einhandelt, weil er Missstände anprangert und heimlich fotografiert. Einen, der ständig nervt. Fällt Ihnen dazu jemand ein?«

»Einer, der sich besonders wichtig nimmt? Das ist ja an sich kein Verbrechen. Doch, dazu fällt mir jemand ein.«

57

»Sie kennen ihn«, fuhr Mücke fort. »Julian Friebe. Rettungsassistent. Er war beim Einsatz in Schwabing dabei. Sie sind ihm auf der Treppe begegnet.«

Dühnfort erinnerte sich dunkel an einen jüngeren Mann. Allerweltstyp. Schmales Gesicht, mittelbraune Fusselhaare. »Ist er im Haus?«

»Er hat Urlaub.«

»Und er nervt?«

Der Notarzt zog die Schultern hoch. »Es gibt angenehmere Kollegen. Aber einen Mord traue ich ihm nicht zu. Und die Frau war schon tot, als wir kamen.«

»Ich würde Ihnen gerne etwas zeigen. Haben Sie noch ein paar Minuten Zeit?«

»Wenn ich zu einem Einsatz muss, bin ich weg.«

Dühnfort zog sein Smartphone hervor und ging online. Da er nicht wollte, dass Mücke das Bild von Emily sah, scrollte er zu einem älteren Blog-Beitrag und reichte ihm das Handy. »Könnte dieser Artikel von Friebe stammen?«

Mücke las konzentriert und sah dann auf. »Möglich. Er kann sich gut in Rage reden. Das ist bei diesem Text ähnlich.«

»Wissen Sie, wo er Urlaub macht?«

»Keine Ahnung.« Der Pager piepte. Mücke sprang auf. »Ich muss los.« Weg war er.

Dühnfort kehrte an den Empfang zurück und ließ sich Friebes Spind zeigen. Er war leer.

Mit Kopien der Personalakte und der Einsatzpläne verließ er schließlich die Rettungswache.

Im Büro angekommen, machte er sich erst einmal einen Espresso. Kirsten kam dazu. Er fragte, ob sie auch einen wollte. »Gute Idee.« Während er eine Tasse für sie füllte, erkundigte er sich nach Kathi. »Akzeptiert sie die neue Situation?«

Kirsten schob die Hände in die Taschen der Kostümjacke. »Mit Xenia war sie am Sonntag an einem Set und durfte als Komparsin mitspielen. Das hat ihr Spaß gemacht, was sie natürlich nicht zugibt. Und auch in der Schule läuft es gut. Sie scheint sich mit ihrer Banknachbarin gut zu verstehen. Da ist offenbar ein Funke übergesprungen. Beide sind Slackliner.«

Verwundert sah er auf. »Was ist das?«

»Eine Art Seiltanz auf einem Gurtband. Ich bin froh, dass sie Anschluss gefunden hat. Im Internat war sie auch nach einem halben Jahr noch die Außenseiterin.« Kirsten seufzte. »Mir gegenüber präsentiert sie sich natürlich weiterhin als Entführungsopfer. Aber wir sind auf dem richtigen Weg.«

»Das hört sich doch gut an.«

»Nur die Sache mit dem Handy liegt mir im Magen. Sie denkt, sie hat es verloren, dabei habe ich es verschwinden lassen und ein neues gekauft. Was sie nicht weiß: Meo hat eine App darauf installiert, die den Kontakt zwischen Kathi und meinen Schwiegereltern unterbindet. Anrufe laufen ins Leere, obwohl der Anrufer es klingeln hört. Und SMS verschwinden im digitalen Nirwana. Außerdem gibt es eine App, mit der ich das Handy jederzeit orten kann. Wenn Kathi das jemals herausfindet, wird sie ausflippen.«

»Hältst du es wirklich für eine gute Idee, sie zu überwachen?«

»Mach ich nicht. Ich werde die Ortungsmöglichkeit nur nutzen, wenn sie abhaut.«

»Du weißt doch, wo du dann suchen musst. Bei den Großeltern. Wenn du den Kontakt zu ihnen unterbindest, wird Kathi ihn erst recht aufrechterhalten wollen. Aus Trotz. Lass sie sich hier einleben und Freunde finden, dann werden Oma und Opa ganz von alleine weniger wichtig.«

Kirsten strich sich die Haare aus dem Gesicht. »Ich werde den beiden keine Gelegenheit geben, Kathi weiter gegen mich aufzuhetzen.«

»Du hast doch selbst gesagt, dass du dich mit diesen Apps nicht wohl fühlst.«

»Stimmt. Aber es geht nicht anders. Und bei dir so?«

Er erzählte von Friebe. »Ich sehe mir jetzt die Unterlagen an. Wenn was dran ist, gibt es heute noch ein Meeting.«

Kirsten bedankte sich für den Espresso und ging.

Er vertiefte sich in die Kopien. Friebe war gelernter Altenpfleger. Die Umschulung zum Rettungsassistenten hatte er vor einem Jahr abgeschlossen. Im Führungszeugnis war eine Vorstrafe vermerkt. Dühnfort legte die Akte beiseite und loggte sich im Bundeszentralregister ein.

Nach zwei Stunden Recherche und einem Telefonat mit Friebes Bewährungshelfer begann sich ein Bild des Mannes abzuzeichnen. Sie waren endlich auf dem richtigen Weg.

Ein Blick auf die Uhr. Kurz nach sechs. Fisch Witte machte gerade zu. Er rief das Team im Soko-Raum zusammen und heftete Fotos und Kopien an die Magnetwand, während er sich füllte und es ruhig wurde. Dühnfort wies auf das Bild aus Friebes Personalakte. »Ich denke, wir stehen vor einem Durchbruch. Julian Friebe, ledig, kinderlos, zweiunddreißig Jahre alt, Rettungssanitäter beim BRK. Ursprünglich Ausbildung als Altenpfleger. Er ist ein Querulant, der bisher an all seinen Arbeitsplätzen nervte.«

»Wie kommst du auf ihn?«, unterbrach Alois.

»Er gehörte zum Notarztteam, das bei Emily im Einsatz war. Ich habe mit seinem Teamleiter gesprochen und seinen Lebenslauf recherchiert. Er stammt aus zerrütteten Familienverhältnissen und wuchs bei der Großmutter auf. Er hat sie geliebt und ist dennoch auf die schiefe Bahn geraten. Immer wieder Eigentumsdelikte, seit er fünfzehn war. Dann sah es so aus, als würde er die Kurve kriegen, als er die Ausbildung zum Altenpfleger gemacht hat. Ein paar Jahre ging alles gut, bis er erwischt wurde, als er an seinem Arbeitsplatz Medikamente abzweigte und verhökerte. Nicht ganz klar ist, ob er selbst medikamentenabhängig war oder ist. Es gab eine Bewährungsstrafe. Er wechselte den Arbeitsplatz. Zu dieser Zeit ging es seiner Großmutter nicht gut. Er kümmerte sich um sie. Doch er stahl wieder Medikamente, und diesmal musste er die Strafe verbüßen. Die neue und die alte. Er hat einen Sozialarbeiter gebeten, dafür zu sorgen, dass man nach der Großmutter sah. Das ist nicht geschehen. Als Friebe entlassen wurde, fand er sie tot in der Wohnung. Ihre Leiche lag wenigstens sechs Wochen dort. Todesursache nicht eindeutig feststellbar. Vermutlich Herzanfall.«

Russo nickte zufrieden. »Das passt ja wie Arsch auf Eimer. Wissen wir, wo er sich aufhält?«

»Er hat seit vorgestern Urlaub. Den hat er kurzfristig beantragt. Angeblich, weil seine Mutter krank ist. Doch sie ist vor vier Jahren verstorben. An seinem Arbeitsplatz weiß niemand, wohin er wollte. Auf dem Handy ist er nicht erreichbar. Laut seiner Dienstpläne hatte er immer frei, wenn ein Mord geschah. Ich werde jetzt die Beschlüsse für die Wohnungsdurchsuchung und auch gleich für die Handyortung beantragen. Für heute machen wir Schluss. Morgen wird unser großer Tag.«

Kirsten drehte den Kuli zwischen den Fingern. »Friebe

war also als Rettungssanitäter in der Wohnung, in der er Stunden zuvor einen Mord begangen hat?«

»Sieht ganz danach aus.«

»Das ist schon ein merkwürdiger Zufall.«

Das hatte er auch gedacht. »Aber nicht unwahrscheinlich bei nur drei in Frage kommenden Rettungswachen für Schwabing.«

Er beendete das Meeting und suchte Christoph Leyenfels auf, der gerade seinen Schreibtisch aufräumte. »Ich brauche zwei Beschlüsse. Kannst du die noch beantragen?«

»Habt ihr endlich eine heiße Spur?«

Dühnfort schilderte ihm die aktuelle Lage. »Wir müssen Friebes Handy orten und uns seine Wohnung ansehen.«

»Und wie soll ich das begründen? Du hast nichts in der Hand, das Friebe mit den Morden in Verbindung bringt. Keine Zeugen, keine Spuren, keine Indizien.«

»Er ist der Samariter. Er passt genau ins Profil. Seinen kurzfristigen Urlaub hat er mit einer Lüge begründet und ist untergetaucht. Je mehr Zeit wir verlieren, umso schwerer wird es, ihn zu erwischen. Bei allen Morden hatte er dienstfrei. Mach einen Strich darunter: Es reicht für einen Anfangsverdacht.«

»Du sagst, er ist vorbestraft. Haben wir seine DNA?«

»Wegen Diebstahls. Er ist also nicht in der Datei. Wir müssen in seine Wohnung, dann haben wir Gewissheit.«

»Also gut.«

58

Die Kirchturmuhr schlug Viertel vor sieben, als Dühnfort in sein Büro zurückkehrte. Na prima. Dallmayr schloss in fünfzehn Minuten. Er musste sich beeilen, wenn er heute noch ein Essen für Gina auf den Tisch bringen wollte.

Ein wenig außer Atem betrat er kurz vor sieben das Feinkostgeschäft. Vom Personal hetzte ihn niemand. Doch er spürte, dass alle nach einem anstrengenden Tag den Ladenschluss herbeisehnten, also beeilte er sich, suchte Fisch und Wein aus. Eine freundliche Verkäuferin half ihm beim Rest und empfahl als Dessert eine hausgemachte Mousse au Chocolat.

Mit zwei Tüten und einem Strauß Rosen beladen, den er gerade noch im Blumengeschäft im U-Bahn-Geschoss am Sendlinger-Tor-Platz erstanden hatte, erreichte er Viertel vor acht die Wohnung. Gina war noch nicht da. Er stellte die Einkäufe in seiner Küche ab, legte den Champagner kalt und schenkte sich ein Glas Soave ein.

Im CD-Regal suchte er nach der passenden Musik und entschied sich für Bob Dylan. *Nashville Skyline.* Beschwingt machte er sich an die Arbeit und sang lauthals mit. *If you're traveling to the north country fair.* Als er die Feigen vorbereitet hatte, schrieb er eine SMS an Gina. *Essen ist bald fertig. Wo bist du?* Dabei entdeckte er die Rosen. Sie mussten ins Wasser. Er suchte eine Vase und fand sie im Abstellraum auf dem Karton mit den alten Schallplatten. Den Tisch deckte er bei Gina. Im Sommer hatte sie die Nachbarwohnung gemietet, die seither durch eine Tür mit seiner verbunden war. So wohnten sie zusammen, und doch hatte jeder sein eigenes Reich. In ihrem Wohnzimmer gab es eine Essecke, während er nur den Essplatz in der Küche hatte. Die Vase mit den Rosen stellte er vor ihren Teller. Es sah festlich aus. Vielleicht noch ein paar Kerzen. Mit einem leisen Bing kam ihre Antwort. *Bin in Lohwies! Meine Rechnung geht auf! Kann spät werden. Lass mir was übrig.*

Enttäuscht las er die Nachricht. Aber so war das nun mal in ihrem Job. *Meine Rechnung geht auf.* Das konnte nur eines bedeuten. Wer auch immer damals geholfen hatte, Annamarias Leiche verschwinden zu lassen, hatte sich gemeldet. Bald würde Gina wissen, wo sie suchen musste. *Lass dir mit dem Ausbuddeln bis morgen Zeit. Es gibt Mousse au Chocolat als Dessert. Selbst gekauft*, simste er.

Sein Magen knurrte. Er brach ein Stück vom Baguette und aß es mit bretonischer Demi-Sel-Butter. Dazu ein Schluck Wein. Er wollte auf Gina warten und bereitete den Lachs vor, so weit es ging. Nach den Nachrichten verputzte er den Rest des Baguettes und stöberte in der Kiste mit den alten Schallplatten. Als ihm Miles Davis' *Kind of Blue* in die Hände fiel, holte er den Plattenspieler aus der Abstellkammer. Es musste zwanzig Jahre her sein oder mehr, dass er diese Platte auf einem Flohmarkt in Rom gekauft hatte. Seine Jazz-Phase. Er lauschte den Trompentensoli, schwelgte in nostalgischen Erinnerungen und war in einer sentimentalen Stimmung, als er kurz vor zehn die Wohnungstür schlagen hörte. Gina kam. Er ging in den Flur und gab ihr einen Kuss. »Grüß dich.«

»Ich bin völlig geschafft.« Sie schälte sich aus Daunenjacke, Schal und Handschuhen. »Zieh mal jemandem, der kaum in der Lage ist, einen klaren Satz zu formulieren, weil er die letzten zwanzig Jahre damit verbracht hat, sich die Birne weich zu saufen, verwertbare Infos aus der Nase.

Puh! Ich hoffe, es stimmt, was ich erfahren habe. Dann muss ich allerdings nicht buddeln, sondern tauchen. Ist noch was vom Essen da?«

Er zog sie an sich und gab ihr einen weiteren Kuss. »Feigen mit Ziegenkäse. Reicht das für den Anfang?«

»Klingt himmlisch. Aber wieso Anfang, gibt es noch mehr?« Sie legte das Holster mit der Dienstwaffe ab und folgte ihm in die Küche. Der Grill war vorgeheizt. Er schob die Feigen darunter und das Lachsfilet in den Ofen. Dann nahm er den Champagner aus dem Kühlschrank. »Wie wäre es damit?«

Ihre Brauen stiegen in die Höhe, die Stirn legte sich in Falten. »Habe ich etwa unseren Jahrestag vergessen?«

Er schüttelte den Kopf.

»Was feiern wir dann?«

»Meine Arschrettung natürlich.«

»Ach so. Ich dachte schon …« Sie lachte. »Es war mir ein großes Vergnügen, um nicht zu sagen: Es hat tierisch Spaß gemacht, Gerstner mit seiner eigenen Eitelkeit schachmatt zu setzen.«

Während sie mit einem Glas Champagner anstießen und dazu die überbackenen Feigen aßen, erzählte Gina, wie Gerstner es geschafft hatte, sich mit der Behringer abzusprechen. »Er ist am nächsten Morgen in aller Herrgottsfrühe in Uniform und mit Blumenstrauß ins Krankenhaus marschiert und hat dem Kollegen, der vor dem Krankenzimmer die Besucher registrierte, einen falschen Namen genannt und erklärt, er käme in Heigls Auftrag. Ganz schön dreist.«

Aber hallo! Das war wirklich ziemlich unverfroren.

Die Feigen hatten sie in seiner Küche gegessen. Mit dem Hauptgang zogen sie an Ginas Esstisch um. Er zündete die Kerzen an. Sie legte eine CD ein und bemerkte die Blumen.

»Wow. Rote Rosen. Wie war das doch gleich mit deren Symbolik? Kannst du mir da grad mal auf die Sprünge helfen?«

»Hm? Lass mich nachdenken. Gleich fällt es mir ein. Ja, jetzt habe ich es wieder. Rote Rosen vor dem Teller zeigen an, wer heute Geschirr spülen muss.« Lachend duckte er sich weg und servierte, nachdem Gina den Strauß auf seine Seite geschoben hatte, den Lachs. Mit Appetit machte sie sich darüber her. Auch die Mousse au Chocolat putzte sie weg und kratzte das Schälchen sogar aus.

Satte Zufriedenheit machte sich schließlich in ihnen breit. Mit einem Glas Wein setzten sie sich aufs Sofa. Er streckte die Beine aus. Gina lehnte sich an ihn. »Echt lecker, das Essen. Ich war total ausgehungert.« Ihre Hand glitt über seine Brust. Im CD-Player lief ihr Song. Norah Jones. *Come away with me.* Ginas Finger wanderten über die Knopfleiste des Hemds und begannen sie zu öffnen. In ihren Schokoladenaugen erschien das schelmische Funkeln. »Sagte ich grad *war*? Ich meine natürlich: Ich bin total ausgehungert.«

59

Siegrid Schülke liebte die Abwechslung, die ihr Beruf mit sich brachte. Als Mitarbeiterin einer Zeitarbeitsfirma blieb sie nie lange im selben Unternehmen. In diese Art von Beschäftigungsverhältnis war sie nicht einfach hineingerutscht wie viele, die nach Arbeitslosigkeit oder Hausfrauen- und Mutterzeit wieder in den Beruf einsteigen wollten. Sie hatte sich bewusst dafür entschieden. So lernte sie neue Leute kennen, und auch die Aufgaben, mit denen sie betraut wurde, wechselten ständig. Nie wurde ihr langweilig. Mal arbeitete sie für ein paar Wochen in kleinen Handwerksbetrieben, wie im Mai bei einem Geigenbauer, dessen Büro sie auf Vordermann gebracht hatte, dann in großen Konzernen, wie zuletzt für acht Wochen bei BMW. Sie machte Urlaubsvertretungen und sprang bei Krankheit ein, überbrückte Mutterschutzzeiten oder entlastete das Stammpersonal, wenn besonders viel los war. Saisonspitzen nannte ihr Chef das. Die Anforderungen, die man an sie stellte, waren jedes Mal andere, und das mochte sie.

Seit drei Wochen befand sich ihr Arbeitsplatz nun in der Verwaltung des Klinikums Großhadern. Sie legte Patientenakten an und sorgte dafür, dass alle erforderlichen Informationen für die Abrechnung mit den Krankenkassen an den richtigen Stellen im System zu finden waren. Etwa eine Woche Einarbeitung hatte sie gebraucht. Inzwischen war sie fit und kannte das System in- und auswendig. Wenn sie Fehler der Kolleginnen entdeckte, korrigierte sie diese stillschweigend. Jedem unterlief mal ein Fehler, und man musste sich ja nicht unbedingt Feinde machen, indem man lautstark darauf hinwies. Sie war stets freundlich, zuvorkommend und hilfsbereit.

Siegrid war allein im Büro, als an diesem kalten Novembernachmittag kurz vor fünf das Telefon klingelte. Ihre Kollegin Maria war gerade in ihrer tariflich vereinbarten Kaffeepause. Dergleichen hatte Siegrid natürlich nicht. »Schülke, Verwaltung.«

»Peter Meyer, BRK. Ich habe ein Problem. Vielleicht können Sie mir weiterhelfen.« Der Mann hatte eine nette Stimme. Nicht so barsch und fordernd wie viele, sondern einnehmend und charmant.

»Worum geht es denn?«

»Ich weiß nicht, wie ich diesen Krankentransport vom Achtzehnten abrechnen soll. Wir haben noch immer keine Personalien und auch keine Informationen zur Versicherung. Es handelt sich um die Frau, die man bewusstlos aus der Isar gefischt hat. Sie hatte keine Papiere bei sich. Haben Sie inzwischen was?«

So etwas ging ja gar nicht. Eine Patientenakte ohne Namen. Einen derartigen Vorgang hatte sie in diesen drei Wochen noch nicht gehabt. Wie suchen? Es blieb nur das Datum. »Am Achtzehnten, sagten Sie?«

»Genau. Achtzehnter Oktober. Nachts.«

»Ich sehe mal nach. Moment.« Siegrid tippte das Datum in die Suchmaske. In dieser Nacht hatte es etliche Zugänge gegeben. Keiner, der ohne Namen war. Offenbar hatte die Frau inzwischen ihr Bewusstsein wiedererlangt und entsprechende Angaben gemacht. Wie sollte sie jetzt herausfinden, wer gemeint war? Ganz klar. Notaufnahme. Doch das half ihr nicht weiter. In der Nacht vom Achtzehnten waren dort sieben Frauen aufgenommen worden. »Ich habe hier mehrere Vorgänge. Wie alt ist die Patientin denn?«

»Mitte zwanzig etwa und vermutlich Ausländerin.«

Das war nun eine hilfreiche Information. »Ja, ich habe sie. Schwere Schädelverletzungen, nicht wahr?«

»Richtig.«

»Sie liegt auf der Chirurgischen. Olia Rebeja, Polin. Aber Angaben zur Krankenkasse habe ich hier nicht. Das werden Sie wohl privat abrechnen müssen. Offenbar ist sie Touristin. Ich habe hier nur eine Adresse in Warschau.« Sie buchstabierte Peter Meyer Namen und Anschrift.

»Vielen Dank. Das hilft mir weiter. Sie sind ein Schatz.«

»Danke, das hört man gerne.« Lächelnd legte Siegrid auf. Sie mochte es, wenn die Leute gute Manieren hatten und sich bedankten.

Maria kehrte von ihrer Pause zurück. Mit ihr kam ein Hauch von Zigarettenqualm herein. »Du lächelst so versonnen. Heißer Telefonflirt?«

»Quatsch. Es ging um einen Krankentransport. Eine Patientin wurde ohne Papiere und ohne Bewusstsein eingeliefert. Irgendwie müssen sie das ja mal abrechnen können.«

»Du meinst Olia Rebeja? Deswegen haben sie doch gestern schon angerufen. Bei denen weiß auch einer nicht, was der andere tut.«

Siegrid wollte die Datei schon schließen, als ihr Blick auf die Zeile mit den Einlieferungsdaten fiel. Dort stand, dass die Patientin vom Malteser Hilfsdienst gebracht worden war und nicht vom BRK. Schon wieder ein Fehler. Siegrid korrigierte ihn stillschweigend.

60

Eine Schwester holte das Tablett mit dem Frühstück. Anjela rollte sich auf die Seite. Schon neun. In der vergangenen Nacht hatte sie schlecht geschlafen. Die Erinnerungen wühlten sich zurück an die Oberfläche. Sie sah ihre Hand mit der Plastikkarte vor sich, die sie zwischen Schloss und Rahmen schob, beobachtete, wie die Tür aufsprang, spürte ihr Herz bis zum Hals schlagen. Hoffentlich hatte die Alte den Diebstahl noch nicht bemerkt.

Lautlos schob sie sich in die Wohnung und zog die Tür hinter sich ins Schloss. Im Wohnzimmer war der Fernseher lauter gestellt als vorhin, als sie gegangen war. Gut so, dann würde die Alte sie nicht hören. Es lief Reklame. Sie griff sich das Handy. Der Werbespot war vorbei. In dem nun folgenden Augenblick unvermuteter Stille vernahm sie ein ratschendes Geräusch. Ein Mann kam aus der Küche. Er zog den Reißverschluss eines weißen Overalls zu, während aus dem Wohnzimmer ein dumpfes Stöhnen in den Flur drang. Unwillkürlich wandte sie den Kopf. Die Kommandantin lag auf dem Boden. War sie wieder gestürzt? Der Mann kam auf sie zu. Wer war er? Was hatte er vor? Sie spürte die Gefahr, schnellte herum, wollte weg, doch noch bevor sie an der Tür war, traf sie ein Schlag. Ihr wurde schwarz vor Augen.

Anjela schreckte hoch und riss die Augen auf. Die Erinnerung war wieder da.

Zwei Schwestern erschienen und holten ihre Nachbarin zu einer Untersuchung ab. Das Bett wurde hinausgerollt, die Tür schloss sich hinter den dreien.

Was war mit der Kommandantin? War sie tot? Und dann kam plötzlich die Erkenntnis, wie ein Schatten, der sich aus dem Nichts löste: Sie war nicht gesprungen! Er hatte versucht, sie in der Isar zu ersäufen wie eine Katze. Sie wäre jetzt tot, wenn sie nicht jemand aus dem Fluss gezogen hätte. Eine Welle von Dankbarkeit überrollte sie.

Die Gewissheit, dem Tod nur durch einen Zufall entkommen zu sein, tat sich wie ein Schlund vor ihr auf, aus dem ihr mit heißem Atem die Wahrheit entgegenbrüllte: Du hast Glück gehabt! Du verdankst dein Leben der Gunst des Schicksals! Sie saß hier, eingepfercht in eine Rüstung aus Verbänden und Bandagen, einzig und allein, weil ein Mann bei Regen joggen war und dabei ausgerechnet zu einer bestimmten Sekunde einen bestimmten Ort erreicht hatte, nämlich diese Brücke. Wenn seine Frau ihn davon abgehalten hätte zu laufen, wenn er nur ein wenig schneller oder langsamer gewesen wäre, wenn er irgendwo eine Pause gemacht hätte, wenn er auf seine Füße und den Weg geguckt hätte anstatt zum Fluss, dann wäre sie jetzt tot. Eine ersäufte Katze in einem Fluss. So wie er das gewollt hat, dieser Mann.

Wusste er, dass sein Plan nicht aufgegangen war, dass sie lebte? Sicher wusste er das! Wenn man eine Tote aus dem Fluss gezogen hätte, wäre das in der Zeitung gestanden. Vermutlich hatte er sie tagelang studiert, auf der Suche nach einem Artikel über eine angeschwemmte Leiche. Als der nicht kam, hatte er kapiert, dass sie lebte, dass sie in irgendeinem Krankenhaus lag. Er würde sie finden und töten, denn sie hatte ihn gesehen. Sie würde ihn wiedererkennen.

Sie musste hier weg! Sofort. Anjela kämpfte die aufsteigende Panik nieder. Sie brauchte einen kühlen Kopf. Ihre Papiere waren weg und ihr Handy mit allen Nummern!

Und auch ihr Geld. Okay. Nun war das auch klar: Sie hatte sich nicht mit Alexej getroffen. Er hatte am Stachusbrunnen vergeblich auf sie gewartet und war sicher total angepisst. Der Deal war geplatzt. Sergej lebte. Wut loderte in ihr auf. Eine Gnadenfrist für die Ratte. Er würde für alles zahlen, was er Olia und ihr angetan hatte. Dieser Dreckskerl! So viel war sicher.

Sie musste hier weg. Aber noch nicht zurück nach Chişinău. Erst wenn sie mit Sergej quitt war.

Ihre Sachen und der Rest des Geldes befanden sich in der Wohnung. Es war gut versteckt im doppelten Boden der Reisetasche. Die musste sie holen. Dann brauchte sie eine neue Unterkunft. Sie setzte sich auf die Bettkante. Ihr wurde schwindlig. Sie atmete durch. Anziehen und verschwinden!

Mist! Rahat! Warum hatte sie daran nicht gedacht? Ihre Kleider moderten in dieser Plastiktüte vor sich hin. Sie stanken entsetzlich. Die konnte sie nicht anziehen.

Die Tür ging auf. Ihr Verbündeter kam herein. Dr. Borchert. Heute nicht lächelnd. »Guten Morgen, Olia.« Das war hier ihr offizieller Name, auch wenn er ihren richtigen kannte. Dachte er jedenfalls. Denn für ihn war sie wieder zu Elena geworden. Er zwinkerte ihr zu. »Wie fühlen Sie sich heute?«

Sie zog die Schultern hoch und ließ sie fallen. Es ging ihr besser, doch es war ihr schon mal wesentlich besser gegangen. »Gedanken ist schwer. Purzeln durcheinander.«

In der Hand hielt er eine Krankenakte, vermutlich ihre. Er setzte sich neben sie auf die Bettkante. »Kein Wunder. Die Schädelverletzungen waren schwerwiegend.« Er sah sie komisch an. Zweifelnd, als ob er ihr nicht traute oder gleich eine unangenehme Nachricht überbringen musste. »Multiple Frakturen. Ein derartiges Verletzungsbild habe ich noch nicht gesehen. Deshalb habe ich Ihren Fall mit einem erfahrenen Kollegen besprochen.«

Was sollte das werden? »Und was denken Kollege?«

»Er glaubt nicht, dass Sie von der Brücke gesprungen sind. Die Fraktur der Kalotte im Bereich des Hinterhauptbeins ist typisch für Schlagverletzungen.«

Auch wenn sie nicht jedes Wort verstand: Dr. Borchert war offenbar zum selben Ergebnis gekommen wie sie. Jemand hatte sie niedergeschlagen und in den Fluss geworfen. Sie musste das runterspielen, sonst holte er die Polizei. Dann würde man sie abschieben, bevor sie mit Sergej fertig war.

»Jemand hat Sie mit einem stumpfen Gegenstand niedergeschlagen, meint mein Kollege. Sie müssen das Bewusstsein verloren haben. Alles andere wäre ein medizinisches Wunder.« Er griff nach ihrer Hand und sah sie nachdenklich an. »So, wie es aussieht, hat jemand versucht, Sie zu töten.«

Sie gab sich bestürzt. »Nein. Nicht möglich. Sicher Unfall.«

»Ich weiß, Sie wollen keinen Ärger. Trotzdem muss ich die Polizei einschalten.«

»Nix Polizei. Bitte.« Flehentlich sah sie ihn an. Sein Pager piepte. Er nahm ihn aus der Tasche. »Man braucht mich. Ich werde darüber nachdenken. Bis später.« Mit einem aufmunternden Lächeln verschwand er.

Kaum hatte sich die Tür hinter ihm geschlossen, sprang Anjela aus dem Bett. Er würde die Polizei holen. So viel war sicher. Sie stellte die Geräte aus, damit sie nicht Alarm schlugen, und zog die Infusionsnadel aus dem Handrücken.

Ihre Klamotten konnte sie vergessen. Also musste sie sich welche borgen. Die von ihrer Bettnachbarin, der alten Dame. Vermutlich ausgebeulte Jerseyhose und bunte Polyesterbluse. Es war egal. Sie riss den Schrank der Alten auf, doch er war leer. Absolut leer. Eine Sekunde starrte Anjela hinein. Okay. Im Krankenhaushemd konnte sie hier nicht verschwinden. Wütend knallte sie die Tür zu und zerrte den Plastikbeutel mit den modrigen Sachen aus ihrem Spind. Eine Welle Übelkeit und Schwindel überrollte sie. Einen Moment klammerte sie sich an den Schrank, atmete durch, dann ging es besser. Sie musste langsamer machen, sonst klappte sie noch zusammen.

Ihre Sachen waren beinahe trocken, doch sie müffelten entsetzlich. Sie zerrte die klamme kalte Jeans über die Beine und hätte beinahe gekotzt, als ihr der modrige Geruch in die Nase stieg. Der BH hatte dunkle Stockflecke. Ein Gefühl von glitschig kalter Kröte auf ihrer Haut. Das Sweatshirt fühlte sich nicht besser an. Sie stank schlimmer als jede Pennerin. Das hatte auch etwas Gutes. Kein Mensch würde ihr zu nahe kommen und jeder U-Bahn-Kontrolleur die Flucht ergreifen, denn sie musste schwarzfahren. Das hatte sie noch nie gemacht. Als Illegale fuhr man nicht schwarz, als Illegale machte man sich unsichtbar. Und nun würde sie so was von sichtbar sein. Alle würden sie anstarren. Vielleicht rief sogar jemand die Polizei. Die Socken warf sie weg und schlüpfte barfuß in die versifften Turnschuhe. Fertig.

Vorsichtig spähte sie in den Flur. Niemand zu sehen. Der Lift kam grad hoch. Eine Frau stieg aus. Anjela hechtete hinein. Die Türen schlossen sich. Sie lehnte sich an die Wand und versuchte Schwindel und Übelkeit zu unterdrücken, wieder schloss sie die Augen.

Prompt sah sie den Mann vor sich. Er kam auf sie zu. Drei Meter trennten sie noch. Vielleicht auch vier. Sie wollte zur Tür. Da traf sie der Schlag auf den Kopf.

Anjela riss die Augen auf. Wie hatte er das denn gemacht?

61

Kurz vor neun betrat Dühnfort in Begleitung von Christoph Leyenfels, Alois und Kirsten ein Wohnhaus aus der Nachkriegszeit in der Lindwurmstraße. Hinter ihnen stieg Max Eichberger, Mitarbeiter eines Schlüsseldienstes, die Treppe in den ersten Stock hinauf. Wie erwartet, reagierte niemand auf Klingeln und Klopfen. In der Wohnung war es still. Friebe war nicht da. Leyenfels präsentierte Eichberger den Durchsuchungsbeschluss und bat ihn, die Tür zu öffnen. Das Schloss aufzubohren und den Zylinder zu wechseln dauerte ein paar Minuten.

In der Wohnung war es dunkel. Dühnfort zog Latexhandschuhe über und tastete nach dem Lichtschalter. Deckenstrahler flammten auf. Schwarz und anthrazitgrau gestrichene Wände schluckten den größten Teil des Lichts. Sogar der Teppichboden des quadratischen Vorraums war schwarz. Linker Hand befanden sich Küche und Bad. Die Türen waren offen. Dem Eingang gegenüber lag das Wohnzimmer. Rechter Hand ging es ins Schlafzimmer. Während Dühnfort diese Düsternis auf sich wirken ließ, verschafften Kirsten und Alois sich einen Überblick und kehrten in den Flur zurück. »Niemand da.« Alois steckte die Waffe wieder ein.

»Gut. Sehen wir uns um. Alois das Wohnzimmer, Kirsten das Schlafzimmer. Ich übernehme den Rest.« Er betrat das Bad. Schwarze Fliesen, offenbar original fünfziger Jahre. Badewanne, Waschbecken, WC. Über dem Waschbecken hing ein Spiegelschrank, darunter eine Ablage. Dühnfort hielt einen Kamm gegen das Licht. Einige Haare hatten sich darin verfangen. Er schob ihn in einen Spurenbeutel. Im Spiegelschrank befanden sich jede Menge Medikamente. Beruhigungsmittel, Aufputschmittel, Schlaftabletten, Psychopharmaka. Fürs Dealen war die Menge zu gering.

Systematisch durchsuchte er das Bad und fand nichts. Auf dem Weg durch den Flur zur Küche fielen Dühnfort gerahmte Fotografien auf. Sie hingen an der schwarzen Wand und wurden von Spots beleuchtet. Überrascht blieb er stehen, als er die Motive erkannte. Tote Tiere. Eine überfahrene Katze, deren Eingeweide aus der aufgeplatzten Bauchhöhle quollen. Der angefressene Kadaver eines Eichhörnchens. Eine Maus, von Raureif überzogen.

Alle Aufnahmen hatten etwas gemeinsam. Sie waren ästhetisch und zeigten unvermutet Schönheit und Würde, die neben dem Grauen existierten. Man musste sie nur sehen. Die Pfoten des Eichhörnchens waren wie zum Gebet aneinandergelegt. Die Katze schien zu lächeln, entrückt, fern aller irdischen Qualen. Die Maus in ihrem Spitzenkleid aus Reif.

Seiner Mutter würden diese Fotografien gefallen. Gewalt und Erlösung vereint. Diese Aufnahmen vertrieben den letzten Rest an Zweifel. Friebe, und niemand sonst, hatte das Bild von Emilys Leiche gemacht! Er schien ein Faible für den Tod zu haben und für dessen Inszenierung als Erlösung.

Die Küche war der einzige helle Raum. Auch dort fand Dühnfort Brettschneiders Uhren nicht. Hatte Friebe sie schon verhökert?

Es klingelte an der Tür. Meo kam. Basecap verkehrt herum auf dem Kopf. Viel zu weite Klamotten und ein Sweatshirt mit dem Aufdruck *Reality.sys is corrupt! Reboot universe?* Er brachte den Transportkarton für Friebes PC mit.

Ob sie die Fahndung herausgaben und die Bewilligung

für die Handyortung erhielten, hing vom Ergebnis der Wohnungsdurchsuchung ab. Sie mussten schnellstmöglich eine Verbindung zwischen ihm und wenigstens einem der Morde herstellen. »Kannst du gleich nach dem Foto von Emily suchen? Wenn Friebe es gemacht hat, können wir endlich Gas geben.«

»Ich muss erst das Passwort knacken. Dafür muss ich die Kiste mitnehmen. Sorry also. Alles braucht seine Zeit.«

»Wie lange kann das dauern?«

»Zwei Minuten, zwei Wochen, unendlich. Der Kerl ist nicht doof. Er wird ein sicheres Passwort haben. Vielleicht lässt es sich gar nicht knacken.«

Dühnfort folgte Meo ins Wohnzimmer. Leyenfels und Alois standen am Schreibtisch über den PC gebeugt. Alois sah auf, als sie eintraten. »Glück gehabt. Die Kiste war nur im Ruhemodus.«

Meo stellte den Karton ab. »Ganz schön leichtsinnig für jemanden, der sonst so vorsichtig ist. Dann schauen wir mal.« Mit dem Fuß zog er den Stuhl heran und setzte sich.

Auch Dühnfort war überrascht. Weshalb hatte er den Rechner nicht ausgeschaltet? Keine Zeit? War er etwa Hals über Kopf geflüchtet? Oder war es nicht nötig gewesen, weil er alle Daten gelöscht hatte?

Was machte Kirsten so lange? Während Meo sich mit dem Computer beschäftigte, ging Dühnfort ins Schlafzimmer. Auch hier waren die Wände schwarz. Alujalousien anstelle von Vorhängen. Alle Lampen brannten. Vermutlich immer. Dieses schwarze Loch konnte Tageslicht allein nicht erhellen. Kirsten stand vor dem Bett, auf dem eine Ledermappe lag, wie Künstler und Graphiker sie verwendeten. Sie enthielt ein Ringbuch mit Präsentationshüllen. Darin blätterte sie. »Das solltest du dir ansehen.«

Wieder Fotografien. Tod und Leid schienen die beherrschenden Themen in Friebes Leben zu sein. Dühnfort kam nicht umhin, die Begabung zu bewundern, das Schöne im Schrecklichen nicht nur zu erkennen, sondern auch festhalten zu können. Das Zerbrechliche im Brutalen, das Erlösende im Ende. Wenn man sich auf diese Bilder einließ, besaßen sie die Kraft, Neugier zu wecken und die Bereitschaft, sich auf Fragen einzulassen, vielleicht sogar, sich mit dem Tod zu versöhnen. Die Fotografien in dieser Mappe zeigten allerdings keine Tiere, sondern Menschen.

Ein Mann, offensichtlich Opfer eines Verkehrsunfalls. Im Hintergrund ein demolierter Wagen an einem Baum. Der Leichnam lag davor in einer Wiese. Der Wind beugte Grashalme über ihn, beinahe beschützend. Ein Schmetterling am rechten Bildrand strebte himmelwärts. Die Seelen der Toten. So nannte man sie. Dühnfort blätterte um. Die Aufnahme einer alten Frau. Das graue Haar auf dem Kissen aufgefächert. Erstaunen lag in ihrem Gesicht, als habe sie mit dem letzten Atemzug etwas unerwartet Schönes erblickt. Das Bild eines alten Mannes, das tiefen Frieden ausstrahlte.

Ein Tableau, ein altmeisterliches Gemälde, das hatte er gedacht, als er Emily in ihrem Totenzimmer sah. Eine feierliche und würdevolle Inszenierung. Genau wie hier.

»Ganz schön morbid.«

Dühnfort tauchte aus diesen Bildern auf und schlug das Album zu. »Der Tod ist sein Thema. Er hat das Bild von Emily gemacht. Es ist sein Stil. Seine Bildauffassung.«

Er brauchte eine Sekunde, um sich zu fangen, und stellte sich ans Fenster. Durch die Ritzen der Jalousie sah er den Verkehr unten auf der Lindwurmstraße vorbeiziehen. Schneeflocken taumelten aus dem Grau, das sich seit Tagen über der Stadt hielt. Die Kälte kam früh in diesem Jahr.

Es gab einen Unterschied. Das Bild von Emily war inszeniert worden, die der anderen Toten nicht. Jedenfalls nicht derart, dass das sichtbar geworden wäre.

Alois kam herein. »Wir haben es. Das Bild von Emily ist auf Friebes Computer.«

»Gut. Dann geben wir jetzt die Fahndung nach ihm raus.« Dühnfort folgte Alois ins Wohnzimmer. Auf dem Monitor war das Foto zu sehen, das inzwischen ganz München kannte.

Leyenfels nickte. Dühnfort musste gar nicht erst fragen. »Den Beschluss für die Handyortung bekommst du sofort.«

Das Handy in der Sakkotasche begann zu summen. Dühnfort nahm es heraus. Berentz meldete sich. »Hallo Tino. Ich habe etwas, das dich interessieren wird. Einen Anruf aus dem Klinikum Großhadern. So wie es aussieht, ist Anjela aufgetaucht.«

62

Der Lift fuhr nach unten. Anjela betrachtete ihr Spiegelbild. Im Vergleich zu ihr bot eine auf der Müllhalde lebende Pennerin einen passablen Anblick. Mit dem Kopfverband und dreckigen, zerknüllten und stinkenden Klamotten würde sie nicht weit kommen. Irgendwer rief sicher die Polizei. Sie schloss die Augen und lehnte sich an die Wand, um Übelkeit und Schwindel Herr zu werden. Vielleicht gelang ihr das Unmögliche ja doch. Vielleicht war die Gleichgültigkeit der Menschen in diesem gelobten Land ausgeprägt genug, sie in Ruhe ziehen zu lassen.

In der vierten Etage hielt der Aufzug. Die Türen öffneten sich. Eine Putzfrau wollte einsteigen und zuckte zurück, als sie Anjela sah. Ein misstrauischer und angeekelter Blick, dann gab sie sich einen Ruck, schob ihren Wagen mit den Putzutensilien herein und wandte sich demonstrativ ab. Mit dieser Pennerin wollte sie nichts zu tun haben. Ein buntes Tuch hing neben der Halterung für den Schrubber. Anjela zog es vorsichtig herunter und ließ es unter dem Shirt verschwinden. Im ersten Stockwerk öffneten sich die Türen. Die Putzfrau stieg aus. Hastig knotete Anjela das Tuch um den Kopf. Das sah gleich besser aus.

Endlich erreichte der Aufzug das Erdgeschoss. Ein langer Korridor tat sich vor ihr auf. *Besucherstraße*. Überall Leute. Manche starrten sie an. Sie wich ihren Blicken aus und suchte nach Schildern. Wo ging es raus? *Zu den Stationen. Zum Parkplatz. Ausgang Max-Lebsche-Platz. U-Bahn.* U-Bahn klang gut. Diesem Hinweis folgte sie.

Die Turnschuhe waren innen noch feucht. Ihre nackten Füße fanden keinen Halt. Bei jedem Schritt rutschten sie hin und her. Sie versuchte, sich mit den Zehen festzukrallen, so gut es ging. In den klammen Klamotten wurde ihr kalt. Gleichzeitig brach ihr der Schweiß aus allen Poren. Wieder wurde ihr schwindlig. Funken tanzten vor ihren Augen. Gleich würde sie zusammenklappen. Eine Bank. Sie wankte darauf zu und setzte sich. Alles drehte sich. Nur nicht auffallen. Langsam und tief atmen.

Die Leute liefen vorbei. Die meisten beachteten sie nicht. Nur manche starrten sie an, wie eine besonders widerliche Spinne in einem Terrarium. Fasziniert und angeekelt. Neugierig und erschrocken. Weiter hinten bei den Rolltreppen entdeckte Anjela einen Wachmann, der langsam in ihre Richtung kam. Noch hatte er sie nicht entdeckt. Sie stand auf. Ein scharfer Schmerz fuhr durch ihren Schädel, schien ihn spalten zu wollen. Schwankend ging sie weiter. Die Leute wichen ihr aus. Das Shirt klebte kalt auf ihrer Haut. Ihr Atem ging stoßweise. Ein Schritt. Einatmen. Ein Schritt. Ausatmen. Schweiß perlte auf ihrer Stirn, sammelte sich zwischen den Brüsten und lief den Rücken hinab. Einatmen. Ein Schritt. Ausatmen. Der nächste. In ihrem Schädel tobte ein wildes Tier. Schlangen wanden sich um ihre Beine, wollten sie zu Fall bringen. Frische Luft. Raus. Sie musste raus. Da! Eine Tür. Sie hielt darauf zu. Sie öffnete sich wie von Zauberhand. Wankend trat sie ins Freie. Ein grauer Himmel. Vereinzelte Schneeflocken. Alles schwankte, wankte, drehte sich. Dunkle Schleier. Nur nicht zusammenklappen. Sie musste sich setzen. Auf den Boden. Besser, als zu stürzen. Ihr Rücken fand irgendwo Halt. Eine Frau mit Kind eilte vorbei. *Sieh nicht hin. Eine Pennerin. Total besoffen.*

Wo war sie? Ein Parkplatz lag vor ihr. Sie lehnte am

kalten Blech eines Lieferwagens. Sie musste hier weg. Zur U-Bahn. Einen Moment noch. Bis es besserging. Sie schloss die Augen, spürte die Kälte in ihren Beinen aufsteigen.

Als sie die Augen wieder öffnete, sah sie den Mann auf sich zukommen. Adrenalin jagte durch ihren Körper wie ein Stromschlag. Das war er! Anjela sprang auf. Zu schnell. Die Welt fuhr Karussell. Das Ungeheuer in ihrem Schädel brüllte. Weg! Sie musste weg! Doch er hatte sie schon gesehen. Lächelte. Hinter ihm der Eingang zur U-Bahn-Station. Fünfzig Meter, vielleicht sechzig. Ein Auto parkte aus. Er sah es auch. Vor Zeugen konnte er ihr nichts tun. Sie wankte an ihm vorbei. Er hinter ihr her. Sie ging schneller, musste das Auto erreichen, den Fahrer stoppen. Er musste ihr helfen. Die Füße rutschten in den Schuhen. Sie stolperte. Knallte hin. Mit dem Gesicht auf den Boden. Ein brennender Schmerz. Es war vorbei. Er hatte sie. Schreien. Sie musste schreien. Es wurde nur ein Krächzen. Das Auto fuhr vom Parkplatz.

»Geht es Ihnen nicht gut?« Anjela sah auf. Eine Frau beugte sich über sie. »Kann ich Ihnen helfen?«

Der Himmel hatte sie ihr geschickt. Ein rettender Engel, der ihr nun die Hand reichte. Anjela rappelte sich auf und sah sich um. Der Mann wartete einige Meter entfernt.

»Sie bluten ja.«

Tatsächlich. Die Wange war aufgeschürft. Blut blieb an Anjelas Fingern kleben. »Ist nur Kratzer. Nicht schlimm.«

Der Engel kramte ein Papiertaschentuch aus seiner Handtasche und reichte es ihr. »Kann ich irgendetwas für Sie tun?«

»Können mich begleiten zur U-Bahn?«

»Nicht besser in die Klinik, zum Arzt?« Sie wies auf das Gebäude hinter Anjela. Kurz erwog sie die Flucht zurück ins Krankenhaus. Doch dort wartete Dr. Borchert, der bestimmt schon die Polizei informiert hatte. »Ich Medikamente zu Hause. Muss nehmen, dann alles gut.«

»Haben Sie es weit? Wo wohnen Sie denn?«

Sollte sie es sagen? »In Harthof.«

Ein Lächeln erschien. »Ich wohne in der Nähe. Es wäre für mich kein großer Umweg. Wissen Sie was? Ich bringe Sie nach Hause. Das ist besser. Sie sind viel zu wacklig auf den Beinen, um U-Bahn zu fahren. Entschuldigen Sie meine offenen Worte, aber so, wie Sie aussehen, wird Ihnen niemand helfen, wenn Sie umkippen.« In der Hand hielt sie bereits den Autoschlüssel.

»Wenn ist kein Problem für Sie.«

»Ach was. Ich habe hier gerade ein paar Unterlagen geholt und bin ohnehin auf dem Heimweg. Ich muss nur noch schnell etwas bei meiner Versicherung abgeben. Das dauert bloß fünf Minuten. Kommen Sie. Mein Wagen steht gleich dort drüben.« Ehe Anjela sich's versah, hatte ihr Engel sie untergehakt und bugsierte sie zum Auto.

Der Mann, der sie wie eine Katze hatte ersäufen wollen, stand noch immer an derselben Stelle. Anjela konnte es nicht lassen und zeigte ihm den gestreckten Mittelfinger.

63

Unauffällig warf sie einen Blick in den Rückspiegel. Wie oft hatte sie das nun schon getan? Erleichtert presste sie das Tempo gegen die Wange. Niemand folgte ihnen. Das Schwindelgefühl hatte nachgelassen. Nur ihr Kopf tat so höllisch weh, dass sie befürchtete, jeden Moment zu kotzen. Jetzt U-Bahn fahren zu müssen … unvorstellbar. Was für ein Glück, dass Anne ihr zu Hilfe gekommen war. So hatte sich ihr rettender Engel vorgestellt, als Anne Lorenz.

Ein Handy klingelte. Anne zog es hervor und telefonierte, während sie mit einer Hand den SUV sicher durch den Verkehr lenkte. »Hallo Schatz … Nein … Es dauert noch ein bisschen. Ich fahre noch bei der Versicherung vorbei … Nein … Bei der Zentrale in der Ridlerstraße. Und dann bringe ich noch jemanden nach Hause … Erkläre ich dir später … Ja. … Bis dann. Ciao.« Das Handy verschwand wieder in der Jackentasche. Anne sah zu ihr herüber. »Wie fühlen Sie sich?«

»Geht besser. Danke.« Kurze Zeit später bog ihr Engel auf die Zufahrt zu einer Tiefgarage ein. Eine Schranke öffnete sich, steil ging es hinunter in den Parkbereich. »Kann ich Sie für fünf Minuten alleine lassen?«

»Ist keine Problem.« Anjela knüllte das Taschentuch zusammen. Die Schürfwunde brannte, als habe jemand Chili hineingerieben.

»Es dauert wirklich nicht lange.« Der Wagen rollte in einer Parkbucht zwischen einer Betonwand und einem Cabrio aus. Der Motor erstarb. Anne nahm ihre Tasche und stieg aus. Aufmunternd lächelte sie ihr zu und verschwand aus ihrem Blickfeld.

Anjela stopfte das blutige Taschentuch in den Abfallbehälter. Im Handschuhfach suchte sie nach einem frischen und fand ein Päckchen Tempos neben dem Reserveschlüssel. Während sie im Rückspiegel die Schürfwunde betrachtete, kam ein schwarzer Wagen die Rampe heruntergefahren, bog in die Gasse zwischen den Parkbuchten ein und blieb dort stehen. Mit laufendem Motor. Sie hörte ihn. Sehen konnte sie ihn nicht. Die Mauer versperrte die Sicht. Angst stieg in ihr auf. Warum fuhr er nicht weiter? War der Kerl ihnen etwa doch gefolgt? Mit klopfendem Herzen drehte sie sich um und sah ihn sofort. Er war da! Und er kam auf den Wagen zu! Sie saß in der Falle. Wenn sie ausstieg, würde sie ihm direkt in die Arme laufen. Adrenalin flutete ihren Körper. Türen verriegeln. Wo war der Knopf? Wie rasend flogen ihre Finger über alle Tasten und Schalter, die sie finden konnte. Die Warnblinkanlage ging an. Im Rückspiegel sah sie ihn näher kommen. Mit einem lauten Ratsch schnappten alle Schlösser zu. Eine Sekunde Erleichterung. Er war da, rüttelte an der Beifahrertür. Sein Gesicht von ihrem nur durch die Scheibe getrennt. Ein kalter Blick. Ein verzerrter Mund. Sie musste weg.

Panisch sah sie sich um. Der Schlüssel! Sie riss ihn aus dem Handschuhfach, rutschte auf den Fahrersitz, schob ihn ins Zündschloss. Er zerrte an den Seitentüren, schlug mit der flachen Hand aufs Dach. Ein blechernes Scheppern. Der Motor sprang an. Er hatte das Auto umrundet, rüttelte an der Fahrertür. Sie knallte den Rückwärtsgang rein, schoss aus der Parkbucht. Er sprang zur Seite, rannte zu seinem Wagen. Doch er musste erst wenden, während sie bereits die Zufahrt hinaufraste.

Die Schranke! Anjela trat das Gaspedal durch, zog automatisch den Kopf ein. Ein Schlag, Splitter flogen. Schlingernd jagte der Wagen über den Gehweg auf die Straße. Er war noch nicht hinter ihr. Fünfzig Meter entfernt die Zufahrt zu einem Technikmarkt. Betonwand links. Darauf das Parkplatzschild. Instinktiv riss sie das Steuer herum, fuhr auf den Parkplatz, verschwand aus dem Sichtfeld und verbarg den Wagen hinter der Mauer.

Mit rasendem Herzen behielt sie die Zufahrt im Blick. Ihr Fuß schwebte über dem Gaspedal, die Hand lag auf dem Schaltknüppel. Doch ihr Plan ging auf. Sekunden verstrichen. Er kam nicht. Er war auf ihr Manöver hereingefallen. Sicherheitshalber wartete sie noch eine Minute. Dann ließ sie den Wagen langsam auf die Straße rollen und sah sich um. Dieser Mistkerl war nirgends zu sehen. Erleichtert fuhr sie los, dabei blickte sie ständig in den Rückspiegel. Immer wieder bog sie in Seitenstraßen ab, bis sie schließlich sicher war, dass er ihr nicht folgte. Vor einem Drogeriemarkt hielt sie erschöpft an. Was sollte sie tun?

Anne hatte ihr geholfen, und nun klaute sie ihr den Wagen. Es ging nicht anders. Sie konnte nicht zurück. Ihre Retterin würde die Polizei rufen. Man würde sie abschieben. Doch sie hatte hier noch etwas zu erledigen. Sergej, der Hund. Vor einem halben Jahr war sie ihm entkommen. Es war ihr gelungen, aus dieser Wohnung in Frankfurt zu fliehen, in der er sie und die anderen mehr oder weniger gefangen hielt. Keinen unbewachten Schritt durften sie tun. Sie waren sein Eigentum. Seine Leute suchten sicher noch immer nach ihr.

Die Anspannung ließ nach. Sie fror erbärmlich und kotzte beinahe vom Gestank, der aus den Klamotten stieg. Sie musste in die Wohnung, um ihre Sachen zu holen. Anjela hatte keine Ahnung, wo sie war. Diesen Teil von München kannte sie nicht. Doch sie wusste, wie man ein

Navi bediente. Oft genug hatte sie Sergej dabei beobachtet. Es dauerte ein paar Minuten, bis sie ihr Ziel schließlich eingegeben hatte und losfuhr, immer darauf bedacht, nicht aufzufallen. Nach zwanzig Minuten Fahrt erreichte sie das Viertel am Harthof.

Als sie in ihre Straße einbiegen wollte, bemerkte sie den Streifenwagen, der in der Nähe des Hauses stand. Rahat! Sie hatte es ja gewusst, dass Borchert die Bullen rufen würde. Doch woher wussten die, wo sie suchen mussten? Keine Zeit, sich darüber den Kopf zu zerbrechen. Sie fuhr geradeaus weiter und parkte Annes Wagen den Vorschriften entsprechend in einer Parkbucht und legte auch noch die Parkscheibe hinter die Windschutzscheibe. Nur nicht auffallen.

Es war kurz vor Mittag. Die Kinder waren noch in den Schulen, die Eltern bei der Arbeit und die Alten beim Kochen. Kaum jemand war unterwegs. Durch die Grünanlage näherte sie sich von hinten dem Häuserblock. Bröselnde Betonstufen führten hinunter zu einer Tür. Anjela zog den Schlüsselbund aus der Jeans und betrat das Haus durch den Keller. An den Lattenverschlägen und der Waschküche vorbei ging sie zum Treppenhaus. Von irgendwoher zog der Geruch nach Gulasch.

Anjela stieg die Treppe hoch und sperrte die Wohnungstür auf. Stille empfing sie. Ihre Mitbewohnerinnen waren bei der Arbeit. Das Bett in ihrem Zimmer war bezogen. Hatte die Popescu, dieser gierige Drachen, es also schon neu vergeben. Anjela öffnete den Schrank und wollte ihre Reisetasche herausnehmen, doch sie war weg. Ungläubig starrte sie auf fremde Sachen. Rahat! Scheiße! Was war hier los? Sie riss die anderen Schranktüren auf. Auch hier war ihre Tasche nicht. Sie durchsuchte das Zimmer, die ganze Wohnung, wühlte mit anschwellendem Zorn in Schränken und Kommoden, suchte unter Betten und Matratzen und fand nichts. Alles war weg. Der Rest ihres Geldes, ihre Klamotten. Man hatte sie beklaut. Restlos beklaut! Sie sank auf einen Küchenstuhl. Alles, was sie noch besaß, waren die stinkenden Sachen, die sie trug, und ein Auto, das ihr nicht gehörte. Sie schluckte den Klumpen in ihrem Hals hinunter und auch die Wut. Wut ist kein guter Ratgeber, sagte ihre Mama immer.

Sie brauchte einen Plan, vorher aber etwas zu essen. Ihr Magen knurrte. Aus dem Kühlschrank nahm sie Brot und Wurst. Nachdem sie sich gestärkt hatte, wickelte sie eine halbe Rolle Frischhaltefolie um den Brustpanzer aus Verbänden, ging unter die Dusche und wusch den Gestank ab. Nur die Haare konnte sie nicht waschen. Sie traute sich nicht, den Verband abzunehmen.

Aug um Aug. Zahn um Zahn. Man hatte sie beklaut, also beklaute sie jetzt die anderen. Das war nur gerecht. Sie suchte Unterwäsche, Jeans, Shirts und einen Pulli zusammen, fand Geld in einer Matratze und in einer Plastiktüte mit Schmutzwäsche. Knapp fünfhundert Euro. Sie steckte die Scheine ein. Nur Schuhe in ihrer Größe fand sie nicht. Die alten mussten vorerst genügen.

Mit einem Becher Instantkaffee setzte sie sich an den Küchentisch. Was sollte sie tun? In München konnte sie nicht bleiben. Die Polizei suchte nach ihr und dieser Mann auch. Sie musste also ihre Zelte hier abbrechen. Zurück nach Hause? Erst, wenn sie mit Sergej quitt war. Fünfhundert Euro reichten nicht. Alexej verlangte dreitausend. Sollte sie wieder putzen gehen, um das Geld für Sergejs Ableben ein zweites Mal zusammenzubekommen? Doch dafür war sie nicht fit genug. Bei jedem Atemzug taten die Rippen weh, und bei jeder zu schnellen Bewegung wurde ihr schwindlig. An Arbeit war nicht zu denken. Der Kaffee schmeckte bitter, sie rührte drei Löffel Zucker hinein. Durch das gekippte Fenster klang das Bellen eines Hundes.

Sie würde es selbst tun!

Sergejs Leute suchten bestimmt nicht in Frankfurt nach ihr. Keiner würde sie in der Höhle des Löwen vermuten. Nicht nach einem halben Jahr.

Anjela leerte den Becher, stopfte die fremden Klamotten in eine fremde Reisetasche und steckte schließlich das Gemüsemesser ein. Die Klinge war zwölf Zentimeter lang, und sie war scharf. Am Garderobenhaken hing eine schwarze Lederjacke, die ihr perfekt passte. Als Anjela die Wohnung verlassen wollte, begann ein Handy zu klingeln. Sie suchte danach und fand es im Bad. Jemand hatte es vergessen, und es war eingeschaltet. Sie drückte das Gespräch weg und nahm es mit.

64

Dühnfort stand im Soko-Raum am Fenster. Sie mussten die Ergebnisse der Handyortung und der Analyse von Friebes Haar abwarten. Wenn die DNA passte, hatten sie ihn.

Bisher hatte Meo auf Friebes Rechner nur das Bild von Emily gefunden. Keines von Heinrich Brettschneider, keines von Ernst Kubisch. Doch Friebe besaß noch einen Laptop, das ging aus Unterlagen hervor, die sie in seiner Wohnung gefunden hatten. Und den hatte er mitgenommen.

Er wandte sich vom Fenster ab und der Wand mit den Fotos zu. Wo war Anjela, alias Elena, alias Olia Rebeja? Er hatte nur fünfzehn Minuten von Friebes Wohnung bis zum Klinikum gebraucht. Doch als er die Station erreicht hatte, war sie weg gewesen, einfach verschwunden, und niemand hatte gemerkt, wie sie sich aus dem Staub gemacht hatte.

Jemand hatte versucht sie zu töten, und sie haute aus dem Krankenhaus ab. Dafür konnte es nur einen Grund geben. Sie fühlte sich dort nicht sicher. Sie musste den Täter gesehen haben und konnte ihn identifizieren. Warum vertraute sie nicht auf die Polizei und riskierte lieber ihr Leben, als abgeschoben zu werden? Sicher nicht wegen des Diebstahls. Das war kaum vorstellbar.

Die Observierung des Hauses am Harthof hatte er sofort veranlasst. Bisher war Anjela Livitchi nicht aufgetaucht, doch sie würde kommen. Sie musste an ihre Sachen gelangen, von denen sie annahm, dass sie noch dort waren, denn von der Abschiebung ihrer Mitbewohnerinnen wusste sie nichts. Es war nur eine Frage der Zeit. Sie mussten Geduld haben.

Alois kam herein. Er reichte Dühnfort einen Schlüssel. »Für Friebes Wohnung.«

Er steckte ihn ein. »Habt ihr noch etwas gefunden?«

»Nichts, außer Emilys Foto.«

»Wo hat er die Uhren?«

»Vielleicht schon verkauft, oder er bewahrt sie woanders auf. Sollen wir uns auch dort durch jedes Stück Papier wühlen?«

»Im Moment nicht. Jetzt brauchen wir erst einmal Friebe. Wie weit bist du mit der Wohnung in der Sedanstraße?«

»Fertig. Kein Hinweis, dass Kubisch Dreher oder Brettschneider kannte. Ich habe eine Excel-Tabelle mit allen Freunden und Bekannten, mit Ärzten, Apotheken und sonstigen Kontaktadressen angelegt. Vielleicht ergibt sich beim Abgleich etwas. Du, sag mal, im Haus geht das Gerücht, dass jemand Gerstner wegen Falschaussage angezeigt hat und die Ermittlung gegen dich eingestellt wird. Ist da was dran?«

Er konnte es nicht verhindern. Ein Lächeln breitete sich auf seinem Gesicht aus. »Er war so dumm, sich vor drei Studentinnen damit zu brüsten, wie er mir Ärger macht. Sie fanden das offenbar nicht in Ordnung und haben ihn angezeigt.«

Alois klopfte ihm auf die Schultern. »Man sollte ihnen einen Drink spendieren. Kann ich gern übernehmen.«

»Sieht dir ähnlich.«

Das Handy summte. Meo meldete sich. »Wir haben sein Handy geortet. Er ist am Hauptbahnhof.«

Endlich. »Gut, schnappen wir ihn uns.«

Dühnfort nahm Alois und Kirsten mit und forderte über Funk Unterstützung von den Kollegen der PI 16 am Hauptbahnhof an. Vier Minuten später stoppte er den Wagen und schaltete das Blaulicht aus. Sie wurden bereits von drei Kollegen erwartet. Er zeigte ihnen Friebes Foto. »Ihr geht mit Kirsten vor. Mein Bild war in der Zeitung. Ich halte mich besser im Hintergrund.«

Meo meldete sich. »Sein Standort ist unverändert. Er befindet sich in dem Bereich vor den Bahnsteigen. Etwa auf Höhe der Gleise zweiundzwanzig, dreiundzwanzig. Vielleicht an einem Imbiss.«

Dühnfort gab das so weiter. Sie liefen los. Rechter Hand erstreckten sich die Bahnsteige, linker Hand Läden, Imbissbuden und Verkaufsstände und der Zugang zur Haupthalle. Hinter ihnen befand sich der Nordeingang und etwa hundertfünfzig Meter entfernt im Süden der Zugang von der Bayerstraße. Der Wind zog eiskalt hindurch. Dühnfort schlug den Kragen hoch. Menschen wuselten umher, mit Rollkoffern, Reisetaschen und Rucksäcken beladen. Ein Hauptstrom bewegte sich von den Bahnsteigen kommend zum S-Bahn-Geschoss. Dazwischen verzweigten sich Ströme in alle Richtungen. Dühnfort hielt Ausschau nach Friebe.

Langsam näherten sie sich dem von Meo beschriebenen Bereich und sondierten ihn systematisch. Friebe war nirgends zu entdecken. Ratlos sah Dühnfort sich um. Weiter hinten zuckte Alois die Schultern, Kirsten kehrte die Handflächen nach außen. Die Kollegen schoben die Mützen in den Nacken. Dühnfort hob das Handy ans Ohr. »Hat er den Standort gewechselt?«

»Nein. Unverändert«, antwortete Meo. »Shit. Genau genommen hat er sich nicht vom Fleck gerührt, seit ich ihn geortet habe. Und das ist jetzt schon zwölf Minuten her. Guckt mal in die Papierkörbe.«

Kirsten gesellte sich zu ihm. »Was ist?«

»Entweder steht er wie festgenagelt seit einer Viertelstunde am selben Fleck, oder er hat sein Handy weggeworfen.« Sie sahen sich um. Es kamen einige Papierkörbe in Frage. Bei den Imbissbuden. Am Kopfende der Bahnsteige. Neben zwei Bänken. »Ich rufe ihn an. Dann geht es vielleicht schneller.« Er wählte Friebes Nummer. Kirsten und die Kollegen gingen zu den Abfallbehältern. Die Mailbox sprang nicht an. Er ließ es klingeln, bis Kirsten die Hand hob. Sie hatte das Handy.

Verdammter Mist! Er machte sich über sie lustig.

Kirsten gesellte sich zu ihm. »Da hält sich jemand für besonders schlau.«

Dühnfort schob das Handy in einen Spurenbeutel und steckte ihn ein. »Trotzdem ein Fehler. Seine Kontaktdaten sind darin gespeichert. Mit etwas Glück geben sie uns einen Hinweis, wo wir suchen müssen.«

65

»Danke für alles.« Clara umarmte Krystyna zum Abschied am ZOB. Der Rollkoffer wurde verstaut, der Bus füllte sich. Krystyna drehte sich in der Tür noch einmal um. »Passen auf dich auf.« Sie winkte ihr kurz zu, dann verschwand sie im Inneren des Busses.

Clara fuhr mit der S-Bahn nach Hause. Auf dem Weg vom Bahnhof zur Werkstatt verstärkte sich das Gefühl, hinter einer unsichtbaren Mauer zu verschwinden, von allem getrennt zu sein. Unter den Bäumen lagen Haufen brauner Blätter. Sie ließ ihren Fuß hineinfahren, wirbelte sie auf. Thore hatte sich nicht mehr gemeldet. Es tat weh, auch wenn sie nichts anderes erwartet hatte.

Weiter vorne parkte ein Wagen ein. Achim stieg aus und kam auf sie zu.

»Hallo Clara.« Er nahm sie in den Arm. »Da habe ich offenbar Glück, dass ich dich antreffe. Ich komme gerade vom Pfarrer und wollte die Beisetzung mit dir besprechen. Hast du Zeit?«

Natürlich hatte sie Zeit. Wer, wenn nicht sie? Paps brauchte sie nicht mehr. Klaus und die Kinder auch nicht. *Ich denke nicht, dass es etwas gibt, das du für uns tun kannst.*

Clara atmete scharf aus. »Natürlich. Bei mir sieht es allerdings ein bisschen wild aus. Ich bin nicht dazu gekommen aufzuräumen. Wenn du für die Beisetzung Papiere brauchst, die sind alle in der Wohnung, und die ist noch versiegelt, da müsste ich also erst bei der Polizei nachfragen.« Achim musterte sie irritiert. Lag es an ihrem Sprechdurchfall? Augenblicklich verstummte sie. Oder sah er es ihr an? Sie sollte tot sein. Nicht Franzi. Hastig zog sie den Schlüssel aus der Manteltasche, nahm die Post aus dem Briefkasten und sperrte auf.

In der Werkstatt war es kalt. Das Feuer war aus. Hatte sie überhaupt eines gemacht? Sie konnte sich nicht erinnern. Achim rieb sich die Hände. »Ganz schön frisch bei dir.«

»Ich heize gleich ein.«

»Geht es dir so schlecht, dass du nicht mal Briketts kaufen kannst? Dann sag das doch. Ich leihe dir was.«

»Ich habe einfach nicht daran gedacht. Magst du etwas trinken? Saft, Wasser, Kaffee?«

»Bei dieser Kälte wäre ein heißer Tee gut.« Während sie eine Kanne machte, schürte er den Kachelofen ein. Zehn Minuten später knisterte das Feuer. Clara nahm in ihrem Sessel Platz, Achim auf dem Sofa. Sie besprachen den Text fürs Sterbebildchen und den für die Traueranzeige. Clara stimmte seiner Wahl für Sarg und Blumenschmuck zu. Mit dem Pfarrer hatte er bereits gesprochen und ihm Anhaltspunkte für die Trauerrede geliefert. Achim hatte alles im Griff, während sie das Gefühl hatte, durch ein Moor zu taumeln und mit jedem Schritt ein wenig mehr zu versinken. Endlich schlug er die Mappe mit seinen Unterlagen zu.

»Danke, dass du dich darum kümmerst.« Sie war ihm wirklich dankbar dafür. Sie selbst brachte nichts auf die Reihe.

»Wie geht es Klaus und den Kindern?«

Diese Frage kam so unvermittelt, dass Clara zusammenschrak. »Ich weiß es nicht«, sagte sie ehrlich. »Ich habe ihm meine Hilfe angeboten … Klaus meinte, sie kommen alleine zurecht.«

Achim rührte nachdenklich im Tee. Er wollte etwas sagen und zögerte, bis er sich dann doch entschloss. »Glaubst du an Schicksal?«

»Ich weiß nicht. Eher an Zufall. Warum fragst du?«

»In den letzten Tagen habe ich darüber nachgedacht. Wenn ich am Samstag bei Paps gewesen wäre, wie du mich gebeten hast, dann würde er noch leben und Franzi auch. Ich wäre mit diesem Kerl fertiggeworden. Doch stattdessen habe ich Kunden beraten und einen Haufen Geld verdient.«

Clara stutzte. Hatte er nicht gesagt, dass er und Judith einem Freund beim Renovieren der Wohnung helfen wollten?

»Ich habe dich angeschwindelt. Eine kleine Notlüge.«

Anscheinend konnte er Gedanken lesen. »Du bist mir doch keine Rechenschaft schuldig.«

»Einem Freund zu helfen steht moralisch höher im Kurs. Deswegen. Ich dachte, du verurteilst mich sonst.«

Wie machte er das? Seine Worte klangen scheinbar harmlos. Doch in Wahrheit enthielten sie unterschwellige Kritik oder trafen einen empfindlichen Punkt. Wie kam er darauf, dass sie sich moralisch überlegen fühlte und jeden verurteilte, der nicht dieselben Maßstäbe anlegte wie sie? Das tat sie nicht. Diese Clara existierte lediglich in seiner Vorstellung. Sie hatte keine Ahnung, woher dieses Bild stammte. »Es war nur eine Bitte. Ich habe nicht vorausgesetzt, dass du alles stehen und liegen lässt, um einzuspringen, und schon gar nicht einen Geschäftstermin.«

»Wie geht es dir eigentlich damit?«, fragte er.

Schon wieder. War das Absicht, oder war ihm nicht klar, wie sie seine Fragen verstehen konnte? Sie wusste genau, was er meinte. Wie geht es dir damit, dass Franzi an deiner Stelle gestorben ist? Wegen eines Dates. Wegen Champagnerbläschen. Das war es doch, was er eigentlich sagen wollte. Oder war sie etwa überempfindlich? »Ich komme schon klar.«

Sie wollte das Thema wechseln und fragte ihn nach Judith. Er erzählte, wie gut sie sein Büro managte und von ihrem glücklichen Händchen im Umgang mit den Kunden. »Wir hätten uns schon vor Jahren auch beruflich zusammentun sollen. In jeder Not steckt eben auch eine Chance. Das war bei Hannes nicht anders. Er hätte sie nur nutzen sollen.« Achim lachte. »Es tut mir leid, dass ich ihm neulich unterstellt habe, er hätte Franzi und Paps ermordet. Wobei der Plan, den Erbfall herbeizuführen, wirklich ganz schön raffiniert wäre. Er wollte wohl tatsächlich nur den Schlüssel fürs Schließfach klauen. Offenbar hat er nicht gewusst, dass er bei dir ist.«

Achim hatte Hannes nie besonders gemocht. Er hielt ihn für einen Waschlappen. Als sich schließlich die Katastrophe abzuzeichnen begann, mutierte er in Achims Augen vollends zum Versager. Er nahm Hannes übel, dass er sie, Clara, in seinen finanziellen Ruin mit hineingezogen hatte. Doch er täuschte sich, wenn er Hannes keine Raffinesse zutraute. Das Tricksen und Verschleiern beherrschte er gut. Über ein halbes Jahr lang war es ihm gelungen, nicht nur die bevorstehende Katastrophe vor ihr zu verheimlichen, sondern auch seine Affäre. »Tanja hat den Schlüssel eigentlich schon gehabt. Er war an meinem Schlüsselbund.«

»Apropos. Kannst du ihn mir bei Gelegenheit aushändigen? Paps hat mich ja als Testamentsvollstrecker eingesetzt.«

Die Betreuung war mit Paps' Tod erloschen. Nun war Achim für alles zuständig. »Am besten erledigen wir das gleich.« Sie löste den Schließfachschlüssel vom Bund und reichte ihn ihrem Bruder.

Es war alles besprochen. Er hatte noch einen Termin und musste weiter. An der Tür umarmte er sie. »Halt die Ohren steif.«

»Aber sicher.« Einen Augenblick sah sie ihm nach. Dieser Tag war so grau wie dieser Hinterhof, seit der Wind das letzte Blatt vom Ahorn gerissen hatte. Für einen Augenblick sehnte sie Schnee herbei, der sich weiß und sauber über alles legte.

Die Post lag noch ungeöffnet auf dem Tisch. Sie wollte sie gerade durchsehen, als es klingelte. Hatte Achim etwas vergessen? Doch es war der Fahrer eines Kurierdiensts. Er brachte einen Blumenstrauß. Etwa von Thore? Ihr Herz machte einen kleinen erfreuten Satz. Sie quittierte den Empfang und wickelte den Strauß aus dem Papier. Sonnenblumen. Weinrote Dahlien, orange Lampionblumen, dazwischen pinkfarbene Rosen. Alle Farben des Herbsts. Wie schön! Sie roch an den Blüten, arrangierte den Strauß in einer Vase und setzte sich mit der Karte aufs Sofa.

Liebe Clara,
jetzt habe ich weiß Gott lange genug über dem Text für diese verflixte Karte gebrütet. Wie kann ich dir sagen, dass es ein wunderbarer Abend war? Obwohl er es war. Was deiner Schwester und deinem Vater widerfahren ist, während wir aßen und lachten, uns unterhielten und immer neugieriger aufeinander wurden, lässt sich davon nicht trennen. Alles ist miteinander verwoben. Liebe und Gewalt. Glück und Trauer. Anfang und Ende. Wobei ich hoffe, dass wir noch am Anfang stehen und du nicht denkst, ich hätte mich davongemacht. Ich bin ganz nah, wenn du willst.
Thore

Sie ließ die Karte sinken. Er hatte sich nicht gemeldet, weil er nach den richtigen Worten suchte. War das typisch für ihn, dieses Ringen um Worte? Wobei sie zugeben musste, dass er sie gefunden hatte. Sowohl Leichtigkeit als auch Trauer schwangen mit. Er hatte recht, alles war verwoben und ließ sich nicht unabhängig voneinander betrachten. Und eigentlich hätte auch sie sich bei ihm melden können.

War es mehr als nur ein prickelnder Flirt? Sie wusste nicht, was sie sich erhoffte. Was sollte sie ihm antworten? *Lassen wir es einfach auf uns zukommen.*

Der Strauß war wunderschön. Sie stellte die Vase auf den Couchtisch und entschied sich, Thore nicht heute zu antworten. Auch sie durfte sich Zeit lassen, die richtigen Worte zu finden. Doch dafür musste sie erst einmal ihre Gefühle sondieren.

Die Post lag noch immer auf dem Tisch. Sie sah sie durch. Hauptsächlich Werbung. Zwei Rechnungen. Eine davon für ein Zeitschriftenabo von Paps und ein Brief aus England von Smile, der ebenfalls an ihn adressiert war. Seit dem Mord warf der Postbote kurzerhand Vaters Post bei ihr ein. Sie öffnete das Schreiben aus England und überflog es. Ihr Englisch war ausreichend, um zu verstehen, dass Paps seit einem halben Jahr seine Kontoauszüge nicht abgefragt hatte, deshalb sandte man sie ihm nun kostenpflichtig zu. Die Gebühr von zwei Pfund war bereits abgebucht.

Sie legte den Brief beiseite und sah sich den Auszug an. Es war nur ein Blatt. Für den zwölften Mai waren die beiden Gutschriften verbucht. Einen Tag später gab es eine Überweisung in beinahe derselben Höhe. Lediglich hundert Pfund waren noch auf dem Konto. Als Verwendungszweck war »Schenkung« angegeben. Das Geld war auf ein Konto in Deutschland gegangen. Es gehörte Achim.

66

Kirstens Handy klingelte, die Nummer sagte ihr nichts. »Tessmann, Kripo München.«

»Brettschneider. Sie waren neulich bei mir, wegen meines Vaters.«

»Richtig.« Die kühlste Reaktion auf eine Todesnachricht, die sie je erlebt hatte.

»Es geht um die Uhren. Ich habe mit einem Freund meines Vaters gesprochen. Er ist Juwelier und meint, sie wären ein Vermögen wert. Allein die Patek Phillip von 1889 mindestens zwölftausend. Die Versicherung will nicht zahlen. Es sei nicht erwiesen, dass mein Vater die Uhren noch besaß. Ich hoffe, Sie finden sie.«

Kirsten glaubte es nicht. »Deswegen rufen Sie an?«

»Momentan habe ich erhebliche Ausgaben. Wissen Sie, was ein Sarg kostet? Außerdem ist mir noch etwas eingefallen. Dieser Artikel über den Doppelmord in der Sedanstraße ...«

Kirsten wurde hellhörig. »Ja, was ist damit?«

»Der Name Kubisch kam mir bekannt vor. Heute ist mir eingefallen, warum. Mein Vater hatte mal einen Schüler, der Kubisch hieß. Das ist wirklich ewig her. Ich werde fünfzehn gewesen sein oder sechzehn. Damals hat mein Vater am Alexander-Schmorell-Gymnasium die Oberstufe unterrichtet, und dieser Kubisch machte Ärger. Mein Vater hat ihn beim Spicken erwischt und der Hausmeister bei einem Einbruch ins Lehrerzimmer. Ich glaube, er wollte die Angabenblätter einer Schulaufgabe klauen. Ich hätte die Geschichte vermutlich längst vergessen. Spicken war ja keine Seltenheit, und es gab immer wieder Schüler, die versuchten, an die Aufgabenblätter zu gelangen. Mein Vater hat häufig beim Abendessen Begebenheiten dieser Art erzählt.«

»Kubisch ist Ihnen also aus einem anderen Grund in Erinnerung geblieben?«

»Nach dem Einbruch flog er von der Schule. Ein Strafverfahren wurde eingeleitet. Was daraus wurde, weiß ich nicht. Vermutlich ein paar Stunden Sozialarbeit. Aber das Abitur konnte er vergessen, und daran war mein Vater schuld. Jedenfalls sah Kubisch das so. Eines Abends stand er vor der Tür. Meine Mutter hat ihn hereingelassen. Kurz darauf klang Streit aus dem Arbeitszimmer. Die beiden schrien sich an. Mein Vater hat ihn an die frische Luft gesetzt, nachdem Kubisch ihm unterstellt hatte, den Verweis von der Schule einzig und allein deswegen eingefädelt zu haben, weil er ihn nicht mochte. Als ob mein Vater ihn zu diesem Einbruch gezwungen hätte. Eine ziemlich verdrehte Sicht in die Welt. Darüber hat sich mein Vater furchtbar aufgeregt.«

Kirsten wusste nicht, was sie davon halten sollte. »Sie meinen doch nicht, dass Kubisch sich nach dreißig Jahren gerächt hat.«

»Er hat sich damals schon gerächt. Er hat das Auto zerkratzt, den Briefkasten mit Bauschaum zugekleistert und eines Nachts das Gartenhäuschen abgefackelt. Nachweisen konnte man ihm das allerdings nicht.«

»Hatte Kubisch später noch Kontakt zu Ihrem Vater?«

»Das glaube ich nicht. Davon hätte er mir sicher erzählt.«

Kirsten dankte für die Information und legte auf. Hatte das etwas zu bedeuten? Doch niemand rächte sich nach über dreißig Jahren. Außerdem hatte dieser Kubisch, der ja nicht Achim sein musste, damals schon Rache genommen, und einen Trittbrettfahrer schlossen sie ohnehin aus.

Sie steckte das Handy ein und setzte sich an den PC. Routinemäßig prüfte sie den Standort von Kathis Handy. Mit schlechtem Gewissen, wie immer. Sie tat das nur zu ihrer eigenen Beruhigung, nicht um ihre Tochter zu kontrollieren, und Kathi würde es nie erfahren. Ein blinkender Punkt erschien auf der Landkarte. Als sie erkannte, wo er sich befand, schoss ihr Adrenalinspiegel in die Höhe. All der Ärger, den sie über ein Jahr lang kontrolliert und im Zaum gehalten hatte, brach sich Bahn wie eine Urgewalt. Sie riss die Steppjacke vom Haken, griff sich die Autoschlüssel und stürmte aus dem Zimmer. Während der Fahrt würde sie Tino anrufen und sich abmelden. Jetzt fehlte ihr die Zeit. Zwei Stufen auf einmal nehmend, rannte sie die Treppen hinunter und lief am Portal beinahe in ihn hinein.

»Kirsten, was ist los?«

»Sie haben Kathi entführt.«

»Wer? Etwa deine Schwiegereltern?«

»Wer sonst! Sie sind auf dem Weg nach Hohenlinden. Das werden sie büßen. Ich hetze ihnen ein SEK auf den Hals. Ich zeige sie an und zerre sie vor Gericht.« Sie bebte vor Zorn und kannte sich selbst nicht mehr. »Ich knall sie einfach ab. Dieses selbstgefällige Gesindel.«

Tinos Hand landete auf ihrer Schulter. »So kannst du nicht fahren. Du wirst am nächsten Baum landen. Ich komme mit.«

Er hatte recht. Sie nickte.

»Und deine Waffe bleibt hier.«

»Nein.«

»Doch. Sonst fahren wir nicht. Es sei denn, du atmest jetzt tief durch und beruhigst dich langsam wieder. Es gibt keinen Grund, sich verrückt zu machen. Du weißt, wo Kathi ist. Wir fahren jetzt dorthin und holen sie ab. Und dann ist es Zeit, dass sie die Wahrheit erfährt, sonst schaukelt sich dieser Zwist weiter auf, bis er vielleicht wirklich in einer Katastrophe endet. Kathi ist alt genug. Also, wie machen wir es?«

Tinos bedächtige Art, die ihr manchmal auf die Nerven ging, hatte offenbar auch ihre guten Seiten. Ihre Anspannung ließ nach. Sie atmete durch. »Geht schon wieder. Fahren wir.«

Die Stadt rauschte an ihr vorbei. Graue Wolkenfetzen jagten über den Himmel. Bei Anzing begann es zu graupeln. Sie konnte Kathi nicht die Wahrheit sagen. Sie würde ihr nicht glauben, weil sie ihr nicht glauben wollte. Ihr Papa hatte sich erschossen. Er hatte sie verlassen. Ihre Welt würde ins Wanken geraten und in tausend Stücke zerbrechen. Es war besser, die Wahrheit nicht hören zu wollen und alle, die sie aussprachen, als Lügner abzustempeln. Dabei gab es natürlich Beweise. Alles war dokumentiert und fotografiert, die Spuren gesichert. Es gab einen Ermittlungsbericht. Doch all das konnte sie Kathi nicht zeigen. Sie war ein Kind!

Das Graupeln wurde heftiger. Bis sie Hohenlinden erreichten, war die Welt von einer dünnen weißen Schicht bedeckt. Felder und Wege, Dächer und der kleine Zwiebelturm der Kirche Mariä Heimsuchung, in der sie vor fünfzehn Jahren getraut worden war.

Sie wies Tino den Weg, bis sie schließlich vor dem Landhaus von Hannelore und Rüdiger standen. Das Tor zur Einfahrt war geschlossen, das ganze Areal wurde mit Videokameras überwacht. Es fehlten nur noch die Rottweiler, die man auf unliebsame Besucher hetzen konnte. Oder am besten gleich eine Selbstschussanlage.

»Alles in Ordnung?«

Sie sammelte sich. »Ja.«

»Eigentlich bist du nicht scharf darauf, die beiden zu sehen.«

Wie machte er das? »Nicht wirklich.«

»Also lass mich das übernehmen.«

»Okay.« Er stieg aus, die Tür schlug zu. Sie sah, wie er klingelte und das Auge der Videokamera sich auf ihn richtete. Der Graupelschauer wurde stärker. Tino schlug den Kragen des Sakkos hoch und steckte die Hände in die Taschen, während er die Schultern nach vorne zog und in die Gegensprechanlage sprach. Nach ein paar Minuten kehrte er zurück. Er setzte sich hinters Steuer und rieb sich die kalten Hände. Eiskügelchen schmolzen in seinem Haar. »Kathi kommt gleich. Dein Schwiegervater bringt sie zum Tor. Ich werde sie in Empfang nehmen. Dich will er nicht sehen.«

Kurz darauf erschien Rüdiger mit Kathi. Tino stieg aus und ging ihr entgegen. Die blonden Locken quollen unter der pinkfarbenen Mütze hervor. Die Steppjacke war neu und ebenfalls pink. Sicher hatte Hannelore sie gekauft. Die Pinkification ihrer Tochter war in vollem Gang. Ein weiterer Grund, sie aus den Klauen ihrer Oma zu befreien. Kathi sollte ein selbständig denkender Mensch werden und kein Püppchen, das hohlen Vorbildern nacheiferte.

Der Widerstand war geringer als beim letzten Mal, als Kirsten Kathi aus dem Internat geholt hatte. Der Mund verzog sich zu einem trotzigen Flunsch. Widerwillig schritt sie durch das Tor, das Rüdiger öffnete, rannte zurück und umarmte ihn und ging dann zu Tino. Ein paar zornige Tränen glänzten in ihren Augen. Die Tür wurde geöffnet. Kathi setzte sich auf die Rückbank. »Hi, Mam. Lässt du jetzt jedes Mal die Bullen anrücken, wenn ich nicht gleich nach der Schule heimkomme?« Sie warf den Rucksack mit den Schulsachen in den Fußraum. »Darfst du das überhaupt? Ich meine, deinen Privatkrieg bezahlen die Steuerzahler. Ist das nicht Untreue oder so?«

Kirsten musste widerwillig lächeln. Ihre Tochter war nur äußerlich pink. Gott sei Dank. »Mach dir keine Sorgen um mich. Dieser Einsatz ist korrekt gelaufen. Ich hätte allerdings auch eine Streife vorbeischicken können.«

»Ach, soll ich jetzt noch *danke schön* sagen?«

Tino startete den Wagen und fuhr los. »Ich könnte jetzt einen Espresso vertragen. Sollen wir in Anzing beim Café halten?«

Sicher eine gute Idee, um die Situation ein wenig zu entspannen. Zehn Minuten später saßen sie in einer Bauernstube mit Kachelofen und Trockenblumensträußen. Kathi bestellte trotzig einen Milchkaffee. Kirsten wollte schon widersprechen. Wenn überhaupt Kaffee, dann nur koffeinfreien. Sie ließ es bleiben. Einen kleinen Sieg musste sie ihr gönnen.

»Bei mir in der Klasse ist ein Mädchen, das wohnt im Heim. Freiwillig. Ihre Eltern sind nämlich das Letzte. Morgen gehe ich zum Jugendamt und beantrage das auch.« Triumphierend sah Kathi hoch.

»Warum?«, fragte Tino. »Denkst du, deine Mutter ist auch *das Letzte*?«

»Sie ist eine Mörderin. Das wissen Sie doch. Sie stecken ja alle unter einer Decke. Bei euch hackt eine Krähe der anderen kein Auge aus.«

Kirsten atmete durch. Das war O-Ton Rüdiger. Tino warf ihr einen Blick zu. *Lass mich das machen.*

Er beugte sich zu Kathi. »Weißt du, die Sache ist im Grunde ganz einfach. Entweder vertraust du jemandem, in diesem Fall also deiner Mutter oder deinen Großeltern, oder du bildest dir selbst eine Meinung, aufgrund von Fakten. Der Nachteil mit dem Vertrauen ist der, dass man sich nicht sicher sein kann, angelogen, manipuliert oder benutzt zu werden.«

Die Bedienung brachte die Getränke. Kathi stocherte mit dem Löffel im Milchschaum. »Sie meinen, wenn ich will, kann ich mir die Akten ansehen?«

So wie Kathi das sagte, wusste Kirsten plötzlich, dass sie darüber mit Rüdiger und Hannelore gesprochen hatte und dass die beiden ihr das gründlich ausgeredet hatten. Allerdings waren ihre Gründe ganz andere als Kirstens.

»Jederzeit«, sagte Tino. »Wenn du so weit bist, kommst du einfach zu mir.«

Kirsten wollte widersprechen, doch sie erkannte gerade noch rechtzeitig, dass sie im selben Moment verloren hätte. Ihre Intervention würde Hannelore und Rüdiger in die Hände spielen. Kathi würde glauben, dass es etwas zu vertuschen gab. Sie konnte doch nicht einer Dreizehnjährigen diese Bilder zeigen!

Kathi löffelte Milchschaum. »Okay. Mache ich. Wenn ich so weit bin. Muss ja nicht gleich heute sein.«

67

In der Nacht hatte es den ersten Frost gegeben. Als Dühnfort den kurzen Umweg über den Friedhof machte, waren Efeu und Gräser mit Raureif überzogen. Hauchdünne Eisschichten bedeckten die Pfützen. Im grauen Dunst zeichnete sich die Sonne als milchige Scheibe ab. Vielleicht bezwang sie den Hochnebel und es wurde ein schöner Tag.

Eine der Krähen, die in den Ulmen auf dem Friedhof ihre Nester hatten, landete auf einem Grabstein. Ihre Krallen scharrten kurz über den Granit. Wissend sah sie zu ihm hinüber, wie der leibhaftige Tod im schwarzen Federkleid.

Gestern Abend hatte seine Mutter angerufen und gefragt, ob sie vorbeikommen könnte. Sie hatte niedergeschlagen geklungen. Die für sie so typische Leichtigkeit war wie weggewischt. Normalerweise klang sie stets so, als sei das Leben ein einziger großer Spaß und nicht sonderlich ernst zu nehmen. Auf diese Art gelang es ihr in der Regel, Probleme auszublenden oder einfach zu übergehen. Die meisten lösten sich ihrer Meinung nach sowieso von allein. Doch seit gestern war alles anders. Während sie bei ihm und Gina am Küchentisch gesessen hatte und in den Spaghetti Puttanesca stocherte, meinte sie, dass sie wohl länger in München bleiben würden. »Georges hat Krebs. Er soll schon morgen operiert werden, und danach geht die Behandlung mit Bestrahlungen weiter. Sie haben ihn gleich dabehalten.« Mit beiden Händen hatte sie das Glas umfasst und aufgesehen. »Ich habe Angst.«

Seine Mutter hatte Angst, und ihm waren nur hohle Sprüche eingefallen. Man muss abwarten. Vielleicht ist es nicht so schlimm. Die Behandlungsmöglichkeiten haben sich doch in den letzten Jahren sehr verbessert.

Die Krähe flog auf. Zwei Mitarbeiter des Friedhofs erschienen. Laubbläser in der Hand. Ein Knopfdruck, und ohrenbetäubender Lärm zerriss die morgendliche Stille.

Von Anjela fehlte jede Spur. Hatten die Kollegen gepennt, oder hatte sie Freunde, die ihr halfen? Ihr Phantombild kannte mittlerweile hoffentlich jeder Polizist in Deutschland. Die Fahndung lief, ebenso die nach Friebe. Über die Kontaktdaten in seinem Handy hatten sie bisher keine Spur von ihm gefunden. Aus dem Browserverlauf seines PC war allerdings ersichtlich, dass er Zugverbindungen nach Hamburg und Bremen herausgesucht hatte. Vermutlich eine Finte, genauso wie das weggeworfene Handy. Denn sein Auto stand nicht auf dem gemieteten Stellplatz in der Tiefgarage. Vielleicht fand sich in der Wohnung ein Hinweis auf seinen Aufenthaltsort. Dühnfort wollte dort nachsehen.

Am Ausgang Stephansplatz verließ er den Friedhof und entfernte zehn Minuten später das Siegel an der Tür zu Friebes Wohnung. Es dauerte einen Moment, bis sich seine Augen an das Dämmerlicht gewöhnt hatten. Systematisch durchsuchte er die Wohnung nach Adressen, Briefen und Postkarten. Er fand nichts, was seine Aufmerksamkeit erregte. Bis er schließlich im Flurschrank eine Schachtel voller Fotos entdeckte. Er nahm sie mit in die Küche, den einzigen hellen Raum, und sah sie durch.

Die ältesten Bilder stammten aus Friebes Kindheit. Fotos mit Vater und Mutter. Weshalb war er wohl bei der Oma aufgewachsen? Urlaubsaufnahmen. Meer, Gebirge, mittelalterliche Städtchen. Ein reetgedecktes Haus. Das musste auf einer der Nord- oder Ostfriesischen Inseln sein. Fotos vom ersten Auto und den Kumpels. Ferien in der Toskana.

Wieder tauchte das mit Reet gedeckte Haus auf. Friebe stand mit seiner Freundin davor. Später mit einer anderen. Wo war das? Er suchte weitere Aufnahmen des Ortes und entdeckte auf einer im Hintergrund einen Kirchturm. Er kannte ihn. Es war die Rakete. So nannten die Juister den Glockenturm ihrer evangelischen Kirche. Juist und das Haus schienen eine gewisse Rolle in Friebes Leben zu spielen. Versteckte er sich ausgerechnet auf einer Insel? So gesehen würde die Suche nach den Zugverbindungen Sinn machen.

Dühnfort rief die Auskunft an und ließ sich mit der Polizeistation Juist verbinden. Ein Kollege namens Hansen meldete sich. Dühnfort bat ihn, sich mit seinen Leuten nach Friebe umzusehen, und beschrieb das Haus. Es war keiner der typischen Klinkerbauten, sondern weiß verputzt. »Es muss im Ort sein, man sieht im Hintergrund die Rakete.«

»Kann eigentlich nur das Gästehaus von Gunda sein. Ist der Kerl gefährlich?«

»Wir suchen ihn wegen Mordes. Sein Foto sollte vorliegen. Ging mit der Fahndung raus.« Dühnfort verabschiedete sich. Eigentlich glaubte er nicht, dass Friebe ausgerechnet auf eine Insel geflüchtet war, die man nur mit Fähre oder Flugzeug erreichen konnte. Von dort schnell oder unauffällig zu verschwinden war unmöglich. Doch es war den Versuch wert.

Als er schon gehen wollte, fiel ihm die Mappe mit den Fotos ein. Gestern hatte ihn etwas daran irritiert. Keines der Bilder erweckte den Eindruck, inszeniert zu sein. Friebe hatte mit sicherem Gespür den richtigen Moment erkannt, ohne etwas zu verändern. Es war nicht sein Werk, sondern das Werk des Augenblicks. Kurzerhand nahm er die Mappe mit.

Als er vor das Haus in der Lindwurmstraße trat, war die

Sonne im Begriff, den Hochnebel zu besiegen. Es würde ein schöner Tag werden. Die dünnen Eisplatten auf den Pfützen schmolzen bereits.

In Marcellos Bar am Rindermarkt trank er rasch einen Espresso im Stehen und machte sich dann endgültig auf ins Büro. Als er den bronzenen Keiler vor dem Jagdmuseum passierte, rief Kirsten an. »Guten Morgen, Tino. Wo bist du?«

»Bin gleich da. Gib mir zwei Minuten.«

Er hatte gerade seinen PC hochgefahren, als sie eintrat. »Ich habe mal die finanzielle Lage von allen Angehörigen der Mordopfer etwas genauer gecheckt.«

»Und was hast du herausgefunden?«

Sie lehnte sich ans Fensterbrett. »Nicht nur Hannes Lenz und seine Ex haben finanzielle Sorgen. Auch Achim Kubisch geht es nicht so glänzend, wie man glauben könnte. Vor drei Jahren hat er seinen Job bei der Bank verloren und sich selbständig gemacht. Seither hat er Schulden aufgebaut, denn der Gewinn seiner Firma reicht nicht, um den gewohnten Lebensstandard aufrechtzuerhalten. Im Mai wurde es dann eng. Doch sein Vater hat ihm aus der Patsche geholfen. Hunderttausend Euro. Ein Geschenk.«

Dühnfort war überrascht. »Das Geld von Kubischs Sparbüchern ist also nicht in England, sondern beim Sohn?«

»So sieht es aus.«

»Und er lässt seine Schwester im Glauben, dass er das Geld aus England zurückholen wird.«

»Klingt, als wäre da demnächst ein Familienstreit fällig.«

»Der Mann hatte Alzheimer, und er stand unter Betreuung.«

»Aber nicht im Mai.« Kirsten zuckte die Schultern. »Da war er noch geschäftsfähig. Jedenfalls hat das Geld nicht gereicht. Achim hat noch immer vierzigtausend Miese bei der Bank. Er braucht Geld, und nun hat er einen Goldschatz geerbt.«

»Ist sein Alibi überprüft worden?«

»Alois hat das gemacht. Achim Kubisch war bei einem Kunden. Clemens Jenne, Zahnarzt mit einer Praxis in Starnberg. Außerdem kann auch Michael Brettschneider sein Erbe gut brauchen. Er hat sich mit Optionen verzockt. Das Geld dafür hatte er sich geliehen, und nun sitzt er auf sechzigtausend Euro Schulden.«

»Wir können aber einen Trittbrettfahrer ausschließen. An jedem Tatort dieselbe DNA. Alle vier Morde wurden vom selben Täter begangen. Hoffentlich hat Buchholz bald ein Ergebnis.« Er griff zum Telefon und rief ihn an. »Hallo Frank, hast du die Analyse der DNA-Probe aus Friebes Wohnung schon fertig?«

»Wird noch dauern. Der Laser am KEP ist kaputt. Kleine Ursache, große Wirkung. Derzeit geht gar nichts. Der Servicetechniker ist unterwegs. Gedulde dich bis zum Nachmittag.«

»Muss ich wohl.« Auch wenn ihm das nicht gefiel. Er legte auf. »Es wird Nachmittag werden.«

»Na prima.«

Sein Telefon klingelte. »Dühnfort.«

»Moin, moin. Hansen hier, Polizeistation Juist. Wohin sollen wir ihn liefern?«

»Ihr habt Friebe?«

»Er saß beim Frühstück, als wir kamen, und wollte abhauen. Doch wohin flieht man auf einer Insel? Wir haben ihn gleich gehabt. Ach ja, und ich soll Ihnen sagen, er war es nicht.« Ein dröhnendes Lachen klang durchs Telefon.

68

Gegen vier Uhr morgens kam Sergej nach Hause. Er war nicht allein. Boris parkte den schwarzen Hummer vorm Haus und sah sich um, ob nicht einer der Ukrainer seinem Boss auflauerte. Mit den Ukrainern hatte er von Anfang an Ärger gehabt.

Die beiden verschwanden im Haus. Schicke Wohnung. Frankfurter Westend. Dachterrasse. Eigentlich hätte Anjela ihn gerne in der Tiefgarage fertiggemacht, doch die wurde derzeit saniert, weshalb alle Stellplatzinhaber ihre Wagen auf der Straße parken mussten. Ihr war selbst nicht klar, woher sie die Überzeugung nahm, dass sie es schaffen würde, dieses Schwein abzustechen und heil aus der Nummer herauszukommen. Sie wusste es einfach. Sie musste Sergej nur allein erwischen. Das war alles, worauf sie achten musste.

Vor Mittag würde er nicht wieder auftauchen. Wenn er seine Gewohnheiten nicht geändert hatte, ging er zwischen zwölf und eins zu Fuß ins Café Kurios, um dort zu frühstücken. Es waren nur dreihundert Meter. Ihre Chance, ihn zu kriegen. Er würde den Fehler machen, sie zu unterschätzen.

Fahl zeichnete sich ein Hauch von Morgendämmerung über den Hausdächern ab. Oder waren es die Lichter der Stadt? Anjela entschloss sich, ein wenig zu schlafen, kletterte auf die Rückbank und streckte sich auf dem Ledersitz aus. Die Reisetasche mit den geklauten Klamotten diente ihr als Kopfkissen. Hoffentlich entdeckte sie keiner der Anwohner pennend im Auto. Falls doch, würde er sicher die Bullen rufen. Bald fiel sie in einen unruhigen Halbschlaf.

Bilder und Erinnerungen durchpflügten ihn. Wieder sah sie die Kommandantin stöhnend auf dem Boden liegen. Aus der Küche kam der Mann im weißen Overall. Neben ihr erschien ein dunkler Schatten. Anjela schreckte hoch. Er konnte sie nicht niedergeschlagen haben. Es sei denn, seine Arme waren drei Meter lang. Es musste noch jemand da gewesen sein. Jemand, der hinter der Tür gestanden hatte, als sie die Wohnung betreten hatte.

Und dann war der Kerl vorm Krankenhaus aufgetaucht und in der Tiefgarage. Wie hatte er herausgefunden, wo sie war? Das Telefonat! *Hallo Schatz ... Es dauert noch ein bisschen. Ich fahre noch bei der Versicherung vorbei ... in der Ridlerstraße.* In der Ridlerstraße! Anne hatte mit *ihm* telefoniert und ihm gesagt, wohin sie fuhr. Sie war seine Helferin. Anjela stöhnte. Wie blöd konnte man nur sein? Gutgläubig war sie auf diese scheinheiligen Lügen hereingefallen und zu dieser Frau ins Auto gestiegen und hatte so beiden in die Hände gespielt. Anjela drehte sich auf die Seite. Wenn das so war, dann war sie wenigstens eines ihrer zahlreichen Probleme los. Dann hatte Anne ihren Wagen nämlich garantiert nicht gestohlen gemeldet. Sie konnten nicht riskieren, dass sie von der Polizei geschnappt wurde.

Kurz nach sieben wachte sie wieder auf. Sie fühlte sich völlig zerschlagen und war hungrig. Eigentlich musste sie nicht bis Mittag hier warten. Mit dem Navi suchte sie das nächstgelegene Schwimmbad und fuhr hin. Erstaunlich, wie viele Leute morgens um halb acht schwimmen gingen. Anjela löste ein Ticket am Automaten und verschwand mit ihrer Reisetasche in den Umkleideräumen. Duschen konnte sie vergessen. Sie hatte keine Folie, um den Brustverband zu schützen. Also wusch sie sich, so gut es ging. Eine halbe Stunde später verließ sie das Bad wieder. Mit dem bunten

Kopftuch, das sie noch immer über dem Verband trug, sah sie aus wie eine türkische Putzfrau. Eine verprügelte türkische Putzfrau. Trotz der inzwischen verschorften Schrammen im Gesicht achtete niemand auf sie. In einem Stehcafé trank sie einen Becher Kaffee und aß zwei Brötchen mit Butter und Honig. Um halb neun steuerte sie wieder das Haus an, in dem Sergej ein letztes Mal schlief. Seine Uhr lief ab. Langsam und stetig. Tick, tack, tick, tack. Sie lenkte den Wagen in eine Parkbucht, stellte den Motor ab, nahm das Gemüsemesser aus der Tasche und behielt den Eingang im Auge.

Lange hatte sie darüber nachgedacht, wie sie es tun würde. Die Klinge konnte abbrechen, falls sie auf eine Rippe oder das Brustbein traf. Ein Stich würde nicht genügen, es sei denn, sie traf gleich das Herz, falls dieser Hund überhaupt eines hatte. Zu riskant. Körperlich war er ihr überlegen. Es musste rasend schnell gehen und sicher sein. Sie hatte nur eine Chance, und nur eine Sekunde. Ein Stich musste genügen. Sie wusste, wie es funktionieren würde. Sergej würde gar nicht kapieren, wie ihm geschah.

Konzentriert beobachtete sie Straße und Haus. Das Westend war eine Wohngegend für die besseren Leute. Hier ging keiner morgens um sechs zur Arbeit. Zwischen halb neun und neun fuhren sie mit ihren glänzenden Schlitten aus den Garagen. Später steuerten die Putzfrauen von der U-Bahn-Haltestelle kommend auf die Häuser zu, in denen sie den Dreck der Herrschaften wegräumten. Abends gingen diese Herren in den Puff oder ließen sich ein junges Mädchen in ein Hotelzimmer liefern, manche sogar ins Büro. Herrenabend im Konferenzraum. Rudelficken auf dem Tisch, Vergewaltigungsspielchen auf dem Kopierer, Analverkehr in der Kaffeeküche. Ein bisschen Strangulieren im Lift. Nur manchmal ging das schief. Da vergaß sich so ein Scheißkerl, und dann landete ein Mädchen im Müllcontainer oder in einem Erdloch irgendwo auf einem verlassenen Fabrikgelände. So wie Olia.

Anjela atmete scharf aus. Olia. Wie Schwestern waren sie gewesen.

Warum hatten sie Sergej geglaubt? Einen Job in einem Hotel hatte er ihnen versprochen. Zimmermädchen. Fünf Euro die Stunde. Ein Vermögen. Sie waren so dämlich gewesen!

Ein älterer Mann mit Hund ging vorbei. Eine Frau in Joggingklamotten kam den Gehweg entlanggelaufen und bog in die Seitenstraße ein. Die Zeit verstrich. Tick, tack, tick, tack. Anjela trank einen Schluck Wasser aus der Flasche, die sie im Stehcafé gekauft hatte, und wartete. Sie drängte die aufsteigenden Bilder zurück. Die violett unterlaufenen Male an Olias Hals. Der verwunderte Blick ihrer gebrochenen Augen. Sergej, der ihr rechts und links eine reinhaute, bis sie endlich aufhörte zu schreien, der sie an den Haaren packte und von Olias Leiche wegzerrte. All diese Bilder wies sie von sich. Sie hatte nur eine Sekunde, nur eine einzige Chance, um diesen elenden Hund zu erwischen. Er sollte krepieren. Sie durfte es nicht versauen. Sie musste ruhig bleiben. Ganz ruhig.

Kurz vor zwölf kam Boris heraus. Er stieg in den Hummer und fuhr davon. Anjela machte sich bereit.

Es dauerte noch acht Minuten, dann erschien Sergej auf der Bildfläche. Schicker Anzug. Weißes Hemd, oberster Knopf offen. Hipsterbärtchen. Das Haar an den Seiten rasiert. Im Ohrläppchen funkelte ein Diamant. Anjela wurde ganz ruhig. Für dich, Olia! Sie schob das Messer in die Jackentasche und stieg aus. Die Hände in den Taschen der Lederjacke vergraben, ging sie auf Sergej zu. Er bemerkte sie, sein Blick wollte schon weiterwandern. Türkische

Putzfrau, nicht beachtenswert. Doch sie lächelte ihn an. Er stutzte und grinste.

Ein Wagen wurde eingeparkt. Achtzig Meter entfernt. Eine Frau stieg aus. Sicher fünfzig. Keine Gefahr. Sie würde sich nicht einmischen.

Lächelnd breitete Sergej die Arme aus, während sie die Straße überquerte. Ihre Hand umklammerte den Griff des Messers. »Anjela. Mädchen. Schön, dich zu sehen.« Das Lächeln erreichte seine Augen nicht. Sie senkte den Blick, sonst würde sie sich verraten. Kalter Hass strömte durch ihre Adern. Sie spürte ihren Atem. Ein, aus. Tick, tack.

Er neigte den Kopf wie ein liebevoller Vater, der seinem Kind verzeiht. »Ich wusste ja, dass du nicht ewig fortbleibst. Komm in meine Arme.«

In einer einzigen fließenden Bewegung riss sie das Messer hervor und beschrieb damit einen weiten Bogen. Die Klinge erreichte ihr Ziel, glitt durch weiches Fleisch und die dicht darunter verlaufende Halsschlagader. Blut schoss hervor wie aus einem geborstenen Hydranten. Eine rote Fontäne. Anjela sprang zur Seite. Sergej starrte sie an, ungläubig, dann griff er sich mit beiden Händen an den Hals. Zwischen seinen Fingern quoll pulsierend Blut hervor, während er auf die Knie fiel wie ein todgeweihter Stier.

69

Vor acht Uhr abends konnten die Kollegen aus Juist mit Friebe nicht hier sein. Buchholz kam mit der DNA-Analyse nicht weiter. Inzwischen war es kurz vor eins. Zeit für ein Mittagessen. Seine Mutter fiel ihm ein. Georges wurde zurzeit operiert. Im Krankenhaus war Handyverbot. Dühnfort konnte sie also nicht erreichen und fuhr kurz entschlossen hin.

Bei einem Italiener in der Inneren Wiener Straße kaufte er Tramezzini und Wasser und parkte wenig später vor dem Klinikum rechts der Isar. Er fragte sich durch und fand Rita auf einer Bank vor dem OP. Den Kopf hatte sie an die Wand gelehnt, die Augen geschlossen. Er setzte sich neben sie und beobachtete sie eine Weile. Sie wirkte völlig in sich gekehrt. Vorsichtig berührte er ihre Hand. Sie war kühl, die Haut rau und schimmernd wie Birkenrinde. Sie drückte seine Hand, ohne die Augen zu öffnen. »Schön, dass du gekommen bist.«

»Wollen wir nicht ein wenig an die frische Luft gehen?«

Sie gab sich einen Ruck. »Gute Idee. Ob ich hier sitze oder nicht, macht ja eigentlich keinen Unterschied.« Im Klinikgarten aßen sie die Tramezzini und tranken Wasser. Kurz vor zwei verabschiedeten sie sich. Rita umarmte ihn. »Ein Leben lang denkt man, das Alter wäre noch weit weg. Und ehe man sich's versieht, steckt man in einem alten Körper und fühlt sich dabei noch so jung. Und ich weiß nicht, ob ich mir wirklich wünschen würde, dass beides nicht so asynchron verläuft. Es könnte ja passieren, dass ich mich plötzlich so alt fühle, wie ich bin. Gott bewahre!« Etwas von ihrer Leichtigkeit war zurückgekehrt, und das stimmte Dühnfort froh. »Magst du heute Abend zu uns kommen?«

»Ich habe Leinwand und Farben bestellt. Ich muss mir das von der Seele malen.«

Er fuhr zurück ins Büro. Dort erwartete ihn Buchholz. Gute Nachrichten überbrachte er gerne selbst. Der Laser war also repariert. »Willst du mal sehen?« Ohne eine Antwort abzuwarten, legte er vier Ausdrucke auf den Tisch. Die DNA-Analysen der drei Tatorte und daneben die Analyse der Probe aus Friebes Wohnung. »Ich würde sagen: Wir haben ihn.«

Endlich!

»Ihr müsst ihn nur noch aufstöbern.«

»Schon geschehen. Er war auf Juist.«

Dühnfort rief das Team zusammen, um alle auf den aktuellen Stand zu bringen. Es gab jede Menge zu tun. Genetischer Fingerabdruck hin oder her. Eine lückenlose Indizienkette war noch immer die beste Versicherung für eine Verurteilung. Woher kannte Friebe seine Opfer? Sie mussten sein Foto an den Tatorten herumzeigen. Mit etwas Glück hatte ihn jemand gesehen. Wo waren die Uhren? Wie weit war Meo mit der Auswertung des PC?

Dühnfort nahm sich noch einmal die Tatortbefundberichte vor und ging den Ablauf der Taten durch, so weit sie sie bisher rekonstruiert hatten. Er wollte vorbereitet sein. Als er fertig war, rief er Gina an. »Bei mir wird es heute spät. Wir haben den Samariter.«

»Gratuliere! Ist es der Friebe?«

»Ja. Und bei dir? Haben die Taucher schon etwas gefunden?«

»Das ist ein Moorsee. Die Leiche liegt seit zwanzig Jahren mit Steinen beschwert am Grund. Hast du eine Ahnung, wie viel Modder sich in dieser Zeit darüber ablagern kann?«

Dühnfort schätzte einen halben Meter. Es kam ungefähr hin.

»Bei mir wird es also auch spät. Ich gehe hier nicht weg, bis wir die Annamaria geborgen haben, und wenn es bis zum Totensonntag dauert und ich am Ende selber hinunter muss. Wir holen sie da raus. Ihre Mutter sitzt drüben auf einer Bank. Ich kann sie nicht heimschicken, solange ihre Tochter da unten ist.« Jemand rief nach ihr. »Du, ich muss. Mach's gut.«

Dühnfort vertiefte sich wieder in den Bericht.

Es wurde fast neun, bis die Kollegen mit Friebe kamen. Hansen war ein junger, bulliger Kerl mit blondem Stoppelhaarschnitt. Er hatte es sich nicht nehmen lassen, Friebe selbst zu bringen. Zusammen mit seiner Kollegin Mareike Eickelmann, einer blassen Frau mit unzähligen Sommersprossen. In ihrer Mitte führten sie Julian Friebe. Er war ein großer schlaksiger Kerl mit weit auseinanderstehenden Augen. Unsicher sah er sich um. Dühnfort ließ ihn in den Vernehmungsraum bringen und fragte Hansen, ob sie schon ein Quartier hätten. Es gab eine Pension, die er empfehlen konnte.

»Lass mal. Wir haben das schon geregelt.« Ein Seitenblick zu Mareike. Dühnfort sah den beiden einen Augenblick nach. Ihre Hände berührten sich kurz.

Dühnfort bat Kirsten, bei der Vernehmung dabei zu sein. Er ließ Friebe die Handschellen abnehmen, schaltete das Mikro an, setzte ihm auseinander, dass er als Beschuldigter galt, und erklärte ihm seine Rechte. »Möchten Sie einen Anwalt dabeihaben?«

»Brauche ich nicht. Ich bin unschuldig.«

»Deswegen sind Sie auch untergetaucht«, sagte Kirsten.

»Bin ich nicht. Ich brauchte Zeit zum Nachdenken, wie ich aus der beschissenen Nummer wieder rauskomme.«

Friebe wirkte entspannt, als habe er nichts zu befürchten. Entweder war das Arroganz und Hybris, oder er verkannte den Ernst der Situation. Vermutlich Letzteres. Denn unter der scheinbaren Gelassenheit spürte Dühnfort die Anspannung, die sich im nervösen Zucken unter dem Auge zeigte und in der Art, wie er an einem Fetzchen Nagelhaut herumzupfte.

»Sie betreiben den Blog Pflegmatisch?«

Friebe nickte. »Okay, da werde ich jetzt Ärger mit meinem Arbeitgeber kriegen. Das BRK wird mich hochkant rauswerfen, und das war es dann hoffentlich. Es gibt Schlimmeres. Und das mit den Mails, das war dumm, zugegeben.« Er verzog den Mund. »Ich konnte einfach nicht widerstehen.«

»Die Samariter-Mails kommen also von Ihnen.«

»Das wissen Sie doch.« Verwundert suchte er Dühnforts Blick. Zum ersten Mal, seit er sich gesetzt hatte, wich er nicht aus. »Das Foto von Emily Dreher stammt von mir.« Es klang stolz. »Ich habe mir schon gedacht, dass es keine gute Idee ist, diese Mails zu verschicken. Aber es war zu verlockend, und deshalb habe ich mir das erlaubt. Pietätlos, ich weiß. Aber so ist nun mal das Leben. Geschmacklos. Brutal. Total daneben.«

»Geschmacklos? Wir reden hier von vier Toten!«

»Damit habe ich doch nichts zu tun. Sie glauben doch nicht wirklich, dass ich die alten Leute umgebracht habe?« Angst wurde sichtbar. Die Pupillen zogen sich zusammen. »Ich reiße mir seit Jahren den Arsch für die auf. Ich kille die doch nicht. Das ist doch total unlogisch! Ich bin Rettungssanitäter. Ich rette Leben. Kapiert? Und ich dokumentiere, was schiefläuft. Das ist kein Verbrechen. Die Mails waren echt nur ein Scherz.«

Ein Scherz. Na prima.

»Ich habe wirklich niemanden umgebracht.« Friebe zog die Unterlippe unter die Schneidezähne. Einen Augenblick kaute er darauf herum. »Die Aufnahme von Emily habe ich während des Einsatzes gemacht. Da war sie schon seit Stunden tot. Das wissen Sie doch. Erinnern Sie sich denn nicht? Wir sind uns im Treppenhaus begegnet. Sie rauf, wir runter. Der Mücke, der Schmidt und ich. Wir waren den ganzen Tag gemeinsam im Einsatz. Ich kann sie gar nicht umgebracht haben.«

»Warum haben Sie mir diese Mail geschickt? Und weshalb auch an die Zeitungen?«

Friebe senkte den Blick und zupfte wieder an dem rot entzündeten Fitzelchen Nagelhaut. »Das ist doch ganz leicht zu verstehen. Wie mit den Alten umgegangen wird, das interessiert keinen. Meistens nicht mal die Angehörigen. Die Leute müssten hingucken, damit sich endlich was ändert. Aber keiner guckt. Es muss Druck auf die Verantwortlichen ausgeübt werden. Doch den gibt es nicht. Denn dafür braucht man Öffentlichkeit. Mit Emilys Foto hatte ich plötzlich eine Möglichkeit, die zu bekommen. Das Bild war einfach sensationell. Ein Aufmacher, ein Hingucker. Ich weiß nicht, wie Sie auf die Idee kommen, ich wäre ein Mörder. Das habe ich in den Mails nicht behauptet. Der barmherzige Samariter war kein Mörder.«

»Die Mails konnte man durchaus so verstehen. Und Sie haben Forderungen gestellt.«

»Aber das heißt doch nicht, dass ich sie umgebracht habe. Als dann diese dämliche Tussi vom Münchner Blick aus mir einen Serienmörder machen wollte, ist mir der Arsch auf Grundeis gegangen. Die Geister, die ich rief und so. Sie verstehen schon. Plötzlich gab es noch einen Toten und dann noch zwei, und alle dachten, ich wäre das. Das war ein Albtraum. Da bin ich abgehauen. Ich musste nachdenken, wie ich das geregelt kriege.«

»Und das sollen wir glauben?«

»Natürlich. Das müssen Sie. Das ist die Wahrheit.«

Kirsten lachte. »Wir müssen gar nichts.« Sie strich die Haare zurück. »Sie waren also nie im Haus von Heinrich Brettschneider?«

»Nein. Ich kenne den auch gar nicht.«

»Und Ernst Kubisch?«

»Kenne ich nicht. War also nie in seiner Wohnung.«

»Wie erklären Sie uns dann, dass wir Ihren genetischen Fingerabdruck an allen drei Tatorten gefunden haben?«

»Was? Das gibt es nicht.« Mit einem Schlag wich alle Farbe aus Friebes Gesicht. »Ich war da nicht. Die in Ihrem Labor müssen gepfuscht haben.«

»Ausgeschlossen.« Kirsten lehnte sich zurück.

»Herr Friebe, ich würde Ihnen raten, sich doch von einem Anwalt beraten zu lassen. Sie dürfen ein Telefonat führen.«

Friebe gab das nervöse Gezupple auf und starrte auf den Boden. Sein Kiefer mahlte. Plötzlich schnellte der Kopf hoch. »Rufen Sie den Mücke an. Der kann es Ihnen bestätigen. Als der Messie ermordet wurde, hatte ich Dienst.«

Dühnfort suchte Friebes Blick. Wieder wich er aus. »Die Dienstpläne liegen uns vor. An diesem Abend hatten Sie frei.«

»Laut Plan schon. Aber ich bin für die Kruse eingesprungen. Die war krank. Die können Sie auch fragen. Ich war bis Mitternacht mit dem Mücke im Einsatz. Echt jetzt. Fragen Sie ihn.«

70

Sie hatte darüber geschlafen, die Gedanken hin und her gewälzt. Doch sie scheute die Konfrontation und den Streit, der unausweichlich schien. Die losen Fäden, die die Familie noch zusammengehalten hatten, waren gekappt. Franzi und Paps tot. Klaus und die Kinder wollten nichts mit ihr zu tun haben. In ihren Augen sollte sie tot sein und nicht Franzi. Hannes hatte eine böse Mail geschrieben und einen Kübel Hass über ihr ausgeschüttet, weil sie ihn bei der Polizei denunziert hatte.

Dein hinterhältiger Racheplan ist nicht aufgegangen. Gott sei Dank haben wir ein intaktes Rechtssystem. Was ist nur aus dir geworden? Eine boshafte, verbitterte und von Neid zerfressene Person. Du tust mir beinahe leid. Und es tut mir längst nicht mehr leid, dass du die Kreditverträge mit unterschrieben hast. Beinahe zwanzig Jahre lang habe ich dir ein schönes Leben finanziert, da ist es nur fair, wenn du nun einen Teil zurückgibst und nicht wieder auf Kosten anderer lebst, auf Kosten deines Vaters.

Es hatte eine Weile gedauert, bis sie verstanden hatte, dass er das Erbe meinte, das nun ihm zugutekam. Sie hatte nicht auf seine Kosten gelebt! Hannes tat so, als hätte sie nie eigenes Geld verdient. Musste sie ihm das wirklich erklären?

Der einzige Faden, der noch hielt, war der zu Achim. Sollte sie um des lieben Friedens willen die Augen schließen, bis er diese Schenkung selbst zur Sprache brachte? Nein! Sie musste da jetzt durch. Clara griff zum Telefon und wählte Achims Nummer. Er meldete sich beinahe sofort.

»Guten Morgen, Achim. Es gibt ein Thema, über das wir reden sollten.« Es gelang ihr nicht, ruhig zu bleiben. Sie hörte selbst den aufgebrachten Klang ihrer Stimme.

»Hallo Clara. Alles in Ordnung bei dir?«

Einen Augenblick spielte sie mit dem Gedanken, ihn zu fragen, wie weit er auf der Suche nach Paps' Geld in England gekommen war. Doch sie wollte ihn nicht ins Messer laufen lassen. Und sie wollte sich auch keine weiteren Lügen über Beglaubigungen und Übersetzungen anhören. Also legte sie die Karten auf den Tisch. »Smile hat die Kontoauszüge geschickt. Warum hast du so getan, als würdest du das Geld zurückholen, wenn du längst wusstest, wo es ist?«

Sie hörte, wie er durchatmete. »Du weißt also Bescheid. Es tut mir leid. Paps wollte nicht, dass du davon erfährst. Das ist auch der Grund, weshalb er mir das Geld nicht einfach von seinem Girokonto überwiesen hat, sondern den Umweg über das Online-Banking gewählt hat.«

»Deshalb sind also alle Unterlagen zu diesem Konto bei dir.«

»Er wollte das so. Jetzt sei nicht sauer. Du hast es gut gemeint. Aber du hast dich seiner Meinung nach zu sehr in sein Leben eingemischt. Er hat sich von dir gegängelt und kontrolliert gefühlt. Und außerdem dachte er, du würdest auch Geld von ihm wollen, wenn du von der Schenkung erfährst. Franzi hat etwas bekommen und ich. Nur du nicht.«

Clara biss die Zähne aufeinander. Dennoch loderte die Wut in ihr hoch. Sie hatte alles für ihn getan, sogar eine Zeitlang die Haushälterin gegeben. Sie hatte geputzt, gekocht, seinen Dreck weggewischt. Sie hatte ihn zum Arzt gefahren und zu Freunden und zum Seniorentreff. Was immer er wollte, sie hatte sich darum gekümmert. Eine unbezahlte Putzfrau. Und er hatte das genossen. So blieb mehr übrig für Franzi. Und für Achim, erstaunlicherweise. Doch darüber musste der Mantel des Schweigens gebreitet werden. Nicht, dass Clara den Feudel hinschmiss! Ein kleiner Teufel ritt sie. »Es geht um hunderttausend Euro. Ich nehme an, Paps hat dir das Geld nicht einfach nur überwiesen. Gibt es darüber etwas Schriftliches?«

»Willst du die Schenkung etwa anfechten?«

»Ich will lediglich wissen, ob du das schriftlich hast.«

»Natürlich. Ich maile dir eine Kopie. Das Original kannst du jederzeit haben. Die Unterschrift ist echt.«

»Daran zweifle ich doch nicht«, sagte sie versöhnlich.

»Ach Clara, es tut mir leid. Ich hätte mich nicht auf Paps' Spielchen einlassen sollen. Es wäre besser gewesen, das offen in der Familie zu besprechen. Aber ich habe das Geld gebraucht. Meine Firma ist im letzten Jahr nicht so gut gelaufen. Ich wollte das Haus nicht verlieren. Wir werden uns doch jetzt nicht wegen Geld zerstreiten?«

»Nein. Natürlich nicht.« Sie fühlte sich plötzlich so müde. Sie wollte sich nicht mit ihrem Bruder zerkriegen. Schon gar nicht aus diesem Grund. Wie Paps sie gesehen hatte, tat weh. Sie beendete das Gespräch, nachdem Achim sie noch ein wenig getröstet hatte, und setzte sich an den Schreibtisch. Anstatt zu arbeiten, sah sie jedoch in den Hinterhof. Ein graues Stück Himmel, von Hausdächern eingefasst.

Nur ein paar Tage vor der Alzheimer-Diagnose hatte Paps Achim das Geld geschenkt. Der Verdacht, dass in Wahrheit alles ganz anders gelaufen war, ließ sich nicht unterdrücken. Natürlich war die Unterschrift echt. Achim hatte sie nicht fälschen müssen. Er musste nur einen der schlechten Tage abwarten und Paps hätte ihm alles unterschrieben, auch eine Ernennungsurkunde zum Kaiser von China.

Oder hatte Paps Achim doch aus freien Stücken geholfen? Schließlich hatte er Franzi auch Geld gegeben, damit sie, sein Liebling, ihren Traum vom Café verwirklichen konnte. Achim war sauer gewesen, als er davon erfahren hatte. Er hatte dieselbe Summe gefordert. Doch Paps hatte ihm nichts gegeben. So war er nun mal. Schon immer. Ungerecht. Wobei Gerechtigkeit ja nichts war, das sich ausschließlich in Euro und Cent ausdrücken ließ. Außerdem hatte Paps Achim nicht sonderlich gemocht. Er hatte ihn abgelehnt, spätestens seit er seinen eigenen Weg gegangen war. Ohne Abitur, ohne das man in der Familie Kubisch nichts galt. Angefangen hatte das jedoch schon früher. Vielleicht lag es wirklich daran, dass Achim immer Mutters Liebling gewesen war.

Sollte sie die Schenkung anfechten? Clara beschloss, darüber erst nach der Beisetzung nachzudenken. Paps und Franzi waren noch nicht unter der Erde, und schon stritt sie mit Achim ums Geld. Es war grauenhaft. Falls sie es tat, kappte sie den letzten Faden. Dann würde sie wirklich alleine dastehen.

Ihr Blick fiel auf Thores Blumenstrauß. Er wartete auf Antwort. Sie fühlte sich im Moment nicht in der Lage dazu. Außerdem musste sie arbeiten. Also versuchte sie alle Probleme beiseitezuschieben und startete endlich ihren PC. Ein paar Mails waren eingegangen. Zwei von Verlagen und eine von Thore.

Betreff: Fluchtpunkt
Liebe Clara,
du schweigst. Warum? Hat der Strauß dich erzürnt oder erfreut? Er sollte dich ein wenig aufmuntern und Farbe in all das Grau bringen, das dich derzeit umgibt. Hoffentlich denkst du nicht, ich sei anmaßend.

Natürlich habe ich keine Vorstellung davon, wie es dir im Moment ergeht. Vieles ist denkbar. Ein ganzes Kaleidoskop an Gefühlen. Du willst lieber allein sein? Das akzeptiere ich natürlich. Falls dir alles zu viel wird und du einen Rückzugsort brauchst, kannst du ihn in Prien finden. Zu meinem Bauernhof gehört ein Austragshäusl. Ich habe es für Gäste renoviert. Ein kleines Refugium, das dir jederzeit zur Verfügung steht. Lass von dir hören, ja?
Alles Liebe, Thore, der jetzt gerne an deiner Seite wäre.

Einfach alles stehen und liegen lassen, abhauen, untertauchen, vor den Problemen fliehen. Für eine Sekunde war das ein verlockender Gedanke.

Betreff: Re: Fluchtpunkt
Lieber Thore,
der Strauß ist wunderschön, und er erfüllt seine Aufgabe prächtig. Meine kleine Werkstatt leuchtet, während der Rest der Welt sich in graue Tücher hüllt. Jedenfalls scheint es mir so. Es ist leider so, dass ich schon immer eine war, die alles allein mit sich austrägt. Ich muss hier etwas zu Ende bringen, auch wenn ich nicht weiß, was es ist. Natürlich die Beisetzungen und Formalitäten. Abschied nehmen. Vielleicht auch von meinem bisherigen Leben? Alles ändert sich. Ich werde kommen, versprochen. Nach der Beisetzung. Ich umarme dich – ein wenig sehnsüchtig.
Clara

Sie klickte auf *senden*, ehe sie es sich anders überlegen konnte. Ja, sie hatte Sehnsucht nach ihm. Und ja, sie wollte hier weg. Wenigstens für einige Zeit. Nach der Beerdigung von Franzi und Paps. Ein Austragshäusl. Die Alpen am Horizont. Schneebedeckte Gipfel. Der See, der ruhig in einer Winterlandschaft lag. Spaziergänge und Gespräche mit Thore, gemeinsames Kochen. Das Telefon klingelte und riss Clara aus diesem Tagtraum. Sie besann sich auf das Hier und Jetzt und meldete sich. »Lenz.«

»Beate hier. Störe ich dich bei der Arbeit?« Sie klang atemlos.

»Ich habe noch gar nicht angefangen.«

»Klaus war grad bei mir im Café. Ich wollte dich warnen. Vermutlich kreuzt er gleich bei dir auf.«

»Was wollte er denn?« Clara fragte, obwohl sie es ahnte.

»Erfahren, wer Franzis Lover war. Ich habe ihm gesagt, dass ich es nicht weiß. Was stimmt. Allerdings habe ich eine Vermutung. Das habe ich ihm natürlich nicht gesagt. Jedenfalls ist er ziemlich ausgetickt. Er wollte an unseren Computer und Franzis Mails checken. Ich habe ihm das verboten. Da wurde er handgreiflich. Gut, dass ich nicht allein war. Unsere Aushilfe hat ihn rausge…« Sie stockte. »Ich sag noch immer *unsere.*« Ein Schniefen klang durchs Telefon. »Dass sie tot ist … ich kann es noch immer nicht glauben. Ich denke, sie müsste jeden Augenblick zur Tür hereinkommen. Weißt du, als ich es erfahren habe, da war mein erster Gedanke: Jetzt hat er sie umgebracht.«

»Ihr habt Klaus rausgeworfen, und jetzt ist er auf dem Weg zu mir?«

»Ich würde ihn nicht reinlassen. So voller Wut, wie er ist. Er muss daheim alles gefilzt haben. Offenbar war Franzi schlau genug, jede SMS zu löschen und auch die Telefonprotokolle. Ich traue Klaus zu, dass er ihn erschlägt, wenn er ihn findet.«

71

»Sie sind sich absolut sicher?« Dühnfort war fassungslos.

»Falls nötig, beschwöre ich das«, erwiderte Andreas Mücke. »Friebe ist für Maren Kruse eingesprungen. Sie ist bei einem Einsatz gestolpert. Bänderanriss und ab ins Krankenhaus. Er war von etwa achtzehn Uhr bis Schichtende um Mitternacht bei uns an Bord. Thorsten Schmidt kann das ebenfalls bestätigen.«

»Er hatte keine Pause?«

»Nein. Zwischen zwei Einsätzen sind wir hier, füllen, wenn es nötig ist, im RTW Verbandsmaterial und Medikamente auf. Manchmal müssen wir auch den Innenraum putzen.«

Dühnfort ließ sich eine Aufstellung aller Einsätze geben, die Mücke mit seinem Team am fraglichen Abend hatte, und die Adresse von Thorsten Schmidt. Der bestätigte Mückes Angaben.

Dühnfort ging die Einsatzliste durch. Zur Tatzeit war der Notarzt mit seinen Leuten in einem Seniorenstift gewesen. Patient mit Verdacht auf Schlaganfall. Dühnfort suchte die Einrichtung auf und verließ sie zehn Minuten später wieder mit der Gewissheit, dass Friebe Heinrich Brettschneider nicht ermordet haben konnte. Er hatte ein in Beton gegossenes Alibi. Er war es nicht.

Wieso war seine DNA an allen Tatorten? Im Labor musste etwas schiefgelaufen sein. Ein Fehler, eine Verwechslung. Eines der Geräte war defekt gewesen. Dühnfort suchte Buchholz auf und erklärte ihm das Problem.

»Unmöglich«, meinte Buchholz. »Die Proben von den

Tatorten waren nie auch nur in der Nähe der Proben aus Friebes Wohnung. Die Analysen sind außerdem an verschiedenen Tagen vorgenommen worden. Keine Möglichkeit, dass da etwas vertauscht oder kontaminiert worden ist. Friebes DNA ist tatrelevant. Bei Emily Dreher eine Speichelspur an der Bluse, bei Heinrich Brettschneider ein Haar am Pulli. Bei Franziska Wiesbach und Ernst Kubisch ebenfalls Haare. Ich würde die Alibizeugen durch die Mangel drehen.«

Was war hier los? Versuchte etwa jemand Friebe die Taten unterzuschieben?

Für vierzehn Uhr rief Dühnfort das Team zusammen. Doch vorher musste er nachdenken. In aller Ruhe. Er verließ das Präsidium und ging Richtung Pacellistraße. Feuchte Kälte hing zwischen den Straßen. Es war windstill. Nieselregen fiel lautlos. Dühnfort passierte den Bayerischen Hof und ging weiter Richtung Dreifaltigkeitskirche.

Er war kein gläubiger Mensch, erstaunlich, wie häufig er dann doch Kirchen aufsuchte. Sie gaben seinen Gedanken den nötigen Freiraum, sich zu entfalten, was wiederum paradox war, denn Kirche verband er mit Macht und Kontrolle. Bevor er eintrat, sah er hinauf zur Figur des Erzengels Michael, die in einer Nische hoch über dem Portal stand, in der Linken das Flammenschwert, in der Rechten das allsehende Auge, Symbol der Freimaurer. Was hatte es hier wohl zu suchen?

Barocke Pracht empfing ihn. Blattgold und Schnitzereien überall. Sein Atem kondensierte in der kalten Luft, in der eine Ahnung von Weihrauch hing. Er suchte sich eine Bank ganz hinten. Weiter vorne saß eine alte Frau. Zwei Touristen gingen den Mittelgang entlang. Ihre Schritte hallten nach. Ein Blitzlicht flammte auf. Jemand hustete.

Ein Gedankenspiel: Julian Friebe war zwar der Samariter, aber kein Mörder. Jemand versuchte ihm die Morde unterzuschieben.

Friebe war während eines Einsatzes am Tatort Dreher gewesen. Er hatte Emilys Leiche fotografiert. Dafür hatte es gereicht, eine Minute allein im Zimmer zu sein. Falls er geschickt war und eine kleine Kamera besaß, konnte ihm die heimliche Aufnahme auch in Anwesenheit von Mücke geglückt sein. Als Rettungssanitäter war er an der Leiche gewesen. Stammte daher die Speichelspur? Er musste nur geniest oder gehustet haben, um sie zu hinterlassen. Auch das war möglich. Diese Spur wäre so erklärbar.

Plötzlich wusste er es. Wie ein Mosaik setzten sich die Informationen zu einem Bild zusammen. Friebe schickt das Foto an die Zeitung. Einen Tag später erscheint es auf der Titelseite. Der Täter sieht es. Wer pfuscht ihm da ins Handwerk? Wer schmückt sich mit fremden Federn? Ist er überrascht, vielleicht auch verärgert? Oder ganz im Gegenteil, vielleicht kommt ihm das gelegen. Wer kann das Bild gemacht haben? Der Täter stellt dieselben Überlegungen an, die auch ihn zu Friebe geführt hatten. Mit ein paar Anrufen war das herauszubekommen. Beim Bestattungsinstitut. Wer hat die Leiche abgeholt? Bei der Notrufzentrale oder bei den Rettungsdiensten. Wer war in diesem Fall im Einsatz? Die Leute ein wenig aushorchen, und schon wusste man, wen man beschatten musste.

Dühnfort verließ die Kirche, zog im Schutz des Portals das Handy hervor und rief beim BRK an. Lennard Skiba meldete sich. »Dühnfort, Kripo München. Ich habe eine Frage. Hat in den Tagen nach dem achtzehnten Oktober jemand angerufen und sich erkundigt, wer an diesem Tag beim Einsatz in der Nikolaistraße dabei war?«

»Woher wissen Sie das denn?«

»Es stimmt also?«

»Ja, klar. Jemand von der Presse hat sich gemeldet. Ein Reporter, der über den Mord an der alten Frau recherchiert hat.«

»Haben Sie ihm die Namen gegeben?«

»Äh ... ja. Hätte ich das nicht tun sollen?«

Dühnfort hatte nicht vor, Skiba einen Vortrag zum Thema Datenschutz zu halten. Das war nicht sein Job. »Wollte er mehr wissen als nur die Namen?«

»Das war ein netter Kerl, wir haben uns ein bisschen unterhalten. Auch über das Foto, das der Samariter an die Zeitung geschickt hat. Ziemlich schräg. Er meinte, es muss ja nicht vom Mörder stammen. Es könnte auch der Notarzt oder einer der Rettungssanitäter gemacht haben, also rein hypothetisch.«

»Und was haben Sie darauf geantwortet?«

»Wenn schon, habe ich gesagt, dann der Friebe. Der fotografiert, wo er geht und steht. Aber eine Tote sicher nicht.«

»Warum haben Sie diesen Anruf nicht bei uns gemeldet?«

»Das war doch nur ein Journalist.«

»Hat er seinen Namen genannt?«

»Äh ... ja. Glaub schon. Schneider oder Schuster. So ein Allerweltsname.«

Und garantiert ein falscher. Dühnfort verabschiedete sich und rief Meo an. Wieder einmal war ein Beschluss nötig. Auch wenn er nicht glaubte, dass der Anrufer von einem registrierten Handy oder Festnetzanschluss angerufen hatte. Dennoch sollte Meo das prüfen.

Er kehrte ins Büro zurück und ließ Friebe bringen. Unsicher nahm er hinter dem Schreibtisch Platz. »Der Mücke hat das doch bestätigt, oder nicht? Also, dass ich für die Maren Kruse eingesprungen bin. Hat er doch?«

Der Kerl konnte ruhig noch ein wenig schmoren. »Wurde in letzter Zeit bei Ihnen eingebrochen?«

»Wieso fragen Sie das?«

»Wurde eingebrochen?«

Mit einer fahrigen Geste fuhr Friebe sich durchs Haar. »Es ist komisch, dass Sie das fragen. In der vorletzten Oktoberwoche, da bin ich abends mal heimgekommen und hatte die Idee, dass jemand in der Wohnung war. Es fehlte zwar nichts, aber nicht alle Sachen waren an ihrem Platz. Jemand hatte in der Fotomappe geblättert. Im Bad lag das Deo auf dem Boden, und der Deckel des Schmutzwäschebehälters war nicht richtig zu. Ich bin in solchen Dingen pingelig. Schubladen, Schranktüren, Deckel müssen zu sein.«

»Es gab keine Einbruchsspuren?«

»Ich ziehe die Wohnungstür meistens nur zu. Bei mir gibt es nichts zu holen. Doch seither sperre ich auch ab.«

Dühnfort rief die Kollegen. Sie sollten Friebe zurück in die Zelle bringen. Bis Mitternacht konnten sie ihn noch hierbehalten. Keine Sekunde früher würde er diesen verdammten Wichtigtuer gehen lassen.

Pünktlich um zwei betrat er den Soko-Raum. Die schlechte Nachricht hatte sich offenbar schon herumgesprochen. Alle sahen mürrisch und frustriert aus.

Dühnfort setzte sich zu den anderen an den Tisch. »Friebe kann nicht unser Mann sein. Er hat für den Fall Brettschneider ein Alibi. Er ist für eine Kollegin eingesprungen und war zur Tatzeit in einem Altenheim im Einsatz. Fünf Leute bestätigen das.«

»Das ist unmöglich. Seine DNA ist an allen Tatorten«, sagte Alois.

»Jemand hat uns gelinkt.« Dühnfort erklärte, wie der Täter auf Friebe gekommen war. »Er musste nur in der Seitzstraße auf ihn warten und ihm zur Wohnung folgen.«

»Woher wusste er, wie Friebe aussieht?« Diese Frage kam von Kirsten.

»Ein Blick auf die Homepage des BRK genügt. Ich habe gerade mit ihm gesprochen. Bei ihm wurde tatsächlich eingebrochen.«

Ein Schnauben kam von Russo. »Behauptet er das nur, oder hat er die Polizei gerufen?«

»Nein. Es fehlte ja nichts. Bis auf ein paar Haare aus dem Kamm, nehme ich an. Damit hat unser Täter die falsche DNA-Spur gelegt. Friebe hat ihm als Samariter in die Hände gespielt. Dieser verdammte Idiot.«

Stahl schüttelte den Kopf. »Das ist eine hanebüchene Geschichte.«

»Wenn es Friebe nicht war, warum haben wir dann keine Täter-DNA an den Tatorten gefunden?«, fragte Kirsten.

Buchholz sah in die Runde. »Dafür gibt es nur eine Erklärung. Er hat sich vermummt. Overall, Latexhandschuhe, Mundschutz. Bekommst du alles im Baumarkt in der Heimwerkerecke.«

»Das ist alles eine einzige große Scheiße.«

72

Im Stillen pflichtete Dühnfort Alois bei. Es war eine einzige große Scheiße. Sie waren einem Wichtigtuer aufgesessen und hatten wertvolle Zeit verloren. Möglich, dass der Doppelmord in der Sedanstraße zu verhindern gewesen wäre. Ein Gedanke, der sich wie Blei in seinen Magen legte.

»Wir stehen also wieder ganz am Anfang. Worum geht es überhaupt bei dieser Mordserie? Sexualverbrechen können wir ausschließen. Doch Eigentumsdelikte auch? Bisher sind wir davon ausgegangen, dass Emily von der Putzfrau bestohlen wurde. Vielleicht ein Irrtum. Bei Brettschneider fehlen wertvolle Uhren. Nur bei Kubisch fehlt scheinbar nichts. Da müssen wir unbedingt noch einmal nachhaken. Kirsten, übernimmst du das?«

Sie nickte.

»Möglich wäre auch, dass er einen Hass auf alte Menschen hat. Wen suchen wir also? Was wissen wir über ihn?« Dühnfort bemerkte Heinens Blick. Sollte der Profiler doch mal etwas dazu sagen.

Heinen erhob sich und stellte sich vor die Magnetwand. Heute trug er einen Rollkragenpullover zum Tweedsakko. »Der *Erlöser*, den wir suchen, ist männlich, vermutlich zwischen zwanzig und Mitte vierzig, körperlich kräftig und intelligent. Ich nehme an, dass er im Berufsleben steht, denn alle Morde geschahen außerhalb der klassischen Arbeitszeiten. Sozial integriert, angepasst, unauffällig und dabei eiskalt, präzise und von unbedingtem Tötungswillen. Sein Motiv kann sowohl Hass als auch Gier sein. Vielleicht eine Mischung aus beidem. Wobei bei Morden, die aus Hass geschehen, in der Regel mehr Gewalt im Spiel ist. Vermutlich also Habgier. Er ist risikofreudig. Im Fall Dreher war die Wahrscheinlichkeit groß, im Haus gesehen zu werden. Im Fall Kubisch-Wiesbach hat er sich gleich mit zwei Personen angelegt. Vielleicht gibt ihm das einen besonderen Kick.«

Etwas gefiel Dühnfort nach wie vor nicht. »Kubisch passt nicht. Er muss gewusst haben, dass der alte Mann nie allein war, und nach jetzigem Ermittlungsstand wurde er nicht bestohlen.«

»Ich sage ja, er ist risikofreudig.«

»Ich glaube eher, dass der Täter es auf Ernst Kubisch abgesehen hatte. Franziska Wiesbach musste sterben, damit der Täter an den alten Herrn herankam. Nachdem wir nun die DNA-Spur in die Tonne treten können, können wir in diesem Fall einen Trittbrettfahrer nicht mehr ausschließen. Warum musste Ernst Kubisch sterben, wer profitiert von seinem Tod? Das sind seine drei Kinder. Achim, der finanzielle Probleme hat. Clara Lenz, die von ihrem Erbe nichts haben wird, denn sie haftet damit für die Schulden ihres Exmannes Hannes, der ja bereits im Kreis der Verdächtigen war, und Klaus Wiesbach, der den Erbteil seiner Frau bekommt.«

»Das ist unlogisch. Denn der Erlöser hat Friebes DNA auch am Tatort Sedanstraße platziert. Kein Trittbrettfahrer also.«

Damit hatte Russo absolut recht. Was irritierte ihn so? Dreher und Brettschneider schienen willkürlich ausgewählte Opfer zu sein. Es hätte jeden anderen alten Menschen treffen können. Bei Kubisch war das anders. Er sollte sterben, auch wenn der Täter, um sein Ziel zu erreichen, erst Franziska töten musste. In diesem Punkt unterschieden sich die Taten. Und damit stand er wieder vor derselben Frage. Warum Kubisch? Wer hatte etwas von seinem Tod?

Achim Kubisch, Hannes Lenz, Klaus Wiesbach. Doch warum sollte einer von ihnen wildfremde Menschen töten? Es machte keinen Sinn.

Es sei denn …

Ihm wurde beinahe übel bei dem Gedanken. Er stöhnte auf. Er war ein solcher Idiot!

»Tino, alles in Ordnung mit dir?«

Kirsten riss ihn mit dieser Frage aus seinen Gedanken. Er atmete durch und sammelte sich. »Von Anfang an haben wir uns gefragt, weshalb der Mord an Emily Dreher mit Apfel und Trauben inszeniert wurde. Er wäre ja leicht zu übersehen gewesen. Doch der Täter hat Emily ein Schild umgehängt: Mordopfer. Er musste auf Nummer sicher gehen. Wir mussten sein Verbrechen erkennen. Unbedingt. Denn es war der Auftakt zu einer Serie. Ein Serienmörder, der seine Opfer willkürlich unter den Alten und Schwachen auswählt, macht München unsicher. Das sollten wir glauben. Nach dem zweiten Mord würden wir uns darauf eingeschossen haben und beim dritten bereits mit Tunnelblick einen durchgeknallten Serientäter suchen. Die Standardfrage, wer vom Tod profitiert, sollte nicht gestellt werden. Denn sie führt zum wahren Motiv. Dem Täter ging es um ein einziges Opfer: um Ernst Kubisch und sein Vermögen.«

»Er tötet völlig willkürlich zwei alte Menschen, um vom eigentlich anvisierten Opfer und dem wahren Motiv abzulenken? Das ist eine gewagte Hypothese«, meinte Heinen.

»Absolut schlüssig«, warf Kirsten ein. »Kaltblütig und präzise. Ihre Worte.« Russo und Stahl wechselten skeptische Blicke, während sich Kirstens Stirn in Falten legte. »Shit!«

»Was ist *shit*?«

»Gestern hat mich Michael Brettschneider angerufen. Ihm ist noch etwas eingefallen. Vor über dreißig Jahren war ein Kubisch Schüler seines Vaters. Kurz vorm Abi flog er von der Schule. Wenn das Achim war, gibt es eine Verbindung zwischen ihm und zwei, eigentlich drei Opfern, wenn wir Franziska nicht außen vor lassen.«

»Und eine zwischen Franziska Wiesbach und Emily Dreher«, warf Alois ein. »Die beiden waren beim selben Orthopäden in Behandlung. Das habe ich erst heute Vormittag beim Abgleich aller Adressen herausgefunden. Wir können davon ausgehen, dass Klaus Wiesbach weiß, welche Ärzte seine Frau aufsuchte. Möglich, dass er ebenfalls dort Patient ist, und damit gibt es auch eine Verbindung zwischen ihm und Emily Dreher.«

Alles deutete auf das familiäre Umfeld von Ernst Kubisch und Franziska Wiesbach hin. War am Ende nicht Franziska der *Kollateralschaden* gewesen, sondern Ernst? Ging es am Ende nicht ums Geld, sondern um verletzte Gefühle?

»Gut, wir nehmen uns jetzt die Familie von Ernst Kubisch noch einmal vor. Wer klärt, ob Achim Brettschneiders Schüler war? Alois, machst du das?« Alois nickte. »Wir müssen alle Alibis noch einmal prüfen. Hannes hat keines. Er war zur Tatzeit am Tatort. Das hätte ich gerne genauer. Wir brauchen die Handydaten. Auch von Achim und Clara. Wer war wann wo? Und wenn wir schon dabei sind, auch die von Wiesbach. Er hat seine Frau verprügelt, weil sie ihn verlassen wollte. Ich übernehme Achim. Alois, du nimmst Klaus Wiesbach unter die Lupe und Kirsten Hannes.«

73

Dühnfort war bereits auf dem Weg nach Starnberg, als Alois anrief. Es hatte ihn nur ein Telefonat mit der Schule gekostet. Achim Kubisch war tatsächlich vor dreißig Jahren Brettschneiders Schüler gewesen.

Die Autobahn war frei. Am Horizont zeichnete sich die Alpenkette im Dunst ab. Auf den Gipfeln lag der erste Schnee. Es war Mittag, als Dühnfort vor der Zahnarztpraxis von Dr. Clemens Jenne und Dr. Torsten Hake parkte. Die Tür war geschlossen. Auf einem Schild standen die Öffnungszeiten: Bis halb drei war die Praxis zu. Im Treppenhaus begegnete Dühnfort der Hausmeisterin. Er fragte, wohin Dr. Jenne mittags zum Essen ging. »Meistens fährt er nach Hause.« Die Adresse hatte Dühnfort. Er dankte für die Auskunft und folgte den Anweisungen des Navigationsgeräts zu einem modernen Einfamilienhaus in Ufernähe. Vor der Doppelgarage stand ein roter Mini. Dühnfort stoppte daneben und stieg aus.

Er wollte gerade klingeln, als er eine Frau bemerkte, die aus dem Haus kam und auf das Gartentor zusteuerte. Sie schob ein wattiertes Kuvert in die Handtasche. Mitte vierzig. Designerjeans, Kaschmirmantel. Das Haar von einem Blond, das einfach nicht echt sein konnte. Sonnenbrille. Die schob sie ins Haar, als sie Dühnfort bemerkte. »Wollen Sie zu meinem Mann?«

»Sind Sie Frau Jenne?«

Sie nickte.

»Ich würde ihn gerne sprechen.«

»Tut mir leid. Er ist nicht da.«

»Wo finde ich ihn?«

»Er ist in Salzburg bei einer Tagung. Was wollen Sie denn von ihm?«

Dühnfort zeigte ihm seinen Ausweis und stellte sich vor. »Es geht um das Alibi, das Ihr Mann Achim Kubisch gegeben hat.«

»Wieso braucht Achim ein Alibi? Was ist denn passiert?«

Saskia Jenne war nicht auf dem Laufenden. In Kombination mit der Frage, ob er zu ihrem Mann wollte, schloss Dühnfort, dass die beiden wohl getrennt lebten. »Achim Kubisch gibt an, am Samstagabend hier einen Beratungstermin gehabt zu haben.«

»Mein Mann hat das bestimmt bestätigt.«

Der amüsierte Tonfall ließ ihn aufhorchen. »Stimmt es denn nicht?«

»Die beiden sind Freunde. Das hat er sicher nicht erzählt, und sie stecken unter einer Decke. Achim hat für Clemens Schwarzgeld ins Ausland geschafft. Wenn Clemens bestätigen müsste, dass Achim nackt auf einer Kuh durch Starnberg geritten ist, würde er es tun. Sie verstehen, was ich meine.«

»Kubisch hat Ihren Mann wegen des Alibis erpresst?«

»Das musste er vermutlich nicht. Clemens ist ein Warmduscher. Er hat das sicher freiwillig gemacht, in vorauseilendem Gehorsam und natürlich aus Freundschaft.«

»Können Sie bezeugen, dass Kubisch und Ihr Mann sich am Samstagabend nicht getroffen haben?«

Ihr Lachen war ein wenig schrill. »Sie meinen, ob ich da war, als Achim nicht da war?«

»Wo waren Sie denn am Samstagabend?«

»In meiner Wohnung. Wir leben seit drei Monaten getrennt.«

Dühnfort schob den aufsteigenden Ärger beiseite. »Sie

wissen also nicht, ob Kubisch und Ihr Mann sich am Samstag getroffen haben oder nicht.«

»Haben sie nicht. Darauf wette ich.«

Wetten. Klasse. Er hatte keine Lust, sich zwischen die Fronten dieses Rosenkriegs zu begeben, und fragte, wann Jenne aus Salzburg zurückkam. Erst am Abend. Er ließ sich die Handynummer geben. Als die Mailbox anging, bat er um Rückruf.

Von Starnberg nach Augsburg war es eine knappe Stunde Fahrt. Es war Zeit, sich mit Achim Kubisch zu unterhalten. Bei Friedberg begann es zu regnen. Die Rücklichter der vorausfahrenden Fahrzeuge verschwammen in verwirbelnder Nässe.

Er folgte dem Navigationsgerät in einen Vorort mit gepflegten Einfamilienhäusern und Doppelhaushälften. Große Gärten, Doppelgaragen. Dühnfort stoppte vor einem Eckgrundstück. Neben der Gartentür hing ein Messingschild an der Mauer. *Achim Kubisch, Anlageberater & Vermögensverwalter.* Es gab zwei Klingeln. Eine fürs Büro und eine für die Wohnung. Dühnfort betätigte die fürs Büro. Kurz darauf erklang die Stimme einer Frau. »Ja, bitte?«

Er stellte sich vor und wurde eingelassen. Ein gepflasterter Weg führte zum Haus. Sehr modern. Große Fensterflächen, Wintergarten, Pultdach. An der Tür wurde er von Judith Kubisch erwartet. Dühnfort schätzte sie auf Anfang fünfzig. Schulterlange, von grauen Strähnen durchzogene dunkle Locken, randlose Brille. Ihre überschlanke Figur steckte in einem dunkelgrauen Hosenanzug aus einem weich fließenden Material. Goldcreolen mit kleinem Diamant im Ohr, passende Kette und Ring vervollständigten das Ensemble. Alles schlicht und teuer.

»Mein Mann ist leider nicht da. Wenn Sie vorher angerufen hätten, wären Sie nicht umsonst gekommen.«

»Wo ist er denn?«

»Er hat Kundentermine.«

»Kann ich eintreten? Ich würde mich gerne mit Ihnen unterhalten.«

Bereitwillig öffnete sie die Tür und führte ihn ins Wohnzimmer, an das sich der Wintergarten anschloss. Die Atmosphäre war hell und elegant. Moderne Designermöbel, exklusive Hi-Fi-Anlage, Plasmafernseher; im Wintergarten eine Garnitur aus Loom-Geflecht.

»Das Geschäft Ihres Mannes scheint gut zu laufen.«

»Wir können nicht klagen.« Judith Kubisch bot Platz an und setzte sich ebenfalls. Natürlich würde sie mit ihm nicht über die finanziellen Probleme reden. Der Schein musste gewahrt werden.

»Dieser Samariter ... Sie werden ihn doch kriegen.«

»Ich bin zuversichtlich.«

»Das ist doch der reine Hohn, sich so zu bezeichnen. Vermutlich ist er verrückt und landet am Ende nur für ein paar Jahre in der Psychiatrie.« Sie strich die Jacke glatt. »Worüber möchten Sie mit mir sprechen?«

»Es geht um eine alte Geschichte. Vermutlich können Sie mir gar nicht weiterhelfen. Es gibt eine Verbindung zwischen Heinrich Brettschneider und Ihrem Mann.«

Sie schüttelte den Kopf. »Der Name sagt mir nichts.«

»Heinrich Brettschneider war vor über dreißig Jahren sein Lehrer. In der Abschlussklasse. Ihr Mann musste das Gymnasium kurz vor dem Abitur verlassen. Es gab da wohl einen Zwischenfall.«

»Ja, jetzt weiß ich, wen Sie meinen. Achim hat mir von dieser Intrige erzählt. Dieser Lehrer hat dafür gesorgt, dass Achim von der Schule flog. Von Anfang an hat er ihn gemobbt. Damals nannte man das natürlich noch nicht so. Es lag wohl daran, dass Achims Vater Oberstudienrat war und Brettschneider nicht. Neid und Eifersucht. Wie das oft so ist.« Sie strich eine Haarsträhne über die Schulter. »Er hatte seine sadistische Freude daran, Achim zu schikanieren. Im Jahr zuvor war mein Mann beim Abitur gescheitert. Kein Wunder, es war das schwerste seit Jahrzehnten. Reihenweise waren sie durchgefallen. Den zweiten Anlauf hat dieser Lehrer dann verhindert. Bei der Lehrerkonferenz hat er die Kollegen aufgehetzt, so dass sie für den Schulverweis stimmten. Wegen Spickens. Das muss man sich mal vorstellen. So kurz vor den Prüfungen.«

Hektische rote Flecken begannen sich am Hals abzuzeichnen. Offenbar regte dieses dreißig Jahre alte Ereignis sie noch heute auf. »Mein Mann musste seine Träume begraben. Er wollte Jura studieren und könnte heute ein erfolgreicher Anwalt sein. Aber das hat diesem Lehrer noch nicht gereicht. Er hat Achim weiter verfolgt und sogar angezeigt, als jemand die Reifen seines Autos zerstochen hat. Vielleicht hat er das sogar selbst gemacht. Vermutlich war er krank. Aber das ist Jahrzehnte her. Deswegen wollten Sie doch nicht Achim sprechen?«

»Er kennt drei der vier Toten. Da sehen wir natürlich genau hin.«

»Sie verdächtigen meinen Mann?«, fragte sie verblüfft.

»Meine Fragen sind reine Routine.« Die alte Beschwichtigungstaktik.

»Achim war bei einem Kundentermin, als Franzi und Ernst … Als es passiert ist. Hat Ihr Kollege Ihnen das denn nicht gesagt?«

»Doch. Wie gesagt, es handelt sich um Routine.«

»Wenn es Sie beruhigt, könnte ich nachsehen, wo Achim war, als dieser Lehrer ermordet wurde«, sagte sie pampig. »Ich führe nämlich das Büro und koordiniere die Termine.«

»Das wäre nett.«

Abwartend sah sie ihn an. Er nannte ihr Datum und Uhrzeit. Sie warf ihm einen giftigen Blick zu und stand auf. Ihre Schritte hallten durchs Treppenhaus, als sie nach oben ging. Dühnfort lehnte sich im Sofa zurück und blickte in den Garten. Rächte man sich wirklich nach über dreißig Jahren? Kaum vorstellbar.

Judith kehrte mit dem Terminkalender und einem Aktenordner zurück. »An dem Tag war Achim in München bei einem Seminar. Es endete um achtzehn Uhr dreißig. Auf der Heimfahrt hat er an der Raststätte Augsburg-Ost getankt und eine Kleinigkeit gegessen. Hier die Belege.« Sie drückte ihm eine Klarsichthülle in die Hand. Sie enthielt die Anmeldung fürs Seminar und eine Teilnahmebestätigung sowie die Tankquittung und einen Bon des Schnellrestaurants.

»Wenn Sie schon dabei sind, könnten Sie mir auch noch sagen, wo Ihr Mann am Abend des achtzehnten Oktober war?«

Sie blätterte im Kalender. »Am Achtzehnten hatte er keine Abendtermine. Also war er daheim.«

74

Der Soko-Raum wurde von kaltem Neonlicht erhellt. Dühnfort stand vor der Magnetwand mit den Fotos der Tatorte und Taten. Brettschneider auf dem Sofa, umgeben von einer Müllhalde. Emily wie eine Königin aufgebahrt. Ernst Kubisch zugedeckt mit einer Daunendecke, die Falten warf. Irgendwie lieblos gemacht. Alle drei hielten Apfel und Trauben in den Händen. Franziska dagegen lag wie vergessener Müll im Flur. Sie passte nicht ins Bild. Ihren Tod musste man nicht als Erlösung schönen.

Meo kam herein, gefolgt von Alois und Kirsten. »Ich habe die Auswertung der Handydaten.«

Dühnfort wandte sich ab. »Gut. Lass hören. Wer war am Samstagabend wo?«

Sie setzten sich an den Tisch. »Claras Angaben passen. Sie war erst im OskarMaria, dann im Monsoon. Jedenfalls ihr Handy«, fügte Meo grinsend hinzu.

»Ich habe ihr Alibi geprüft«, sagte Alois. »Sie war in Begleitung in beiden Lokalen. Die Bedienungen konnten sich an sie erinnern. Clara ist raus.«

Meo wischte über sein iPad, eine neue Seite erschien. »Hannes Lenz war am Samstagabend in der Sedanstraße. Was ja bekannt ist. Sein Handy hat sich um 19.47 Uhr aus der dortigen Funkzelle abgemeldet. Passt zum angegebenen Tatzeitraum im Obduktionsbericht. Er hätte allerdings schnell sein müssen, um zwei Morde zu begehen und den alten Kubisch in seinem Bett mit Apfel und Trauben zu drapieren.«

»Mehr als eine Dreiviertelstunde braucht man nicht

dafür. Hannes gehört also wieder zum Kreis der Verdächtigen. Wie sieht es mit seinen Alibis für Dreher und Brettschneider aus?«

»Dürftig. Beides Wochentage. Da geht er nach der Arbeit immer gleich heim zu seiner schwangeren Freundin«, sagte Alois. »Sie bestätigt das natürlich.«

»Sein Handy war jedenfalls zu den fraglichen Zeiten in der Ligsalzstraße angemeldet. Bleiben noch Achim und Klaus. Achims Handy hat sich am Samstag um 19.01 Uhr in Starnberg eingeloggt, und zwar bei der Sendeantenne 570262 in der Nähe des Bahnhofs. Passt zur Privatadresse von Dr. Clemens Jenne. Ausgeloggt hat es sich um 22.07 Uhr.«

»Jenne hat den Besuch bestätigt. Auch wenn seine Frau meint, das Alibi wäre getürkt.« Dühnfort erzählte vom Rosenkrieg der beiden und Saskia Jennes Unterstellung.

»Als Brettschneider starb«, fuhr Meo fort, »war Achim an der Raststätte Augsburg-Ost. Wo er vorher war, keine Ahnung. Das Handy war den ganzen Nachmittag aus. Er hat es erst an der Tanke eingeschaltet.«

Das passte zu den Angaben seiner Frau. »Er hat ein Seminar besucht. Da lässt man das Handy nicht unbedingt an. Gut, wie sieht es mit Klaus Wiesbach aus?«

»Nichts Ungewöhnliches. Er war an allen drei Abenden zu Hause. Jedenfalls sein Handy. Ich meine, dieser Unterschied ist schon wichtig.« Meo sah in die Runde. »Unser Mann ist ein Planer. Er überlässt nichts dem Zufall. Wer so schlau ist, sich mit Overall, Mundschutz und Handschuhen auszustaffieren, um keine genetischen Spuren zu hinterlassen, der weiß auch, dass wir in der Lage sind, anhand der Handydaten ein Bewegungsprofil zu erstellen. Er wird sein Handy schön brav daheim gelassen haben.«

Ein berechtigter Einwand. »Setzen wir voraus, er wollte nicht über sein Handy ausfindig gemacht werden, dann scheidet Hannes Lenz aus. Am Samstagabend hatte er es in der Sedanstraße dabei. Aber er ist der Einzige, von dem es DNA-Spuren gibt, die tatrelevant sind. Am Rücken von Franziskas Bluse und an der Schulter von Ernst Kubischs Pullover.«

Kirsten rutschte auf dem Stuhl nach vorne. »Können sie wirklich nur beim Tatgeschehen entstanden sein?« Fragend sah sie in die Runde. »Hannes Lenz kann sie auch hinterlassen haben, als er seine Exschwägerin bei der Begrüßung umarmte und den ehemaligen Schwiegervater ebenfalls. Klaus Wiesbach scheidet meiner Meinung nach aus. Er neigt zu spontanen Wutausbrüchen. Eine derart eiskalt geplante Mordserie traue ich ihm nicht zu. Und wenn, dann hätte er Frauen ermordet.«

Dühnfort stimmte ihr zu. »Ernst Kubisch war das eigentliche Ziel. Es geht ums Geld und nicht um verletzte Gefühle.«

Sie brauchten Anjela. Wo war sie? Wie hatte ihnen diese moldawische Putzfrau entwischen können? Doch vor allem brauchten sie Sachbeweise. Handfeste Spuren und Indizien. DNA am Tatort, Fingerabdrücke. Geknackte Alibis. Brettschneiders Uhren.

Dühnfort sah in die Runde. »Wir konzentrieren uns jetzt voll und ganz auf Hannes Lenz und Achim Kubisch. Wir brauchen endlich Fakten. Wir müssen Alibis erschüttern. Zeigt die Fotos der beiden an den Tatorten herum. Auch die von Tanja Sparenberg und Judith Kubisch. Die sollten wir dem Gemüsehändler in der Nikolaistraße zeigen. Er hat eine Frau vor dem Haus beobachtet.«

75

In der Werkstatt war es kühl geworden. Clara legte Briketts nach und stocherte mit dem Schüreisen in der Glut. Rote Funken stoben auf. Wie gut, dass Beate sie vorgewarnt hatte. Wie ein wilder Stier war Klaus bei ihr aufgekreuzt. Gereizt bis aufs Blut. Einen Augenblick hatte sie tatsächlich mit dem Gedanken gespielt, sich im Bad zu verstecken, dem einzigen Raum, den er von außen nicht einsehen konnte, und so zu tun, als sei sie nicht da. Doch das war lächerlich. Klaus machte eine schreckliche Zeit durch. Sie konnte ihn nicht einfach da draußen stehen lassen, so randvoll mit Wut und Zorn, Trauer und Ohnmacht.

Also hatte sie ihn hereingelassen. Natürlich nahm er an, dass Franzi sie doch eingeweiht hatte und sie wusste, wer ihr Lover war. Es hatte sie mehr als eine Stunde und alle Kraft gekostet, die Ruhe zu bewahren und ihn davon zu überzeugen, dass sie keine Ahnung hatte. Irgendwann hatte er sein Pulver verschossen gehabt, war alle Wut verbrannt. Wie ein Häufchen Elend war er im Sessel zusammengesunken. Endlich war er gegangen, allerdings nicht, ohne Salz in ihre Wunden zu streuen. Sie war schuld. Wäre Franzi nicht für sie eingesprungen, würde sie noch leben.

Die Briketts hatten Feuer gefangen. Sie schloss die Ofenklappe. Vielleicht hatte Klaus' Besuch auch etwas Gutes gehabt. Er redete wieder mit ihr, verwies sie nicht ganz aus seinem Leben und dem der Kinder. Vielleicht war er ja doch bereit, ihre Hilfe anzunehmen. Sie wollte den dreien zur Seite stehen. Sie musste etwas für sie tun, um wenigstens einen kleinen Teil ihrer Schuld abzutragen.

Am Spülbecken ließ sie Wasser in ein Glas laufen und trank es in langsamen Schlucken. Achim fiel ihr wieder ein und diese Schenkung, seine Angst, sie könnte sie anfechten. Warum sollte sie? Sie würde sowieso nichts davon haben. Alles für Hannes und sein Glück. Vielleicht war sie ja doch verbittert.

Sie erkannte ihren Denkfehler und knallte das Glas auf die Arbeitsfläche, dass das Wasser überschwappte. Irrtum! Es betraf nicht nur sie! Natürlich konnte sie etwas für Leonie, Justin und Klaus tun.

Bevor sie es sich wieder anders überlegen konnte, wählte sie Achims Nummer. Es meldete sich wie meistens nur der Anrufbeantworter. »Hallo Achim. Ich bin es, Clara. Es tut mir leid ...« Warum sagte sie immer, dass ihr alles leidtat? Es tat ihr nicht leid. Was sie vorhatte, war ganz selbstverständlich und legitim. Sie holte Luft. »Also, ich habe mich entschlossen, die Schenkung doch anzufechten. Es geht nicht um mich. Franziskas Drittel steht Klaus und den Kindern zu. Sie werden es brauchen. Am besten wäre, du gibst das Geld freiwillig raus. Ruf mich bitte an, damit ich weiß, was du davon hältst.« Sie legte das Telefon zurück in die Ladeschale und fühlte sich besser.

Doch, sie tat das auch für sich.

Ein wenig versöhnter mit sich, fuhr sie mit ihrer Arbeit fort. Kurz vor halb sieben klopfte es. Zu ihrer Überraschung war es Kommissar Dühnfort. Sie ließ ihn herein und fragte, ob es Neuigkeiten gab.

»Wir folgen einer Spur. Mehr kann ich derzeit nicht sagen. Es mag Ihnen seltsam vorkommen, aber haben Sie ein Foto von Ihrer Schwägerin, das Sie mir geben könnten?«

»Von Judith? Warum denn?«

»Ich muss nur etwas abklären.«

Was wollte er denn abklären? »Etwa ob Judith in diese …« Sie brachte das Wort *Morde* nicht über die Lippen. »Ob sie in diese Sache verstrickt ist?«

»Auch Nebensächlichkeiten müssen überprüft werden.«

Und das machte der Chef höchstpersönlich?

Vom gemeinsamen Osteressen gab es Fotos. »Ich muss nachsehen.«

Er folgte ihr an den Schreibtisch, zog dabei den Mantel aus und legte ihn über einen Stuhl. Offenbar wollte er nicht gleich wieder gehen. Sie fand eine Aufnahme. Judith saß neben Achim am Tisch. Was für ein Paar, dachte sie wieder einmal. Er groß und attraktiv. Sie hager und eigentlich hässlich, wie ein verdorrter Baum, auch wenn sie versuchte, mit Make-up und teurer Kleidung das Beste daraus zu machen. Und doch passten sie auf ihre Art perfekt zusammen, bildeten eine Art Symbiose. Wobei ein wenig mehr Gegensätzlichkeit den beiden vermutlich guttun würde. Clara seufzte und druckte das Foto aus. »Reicht das?«

Dühnfort nahm das Bild und betrachtete es. »Sie scheinen Ihre Schwägerin nicht zu mögen.«

»Wie kommen Sie denn darauf?«

»So wie Sie das Bild angesehen haben, und dann dieser Seufzer.« Er lächelte. »Können Sie mir etwas über die beiden erzählen?«

»Sie glauben, Judith hat etwas damit zu tun? Sie sagten doch, es war dieser Serientäter.«

»Davon gehen wir nach wie vor aus. Wie gesagt, es sind Details zu klären, und es gehört zu unserem Job, dass wir uns einen Eindruck vom familiären Umfeld verschaffen. Wie ist sie denn so?«

Also gut. »Fleißig, ehrgeizig. Ein Organisationstalent. Sie hat über zwanzig Jahre als Sekretärin gearbeitet. Vor drei Jahren wurde sie arbeitslos. Das war etwa zur selben Zeit, als Achim sich selbständig machte. Seither führt sie sein Büro. Sie hat ihm geholfen, seine Firma aufzubauen. Dass es so gut läuft, ist auch ihr Verdienst. Die beiden ergänzen sich perfekt.«

»Aber so richtig warm geworden sind Sie mit ihr nie.«

Er war ein guter Beobachter. »Judith hat mir zu viel negative Energie.«

»Wie meinen Sie das?«

Clara bot ihm Platz an. So wie es aussah, würde das Gespräch noch ein wenig dauern. Sie erklärte ihm Judiths Blick in die Welt, der auch Achims war. »Das Glas ist immer halb leer und nie halb voll. Wer arbeitet, wird ausgebeutet, während die Reichen den Staat abzocken. Die wahre Macht im Staat sind die Lobbyisten, und Arbeitslose sind Schmarotzer. Demzufolge gehören Achim und Judith natürlich immer zu den Betrogenen, Ausgebeuteten, Abgezockten. Immer sind alle gegen sie. Jemand lässt die Tür vor Judiths Nase zufallen. Das ist nicht Gedankenlosigkeit, sondern gegen sie persönlich gerichtet. Die neuen Nachbarn laden sie zum Essen ein. Das ist keine nette Geste, sondern der Versuch, Achims Wissen über profitable Geldanlagen gratis abzugreifen. Sie bekommt einen Brief von einer alten Schulfreundin. Auch das ist kein Grund zur Freude, denn die sucht garantiert nur ein kostenloses Quartier, wenn sie mal in der Stadt ist. Judith hat einfach ein unsagbares Talent dafür, die Dinge so zu verdrehen, dass sie gegen sie gerichtet sind. So gesehen ist es nur konsequent, dass sie alles, was ihr tatsächlich an Ungerechtigkeit oder Gedankenlosigkeit widerfährt, wie unter einem Mikroskop betrachtet. Sie macht solche Ereignisse riesengroß. Sie fühlt sich von allen missachtet und schikaniert. Vermutlich, weil sie einfach nicht in der Lage ist, sich selbst zu mögen. So auch, als sie ihren Job verlor. Das war sagenhaft.«

Clara merkte, dass sie sich in Rage redete, doch sie

konnte sich nicht bremsen. »Judith erzählt in aller Seelenruhe, wie sie zwei Kolleginnen systematisch gemobbt hat, natürlich weil beide sich gegen sie verschworen hatten, es war also ihr gutes Recht, sich zu wehren. Doch dass man ihr deswegen kündigte, ist eine schreiende Ungerechtigkeit. Eine gigantische Verschwörung gegen sie, in die auch Richter verstrickt sind. Denn natürlich ist sie vors Arbeitsgericht gezogen. Erfolglos. Und mein Bruder ist da leider nicht besser. Anstatt Judith runterzuholen, wenn sie sich wieder einmal in etwas hineinsteigert, bringt er sie erst recht auf Touren. Und umgekehrt. Als er seine Stelle verlor, war das nicht anders. Alle haben sich gegen Achim und Judith verschworen. Die beiden schaukeln sich gegenseitig hoch. Wie gesagt, mir ist das zu viel an negativer Energie. Ich kann das nicht leiden.«

Dühnfort betrachtete das Foto. »Ist Ihr Bruder auch so nachtragend? Kann er eine einmal zugefügte Kränkung nicht vergessen oder verzeihen?«

Warum fragte er all das? Es tat ihr bereits leid, dass sie sich so über Judith ausgelassen hatte. Sie gehörte zur Familie. Es war nicht fair, derart über sie zu lästern. Sie konnte nicht sagen, was sie dachte: Er stilisiert sich nun mal gerne als Opfer. Das war schon immer so, und es ist auch leichter so. Wenn man andere verantwortlich macht, muss man sich die eigenen Fehler und das eigene Versagen nicht eingestehen. Dann sind die Eltern schuld, die einen nicht genug geliebt und gefördert haben. Dann sind die Kollegen schuld, die Intrigen spinnen. Die kleine Schwester, weil der Vater sie liebt und bevorzugt, während man sich selbst von ihm nur wie Dreck behandelt fühlt. Der ungeliebte Sohn. Das missachtete Kind. Dabei ist er fünfzig Jahre alt. Langsam konnte er mal erwachsen werden.

Abwartend sah Dühnfort sie an.

»Sagen wir so: Er hat damit ein Problem.«

»Der Lehrer, der dafür sorgte, dass er kurz vor dem Abi von der Schule flog und alle Pläne begraben konnte: Hat Achim ihm verziehen, oder trägt er ihm das heute noch nach?« Fragend sah Dühnfort sie an.

Clara war verblüfft, dass er diese alte Geschichte kannte. Das war eine Ewigkeit her. So lange, dass ihr der Name des Lehrers nicht einfiel. »Achim nimmt ihm das bis heute übel. Dabei hätte er sein Abi natürlich auf einer anderen Schule nachholen können.«

Dühnfort schob das Bild von Judith in die Jackentasche und stand auf. »Danke für den Einblick.«

Nachdem er gegangen war, fühlte Clara sich schäbig. Warum hatte sie sich so aus der Reserve locken lassen? Diese Gedanken zu Judith und Achim hatte sie bisher für sich behalten. Sie würden nur zu Streit und noch mehr Verletzungen führen. Ach, Achim! So lange sie denken konnte, hatte er sich als Opfer gesehen. Welch süßer Schmerz, welch große Lust. Clara zuckte bei dieser Überlegung zusammen. Sie war bösartig, doch es steckte Wahrheit darin. Achim genoss diese Art zu leiden auf merkwürdige Weise.

76

Nach dem Gespräch mit Clara Lenz war Dühnfort sicher. Achim Kubisch war ihr Mann. Die katastrophalen finanziellen Verhältnisse waren das Motiv. Er brauchte das Erbe. Da er sich missachtet und erniedrigt fühlte, war es ihm vermutlich leichtgefallen, diese Taten vor sich selbst zu rechtfertigen. Wenn man ständig von aller Welt mit Füßen getreten wird, tritt man irgendwann zurück. Welch bizarre und verquere Gedankenwelt.

Die Alibis mussten geknackt werden. Zeitlich dürfte es kein Problem gewesen sein, das Handy in Starnberg zu lassen, vielleicht bei Jenne oder irgendwo gut eingepackt und versteckt im Gebüsch. Drei Stunden Zeit, um nach München zu fahren, seine Schwester und seinen Vater zu töten und zurückzukehren, um das Handy zu holen. Im Fall Brettschneider war es den ganzen Tag ausgeschaltet gewesen. Angeblich wegen des Seminars. Judith musste damit an die Raststätte gefahren sein, wo sie es einschaltete, tankte und auch noch im Restaurant einen Speisenbeleg besorgte.

Er bat Kirsten, sich an der Raststelle zu erkundigen, ob sich jemand an Judith Kubisch erinnerte, und die Bänder der Videoüberwachung sicherzustellen, falls es eine gab. Er selbst würde jetzt mit Jenne sprechen. Von der Tagung aus Salzburg sollte er zurück sein. Sicherheitshalber rief er an. Jenne meldete sich. Dühnfort legte auf. Keine Vorwarnung. Seine Frau hatte ihn als Warmduscher bezeichnet. Hoffentlich erwies sich diese Einschätzung als richtig. Dühnfort verließ das Präsidium und fuhr zum zweiten Mal an diesem Tag nach Starnberg. Als er am Luise-Kiesselbach-Platz auf die Autobahn einbog, rief er Gina an, um ihr zu sagen, dass es bei ihm spät wurde.

»Schade. Wir sehen uns kaum noch. Schon komisch, jetzt, da wir endlich zusammenwohnen.«

Er dachte an die Nacht, in der sie seine *Arschrettung* gefeiert hatten, und musste lächeln. »Aber wenn, dann dafür umso intensiver.« Eine kleine Brandungswelle spülte Sehnsucht nach ihr an. Wie gerne hätte er sie jetzt in den Arm genommen.

»Kann man so sagen.« Er hörte das Lächeln in ihrer Stimme. »Wie geht es eigentlich Georges? Hast du was von Rita gehört?«

»Ich habe ganz vergessen, sie anzurufen.«

»Ich gehe mal rüber«, schlug Gina vor. »Vielleicht braucht sie jemanden, der zuhört.«

»Das ist lieb von dir. Wir sehen uns später. Pass auf dich auf.« Das sagte er neuerdings immer, wenn er sich von ihr verabschiedete. Pass auf dich auf. Komm heil wieder. Die unbewusste Angst, sie zu verlieren. Eine Formel, ein Ritual, um diese Gefahr zu bannen, die in ihrem Beruf höher war als in anderen. Doch es konnte jeden treffen. Jederzeit.

Die Nacht lag wie ein schwarzer Schatten über den Vororten. Am Autobahndreieck Starnberg erfassten die Scheinwerfer einen Vogel, der sofort wieder in der Dunkelheit verschwand. In Jennes Haus brannten die Lichter. Er erschien in Cordhose und Flanellhemd an der Tür. »Ja, bitte?«

»Dühnfort, Kripo München.«

Jenne wich Dühnforts Blick aus und schob die Hände in die Hosentaschen. »Gibt es noch Fragen wegen Achim?«

»Deshalb hatte ich um Ihren Rückruf gebeten.«

»Tut mir leid. Meine Mailbox habe ich heute noch nicht abgehört.«

Er sah dem Mann an, dass er log. Dühnfort entschloss sich, richtig Buh zu machen, und versuchte den Blick seines Gegenübers zu fixieren. Jenne wich aus. Sehr schön. »Paragraph 153 StGB. Falsche uneidliche Aussage. Wissen Sie, was darauf steht? Drei Monate bis fünf Jahre. Das ist kein Kavaliersdelikt. Schon gar nicht in einem Mordfall. Da hört die Freundschaft auf. Und spätestens vor Gericht werden Sie das beeiden müssen. Also?«

Die Mauer bröckelte. »Was also?«

»Ich warte.«

Jenne schwieg. Wenigstens widersprach er nicht wortreich und schmückte das Alibi sogar noch aus. Er wog ab, und er hatte Angst. Er fragte sich, wie man ihm auf die Schliche gekommen war. Schließlich hob er den Kopf. »Sie waren also im Fitnessclub?«

Dühnfort reagierte nicht.

»Sabine ist ja grad gekommen, als ich um acht gegangen bin. Ich hätte mir eigentlich denken können, dass sie es Saskia erzählt, und die hat das natürlich an Sie weitergetratscht.«

Dem war offensichtlich nicht so gewesen, denn das hätte Saskia Jenne ihm am Nachmittag sofort unter die Nase gerieben. »Sie geben also zu, Achim Kubisch für den Samstagabend ein falsches Alibi gegeben zu haben. Er konnte gar nicht bei Ihnen gewesen sein, denn Sie selbst waren nicht daheim, sondern beim Sport.«

Jenne zuckte mit den Schultern. »Achim hat mit dem Mord an seiner Schwester und seinem Vater nichts zu tun. Er hat mir das versichert.«

Dühnfort lachte. »Was meinen Sie, was mir Mörder schon alles versichert haben? Sind Sie wirklich so gutgläubig? Weshalb sollte er Sie um ein gefaktes Alibi bitten, wenn er nichts zu verbergen hat?«

Ein Ruck ging durch den Mann. »Also gut. Achim wird mich zwar einen Kopf kürzer machen … Judith sollte das besser nicht erfahren. Ist das möglich?«

Dühnfort glaubte es nicht. »Sie wollen jetzt nicht sagen, dass Kubisch bei einer Geliebten war, von der seine Frau nichts wissen soll? Hat er Ihnen das aufgetischt? Und Sie nehmen ihm das ab? Das ist so etwas von abgedroschen.«

»Es stimmt aber.«

»Den Namen hat er Ihnen sicher nicht genannt.«

Schweigen.

»Sie werden morgen bei uns erscheinen und das zu Protokoll geben. Und Sie werden Kubisch jetzt nicht anrufen und ihm sagen, dass sein Alibi geplatzt ist. Wenn Sie es doch tun, kriegen wir es raus. Behinderung einer polizeilichen Ermittlung. Das hat Folgen.«

77

Clara kannte sich selbst nicht mehr. Erst hatte sie Streit mit Achim provoziert, indem sie die Schenkung anfechten wollte, und dann war sie derart über ihn und Judith hergezogen. Und das vor der Polizei. Es war grauenhaft. Sie fühlte sich schuldig, und doch war da noch eine andere Strömung in ihr, wie unvermutete warme Wasserschichten beim Schwimmen in einem kalten See. Ja, es hatte auch gutgetan, das mal auszusprechen, und es war richtig, die Schenkung nicht einfach hinzunehmen. Es würde allerdings Streit geben, und davor graute ihr. Am Ende würde Hannes recht behalten, dann stand sie ganz alleine da. Verbittert und einsam.

Das Telefon klingelte. Sie fuhr zusammen. Sicher Achim. Am besten, sie ging nicht ran. Dennoch stand sie auf und sah nach. Sein Name erschien im Display. Sie stellte den Klingelton leise. Der Anrufbeantworter sprang an. »Clara? Achim hier.« Er wartete einen Moment. »Wir sollten reden. In aller Ruhe. Ich suche ebenso wenig Streit wie du. Doch die Schenkung existiert nun mal. Paps hat das so gewollt. Wir werden die Kuh schon vom Eis bekommen. Ich melde mich morgen noch mal. Gute Nacht.«

Paps hatte nicht gewollt, dass sie davon erfuhr, damit sie weiterhin problemlos funktionierte? Sie konnte das nicht glauben. Der Verdacht war einfach da: Achim hatte das geplant. Erst nachdem sie ihm von ihrer Angst erzählt hatte, Paps könnte Alzheimer haben, war er regelmäßig hier aufgetaucht und hatte – scheinbar – alle Feindseligkeit Paps gegenüber über Bord geworfen, die er seit seiner Kindheit mit sich herumschleppte. Es war seine Möglichkeit gewesen, an das Geld zu kommen, das ihm seiner Meinung nach zustand. Und noch viel mehr. Hinterhältig hatte er die Krankheit ihres Vaters für seine Zwecke ausgenutzt und ein grandioses Theater aufgeführt. War das so? Oder tat sie ihm unrecht?

Es war längst dunkel geworden. Im schwachen Schein, der von den Straßenlaternen in den Hinterhof gelangte, tanzten einige Schneeflocken. Der PC war noch an und verkündete den Eingang einer Mail. Sie war von Thore. Ein freudiger Schreck durchfuhr sie. Wie albern.

Betreff: Austragungsort
Liebe Clara,
wie geht es dir?

Wie ging es ihr? Wenn sie es mit einem Wort ausdrücken müsste, welches würde sie wählen? Elend? Verunsichert? Traurig? Bodenlos? Das traf es wohl am ehesten. Kein Boden unter den Füßen. Sie balancierte auf einem morschen Brett über einem Abgrund.

Gleich wirst du lachen. Ein Mann, der auf Bauchgefühle hört. Doch mir ist es ernst. Es ist kein gutes Gefühl, dich so nah an dem Ort zu wissen, an dem deine Schwester und dein Vater ermordet wurden. Ich mache mir Sorgen, die ich nicht begründen kann. Eine diffuse Angst um dich.
Was du mit dir austragen musst, ist in dir, nimm es mit nach Prien. Ich habe das Häusl schon gelüftet, die Heizung eingeschaltet, den Kühlschrank gefüllt und Blumen in die Vase gestellt. Alles ist bereit für dich. Auch ich.
*Thore, *besorgt*

Ihr Herz wurde ganz weit, als sie das las.

Betreff: Re: Austragungsort
Lieber Thore,
ich weiß nicht so recht, wie es mir geht.
Was von meiner Familie noch übrig ist, zerbröselt. Du wirst dich vielleicht fragen, ob das wirklich so schlimm ist. Und vermutlich hast du damit sogar recht. Ist es nicht das Normalste auf der Welt?

Clara sah auf. Weshalb stand ihr plötzlich das Bild eines Einbahnstraßenschilds vor Augen? Sie hatte gegeben und gegeben und gegeben. Doch war auch etwas zurückgekommen?

Franzi, die immer mit ihren Sorgen, Problemen und Geheimnissen zu ihr gekommen war, sich Rat holte, aber keine Zeit hatte, wenn Clara sie mal brauchte. Paps, der sie nie richtig wahrgenommen hatte, genau wie ihre Mutter. Sie war das brave Mädchen gewesen, die Tochter, die funktionierte und nie Ärger machte, die man nicht beachten musste, die einfach irgendwie mitlief. Lediglich mit Achim verband sie mehr. Ein destruktives Gefühl seit Kindertagen. Die Eifersucht auf Franziska, die geliebte Tochter, während sie auch auf Achim eifersüchtig gewesen war, Mamas Liebling. Vielleicht hatte sie auf Sand gebaut und diese Familie war nie mehr gewesen als ein Trugbild oder eine Hoffnung, die sich nie erfüllt hatte und von der sie sich nun verabschieden musste.

Ich kann im Moment nicht weg. Ich muss etwas mit meinem Bruder klären. Streit steht an. Ums Geld.

Sollte sie ihm davon wirklich berichten? Von Achim und dieser Schenkung? Er war ihr Bruder, und sie machte ihn überall schlecht. Sie löschte die letzten Zeilen. Und dann die ganze Mail. Thore würde bis morgen auf Antwort warten müssen. Sie wollte das Postfach schließen, als eine neue Mail kam.

Betreff: Alles in Ordnung?
Liebe Clara,
darf ich dich anrufen?
*Thore, *ein wenig beunruhigt*

Geduld gehörte nicht zu seinen Stärken. Doch dann sah sie, dass er die erste Mail bereits vor Stunden abgeschickt hatte. Er schien sich wirklich Sorgen zu machen. Weshalb? Niemand hatte es auf sie abgesehen. Sie griff zum Telefon und wählte seine Nummer.

»Hallo Thore, alles ist gut. Kein Kettensägenmörder weit und breit. Obwohl? Warte mal. Unterm Bett habe ich noch nicht nachgesehen.« Sie wollte lachen, doch im selben Moment hätte sie heulen können und schaffte es nur mühsam, die Tränen zurückzuhalten. Was war los mit ihr?

»Dir geht es nicht gut. Auch wenn du versuchst, dich über meine Sorgen lustig zu machen. Das höre ich.«

»Stimmt. Aber mit ein wenig Humor kann man es besser ertragen.«

»Den darfst du auch gerne mitnehmen, nach Prien. Das Häusl wartet. Morgen habe ich einen Termin in München. Darf ich dich danach einfach entführen?«

Warum eigentlich nicht? Ihre Arbeit konnte sie mitnehmen. Hier wartete niemand auf sie.

78

Am nächsten Morgen nahm Dühnfort auf dem Weg zur Arbeit zum ersten Mal die neue Abkürzung durch die Hofstatt. Dort, wo über fünfzig Jahre das Stammhaus der Süddeutschen Zeitung das Gesicht der Innenstadt mitgeprägt hatte, war vor kurzem eine Einkaufspassage eröffnet worden. Die ewigselben Läden in den ewigselben Glitzerpalästen in allen Fußgängerzonen Europas. Uniformität bis zum Erbrechen. Er folgte der Passage Richtung Färbergraben, fest entschlossen, diese deprimierende Abkürzung nicht wieder zu nutzen.

Als er ins Büro kam, steckte Kirsten ihren Kopf zur Tür herein. »Guten Morgen, Tino. Ich hatte gerade den Anruf eines Kollegen aus Frankfurt. Du sollst ihn zurückrufen. So wie es aussieht, haben sie Anjela festgenommen. Hier die Nummer.« Sie reichte ihm eine Notiz.

»Wunderbar. So kann der Tag weitergehen. Achims Alibi für den Samstag ist übrigens geplatzt. Wir fokussieren uns jetzt auf ihn.«

»Die Überwachungsbänder der Raststätte bekommen wir heute.« Mit diesen Worten verließ Kirsten den Raum. Dühnfort wählte die Nummer von KHK Malte Brehm in Frankfurt.

»Brehm.« Die Stimme war tief und fest. Unwillkürlich sah Dühnfort einen Schrank von Mann vor sich. »Dühnfort. Ihr habt Anjela Livitchi festgenommen?«

»Jo. So sieht es aus. Sie hat einem Landsmann die Halsschlagader aufgeschlitzt. Wahnsinnsblutbad. Eine Riesenschweinerei. Zufällig hat eine Ärztin das beobachtet und ist eingeschritten. Wäre eigentlich nicht schade um ihn gewesen. Sergej Polotcz steht im Verdacht, Frauen nach Deutschland zu locken und zur Prostitution zu zwingen. Nur nachweisen konnten wir ihm das bisher nicht. Wenn Anjela aussagt, wird es eng für ihn.«

»Vorher brauche ich sie hier in München für eine Gegenüberstellung. Sie ist eine wichtige Zeugin. Wie geht es ihr gesundheitlich?«

»Wieso?«

»Ein Arzt sollte sie ansehen. Sie ist in München aus einem Krankenhaus geflüchtet. Ich nehme an, vor Achim Kubisch, dem Mann, den sie hoffentlich identifizieren kann.«

»Kubisch? Ach ne.«

»Sie kennen den Namen?«

»Anjela wurde mit einem Auto erwischt, das auf eine Judith Kubisch in Augsburg zugelassen ist.«

»Was?« Es dauerte eine Sekunde, bis er es verstand. Natürlich. Nachdem die Medien nicht über den Mord an einer jungen Frau berichtet hatten, musste Kubisch nur eins und eins zusammenzählen und die Krankenhäuser abtelefonieren. Deswegen war Anjela geflüchtet. Es war ihr gelungen, ihm zu entkommen. Mit dem Auto seiner Frau. Hatte Judith ihrem Mann geholfen?

Ein perfektes Team. Das hatte Clara Lenz gesagt. Judith Kubisch war eingeweiht, sie war Mittäterin! »Ich maile Ihnen ein Foto von Achim Kubisch und seiner Frau. Wenn sie ihn identifiziert, brauche ich sie hier in München. Ist das kurzfristig machbar?«

»Solange wir sie wiederbekommen, sollte das kein Problem sein.«

Dühnfort scannte das Foto von Achim und Judith ein, wählte die Köpfe als Bildausschnitte und speicherte jeden als eigene Datei ab. Ab jetzt durften sie sich keinen Fehler erlauben, der einem Strafverteidiger in die Hände spielte. Deshalb suchte er im Archiv jeweils drei Fotos von Männern und Frauen aus, die eine gewisse Ähnlichkeit mit Judith und Achim Kubisch hatten, und mailte sie mit.

Zehn Minuten später meldete Brehm sich wieder und reichte das Telefon an Anjela Livitchi weiter.

»Guten Morgen, Frau Livitchi. Wie geht es Ihnen?«

»Geht gut.«

»Ich soll Ihnen einen schönen Gruß von Doktor Borchert ausrichten.«

»Oh. Danke. Er bestimmt böse auf mich.«

»Er scheint sich eher Sorgen zu machen. Frau Livitchi, haben Sie jemanden auf den Fotos erkannt?«

»Bild Nummer zwei. Ich ihn gesehen. In Wohnung von Kommandantin.«

»Welche Kommandantin?«

»Emily. Dreher. Sie immer kommandieren. Ich dort geputzt. Sie wissen. Oder?«

»Ja. Wir wissen das.«

»Ich vergessen dort meine Handy. Kommen zurück und Kommandantin liegen auf Boden, sieht aus wie tot. Dieser Mann, Nummer zwei, war da. Hat sich angezogen weiße Anzug. Anzug in eine Stuck. Wie in Fernsehen.«

»Einen Overall, meinen Sie?«

»Ja. Overall. Und dann ich nichts erinnern. Schlag auf Kopf. Alles schwarz.«

»Haben Sie auch eine der Frauen erkannt?«

»Nummer vier. Ist Anne. Hat mir geholfen. Wollte mich fahren zu Wohnung. Doch dann ist gekommen er. Nummer zwei. Böse Mann. Hat mich geworfen in Fluss. Will mich töten. Ich geklaut das Auto.«

»Frau Livitchi. Es wäre gut, wenn Sie mir das alles ausführlich erzählen könnten.«

»Ist gut. Ich erzählen.« Sie reichte das Telefon zurück an Brehm, der zusagte, sie bringen zu lassen. Bis zum Abend konnte sie in München sein.

Jetzt hatten sie ihn! Dühnfort informierte Alois und Kirsten, dann den Rest des Teams und Heigl und Leyenfels. Er beantragte die nötigen Beschlüsse und rief die Kollegen in Augsburg an. Sie sollten eine Zivilstreife zu Kubischs Haus schicken, um festzustellen, ob Achim und Judith daheim waren. Bei der Festnahme wollte er dabei sein und machte sich mit Kirsten auf den Weg. Alois, der noch unterwegs war, wollte folgen.

Der Verkehr war dicht. Ein Stau hielt sie auf. Kurz bevor er die Ausfahrt Augsburg-Ost erreichte, kam der Anruf. Judith Kubisch war im Büro im ersten Stock. Von Achim keine Spur. Er wies die Kollegen an zu warten, wählte Meos Nummer und bat ihn, das Handy von Achim zu orten.

»Dauert ein paar Minuten. Ich melde mich.«

Kurz nach eins erreichten sie ihr Ziel. Ruhig lag die Vorortstraße im Novemberlicht. Eine Gruppe Schulkinder kam um die Ecke. Bunte Tupfen in all dem Grau. Weiter vorne entdeckte er den BMW der Zivilstreife. Meo rief an. »Achim ist mit dem Auto auf dem Weg nach München. Sein Handy hat sich gerade in einer Funkzelle in Obermenzing angemeldet.«

»Behalt ihn im Auge und sag Bescheid, wenn er sein Ziel erreicht hat.« Dühnfort wollte keine Verfolgungsjagd quer durch die Stadt riskieren.

Er stieg aus, klopfte kurz aufs Dach des BMW und begrüßte so die Kollegen. »Danke. Wir gehen jetzt rein.«

Dühnfort klingelte. Kirsten gesellte sich zu ihm.

Judith Kubisch öffnete lächelnd. Offenbar hatte sie jemand anderen erwartet. Ihr Lächeln verschwand schlagartig. »Sie schon wieder.« Misstrauisch musterte sie erst ihn, dann Kirsten. Sie schien die Situation zu erfassen. Ein rascher Blick zur Straße, dann zur Garage.

»Frau Kubisch, ich nehme Sie vorläufig fest. Sie stehen im Verdacht, an einem Mordversuch zum Nachteil von Anjela Livitchi beteiligt zu sein.«

»Was?« Diese Anschuldigung schien sie zu überraschen.

Er belehrte sie über ihre Rechte. Sie leistete keinen Widerstand. Vermutlich hatte ihr Mann sie dazu verdonnert, den Mund zu halten, denn sie schwieg, abgesehen von der Frage, ob sie ihren Anwalt anrufen könnte. Dühnfort ließ sie das Telefonat führen, nahm ihr danach das Handy ab und präsentierte ihr den Durchsuchungsbeschluss für Haus und Büro. Dann übergab er sie der Obhut der Kollegen, die sie ins Präsidium bringen sollten.

Zwei Busse der Spurensicherung kamen die Straße heruntergefahren und stoppten auf dem Garagenvorplatz. Buchholz und seine Leute waren da. Dahinter hielt Alois mit seinem Mini. Das Handy klingelte. Meo meldete sich. »Achim ist in der Sedanstraße. Entweder in der Wohnung seines Vaters oder bei Clara.«

79

Clara kam kurz nach elf von einem Verlagstermin nach Hause und warf die Tasche auf den Sessel. Der Anrufbeantworter blinkte. Achim hatte eine Nachricht hinterlassen. »Hallo Clara, für die Beisetzung benötigt der Bestatter noch die Heiratsurkunde und Mutters Sterbeurkunde. Kannst du sie für mich heraussuchen? Ich komme heute Mittag vorbei und hole sie ab. Der Termin steht nun fest. Übermorgen um zehn auf dem Ostfriedhof. Ich weiß nicht, ob Klaus dich schon über die Beisetzung von Franzi informiert hat. Sie ist am selben Tag um fünfzehn Uhr auf dem Neuen Südfriedhof in Perlach. Bis später.«

Noch einer, der voraussetzte, dass sie immer verfügbar war. Einen Augenblick spielte sie mit dem Gedanken, ihm abzusagen. Doch er brauchte die Unterlagen, und auch er wollte keinen Streit. Das hatte er jedenfalls gesagt. Er wollte die Kuh vom Eis bekommen. Was wohl so viel bedeutete wie: Ich werde Clara schon auf Kurs bringen. Diesmal täuschte er sich.

In einer Stunde kam Thore, um sie abzuholen. Sie musste noch packen. Doch vorher holte sie die Unterlagen für Achim aus Paps' Wohnung.

In ihrem Kühlschrank stand ein Becher Kirschquark. Ihr Mittagessen. Unschlüssig drehte sie ihn in der Hand. Eigentlich hatte sie keinen Hunger. Der Stein lag noch immer in ihrem Magen. Seit Dühnforts Besuch wurde er von quecksilbriger Nervosität umspült. Achim und Judith konnten mit all dem nichts zu tun haben. Das hatte Dühnfort ja bestätigt. Sie suchten einen Serienmörder.

Eine halbe Stunde später klingelte es. Achim war da. Sie ließ ihn herein. In seinen Mundwinkeln saß ein verärgerter Zug. Wie hineingemeißelt. Es machte ihr nichts aus. Es war ihr völlig egal. Klaus, Leonie und Justin sollten bekommen, was ihnen zustand. Um das zu erreichen, war es besser, ruhig zu bleiben. Wie immer umarmte er sie. »Grüß dich, Clara.«

»Komm rein. Ich habe die Unterlagen schon herausgesucht.«

Achim folgte ihr an den Schreibtisch, wo die Dokumente lagen, und setzte sich damit aufs Sofa. »Wir müssen reden.«

»Ich weiß, und ich hoffe, wir bekommen das hin, ohne uns zu zerstreiten.« Sie setzte sich und strich den Rock glatt. »Vielleicht war ich gestern ein wenig harsch. Es tut mir leid. Ich wollte dich nicht angreifen.«

»Ich finde, wir sollten nicht um den heißen Brei herumreden.« Seine Stimme war freundlich. Doch sie spürte die unterschwellige Aggressivität darin. »Du denkst, ich habe Paps dazu gebracht, dieses Konto in England einzurichten. Du glaubst, ich habe dafür gesorgt, dass das Online-Banking über mich lief, und dass ich alle Dokumente zu diesem Vorgang nur aus einem einzigen Grund bei mir habe: nämlich um Paps zu betrügen. Stimmt's?« Abwartend sah er sie an.

Okay. Wenn er das selbst so direkt ansprach. »Ich will dir gar nichts unterstellen. Es sieht allerdings seltsam aus. Das musst du schon zugeben.«

»Paps wollte einfach nicht, dass du davon erfährst. Du hast dich seiner Meinung nach zu sehr in sein Leben eingemischt. Er hat sich von dir überwacht und bevormundet gefühlt.«

Das hatte Achim nun schon zweimal behauptet. Doch Clara glaubte das nicht. Schließlich war es Paps' Wunsch gewesen, dass sie sich um alles kümmerte. Natürlich hatte sie keinen Dank dafür bekommen, aber auch keine Beschwerden. Wenn ihm etwas nicht passte, hatte Paps das stets zum Ausdruck gebracht. Er hätte sie zurechtgewiesen und klipp und klar gesagt, sie sollte sich nicht einmischen.

»Er dachte, dass du dann auch die Hand aufhältst. Und dir wollte er nichts geben. Du weißt ja, wie ungerecht er war.« Aus der Sakkotasche zog er ein zusammengefaltetes Blatt Papier. »Hier, eine Kopie der Schenkung. Du kannst das Original jederzeit begutachten lassen. Die Unterschrift ist echt.«

Ein Computerausdruck mit Datum vom 12. Mai. Drei Zeilen in bestem Bankendeutsch, dass Paps Achim hunderttausend Euro schenkte, die nicht mit dem Erbe zu verrechnen waren. Datum, Unterschrift. Natürlich war sie echt. Daran hatte Clara keinen Zweifel. Sie legte das Blatt auf den Tisch.

»Weil ich weiß, dass er ungerecht war, und weil ich auch nicht vergessen habe, welchen Streit du angezettelt hast, nachdem er sich geweigert hat, dir dieselbe Summe zu schenken wie Franzi, genau deshalb glaube ich nicht, dass er dir plötzlich über hunderttausend geschenkt hat. Noch dazu auf derart konspirative Weise. Wenn, dann hätte er das ganz offen getan. Wie bei Franzi. Er stand zu seinen Entscheidungen, auch wenn er damit Ärger provozierte.« Nun war sie doch laut geworden.

»Du hast es doch hier schwarz auf weiß«, gab Achim zurück. »Er wollte mir aus der Patsche helfen, und er hat sich sogar bei mir bedankt für alles, was ich für ihn getan habe, für …«

Diese Lüge war eine zu viel. Clara platzte der Kragen. »Was hast du denn für Paps getan? Außer dich mit ihm gestritten. Jedenfalls bis Anfang Mai. Ums Geld und um deine gekränkten Gefühle. Weil er dich angeblich nicht geliebt hat. Erst als ich dir gesagt habe, Paps könnte Alzheimer haben und dass ich mit ihm zum Neurologen will, hast du plötzlich deine *Liebe* zu ihm entdeckt und dich *rührend* um ihn gekümmert.«

Achim sprang auf. »Was heißt angeblich? Er hat mich nicht geliebt! Mit Füßen getreten hat er mich. Ein Leben lang. Nichts konnte ich ihm recht machen. Windelweich geprügelt hat er mich, wenn ich schlechte Noten heimbrachte, wenn ich nicht spurte, wenn ich widersprach.«

»Was?« Clara schnellte ebenfalls aus dem Sessel hoch. Fassungslos starrte sie ihn an. »Du spinnst. Paps hat uns nie geschlagen!«

»Natürlich hat er uns verprügelt, wenn ihm etwas nicht passte. Er war ein jähzorniges Arschloch, das sich nicht im Griff hatte. In den Schrank gesperrt hat er mich. Stundenlang saß ich im Dunkeln. Wenn ich weinte, setzte es Schläge. Es hat ihm ein sadistisches Vergnügen bereitet, mich klein zu halten und fertigzumachen. So lange, bis ich mir selbst nichts mehr zugetraut habe.«

80

Claras Wut fiel in sich zusammen. Bestürzt sah sie ihn an. Was war mit Achim los? An all das, was er ihr entgegengeschleudert hatte, konnte sie sich nicht erinnern. Paps war streng gewesen, das schon. Doch Schläge hatten nicht zu seinen Sanktionsmitteln gehört. Stubenarrest. Fernsehverbot. Taschengeldentzug. Manchmal auch Nichtbeachtung. Das stimmte. Das hatte er gekonnt. Einfach über einen hinwegsehen, als wäre man Luft. Doch nie länger als ein paar Stunden. Und es war selten vorgekommen. Er hatte niemanden in den Schrank gesperrt. Sie erinnerte sich an ihren Paps als einen liebevollen Vater.

»Das stimmt doch nicht, Achim«, sagte sie beschwichtigend. »Er hat uns vorgelesen und mit uns gespielt. Erinnerst du dich nicht an die Bergwanderungen? Die Kubischs als Gipfelstürmer und wie wir am Ammersee gezeltet haben? An die Radtouren? Immer ein Botanikbuch und eine Lupe im Gepäck. An das Schneckenwettrennen im Nymphenburger Park? An die Rindenschiffchen? An die Montgolfieren, die er mit uns nachgebaut hat. Deine hat Feuer gefangen und ist abgestürzt. Das kannst du doch nicht vergessen haben?«

»Was faselst du denn da für einen Stuss? Montgolfieren? Nicht mit mir. Gehasst hat er mich und systematisch fertiggemacht!«

»Das ist doch nicht wahr.«

Ein Blick wie Eis traf sie. »Entweder hast du einen anderen Vater gehabt, oder du bist psychisch krank. Ich glaube eher Letzteres.« Er tippte sich an die Stirn. »Du machst dir deine Welt, widdewidde wie sie dir gefällt. Kein Wunder, dass Hannes Gas gegeben hat. Ziemlich durchgeknallt.«

Zorn flackerte in ihr auf. Wenn hier jemand krank war, dann er. Achim, das bedauernswerte Opfer. War ja auch einfacher so. Die anderen waren schuld an allem, was schieflief in seinem Leben. Wobei das ja nicht wirklich viel gewesen war. Okay, kein Abi und kein Studium. Doch nach der Banklehre hatte er sich hochgearbeitet, und sogar die große Niederlage, den Jobverlust, hatte er in einen Sieg verwandelt und sich erfolgreich selbständig gemacht. Judith liebte ihn. Auf ihre merkwürdige Art waren die beiden ein glückliches Paar. Warum war er nicht in der Lage, das zu erkennen? Doch er war nie zufrieden, wollte immer mehr. Mehr Ansehen, mehr Aufmerksamkeit, mehr Status, den höheren Posten, das dickere Auto, das tollere Haus.

Clara biss sich auf die Zunge. So kamen sie nicht weiter. Wollte sie überhaupt auf diese Art weiterkommen? Wäre es nicht besser, dieses sinnlose Gespräch zu beenden? Achim würde das Geld nicht freiwillig herausgeben. Sie gewann Zeit, indem sie in der Kochnische ein Glas Wasser holte. Damit kehrte sie zu Achim zurück. »Magst du auch eines?«

Er schüttelte den Kopf. »Danke.«

Es ging nicht um eingebildete oder echte Wunden ihrer Kindheit. »Lassen wir das einfach so stehen. In Ordnung? In deinen Augen hatten wir eben einen prügelnden Vater, und ich bin total verrückt.« Ihr Herz klopfte plötzlich wie rasend. Kälte kroch hinters Brustbein. Gleich würden die Fetzen fliegen. »Wie gesagt, es geht um die Schenkung, und ich rede jetzt wirklich Klartext. Ich glaube nicht, dass Paps wusste, was er unterschrieb. Und das ausgerechnet kurz nachdem ich dir von meiner Sorge erzählt hatte, er könnte Alzheimer haben, und nur ein paar Tage, bevor diese Diagnose gestellt wurde. Es wäre besser, du würdest das

Geld zurückzahlen. Zwei Drittel jedenfalls. Franzis Teil und meinen.«

Eine Veränderung ging mit Achim vor sich. Plötzlich grinste er. »Paps ist noch nicht unter der Erde, und die süße kleine Clara feilscht schon ums Erbe. Sieh mal an. Du zeigst also endlich dein wahres Gesicht.«

Sie biss die Zähne aufeinander. »Zahlst du es nun zurück?«

»Sonst?«

»Wie ich schon gesagt habe: Sonst werde ich diese angebliche Schenkung anfechten. Alzheimer bekommt man nicht über Nacht, kein Gericht wird diese Unterschrift anerkennen.«

»Paps war geistig so fit wie du und ich. Du hast ihm diese angebliche Krankheit nur eingeredet, und diesen Gutachter sollte man sich mal genauer ansehen. Wahrscheinlich steckt er mit dir unter einer Decke.«

Clara schnappte nach Luft. Das war ja geradezu lächerlich. Gegen diese abstruse Anschuldigung würde sie sich nicht verteidigen. Wirklich nicht!

Wieder einmal sandte sie unter Aufbringung ihrer letzten Kräfte ein stilles *Omm* gen Zimmerdecke. »Außerdem spricht die Abwicklung dieser Schenkung Bände. Kein Richter wird dir glauben. Du hast dir einfach geholt, was dir deiner Meinung nach zustand. Du wolltest dasselbe wie Franzi. Und noch viel mehr.«

Achims Mund wurde zu einem weißen Strich. Sein Brustkorb hob und senkte sich. Es sah aus, als würde er jeden Moment platzen. »Was glaubst du wohl, warum sie sein Liebling war, warum sie ständig etwas von ihm zugesteckt bekommen hat? Wobei *zugesteckt* ziemlich wörtlich zu nehmen ist.«

Was deutete er da an? Ungläubig starrte sie ihn an.

»Du tust, als hättest du keinen blassen Schimmer. Wie schon gesagt, im Verdrängen bist du Weltmeisterin. Es war ihr Schmerzensgeld. Fürs Begrabschenlassen, fürs Beine-breit-Machen, dafür, dass er sie jahrelang missbraucht hat.«

Eine Welle Übelkeit breitete sich in ihr aus. Wie konnte er nur? Das alles war nicht wahr, ein einziger Sumpf aus Lügen. »Wie kannst du Paps und Franzi nur derart in den Dreck ziehen?«, brachte sie schließlich hervor. »Aber ich verstehe schon ... du versuchst nur abzulenken. Von deinem Diebstahl. Kein Gericht wird diese angebliche Schenkung anerkennen. Gib das Geld heraus, und wir belassen es dabei.«

»Das werde ich nicht, und weißt du was?« Er trat einen Schritt näher, sein Gesicht nur Zentimeter von ihrem entfernt. Sie wich nicht zurück. »Weißt du was? Ich verrate es dir. Du hast recht. Ich habe ihm den Wisch zur Unterschrift hingelegt. Er hat gar nicht kapiert, was er unterschrieb. Und ja: Ich habe mir das Geld genommen. Es ist mein Schmerzensgeld für all seine Ungerechtigkeiten und Grausamkeiten. Ich brauche die Kohle nicht. Ich habe genug davon. Ich brauche es nur für meinen inneren Frieden.«

Was! »Weißt du, wenn hier jemand krank ist, dann du. Fühlst du dich jetzt plötzlich geliebt und anerkannt, weil du Paps beklaut hast? Er hatte das Geld für sein Alter auf die hohe Kante gelegt. Damit sollte seine Pflege bestritten werden ...«

Achim lachte. »Denkst du wirklich, ich hätte dich nicht durchschaut? Diese völlig überflüssige Luxuspflege gab es nur aus einem Grund: Damit du gut vor dir und der Welt dastehst. Seht her, ich bin die liebende Tochter, die sich rührend um den Vater kümmert und dabei auch noch den letzten Cent vom Erbe ...« Mitten im Satz verstummte er.

Diesen Vorwurf hatte er ihr schon einmal gemacht. Er

sei nicht bereit, auf sein Erbe zu verzichten. Wie er sie ansah. Sein Blick so kalt. Ein furchtbarer Verdacht stieg in ihr auf. Hatte er Paps und Franzi ... wegen des Erbes ... weil es Monat für Monat weniger wurde, bis am Ende vielleicht nichts mehr da gewesen wäre?

Schweigend standen sie sich gegenüber. Er verstand ihre unausgesprochene Frage. Es gelang ihm nicht, die Wahrheit zu verbergen. Sie las sie in seinen Augen, ein unmerkliches Zucken, eine nie gesehene Kälte, blanker Hass, klirrender Hochmut. Sie fröstelte, wollte sich abwenden. Sie wollte es nicht wissen. Er hatte es getan. Eine unsichtbare Hand wollte sich um ihren Hals legen, ihr die Luft zum Atmen nehmen. Sie schüttelte sie ab. »Du solltest jetzt gehen.«

Innerhalb einer Zehntelsekunde verschloss sich sein Gesicht, nahm wieder diesen überheblichen Ausdruck an.

»Du denkst, ich war das? Gott, wie schäbig. Und wie klein. Aber so typisch. Jetzt fühlst du dich wieder großartig und überlegen. Dir geht es nur gut, wenn du auf andere herabblicken kannst. Du bist einfach nur erbärmlich.«

Sie ertrug ihn nicht mehr. Nicht eine Sekunde länger. Ein sphärisches Rauschen setzte sich in ihren Kopf. »Raus!«, keuchte sie. »Verschwinde!« Sie konnte es nicht aussprechen: Du Mörder! Er kam ihr zu nah. Sie musste ihn sich vom Leibe halten und stieß ihn von sich.

Sein Gesicht verzerrte sich, wurde fremd, zeigte einen anderen. Angst stieg in ihr auf. Der Schlag traf sie unvermittelt, riss ihr den Kopf zur Seite. Ein brennender Schmerz über dem Auge. Etwas Warmes lief ihr übers Gesicht. Sie tastete danach. Blut.

»Du wirst nicht weiter auf mich herabsehen. Du nicht!«, zischte er. Ein weiterer Schlag ins Gesicht. »Du nicht!« Seine Hände schossen wie ein Schwarm Habichte auf sie nieder.

Prasselnde, brennende Schläge. »Hör auf!« Schützend

riss sie die Arme hoch. Ein Fehler. Ein Fausthieb in den Magen nahm ihr die Luft, sie ging zu Boden, würgte. Blut tropfte auf die Dielen. Sie hob den Kopf. Achim holte keuchend Atem, beobachtete sie. Das Haar hing ihm wirr ins Gesicht.

Taumelnd versuchte sie hochzukommen. Übelkeit und Schwindel überrollten sie. Sie hob den Arm. »Hilf mir.«

Er griff ihre Hand, zog sie hoch. Gott sei Dank besann er sich. Noch bevor sich Erleichterung einstellen konnte, erkannte sie ihren Irrtum. »Du nicht! Nie wieder!« Seine Faust traf ihren Schädel. Alles drehte sich. Er drückte sie gegen die Wand. Seine Hände krallten sich in ihre Schultern. Wieder trennten ihre Gesichter nur Zentimeter. Noch nie hatte sie so viel Wut gesehen und so viel vernichtenden Hass. Fassungslosigkeit wurde zu Angst. Sie versuchte, sich ihm zu entwinden. Doch seine Hände glitten von den Schultern zum Hals, legten sich darum, drückten zu. Einen Moment war sie starr vor Schreck. Dann griff sie nach seinen Fingern, zerrte daran. *Hör auf!*, wollte sie krächzen. Kein Ton kam raus.

Mit einem Mal wurde es in seinem Gesicht ganz ruhig. Zorn und Hass wichen kalter Entschlossenheit. »Nie wieder«, flüsterte er.

Er wollte sie umbringen! Sie bekam keine Luft und zerrte an seinen Händen, doch es gelang ihr nicht, sie zu lockern. Ein unerträglicher Druck stieg in ihren Kopf, gleich würde er bersten. Luft! Sie krallte ihre Nägel in sein Fleisch. Seine Hände wurden zu Stahlklammern, die fester und fester zudrückten. Bunte Funken stoben vor ihren Augen. Sie versuchte ihre letzten Kräfte zu mobilisieren, doch sie hatte keine mehr.

81

Achim Kubischs schwarzer Audi parkte vor dem Haus in der Sedanstraße. Unmittelbar daneben hielt der Wagen der Müllabfuhr. Zwei Männer in orangeroter Montur sprangen von der Plattform am Heck und verschwanden im Durchgang zum Hinterhof. Dühnfort fand keinen Parkplatz und stoppte vor der Einfahrt. Kirsten stieg aus und sah die Fassade empor zum dritten Stockwerk.

»Er wird bei seiner Schwester sein.«

»Wobei ich ihm schon so viel Kaltschnäuzigkeit zutraue, an den Tatort zurückzukehren«, meinte Kirsten.

Sie passierten den Durchgang zum Hinterhof, begegneten den Müllmännern, die den Container auf die Straße schoben, und klingelten an der Werkstatt. Alles blieb ruhig. »Wohl doch in der Wohnung.« Dühnfort wandte sich ab und wollte schon gehen, als ihn etwas zurückhielt. Ein Geräusch. Es kam aus der Werkstatt. Er sah durchs Fenster. Sein Körper reagierte schneller als die Bildverarbeitung in seinem Hirn. Adrenalin flutete ihn in Sekundenbruchteilen. Donnernd schlug er mit der Faust gegen die Scheibe.

Kirsten fuhr herum. »Was ist?«

Er hechtete zur Tür. »Er erwürgt seine Schwester.« Ein Fußtritt gegen das Schloss. Im selben Moment wurde die Tür von innen aufgerissen. Er verlor das Gleichgewicht, taumelte gegen die Wand. Kubisch spurtete an ihm vorbei zum Durchgang.

»Scheiße! Er haut ab!«

»Ich schnappe ihn mir. Du siehst nach Clara.« Dühnfort rannte zur Straße. Kubischs Auto wurde von der Müllabfuhr blockiert. Zwanzig Meter entfernt entdeckte er ihn. Er lief Richtung Pariser Straße. Der Mann war älter als er. Ein Witz, wenn er ihn nicht kriegte. Dühnfort sprintete los, hörte den Schlag seiner Schritte auf dem Pflaster. Nach fünfzig Metern ging sein Atem keuchend, schlug ihm das Herz donnernd gegen die Rippen. Keine Kondition. Im Gegensatz zu Achim. Der Abstand vergrößerte sich. Um Haaresbreite rannte er eine Frau um, stieß ein Kind beiseite und verschwand um die Ecke. Dühnfort legte einen Zahn zu, bekam Achim wieder ins Blickfeld. Weiter vorne schaltete die Fußgängerampel auf Rot. Dühnforts Muskeln brannten, Schweiß rann ihm den Rücken hinab. Sein Herz raste. Aus einer Einfahrt kam ein Dackel gelaufen, quer über den Gehweg. Frauchen hinterher. Zwischen den beiden spannte sich eine dünne Hundeleine. Zu spät, um auszuweichen. Kubisch stolperte darüber, knallte krachend auf den Boden und blieb liegen wie ein gefällter Baum. Dühnfort lief keuchend neben ihm aus und rang nach Atem.

Stöhnend setzte Kubisch sich auf. Eine blutende Schürfwunde an der Stirn schien alles zu sein, was er an Blessuren davongetragen hatte.

»Ja … ja … ja, so was!« Stotternd wandte sich die alte Frau an Dühnfort. »Das … wollte ich nicht.«

»Das kam gerade recht. Danke!«

Irritiert sah sie ihn an. »Sie haben aber einen seltsamen Humor.«

Dühnfort reichte Kubisch ein Taschentuch und half ihm auf die Beine. Die Anzughose war am Knie eingerissen, das Sakko voller Dreck. »Brauchen Sie einen Arzt?«

»Danke. Mir geht es blendend.« Mit einer Hand presste er das Tuch gegen die blutende Wunde.

Gut, dann nicht. Falls doch nötig, konnte ihn ein Arzt im Präsidium untersuchen. »Herr Kubisch, ich nehme Sie vorläufig fest. Sie haben das Recht, ein Telefonat zu führen. Wenn Sie einen Anwalt an Ihrer Seite haben wollen, können Sie ihn jetzt anrufen.« Er nahm die Handschellen vom Gürtel.

Kubisch schwieg. Die alte Dame stand wie festgenagelt an ihrem Platz und beobachtete fasziniert, wie Dühnfort Kubisch die Handfesseln anlegte.

Als das geschafft war, zog er das Handy hervor und rief Berentz an. Eine Streife sollte Kubisch abholen und in die Haftzelle bringen. Die Zeit, bis sie eintraf, verging schweigend.

Nachdem er Kubisch an die Kollegen übergeben hatte, kehrte er in die Sedanstraße zurück. Ein Krankenwagen stand in zweiter Reihe. Die Werkstatt war voller Menschen. Clara saß am Tisch. Es ging ihr gut. Gott sei Dank! Jedenfalls soweit man unter diesen Umständen von gut sprechen konnte. Der Arzt sah sich den Hals an. Rot unterlaufene Strangmale. Morgen würden sie blau und lila sein. Einer der Rettungsassistenten maß Blutdruck und Puls. Der andere bereitete eine Spritze vor. Offensichtlich etwas zur Beruhigung, denn Clara Lenz zitterte wie das sprichwörtliche Espenlaub. Es war der Schock. Neben Kirsten stand Thore Derr. Grau im Gesicht. Wo kam er so plötzlich her? Der Arzt wollte Clara zur Beobachtung ins Krankenhaus bringen lassen. Sie weigerte sich. Derr stellte sich auf ihre Seite. »Ich bleibe heute hier. Wenn es dir schlechter gehen sollte, bringe ich dich ins Krankenhaus. Und morgen fahren wir zu mir.«

»Aber vorher würde ich sie gerne sprechen«, sagte Dühnfort. »Was war los? Weshalb hat Ihr Bruder versucht, Sie zu töten?«

»Das ist jetzt nicht möglich«, mischte Derr sich ein. »Sie sehen doch, wie es ihr geht. Morgen. In Ordnung?«

»In Ordnung.« Hier wurden sie nicht mehr gebraucht. Dühnfort und Kirsten verabschiedeten sich und fuhren ins Präsidium.

Als sie dort ankamen, war Buchholz bereits aus Augsburg zurückgekehrt und in seinem Labor, während Alois die Hausdurchsuchung leitete. Dühnfort rief ihn an. »Wie sieht es aus? Habt ihr etwas gefunden?«

»Das ist ein erfreulicher Anblick. Meo hat den PC schon grob gefilzt und ist fündig geworden. Es gibt eine Art Dossier zu Emily. Mit Foto und Adresse und Notizen, wann die Tochter da war, wann Emily ausging, wann sie allein war. Achim ist es. Er kannte alle ... Warte mal.« Alois' Stimme wurde leiser. Er unterhielt sich mit jemandem. Nach einer Weile meldete er sich wieder. Ein sattes und zufriedenes »Bingo« klang durchs Telefon. »Gier frisst Hirn. Was wieder mal bewiesen wäre. Die Kollegen haben Brettschneiders Uhren gefunden. Alle fünf. Gut versteckt, aber nicht gut genug. Jetzt haben wir ihn.«

82

Kurz vor achtzehn Uhr rief Müller von der Pforte an. »Zwei Kollegen aus Frankfurt sind hier. Sie begleiten eine Zeugin.«

Dühnfort spurtete die Treppen hinunter und übernahm Anjela Livitchi. Sie war klein und sah käsig aus. Vielleicht lag es an dem grün gemusterten Kopftuch, vielleicht aber auch an ihrem gesundheitlichen Zustand. »Fühlen Sie sich wohl?«

Sie nickte. »Ist nur ...« Mit den gefesselten Händen versuchte sie eine kreisende Bewegung.

»Ihnen ist schwindlig?«

»Schwindlig. Ja. Nix schlimm. Kann ich bekommen Glas Wasser? Dann besser.«

»Kein Problem.«

In seinem Büro nahm er ihr die Handschellen ab und bat sie, sich zu setzen. Sie sah sich um und sank auf den Besucherstuhl. Er ließ ein Glas voll Wasser laufen und reichte es ihr. Kirsten kam herein. »Hallo Frau Livitchi. Lernen wir uns endlich kennen.« Sie blieb im Raum stehen. »Die Gegenüberstellung habe ich schon organisiert. In einer Stunde sind wir so weit.«

»Ich hungrig. Nichts gegessen seit heute Morgen.«

»Wie wäre es mit Pizza?«, schlug Kirsten vor. »Für uns alle?« Auch Dühnfort hatte Appetit, und die Pizzen vom Italiener am Dom waren gut. Kirsten griff zum Telefon und bestellte.

Gegen sieben traf Dr. Bergmair ein. Achim Kubisch hatte sich also doch entschieden, einen Anwalt zu engagieren, und zwar nicht irgendeinen. Bergmair gehörte zu der Spezies, die Journalisten gerne als Staranwalt bezeichneten. Akkurat gescheiteltes blondes Haar. Designerbrille, dezent gestreiftes Hemd. Zehn Jahre jünger als Achim Kubisch.

Er wünschte seinen Mandanten zu sprechen und begleitete ihn zur Gegenüberstellung.

Während Kirsten dafür sorgte, dass Achim in den Vernehmungsraum gebracht wurde, betrat Dühnfort mit Anjela und Dr. Bergmair den Raum hinter dem Venezianischen Spiegel. In Alter, Größe und Statur glichen alle vier Kollegen Achim Kubisch. Er stand ganz außen und hielt die Nummer fünf.

Noch bevor Dühnfort fragen konnte, wies Anjela auf ihn. »Das ist Mann. Mit Schild Nummer funf. Ich kommen in Wohnung von Kommandantin. Also von Emily. Emily Dreher. Haben Handy vergessen, will holen.«

»Wie sind Sie hineingekommen?«

»Tür war offen. Eine Spalt.«

Er sah ihr die Lüge an. Doch das war jetzt nicht wichtig. »Sie sind also in die Wohnung gegangen. Und weiter?«

»Ich sehen diese Mann. Er zieht an weiße Overall. Emily liegt auf Boden in Wohnzimmer. Tot? Ich wissen nicht, ob tot.«

»Wo stand der Mann?«

»In Flur.«

»Im Flur?«

»Ja, hinten in Flur. Wo geht in Küche. Und dann ich bekommen Schlag auf Kopf. Alles schwarz. Ist er nicht gewesen allein. Das mir erst eingefallen in Krankenhaus. Er mich geworfen in Fluss. Will mich ersäufen wie Katze.«

Die Fragen, warum sie im Krankenhaus ihre Identität verschwiegen hatte, warum sie die Polizei nicht informiert hatte, warum sie durch ihr Verhalten einem Mörder die

Chance gegeben hatte, weiter zu morden, sparte er sich. Vielleicht könnten drei Menschen noch leben, wenn diese moldawische Putzfrau sich sofort als Zeugin zur Verfügung gestellt hätte. All das war später dran. Alles zu seiner Zeit. »Die Nummer fünf also. Ganz sicher?«

»Ich schwören.«

»Danke. Sie haben uns sehr geholfen.«

Dr. Bergmair seufzte. »Ihre Zeugin hat ein Schädel-Hirn-Trauma. Ich zweifle die Verwertbarkeit dieser Aussage an.«

»Wie Sie meinen. Jetzt machen wir erst einmal weiter.«

Im Vernehmungsraum wechselten die Personen. Kirsten hatte drei Kolleginnen gefunden, die Judith nicht nur ähnlich sahen, sondern sich auch ähnlich kleideten. Hosenanzug, Kostüm und Rock und Bluse. Sie stellten sich der Reihe nach auf. Judith war die zweite von links. Auch sie wurde sofort von Anjela identifiziert. »Nummer zwei. Ist Anne. Hat mir geholfen bei Krankenhaus, als ich gegangen. Kann aber sein, dass nicht nett. Telefonieren mit jemand. Dann fahren in Tiefgarage, und plötzlich er wieder da. Nummer funf. Ich abgehauen. Mit Auto von Anne.«

Dr. Bergmair lächelte grimmig. So einfach würde das wohl nicht werden.

Es war beinahe Mitternacht, als Dühnfort die umfassende Zeugenaussage von Anjela Livitchi protokolliert hatte und sie diese unterzeichnete. Er ließ sie in die Haftzelle bringen und dankte der Dolmetscherin, die er sicherheitshalber hinzugezogen hatte, obwohl Anjela gut Deutsch sprach. Keine Steilvorlage, für niemanden.

83

Der Himmel war wie blank gefegt, der Morgen milchig blau und frostig, als Dühnfort nach einer kurzen Nacht sein Büro wieder betrat, die Pavoni anschaltete und die Akten durchging, um sich auf die Vernehmung von Achim Kubisch vorzubereiten.

Einen Augenblick überlegte er und entschied, Kirsten zur Befragung von Achim Kubisch mitzunehmen. Alois sollte Judith vernehmen.

Die Luft im Vernehmungsraum war überheizt und stickig. Der Sauerstoffgehalt tendierte gegen null. Er riss die Fenster auf. Kirsten stellte Gläser und eine Flasche Wasser auf den Tisch. »Das wird kein Spaziergang.«

Das sah Dühnfort ebenso. Vier Morde. Vorsätzlich und heimtückisch begangen aus Habgier. Zwei davon als Tarnung der eigentlichen Tat, um die es Kubisch gegangen war. Der vierte zur Vertuschung. Und dann noch die Mordversuche an seiner Schwester Clara und der Zeugin Anjela Livitchi. Niemand gestand sich leicht ein, ein Monster zu sein. »Am besten hältst du dich erst einmal zurück. Ich versuche es zunächst mit dem Mord an seinem Vater. Auf ihn konzentrieren wir uns. Wenn wir dafür ein Geständnis bekommen, sollte der Rest machbar sein.«

Die Tür öffnete sich. Zwei Uniformierte führten Kubisch in ihrer Mitte. Er sah zwar müde aus, war aber frisch rasiert und trug Anzug und Krawatte. Dr. Bergmair begleitete ihn. Kirsten schloss die Fenster. Man nahm Platz. Dühnfort stellte Mikro und Tonband an. Das übliche Prozedere begann. Datum und Uhrzeit, Namen und Dienstgrade der vernehmenden Beamten sowie die Namen des Beschuldigten und seines Anwalts wurden festgehalten. Der Anwalt schlug die Beine übereinander. Kubisch lehnte selbstsicher in seinem Stuhl, doch die Anspannung war unübersehbar. Erst ein wenig Smalltalk zum Aufwärmen. »Sie sind Anlageberater und Vermögensverwalter. Was macht man da so?«

Kubisch erklärte es ihm. Versicherungen, Fonds und Aktien waren sein Gebiet. Er taute ein wenig auf, die Haltung entspannte sich.

Dühnfort fragte nach, ob die Geschäfte gut liefen. Kubisch meinte, er könnte nicht klagen. Wobei natürlich noch Luft nach oben war. Er ließ das so stehen und fragte, wie denn das Verhältnis zum Vater gewesen sei.

»Es hätte besser sein können. Wir hatten nicht viel gemeinsam. Seit ich nach Augsburg gezogen bin, haben wir uns seltener gesehen. An Geburtstagen, an Weihnachten, zu Familienfeiern. Wie das so ist. Von Entfremdung würde ich allerdings nicht reden. Wir waren uns immer fremd.«

»Wie haben Sie seine Alzheimererkrankung aufgenommen?«

»Was heißt schon Alzheimer? Er ist vergesslich geworden, wie die meisten in diesem Alter. Clara hat das aufgebauscht.«

Dühnfort blätterte in den Unterlagen. »Es gibt ein ärztliches Gutachten.«

»Eine Gefälligkeit. Was sonst? Mein Vater war nicht senil.«

»Warum glauben Sie, dass Ihre Schwester diese Erkrankung hochgespielt hat?«

»Das liegt doch auf der Hand. Auf diese Weise hat sie die Kontrolle übernommen.«

»Die Kontrolle über das Vermögen.«

»Über das Leben meines Vaters. Und natürlich auch

über sein Geld. Vermutlich hat sie sich bedient. Das sollte man mal prüfen.«

»Sie meinen, die Pflegekraft, die sich um ihn gekümmert hat, wäre eigentlich nicht nötig gewesen?«

Kubisch verschränkte die Arme, er merkte, wohin das Gespräch steuerte. »Ich habe mich nicht eingemischt. Das Amtsgericht hat Clara als Betreuerin eingesetzt. Es ging mich nichts an. Sie hatte das Sagen.«

»Aber eine private Pflegekraft kostet Geld. Zweitausend Euro pro Monat. Das ist viel.«

»Ja und? Mein Vater konnte sich das leisten.«

Dühnfort blätterte in den Unterlagen, obwohl er die Zahlen kannte. »Ein Vermögen von über vierhunderttausend Euro, bestehend aus Sparbüchern und Krügerrandmünzen. Das hätte lange gereicht.« Er sah auf. »Nur sind die Sparbücher im Mai geleert worden. Ihr Vater hat das Geld in England angelegt. Haben Sie ihn dabei beraten?«

»Das ist richtig.«

»Das Geld war nur einen Tag dort. Danach wurde es auf ein Konto überwiesen, das auf Ihren Namen lautet.«

»Mein Vater hat es mir geschenkt.«

»Gut. Sie können das sicher belegen.«

»Natürlich. Oder meinen Sie etwa, ich hätte ihn bestohlen?«

»Das wollte ich damit nicht sagen. Interessieren Sie sich für Kunst?«

Bergmairs Stirn runzelte sich. »Ist das relevant?«

»Ich denke schon.«

Achim wischte ein Stäubchen von der Hose. »Für Kunst? Nicht besonders.«

»Aber für Malerei.«

»Ich stamme aus einer Lehrerfamilie. Bildung stand an erster Stelle.«

Er legte das Buch auf den Tisch, das Alois gestern in Kubischs Haus gefunden hatte: *Stilllebenmalerei des Barock und ihre Symbolik.* »Das gehört Ihnen?«

Kubisch zog die Schultern hoch. »Kann sein.«

Ein Absatz war mit Bleistift markiert. Er schlug die Seite auf. »Trauben gelten mit Hinblick auf den daraus zu kelternden Wein als Symbol der Eucharistie und somit als Zeichen der Erlösung durch das Blut Christi«, las er vor und blätterte ein paar Seiten weiter. Auch dort war eine Textstelle unterstrichen. »Apfel. Attribut der Venus und der drei Grazien. Symbol für den Fall des Menschen, der Versuchung, aber auch der Erlösung.« Er sah auf. »Diese Stellen sind markiert. Warum?«

»Ich kann mich nicht erinnern, das Buch gelesen zu haben, und weiß auch nicht, woher es kommt.«

Dühnfort beschloss, seine Taktik zu ändern. Alles hing zusammen und ließ sich nicht trennen.

»Trauben oder Apfel. Eines hätte gereicht. Doch Sie wollten auf Nummer sicher gehen, dass wir die Botschaft auch verstehen. Das mussten wir unbedingt, denn davon hing das Gelingen Ihres Plans ab. Deshalb Apfel und Trauben.«

»Ich verstehe nicht, was Sie meinen.«

»Kennen Sie Emily Dreher?«

»Nein.«

»Ihre Daten finden sich aber in Ihrem Computer.«

»Kann sein. Vielleicht hatte ich mal einen Beratungstermin bei ihr. Es wird ja nicht aus jedem Gespräch ein Geschäft. Ich merke mir natürlich nicht alle Namen.«

»Heinrich Brettschneider kennen Sie aber.«

»Das wissen Sie doch. Er war vor ewigen Zeiten mein Lehrer. Ich habe ihn seither nicht gesehen.«

»Warum haben Sie Emily Dreher am Abend des achtzehnten Oktober aufgesucht?«

»Das habe ich nicht.«

»Sie wurden dort gesehen. Anjela Livitchi putzte an diesem Tag bei Emily Dreher. Sie hatte ihr Handy vergessen und kam kurz vor zwanzig Uhr zurück.«

Dr. Bergmair mischte sich ein. »Sie müssen sich dazu nicht äußern.«

Kirsten legte den Aktendeckel beiseite. »Wir werden Spuren von Anjela Livitchi im Kofferraum Ihres Wagens nachweisen, Herr Kubisch. So gründlich können Sie gar nicht gesaugt haben, dass unsere Techniker dort nichts finden. Ein Mordversuch kommt also noch dazu.«

Bergmairs Hand stieg in die Höhe. »Jetzt mal langsam.«

Sie verzettelten sich. Anjela war jetzt nicht wichtig. Während Kirsten die Beweislage erläuterte und Bergmair seinem Mandanten zum Schweigen riet, suchte Dühnfort nach einer Idee. Sie konnten jetzt Beweis für Beweis auf den Tisch legen. Kubisch würde nichts sagen, und falls doch, würde er wortreich seine Unschuld beteuern und sich dabei in Lügen verstricken, die sie ihm dann nachwiesen, was wieder neue Lügen provozierte. Auf diese Art konnten Tage vergehen, bis er gestehen würde. Falls er überhaupt jemals gestand. Dühnfort hatte Zweifel. Er musste ihn aus der Reserve locken, den Trigger erkennen. Vermutlich war er in der Vater-Sohn-Beziehung zu finden.

Kirsten kam zum Ende. »Sie sollten ein Geständnis ablegen. Das wirkt sich strafmildernd aus.«

»Warum sollte ich das tun? Ich bin unschuldig.«

Dühnfort beugte sich vor. »Es ging ums Geld, Herr Kubisch. Die Bank wird langsam unruhig. Wenn Ihre wirtschaftliche Situation sich nicht verbessert, werden Sie das Haus verkaufen müssen oder es geht in die Zwangsversteigerung. Sie haben Schulden. Die hunderttausend haben nicht gereicht. Sie haben nur das größte Loch gestopft.

Und auch das nicht ganz. Doch seither ist ein halbes Jahr vergangen und weitere Schulden haben sich aufgebaut, denn Ihre Firma erwirtschaftet nicht genügend Gewinn, um auf dem gewohnten großen Fuß zu leben, den Schein aufrechtzuerhalten, den Status. Das Bild, das Sie sich als Bankmanager aufgebaut haben, darf nicht beschädigt, der Abstieg darf nicht sichtbar werden. Nur nicht als Versager dastehen, als Loser. Das wäre die schlimmste Schmach für Sie, die größte Schande.«

Volltreffer. Kubischs Oberkörper schnellte nach vorne.

»Sie halten jetzt den Mund«, herrschte Dr. Bergmair ihn an, bevor er etwas sagen konnte. »Sie äußern sich zu nichts. Das ist Ihr gutes Recht, und davon machen Sie Gebrauch. Und Sie«, er wandte sich an Dühnfort, »sollten langsam mal zur Sache kommen und Ihre blumigen Ausschmückungen beiseitelassen. Wir wollen Fakten, sonst nichts.«

Dühnfort ignorierte Bergmair. Er fixierte Kubisch. »Was also tun? Aufs Erbe hoffen? Der Vater ist schon alt. Statistisch gesehen ist er sogar schon tot. Hoffentlich macht er es nicht mehr lange.«

»Herr Dühnfort. Ich warne Sie. Wenn Sie damit nicht aufhören, gehen wir.«

»Das ist eine Vernehmung. Die verlassen Sie erst, wenn wir das sagen«, konterte Kirsten.

»Das haben Sie doch sicher gedacht«, fuhr Dühnfort fort. »Hoffentlich macht er es nicht mehr lange. Doch körperlich ist er einigermaßen fit, nur der Geist lässt nach. Alzheimer. Eine schreckliche Diagnose, aber keine, die kurzfristig zum Tod führt. Und in dieser Situation übernimmt Ihre Schwester das Ruder. Sie schiebt den Vater nicht in ein Pflegeheim ab, sondern tut, was er sich wünscht. Sie besorgt eine private Pflegekraft für ihn. Und die kostet Geld. Richtig Geld. Mit

Reisekosten und Feiertagszuschlägen an die dreißigtausend im Jahr. Wenn der Vater noch zehn Jahre lebt, wird nichts mehr da sein, was man erben kann. Doch Ihnen bleiben nur ein paar Wochen, um nicht unterzugehen. Spätestens Weihnachten droht der finanzielle Ruin. Sie überlegen, sich vom Vater noch einmal Geld schenken zu lassen. Die Sparbücher sind allerdings leer. Alles, was noch da ist, ist der Schatz im Schließfach. Die Krügerrandmünzen, an die Sie aber nicht herankommen. Sie haben keine Vollmacht und werden auch keine bekommen, seit Ihr Vater vom Amtsgericht unter Betreuung gestellt wurde. Da haben Sie offenbar gepennt. Denn das war Ihre Chance. Wenn Sie sich als Betreuer Ihres Vaters zur Verfügung gestellt hätten …«

»Er wollte mich nicht«, platzte es aus Kubisch heraus. »Natürlich nicht!«

»Wieso *natürlich*?«

Kubisch schwieg. Dühnfort wurde hellhörig. War das der wunde Punkt? »Sie wollten die Betreuung also übernehmen, und er wollte Sie nicht. Hat er Ihnen nicht vertraut?«

»Das Vertrauensverhältnis zwischen meinem Mandanten und seinem Vater tut hier nichts zur Sache. Es ist nicht relevant.«

Und ob das relevant war!

»Sie wollten ihn unterstützen und ihm helfen. Sie wollten für ihn da sein, als er Sie brauchte, und er hat Sie zurückgewiesen. Wieder einmal. So wie eigentlich immer. Sie waren es nicht wert, sich um ihn zu sorgen.«

Ein Nerv unter Kubischs Auge begann zu zucken. Er presste die Kiefer aufeinander.

»Sie waren sein Sohn. Der einzige. Der Erstgeborene, und doch hat er Sie nicht geliebt. Er hat Sie abgelehnt und Ihre Zuneigung mit Füßen getreten. Das ist verletzend.

Das ist schrecklich und grausam. Er hat Sie in den Dreck gestoßen, doch Sie sind aufgestanden. Immer wieder, immer wieder. Sie wollten ihm Ihre Zuneigung schenken, doch er wollte sie nicht. Ganz im Gegenteil. Er hat Sie dafür noch mehr verachtet.« Dühnfort suchte Kubischs Blick. Ein Funke glomm darin. »Fand er Ihr ewiges Buhlen um seine Liebe peinlich oder unterwerfend oder gar hündisch?«

Dieses Wort traf wie ein Pfeil ins Ziel. Kubisch schnellte hoch, riss dabei den Stuhl mit. Donnernd krachte er zu Boden. Ein dumpfer Schrei, die Wasserflasche flog an die Wand. Scherben spritzten. Zwei Uniformierte rissen die Tür auf, stürmten herein. Dühnfort stoppte sie mit einer Handbewegung.

Bergmair war ebenfalls aufgesprungen. »Wir beenden das jetzt! So geht das nicht!«

»Sie bleiben!«

Kubisch stand wie zur Salzsäule erstarrt an der Wand. Die Hände zu Fäusten geballt, starrte er in die Runde. »Er ist selbst schuld«, presste er hervor. »Er hat mich dazu gemacht!«

»Herr Kubisch, Sie halten jetzt besser den Mund.« Dr. Bergmair trat neben ihn. Kubisch stieß ihn weg. Er wirkte wie unter Strom. Jede Faser seines Körpers schien zu vibrieren. So viel Anspannung hatte Dühnfort selten gesehen. Da musste etwas raus.

»Dass ich bin, was ich bin, verdanke ich ihm. Er war ein kranker Sadist, der es nicht anders wollte. Ich war nur der Lehm in seinen Händen. Das hier«, Kubisch deutete mit beiden Händen auf sich, »das ist sein großer Triumph über mich!«, stieß er hervor. »Dass es ihm gelungen ist, mich zum Mörder zu machen. Sein perverser Sieg.« Der Ausbruch verebbte ebenso schnell, wie er gekommen war.

Kubisch schien in sich zusammenzufallen, glitt kraftlos an der Wand entlang zu Boden, stützte die Arme auf die Knie und vergrub den Kopf darin.

Dr. Bergmair schritt ein. »Wir brechen ab. Mein Mandant ist weder psychisch noch physisch in der Verfassung, weiter an dieser Vernehmung teilzunehmen. Ich verlange, dass er auf die Krankenstation verlegt und psychologisch betreut wird. Alles, was er gesagt hat und jetzt noch sagen wird, ist vor Gericht nicht verwertbar.«

Da täuschte Bergmair sich. Dühnfort gab den beiden Uniformierten ein Zeichen, zu gehen. »Wir machen weiter.«

»Mein Mandant ist nicht in der Verfassung dafür. Er braucht einen Arzt.«

»Wissen Sie, wie das ist, wenn man ständig gedemütigt wird und verachtet, wenn man nie ein Wort des Lobes hört oder der Anerkennung?« Kubischs Stimme klang dumpf. »Wenn einem der eigene Vater nichts zutraut, wenn man nie gut genug ist, immer ein Versager?« Er hielt den Kopf weiter in den Armen vergraben, sprach zum Boden und zu sich. »Wie eine Wunde, die kaum verschorft ist und aufgerissen wird. Wieder und wieder. Wissen Sie, wie sich das anfühlt?« Er blickte auf, ließ den Kopf jedoch sofort wieder sinken. »Nein. Natürlich nicht. Das können Sie gar nicht wissen. Woher auch? Du suchst einen Ausweg, denkst abwechselnd an Selbstmord und Rache. Gedanken, die du nicht denken willst. Doch du musst. Sie werden dir aufgezwungen. Wundmachende Gedanken. Wie eine raspelnde Feile. Sie zerfetzen und zerreißen dich. Sie häuten dich. Machen einen anderen aus dir. Irgendwann ist es so weit. Du musst dich entscheiden. Doch es ist nicht deine Entscheidung. Sie wird dir aufgezwungen. Du bist nur das Produkt deiner Erfahrungen.«

Kubisch sah auf. »Er hat aus mir gemacht, was ich bin. Mein Vater. Einen Mörder. Das ist sein Werk und sein größter Triumph. Ich bin nur die Antwort, das Echo seiner Grausamkeit. Mehr nicht.«

84

Ein Sturm in der dritten Novemberwoche brachte den ersten Schnee. Die Nacht über tobte er sich aus und flaute erst im Morgengrauen ab. Als Dühnfort um acht aus dem Bürofenster sah, war alles weiß bedeckt, auch die Hauben der Zwillingstürme des Doms. Für einen Moment stieg eine Erinnerung aus vergangenen Kindertagen in ihm auf. Die Freude des kleinen Jungen beim Anblick des ersten Schnees. Ein Wunschbild schob sich dazwischen. Er und sein Sohn beim Schlittenfahren auf dem Olympiaberg. Vor Freude kreischend rasten sie den Hügel hinab. Er wandte sich vom Fenster ab und setzte sich an den Schreibtisch.

Bis sie diesen Fall abgeschlossen hatten, gab es noch viel zu tun. Die Morde an seinem Vater und seiner Schwester hatte Kubisch gestanden und den Mordversuch an Clara zugegeben. Sie hatte ihn dazu gebracht. Sie war schuld, hätte sie ihn nicht bis aufs Blut provoziert, wäre das nie passiert. Dieses geldgeile Miststück, das sich auch noch die Schenkung unter den Nagel reißen wollte.

Brettschneider wollte Kubisch seit dreißig Jahren nicht gesehen haben, die Uhren hatte man ihm untergeschoben, ebenso das Dossier über Emily Dreher. Eine Verschwörung der Polizei gegen ihn, die bei der Suche nach dem Samariter versagte und ihn zum Sündenbock stempeln wollte. Dabei war er nur ein Trittbrettfahrer, der sich die Taten des Serientäters als Vorbild genommen hatte. Inzwischen folgte er dem Rat seines Anwalts und schwieg. Dühnfort war dafür beinahe dankbar. So musste er sich diese kruden Lügen und Rechtfertigungsversuche nicht länger anhören.

So viel Aufwand, um noch irgendwie in den Spiegel blicken zu können. Doch am Ende würden sie Kubisch den Spiegel vorhalten, der sein wahres Gesicht zeigte: das eines eiskalten Mörders.

Gestern war es Kirsten gelungen, das Alibi im Fall Brettschneider zu knacken. Auf dem Überwachungsvideo der Tankstelle war Judith Kubisch zu sehen. Nicht Achim. Den Mord an Brettschneider hatte er also allein begangen. Allerdings mit Wissen und Unterstützung seiner Frau, die für das Alibi sorgte. Sie saß ebenfalls in Untersuchungshaft und schwieg ausgiebig. Auch für sie wurde es eng. Der Gemüsehändler in der Nikolaistraße hatte sie erkannt. Am Abend des achtzehnten Oktober hatte er sie vor Emilys Haus gesehen. Außerdem hatte Buchholz am Rahmen der Küchentür in Emilys Wohnung einen Fingerabdruck von Achim gesichert. Indiz für Indiz trugen sie zusammen, bis sie Kubisch am Ende alle Taten gerichtsfest nachweisen würden. Er würde sich für alle Morde verantworten müssen. Das zu erreichen, war Dühnfort entschlossen.

Um elf hatte er einen Termin mit Clara Lenz bei der Bank ihres Vaters. Sie kam mit dem Zug aus Prien, wo sie für einige Zeit bei ihrem Bekannten wohnte. Er konnte ihr diese Flucht aus München nicht verdenken.

Viertel vor elf steckte er die beiden Schließfachschlüssel ein und machte sich auf den Weg. Inzwischen hatten Streusalz und Verkehr die weiße Pracht in eine graue, matschige Pampe verwandelt. Mit der S-Bahn fuhr er vom Marienplatz zwei Stationen bis zum Rosenheimer Platz und nahm die Rolltreppe an die Oberfläche. Clara Lenz wartete bereits vor der Bank. Die Platzwunde über der Augenbraue war genäht worden. Eine Narbe würde bleiben. Die Würgemale am Hals verdeckte ein bunter Schal. Trotz dieser sichtbaren Zeichen von Gewalt schien sie sich von dem

Angriff ihres Bruders erholt zu haben. Jedenfalls wirkte sie ruhig und entspannt. »Grüß Sie, Herr Dühnfort.«

Er reichte ihr die Hand. »Wie geht es?«

»Eigentlich ganz gut. Jedenfalls seit ich begonnen habe, die Fotoalben und die alten Super-acht-Filme anzusehen.« Sie schüttelte den Kopf. »Albern, ich weiß. Doch diese Lügen von Achim ... Plötzlich fängt man an zu zweifeln, ob man nicht vielleicht doch eine rosa Brille aufgesetzt hat, ob die eigene Kindheit vielleicht ganz anders war, als man sie erinnert. Das reinste Gift. Deshalb grabe ich nun in der Vergangenheit, sehe Bilder und Filme an, lese meine Tagebücher. Und das ist gut so. Sie dürfen Achim nicht glauben. Unser Vater war kein Sadist, und er hat Franzi nicht missbraucht. Ich weiß nicht, warum Achim das behauptet.«

»Er will nicht das Monster sein. Irgendwie muss er mit seinen Taten weiterleben. Wenn man dem Opfer die Schuld zuschiebt, ist es einfacher. Geschieht ihm ganz recht. Es ist selbst schuld und hat es nicht anders verdient. Aus dem Opfer einen Täter zu machen, ist eine gängige Strategie.«

Eine Kundin kam aus der Bank. Sie traten zur Seite und ließen sie vorbei. »Sollen wir?«, fragte er.

»Die Sache mit den zwei Schlüsseln habe ich ehrlich gesagt nicht verstanden. Es gibt nur einen für Vaters Schließfach.«

»Und den hatte Achim. Ich dachte, er wäre bei Ihnen.«

»Nach Vaters Tod war ich nicht mehr zuständig. Aber er. Paps hat ihn als Testamentsvollstrecker eingesetzt. Er wollte den Schlüssel haben, also habe ich ihn ihm gegeben.«

»Wissen Sie, wie viele Münzen Ihr Vater besessen hat?«

»Zweihundertachtzig. Ich habe sie gezählt.«

»Gut, dann gehen wir jetzt mal nachsehen, ob sie noch da sind.«

Ungläubig sah sie ihn an. »Sie meinen, Achim hat das

Schließfach leer geräumt? Das geht nicht. Er hat zwar den Schlüssel, aber keine Vollmacht und noch keinen Erbschein. Solange der nicht vorliegt, sind die Konten eingefroren.«

»Wenn stimmt, was ich vermute, brauchte er beides nicht. Lassen Sie uns reingehen.«

Sie traten an einen Schalter. Ein junger Mann stand dahinter und begrüßte Clara Lenz. Ein Schildchen am Revers wies ihn als Benjamin Meyer aus. Dühnfort legte den Beschluss vor und sagte, dass er an die Schließfächer von Achim und Ernst Kubisch wollte.

»Achim hat auch eines?«, fragte Clara Lenz.

»Seit Mai.«

Meyer führte sie über eine Treppe hinunter in den Raum mit den Schließfächern und wandte sich zum Gehen. »Lassen Sie die Kunden immer allein?«, fragte Dühnfort.

»Ja, natürlich.«

»Wenn ich also einen Schlüssel für ein weiteres Schließfach bei mir hätte, könnte ich es einfach öffnen, ohne eine Vollmacht dafür zu haben?«

»Äh ... theoretisch ... Ja, das müsste gehen. Aber Sie haben ja den Beschluss für beide Fächer.« Erleichtert trollte Meyer sich nach oben.

»Dann sehen wir mal nach.« Dühnfort öffnete die Schließfächer und nahm die Kassetten heraus. Beide enthielten Krügerrandmünzen.

Clara Lenz setzte sich. Es sah aus, als ob ihre Beine einfach nachgaben. »In der Kassette meines Vaters waren viel mehr. Das sehe ich auf den ersten Blick.«

Sie zählten nach. Insgesamt waren es zweihundertachtzig Münzen. Zweihundert in Achims Kassette, achtzig in der des Vaters.

Achim hatte seinen toten Vater bestohlen. Vermutlich in

der Absicht, diesen Diebstahl Clara unterzuschieben. Denn sie war offiziell die Letzte, die am Schließfach gewesen war.

»Ihr Bruder hatte es auf diese Münzen abgesehen. Von Anfang an. Seit er wusste, dass Ihr Vater sie für seine Pflegekosten braucht.«

Clara schüttelte den Kopf. »Vermutlich schon vorher.«

»Wie meinen Sie das?«

Sie sah hoch. »Ein paar Tage, bevor ich mit Achim darüber gesprochen habe, dass ich für Paps eine Rund-um-die-Uhr-Pflege organisieren muss, wurde bei mir eingebrochen. Jemand hat alle Schubladen und Schränke durchsucht, doch es wurde nichts gestohlen. Natürlich habe ich mich gefragt, wonach der Einbrecher gesucht hat. Es war mir ein Rätsel. Aber so macht das Sinn.« Sie wies auf den Schlüssel in Dühnforts Hand. »Ich hatte ihn bei mir, am Schlüsselbund. Das wusste er nicht.« Sie strich sich die Haare aus dem Gesicht. »Dieses Scheißgeld. Besser, Paps hätte die Erbschaft nie gemacht und sie nicht auch noch vermehrt. Dann hätte es nichts zu holen gegeben, dann wäre all das nicht passiert.«

85

Samstagmorgen war es ruhig in der WG. Kirsten setzte sich an den gedeckten Frühstückstisch und schenkte sich Kaffee ein. Dorothee war schon auf gewesen. Ihr Mann Bodo hatte offenbar Frühschicht, denn dann machte sie immer Frühstück für ihn, und wenn sie schon dabei war, gleich für alle.

Das bevorstehende Gespräch lag Kirsten wie ein Stein im Magen. Sie konnte Kathi die Bilder nicht zeigen. Doch aus dieser Nummer kam sie nicht mehr raus. Um das zu verhindern, hätte sie sofort widersprechen müssen, als Tino Kathi Akteneinsicht zugesichert hatte, wann immer sie wollte. Gestern hatte Kathi entschieden, dass sie wollte. Heute.

Sie kam aus dem Bad. Wieder biss Kirsten sich auf die Lippen, um den neuen Look nicht zu kommentieren. Die Pinkification ihrer Tochter hatte ein jähes Ende gefunden. Die blonden Locken waren von Kathis neuer bester Freundin Hedwig mit viel Aufwand in ein struppiges Gewirr von Dreadlocks verwandelt worden. Weil dazu der Brave-Mädchen-Look nicht passte, hatte Kathi ihre neue Jeans mit der Schere bearbeitet. Zahlreiche Risse über dem Knie und knapp unterhalb der Pobacken waren das Ergebnis. Sie würde sich bei diesem Wetter eine Blasenentzündung holen, das war Kirstens einzige Sorge. Ihr gefiel dieser Rebellenlook, doch einen Teufel würde sie tun und das sagen. Kathi wollte schließlich provozieren und nicht gefallen.

»Hi Kirsten.« Sie setzte sich.

Okay, die Zeit, in der ihre Tochter sie Mama genannt hatte, war offenbar vorbei.

»Hast du die Akten dabei, oder müssen wir in dein Büro fahren?«

»Ich habe sie hier. In meinem Zimmer. Aber erst wird gefrühstückt.«

»Besser nicht. Könnte ja sein, dass ich kotzen muss.«

»Du kannst alles lesen. Aber die Bilder von der Leiche deines Vaters werde ich dir nicht zeigen.« Kirsten formulierte das bewusst so brutal. Wenn man solche Aufnahmen zum ersten Mal sah, war das schon schrecklich genug. Das verkrafteten selbst viele Erwachsene nicht. Niemand sollte derartige Fotos von einem geliebten Menschen sehen, und schon gar nicht, wenn man erst dreizehn war.

»Ich darf alles sehen, hat dein Chef gesagt.«

Vermutlich würde es Kathi schon reichen, wenn sie las, was passiert war. »Gut. Aber erst der schriftliche Teil. Wenn du dann die Fotos noch sehen willst ... von mir aus.«

Sie gingen in Kirstens Zimmer. Die Akte lag auf dem Tisch. Der Abschlussbericht mit der Zusammenfassung der Ereignisse obenauf. Mehr brauchte Kathi nicht, um zu verstehen, dass Martin sich selbst erschossen hatte. Sie setzte sich neben sie aufs Bett.

»Wenn du etwas nicht verstehst, frag einfach.«

»Okay.« In der Stimme ein rauer Unterton. Die Hand mit den grün lackieren Nägeln zitterte ein wenig. Kathi schlug die Akte auf. Der Stempel der Kriminalpolizeiinspektion Würzburg prangte darauf. *Todesermittlung Martin Michael Tessmann. Befundaufnahme, Spurensicherung, abschließende Bewertung.*

Kirsten schob die Erinnerungen an diese Nacht beiseite. Es war besser so. Eine Weile las Kathi schweigend.

»Was ist ein SEK?«

»Ein Spezialeinsatzkommando. Das ist eine Gruppe von

Polizisten, die speziell für Geiselbefreiungen ausgebildet sind.«

»Okay.« Sie las weiter. Ernsthaft und sorgfältig, die Unterlippe verschwand unter den Schneidezähnen. »Deine Dienstwaffe steckte im Holster, als du heimgekommen bist. Du hattest sie also, steht da, und nicht Papa.« Ihr Finger bohrte sich ins Papier.

»Martin hat sie mir abgenommen.«

»Und das soll ich glauben? Du bist Polizistin, und Papa war nur Schreiner. Wie soll er das denn geschafft haben?«

»Ganz leicht. Er hat mich mit einem Vierkantholz niedergeschlagen, als ich zur Tür hereinkam. Ich war bewusstlos. Er konnte sich die Pistole einfach so nehmen. Als ich zu mir kam, war ich gefesselt.«

»Opa sagt, das stimmt nicht. Du warst nicht gefesselt. Jedenfalls nicht, als du Papa erschossen hast.« Die Unterlippe zitterte.

»Lies den Bericht fertig. Dann wirst du sehen, dass ich ihn gar nicht erschießen konnte, weil ich gefesselt war. Erst die Kollegen vom SEK haben die Kabelbinder gelöst. Steht darin. Schwarz auf weiß.«

»Das sind doch auch nur Bullen. Ihr steckt doch alle unter einer Decke. Der Bericht ist gefakt. Eine Krähe hackt der anderen kein Auge aus.«

Es reichte! Kirsten entriss Kathi den Bericht und schlug ihn zu. »Gut. Wenn du alles besser weißt, dann macht das hier keinen Sinn. Du bist offenbar nicht bereit, dir eine eigene Meinung zu bilden. Du hast dich entschlossen, den Lügnern zu vertrauen. Aber ich weiß, wie ich dir die Wahrheit beweise. Komm! Zieh dich an. Wir fahren ins LKA. Jetzt sofort, und keine Widerworte!«

Sie zerrte Kathi vom Bett hoch in den Flur, riss ihre Jacke vom Haken, griff sich die Autoschlüssel. »Zieh dich an!«

Der Bericht und ihre Waffe waren noch im Zimmer. Sie rannte zurück, öffnete den Safe, nahm die Heckler & Koch heraus und legte das Holster an. Als sie zurückkam, hatte Kathi tatsächlich die pinkfarbene Jacke von Hannelore angezogen. »Was machen wir im LKA?«

»Schießen.«

Die Fahrt in die Mailingerstraße verging schweigend. Kirsten bebte innerlich vor Wut und versuchte sich zu beruhigen, Kathi schwieg aus Trotz. An der Pforte zeigte Kirsten ihren Dienstausweis vor und wurde eingelassen. »Ist der Schießstand besetzt?«

Der Kollege sah im Computer nach. »Beyerle ist da.«

»Danke.« Mit Kathi im Schlepptau durchquerte Kirsten das Gebäude und nahm die Treppe hinunter in den Keller. Beyerle sah verwundert auf, als sie mit dem Kind hereinkam. Ein Schrank von einem Mann. Der dunkle Vollbart ließ ihn unheimlich erscheinen, dabei war er ein netter Kerl. Heute trug er Jeans und ein kariertes Holzfällerhemd. »Hallo Kirsten. Hattest du dich für ein Training eingetragen?«

Sie schüttelte den Kopf. »Ich bin erst im Dezember wieder dran. Darf ich dir meine Tochter vorstellen? Kathi. Sie wird schießen.«

»Was?«

»Das ist jetzt nicht dein Ernst, oder?« Horst Beyerle kratzte sich am Kopf.

»Learning by doing. Manche Dinge versteht man nur, wenn man sie selbst getan hat. Deswegen wird Kathi jetzt schießen.«

Kirsten nahm die Heckler & Koch aus dem Holster. »Willst du oder kneifst du?«

Kathi zögerte.

»Ein Schuss. Mehr nicht. Du bist doch nicht feig.«

»Natürlich nicht. Was du kannst, kann ich schon lange.«

»Gut. Dann pass auf.« Kirsten stellte sich mit Kathi an die Brüstung vor den Schießbahnen und erklärte ihr die Waffe. Sie gab sie ihrer Tochter gesichert in die Hände, ließ sie auf eine der Pappscheiben zielen und die Waffe wieder ablegen. Das wiederholten sie ein paar Mal. »Du machst das gut. Ich entsichere gleich die Waffe. Ab dann ist sie scharf und lebensgefährlich. Du fuchtelst nicht damit herum. Du tust genau das, was wir eben gemacht haben. In beide Hände nehmen, zielen, Abzug durchdrücken. Nach dem Schuss sofort ablegen, ohne damit in eine andere Richtung zu zeigen. Verstanden?«

Kathi nickte.

»Es wird laut. Deswegen setzen wir jetzt Ohrenschützer auf. Und du musst die Pistole festhalten. Wirklich fest. Es wird dir beide Hände hochreißen. Du lässt sie nicht fallen. Okay?«

»Keine Panik. Ich erschieße dich schon nicht.«

Sie setzten den Gehörschutz auf. Kirsten entsicherte die Waffe und gab sie Kathi. Sie stellte sich breitbeinig hin, zielte und zog den Abzug durch. Ein Schuss zerfetzte die Stille. Kathi legte die Waffe ab. Kirsten sicherte sie und schob sie zurück ins Holster. »Nicht schlecht. Du hast die Scheibe getroffen.«

»Echt? Das hat Spaß gemacht. Darf ich noch mal?« Schon hatte das Fräulein wieder Oberwasser.

»Das ist kein Spiel. Komm mit. Wir setzen uns an den Tisch.«

Kirsten zog die Akte hervor. »Du erinnerst dich noch an die Nacht, in der es passiert ist?«

Kathi nickte. »Papa hat mich in meinem Zimmer eingesperrt.«

»Genau. Wie viele Schüsse sind gefallen?«

»Einer.«

»Sicher?«

»Ich habe einen gehört.«

»Richtig. Ein Schuss ist gefallen. Dein Vater hat sich die Waffe in den Mund gesteckt und abgedrückt.«

»Sagst du.«

»Sieh dir deine Schusshand an.«

»Meine ... was?« Kathi streckte ihre Hand aus. »Ja und?«

»Hier. Darum geht es.« Kirsten wies auf die Schmauchspuren am Handrücken und an den Innenseiten von Daumen und Zeigefinger. »Das sind Schmauchspuren. Sie entstehen, wenn man schießt. Alles klar so weit?«

»Ich habe es kapiert.«

»Gut. Erinnerst du dich an die Narbe, die Martin am rechten Handrücken hatte?«

»Logisch. Hat er sich an einem Stacheldraht geholt.«

Mit einem Ruck schlug Kirsten die Akte auf, suchte nach dem Foto und klatschte es vor Kathi auf den Tisch. »Ist das Martins Hand?«

Ihre Tochter sah auf das Bild und nickte.

»Und das sind Schmauchspuren. Und jetzt zähl eins und eins zusammen. Ein Schuss ist gefallen. Die Schmauchspuren sind an Papas Hand. Also hat wer geschossen?«

Kathi sah hoch. Tränen stiegen ihr in die Augen. »Papa. Warum hat er das getan?«

Sie nahm ihre Tochter in den Arm. »Das weißt du doch. Er wollte nicht, dass ich ihn verlasse.«

»Und deshalb hat er uns verlassen? Für immer und ewig.« Nun liefen die Tränen. »Das ist doch total unlogisch.«

»Ja. Das ist es. Aber so sind Erwachsene manchmal. Total unlogisch.«

86

Der Himmel spiegelte sich grau im See. Die Berge am Horizont waren von Wolken verhangen. Selbst Wiesen und Felder waren grau, wie erstorben. Eine trostlose Landschaft. Clara wandte sich vom Fenster ab. Sie hatte keine Lust hinauszugehen, eher das Bedürfnis sich zu verkriechen, sich noch weiter in dieses Häusl zurückzuziehen, das Thore ihr überlassen hatte. Es umgab sie wie ein Kokon. Es war der richtige Ort, um etwas zu Ende zu bringen, um einen Weg in die Zukunft zu finden.

Der Abend legte sich über den Ort. Drüben, in dem alten Bauernhaus, brannte in Thores Arbeitszimmer Licht.

Die Beisetzung ihres Vaters war am Vormittag gewesen. Als sie mit Thore gekommen war, hatten sich bereits zahlreiche Menschen vor der Trauerhalle versammelt. Alte Kollegen von Paps. Einige Nachbarn. Ein paar ehemalige Schüler. Sie entdeckte Hannes und Tanja. Sein Mantel war neu. Tanjas Babybauch wölbte sich unter einer hübschen Daunenjacke. Sie war beiden dankbar, dass sie gekommen waren. Klaus und die Kinder standen ein wenig abseits. Ein paar Reporter wuselten herum und schossen Fotos. Die Zeitungen hatten die Sache groß aufgemacht.

Achim und Judith fehlten natürlich. Sie saßen in Untersuchungshaft. Es war unfassbar. Clara konnte es nicht verstehen. Wegen des Geldes, das er für sein seelisches Gleichgewicht brauchte. Sein Schmerzensgeld für angeblich erlittenes Unrecht und mangelnde Zuwendung. War er denn nie erwachsen geworden? Erwartete er als Fünfzigjähriger etwa noch Liebe und Fürsorge seiner Eltern?

Es war absurd, total absurd. Und dann dieser wahnsinnige Gedanke einer Serienmörderinszenierung. Zum ersten Mal dachte Clara darüber nach, ob Achim möglicherweise krank war, psychisch krank.

Er hatte das alles geplant, hatte ihr all die Wochen etwas vorgespielt, und sie war darauf hereingefallen. Mit ihrer Menschenkenntnis war es wirklich nicht weit her.

Vielleicht tat sie Judith ja unrecht, wenn sie annahm, dass dieser hinterhältige Plan von ihr stammte. Vielleicht war es auch Achims perfide Idee gewesen. Allerdings hatte Judith vermutlich jeden Kriminalroman gelesen, den es gab.

Es war Clara nicht gelungen, sich ihren Vater in diesem Sarg vorzustellen. Sie sah ihn noch immer so vor sich wie am Samstagabend, als sie sich verabschiedet hatten und er fragte, ob sie zur Tanzstunde wollte. Fröhlich, zufrieden. Dieses Bild wollte sie sich bewahren.

Sie war ihren Eltern dankbar für das, was sie ihr mitgegeben hatten. Eine gute Erziehung und Vertrauen, eine Ausbildung und das an Liebe, wozu sie in der Lage gewesen waren. Es war eine andere Generation gewesen. Eine, die Gefühle nur schwer zeigen konnte und mit ihnen nicht hausieren ging.

Das war das Fundament, auf dem sie ihr Leben aufgebaut hatte. Auch wenn einiges darin schiefgelaufen war, wusste sie, wo sie stand. Achim war nur anderthalb Jahre älter als sie. Sie hatten dieselben Eltern gehabt, dieselbe Kindheit. Weshalb waren seine Erinnerungen völlig andere?

Paps war nicht das sadistische Arschloch gewesen, als das Achim ihn beschrieb. Nur eine Ohrfeige war ihr dann doch eingefallen. Die hatte er tatsächlich bekommen, nachdem er Paps bis zur Weißglut provoziert und ihn einen Nazi genannt hatte. Da musste er fünfzehn oder sechzehn gewesen sein.

Clara setzte sich an den Tisch. Sie hatte alle Fotoalben mit nach Prien genommen. Sie musste das wissen. Verdrängte sie? Hatte sie eine rosa Brille aufgehabt, all die Jahre?

Paps hatte Franzi nicht missbraucht. Ihr fiel nichts dazu ein. Keine Andeutung von Franzi. Kein heimliches nächtliches Huschen von Paps über den Flur. Keine Geste, kein Wort, einfach nichts, das sich in dieser Richtung interpretieren ließe.

Sie blätterte durch die Alben. Ihre Kindheit wurde wieder lebendig. So viele schöne Erinnerungen. Die Kubischs auf dem Fockenstein. Gipfelstürmerglück in den Augen. Die Hütte am See. Radtouren. Laternenumzüge. Faschingsfeste. Weihnachten. Geburtstage. Strahlende Gesichter. Schokoverschmierte Münder. Ballspiele, Skifahrten, Nachtwanderungen und Schneeballschlachten. Der erste Sommer am Meer. Franzi im Bikini auf Paps' Schoß. Da musste sie sieben gewesen sein. Paps trug nur eine Badehose. Clara betrachtete das Bild. Deutete etwas auf Missbrauch hin? Doch sie sah nur einen Vater mit seiner Tochter. Beide lachten in die Kamera. Man müsste es Franzi doch ansehen. Und Paps auch. Oder nicht? Doch auf keinem einzigen Foto ließ sich etwas erspüren, das den Zweifel stützte. Diesen bösen Verdacht, der nun da war, sich in ihr ausbreitete wie ein Gift. Den Argwohn, den Achim mit seinen boshaften Worten gesät hatte. Paps ein Monster, das ein Monster gezeugt hatte? War es so?

Wenn sie diesem Misstrauen an ihre eigenen Erinnerungen nachgab, würde es ihre Kindheit nachträglich zerstören. Die Basis, auf der ihr Leben stand. Sie musste mit Klaus reden. Wusste er etwas? Vielleicht hatte Franzi Tagebuch geführt. Würde Klaus es ihr überlassen? Es gab nur einen Weg. Sie musste diesem Verdacht nachgehen und ihn ausräumen. Nicht jetzt sofort, aber bald. Wenn sie zurück in München war. Sie schlug die Alben zu und sah in die einbrechende Dunkelheit.

Bei Franzis Beisetzung am Nachmittag war ihr ein Mann aufgefallen, der sich abseits hielt. War er das gewesen, Franzis Lover? Vermutlich. Klaus hatte ihn nicht bemerkt oder nicht bemerken wollen. Wer wusste das schon?

Es war dunkel geworden. Clara machte Licht und setzte sich wieder. Alles wegen dieses verdammten Schlüssels. Wäre das alles nicht geschehen, wenn sie diesen Schlüssel nicht bei sich getragen, wenn Achim ihn bei seinem Einbruch gefunden hätte? Könnten vier Menschen noch leben, wenn sie ihn einfach in die Schreibtischschublade gelegt hätte? Warum hatte sie das nicht getan?

Sie wusste es nicht. Paps hatte sie gebeten, den Schlüssel für sie aufzubewahren, mit einer so beunruhigenden Nachdrücklichkeit, dass sie ihn genommen und an ihren Schlüsselbund gehängt hatte. Völlig gedankenlos.

Clara rieb sich die Schläfen und vertrieb die aufsteigenden Kopfschmerzen. Es war nicht ihre Schuld. Jeder trug die Verantwortung für sein Handeln selbst, man konnte sie nicht anderen unterjubeln. Und man konnte Liebe nicht erzwingen, so wie Achim es immer wieder versucht hatte. Ein paar Zeilen von Nietzsche fielen ihr dazu ein. *Die Forderung, geliebt zu werden, ist die größte der Anmaßungen.* Genau auf den Punkt gebracht. Genau so war das. Liebe war ein Geschenk, das man nicht einfordern konnte.

Das Licht in Thores Arbeitszimmer verlosch. Offenbar kam er mit Adrian und Clarissa gut voran. Kurz darauf gingen im Erdgeschoss die Lichter hinter allen Fenstern an, einladend und heimelig. Dort drüben wartete jemand auf sie. Sie zog die Strickjacke an und schloss die Tür des Häusls hinter sich. Der kalte Wind fuhr ihr in die Haare. Die Wolkendecke riss auf. Der Mond zeichnete sich als helle Sichel in der Abenddämmerung ab.

Die Tür des Bauernhofs war schrundig und alt. Mehr als zweihundert Jahre Beständigkeit. Als sie ihre Hand auf die Klinke legen wollte, wurde sie geöffnet. Thore stand vor ihr. Die Malachitsprenkel in seinen Augen strahlten. Er nahm sie in den Arm. »Auf dich habe ich gewartet.« Wie er das sagte, klang es nicht nach ein paar Stunden, sondern nach einem halben Leben.

87

Der Regen rauschte in wahren Sturzbächen hernieder. Die Scheibenwischer bewältigten die Massen kaum. Im Führerhaus des uralten Volvo-Lastwagens war es brüllend heiß. Die Heizung ließ sich nicht mehr regulieren, seit Carmen bei Budapest einen Tankstopp eingelegt hatte. Irgendein Relais war kaputt. »Kann ich erst reparieren, wenn wir da sind«, hatte sie zu Anjela gesagt und sich den Pulli über den Kopf gezogen. Im engen Tanktop lenkte sie seither den Laster mit Kleider- und Medikamentenspenden über die Autobahn Richtung EU-Außengrenze und ignorierte das Grinsen und die anzüglichen Gesten der Kollegen, wenn sie überholte.

Anjela hätte es ihr gerne gleichgetan und das Sweatshirt ausgezogen. Doch sie besaß kein T-Shirt, sondern wieder einmal nur die Klamotten, die sie am Leib trug. Ein sich wiederholendes Ereignis, auf das sie künftig gerne verzichten würde. Zweimal war genug. Die Reisetasche mit den geklauten Sachen befand sich in der Obhut der Frankfurter Polizei. Alles, was sie noch besaß, waren die fünfhundert Euro, die sie unter der Einlegesohle ihrer versifften Turnschuhe aufbewahrt hatte. Dort hatte niemand nachgesehen. An dem Spruch, dass alles auch seine guten Seiten hatte, war wohl doch was dran.

In der Schlafkoje hinter den Sitzen rührte sich etwas. Udo war aufgewacht und schob den Vorhang beiseite. Ein dunkler Wuschelkopf erschien. »Wo sind wir denn?«

Carmen drehte sich um. »Bis zur Grenze kannst du noch eine Stunde pennen. Kurz davor machen wir den Wechsel.«

»Prima.« Der Kopf verschwand wieder.

Schweißperlen standen Anjela auf der Stirn. Der Verband wurde langsam feucht. Fenster öffnen ging nicht. Eine Sintflut käme herein. Sie griff zur Wasserflasche. Wenn das so weiterging, war sie gar, bis sie die Grenze erreichten. Sie hielt es keine Sekunde länger aus, zerrte sich den dampfenden Pulli vom Leib und rückte das Kopftuch wieder zurecht, das noch immer den Verband verdeckte.

»Meiner lieben Seel«, entfuhr es Carmen, als sie die Prellungen sah. Grün, Gelb, Violett, das ganze Spektrum des Regenbogens.

Ein schiefes Lächeln war Anjelas Antwort. Von oben hatte es einfacher ausgesehen. Ein kleiner Sprung auf das Vordach. Gar nicht so weit und gar nicht so tief, hatte sie gedacht. Doch sie hatte sich verschätzt, war mit dem Oberkörper aufs Dach geknallt und hatte es gerade noch geschafft, sich zu halten, während ihre Beine drei Meter über dem Boden baumelten und ihre gebrochenen Rippen sie aufjaulen ließen. Schließlich war ihr nichts anderes übriggeblieben, als sich fallen zu lassen. Wenigstens hielt der Verband, den ihr ein Polizeiarzt frisch angelegt hatte. Man hatte sie durchgecheckt, bevor man sie einsperrte.

Carmen deutete auf die Schrammen und Blessuren. »War das der Typ, der dich verkauft hat?«

Anjela nickte. Lügen wurde langsam zur Gewohnheit. »Sergej. Wird er mir büßen das.«

Es hatte nicht geklappt. Der Hund lebte. Diese Frau, von der sie gedacht hatte, sie würde sich niemals einmischen, war Ärztin gewesen und hatte das doch getan, sich eingemischt. Allerdings hatte Kommissar Brehm gesagt, dass es Sergej nicht gutging. Die Blutzufuhr zu seinem Gehirn war zu lange unterbrochen gewesen. Sauerstoffmangel. Nicht zu heilende Schäden. Er war nur noch ein Kretin, ein sabbernder Wurm, der Windeln tragen musste und nie wieder eine Frau anfassen würde. Geschah ihm recht, diesem Aas!

»Vielleicht wäre es doch besser gewesen, in Deutschland zur Polizei zu gehen.«

»Ich kann nicht. Er mich finden und dann bringen mich um.«

»Und daheim, in Chişinău, findet er dich nicht?«

»Er sich nicht trauen heimkommen. Hat Feinde und Polizei suchen ihn.« Anjela wunderte sich selbst, woher ihr diese Lügen zuflogen.

Plötzlich sehnte sie sich nach ihrem Vater und ihrer Mamusch, nach ihren Brüdern und nach diesem heruntergekommenen Dorf am Jalpuch mit seinen windschiefen Holzhäusern, nach den Ziegen und Hühnern, nach den Trauben an der Hauswand und dem selbst gekelterten Wein, nach den Pferdefuhrwerken und den weiten Feldern. Ein paar Wochen würde sie es dort aushalten. Doch zuerst brauchte sie einen neuen Namen, neue Papiere. Wie sollte sie darankommen? Sie hatte keinen Plan. Kommt Zeit, kommt Rat.

Sie erreichten den Rastplatz vor der Grenze. Udo kroch aus der Koje, gab Anjela eine Flasche Wasser und hob die Matratze hoch. Darunter befand sich ein Hohlraum. »Hältst du es da drinnen notfalls zwei Stunden aus?«

Sie nickte tapfer. Vorher noch eine Zigarette! Was würde sie dafür geben. Doch sie hatte keine, und ihre beiden Retter rauchten nicht.

Anjela war dem Schicksal dankbar, das ihr Udo und Carmen geschickt hatte, kurz hinter Wien auf einem Rastplatz für Trucker. Mit ihrem Schild *Bukarest/Bucureşti* war sie von LKW zu LKW gezogen und hatte sich mal mehr, mal weniger eindeutige Angebote anhören dürfen. Bis sie auf Carmen gestoßen war. »Wir fahren zwar nach Chişinău, aber ein Stück können wir dich mitnehmen. Okay?« Was für ein Glücksfall!

»Keine Sorge, es kommt genügend frische Luft rein«, sagte Udo. »Und meistens geht es schneller. Wenn wir Glück haben, hat Oleg Dienst. Der kennt uns schon. Beim Hineinfahren kontrollieren sie eh nicht so stark. Wer will schon illegal aus Europa raus? Also mach dir keinen Kopf. Wird schon klappen.«

Anjela kletterte in das Loch. Carmen lächelte ihr aufmunternd zu. Udo legte die Matratze wieder drüber. Es wurde dunkel und noch heißer. Udo fuhr los. Rumpelnd ging es ein paar Minuten über die Autobahn, bis er stoppte. Dumpf klang Carmens Stimme in ihr Versteck. »Alles prima. Es sind nur zwei Kollegen vor uns dran. Wird nicht lange dauern.«

Der Motor erstarb. Kurz darauf hörte sie Gesprächsfetzen, das Schlagen der Fahrertür und dann das der Türen im Heck des Lasters. Schritte im Laderaum. Dann war es eine Weile still. Lachen, Türenschlagen. Keine halbe Stunde dauerte die Aktion, bis der Motor wieder gestartet wurde und sie losfuhren.

Minuten später stoppte Udo am Straßenrand und befreite Anjela. Sie kletterte auf die Koje, setzte sich auf die Matratze und ließ die Beine zwischen ihren Rettern baumeln. »Danke!«

»Keine Ursache. Gerne geschehen«, sagte Carmen grinsend. »Und jetzt den passenden Soundtrack.« Sie schob eine CD in den Player. Gypsy-Punk erklang. Gogol Bordello: *Supertheory of Supereverything*.

I don't read the Bible, I don't trust disciple
Even if they're made of marble, or Canal Street bling.

Anjela sang lauthals mit. *I don't read the Bible, I don't trust disciple.*

Sie fuhren über eine Brücke. Darunter floss träge die Moldova gen Osten, dahinter verschwammen die sanften Hügel des weiten Lands im Regen. Anjela schluckte. Endlich war sie wieder daheim. Nur Olia nicht.

88

Dühnfort bedankte sich beim Team für die gute Zusammenarbeit und verabschiedete alle ins Wochenende. Auch wenn noch jede Menge zu tun war, bis sie alle Beweise, Spuren, Indizien und Aussagen zusammengetragen hatten, die nötig waren, um Achim Kubisch vier Morde und zwei Mordversuche nachzuweisen und seiner Frau Judith die Mittäterschaft. Jetzt hatten sie sich erst einmal zwei freie Tage verdient. Es war auch für ihn Zeit zu gehen. Er packte seine Sachen zusammen und wollte das Licht löschen, als sein Handy zu klingeln begann. Er sah aufs Display. KHK Malte Brehm. Der Kollege aus Frankfurt. Dühnfort meldete sich. Während er zuhörte, verflog seine gute Laune. Anjela Livitchi war in Frankfurt entwischt. Einfach abgehauen. Bei einem Gang auf die Toilette war sie durch ein Fenster geflüchtet, was offenbar eine beinahe akrobatische Leistung gewesen sein musste. Die Fahndung nach ihr lief. Brehm war zuversichtlich, dass sie sie bald wieder in Gewahrsam nehmen würden. Er wollte nur Bescheid sagen und würde sich melden, sobald sie Anjela hatten.

Herrgott! Sie brauchten sie als Zeugin im Prozess gegen Achim und Judith Kubisch. Weit würde sie allerdings nicht kommen, ohne Pass und ohne Geld, da gab Dühnfort Brehm recht und verabschiedete sich.

Er löschte das Licht im Büro. Im Treppenhaus begegnete ihm Heigl. »Tino, gut, dass ich dich noch treffe. Ich hab grad erfahren, dass Potthoff zurückrudert. Aber schon so was von rasant. Am Montag wird er die Ermittlungen gegen dich offiziell einstellen. Gerstner ist bereits vom Dienst suspendiert, bis das alles geklärt ist.«

Dühnfort war erleichtert. Endlich hatte das ein Ende. »Schön zu hören.«

»Ein ganz Gründlicher scheint Potthoff nicht zu sein. Ich hoffe mal, er wird nicht feststellen, dass eine der Studentinnen, die Gerstner angezeigt hat, zufällig in der WG wohnt, in der bis vor kurzem Gina lebte. Sonst käme er vielleicht auf Ideen.«

Heigl ahnte also, wie das abgelaufen war. Eigentlich nicht überraschend. »So viel Phantasie hat Potthoff nicht.«

»So viel wie Gina, meinst du?« Heigl knöpfte den Mantel zu. »Tolle Frau, und dieser alte Fall in Lohwies ... Das hat sie erstklassig gemacht. Grüß sie von mir. Ein schönes Wochenende euch beiden.« Mit diesen Worten entschwand Heigl durchs Portal.

Ja, das war sie. Eine tolle Frau. Er freute sich darauf, sie gleich zu sehen. Es war dunkel geworden, Schneeflocken tanzten vom Himmel. Zu Fuß machte er sich auf den Weg, ging durch die Fußgängerzone, in der die Buden für den bald beginnenden Christkindlmarkt aufgebaut wurden. Weihnachten nahte unerbittlich. Am besten, er floh mit Gina an den Feiertagen vor dem ganzen Trubel nach Sylt, ins Wochenendhaus seines Vaters.

Im Januar begann der Prozess gegen Katja Behringer. Das Gericht hatte den Termin bereits festgelegt. Sechs Verhandlungstage waren eingeplant. Dühnfort war stolz auf sein Team. Es war ihnen geglückt, eine lückenlose Indizienkette aufzubauen. Auch ohne Geständnis reichte das für eine Verurteilung. Kein einfaches Mandat für Tolksdorff.

Er überquerte den Viktualienmarkt und bog in die Corneliusstraße ein. Kurz darauf erreichte er das Haus am

Gärtnerplatz und fuhr mit dem Lift nach oben zur Atelierwohnung, die seine Mutter und Georges vorübergehend bewohnten, solange ihre Freunde in New York weilten. Die Operation hatte Georges erstaunlich gut überstanden. Er war daheim, da die Bestrahlungen ambulant in der Klinik erfolgten. Für heute Abend hatten er und Rita zum Essen eingeladen. Als seine Mutter die Tür öffnete, schlug Dühnfort ein bekannter Duft entgegen. Einen Moment brauchte er, bis er darauf kam. Eine elsässische Baeckeoffe. »Hm, das riecht lecker.«

»Ich habe mir ein Beispiel an dir genommen und koche mal selbst. Gina ist schon da. Komm doch rein. Du findest dich allein zurecht? Ich muss in die Küche, sonst brennt mir die Suppe an.« Augenzwinkernd verschwand sie.

Er hängte den Mantel auf. Die Suppe anbrennen zu lassen, würde Rita hinbekommen. Unwillkürlich lächelte er. Sie war nie eine Hausfrau gewesen, und es freute ihn, dass sie guter Stimmung war. Aus dem Wohnzimmer klangen Musik und Gesprächsfetzen. Gina unterhielt sich mit Georges. Neben dem Geruch nach dreierlei Fleisch, das im Ofen in Wein und Kräutern schmorte, nahm er noch etwas anderes wahr. Ölfarbe, Malmittel. Neugierig sah er sich um. Die Tür zum Atelier war angelehnt. Er öffnete sie und ging hinein. Ein großer Raum mit einer Glasfront zur Straße und zahlreichen Oberlichtern. Neben dem Fenster stand eine Staffelei mit Leinwand. Dühnfort trat davor. Ein monochromes Bild. Ein enger Motivausschnitt. Ein Stück nackte Männerbrust. Ausgemergelt, knochig. Bleich verschwamm sie mit dem Bildhintergrund. Der Blick des Betrachters wurde auf die Hände gelenkt, die sich im Zentrum befanden. Unwillkürlich trat er einen Schritt zurück. Sie lagen ausgebreitet auf dem Tisch, berührten sich mit den Fingerspitzen. Alte, abgearbeitete Männerhände. In der linken ein rotwangiger Apfel, in der rechten ein Büschel tiefblauer Trauben.

Eine Hand legte sich auf seine Schulter. Seine Mutter war unbemerkt eingetreten. »Du hast es also entdeckt.«

»Georges?«

Sie lehnte sich an ihn. »Da bin ich doch auf meine alten Tage wieder zum Porträt zurückgekehrt. Na ja, fast. Dein Fall hat mich inspiriert, es so darzustellen.«

Dühnfort verstand nicht. »Was?«

»Ach, was schon?« Sie stieß einen Seufzer aus. »Denkst du nie über den Tod nach und das Sterben?«

Eine Weile standen sie schweigend nebeneinander. Was sollte er sagen? Das ist mein täglich Brot? Doch in Wahrheit versuchte auch er die einzige Gewissheit zu verdrängen, die man im Leben hatte.

»Weißt du«, sagte sie, als er nicht antwortete. »Vor dem Tod haben wir keine Angst, Georges und ich. Aber vor dem Sterben. Davon handelt das Bild. So, und jetzt lass ich dich wieder damit allein, sonst wird das Essen eine Katastrophe. Du wirst es schon verstehen.«

Einen Moment sah er ihr überrascht nach. Was sollte er verstehen? Ein trauriges Bild, voller Melancholie. Er ließ es auf sich wirken, schob Kubisch und die Inszenierung der Morde beiseite. Apfel und Traube als Symbol der Erlösung. Sie lagen in Georges' alten, abgearbeiteten Händen auf dem Tisch. *Vor dem Tod haben wir keine Angst, aber vor dem Sterben.*

Georges wollte nicht elend sterben. Sie sollte ihm helfen, wenn es nicht mehr zu ertragen war. Sie sollte ihn erlösen. Das war es. Darum ging es in diesem Bild.

Er atmete durch. Eine unvorstellbare Bitte. Eine schreckliche Erwartung. Wie konnte Georges es nur wagen, sie zu äußern. Niemandem sollte man Derartiges abverlangen, ihm eine solche Verantwortung aufbürden.

Es gelang ihm nicht, sich von diesem Bild abzuwenden. Wie kam er dazu, zu urteilen? Weder kannte er die Beziehung der beiden gut genug, um sich das zu erlauben, noch war er jemals auch nur in einer annähernd vergleichbaren Situation gewesen. Was wäre er bereit für jemanden zu tun, den er liebte? Für Gina ... Er atmete scharf aus, wollte sich das nicht vorstellen.

Mit einem Ruck wandte er sich ab, verließ das Zimmer. Es ging ihn nichts an. Es war eine Sache zwischen Georges und Rita.

Er trat zu seiner Mutter in die Küche. Sie pürierte gerade eine Erbsensuppe, offenbar mit Minze, dem Duft nach zu urteilen. Das Baguette lag auf dem Brett. Er nahm das Messer, schnitt das Brot in Scheiben und schichtete sie in den Korb. Rita sah auf. »Du könntest den Wein öffnen.«

Er nahm die Flasche aus dem Kühlschrank.

»Was meinst du?«

Die Frage, was er wozu meinte, erübrigte sich. Was sollte er antworten? Dass Sterbehilfe strafbar war, wusste seine Mutter sicher. »Die Operation ist doch gut verlaufen, und die Prognose ist nicht schlecht. Es gibt also keinen Grund, pessimistisch zu sein. Wartet ab, wie es sich entwickelt.«

»Und wenn es nicht gut ausgeht? Kann ich dann mit deiner Hilfe rechnen?«

Dühnfort ließ den Korkenzieher beinahe fallen. »Mutter, das ist jetzt nicht dein Ernst.«

»Aber sicher. Auf diesem Gebiet hast du ein Wissen, das mir fehlt.«

Er nahm sie in den Arm. »Mama. Es gibt keinen Grund, heute Abend diesen Stein zu wälzen. Georges hat die Operation gut weggesteckt. Darauf sollten wir anstoßen.«

»Du hast ja recht.« Energisch wischte sie sich eine Haarsträhne aus der Stirn und lächelte. »Der Aperitif steht schon im Wohnzimmer. Lass uns das Leben feiern, so lange es währt.«

Er folgte ihr über den Flur, sah Gina im Sessel sitzen. Sie trug, was selten vorkam, einen Rock, hatte die Beine übereinandergeschlagen und amüsierte sich köstlich über einen Scherz, den Georges offenbar gerade gemacht hatte. Er klopfte sich mit der Hand auf einen Schenkel und lachte Tränen.

Dühnfort trat ins Zimmer und setzte sich zu den beiden.

Ja, lasst uns das Leben feiern.

Die in diesem Roman beschriebenen Personen und Ereignisse sind Fiktion. Jegliche Übereinstimmung oder Ähnlichkeit mit lebenden oder toten Personen oder Begebenheiten ist rein zufällig und nicht beabsichtigt.